VICTOR HUGO
DIE ELENDEN

DRITTER BAND

FÜNFTER TEIL
JEAN VALJEAN

AUS DEM FRANZÖSISCHEN
VON PAUL WIEGLER
UND WOLFGANG GÜNTHER

VERLAG VOLK UND WELT
BERLIN

Anmerkungen am Schluß des Bandes

ISBN 3-353-00103-4
ISBN 3-353-00106-9

4. Auflage 1990 (vollständige Ausgabe)

L. N. 302, 410/238/90

Printed in the German Democratic Republic

Redakteure: Dorothea Feiler und Ilse Hindemith
Die Nachdichtung des Gedichtes auf Seite 179
besorgte Klaus Möckel
Einbandentwurf: Bernd Haak
Das vordere und hintere Vorsatz wurde unter Verwendung
von zeitgenössischen Illustrationen gestaltet
Satz, Druck und Einband: Karl-Marx-Werk Pößneck V15/30
LSV 7351
Bestell-Nr. 648 201 7
3 Bände

03200

FÜNFTER TEIL

JEAN VALJEAN

Erstes Buch
Der Krieg zwischen vier Mauern

I

Charybdis und Skylla: die Vorstadt Saint-Antoine und der Faubourg du Temple

Die beiden denkwürdigsten Barrikaden, die der Beobachter der sozialen Krankheiten erwähnen kann, gehören nicht der Zeit an, in der die Handlung dieses Buches spielt. Symbole beide unter zwei verschiedenen Gesichtspunkten für eine fürchterliche Lage, wuchsen sie aus der Erde bei dem verhängnisvollen Juniaufstand von 1848, dem größten Krieg der Straßen, den die Geschichte je erlebt hat.

Entgegen den Prinzipien, entgegen Freiheit, Gleichheit und Brüderlichkeit, entgegen dem allgemeinen Aufschwung und der Herrschaft aller über alle geschieht es bisweilen, daß diese große Verzweifelte, die Kanaille, aus der Tiefe ihrer Ängste, ihrer Mutlosigkeit, ihres Elends, ihres Fiebers, ihrer Nöte, ihrer Miasmen, ihrer Unwissenheit, ihrer Finsternis protestiert und der Pöbel dem Volk eine Schlacht liefert.

Die Bettler greifen das gemeine Recht an, die Ochlokratie empört sich gegen den Demos.

Das sind schaurige Tage, denn selbst in diesem Wahnwitz ist immer eine gewisse Menge Recht enthalten. Es ist Selbstmord in diesem Zweikampf; und Wörter wie Bettler, Kanaille, Ochlokratie, Pöbel, die ein Schimpf sein sollen, bestätigen eher die Schuld der Herrschenden als die der Leidenden, eher die Schuld der Privilegierten als die der Enterbten.

Wir dagegen sprechen diese Wörter nie ohne Schmerz und Ehrfurcht aus, denn wenn die Philosophie die Gegebenheiten untersucht, denen sie entsprechen, stößt sie dabei oft auf sehr viel Größe neben sehr viel Elend. Athen war eine Ochlokratie.

Die Geusen schufen Holland. Der Pöbel rettete mehr als einmal Rom, und die Kanaille folgte Jesus Christus.

Wer nicht mitunter die Pracht von unten betrachtet, ist kein Denker.

An diese Kanaille, an alle Armen, an all das Gesindel und alle Elenden, aus denen die Apostel und Märtyrer hervorgegangen sind, dachte wohl der heilige Hieronymus, als er den geheimnisvollen Ausspruch tat: *Fex urbis, lex orbis.*

Die Erbitterung dieser Menge, die leidet und blutet, ihre sinnwidrigen Ausschreitungen gegen die Prinzipien, die ihr Leben sind, ihre Gewalttaten gegen das Recht sind Staatsstreiche des Volkes und müssen unterdrückt werden. Der redliche Mann opfert sich dafür auf und bekämpft die Menge aus Liebe zu ihr. Doch er entschuldigt sie, während er ihr die Stirn bietet! Er verehrt sie, während er ihr widersteht! Das ist einer der seltenen Augenblicke, in denen getan wird, was getan werden muß, und in denen etwas zu spüren ist, was verwirrt und gleichsam abrät, weiter zu gehen. Man harrt aus, es muß sein. Aber das befriedigte Gewissen ist traurig, und die Pflichterfüllung ruft ein beklemmendes Gefühl hervor.

Der Juni 1848 ist, sagen wir es gleich, eine Sache für sich, die sich nur äußerst schwer in die Geschichtsphilosophie einordnen läßt. Alles, was wir eben noch gesagt haben, muß vergessen werden, wenn es sich um diesen außergewöhnlichen Aufruhr handelt, in dem die heilige Angst der ihre Rechte fordernden Arbeit erkennbar wird. Er mußte bekämpft werden, und es war eine Pflicht, denn er griff die Republik an. Doch im Grunde genommen war der Juni 1848 eine Revolte des Volkes gegen sich selbst.

Da, wo das Thema nicht aus den Augen verloren wird, gibt es auch keine Abschweifung. Es sei uns also erlaubt, für einen Augenblick die Aufmerksamkeit des Lesers auf die beiden ganz und gar einmaligen Barrikaden zu lenken, von denen wir soeben sprachen und die das Wesen dieser bewaffneten Erhebung verdeutlichen.

Die eine sperrte den Zugang zur Vorstadt Saint-Antoine. Die andere verteidigte das Vorgelände des Faubourg du Temple. Und jene, vor denen sich diese beiden erschreckenden Meisterwerke des Bürgerkrieges unter dem strahlendblauen Junihimmel aufgerichtet haben, werden sie nie vergessen.

Die Barrikade von Saint-Antoine war ungeheuerlich. Drei Stockwerke hoch und siebenhundert Fuß lang, versperrte sie von einer Ecke zur anderen die breite Zufahrt zur Vorstadt, das heißt drei Straßen. Schluchtenreich, zerklüftet, gezackt, zerhackt, als Zinne ein riesiger Riß, gestützt durch Haufen, die selber Bollwerke waren, hier und da Vorsprünge bildend, fest verbunden mit zwei großen Vorgebirgen aus Vorstadthäusern, ragte sie auf wie ein zyklopischer Damm in der Tiefe des fürchterlichen Platzes, der bereits den 14. Juli erlebt hatte. Neunzehn Barrikaden waren in den Straßen hinter der Hauptbarrikade errichtet worden. Schon bei ihrem Anblick spürte man das unermeßliche, mit dem Tode ringende Leid in der Vorstadt, das an dem äußersten Punkt angelangt war, an dem höchste Not in einer Katastrophe enden will. Woraus war diese Barrikade gemacht worden? Aus den Trümmern von drei sechsstöckigen Häusern, die man nach Aussage der einen eigens dazu abgerissen hatte. Aus dem Wunder allen Zorns, meinten die anderen. Sie hatte das jämmerliche Aussehen aller Bauwerke des Hasses, das einer Ruine. Die Frage: Wer hat das gebaut? war ebenso berechtigt wie die Frage: Wer hat das zerstört? Es war die unvorbereitete Aufwallung. Da, nehmt die Tür, das Gitter, das Vordach, den Fensterrahmen, das zerborstene Kohlenbecken, den gesprungenen Kochtopf! Gebt alles her! Werft alles hin! Schiebt, wälzt, schuftet, zerschlagt, verwüstet, reißt alles ein! Mitgewirkt hatten hier das Pflaster, der Bruchstein, der Balken, die Eisenstange, der Lumpen, die zerbrochene Fensterscheibe, der Stuhl ohne Strohsitz, der Kohlstrunk, der Fetzen, der Plunder und die Verwünschung. Das war groß und zugleich klein, war der an Ort und Stelle vom wüsten Durcheinander parodierte Abgrund. Die unförmliche Masse neben dem Atom, das losgerissene Mauerstück und der verbeulte Blechnapf, eine bedrohliche Verbrüderung aller Trümmer. Sisyphos hatte seinen Felsblock da hingeworfen und Hiob seine Scherbe. Mit einem Wort: schrecklich. Das war die Akropolis der Habenichtse. Umgestürzte Karren gestalteten die Böschung wechselvoll. Ein riesiger Bottich, dessen Kurbelwelle gen Himmel starrte, lag verquer und nahm sich wie ein Säbelhieb in dieser chaotischen Fassade aus. Fröhlich mit bloßer Armkraft auf die höchste Erhebung des Walls gehievt, als ob die Baumeister dieser Wildheit das Grausen durch die Kinderei hätten abschwächen wollen, bot ein Omnibus seine Deichsel irgendwelchen Pferden der Luft dar. Dieser gewaltige Haufen, eine Ablagerung des Aufruhrs, mutete wie ein Ossa auf dem Pelion aller Revolutionen an; 93 auf 89, der 9. Thermidor auf dem 10. August, der 18. Brumaire auf dem 21. Januar, der Vendémiaire auf dem Prairial, 1848 auf 1830. Der Platz war wohl der Mühe wert und die Barrikade würdig, an eben der Stelle zu erscheinen, von der die Bastille verschwunden war. Könnte der Ozean Deiche aufschütten, er würde es so tun. Die Raserei der Wogen hatte ihre Spuren in der häßlichen Anhäufung hinterlassen. Welche Wogen? Die Menge. Man meinte versteinertes Getöse zu erblicken und über der Barrikade die ungeheueren, geheimnisvollen Bienen des gewalttätigen Fortschritts summen zu hören, als flögen sie über ihrem Bienenkorb hin und her. War es ein Dickicht? Ein Bacchanal? Eine Festung? Der Taumel schien das mit Schwingenschlägen gebaut zu haben. Etwas von Kloake war in dieser Schanze und etwas Majestätisches in diesem Gewirr. In einem Durcheinander voller Verzweiflung gab es hier Dachsparren zu sehen, mit Tapete beklebte Mansardenwände, Fensterrahmen, die mit allen ihren Glasscheiben im Schutt steckten und auf die Kanonen warteten, abgebrochene Kamine, Schränke, Tische, Bänke, ein lärmendes Drunter und Drüber und die tausend armseligen Dinge, die selbst der Bettler achtlos wegwirft, die Wut und zugleich Nichts in sich schließen. Es war, als sei dies der Trödel eines Volkes, Trödel aus Holz, Eisen, Bronze und Stein, als hätte ihn die Vorstadt Saint-Antoine mit einem Riesenbesen vor die Tür gefegt und so aus ihrem Elend ihre Barrikade errichtet. Klötze, die Richtblöcken ähnelten, gerissene Ketten, Gebälk, das die Form von Galgen hatte, und Räder, die aus den Trümmern hervorragten, erinnerten in diesem düsteren Bauwerk der Anarchie an die einstmals vom Volk erlittenen Martern. Die Barrikade von Saint-Antoine benutzte alles als Waffe. Alles, was der Bürgerkrieg der Gesellschaft an den Kopf werfen kann, kam von dort. Das war kein Kampf mehr, das war ein Paroxysmus. Die Karabiner, die die Schanze verteidigten, darunter einige Donnerbüchsen, verschossen kleine Steingutscherben, Knöchelchen, Kleiderknöpfe und sogar die Röllchen von Nachttischen, gefährliche Geschosse wegen des Kupfers. Die Barrikade war rasend, sie machte einen unbeschreiblichen Lärm. Mitunter, wenn sie die Armee herausforderte, bedeckte sie sich mit einer Menge, und ein Ungewitter brach los. Ein Gewühl flammender Häupter krönte sie, und es wimmelte in ihr. Sie hatte einen stachligen Kamm aus Gewehren, Säbeln, Knüppeln, Äxten, Piken und Bajonetten. Über ihr flatterte eine große rote Fahne im Wind. Befehle wurden gebrüllt, Lieder zum Angriff gesungen, Trommelwirbel waren zu hören, das Schluchzen der Frauen und das teuflische Gelächter der Hungerleider. Die Barrikade war maßlos und lebendig; wie ein Tier, das elektrische Schläge austeilt, sprühte sie Blitze. Der Geist der Revolution bedeckte den Gipfel mit seiner Wolke, und die Stimme des Volkes, die der Stimme Gottes gleicht, grollte auf ihm. Eine seltsame Erhabenheit lag über dem riesigen Schuttberg. Es war ein Müllhaufen und der Sinai.

Wie wir schon sagten, griff sie im Namen der Revolution was an? Die Revolution. Sie, diese Barrikade, der Zufall, die Unordnung, die Verwirrung, das Mißverständnis und das Unbekannte, stand der verfassunggebenden Versammlung gegenüber, der Volkssouveränität, dem allgemeinen Wahlrecht der Nation, der Republik; und die Carmagnole forderte die Marseillaise heraus.

Eine sinnlose, doch heldenhafte Herausforderung, denn diese alte Vorstadt ist eine Heldin.

Die Vorstadt und ihre Schanze leisteten sich gegenseitig Beistand. Die Vorstadt besaß in der Schanze eine Brustwehr, die Schanze hatte Rückendeckung durch die Vorstadt. Die große Barrikade zog sich hin wie eine Steilküste, an der die Strategie der »afrikanischen« Generale zerschellen sollte. Ihre Einbuchtungen, Auswüchse, Warzen und Buckel zogen gleichsam Grimassen und grinsten hämisch im Rauch. Der Kartätschenhagel verschwand im Formlosen. Die Granaten wühlten sich in die Barrikade, verfingen sich in ihr, wurden von ihr verschlungen. Die Kanonenkugeln vermochten nur Löcher in die Löcher zu reißen. Wozu das Chaos beschießen? Und die an die grausamsten Bilder des Krieges gewöhnten Regimenter schauten unruhig nach der Schanze, die, borstig wie ein Eber, einem wilden Tier glich und ungeheuer war wie ein Berg.

Eine Viertelmeile weiter, an der Ecke der Rue du Temple, wo sie beim Château-d'Eau in den Boulevard mündet, war in der Ferne, streckte man beherzt den Kopf hinter der Auslage des Kaufhauses Dallemagne vor, jenseits des Kanals in der Straße, die die Höhen von Belleville hinanführt, auf dem Scheitelpunkt der Steigung eine seltsame Mauer zu sehen. Wie eine Verbindung zwischen den Häusern rechts und links reichte sie bis zu deren zweitem Stockwerk hinauf, und es schien, als hätte die Straße selber ihre höchste Mauer vorgeschoben und jählings eine Sperre errichtet. Die Mauer war aus Pflastersteinen aufgeführt. Schnurgerade, fachmännisch mit Winkelmaß und Lot gebaut, stand sie kalt und senkrecht da. Der Mörtel fehlte freilich, aber er fehlt auch bei gewissen Bauten der Römer, ohne daß davon ihre strenge Architektur beeinträchtigt wird. An der Mauerhöhe ließ sich die Tiefe erahnen. Der Sims verlief genau parallel zum Sockel. In gleichmäßigen Abständen waren an der grauen Außenseite verdeckte Schießscharten zu erkennen, die schwarzen Strichen ähnelten. So weit das Auge reichte, wirkte die Straße wie ausgestorben. Alle Fenster und alle Türen waren geschlossen. In der Tiefe erhob sich diese Sperre, die aus der Straße eine Sackgasse machte, eine feste und friedliche Mauer. Niemand war zu sehen, nichts zu hören, kein Ruf, kein Geräusch, kein Hauch. Ein Grab.

Die blendende Junisonne überflutete das schreckliche Etwas mit ihrem Licht.

Es war die Barrikade des Faubourg du Temple.

Angesichts dieser geheimnisvollen Erscheinung wurden selbst die Mutigsten nachdenklich. Alles paßte, war eingefügt, lag dachziegelartig übereinander, sah geradlinig, gleichmäßig und unheimlich aus. Da war Wissenschaft und Finsternis. Der Anführer der Barrikade mußte ein Geometer oder ein Gespenst sein. Man schaute das an und senkte die Stimme.

Hin und wieder, wenn irgend jemand, ein Soldat, ein Offizier oder ein Volksvertreter, es wagte, den menschenleeren Fahrdamm zu überqueren, war ein scharfes, leises Pfeifen zu hören, und der Mann sank verletzt oder tot um. Entkam er, schlug eine Kugel in einen geschlossenen Fensterladen, in die breite Fuge zwischen zwei Bruchsteinen, in den Gips einer Mauer ein. Manchmal auch eine Kartätschenkugel. Denn die Männer der Barrikade hatten sich aus zwei gußeisernen Gasrohrstücken, die sie an einem Ende mit Werg und Ofenlehm zugeschmiert hatten, zwei kleine Kanonen gebaut. Kein Pulver wurde verschwendet. Fast jeder Schuß traf. Ein paar Leichen lagen herum, und Blutlachen hatten sich auf dem Pflaster gebildet. Ich erinnere mich an einen weißen Schmetterling, der auf der Straße hin und her flog. Der Sommer demissioniert nicht.

Die Torwege in der Umgegend waren von Verwundeten überfüllt.

Man fühlte sich von jemand, der nicht zu sehen war, aufs Korn genommen und begriff, daß die Straße in ihrer ganzen Länge im Schußbereich der Barrikade lag.

Hinter der hoch gewölbten Brücke über den Kanal am Ortseingang des Faubourg du Temple zusammengedrängt, beobachteten die Soldaten der Angriffskolonne ernst und konzentriert diese schaurige Schanze, diese Reglosigkeit und Unbeirrbarkeit, aus der der Tod kam. Ein paar von ihnen krochen auf dem Bauch bis zur Höhe der Brückenwölbung, sorgsam darauf bedacht, daß ihre Tschakos nicht hervorlugten.

Erschauernd bewunderte der tapfere Oberst Monteynard die Barrikade. »Wie das gebaut ist!« meinte er zu einem Abgeordneten. »Kein Pflasterstein steht vor. Glatt wie Porzellan.« In diesem Augenblick durchschlug eine Kugel das Kreuz auf seiner Brust, und er fiel.

»Die Feiglinge!« hieß es. »Sollen sie sich doch zeigen! Daß man sie sieht! Keinen Mumm haben sie! Sie verstecken sich!« Die Barrikade des Faubourg du Temple, von achtzig Mann verteidigt und von zehntausend angegriffen, hielt sich drei Tage. Am vierten machte man es wie in Zaatcha und Konstantine, man drang in die Häuser ein, kam über die Dächer, und die Barrikade wurde erobert. Keiner der achtzig Feiglinge dachte an Flucht. Alle wurden hier getötet, mit Ausnahme des Anführers Barthélemy, von dem gleich noch die Rede sein wird.

Die Barrikade von Saint-Antoine war das Toben des Gewitters. Die Barrikade des Faubourg du Temple war die Stille. Diese zwei Schanzen unterschieden sich voneinander wie das Fürchterliche vom Verhängnisvollen. Die eine glich einem Rachen, die andere einer Maske.

Läßt man gelten, daß der gewaltige und düstere Juniaufstand sich aus Zorn und Rätselhaftem zusammensetzte, so war in der ersten Barrikade der Drache und hinter der zweiten die Sphinx zu spüren.

Die beiden Festungen waren von zwei Männern namens

Cournet und Barthélemy gebaut worden. Cournet hatte den Bau der Barrikade von Saint-Antoine geleitet, Barthélemy den der Barrikade des Faubourg du Temple. Eine jede war die Spiegelung ihres Baumeisters.

Cournet, ein hochgewachsener, breitschultriger Mann mit rotem Gesicht, besaß eine eiserne Faust, ein tapferes Herz, eine ehrliche Seele, ein aufrichtiges und schreckliches Auge. Unerschrocken, tatkräftig, reizbar und stürmisch, war er der herzlichste Mensch, der fürchterlichste Kämpe. Krieg, Kampf und Getümmel waren sein Element und stimmten ihn froh. Er war Marineoffizier gewesen, und seine Gebärden, seine Stimme ließen erkennen, daß er vom Ozean, daß er aus dem Sturm kam. Er behielt den Orkan in der Schlacht bei. Vom Genie abgesehen, hatte Cournet etwas von Danton, wie Danton, bis auf die Göttlichkeit, etwas von Herkules hatte.

Barthélemy, mager, schwächlich, bleich und schweigsam, war gewissermaßen ein tragischer Straßenjunge. Ein Polizist hatte ihn geohrfeigt. Er lauerte ihm auf, paßte ihn ab und tötete ihn, und im Alter von siebzehn Jahren wurde er ins Bagno gesteckt. Er kam heraus und baute die Barrikade.

Später, als beide als Verbannte in London weilten, tötete Barthélemy unseligerweise Cournet. Es war ein trauriges Duell. Einige Zeit danach geriet er in das Räderwerk eines jener geheimnisvollen Abenteuer, bei denen die Liebe mit im Spiel ist, eines jener Unglücksfälle, bei denen die französische Justiz auf mildernde Umstände und die englische nur auf die Todesstrafe erkennt. Barthélemy wurde gehängt. Der unergründliche soziale Bau ist so beschaffen, daß dieses unglückliche Wesen, das sicher einen starken, vielleicht großen Geist besaß, durch die materielle Not und die innere Finsternis in Frankreich mit dem Bagno begann und in England am Galgen endete. Wenn sich die Gelegenheit dazu bot, hißte Barthélemy nur eine, die schwarze Fahne.

II

Womit beschäftigt man sich im Abgrund, wenn nicht mit Plaudern

Sechzehn Jahre zählen bei der Untergrunderziehung des Aufruhrs, und im Juni 1848 wußte man besser Bescheid als im Juni 1832. Daher war die Barrikade in der Rue de la Chanvrerie nur ein Entwurf und ein Anfang, verglichen mit den beiden Kolossen von Barrikaden, die wir soeben skizziert haben. Doch für ihre Zeit war sie fürchterlich.

Die Aufständischen hatten unter den Augen von Enjolras, denn Marius leitete nichts mehr, die Nacht ausgenutzt. Die Barrikade war nicht nur erneuert, sie war auch vergrößert. Man hatte sie um zwei Fuß erhöht. Zwischen den Steinen aufgepflanzte Eisenstangen glichen Sperrlanzen. Das verschiedenste Gerümpel, von überall zusammengetragen und eingesetzt, machte die Verzahnung der Front dichter. Die Schanze war von kundigen Händen, Gemäuer nach innen und Geröll nach außen, umgebaut worden. Man hatte die Treppe aus Pflastersteinen geflickt, die gestattete, wie zur Mauer einer Zitadelle hinaufzusteigen.

Die häusliche Einrichtung der Barrikade war abgeändert, der Saal im Erdgeschoß des Schuttes entledigt, die Küche als Lazarett umgestellt, die Sanitätswache für die Verwundeten verbessert, das auf dem Boden und den Tischen verstreute Pulver gesammelt. Man hatte Kugeln gegossen, Patronen verfertigt, Leinwand gezupft, die Waffen, die niedergefallen waren, ausgeteilt, das Innere der Redoute gereinigt, die Trümmer aufgelesen, die Leichen entfernt. Man legte die Toten gehäuft in die Ruelle Mondétour, deren Herr man noch immer war. Das Pflaster war dort lange Zeit rot von Blut. Unter den Toten waren vier Nationalgardisten von der Bannmeile. Enjolras ließ ihre Uniformen aufheben.

Er hatte zweistündigen Schlaf angeraten. Ein Rat von ihm war ein Tagesbefehl. Aber nur drei oder vier verfuhren danach. Feuilly verwandte die zwei Stunden, um in die Mauer gegenüber der Schenke die Inschrift zu ritzen: »Es leben die Völker!« Die Worte, mit einem Nagel in die Steinschicht eingegraben, waren noch 1848 an dieser Mauer zu lesen. Die drei Frauen hatten die nächtliche Frist wahrgenommen, um endgültig zu verschwinden. So durften die Rebellen aufatmen. Es gelang den Frauen, in irgendein Nachbarhaus zu flüchten.

Die meisten der Verwundeten konnten und wollten noch kämpfen. Auf einer Streu, die aus einer Matratze und Strohbündeln bestand, lagen in der Küche, die nun Lazarettstube war, vier schwergetroffene Männer. Zwei von ihnen waren Polizeisoldaten und wurden als erste verbunden.

In dem Saal im Erdgeschoß blieben nur Mabeuf unter seinem schwarzen Tuch und der an den Pfosten gefesselte Javert. »Es ist die Totenkammer«, sagte Enjolras. Drinnen im Saal, den eine Kerze im Hintergrund spärlich beleuchtete, stand jenseits des Pfostens wie eine horizontale Schranke der Leichentisch, und der aufgerichtete Javert bildete mit dem liegenden Mabeuf ein großes, im Schatten verschwimmendes Kreuz.

Noch war von der Deichsel des Omnibusses, wenn auch die Gewehrsalven sie verstümmelt hatten, so viel erhalten, daß eine Fahne sich an ihr befestigen ließ. Enjolras, der die Eigenschaft eines Führers besaß, immer zu tun, was er sagte, hängte an den Schaft den durchlöcherten blutigen Rock des getöteten Greises.

Keine Mahlzeit war möglich. Man hatte weder Brot noch Fleisch. Die fünfzig Männer der Barrikade hatten in den sechzehn Stunden, seit denen sie hier waren, die kargen Vorräte der Schenke rasch verbraucht. Zu irgendeinem Zeitpunkt wird jede Barrikade, die verteidigt wird, unfehlbar das Floß der »Medusa«. Man mußte sich mit dem Hunger abfinden. Es war in den ersten Stunden desselben spartanischen Tages, des sechsten Juni, an dem auf der Barrikade von Saint-Merry Jeanne, umgeben von den Aufrührern, die zu essen verlangten, allen diesen Kämpfern, die »Brot« schrien, antwortete: »Warum? Es ist drei Uhr. Um vier Uhr sind wir tot.«

Da es keine Speisen mehr gab, untersagte Enjolras zu trinken. Er verbot den Wein und rationierte den Schnaps. Man hatte im Keller fünfzehn volle, hermetisch verschlossene Flaschen entdeckt. Enjolras und Combeferre prüften sie. Combeferre sagte, als er die Treppe heraufkam: »Die sind von dem alten Bestand des Vater Hucheloup, der zuerst ein Spezereigeschäft hatte.« — »Das muß ein Wein von Klasse sein«, bemerkte Bossuet. »Zum Glück schläft Grantaire. Wäre er auf den Beinen, hätten wir

Mühe, die Bouteillen zu retten.« Enjolras belegte trotz des Gemurmels die fünfzehn Flaschen mit Beschlag, und damit niemand sie antaste und sie gewissermaßen geheiligt wären, ließ er sie unter den Tisch stellen, worauf der Vater Mabeuf ruhte. Gegen zwei Uhr morgens wurde die Mannschaft abgezählt. Sie waren noch siebenunddreißig.

Der Tag begann aufzusteigen. Man hatte soeben die Fackel gelöscht, die wieder in ihrer Steinhöhle untergebracht war. Das Innere der Barrikade, eine Art von Hof nach der Straße zu, war in Finsternis ertrunken und glich in dem unbestimmten schaurigen Dämmer der Brücke eines zerschossenen Schiffes. Die Kämpfer, die gingen und kamen, bewegten sich wie schwarze Gestalten. Über diesem erschreckenden Schattennest wurden die Stockwerke der stummen Häuser in fahlem Licht sichtbar; ganz oben ragten erbleichend die Kamine. Der Himmel hatte die reizvolle, unentschiedene Tönung zwischen Weiß und Blau. Vögel flatterten jubilierend auf. Das hohe Haus hinter der Barrikade hatte, da es nach Osten gewandt war, auf seinem Dach einen rosigen Abglanz. An der Luke im dritten Stock zauste die Morgenbrise das graue Haar auf dem Kopf des getöteten Mannes.

»Ich bin entzückt, daß die Fackel gelöscht worden ist«, sagte Courfeyrac zu Feuilly. »Diese ratlose Fackel im Wind langweilte mich. Es sah aus, als fürchte sie sich. Das Fackellicht ähnelt der Klugheit der Feigen; es beleuchtet schlecht, denn es zittert.«

Der Frühschein weckt den menschlichen Geist wie die Vögel; alle plauderten. Joly, der einer Katze zuschaute, wie sie auf einer Dachrinne umherstrich, gab den philosophischen Extrakt. »Was ist die Katze?« rief er. »Sie ist ein ausgleichendes Mittel. Als der liebe Gott die Maus geschaffen hatte, sagte er: Ach, da habe ich eine Dummheit gemacht. Und er schuf die Katze. Die Katze ist die Berichtigung der Maus. Maus plus Katze ist der durchgesehene und korrigierte Probeabzug der Schöpfung.«

Combeferre sprach, umringt von Studenten und Arbeitern, über die Toten, über Jean Prouvaire, Bahorel, Mabeuf und sogar über Cabuc, und über die strenge Traurigkeit von Enjolras: »Harmodios und Aristogeiton, Brutus, Cherea, Stephanus, Cromwell, Charlotte Corday, Sand, alle hatten sie nach ihrer Tat eine Angstsekunde. Unser Herz erschauert so sehr, und das Menschenleben ist ein solches Geheimnis, daß auch nach einem bürgerlichen Mord, auch nach einem befreienden Mord, wenn es solche gibt, die Reue, einen Menschen tödlich getroffen zu haben, stärker ist als die Freude über einen der Menschheit geleisteten Dienst.«

Eine Minute später verglich in den Mäanderlinien des Wortgefechts mit einem Übergang, den die Verse von Jean Prouvaire lieferten, Combeferre die Übersetzer der »Georgica«, Raux mit Cournand, Cournand mit Delille, und sprach über die wenigen von Malfilâtre nachgedichteten Absätze, zumal die Wunder nach Cäsars Tod. Und der Name Cäsar leitete zu Brutus über. »Cäsar«, sagte Combeferre, »ist gerechterweise gefallen. Cicero war Cäsar gegenüber unnachsichtig, und er hatte recht. Diese Strenge entspricht nicht der Diatribe. Wenn Zoilos über Homer herzieht, Mävius über Vergil, Visé über Molière, Pope über Shakespeare und Fréron über Voltaire, erfüllt sich ein altes Gesetz des Neides und Hasses. Genies verführen zur Beleidigung, große Männer werden stets mehr oder weniger angekläfft. Aber Zoilos und Cicero sind grundverschieden. Cicero erweist sich als Freund der Gerechtigkeit durch den Gedanken, wie Brutus ein solcher durch das Schwert ist. Ich tadle zwar die Gerechtigkeit durch das Schwert; jedoch das Altertum ließ sie zu. Cäsar, der die Rubikongrenze verletzte, hat, als kämen sie von ihm, Würden verliehen, die vom Volke kamen. Er erhob sich nicht, wenn der Senat eintrat, und handelte, so sagt Eutrop, wie ein König und fast wie ein Tyrann, *regia ac poene tyrannica.* Er war ein großer Mann; um so schlimmer oder um so besser. Die Warnung kann nicht eindringlicher sein. Seine dreiundzwanzig Wunden machen mir geringeren Eindruck als die Unbill gegen Jesus Christus, dem sie auf die Stirn spien. Cäsar wird durch die Senatoren erdolcht; Christus wird von den Knechten geohrfeigt. Daran, daß er mehr beschimpft wird, ist Gott fühlbar.«

Bossuet, der von einem Steinhaufen herab die Plaudernden beherrschte, rief, den Karabiner in der Hand: »O Cydathenaion, o Myrrhinos, o Probalynthe, o Grazien der Aiantis! Wer wird mich begnaden, daß ich die Verse Homers aussprechen kann wie ein Grieche von Laurion oder Eidapteion!«

III
Aufhellung und Verdüsterung

Enjolras war auf einer Erkundung. Er ging aus der Barrikade durch die Ruelle Mondétour hinaus, indem er sich an den Häusern entlangschlängelte. Die Aufständischen waren hoffnungsvoll. Die Art, wie sie den nächtlichen Angriff abgeschlagen hatten, ließ sie den Angriff bei Tagesanbruch im voraus fast verachten. Sie warteten und lächelten. Sie zweifelten an ihrem Erfolg sowenig wie an ihrer Sache. Im übrigen nahte ihnen offenbar Hilfe. Sie rechneten darauf. Mit der schnellen Bereitschaft zu triumphierender Prophetie, die eine der Kräfte des kämpfenden Franzosen ist, teilten sie den Tag, der anheben sollte, in drei sichere Phasen. Um sechs Uhr morgens werde ein Regiment, das man »bearbeitet« hatte, umfallen. Um Mittag Aufstand von ganz Paris. Bei Sonnenuntergang Revolution.

Man hörte die Sturmglocke von Saint-Merry, die seit gestern abend keine Minute geschwiegen hatte. Ein Beweis, daß die andere Barrikade, die große, die von Jeanne, sich noch immer hielt. Alle diese Hoffnungen wurden von einer Gruppe zur anderen in heiterem, drohendem Geflüster ausgetauscht, das dem kriegerischen Brausen in einem Bienenstock glich.

Enjolras erschien wieder. Er kehrte von seinem düsteren Adlerflug in das Dunkel da draußen zurück. Er behorchte eine Weile mit gekreuzten Armen, eine Hand an seinem Mund, all diese Freude. Dann sagte er, frisch und rosig in dem immer helleren Tageslicht: »Die ganze Armee von Paris ist zur Schlacht ausgerückt. Ein Drittel dieser Armee wuchtet auf der Barrikade, auf der ihr steht. Dazu die Nationalgarde. Ich habe die Tschakos des fünften Linienregiments erkannt und die Standarte der sechsten Legion. In einer Stunde werdet ihr angegriffen. Das Volk hat gestern gekocht, aber heute morgen rührt es sich nicht. Nichts zu erwarten, nichts zu erhoffen. Weder eine Vorstadt noch ein Regiment. Ihr seid von allen verlassen.«

Die Worte überdeckten das Dröhnen der Gruppen und fielen nieder wie die ersten Tropfen eines Gewitterregens auf den Bienenschwarm. Alle verstummten. Ein Moment unaussprechlicher Stille setzte ein, in dem man das Rauschen des Todes hätte hören können. Der Moment war kurz. Eine Stimme aus dem dunkelsten Hintergrund rief Enjolras zu: »Sei es! Dann wollen wir die Barrikade noch zwanzig Fuß höher bauen und alle hierbleiben, Bürger, übernehmen wir den Protest der Leichname! Zeigen wir, daß, wenn das Volk die Republikaner verläßt, die Republikaner das Volk nicht verlassen!«

Diese Worte machten die Gedanken aller von der Wolke peinlicher Angst frei. Ein enthusiastisches Klatschen war ihr Widerhall. Nie hat man den Namen des Mannes, der so sich äußerte, erfahren. Er war irgendein unbekannter Blusenmann, ein Verschollener, Vergessener, ein Held, der untertauchte, der große Namenlose, der immer in den menschlichen Krisen und in der Genesis der sozialen Geschichte mitspielt und in einem gegebenen Augenblick in einer entscheidenden Fassung das Schlußwort sagt. Dann entschwindet er in die Finsternis, nachdem er eine Minute lang im Schein eines Blitzes das Volk dargestellt hat und Gott.

Diese unerbittliche Erklärung lag so in der Luft des 6. Juni 1832, daß fast zur selben Stunde auf der Barrikade von Saint-Merry die Aufständischen jenen Schrei, der historisch geworden ist und im Prozeß gerichtlich erhärtet wurde, ausstießen: »Ob man uns zu Hilfe kommt oder nicht, gleichviel! Wir wollen sterben bis zum letzten!« Wie man sieht, waren die beiden Barrikaden, obschon materiell gesondert, miteinander verbunden.

IV

Fünf weniger, einer mehr

Nachdem der Unbekannte, der den »Protest der Leichname« verkündete, gesprochen und die Formel der Gemeinschaftsseele gefunden hatte, entfuhr dem Munde aller ein Schrei seltsamer Genugtuung, ein furchtbarer Schrei, voll Todesahnung dem Sinn und frohlockend dem Klang nach: »Es lebe der Tod! Wir alle bleiben hier.«

»Warum alle?« fragte Enjolras.

»Alle, alle!«

Enjolras erwiderte: »Die Kampfposition ist gut, die Barrikade vortrefflich gebaut. Dreißig Mann genügen. Wozu das Opfer von vierzig?«

Sie entgegneten: »Weil kein einziger wird gehen wollen.«

»Bürger«, drängte Enjolras, und in seiner Stimme schwang ein fast gereizter Ton mit, »die Republik ist nicht so reich an Männern, daß sie unnütze Aufwendungen machen könnte. Die Gloriole ist Vergeudung. Wenn einige verpflichtet sind zu gehen, muß diese Pflicht gelten wie jede andere.«

Enjolras, der Mann der Grundsätze, wirkte auf seine Glaubensgenossen mit der Allmacht, die vom Absoluten ausgeht. Indes, ungeachtet dieser Allmacht, murrten sie. Als Enjolras es sah, beharrte er, Führer bis in die Fingerspitzen, auf seinem Willen. Hoffärtig rief er: »Die sich fürchten, wenn wir nur dreißig sind, sollen sich melden.«

Das Murren verdoppelte sich. »Übrigens«, bemerkte eine Stimme in der Gruppe, »gehen ist leicht gesagt. Die Barrikade ist umzingelt.«

»Nicht nach den Hallen zu«, erwiderte Enjolras. »Die Rue Mondétour ist frei, und durch die Rue des Prêcheurs kann man den Marché des Innocents erreichen.«

»Und dort«, versetzte eine andere Stimme aus der Gruppe, »wird man abgefangen. Man gerät an irgendeinen Wachposten der Linie oder der Außenbezirke. Sie werden einen Mann in Bluse und Mütze vorbeigehen sehen. Woher kommst du? Von der Barrikade? Und sie beschauen die Handfläche. Du riechst nach Pulver und wirst erschossen.«

Enjolras berührte, ohne zu antworten, Combeferres Schulter, und beide gingen in den unteren Saal. Im nächsten Moment traten sie wieder hinaus. Enjolras hielt in seinen ausgestreckten Armen die vier Uniformen, die er hatte zurücklegen lassen. Combeferre folgte ihm und trug das Lederzeug und die Tschakos. »Mit dieser Uniform«, sagte Enjolras, »mischt man sich in die Reihen und schlüpft durch. Das reicht immer für vier.« Und er warf die vier Uniformen auf den Boden, von dem das Pflaster abgeräumt war.

Die stoische Hörerschaft ließ sich nicht einschüchtern. Combeferre nahm das Wort. »Ihr solltet«, sagte er, »ein bißchen Erbarmen haben. Wißt ihr, worum es sich hier handelt? Es handelt sich um die Frauen. Sind da Frauen, ja oder nein? Sind da Kinder, ja oder nein? Sind da Mütter, ja oder nein, die mit ihrem Fuß eine Wiege schaukeln und um die ihre Kleinen sich scharen? Wer unter euch nie die Brust einer Amme gesehen hat, hebe die Hand! Ah! Ihr wollt euch töten lassen, und auch ich will es, der ich zu euch spreche, aber ich will nicht das Gefühl haben, daß Gespenster von Frauen um mich her die Hände ringen. Sterbt, gut, aber laßt nicht andere sterben! Selbstmorde wie der, der hier geschehen wird, sind erhaben, aber der Selbstmord hat eine enge Basis und duldet keine Ausdehnung, und sobald er die euch Nächsten in Mitleidenschaft zieht, dann hat der Selbstmord den Namen Mord. Denkt an die blonden Köpfchen, und denkt an die weißen Haare! Hört zu! Vorhin hat Enjolras, wie er mir jetzt sagte, an der Ecke der Rue du Cygne ein erleuchtetes Fenster gesehen, eine Kerze an einem einsamen Fenster, im fünften Stock, und an der Scheibe den wackelnden Schatten des Kopfes einer alten Frau, die schlaflos die Nacht verbracht zu haben und zu warten schien. Vielleicht ist es die Mutter von einem von euch. Dann soll der schleunigst hingehen und ihr sagen: Mutter, da bin ich! Er kann ruhig sein, die Arbeit hier wird dennoch getan werden. Wer der Ernährer seiner Familie ist, hat nicht mehr das Recht, sich aufzuopfern. Das heißt die Familie im Stich lassen. Und die, die Töchter, und die, die Schwestern haben! Bedenkt ihr das? Ihr laßt euch töten, ihr seid tot, gut, und morgen? Wenn junge Mädchen brotlos sind, so ist das schrecklich. Der Mann bettelt, die Frau verkauft sich. Ach, diese bezaubernden, so anmutigen und süßen Wesen, deren Köpfchen mit Blumen bekränzt sind, die singen und plappern, das Haus mit Keuschheit erfüllen, die wie ein lebendiger Duft sind und das Dasein der Engel im Himmel durch die Unschuld der Jungfrauen auf Erden beweisen, diese Jeanne, diese Lise, diese Mimi, diese anbetungswürdigen und sittsamen Geschöpfe, die euer Segen sind und euer Stolz, ach, mein Gott, sie werden hungern! Soll ich es euch sagen? Es gibt einen Markt für Menschenfleisch, und nicht mit euren Schattenhänden, die sie umzittern, werdet ihr sie daran hindern, dort hinzukommen. Denkt an die Straße, an das von Passanten wimmelnde Pflaster, an die Läden, vor denen Frauen dekolletiert im Straßenschmutz auf und ab gehen! Auch diese Frauen waren einmal rein. Die ihr Schwestern habt, denkt an sie! Elend, Prostitution, Sittenpolizei, Saint-Lazare, ihnen werden die zarten, schönen Mädchen anheimfallen, die gebrechlichen Wunder der Scham, der Zierlichkeit, der Schönheit, frischer als Flieder im Mai. Ach, ihr habt euch töten lassen, ihr seid nicht mehr. Ihr habt das Volk von der Königsherrschaft befreien wollen, ihr überliefert eure Mädchen den Bütteln. Freunde, gebt acht, erbarmt euch! Die Frauen, die unglücklichen Frauen, ihr seid nicht gewohnt, viel an sie zu denken. Man vertraut darauf, daß die Frauen nicht die Erziehung der Männer empfangen haben; man erlaubt ihnen nicht, zu lesen, zu denken, sich mit Politik zu beschäftigen. Wie wollt ihr verhüten, daß sie heute abend in die Morgue gehen und eure Leichname erkennen? Die Familie haben, sollen sich als anständige Kerle mit Händedruck von uns verabschieden und verschwinden. Sie sollen uns die Sache hier ganz allein erledigen lassen. Ich weiß wohl, daß es Mut zum Gehen braucht, es ist schwer. Aber je schwerer es einem fällt, desto löblicher ist es. Ihr sagt euch: Ich habe ein Gewehr, ich bin in der Barrikade, tut mir leid, ich bleibe hier. Tut mir leid, das ist rasch gesagt. Meine Freunde, es gibt ein Morgen, ihr werdet dieses Morgen nicht erleben, doch eure Familien werden es erleben. Und wieviel Leid! Seht, ein hübsches, gesundes Kind mit apfelroten Wangen, das schwatzt, plappert, zwitschert und lacht, das man unter dem Kuß spürt, wißt ihr, was aus ihm wird, wenn die Eltern es im Stich lassen? Ich habe eins gesehen, ein ganz kleines, so groß. Sein Vater war gestorben. Arme Leute hatten es aus Barmherzigkeit aufgenommen, doch das Brot reichte nicht mal für sie selber. Das Kind hatte ständig Hunger. Es war Winter. Es weinte nicht, aber es wurde beobachtet, wie es zum Ofen ging, in dem nie ein Feuer brannte und dessen Rohr, ihr wißt schon, mit Lehm zugeschmiert war. Das Kind machte mit den kleinen Fingern ein wenig von dieser Erde los und aß sie. Es atmete mühsam, hatte ein bleifarbenes Gesicht, schlaffe Beine und einen dikken Bauch. Es sagte nichts. Wurde es angesprochen, gab es keine Antwort. Es ist tot. Man brachte es sterbend ins Necker-Spital, wo ich es gesehen habe. Ich war Assistenzarzt in diesem Krankenhaus. Wenn es Väter unter euch gibt, Väter, die so glücklich sind, sonntags spazierenzugehen und in ihrer starken Hand das Händchen ihres Kindes halten zu dürfen, so stelle sich jetzt jeder von diesen Vätern vor, jenes Kind sei seins. Der arme Knirps, ich erinnere mich an ihn. Mir ist, als sehe ich ihn vor mir, wie er nackt auf dem Sektionstisch liegt. Seine Rippen zeichneten sich unter der Haut ab wie Gräber unter dem Gras eines Friedhofs.

Im Magen wurde eine Art Schlamm gefunden. Er hatte Asche zwischen den Zähnen. Wohlan, prüfen wir unser Gewissen, und ziehen wir unser Herz zu Rate! Die Statistiken bestätigen, daß die Sterblichkeit der ausgesetzten Kinder fünfundfünfzig Prozent beträgt. Ich wiederhole, es handelt sich um Frauen, um Mütter, um junge Mädchen, um arme Würmer. Ist von euch die Rede? Man weiß wohl, was ihr seid, daß ihr alle tapfer seid, bei Gott! Freudig folgt ihr alle dem Ruf, euer Leben für die große Sache hinzugeben. Ihr haltet euch für auserwählt, mit eurem Tod dem Volk zu nützen und großartig zu sterben. Und jeder von euch will seinen Anteil am Triumph. Recht so! Aber ihr seid nicht allein auf der Welt. Es muß auch an die anderen gedacht werden. Man darf nicht egoistisch sein.«

Alle senkten mit finsterer Miene den Kopf.

Seltsame Widersprüche des menschlichen Herzens in seinen erhabensten Augenblicken. Combeferre, der so sprach, war nicht etwa verwaist. Er erinnerte sich der Mütter anderer und vergaß die eigene. Er wollte sich töten lassen. Er handelte »egoistisch«.

Marius, der nichts gegessen hatte und fieberte, der alle Hoffnungen hinter sich gelassen hatte und im Schmerz gestrandet war, der düsterste der Schiffbrüchigen, erfüllt von wilder Erregung und bewußt des nahen Endes, hatte sich mehr und mehr in die visionäre Betäubung gestürzt, die immer der selbstgewählten Schicksalsstunde vorangeht. An ihm hätte ein Physiolog beobachten können, wie sich die Symptome jenes fieberhaften Selbstvergessens entwickelten, das der Wissenschaft bekannt, von ihr eingeordnet worden ist und das sich zum Leid verhält wie die Wollust zum Vergnügen. Auch die Verzweiflung hat ihre Ekstase. Marius war in sie verfallen. Er erlebte alles wie von draußen. Was geschah, schien ihm fern. Er nahm das Ganze wahr, doch keine Einzelheiten. Wie durch lodernde Flammen sah er die Menschen kommen und gehen. Er hörte die Stimmen, als kämen sie aus der Tiefe. Indes erregte ihn dies. In dieser Szene war etwas, was bis zu ihm hindurchdrang und was ihn aufweckte. Er hatte nur noch eine Idee, zu sterben, und wollte ihr nicht abtrünnig werden. Aber in seinem todestraurigen Somnambulismus dachte er, wenn man sich vernichte, sei es nicht verboten, einen anderen zu retten.

»Enjolras und Combeferre haben recht!« rief er. »Kein zweckloses Opfer! Ich schließe mich ihnen an, und Eile tut not. Combeferre hat euch entscheidende Dinge gesagt. Manche unter euch haben Familien, Mütter, Schwestern, Frauen, Kinder. Sie sollen vortreten!«

Niemand regte sich. »Die Verheirateten und die Ernährer von Familien vortreten!« wiederholte Marius. Sein Ansehen war groß. Enjolras war der Führer der Barrikade, aber gerettet hatte Marius sie.

»Ich befehle es!« rief Enjolras.

»Ich bitte euch!« sagte Marius.

Da begannen, durch die Worte von Combeferre aufgewühlt, durch den Befehl von Enjolras wankend gemacht, durch die Bitte von Marius bewegt, diese heldenhaften Männer einander zu bezichtigen. »Das ist wahr«, sagte ein junger Mann zu einem reifen, »du bist Familienvater. Geh!«

»Geh lieber du«, erwiderte der andere, »du hast zwei Schwestern, für die du sorgst!« Und ein unerhörter Streit brach aus. Keiner wollte sich an das Tor des Grabes schicken lassen. »Nun aber rasch«, sagte Courfeyrac, »in einer Viertelstunde ist keine Zeit mehr.«

»Bürger«, rief Enjolras, »hier ist die Republik, und das allgemeine Stimmrecht gilt. Benennt selbst diejenigen, die auszuscheiden haben!«

Man gehorchte. In wenigen Minuten waren fünf einstimmig benannt und verließen die Reihen. »Fünf!« sagte Marius. Nur vier Uniformen waren vorhanden. »Also muß einer dableiben!« riefen die fünf. So mußte der ausgesucht werden, der zurückblieb, wenn er nicht vor den anderen sein Nichtbleiben begründete. Der Zank des Edelmuts begann wieder. »Du hast eine Frau, die dich liebt.« — »Du hast eine alte Mutter.« — »Du hast keine Eltern mehr; was wird aus deinen drei kleinen Brüdern?« — »Du bist der Vater von fünf Kindern.« — »Du hast ein Recht zu leben, du bist siebzehn, das ist zu früh.«

Die großen revolutionären Barrikaden waren Sammelplätze des Heldenmuts. Das Unwahrscheinliche war hier selbstverständlich. Diese Männer staunten nicht übereinander.

»Rasch«, wiederholte Courfeyrac.

Aus den Gruppen heraus riefen sie Marius zu: »Nennen Sie den, der bleiben soll!«

»Ja«, sagten die fünf, »suchen Sie aus! Wir werden Ihnen gehorchen.«

Marius glaubte nicht mehr an die Möglichkeit einer seelischen Erschütterung. Aber bei dem Gedanken, er solle einen Menschen als Todeskandidaten bezeichnen, strömte all sein Blut zum Herzen. Er wäre erblaßt, hätte er noch erblassen können. Er schritt auf die fünf zu, die lächelten, und jeder schrie, die Augen voll der großen Flamme, die in der Geschichte der Thermopylen emporschlägt: »Ich! Ich! Ich!«

Stumpf zählte Marius sie. Noch immer waren es fünf. Dann senkte sich sein Blick auf die vier Uniformen nieder. In diesem Augenblick wurde eine fünfte Uniform auf die vier anderen geworfen, wie vom Himmel herab. Der fünfte Mann war gerettet.

Marius sah auf und erkannte Herrn Fauchelevent. Jean Valjean war in die Barrikade eingetreten. Erkundigung, Instinkt oder Zufall hatten ihn durch die Ruelle Mondétour hergeführt. Da er als Nationalgardist gekleidet war, hatte er leicht Durchlaß erlangt. Der Wachposten, den die Rebellen in der Straße aufgestellt hatten, brauchte eines einzigen Nationalgardisten wegen nicht Alarm zu schreien. Er hatte ihn nicht angehalten, da er sich sagte: Der ist wahrscheinlich Nachschub, oder er wird festgenommen werden. Der Moment war zu wichtig, als daß der Posten seine Pflicht vernachlässigen und seinen Standort verlassen konnte.

Als Jean Valjean die Schanze betrat, hatte niemand ihn beobachtet, da alle auf die fünf Kameraden und die vier Uniformen starrten.

Jean Valjean hatte zugeschaut und zugehört, stumm sich seines Rockes entledigt und ihn auf die vier anderen geworfen. Die Erregung war ungeheuer. »Wer ist der Mann?« fragte Bossuet.

»Ein Mann, der andere rettet«, erwiderte Combeferre.

»Ich kenne ihn«, fügte Marius mit ernster Stimme hinzu. Diese Bürgschaft befriedigte alle. Enjolras wandte sich an Jean Valjean: »Bürger, seien Sie willkommen! Sie wissen, es heißt: sterben!«

Wortlos half Jean Valjean dem Aufständischen, den er gerettet hatte, die Uniform anzulegen.

V

Welche Horizonte eröffnen sich von der Höhe der Barrikade

Die Situation aller in dieser Stunde des Verhängnisses und an diesem unerbittlichen Ort fand ihre letzte Zusammenfassung und gleichsam ihren Gipfel in der Schwermut von Enjolras. In ihm war die Fülle der Revolution. Und dennoch war auch er nicht vollkommen, soweit das Absolute es sein kann. Er hatte zuviel von Saint-Just und nicht genug von Anacharsis Cloots. Indessen hatte sein Geist in der Gesellschaft der Freunde des ABC nach und nach eine gewisse Magnetisierung durch die Ideen von Combeferre erfahren. Seit einiger Zeit entfremdete er sich der engen Form des Dogmas. Er wurde den Erweiterungen durch den Gedanken des Fortschritts zugänglich, und er nahm nun als definitive, überragende Entwicklung die Umwandlung der großen Französischen Republik in eine unermeßliche Republik der Menschheit an. Da eine gewaltsame Situation gegeben war, wollte er Gewaltsamkeit der unmittelbaren Mittel. Darin änderte er sich nicht.

Er beharrte bei der epischen, furchtbaren Schule, die in dem Wort beschlossen liegt: Siebzehnhundertunddreiundneunzig.

Er stand auf der steinernen Treppe, mit einem Ellbogen auf den Lauf seines Karabiners gestützt. Er dachte nach und zitterte, als werde er von einem kalten Hauch gestreift. Die Stätte, an der der Tod wohnt, hat diese Orakelluft um den Dreifuß. Aus seinen Augen, die sein Inneres widerspiegelten, brach erstickte Glut. Plötzlich hob er den Kopf, sein blondes Haar sträubte sich nach hinten wie das des Engels auf der dunklen Quadriga der Sterne. Es glich einer wirren Löwenmähne in den Flammen der Aureole.

»Bürger«, rief Enjolras, »könnt ihr euch die Zukunft träumen? Die Straßen der Städte vom Licht durchwogt, grüne Zweige an den Schwellen, die Nationen verschwistert, die Menschen gerecht, die Greise die Kinder segnend, die Vergangenheit in Liebe zur Gegenwart, der Denker in unbegrenzter Freiheit, die Gläubigen in voller Gleichheit, der Himmel Religion, Gott alleiniger Priester, das menschliche Gewissen Altar geworden, kein Haß mehr. Brüderschaft von Werkstatt und Schule, als Strafe und Belohnung die allgemeine Bekanntgabe, Arbeit, Recht, Frieden für alle, kein Blutvergießen mehr, keine Kriege, die Mütter glücklich! Die Bändigung der Materie ist der erste Schritt, die Verwirklichung des Ideals der zweite. Überlegt, was der Fortschritt schon getan hat! Einst sahen die ersten Geschlechter der Menschen in Angst vor ihren Augen die Hydra sich vorüberwälzen, die über die Wasser blies, den feuerspeienden Drachen, den Greif, der das Fabelwesen der Luft war und mit den Flügeln eines Adlers und den Pranken eines Tigers dahinflog; Tiere, die den schwachen Menschen erschreckten. Aber der Mensch hatte seine Fallen gestellt, die geheiligten Fallen der Intelligenz, und die Ungetüme zuletzt darin gefangen. Wir haben den Drachen gebändigt, und sein Name ist Lokomotive; wir sind dabei, den Greif zu bändigen; wir halten ihn schon, und sein Name ist Ballon. An dem Tag, an dem dieses prometheische Werk beendet sein und der Mensch auf immer die dreifache antike Schimäre an den Wagen seines Willens gespannt haben wird, die Hydra, den Drachen und den Greif, wird er Herr sein des Wassers, des Feuers und der Luft und für die übrige beseelte Schöpfung, was die Götter des Altertums einst für ihn waren. Mut und vorwärts! Bürger, wohin gehen wir? Zur Wissenschaft, die Regierung geworden ist, zur Kraft der Dinge, die nun öffentliche Kraft ist, zum Naturgesetz, das sich selbst bestätigt, das sein eigenes Strafrecht hat und durch die Gewißheit der Vernunft verkündet wird, zur Wahrheit, die wie ein neuer Tag anbricht. Wir gehen zur Einigung der Völker, zur Einheit der Menschen.

Keine Rechtsfiktionen, keine Schmarotzer mehr. Daß das Wirkliche vom Wahren beherrscht wird, ist das Ziel. Die Zivilisation wird ihre Sitzungen auf dem Gipfel Europas und später im Mittelpunkt der Kontinente in einem großen Parlament des Verstandes abhalten. Etwas Ähnliches hat es bereits gegeben. Die Amphiktyonen tagten zweimal im Jahr, einmal in Delphi, der Stätte der Götter, das andere Mal an den Thermopylen, der Stätte der Helden. Europa, der Erdball wird seine Amphiktyonen haben. Frankreich trägt diese erhabene Zukunft in seinem Schoß. Das neunzehnte Jahrhundert geht damit schwanger. Was Griechenland entwarf, ist würdig, von Frankreich vollendet zu werden. Feuilly, du tapferer Arbeiter, du Mann des Volkes und der Völker, höre mich an! Ich verehre dich. Ja, du siehst deutlich die künftigen Zeiten, und du hast recht. Du hattest weder Vater noch Mutter, Feuilly. Du hast dir die Menschheit zur Mutter und zum Vater das Recht erwählt. Du wirst hier sterben, das heißt siegen. Bürger, was auch immer heute geschehen mag, durch unsere Niederlage wie durch unseren Sieg, wir machen eine Revolution. Wie Feuersbrünste die ganze Stadt erhellen, erleuchten Revolutionen das ganze Menschengeschlecht. Und was für eine Revolution wird unsere sein? Ich sagte es, die Revolution des Wahren. Vom Standpunkt der Politik aus gibt es nur ein einziges Prinzip: die Souveränität des Menschen über sich selbst. Diese Souveränität des Ich über das Ich heißt Freiheit. Da, wo zwei oder mehrere solche Souveränitäten sich zusammenschließen, beginnt der Staat. Aber bei diesem Zusammenschluß wird nichts aufgegeben. Jede Souveränität gibt einen gewissen Teil von sich selbst ab, um das gemeine Recht zu bilden. Dieser Anteil ist für alle gleich. Dieses gleiche Zugeständnis, das jeder allen macht, heißt Gleichheit. Das gemeine Recht ist nichts anderes als der Schutz aller, der sich auf das Recht eines jeden einzelnen erstreckt. Dieser jedem einzelnen gewährte Schutz aller heißt Brüderlichkeit. Der Schnittpunkt aller dieser Souveränitäten, die aufgenommen werden, heißt Gesellschaft und ist eine Verbindung, ein Band. Daher die Bezeichnung soziale Bindung. Manche sagen auch Gesellschaftsvertrag dazu, was dasselbe ist. Verständigen wir uns über die Gleichheit; denn wenn die Freiheit der Gipfel ist, so bildet die Gleichheit die Grundlage. Gleichheit, Bürger, bedeutet nicht, daß alle Pflanzen gleich groß sind, daß sich die Gesellschaft aus hohen Grashalmen und kleinen Eichen zusammensetzt und die Eifersüchte sich gegenseitig kastrieren. Gleichheit bedeutet nach bürgerlichem Recht, daß alle Fähigkeiten den gleichen Anfang haben, bedeutet politisch, daß allen Stimmen das gleiche Gewicht beizumessen ist, und auf die Religion bezogen, daß jedes Gewissen das gleiche Recht besitzt. Die Gleichheit verfügt über ein Instrument: den Schulzwang. Mit dem Recht auf das Alphabet muß begonnen werden. Die Grundschule — eine Pflicht für alle, die höhere Schule, die allen offensteht, so lautet das Gesetz. Aus der einheitlichen Schule geht die gleiche Gesellschaft hervor. Ja, Unterricht! Licht! Licht! Alles kommt aus dem Licht, und alles kehrt dahin zurück. Bürger, das neunzehnte

Jahrhundert ist groß, aber das zwanzigste wird das glückliche Jahrhundert sein. Nichts mehr wird der alten Geschichte ähneln. Nicht wird mehr wie heute Eroberung zu fürchten sein, Invasion, Vergewaltigung, eine Rivalität der Nationen mit bewaffneter Hand, ein Aussetzen der Zivilisation wegen einer Heirat unter Königen, einer Geburt in den Erbtyranneien, eine Teilung von Völkern durch einen Kongreß, eine Zerstückelung durch den Einsturz einer Dynastie, ein Kampf zweier Religionen, die wie zwei Böcke des Schattens auf der Brücke des Unendlichen zusammentreffen. Nicht Hunger wird zu fürchten sein, Ausbeutung, Prostitution aus Not, Elend durch Arbeitslosigkeit, nicht Schafott und Schwert und Schlachten und all die Brigantenwillkür des Zufalls im Wald der Ereignisse. Man könnte fast sagen: Es wird keine Ereignisse mehr geben. Die Menschheit wird glücklich sein. Sie wird ihr Gesetz erfüllen, wie der Erdball das seine erfüllt. Die Harmonie zwischen Seele und Gestirn wird sich erneuern. Die Seele wird um die Wahrheit kreisen wie das Gestirn um das Licht. Freunde, die Stunde, in der ich zu euch spreche, ist düster; aber das ist der schreckliche Kaufpreis der Zukunft! Eine Revolution ist ein Wegezoll. Oh! Die Menschheit wird befreit, erhoben und getröstet werden. Wir versichern es ihr auf dieser Barrikade.

Wo wird der Schrei der Liebe ausgestoßen, wenn nicht auf der Höhe des Opfers? O meine Brüder, hier ist der Ort, an dem sich die Denkenden und Leidenden vereinigen. Diese Barrikade ist weder aus Pflastersteinen noch aus Balken, noch aus altem Eisen errichtet. Sie ist aus zwei Bergen aufgetürmt, einem Berg von Gedanken und einem Berg von Schmerzen. Das Elend begegnet hier dem Ideal. Der Tag umarmt hier die Nacht und sagt zu ihr: Ich sterbe mit dir, und du wirst mit mir wiedergeboren. Dem Druck allen Jammers entspringt der Glaube. Hierher bringen die Leiden ihre Qual und die Gedanken ihre Unsterblichkeit. Qual und Unsterblichkeit werden verschmelzen und unseren Tod ausmachen. Brüder, wer hier stirbt, stirbt im Strahlen der Zukunft. Wir treten in eine Gruft ein, die durchtränkt ist vom Licht des Morgenrots.«

Enjolras unterbrach sich eher, als daß er schwieg. Seine Lippen bewegten sich stumm, als rede er weiter mit sich selbst, so daß Aufmerksame, um vielleicht noch mehr von ihm zu hören, sein Antlitz betrachteten. Man klatschte nicht Beifall, aber man flüsterte lange. Das Wort ist ein Hauch, und das Beben der Geister ähnelt dem Erzittern der Blätter.

VI

Marius verstört, Javert lakonisch

Sagen wir, was sich in Marius' Denken abspielte. Der Leser erinnert sich vielleicht an seine seelische Verfassung. Eben noch haben wir darauf hingewiesen, daß alles für ihn nur Vision war. Er konnte nicht mehr klar urteilen. Die großen geheimnisvollen Schwingen, die sich über den Sterbenden ausbreiten, warfen ihren Schatten über Marius. Ihm war, als ruhe er schon im Grab, als sei er bereits auf der anderen Seite der Mauer, und er sah die Gesichter der Lebenden nur noch mit den Augen eines Toten. Wieso war Herr Fauchelevent hier? Warum war er hier? Was wollte er hier? Marius fragte nicht danach. Da zudem unsere Verzweiflung das Merkwürdige an sich hat, andere wie uns selbst zu überwältigen, fand er es nur folgerichtig, daß jedermann starb.

Lediglich der Gedanke an Cosette verursachte ihm Herzeleid. Im übrigen hatte Herr Fauchelevent kein Wort und keinen Blick für ihn. Er schien nicht einmal aufzuhorchen, als Marius laut sagte: »Ich kenne ihn.« Durch diese Haltung von Herrn Fauchelevent fühlte sich Marius erleichtert, und wenn ein solches Wort für solche Empfindungen benutzt werden könnte, würden wir sagen, sie gefiel ihm. Er hatte es schon immer als durchaus unmöglich empfunden, diesen rätselhaften Menschen, der für ihn zugleich fragwürdig und imposant war, anzusprechen. Auch hatte er ihn sehr lange nicht gesehen, und das erhöhte für die schüchterne, spröde Natur von Marius die Unmöglichkeit.

Die fünf, die benannt worden waren, verließen die Barrikade durch die Ruelle Mondétour. Sie sahen ganz wie Nationalgardisten aus. Einer von ihnen weinte, als er ging. Vor dem Abschied umarmten sie die Zurückbleibenden.

Als die fünf dem Leben wieder zugesandten Männer fort waren, dachte Enjolras an den zum Tode Verurteilten. Er betrat den Saal im Erdgeschoß. Javert brütete vor sich hin, an den Pfosten gebunden. »Möchtest du etwas?« fragte ihn Enjolras.

»Wann werden Sie mich töten?« fragte Javert.

»Warte! Jetzt brauchen wir alle unsere Patronen.«

»Dann geben Sie mir zu trinken«, sagte Javert.

Enjolras reichte ihm selbst ein Glas Wasser, und da Javert geknebelt war, half er ihm beim Trinken. »Ist das alles?« fragte Enjolras.

»Vom Stehen an dem Pfahl wird mir schlecht«, erwiderte Javert. »Es war nicht sehr freundlich von Ihnen, daß Sie mich so die Nacht haben verbringen lassen. Binden Sie mich, wie es Ihnen gefällt, aber Sie könnten mich auf den Tisch legen wie den anderen.«

Und mit dem Kopf winkte er zu dem Leichnam von Herrn Mabeuf hinüber.

Der lange Tisch, auf dem man Kugeln geschmolzen und Patronen verfertigt hatte, war, da alle Patronen hergestellt und alle Pulvervorräte verwendet waren, jetzt frei. Auf Befehl von Enjolras schnallten vier Aufständische Javert von dem Pfosten ab.

Indes man den Gefangenen losband, hielt ein fünfter ihm ein Bajonett vor die Brust. Man ließ ihm die Hände hinter dem Rükken gefesselt; man spannte ihm eine dünne, feste Peitschenschnur um die Füße, die ihm erlaubte, Schritte von fünfzehn Zoll zu machen, wie die, die das Schafott besteigen, und ließ ihn bis zu dem Tisch im Hintergrund des Saales gehen. Dort streckte man ihn aus, um die Hüfte eng gebunden.

Zu größerer Sicherheit verstärkte man mittels eines Strickes, den man ihm um den Hals legte, das Fesselsystem, das ihm jede Hoffnung auf Entrinnen nahm, um das in den Gefängnissen Martingale genannte Band, das sich vom Nacken aus über dem Magen gabelt und, durch die Beine hindurchgeleitet, die Hände zusammenschließt.

Indes man Javert knebelte, sah ein Mann, der auf der Türschwelle stand, sonderbar scharf zu. Der Schatten, den der Mann warf, veranlaßte Javert, den Kopf umzudrehen. Er blickte auf und erkannte Jean Valjean. Er zitterte nicht, schlug stolz das Augenlid nieder und beschränkte sich darauf, zu sagen: »Sehr einfach.«

VII
Die Lage verschlimmert sich

Schnell nahm das Tageslicht zu. Aber nicht ein Fenster, nicht eine Tür öffnete sich; es war das Morgenrot, nicht das Erwachen. Das äußerste Ende der Rue de la Chanvrerie, der Barrikade gegenüber, war, wie gesagt, von den Truppen geräumt worden. Es schien frei und bot sich den Passanten in finsterer Ruhe dar. Die Rue Saint-Denis war stumm wie die Straße der Sphinx im ägyptischen Theben. Kein lebendes Wesen an den Kreuzungen, die von einem Abglanz der Sonne weißer wurden. Nichts ist so traurig wie öde Straßen in dieser Helligkeit. Man sah nichts, aber man hörte. In einer gewissen Distanz entstand eine geheimnisvolle Bewegung. Offenbar nahte der kritische Augenblick. Wie am Abend zuvor zogen sich die Wachposten zurück, aber diesmal alle.

Die Barrikade war widerstandsfähiger als beim ersten Angriff. Seit dem Abschied der fünf hatte man sie noch höher gebaut. Nach dem Rat des Postens, der die Gegend der Markthallen beobachtet hatte, faßte Enjolras, aus Furcht vor einer Überrumpelung von hinten, einen ernsten Entschluß. Er ließ den kurzen Schlauch der Ruelle Mondétour, der bis jetzt frei geblieben war, verbarrikadieren. Man entfernte dazu das Pflaster vor einigen Häusern mehr. So war die Barrikade nach drei Straßen hin vermauert, vorn nach der Rue de la Chanvrerie, links nach der Rue du Cygne und nach der Petite-Truanderie, rechts nach der Rue Mondétour, in Wahrheit fast unerstürmbar. Allerdings war man in ihr schicksalhaft eingesperrt. Sie hatten drei Fronten, jedoch keinen Ausgang mehr. »Eine Festung, aber eine Mausefalle«, sagte Courfeyrac lächelnd.

Enjolras ließ neben der Tür der Schenke etwa dreißig Pflastersteine aufhäufen, die, wie Bossuet sagte, zu früh herausgerissen waren. So tief war jetzt die Stille auf der Seite, von der die Angreifer kommen mußten, daß Enjolras jeden seinen Gefechtsposten wieder beziehen ließ. An alle wurde eine Ration Schnaps verteilt.

Nichts ist seltsamer als eine Barrikade, die sich gegen einen Angriff rüstet. Jeder wählt seinen Platz wie im Schauspiel. Man lehnt sich aneinander, Ellbogen an Ellbogen, Schulter an Schulter. Mancher baut sich aus Steinen einen Stuhl. Hier ist ein lästiger Mauerwinkel; man rückt ab von ihm. Hier ist eine Flesche, die Schutz gewähren kann; man schützt sich durch sie. Die Linkshänder sind kostbar; sie eignen sich die Plätze an, die für andere unbequem sind. Viele richten sich so ein, daß sie im Sitzen kämpfen. Man will in Behagen töten und sterben. In dem verhängnisvollen Krieg des Juni 1848 hatte sich ein Aufständischer, ein furchtbarer Schütze, der von einer Dachterrasse herab focht, einen Voltaire-Sessel bringen lassen; ein Kartätschenschuß erreichte ihn darin.

Sobald der Kommandant die Vorbereitung des Kampfes befohlen hat, hören alle ungeordneten Bewegungen auf. Keine Reiberei mehr, keine Koterien, keine Selbstgespräche, keine Gruppe für sich, alle Geister nähern sich, alles harrt auf den Angreifer. Eine Barrikade vor der Gefahr ist Chaos, in der Gefahr Disziplin. Gefahr schafft Ordnung.

Als Enjolras seinen Doppellader ergriff und an eine Schießscharte trat, die er sich vorbehalten hatte, schwiegen sie sämtlich. Ein Knistern schwacher, trockener Geräusche ertönte verworren die Steinmauer entlang. Es waren die Gewehre, die geladen wurden.

Übrigens war ihre Haltung stolzer und vertrauensvoller denn je. Das Übermaß des Opfers stärkt. Sie hegten keine Hoffnung mehr, doch ihnen blieb die Verzweiflung. Die Verzweiflung ist die letzte Waffe, die manchmal zum Sieg verhilft. Vergil hat das gesagt. Letzte Hilfe bringen die äußersten Entschlüsse. Sich auf den Tod einlassen ist bisweilen das Mittel, dem Schiffbruch zu entgehen; und der Sargdeckel wird zur rettenden Planke. Wie am Vorabend war die Aufmerksamkeit aller auf das jetzt belichtete und sichtbare Straßenende gerichtet. Man wartete nicht lange. Deutlich begann wieder der Lärm von Saint-Leu her, aber er glich nicht der Bewegung beim ersten Angriff. Ein Geklapper von Ketten, das beunruhigende Rütteln schwerer Fracht, ein Klirren von Erz, das über das Pflaster sprang, eine Art von feierlichem Getöse kündigte an, daß eine unheilvolle Eisenmasse herannahte. Die Eingeweide der alten, friedlichen Straßen erbebten. Sie waren für den ersprießlichen Verkehr der Interessen und Gedanken angelegt und gebaut worden, und nicht für das ungeheuerliche Rumpeln des Krieges.

Wild starrten die Augen aller Kämpfer auf die Häuser ganz hinten. Ein Geschütz fuhr auf. Die Kanoniere schoben es vorwärts. Es war schußfertig. Die Protze war abgehakt. Zwei stützten die Lafette, vier standen bei den Rädern; andere folgten mit dem Munitionswagen. Man sah die angezündete Lunte rauchen.

»Feuer!« schrie Enjolras.

Die ganze Barrikade feuerte; das Krachen war schrecklich. Eine Rauchlawine bedeckte und verwischte Geschütz und Mannschaft. Nach einigen Sekunden zerstreute sich die Wolke; die Kanone und die Männer, die sie bedienten, erschienen abermals. Sie rollten das Geschütz langsam vor die Barrikade, korrekt, ohne sich zu beeilen. Nicht einer war getroffen. Dann begann der Feuerwerker, indem er sich auf den Stoßboden stemmte, um höher zu schießen, mit der Würde eines Astronomen, der ein Fernrohr einstellt, zu zielen.

»Bravo, Kanoniere!« schrie Bossuet. Und die ganze Barrikade klatschte in die Hände.

Einen Moment darauf war das Geschütz winkelrecht, inmitten der Straße quer über die Gosse hinweg, in Stellung gebracht. Ein furchtbarer Rachen öffnete sich nach der Barrikade hin.

»Los, lustig!« rief Courfeyrac. »Jetzt werden sie brutal. Erst der Nasenstüber, dann der Fausthieb. Die Armee reckt ihre dicke Pfote nach uns. Die Barrikade wird ernsthaft geschüttelt werden. Die Flintensalve ist ein Tasten, die Kanone packt zu.«

»Es ist ein Achtpfünder, ein neues Modell aus Bronze«, setzte Combeferre hinzu. »Diese Geschütze springen leicht, wenn beim Gießen das Verhältnis von zehn Teilen Zinn zu hundert Teilen Kupfer nicht genau eingehalten wird. Zuviel Zinn macht sie zu weich. Es kommt dann auch vor, daß sie Höhlungen und Gußblasen in der Seele haben. Um diese Gefahr abzuwenden und um die Ladung erhöhen zu können, müßte man vielleicht auf das Verfahren des vierzehnten Jahrhunderts, auf das Umlegen mit Reifen, zurückkommen und das Rohr außen vom Stoßboden bis zum Schildzapfen mit einer Reihe nahtloser Stahlringe umgeben. Einstweilen wird dem Mangel abgeholfen, wie es eben geht.«

»Im sechzehnten Jahrhundert wurden die Rohre mit Zügen versehen«, bemerkte Bossuet.

»Ja«, antwortete Combeferre, »das erhöhte die ballistische

Leistung, aber verringerte die Treffähigkeit. Außerdem ist beim Schießen auf kurze Entfernung die Flugbahn nicht so flach wie erwünscht, ihre Gestalt zu parabolisch, so daß das Geschoß nicht mehr alle Objekte trifft, die sich auf seinem Wege befinden. Doch gerade das ist im Krieg notwendig und wird bei größerer Nähe des Feindes und rascherer Schußfolge immer bedeutsamer. Die fehlende Spannung in der Kurve der Geschosse bei den gezogenen Geschützen des sechzehnten Jahrhunderts lag an den schwachen Ladungen, und die waren durch die Ballisten geboten, zum Beispiel sollten die Lafetten geschont werden. Kurz und gut, das Geschütz, dieser Despot, kann nicht alles, was es will. Die Stärke ist eine große Schwäche. Eine Kanonenkugel erreicht nur eine Geschwindigkeit von sechshundert Meilen in der Stunde, das Licht schafft siebzigtausend Meilen in der Sekunde. Darin ist Jesus Christus Napoleon überlegen.«

»Ladet die Gewehre!« befahl Enjolras. Wie würde die Verkleidung der Barrikade die Kugel empfangen? Würde der Schuß eine Bresche schlagen? Das war die Frage. Indes die Aufrührer ihre Gewehre wieder luden, luden die Artilleristen die Kanone. Die Angst in der Schanze war groß. Der Schuß wurde abgefeuert, es krachte.

»Hier!« schrie eine fröhliche Stimme. Zur selben Zeit wie die Kugel auf die Barrikade fiel drinnen Gavroche nieder. Er kam aus der Rue du Cygne und war behend über die Nebenbarrikade vor dem Labyrinth der Petite-Truanderie geklettert.

Gavroche wirkte in der Barrikade mehr als die Kugel. Sie hatte sich in Gerümpel und Schutt verloren und höchstens ein Rad des Omnibusses zerbrochen und dem alten Karren von Anceau den Rest gegeben. Die Barrikade lachte, als sie es sah. »Weitermachen!« schrie Bossuet zu den Artilleristen hinunter.

VIII

Die Artillerie versteht keinen Spaß

Man umringte Gavroche. Aber er hatte keine Zeit, etwas zu berichten. Marius nahm ihn erschauernd beiseite. »Was willst du hier?«

»Ach«, sagte das Kind, »und Sie?« Und er sah Marius dreist,

mit seiner naiven Unverschämtheit an. Seine Augen vergrößerten sich durch ihr stolzes Leuchten.

In strengem Ton fragte ihn Marius: »Wer hat dir gesagt, du sollst wiederkommen? Hast du wenigstens meinen Brief unter der Adresse abgeliefert?«

Gavroche verspürte immerhin wegen dieses Briefes einige Gewissensbisse. In seiner Hast, nach der Barrikade zurückzukehren, hatte er sich das Schreiben eher vom Halse geschafft als es übergeben. Er war gezwungen, sich zu bekennen, daß er es etwas leichtfertig jenem Unbekannten anvertraut hatte, dessen Gesicht er nicht hatte erkennen können. Zwar war der Mann barhäuptig gewesen, aber das genügte nicht. Er machte sich kleine innere Vorwürfe und fürchtete die von Marius. Um sich aus der Affäre zu ziehen, wählte er den einfachsten Ausweg: Er log abscheulich. »Bürger, ich habe den Brief dem Portier gegeben. Die Dame schlief. Sie wird ihn kriegen, wenn sie aufwacht.«

Zweierlei bezweckte Marius, als er den Brief abschickte: Cosette Lebewohl zu sagen und Gavroche zu retten. Er mußte mit der Hälfte seines Wollens zufrieden sein.

Die Sendung des Briefes und die Anwesenheit von Herrn Fauchelevent in der Barrikade: er fühlte den Zusammenhang. Er zeigte Gavroche Herrn Fauchelevent. »Kennst du den Mann?«

»Nein«, sagte Gavroche, der ihn nur in der Nacht gesehen hatte.

Die wirren, krankhaften Vermutungen, die sich in dem Geist von Marius gebildet hatten, zerstreuten sich. Wußte er, wie Herr Fauchelevent gesinnt war? Herr Fauchelevent mochte Republikaner sein. So war seine Gegenwart bei diesem Kampf erklärlich.

Gavroche war inzwischen schon am anderen Ende der Barrikade. Er schrie: »Mein Gewehr!« Combeferre verhalf ihm wieder dazu. Gavroche meldete den Kameraden, wie er sie nannte, die Barrikade sei blockiert. Mit Mühe und Not sei er gerade noch durchgekommen. Ein Bataillon Linieninfanterie, dessen Gewehrpyramiden in der Petite-Truanderie zu sehen seien, beobachte die Seite nach der Rue du Cygne. Auf der entgegengesetzten Seite stehe die Munizipalgarde in der Rue des Prêcheurs. Gerade vor sich hatte man das Gros der Armee. Dieser Auskunft fügte Gavroche hinzu: »Ich ermächtige euch, ihnen in die Fresse zu hauen.«

Währenddessen spähte Enjolras mit gespitzten Ohren von seiner Schießscharte aus. Die Angreifer hatten, von dem Kanonenschuß zweifellos wenig angetan, ihn nicht wiederholt. Eine Kompanie Linieninfanterie war drüben in der Straße, hinter dem Geschütz, aufmarschiert. Die Soldaten hoben das Pflaster aus und bauten mit den Steinen eine kleine, niedere Mauer auf, eine Art Schulterstütze von nicht mehr als achtzehn Zoll Höhe, gegenüber der Barrikade. In der linken Ecke dieser Mauer sah man die vorderste Kolonne eines Bataillons Infanterie, das in der Rue Saint-Denis massiert war.

Enjolras glaubte, indes er auf der Lauer lag, das eigentümliche Geräusch wahrzunehmen, das entsteht, wenn aus den Munitionswagen die Kisten mit den Kartätschengeschossen herausgeholt werden, und er sah, wie der Feuerwerker die Zielrichtung änderte und die Mündung der Kanone ein wenig nach links neigte. Dann begannen die Kanoniere das Geschütz zu laden. Der Feuerwerker selbst ergriff die Lunte und näherte sie dem Zündloch.

»Kopf herunter, dicht an die Mauer«, schrie Enjolras, »und alle der Barrikade entlang auf die Knie!«

Die Aufständischen, die einzeln vor die Schenke getreten waren und, als Gavroche kam, ihre Gefechtsposten vergessen hatten, drängten sich im Durcheinander der Barrikade zu. Aber bevor die Order von Enjolras befolgt war, hatte sich der Schuß mit dem erschreckenden Röcheln einer Kartätsche entladen. Es war tatsächlich eine.

Die Artilleristen hatten sie direkt auf den Einschnitt der Schanze gelenkt; sie war von der Mauer geprallt, und diesem furchtbaren Zurückprallen dankte man zwei Tote und drei Verwundete. Wenn es so weiterging, war die Barrikade nicht zu halten. Die Kartätschengeschosse schlugen durch.

Ein Tumult der Bestürzung antwortete. »Verhindern wir den zweiten Schuß!« sagte Enjolras. Und er senkte seinen Karabiner und zielte auf den Feuerwerker, der in diesem Moment, über den Stoßboden der Kanone gebeugt, ihre Einstellung verbesserte und sie definitiv richtete. Der Feuerwerker war ein schöner Artillerieunteroffizier, ganz jung, blond, mit der Klugheit in seinem sehr sanften Gesicht, wie sie für diese furchtbare Waffe erforderlich ist, die, in ihrem Grauen immer sich steigernd, den Krieg einmal töten muß.

Combeferre, der neben Enjolras stand, betrachtete den jungen Mann. »Wie schade!« sagte er. »Wie scheußlich ist dieses Gemetzel! Nun, wenn es keine Könige mehr geben wird, hören auch die Kriege auf. Enjolras, du zielst nach diesem Sergeanten, du siehst ihn dir nicht an. Beachte, daß er ein reizender junger Mann ist, unverzagt; man sieht, daß er denkt. Sie sind sehr gebildet, diese jungen Artilleristen. Er hat einen Vater, eine Mutter, eine Familie, er liebt wahrscheinlich. Er ist höchstens fünfundzwanzig Jahre alt; er könnte dein Bruder sein.«

»Er ist es«, sagte Enjolras.

»Ja«, fuhr Combeferre fort, »und meiner auch. Also wollen wir ihn nicht morden.«

»Laß mich! Was sein muß, muß sein.« Und eine Träne glitt langsam über die marmorne Wange von Enjolras. Zugleich drückte er den Hahn seines Karabiners ab. Der Blitz zuckte auf. Der Artillerist drehte sich zweimal um sich selbst, die Arme ausgestreckt, den Kopf erhoben, als wolle er Luft einatmen; dann fiel er mit der Seite auf sein Geschütz und blieb reglos. Man sah seinen Rücken, aus dessen Mitte ein Blutstrahl steil hervorschoß. Die Kugel hatte ihm die Brust durchbohrt. Er war tot.

Man mußte ihn wegtragen und ersetzen. Damit waren einige Minuten gewonnen.

IX

Anwendung des alten Jagdtalents und des unfehlbaren Flintenschusses, der den Rechtsspruch von 1796 beeinflußt hat

In der Barrikade waren die Ansichten nicht einheitlich. Die Kanone würde wieder feuern. Gegen diese Kartätschenladungen hatte man nur für eine Viertelstunde Munition. Es war unbedingt notwendig, diese Schüsse abzudrosseln.

Enjolras schrie den Befehl: »Eine Matratze muß her!«

»Wir haben keine«, sagte Combeferre, »die Verwundeten liegen drauf.«

Jean Valjean, der abseits auf einem Prellstein saß, im Winkel der Schenke, sein Gewehr zwischen den Beinen, hatte bisher an nichts, was um ihn vorging, teilgenommen. Er schien nicht zu hören, wie die Kämpfer neben ihm sagten: »Da ist ein Gewehr, das taugt nichts.«

Auf den Befehl von Enjolras erhob er sich. Wie man weiß, hatte, als die Schar in die Rue de la Chanvrerie einzog, eine alte Frau, die einen Kugelregen voraussah, ihre Matratze vor ihr Fenster gehängt. Dieses Fenster war das einer Dachkammer in einem sechsstöckigen Haus, ein wenig außerhalb der Barrikade. Die Matratze, die, quer angebracht, unten auf zwei Stangen zum Trocknen der Wäsche auflag, war oben durch zwei Stricke festgehalten, die aus der Entfernung Bindfäden glichen. Die Frau hatte sie an Nägel geknüpft, die in das Gesims der Mansarde eingelassen waren. Man sah die beiden Stricke gegen den Himmel deutlich wie Haare.

»Kann mir jemand einen Karabiner leihen, einen Doppellader?« fragte Jean Valjean.

Enjolras, der den seinen wieder geladen hatte, reichte ihn ihm. Jean Valjean zielte auf die Mansarde und schoß. Einer der beiden Stricke der Matratze war zerrissen. Die Matratze hing nur noch an einem Faden. Jean Valjean gab den zweiten Schuß ab. Der zweite Strick peitschte die Scheibe des Mansardenfensters. Die Matratze rutschte zwischen den beiden Stangen herab und fiel auf die Straße. Die Barrikade klatschte. Alle schrien: »Da ist die Matratze!«

»Ja«, sagte Combeferre, »aber wer holt sie?«

Die Matratze war in der Tat außerhalb der Barrikade zwischen Angegriffenen und Angreifern niedergefallen. Der Tod des Artilleriesergeanten hatte die Truppe erbittert; die Soldaten hatten sich vor einigen Minuten hinter der Steinmauer, die sie gebaut hatten, auf den Bauch geworfen, und um dem erzwungenen Versagen des Geschützes entgegenzuwirken, das bis zur Wiederaufnahme seines Dienstes verstummt war, hatten sie das Feuer auf die Barrikade eröffnet. Die Aufständischen beantworteten diese Musketensalven nicht, um Munition zu sparen. Das Gewehrfeuer brach sich an der Barrikade; aber die Straße, die es mit Kugeln überschüttete, war schrecklich.

Jean Valjean ging durch den Einschnitt hinaus, betrat die Straße, durchquerte das Kugelgewitter, schritt zu der Matratze vor, hob sie an, packte sie sich auf den Rücken und kam in die

Barrikade zurück. Er selbst stopfte die Matratze in den Einschnitt. Er befestigte sie in dem Steinwall so, daß die Artilleristen sie nicht sehen konnten.

Dann erwartete man die Kartätschenladung. Sie ließ nicht auf sich warten. Die Kanone spie brüllend ihren Schrothaufen aus. Aber es fehlte der Rückprall. Die Geschosse entluden sich vorzeitig an der Matratze. Es ging nach Wunsch. Die Barrikade war vor der Zerstörung bewahrt.

»Bürger«, sagte Enjolras zu Jean Valjean, »die Republik dankt Ihnen.«

Bossuet staunte und lachte. »Es ist unmoralisch«, sagte er, »daß eine Matratze solches vermag. Triumph dessen, was nachgibt, über das, was wie der Blitz zerschmettert. Aber gleichviel, gepriesen sei die Matratze, die eine Kanone zunichte macht.«

X

Morgenröte

Eben jetzt erwachte Cosette. Ihr Zimmer war eng, sauber, verschwiegen, mit einem hohen Fenster nach Osten, nach dem Hinterhof des Hauses. Cosette wußte nichts von den Vorgängen in Paris. Sie war gestern nicht dort gewesen und schon auf ihrem Zimmer, als die Toussaint sagte: »Es scheint, daß in Paris etwas los ist.«

Cosette hatte wenige Stunden, aber gut geschlafen. Sie hatte sanfte Träume gehabt, was vielleicht auch daher kam, daß ihr kleines Bett sehr weiß war. Eine Gestalt, die Marius glich, war ihr in einer Lichtgarbe erschienen. Als sie erwachte, hatte sie Sonne in den Augen, und so glaubte sie, sie träume noch.

Ihr erster Gedanke nach diesem Traum war fröhlich. Cosette fühlte sich vollauf beruhigt. Wie Jean Valjean ein paar Stunden zuvor, erlag sie dieser Regung der Seele, die durchaus kein Unglück will. Sie hoffte mit allen Kräften, ohne zu wissen, warum.

Dann wurde ihr bang um das Herz. Seit drei Tagen hatte sie Marius nicht gesehen. Sie sagte sich, er müsse ihren Brief empfangen haben, er kenne ihren Aufenthalt, er habe soviel Geist und es werde ihm gelingen, bis zu ihr durchzukommen. Und sicherlich heute und vielleicht schon am Morgen. Es war schon ganz hell, obwohl die Sonne sehr niedrig stand, und sie meinte, es sei noch früh, aber sie müsse trotzdem aufstehen, um Marius zu empfangen.

Sie spürte, daß sie ohne Marius nicht leben konnte und folglich kam Marius. Kein Einwand war statthaft. All das stand fest. Es war schon ungeheuerlich genug, daß sie drei Tage gelitten hatte. Marius drei Tage fort, das konnte Gott erbarmen. Jetzt war diese grausame Neckerei von oben eine durchstandene Prüfung. Marius mußte kommen und eine gute Nachricht bringen. So ist die Jugend. Sie wischt sich rasch die Tränen ab, sie findet den Schmerz überflüssig und nimmt ihn nicht hin. Die Jugend ist das Lächeln der Zukunft vor etwas Unbekanntem, was sie selber ist. Es entspricht ihrem Wesen, glücklich zu sein. Wie es scheint, atmet sie Hoffnung.

Marius hatte zu Cosette von seiner Abwesenheit gesprochen, die nur einen Tag dauern werde. Aber sie erinnerte sich nicht, wie er diese Abwesenheit erklärt hatte. Jedermann hat schon beobachtet, wie flink eine zu Boden gefallene Münze wegrollt, sich versteckt und wie geschickt sie sich unauffindbar macht. Es gibt Gedanken, die uns denselben Streich spielen. Sie ducken sich in einen Winkel unseres Hirns. Aus und vorbei, sie sind fort, es ist unmöglich, sich an sie zu erinnern. Cosette war etwas ärgerlich über die kleine, nutzlose Mühe, die sich ihr Gedächtnis gab. Sie sagte sich, das sei sehr schlecht und gar nicht schön von ihr, Marius' Worte vergessen zu haben. Sie stand auf und begann mit der Reinigung der Seele und des Leibes, ihrem Gebet und der Morgenwäsche.

Allenfalls kann der Leser in ein Brautgemach geführt werden, doch nicht in das Zimmer einer Jungfrau. Der Vers würde das kaum wagen, die Prosa darf es nicht.

Das ist das Geheimnis einer Blume, die sich noch nicht geöffnet hat, Schnee im Dunkel, das ist die innerste Zelle einer geschlossenen Lilie, auf die der Mann nicht schauen darf, solange die Sonne nicht darauf geschaut hat. Die knospende Frau ist geheiligt. Das unschuldige Bett, das aufgedeckt wird, die anbetungswürdige halbe Blöße, die sich vor sich selber ängstigt, der weiße Fuß, der sich in einen Pantoffel flüchtet, der Busen, der sich vor einem Spiegel verhüllt, als ob dieser Spiegel ein Auge wäre, das Hemd, das eilends hochgezogen wird und die Schultern verbirgt, weil ein Möbelstück knarrt oder eine Kutsche vorbeirollt, die Bänderschleifen, die Spangen, die festgezogenen Schnürbänder, das Erzittern, das leise Erschauern vor Kälte und Scham, die reizende Scheu in allen Bewegungen, die nahezu beflügelte Unruhe da, wo nichts zu fürchten ist, die aufeinanderfolgenden Phasen des Ankleidens, die so bezaubernd sind wie die Wölkchen der Morgenröte, daß all das erzählt wird, schickt sich keineswegs. Die bloße Andeutung ist schon zuviel.

Wenn ein junges Mädchen aufsteht, muß das Auge des Mannes noch ehrfürchtiger sein als angesichts eines aufgehenden Sterns. Die Möglichkeit zu stören muß sich in erhöhte Ehrfurcht verkehren. Der Flaum des Pfirsichs, der aschfarbene Belag auf der Pflaume, der strahlenförmige Schneekristall und der samtene Flügel des Schmetterlings sind grobe Dinge im Vergleich zu dieser Keuschheit, die nicht einmal weiß, daß sie keusch ist. Das junge Mädchen ist nur eine Traumerscheinung und noch kein Marmorbild. Sein Alkoven steht verborgen im dunklen Teil des Ideals. Das zudringliche Berühren mit dem Blick mißhandelt dieses ungewisse Halbdunkel. Betrachten bedeutet hier entweihen.

Von dem ganzen lieblichen Durcheinander nach Cosettes Erwachen werden wir also nichts zeigen.

Ein orientalisches Märchen erzählt, die Rose sei von Gott weiß erschaffen worden. Doch weil sie Adam angeschaut hatte, als sie sich zu öffnen begann, schämte sie sich und wurde rosafarben. Wir gehören zu denen, die angesichts der jungen Mädchen und Blumen sprachlos sind, und finden sie verehrungswürdig.

Cosette kleidete sich schnell an, kämmte und ordnete sich das Haar, was sehr einfach war zu jener Zeit, wo die Frauen ihre Locken nicht mit Wülsten und Röllchen aufbauschten und noch keine bizarren Haaraufbauten trugen. Dann öffnete sie das Fenster und ließ ihre Augen umherwandern. Sie hoffte etwas von der Straße zu erblicken, eine Hausecke, ein Stück Pflaster. Aber sie sah nichts von der Außenwelt. Der Hinterhof war von ziemlich hohen Mauern eingeschlossen und bot nur Durchsicht auf Gärten. Cosette fand diese Gärten häßlich, und zum erstenmal in ihrem Leben hatte sie einen Widerwillen gegen Blumen. Das kleinste Ende Rinnstein an einer Straßenkreuzung hätte ihr mehr geboten, weil sie nach Marius Ausschau hätte halten können. So betrachtete sie den Himmel, als komme er vielleicht von dort.

Plötzlich brach sie in Tränen aus, doch nicht etwa aus seelischer Flatterhaftigkeit. Sie befand sich ganz einfach in der Verfassung, in der sich Hoffnung und Niedergeschlagenheit abwechseln. Irgendwie fühlte sie Angst. Die Dinge liegen freilich in der Luft. Sie sagte sich, daß nichts für sie gesichert sei, daß sich aus den Augen verlieren sich verlieren heiße, und sie fand die Vorstellung, daß Marius wohl zu ihr aus dem Himmel zurückkehren könnte, gar nicht mehr so entzückend, sondern eher unheimlich. Dann – so sind diese Zweifel – wurde sie wieder ruhig, und sie lächelte ein unbewußtes, doch gottvertrauendes Lächeln.

Noch schlief alles im Hause. Eine provinzielle Stille herrschte. Kein Fensterladen war zurückgeschlagen. Die Stube des Portiers war noch zugesperrt. Die Toussaint war nicht aufgestanden, und natürlich dachte Cosette, auch ihr Vater schlafe noch. Sie mußte sehr gelitten haben, und sie litt heute wie zuvor, denn ihr schien, ihr Vater habe böse gehandelt; aber sie rechnete auf Marius. Daß sein Licht sich je verdunkeln würde, war unmöglich. Sie betete. Manchmal hörte sie in einer bestimmten Entfernung ein Grollen wie von einem Erdbeben, und sie sagte sich: Wie seltsam, daß man die Einfahrtstore zu so früher Stunde öffnet und schließt! Es waren die Kanonenschüsse, die den Wall der Barrikade trafen.

Wenige Fuß unter dem Fenster Cosettes, in dem alten, geschwärzten Mauerkranz, hing ein Nest von Schwalben, von Seglern. Die Ausbuchtung dieses Nestes sprang etwas über den Mauerkranz vor, so daß man von droben in das kleine Paradies sehen konnte. Die Mutter saß darin und breitete ihre Flügel wie einen Fächer über ihre Brut. Der Vater flog hin und her und trug in seinem Schnabel Futter und Zärtlichkeiten heim. Die aufsteigende Helligkeit vergoldete dieses Idyll; das große Gesetz der Mehrung schwebte darüber, lächelnd und erhaben; sein Geheimnis entfaltete sich in der Glorie des neuen Tages. Cosette, das Haar in der Sonne, die Seele in Träumen, durch die Liebe von innen erleuchtet und durch die Morgenröte von außen, neigte sich, und ohne daß sie sich zu gestehen wagte, daß sie zugleich an Marius dachte, blickte sie auf diese Vögel, diese Familie, dieses Männchen und dieses Weibchen, diese Mutter und ihre Kinder in der Wirrnis der Jungfrau.

XI

Der Flintenschuß, der nicht fehlgeht und der niemanden tötet

Das Feuer der Belagerer hielt an. Musketensalven und Kartätschenladungen wechselten ab, ohne zwar große Verwüstung hervorzurufen. Nur der obere Teil der Fassade vom »Korinth« wurde beschädigt. Das Fensterkreuz im ersten Stock und die Mansarden im Dachgeschoß, mit Rehposten und Kartätschenkugeln gespickt, wurden allmählich verunstaltet. Die Kämpfer, die dort standen, hatten verschwinden müssen.

Es gehört zur Taktik des Angriffs auf Barrikaden: lange plänkeln, um die Munition der Aufständischen zu erschöpfen, wenn sie den Fehler begehen, das Feuer zu erwidern. Wenn man an der Verzögerung ihrer Schüsse merkt, daß sie weder Kugeln noch Pulver mehr haben, geht man zum Angriff über. Enjolras hatte sich nicht in diese Falle locken lassen; die Barrikade erwiderte nicht.

Bei jedem Rottenfeuer blähte sich Gavroche mit der Zunge die Wange, zum Zeichen tiefer Verachtung. »Gut«, sagte er, »zerzupft eure Leinwand! Wir brauchen Fasern.«

Courfeyrac befragte das Kartätschenfeuer wegen seiner geringen Wirkung. »Du wirst matt, Alte!« rief er der Kanone zu.

In der Schlacht wird man ränkesüchtig wie auf einem Ball. Vermutlich begann das Schweigen der Redoute die Belagerer zu beunruhigen und sie irgendeinen unerwarteten Zwischenfall fürchten zu lassen, und sie empfanden das Bedürfnis, durch diesen Steinhaufen hindurch klarzusehen und zu wissen, was hinter der fühllosen Mauer geschah, die Schläge entgegennahm, ohne zu antworten. Die Aufständischen gewahrten plötzlich einen Helm, der auf einem benachbarten Dach in der Sonne blinkte. Ein Feuerwehrmann lehnte an einem hohen Kamin und schien als Wachposten dazustehen. Sein Blick tauchte senkrecht in die Barrikade.

»Das ist eine lästige Überwachung«, sagte Enjolras.

Jean Valjean hatte den Karabiner von Enjolras zurückgegeben, aber er hatte noch sein Gewehr. Wortlos zielte er auf den Feuerwehrmann, und eine Sekunde später fiel der Helm, von einer Kugel getroffen, lärmend auf die Straße. Der aufgeschreckte Soldat machte sich eilends unsichtbar.

Ein zweiter Beobachter löste ihn ab, ein Offizier. Jean Valjean, der sein Gewehr wieder geladen hatte, zielte auch auf ihn und schickte den Helm des Offiziers zu dem des Soldaten. Der Offizier war nicht hartnäckig und zog sich rasch zurück. Diesmal wurde der warnende Wink verstanden; niemand erschien mehr auf dem Dach, und man verzichtete darauf, die Barrikade auszuspionieren.

»Warum haben Sie den Menschen nicht getötet?« fragte Bossuet Jean Valjean. Jean Valjean antwortete nicht.

XII

Die Unordnung als Parteigänger der Ordnung

Bossuet flüsterte Combeferre ins Ohr: »Er hat meine Frage überhört.«

»Das ist ein Mann, der mit Flintenschüssen Gutes tut«, sagte Combeferre.

Die sich an jene schon ferne Zeit erinnern können, wissen, daß die Nationalgarde der Bannmeile gegen Aufstände energisch einschritt. Sie war besonders blutgierig und beharrlich im Juni 1832. Diese wackeren Kneipwirte, deren Lokale durch den Aufstand »arbeitslos« zu werden drohten, wurden zu Löwen, wenn sie ihren Tanzsaal leer fanden, und ließen sich töten, um eine Ordnung zu retten, die durch ihre Kneipen repräsentiert wurde. In dieser zugleich bürgerlichen und heroischen Zeit hatten die Ideen ihre Ritter, die Interessen aber ebenfalls ihre Paladine. Die prosaischen Motive der Nationalgardisten nahmen ihren Taten nichts an Ungestüm. Das Schwinden eines Haufens Taler läßt Bankiers die Marseillaise singen. Man vergoß lyrisch sein Blut für den Ladentisch und verteidigte mit dem Mut eines Spartaners seine Kaschemme, dieses verkleinerte Abbild des Vaterlandes.

Im Grunde genommen, sprechen wir es ruhig aus, war das alles höchst ernsthaft. Die Grundlagen der Gesellschaft rangen miteinander, während sie auf den Tag warteten, an dem sie ins Gleichgewicht kommen würden.

Ein weiteres Zeichen jener Zeit war die mit Regierungsfreundlichkeit verbundene Anarchie (ein barbarischer Name für die integere Partei).

Disziplinlos war man für die Ordnung. Der Tambour trommelte unerwartet und eigenwillig auf den Befehl irgendeines Obersten der Nationalgarde zum Sammeln. Aus einer Eingebung heraus rückte irgendein Hauptmann ins Feuer. Irgendein Nationalgardist schlug sich nach Lust und Laune auf eigene Rechnung. In den entscheidenden Augenblicken jener denkwürdigen Tage gehorchte man weniger seinen Führern als seinen Instinkten. In der Armee der Ordnung gab es echte Guerilleros, die einen mit dem Säbel wie Fannicot, die anderen mit der Feder wie Henri Fonfrède.

Die Zivilisation, zu jener Zeit leider mehr durch eine Ansammlung von Interessen als durch einen Verband von Grundsätzen vertreten, war oder glaubte sich in Gefahr. Sie rief zu den Waffen. Jedermann erklärte sich zum Mittelpunkt, verteidigte sie, stand ihr bei und schützte sie nach seinem Gutdünken; und der erste beste übernahm die Verantwortung, die Gesellschaft zu retten.

Der Eifer ging bisweilen bis zur Ausrottung. Manch ein Zug Nationalgarde bildete eigenmächtig ein Standgericht, verurteilte und exekutierte in fünf Minuten einen gefangenen Aufständischen. Eine solche Improvisation hatte Jean Prouvaire das Leben gekostet. Grausame Lynchjustiz, die keine Partei der anderen vorwerfen darf, denn sie wird von der Republik in Amerika wie von der Monarchie in Europa geübt. Hinzu kamen Mißverständnisse. Bei einem Aufruhr wurde auf der Place Royale ein junger Dichter namens Paul-Aimé Garnier mit gefälltem Bajonett verfolgt, und er entkam nur dadurch, daß er sich in den Torweg mit der Nummer sechs flüchtete. Mit dem Ruf: »Da ist noch einer von den Saint-Simonisten!« wollte man ihn töten. Nun, er trug unter dem Arm einen Band der Memoiren des Herzogs von Saint-Simon. Ein Nationalgardist hatte auf dem Buch das Wort »Saint-Simon« gelesen und geschrien: »Bringt ihn um!«

Am sechsten Juni ließ sich eine von dem Hauptmann Fannicot befehligte Kompanie in der Rue de la Chanvrerie aus einer Laune und rein zum Vergnügen nahezu aufreiben. Die Tatsache ist, so seltsam sie berührt, durch die gerichtliche Untersuchung nach der Revolte bestätigt worden.

Der Hauptmann Fannicot, ein ungeduldiger, verwegener Bürger, eine Art Condottiere der Ordnung, wie wir sie eben beschrieben haben, ein fanatischer, unbotmäßiger Regierungsanhänger, konnte dem Reiz nicht widerstehen, vor der vereinbarten Stunde zu feuern, und dem Ehrgeiz, die Barrikade allein, das heißt mit seiner Kompanie, zu erobern. Wütend über das Hissen zuerst der roten Fahne und dann des alten Rockes, in dem er die schwarze Fahne sah, tadelte er laut die Generale und die Korpsführer, die einen Kriegsrat abhielten und nicht erkannten, daß der Augenblick des entscheidenden Angriffs gekommen sei, und, nach einem berühmten Wort eines von ihnen, den Aufruhr in seinem Saft kochen ließen. Ihm, Fannicot, schien die Barrikade sturmreif, und da alles, was reif ist, fallen soll, versuchte er es.

Unter seinem Befehl standen Männer, die entschlossen waren wie er, »Rasende«, wie ein Zeuge gesagt hat. Seine Kompanie, dieselbe, die den Dichter Jean Prouvaire erschossen hatte, war die erste des im Straßenwinkel aufgestellten Bataillons. In dem Moment, in dem man es am wenigsten erwartete, stieß der Hauptmann mit seinen Männern gegen die Barrikade vor. Diese Bewegung, mit mehr gutem Willen als Strategie ausgeführt, kostete die Abteilung Fannicots einen hohen Preis. Ehe noch die Kompanie bis zu zwei Dritteln der Straße vorgerückt war, wurde sie von einer Salve der gesamten Barrikade empfangen. Vier, die Kühnsten, die voranliefen, wurden aus nächster Nähe am Fuß der Schanze zermalmt, und diese tapfere Schar von Nationalgardisten, sehr wackeren Leuten, die jedoch keine militärische Ausdauer hatten, mußte nach einigem Zögern zurückgehen, wobei sie fünfzehn Leichen auf dem Pflaster ließ. Die Minute ihres Zauderns gab den Aufständischen Zeit, ihre Waffen nochmals zu laden, und eine zweite, sehr mörderische Salve traf die Kompanie, bevor sie den Straßenwinkel, ihren Schutz, wieder erreichte. Für einen Augenblick geriet sie zwischen zwei Kartätschensalven, und in hohem Bogen wurde sie von dem Hagel der aufgefahrenen Kanone überschüttet, die, da ihr keine Weisung zuging, ihr Feuer nicht unterbrochen hatte. Der unerschrockene und unvorsichtige Fannicot war eines der Opfer dieser Kartätschen. Er wurde von dem Geschütz getötet, also von der Ordnung.

Dieser Angriff, mehr vom Zorn diktiert als ernsthaft, verdroß Enjolras. »Die Dummköpfe«, sagte er. »Sie lassen ihre Mannschaft töten und verbrauchen unsere Munition für nichts.« Enjolras sprach wie der echte General eines Aufstands, der er war. Aufstand und Unterdrückung kämpfen nicht mit gleichen Waffen. Der Aufstand ist leicht zu erschöpfen. Er kann nur eine Anzahl von Schüssen abgeben und eine bestimmte Menge von Streitern aufwenden. Eine geleerte Patronentasche, ein getöteter Mann sind nicht ersetzbar. Die Unterdrückung, die über die Armee gebietet, zählt nicht die Mannschaft und, da sie Vincennes hat, nicht die Schüsse. Die Unterdrückung hat ebenso viele Regimenter wie die Barrikade Männer und ebenso viele Arsenale wie die Barrikade Patronenbüchsen. Daher sind dies Kämpfe von eins gegen hundert, und immer enden sie mit der Zerschmetterung der Barrikaden, sofern sich nicht die Revolution jählings erhebt und ihr flammendes Erzengelschwert in die Waage wirft. Dies kann geschehen. Dann steht alles auf, die Pflastersteine werden siedend heiß, die Schanzen des Volkes wimmeln von Menschen, Paris wird von einem mächtigen Beben erfaßt, das *quid divinum* wird frei, ein 10. August, ein 29. Juli liegen in der Luft, ein Wunderlicht erglüht, das gähnende Maul der Gewalt weicht, und vor der Armee, diesem Löwen, richtet sich in prophetischer Gelassenheit Frankreich auf.

XIII

Ein vorübergehender Lichtschimmer

In dem Wirrsal von Empfindungen und Leidenschaften, die eine Barrikade verteidigen, kommt alles zusammen: Tapferkeit, Jugend, Stolz, Begeisterung, Idealität, Überzeugung, Spielerbesessenheit und namentlich Hoffnung, die zuweilen durchbricht. Ein solches unsichtbares Beben im Kampfesmut ging in dem Augenblick, als man es am wenigsten erwartete, über die Barrikade der Rue de la Chanvrerie dahin. »Hört!« rief mit einemmal Enjolras, der immer auf der Lauer lag, »mich dünkt, Paris erwacht.«

Kein Zweifel, daß am Morgen des sechsten Juni für eine Stunde oder zwei ein gewisses Wiederaufflackern des Aufstandes festzustellen war. Das beharrliche Sturmgeläut von Saint-

Merry belebte Kräfte, die schon stumpf zu werden schienen. In der Rue du Poirier, der Rue des Gravilliers begann Barrikadenbau. Vor der Porte Saint-Martin griff ein mit einem Karabiner bewaffneter junger Mann allein eine Reiterschwadron an. Ungedeckt, mitten auf dem Boulevard, kniete er nieder, legte an, tötete den Schwadronschef und drehte sich mit den Worten um: »Noch einer, der uns nicht mehr schaden wird.« Er wurde von Säbeln zerhauen. In der Rue Saint-Denis schoß eine Frau auf die Munizipalgarde hinter einer heruntergelassenen Jalousie hervor. Man sah, wie bei jedem Schuß die Blätter der Jalousie erzitterten. Ein vierzehnjähriges Kind wurde in der Rue de la Cossonnerie verhaftet, das die Taschen voller Patronen hatte. Mehrere Polizeiwachen wurden angegriffen. Am Eingang der Rue Bertin-Poirée empfing eine heftige und ganz unvorhergesehene Gewehrsalve ein Kürassierregiment, an dessen Spitze der General Cavaignac de Baragne ritt. In der Rue Planche-Mibray schleuderte man von den Dächern herab auf die Truppe Scherben von altem Geschirr und hauswirtschaftliche Geräte, ein schlechtes Zeichen. Und als man diesen Vorfall dem Marschall Soult mitteilte, wurde der bejahrte Unterbefehlshaber Napoleons träumerisch, da er des Wortes von Suchet in Saragossa gedachte: »Wir sind verloren, wenn die alten Weiber uns ihre Nachttöpfe auf die Köpfe ausgießen.«

Diese weitverbreiteten Symptome, die sich zu dem Zeitpunkt kundgaben, als man den Aufstand örtlich begrenzt glaubte, dieser fiebernde Zorn, der wiederum die Oberhand gewann, diese Feuerfunken, die über die tiefen, in den Vorstädten von Paris lagernden Schichten von Brennstoff hinwegflogen, all das beunruhigte die militärischen Führer. Man beeilte sich, die Anfänge eines großen Brandes zu löschen. Man verschob den Kampf gegen die Barrikaden in der Rue Maubuée, der Rue de la Chanvrerie und vor Saint-Merry, bis dieses Knistern und Prasseln erstickt sein werde. Dann, so rechnete man, werde man es nur noch mit ihnen zu tun haben und könne sie in einem erledigen. Kolonnen wurden in die gärenden Straßen entsandt. Sie fegten die großen, sondierten die kleinen, rechts und links, bald vorsichtig und langsam, bald im Sturmschritt. Die Truppe hieb die Türen der Häuser ein, aus denen geschossen worden war. Manöver der Kavallerie zerstreuten die Gruppen der Fußgänger auf den Boulevards.

Diese Unterdrückung vollzog sich nicht ohne Lärm und ohne das tumultuarische Getöse, das mit dem Zusammenstoß von Armee und Volk verbunden ist. Das war es, was Enjolras in den Pausen des Schießens der Kanone und der Musketen mit seinen Sinnen aufnahm. Zudem hatte er gesehen, wie am Ende der Straße Verwundete auf Bahren vorübergetragen wurden, und er sagte zu Courfeyrac: »Die Verwundeten sind keine von uns.«

Die Hoffnung dauerte nur kurze Frist; das Licht verdüsterte sich schnell. In weniger als einer halben Stunde schwand es aus der Luft. Es war, als folge einem Blitz der Donner nicht nach. Die Aufständischen fühlten, wie eine Art bleierner Mantel auf sie niedersank, den die Gleichgültigkeit des Volkes auf die in ihrer Verlassenheit Trotzenden wirft. Die allgemeine Erhebung, die sich in unklaren Umrissen angebahnt hatte, war gescheitert. Und jetzt konnten sich die Aufmerksamkeit des Kriegsministers und die Strategie der Generale auf die drei oder vier Barrikaden, die noch standen, konzentrieren.

Am Horizont stieg die Sonne auf. Einer der Rebellen fragte Enjolras: »Wir haben Hunger. Sollen wir wirklich sterben, ohne gegessen zu haben?« Enjolras, der sich noch immer auf seine Schießscharte stützte, ohne das Straßenende aus dem Auge zu verlieren, nickte bejahend.

XIV

Wie man den Namen von Enjolras' Geliebten erfährt

Courfeyrac, der auf einem Stein neben Enjolras saß, beschimpfte nach wie vor die Kanone, und sooft mit ungeheurem Krachen die dunkle Wolke von Geschossen, die man Eisenhagel nennt, vorbeischwirrte, begrüßte er sie mit einem ironischen Ausfall. »Dir wird die Lunge bersten, du alter, brutaler Kerl, du machst mir Kummer, all dein Spektakel ist umsonst. Das ist ja kein Donner, das ist ja ein Gehuste.« Und rings um ihn lachte man.

Courfeyrac und Bossuet, deren herzhafte, gute Laune mit der Gefahr wuchs, ersetzten wie Madame Scarron die Nahrung durch Späße, und da es an Wein fehlte, kredenzten sie allen Heiterkeit. »Ich bewundere Enjolras«, sagte Bossuet. »Seine unbewegte Waghalsigkeit erstaunt mich. Er lebt allein, und darum ist er vielleicht ein bißchen traurig. Enjolras beklagt sich über seine Größe, die ihn zur Witwerschaft verpflichtet. Wir anderen haben mehr oder weniger Geliebte, die uns verrückt, das heißt tapfer machen. Ist einer verliebt wie ein Tiger, muß er zum mindesten wie ein Löwe kämpfen. Das ist unsere Rache für die Streiche, die unsere Damen, unsere Grisetten, uns spielen. Roland läßt sich töten, um Angelika zu ärgern. All unseren Heroismus verdanken wir unseren Frauen. Ein Mann ohne Frau ist eine Pistole ohne Hahn; die Frau läßt den Mann losgehen. Nun, Enjolras hat keine Frau. Er ist nicht verliebt, und doch findet er eine Möglichkeit, unerschrocken zu sein. Unausdenkbar, daß einer kalt ist wie Eis und kühn wie Feuer.«

Enjolras schien nicht hinzuhören, aber jemand, der in seiner Nähe stand, hätte erlauschen können, daß er halblaut murmelte: »Patria.«

Bossuet lachte noch, als Courfeyrac schrie: »Wieder eine!« Und indem er die Stimme eines Gerichtsdieners nachahmte, der ausruft, fügte er hinzu: »Ich bin die Achtpfünderkanone!«

In der Tat hatte eine neue Person den Schauplatz betreten, deren Mund Feuer spie. Die Artilleristen veranstalteten rasch die vorgeschriebene Schwenkung und brachten das zweite Geschütz neben dem ersten in Stellung. Das ließ die weitere Entwicklung erkennen.

Wenige Augenblicke später schossen die beiden Kanonen, eifrig bedient, gegen die Front der Schanze. Das Rottenfeuer der Linieninfanterie und der Nationalgarde der Außenbezirke half der Artillerie nach. Man hörte aus einiger Entfernung eine zweite Kanonade. Während zwei Geschütze gegen die Redoute der Rue de la Chanvrerie tobten, durchlöcherten zwei andere, die eine in der Rue Saint-Denis, die andere in der Rue Aubry-le-Boucher aufgefahren, die Barrikade von Saint-Merry. Die vier Kanonen ließen ihr Unheilsecho durcheinanderhallen. Das Gebell der dunklen Kriegshunde gab sich Antwort.

Von den beiden Geschützen, die jetzt die Barrikade in der Rue de la Chanvrerie trafen, schoß die eine Kartätschenladungen, die andere Kugeln ab. Die zweite war etwas hoch gerichtet und ihre Schußkurve so berechnet, daß die Kugel den äußersten Rand der oberen Kante der Barrikade erreichte, sie anriß, die Steine zerbröckelte und sie mit Eisensplittern über die Aufständischen schüttete. Der Zweck dieses Schießverfahrens war, die Kämpfer vom Gipfel der Schanze zu vertreiben und sie zu zwingen, sich im Innern zusammenzukauern. Das war die Vorbereitung des Angriffs. Waren die Kämpfer durch die Kugeln von der Höhe der Barrikade und durch den Eisenhagel von den Fenstern der Schenke verjagt, so konnten Angriffskolonnen in der Straße vorrücken, ohne aufs Korn genommen und vielleicht auch nur gesehen zu werden. Sie konnten die Schanze in Eile erklettern, wie am Abend zuvor, und, wer weiß?, sie überraschend erstürmen.

»Wir müssen unbedingt die Störung, die die Kanonen bedeuten, verringern«, sagte Enjolras, und er rief: »Feuer auf die Artilleristen!«

Alle waren fertig zum Schuß. Die Barrikade, die seit einer ganzen Weile schwieg, gab heftige Salven ab in einer Art von Wut und Freude, sieben oder acht Entladungen folgten.

Ein Rauch, von dem die Augen erblindeten, füllte die Straße, und nach wenigen Minuten konnte man durch diesen von Flammenfurchen gestreiften Nebel undeutlich wahrnehmen, daß zwei Drittel der Artilleristen unter den Rädern der Kanonen lagen. Die noch standen, bedienten die Geschütze wie zuvor in strenger Ruhe, aber das Feuer hatte sich verlangsamt.

»Es geht gut«, sagte Bossuet zu Enjolras. »Ein Sieg.«

Enjolras schüttelte den Kopf und erwiderte: »Noch eine Viertelstunde von solchen Siegen, und wir haben in der Barrikade keine zehn Patronen mehr.«

Es scheint, daß Gavroche diese Worte hörte.

XV

Gavroche außerhalb der Barrikade

Courfeyrac bemerkte plötzlich jemanden, der unter der Barrikade hockte, draußen auf der Straße, im Kugelregen. Gavroche hatte einen Flaschenkorb aus der Schenke geholt, war durch den Einschnitt hinausgetreten und nun friedlich damit beschäftigt, die vollen Patronentaschen der auf der Böschung der Schanze getöteten Nationalgardisten in seinen Korb zu entleeren.

»Was machst du da?« fragte Courfeyrac.

Gavroche hob die Nase. »Bürger, ich fülle meinen Korb.«

»Siehst du denn nicht die Kartätschengeschosse?«

Gavroche erwiderte: »Ja, es regnet. Was dann?«

Courfeyrac rief: »Komm herein!«

»Gleich«, sagte Gavroche. Und mit einem Satz sprang er auf die Straße.

Man erinnert sich, daß die Kompanie Fannicot bei ihrem Rückzug eine blutige Spur von Leichen hinter sich gelassen hatte. Etwa zwanzig Tote lagen hier und dort in der ganzen Länge der Straße auf dem Pflaster. Das ergab gegen zwanzig Patronentaschen für Gavroche und einen Vorrat an Patronen für die Barrikade.

Der Rauch schwebte wie Nebeldunst über der Straße. Wer eine Wolke gesehen hat, die zwischen zwei steilen Abdachungen in eine Gebirgsschlucht gefallen ist, kann sich diese durch zwei düstere Reihen hoher Häuser verengte und wie verdichtete Ballung vorstellen. Der Dunst stieg langsam auf und erneuerte sich unablässig. So bewirkte er eine in Stufen fortschreitende Verdunklung, durch die sogar der helle Tag erblaßte. Kaum vermochten sich die Kämpfer von einem bis zum anderen Ende der Straße, so kurz sie war, zu unterscheiden.

Diese Verdunklung, die wahrscheinlich von den Führern des Angriffs auf die Barrikade gewollt und auch veranschlagt war, nützte Gavroche. Unter den Falten dieses Rauchschleiers und dank seiner Kleinheit konnte er sich ziemlich weit in die Straße vorarbeiten, ohne gesehen zu werden. Ohne große Gefahr plünderte er die sieben oder acht ersten Patronentaschen. Er kroch auf dem Bauch, galoppierte auf allen vieren, faßte seinen Korb mit den Zähnen, wand sich, glitt und schlängelte sich von einem Toten zum anderen und leerte die Patronentasche oder die Patronenbüchse, wie ein Affe eine Nuß öffnet. Von der Barrikade, der er noch ziemlich nahe war, getraute man sich nicht, ihn durch Zuruf zur Umkehr zu mahnen, aus Furcht, die Aufmerksamkeit auf ihn zu lenken.

Bei einem Leichnam, dem eines Korporals, fand er ein Pulverhorn. »Für den Durst«, sagte er und schob es in die Tasche.

Da er vorankam, gelangte er an den Teil der Straße, in dem der Nebel der Gewehrsalven durchsichtig wurde. So zeigte sich plötzlich den Plänklern der Linieninfanterie, die gestaffelt hinter ihrem Steindamm warteten, und den im Straßenwinkel gehäuften Plänklern der Außenbezirke etwas, was im Dunst zappelte.

Als Gavroche eben einem Sergeanten, der nahe einem Prellstein lag, seine Patronen abnahm, traf eine Kugel die Leiche. »Verdammt!« sagte Gavroche. »Jetzt schießen sie mir meine Toten tot.«

Eine zweite Kugel ließ das Pflaster neben ihm Funken sprühen. Eine dritte warf seinen Korb um. Gavroche schaute hin und sah, daß sie von den Außenbezirken kamen. Er streckte sich, das Haar im Wind, die Hände in den Hüften, starrte auf die schießenden Nationalgardisten und sang:

»Man ist sehr häßlich in Nanterre,
doch schuld daran ist nur Voltaire,
und blöde ist ganz Palaisseau,
doch schuld daran ist nur Rousseau.«

Dann hob er seinen Korb auf, legte, ohne eine zu verlieren, die Patronen hinein, die herausgefallen waren, und begann, indem er dem Gewehrgeknatter entgegenlief, eine andere Patronentasche auszurauben. Eine vierte Kugel verfehlte ihn wieder. Gavroche sang:

»Nie träumt ich, daß Notar ich wär,
doch schuld daran ist nur Voltaire,
ich bin ein Piepmatz, klein und froh,
doch schuld daran ist nur Rousseau.«

Eine fünfte Kugel konnte ihm nichts als einen dritten Bänkelsang entlocken:

»Ich lebe frei von ungefähr,
doch schuld daran ist nur Voltaire,
ich schlafe in des Elends Stroh,
doch schuld daran ist nur Rousseau.«

Das ging so einige Zeit fort. Das Schauspiel war beängstigend und reizend. Gavroche wurde beschossen und ärgerte die Schützen. Er schien sich höchlichst zu amüsieren. Der Sperling war er, der die Jäger mit dem Schnabel hackte. Auf jede Salve antwortete er mit einer Strophe. Man zielte immerzu auf ihn, man schoß regelmäßig an ihm vorbei. Die Nationalgardisten und die Soldaten lachten und legten auf ihn an. Er duckte sich, richtete sich wieder auf, verschwand in einem Türwinkel, dann sprang er empor, verschwand abermals, erschien wieder, rettete sich, kam zurück, drehte eine Nase als Antwort auf die Kartätschengeschosse, und inzwischen plünderte er die Patronenbüchsen, leerte die Patronentaschen und füllte seinen Korb. Die Aufrührer, vor Furcht um ihn keuchend, begleiteten ihn mit ihren Blicken. Die Barrikade zitterte, er sang. Er war kein Kind und kein Mann; er war eine seltsame jungenhafte Fee, der unverwundbare Zwerg in dieser Straßenschlacht. Die Kugeln hüpften ihm nach; er war behender als sie. Er spielte ein erschreckendes Versteckspiel mit dem Tod. Sooft das hohle Antlitz des Gespenstes sich näherte, versetzte der Gassenjunge ihm einen Nasenstüber.

Eine Kugel indes, besser gelenkt oder verräterischer als die anderen, traf zuletzt das irrlichternde Kind. Man sah Gavroche taumeln, dann stürzen. Die gesamte Barrikade schrie auf. Aber in diesem Pygmäen war ein Antäus. Die Berührung des Pflasters war für den Jungen dasselbe wie für den Riesen die Berührung der Erde. Gavroche war nur gefallen, um sich wieder aufzuschwingen. Er stand halb und saß halb, ein langer Blutfaden rann mitten über sein Gesicht, er hob seine Arme in die Luft, sah nach der Seite, von wo der Schuß gekommen war, und sang:

»Ich fiel einmal vom Dach parterre,
doch schuld daran ist nur Voltaire,
die Nase hatt ich irgendwo,
doch schuld daran ist nur . . .«

Er beendete die Strophe nicht. Eine zweite Kugel desselben Schützen ließ ihn plötzlich verstummen.

Diesmal schlug er mit dem Gesicht gegen das Pflaster und rührte sich nicht mehr. Die kleine große Seele war von hinnen geflogen.

XVI

Wie der Bruder zum Vater wird

Zur selben Zeit gingen durch den Luxembourgpark zwei Knaben, die sich an der Hand hielten. Der eine mochte sieben, der andere fünf Jahre alt sein. Der Regen hatte sie durchnäßt, und so suchten sie die Alleen an der Sonnenseite auf.

Der Ältere führte den Jüngeren. Sie waren zerlumpt und blaß und sahen wie Raubvögel aus. Der Kleine sagte: »Ich habe Hunger.« Der Ältere, der sich schon ein wenig gönnerhaft gebärdete, hatte in der linken Hand die seines Bruders und in seiner rechten Hand ein Stäbchen.

Sie waren allein im Park. Der Park war verödet; die Gitter hatte die Polizei des Aufruhrs wegen geschlossen. Die Soldaten, die hier biwakiert hatten, waren, weil der Kampf es erforderte, abgerückt. Wie waren die Kinder hergekommen? Vielleicht nach einer Flucht aus einem Wachlokal, dessen Tür halb offenstand. Vielleicht waren sie in der Umgegend, aus der Barrière d'Enfer oder auf der Esplanade der Sternwarte oder an der benachbarten Straßenkreuzung, die der Giebel mit der Inschrift *Invenerunt parvulum pannis involutum* beherrschte, aus der Baracke von Jahrmarktsgauklern ausgerissen. Vielleicht hatten sie am Tag zuvor um die Stunde der Sperre das Auge der Parkaufseher getäuscht und die Nacht in einem der Wetterhäuschen, in denen man Zeitungen liest, zugebracht. Sie irrten umher und schienen obdachlos. Obdachlos umherirren heißt verloren sein. Die armen Kleinen waren in der Tat verloren.

Die beiden Kinder waren dieselben, um die sich Gavroche gesorgt hatte, die an die Magnon vermieteten Kinder der Thénardiers, deren Vaterschaft Herrn Gillenormand zugeschrieben worden war, jetzt von allen diesen wurzellosen Zweigen gefallene Blätter, die der Wind über die Erde trieb. Ihre Kleider, die damals bei der Magnon sauber gewesen waren, weil sie ihr gegenüber Herrn Gillenormand als Reklameprospekt dienten, hatten sich in Fetzen aufgelöst. Sie wurden hinfort in der Statistik der »verlassenen Kinder« aufgezählt, die die Polizei auf dem Pflaster von Paris ermittelt, sammelt, herumhetzt und wiederfindet. Es bedurfte der Verwirrung eines solchen Tages, damit diese kleinen, elenden Geschöpfe diesen Park betraten. Hätten die Wächter sie bemerkt, so hätten sie diese »Lumpen« verjagt. Die armen Kleinen werden in öffentlichen Gärten nicht geduldet, obwohl man meinen sollte, sie hätten als Kinder ein Recht auf Blumen.

Diese waren dank der geschlossenen Gitter hier. Sie hatten sich einer Übertretung schuldig gemacht, denn sie hatten sich in den Garten eingeschlichen und waren hiergeblieben. Die geschlossenen Gitter beurlauben die Aufseher nicht. Die Aufsicht ist gehalten weiterzumachen, doch sie ist nachlässig und ruht sich aus. Und die Aufseher, ebenfalls von der allgemeinen Unruhe erfaßt und mehr mit dem Draußen als dem Drinnen beschäftigt, schauten nicht mehr nach dem Garten und hatten die beiden Übeltäter nicht gesehen.

Am Abend zuvor hatte es geregnet und sogar noch ein wenig am Morgen. Doch im Juni zählen Regengüsse nicht. Eine Stunde nach dem Gewitter ist kaum noch zu merken, daß dieser schöne lichte Tag geweint hat. Im Sommer trocknet die Erde ebenso rasch wie die Wange eines Kindes.

Zur Sonnenwende ist das helle Mittagslicht gleichsam stechend. Es nimmt alles auf. Es haftet am Boden und übt eine Art Saugwirkung auf ihn aus. Fast möchte man meinen, die Sonne habe Durst. Ein Platzregen ist ein Glas Wasser, ein Regenguß sogleich aufgesogen. Am Morgen trieft noch alles, am Nachmittag sieht alles wieder staubig aus.

Nichts mutet so wunderbar an wie vom Regen gewaschenes und von den Sonnenstrahlen getrocknetes Grün. Das ist warme Kühle. Die Gärten und Wiesen, die Wasser in ihrem Grund haben und Sonne in ihren Blüten, werden Räucherpfannen und verdampfen alle ihre Düfte zugleich. Alles lacht, singt und bietet sich dar. Eine süße Trunkenheit überkommt einen. Der Frühling ist ein einstweiliges Paradies; die Sonne hilft dem Menschen, sich zu gedulden.

Es gibt Wesen, die nicht mehr verlangen; denkende Wesen, denen das Blau des Himmels ausreicht, Träumer, die sich in das Wunder versenken, denen aus leidenschaftlicher Liebe zur Natur Gut und Böse gleichgültig geworden ist, Betrachter des Alls, die vom Menschen so herrlich abgelenkt sind und nicht begreifen, daß man sich um den Hunger dieser, den Durst jener, um die Blöße der Armen im Winter kümmert, daß man sich mit der lymphatischen Krümmung einer kleinen Wirbelsäule befaßt, Gedanken macht über das elende Bett, über die Dachkammer, über das Gefängnis und die Lumpen der vor Kälte zitternden jungen Mädchen, wo sich doch unter den Bäumen so schön träumen läßt; friedfertige und schreckliche Geister, die in ihrer Zufriedenheit kein Mitleid kennen. Seltsamerweise genügt ihnen das Unendliche. Dieses große Bedürfnis des Menschen, das Endliche, das die Umarmung zuläßt, ist ihnen unbekannt. An das Endliche, das den Fortschritt erlaubt, dieses erhabene Gebären, denken sie nicht. Das Unbestimmte, das der menschlichen und göttlichen Verbindung des Unendlichen mit dem Endlichen entspringt, entgeht ihnen. Sie lächeln, sofern sie nur der Unermeßlichkeit Auge in Auge gegenüberstehen. Nie Freude, stets Ekstase. Sich vertiefen macht ihr ganzes Leben aus. Die Geschichte der Menschheit ist für sie nur ein Grundbuchauszug. Alles steht nicht darin. Das wahre Alles bleibt draußen. Wozu sich mit dieser Einzelheit, dem Menschen, befassen? Der Mensch leidet, schon möglich; aber schaut, da geht der Aldebaran auf! Die Mutter hat keine Milch mehr, der Säugling stirbt, ich weiß es nicht, aber betrachtet nur die wunderbare Rosette, die eine Scheibe von Tannenholz unter dem Mikroskop zeigt! Vergleicht mir die schönste Mechelner Spitze damit! Diese Denker vergessen zu lieben. Der Tierkreis erfüllt sie so sehr, daß sie das weinende Kind nicht mehr wahrnehmen können. Gott verdunkelt ihnen die Seele. Sie bilden eine Familie von kleinen und zugleich großen Geistern. Horaz gehörte dazu, Goethe gehörte dazu, La Fontaine vielleicht. Großartige Egoisten des Unendlichen, ruhige Betrachter des Schmerzes, die Nero nicht bemerken, wenn schönes Wetter ist, denen die Sonne den Scheiterhaufen verbirgt, die der Enthauptung zusehen und einen Lichteffekt dabei suchen, die weder den Schrei noch das Schluchzen hören, weder das Röcheln noch die Sturmglocke, für die alles gut ist, weil es doch den Monat Mai gibt, die sich, solange purpurne und goldene Wölkchen über ihrem Haupt dahinziehen, als zufrieden bezeichnen und die dazu bestimmt sind, glücklich zu sein, bis das Strahlen der Sterne und der Gesang der Vögel sich erschöpft haben.

Es sind traurige Prachtmenschen. Sie ahnen nicht, daß sie zu beklagen sind. Sie sind es fürwahr. Wer nicht weint, sieht nicht. Man muß sie bewundern und beklagen, wie man ein Wesen, das Finsternis und zugleich Licht ist, das keine Augen unter den Brauen und einen Stern mitten auf der Stirn trägt, beklagen und bewundern würde.

Die Gleichgültigkeit dieser Denker zeugt nach Meinung mancher Leute von einer überlegenen Philosophie. Meinetwegen, aber diese Überlegenheit birgt Schwäche in sich. Man kann unsterblich sein und hinken, Vulkan beweist das. Man kann mehr und weniger als ein Mensch sein. Das unermeßliche Unvollständige ist in der Natur. Wer weiß, ob die Sonne nicht blind ist?

Doch wie, wem soll man dann noch trauen? *Solem quis dicere falsum audeat?* Gewisse Genies, gewisse göttergleiche Menschen, Sternenmenschen könnten sich also auch irren? Was oben ist, auf dem höchsten Punkt, auf dem Gipfel, im Zenit, was soviel Licht auf Erden verbreitet, sollte wenig, sollte schlecht, sollte gar nicht sehen? Ist das nicht entmutigend? Nein. Doch was steht dann über der Sonne? Gott.

Am 6. Juni 1832, gegen elf Uhr vormittags, war der einsame und entvölkerte Luxembourg zauberhaft. Die schachbrettartigen Baumgruppen und die Blumenbeete sandten sich im Sonnenlicht balsamischen Wohlgeruch und blendende Farben zu. Die von der Mittagshelligkeit wie berauschten Zweige schienen sich umarmen zu wollen. In den Ahornbäumen lärmten die Grasmükken, die Sperlinge triumphierten, die Spechte kletterten die Kastanienbäume entlang, indem sie mit ihren Schnäbeln in die Spalten der Rinde hieben. Die Rabatten huldigten dem berechtigten Königtum der Lilie; der erhabenste Duft entschwebte der Weiße. Man atmete den betäubenden Wohlgeruch der Nelken ein. Die alten Krähen der Maria von Medici liebten sich in den großen Bäumen. Die Sonne tauchte die Tulpen in Gold und Purpur und entzündete sie, die nichts anderes sind als in Blumen verwandelte Spielarten der Flamme. Um die Beete der Tulpen tollten, Funken dieser blühenden Flammen, die Bienen. Alles war Anmut und Heiterkeit, sogar der nahende Regen. Seine Rückkehr, die Maiblumen und Geißblatt laben sollte, hatte nichts Beunruhigendes. Die Schwalben gestatteten sich die reizende Drohung, tief zu fliegen. Wer hier war, sog Glück ein. Das Leben roch gut. Die ganze Natur hauchte Reinheit aus; sie verhieß Beistand, Väterlichkeit, Hilfe, Zärtlichkeit und Morgenröte. Die Gedanken, die vom Himmel fielen, waren süß wie eine kleine Kinderhand, auf die ein Kuß gedrückt wird.

Die nackten, weißen Statuen unter den Bäumen hatten lichtgesprenkelte Schattengewänder. Die Göttinnen standen entblößt in der Sonne; Strahlen hingen ihnen auf allen Seiten herab. Um das große Bassin herum war der Boden bereits so trocken, daß er verbrannt war. Es wehte Wind genug, um hier und da kleine Staubwirbel emporzutragen. Einige gelbe Blätter, die vom letzten

Herbst geblieben waren, verfolgten sich fröhlich und schienen sich im Unfug zu ergehen.

Die Fülle des Lichtes hatte etwas Beruhigendes an sich. Alles floß über von Leben, Saft, Wärme und Düften. Unter der Schöpfung war der unversiegbare Quell zu spüren. In all dem Wehen, das von Liebe durchdrungen war, in den tanzenden Reflexen, in dem gewaltigen Aufwand an Sonnenstrahlen, in dem in unbegrenzten Mengen ausgeschütteten flüssigen Gold wurde die Verschwendung des Unerschöpflichen fühlbar; und hinter dem Glanz, wie hinter einer Flammenwand, ahnte man Gott, diesen Sternenmillionär.

Dank dem Sand war nicht ein Schmutzfleck da und dank dem Regen nicht ein Körnchen Asche. Die Blüten hatten sich gebadet. Alle Sammete, alle Seiden, aller Firnis, alles Gold, das in der Form von Blumen der Erde entsteigt, waren untadelhaft. Diese Pracht war rein. Das große Schweigen der beseligten Natur erfüllte den Garten. Ein himmlisches Schweigen, das mit tausend Musiken vereinbar ist, dem Girren in Nestern, dem Summen von Schwärmen, dem Fächeln des Windes. Die ganze Harmonie der Jahreszeit bot sich in holder Einheit dar. Die Ankunft und der Weggang des Frühlings geschahen nach der vorgeschriebenen Ordnung. Der Flieder endete, der Jasmin begann. Einige Blumen hatten sich verspätet, einige Insekten verfrüht. Der Vortrab der roten Junischmetterlinge verbrüderte sich mit dem Nachtrab der weißen Schmetterlinge des Mai. Die Platanen hüllten sich in eine neue Haut. Und die Brise höhlte in Wellenlinien die Riesengestalten der Maronenbäume. Es war herrlich. Ein Veteran aus der nahen Kaserne, der durch das Gitter spähte, sagte: »Das ist der Frühling mit präsentiertem Gewehr und in Paradeuniform.«

Die ganze Natur schmauste. Die Schöpfung saß bei Tisch; es war die Stunde. Das große blaue Tuch war am Himmel aufgelegt und das große grüne Tuch auf der Erde. Die Sonne leuchtete *al giorno.* Gott servierte das Mahl für alle. Jedes Wesen hatte seine Weide und sein Futter. Die Ringeltaube fand ihren Hanfsamen, der Buchfink fand Hirse, der Distelfink Gauchheil, das Rotkehlchen Würmer, die Bienen Blumen, die Fliege Infusorien, der Goldammer Fliegen. Man fraß sich ein wenig untereinander auf, was das Geheimnis der Mischung von Bösem und Gutem ist; aber kein einziges Tier hatte nichts im Magen.

Die beiden verlassenen Kleinen waren bis zu dem großen Bassin gekommen, und von all diesem Licht etwas wirr, suchten sie sich zu verbergen, was der Instinkt des Armen und Schwachen gegenüber den Mächtigen, und sei ihre Macht auch unpersönlich, ist. Sie entwichen hinter die Hütte der Schwäne. In Pausen hörte man, wenn der Wind so stand, undeutlich Geschrei, Lärm, ein tumultuarisches Ächzen, das Gewehrgeknatter war, und ein dumpfes Pochen, Kanonenschüsse. Über den Dächern in der Richtung der Markthallen sah man Rauch. Eine Glocke, die zu rufen schien, läutete in der Ferne. Es war, als ob die Kinder diese Geräusche nicht wahrnähmen. Der Kleine wiederholte ab und zu leise: »Ich habe Hunger.«

Fast zugleich mit den beiden Kindern näherte sich ein anderes Paar dem großen Bassin. Es war ein Biedermann von fünfzig Jahren, der einen sechsjährigen Knaben an der Hand führte. Ohne Zweifel Vater und Sohn. Der Knabe hielt ein großes Buttergebäck. In dieser Epoche hatten die Mieter gewisser angrenzender Häuser in der Rue Madame und der Rue d'Enfer einen Schlüssel zum Luxembourgpark, dessen sie sich bedienten, wenn die Gitter geschlossen waren, ein Privileg, das seitdem abgeschafft worden ist. Vater und Sohn kamen sicherlich aus einem dieser Häuser.

Die beiden Kleinen sahen den »Herrn« sich auf das Bassin zu bewegen und versteckten sich noch etwas mehr. Der Biedermann war ein Bourgeois. Vielleicht derselbe, den Marius eines Tages in seinem Liebesfieber bei demselben Becken seinem Sohn hatte raten hören, er solle Maßlosigkeit vermeiden. Er hatte eine herablassend dünkelhafte Miene und einen Mund, der, halb offen, immer lächelte. Dieses mechanische Lächeln, das durch zuviel Kinnbacken und zuwenig Haut verursacht wird, zeigt mehr die Zähne als die Seele. Das Kind mit einem angebissenen Gebäck, das es nicht aufaß, schien übersättigt. Es war wegen des Aufstands als Nationalgardist gekleidet; der Vater hatte aus Klugheitsgründen wie immer Ziviltracht an.

Vater und Sohn standen nun an dem Bassin, auf dem zwei Schwäne stritten. Der Bourgeois schien die Schwäne ganz besonders zu bewundern. Er glich ihnen in seinem Gang. Bisweilen schwammen die Schwäne, und das ist ihr Haupttalent; darin leisteten sie Hervorragendes.

Hätten die beiden armen Kleinen gehorcht und wären sie dem

Alter nach fähig gewesen zu begreifen, hätten sie die Worte eines ernsten Mannes auflesen können. Der Vater sagte zu dem Sohn: »Der Weise ist mit wenigem zufrieden. Sieh mich an, mein Sohn! Ich liebe den Prunk nicht. Nie sieht man mich in Röcken, die von Gold und Edelsteinen strotzen. Ich überlasse den falschen Glanz den leichtfertigen Seelen.«

Hier brachen die tiefen Schreie, die von den Hallen herüberkamen, mit verdoppeltem Echo von Glockengetön und Lärmen aus.

»Was ist das?« fragte das Kind.

Der Vater erwiderte: »Das sind die Saturnalien des Pöbels.«

Mit einemmal bemerkte er die zerlumpten Kleinen, die regungslos hinter dem grünen Häuschen der Schwäne standen. »Und das dort ist der Anfang«, sagte er. Nach einem kurzen Schweigen setzte er hinzu: »Die Anarchie dringt in den Park ein.«

Indes biß der Sohn in das Gebäck, spuckte es wieder aus, und plötzlich begann er zu weinen. »Warum weinst du?« fragte der Vater.

»Ich habe keinen Hunger mehr«, sagte das Kind.

Das Lächeln des Vaters verstärkte sich. »Man braucht nicht hungrig zu sein, um Kuchen zu essen.«

»Mein Kuchen langweilt mich. Er ist altbacken.«

»Du willst ihn nicht mehr?«

»Nein.«

Der Vater wies auf die Schwäne. »Wirf ihn den Schwimmvögeln hin!«

Das Kind zögerte. Wenn man seinen Kuchen nicht mehr mag, ist das kein Grund, ihn herzugeben.

Der Vater sagte: »Sei menschlich! Man soll mit den Tieren Mitleid haben.« Und er nahm seinem Sohn den Kuchen weg und warf ihn in das Bassin. Der Kuchen fiel sehr nahe dem Rand nieder. Die Schwäne waren weit davon, in der Mitte des Bassins, und mit irgendeiner Beute beschäftigt. Sie hatten weder den Bourgeois noch das Gebäck gesehen.

Der Bourgeois erging sich, da er fühlte, daß der Verlust des Kuchens drohte und ihn dieser Mißerfolg aufregte, in telegraphischen Gesten, die endlich von den Schwänen beachtet wurden. Sie sahen, daß ein Brocken auf dem Wasser schwamm, machten als Schiffe, die sie sind, eine Wendung und steuerten langsam auf das Buttergebäck zu, mit der apathischen Majestät, die den weißen Tieren ziemt. »Den Schwänen schwant etwas«, sagte der Bourgeois, beglückt, daß er witzig sein durfte.

In diesem Moment wuchs der ferne Lärm aus der Stadt plötzlich wieder an. Diesmal war es unheimlich. Manche Windstöße sprechen deutlicher als andere. Mit dem Schall, der jetzt den Park erreichte, wurden Trommelgedröhn, Geschrei, Salven herübergeweht und die düsteren Antworten des Sturmgeläuts und der Kanonen. Und zugleich bedeckte eine schwarze Wolke jählings die Sonne.

Die Schwäne waren noch nicht bis zu dem Buttergebäck herangekommen. »Wir wollen heim«, sagte der Bourgeois, »sie greifen die Tuilerien an.« Er faßte wieder die Hand seines Sohnes. Dann fuhr er fort: »Von den Tuilerien zum Luxembourg ist nur dieselbe Entfernung wie vom Königtum zur Pairie von Frankreich — keine große Entfernung. Es wird Schüsse regnen.« Er blickte nach der Wolke. »Und vielleicht wird auch der Regen da droben sich ausschütten. Der Himmel mischt sich ein. Die jüngere Linie ist erledigt. Rasch nach Hause!«

»Ich möchte zusehen, wie die Schwäne den Kuchen fressen«, sagte das Kind.

»Das wäre unklug«, erwiderte der Vater und führte den kleinen Bourgeois von dannen.

Der Sohn, der den Abschied von den Schwänen bedauerte, drehte den Kopf dem Bassin zu, bis eine Krümmung des Pfades zwischen den Baumgruppen es ihm verbarg.

Währenddessen hatten wie die Schwäne die beiden irrenden Kinder sich dem Kuchen genähert. Er schwamm noch immer auf dem Wasser. Der Kleinere schaute den Kuchen an, der Größere den Bourgeois, der den Park verließ. Vater und Sohn entschwanden in das Labyrinth der Alleen, das an der großen Treppe über dem Dickicht auf der Seite der Rue Madame endete.

Sobald sie nicht mehr sichtbar waren, legte sich der Ältere schnell mit dem Bauch über den runden Rand des Bassins, krampfte sich mit der linken Hand daran fest, neigte sich über das Wasser, auf die Gefahr hineinzufallen, und tastete mit dem Stäbchen in seiner rechten Hand nach dem Kuchen. Die Schwäne beeilten sich, als sie den Feind sahen, und bildeten eine

Art Brustwehr, die dem kleinen Angler nützlich war. Das Wasser vor den Schwänen floß zurück, und eine dieser weichen, konzentrischen Wellen stieß das Gebäck sanft zu dem Stäbchen des Kindes hin. Als die Schwäne ankamen, berührte der Stab den Kuchen. Das Kind schlug heftig danach, holte das Gebäck heran, verscheuchte die Schwäne, packte den Kuchen und richtete sich auf. Der Kuchen war durch und durch naß. Aber sie hatten Hunger und Durst. Der Ältere teilte das Gebäck, nahm das kleinere Stück für sich, gab das größere seinem Brüderchen und sagte zu ihm: »Schieb dir das in den Schnabel!«

XVII

Mortuus pater filium moriturum expectat

Marius war aus der Barrikade hinausgestürzt und Combeferre ihm gefolgt. Aber zu spät, Gavroche war tot. Combeferre trug den Korb mit den Patronen zurück, Marius den Jungen. Ach! dachte er, was der Vater seinem Vater getan hatte, vergalt er dem Sohn. Nur hatte Thénardier seinen Vater lebend weggebracht; er brachte das Kind tot weg.

Als Marius mit Gavroche auf den Armen wieder in die Schanze eintrat, war sein Gesicht wie das des Jungen von Blut überströmt. Indes er sich bückte, Gavroche aufzuheben, hatte eine Kugel ihm den Schädel geritzt; er hatte es nicht bemerkt. Courfeyrac streifte seine Krawatte ab und verband damit die Stirn von Marius.

Man bettete Gavroche auf denselben Tisch wie Mabeuf und breitete über die beiden Toten den schwarzen Schal. Er genügte für den Greis und für das Kind. Combeferre verteilte die Patronen des Korbes, den er mitgebracht hatte. Das ergab fünfzehn Schüsse für jeden Mann.

Jean Valjean saß noch unbeweglich an seinem Platz auf dem Prellstein. Als Combeferre ihm seine fünfzehn Patronen anbot, schüttelte er den Kopf. »Das ist ein Sonderling, wie man ihn selten findet«, sagte Combeferre leise zu Enjolras. »Er ist imstande, auf der Barrikade zu sein und nicht zu kämpfen.«

»Das hindert ihn nicht, sie zu verteidigen«, antwortete Enjolras.

»Der Heroismus hat seine Originale«, versetzte Combeferre. Und Courfeyrac, der ihn gehört hatte, fügte hinzu: »Er ist nicht von derselben Art wie der Vater Mabeuf.«

Das Feuer, das die Barrikade traf, störte kaum die Ruhe im Inneren. Wer nie den Taumel in einem solchen Krieg erlebt hat, kann sich keine Vorstellung machen von den eigentümlichen Augenblicken der Stille zwischen diesen Zuckungen. Man kommt und geht, plaudert, scherzt und schlendert umher. Zu jemand, den wir kennen, sagte ein Kämpfer mitten im Kartätschenhagel: »Das geht ja hier zu wie bei einem Sektfrühstück.« Die Schanze in der Rue de la Chanvrerie, wir wiederholen es, schien innen sehr ruhig. Alle Höhepunkte und alle Stationen waren oder sollten erst noch erreicht werden. Die Lage war zunächst mißlich, dann bedrohlich gewesen und konnte nur noch verzweifelt werden. In dem Maße wie sich die Stimmung verdüsterte, übergoß der Heldenmut die Barrikade mehr und mehr mit seinem purpurfarbenen Schein. Ernst beherrschte sie Enjolras in der Haltung eines jungen Spartaners, der sein blankes Schwert dem düsteren Genius Epidotas weiht.

Combeferre verband, die Schürze vor dem Bauch, die Verwundeten. Bossuet und Feuilly stellten Patronen her mit dem Pulverhorn, das Gavroche bei dem toten Korporal erbeutet hatte, und Bossuet sagte zu Feuilly: »Bald fahren wir mit der Eilpost nach einem anderen Planeten ab.« Courfeyrac ordnete auf den wenigen Pflastersteinen, die er sich in der Nähe von Enjolras vorbehalten hatte, ein ganzes Arsenal. Er reihte seinen Stockdegen, sein Gewehr, zwei Sattelpistolen und ein kleines Terzerol aneinander, mit der Sorgfalt eines jungen Mädchens, das sich ein Wandschränkchen einrichtet. Jean Valjean betrachtete stumm die Wand ihm gegenüber. Ein Arbeiter zog sich auf seinem Kopf mit Bindfaden einen breiten Strohhut der Mutter Hucheloup zurecht, aus Furcht vor Sonnenstichen, wie er sagte. Die jungen Leute der Cougourde von Aix plauderten heiter, als ob sie in aller Hast ein letztes Mal ihren südlichen Dialekt reden müßten. Joly, der den Spiegel der Witwe Hucheloup vom Haken heruntergenommen hatte, beschaute darin seine Zunge. Einige Kämpfer hatten in einer Schublade fast verschimmelte Brotkrusten aufgestöbert und aßen sie gierig. Marius war in Unruhe über das, was sein Vater ihm sagen würde.

XVIII

Der Beute gewordene Geier

Beharren wir auf einer psychologischen Tatsache, die den Barrikaden eigen ist. Von dem, was diesen erstaunlichen Krieg der Straßen kennzeichnet, darf nichts weggelassen werden.

Wie groß auch immer die eigenartige innere Ruhe, über die wir soeben gesprochen haben, sein mag, für diejenigen, die in der Barrikade sind, bleibt diese gleichwohl eine Vision.

Es ist etwas von der Apokalypse im Bürgerkrieg, alle Nebel des Unbekannten verbinden sich mit diesem wilden Lodern, die Revolutionen sind voller Rätsel, und jeder, der durch den Raum hinter einer Barrikade geschritten ist, meint, geträumt zu haben.

Was man an jenen Orten empfindet, darauf haben wir im Zusammenhang mit Marius hingewiesen, und wir werden die Folgen noch kennenlernen. Das ist mehr oder weniger als das Leben. Aus einer Barrikade herausgekommen, kann keiner sagen, was er eigentlich darin gesehen hat. Man war schrecklich und weiß es nicht. Man war umgeben von kämpfenden Ideen, die ein menschliches Antlitz trugen. Man hatte den Kopf im Licht der Zukunft. Leichen lagen herum, und Schemen bewegten sich aufrecht. Die Stunden waren gewaltig und schienen Stunden der Ewigkeit. Man lebte im Tode. Schatten huschten vorüber. Was war das? Blut klebte an den Händen. Es war eine entsetzliche Betäubung, eine fürchterliche Stille. Man sah offene Münder, die schrien, und offene Münder, die schwiegen. Qualm erfüllte die Luft, vielleicht war es Nacht. Man glaubt die unheilvolle Nässe der unbekannten Tiefen gespürt zu haben, sieht etwas Rotes unter den Fingernägeln und kann sich nicht mehr erinnern.

Kehren wir in die Rue de la Chanvrerie zurück. Plötzlich drang zwischen zwei Salven von fern der Schlag einer Uhr herüber. »Es ist Mittag«, sagte Combeferre. Die zwölf Schläge waren noch nicht verklungen, als sich Enjolras aufreckte und vom Gipfel der Barrikade die donnernden Worte rief: »Holt Steine in das Haus! Legt sie an das Sims des Fensters im Oberstock und in die Dachkammern! Eine Hälfte der Mannschaft an die Gewehre, die andere schafft die Steine hinauf. Wir haben keine Minute zu verlieren!«

Ein Zug Pioniere der Feuerwehrtruppe war soeben mit geschulterten Äxten in Schlachtaufstellung am Ende der Straße erschienen. Er war zweifellos die Spitze einer Kolonne. Und welcher Kolonne? Der Angriffskolonne offenbar. Die Pioniere, die beauftragt waren, die Barrikade niederzureißen, mußten immer den Soldaten, die sie zu erklettern hatten, vorangehen. Der Augenblick nahte, den Herr Clermont-Tonnerre 1822 den »Ruck am Halsband« nannte.

Der Befehl von Enjolras wurde mit der korrekten Beschleunigung ausgeführt, die auf Schiffen und Barrikaden üblich ist, den beiden einzigen Kampfstätten, von denen man nicht entrinnen kann. In wenigen Minuten wurden zwei Drittel der Steine, die Enjolras an der Tür vom »Korinth« hatte anhäufen lassen, in den ersten Stock und nach dem Speicher hinaufgebracht, und bevor eine zweite Minute verstrichen war, vermauerten diese Steine, kunstvoll aufeinandergestapelt, bis zu halber Höhe das Fenster des Obergeschosses und die Mansardenluken. Einige Zwischenräume, ziemlich genau von Feuilly vorgesehen, dem leitenden Architekten, konnten Flintenläufen als Durchlaß dienen. Diese Bewaffnung der Fenster war um so besser zu bewerkstelligen, als das Kartätschenfeuer aufgehört hatte. Die beiden Kanonen feuerten jetzt mit Kugeln gegen die Mitte des Steindammes, um ein Loch zu schießen und, wenn es möglich war, eine Bresche für den Angriff.

Als die für die letzte Verteidigung gedachten Steine an Ort und Stelle waren, ließ Enjolras die Flaschen, die er unter dem Tisch, auf dem Mabeuf lag, angesammelt hatte, in den ersten Stock tragen.

»Wer soll das trinken?« fragte ihn Bossuet.

»Die anderen«, erwiderte Enjolras.

Dann verbarrikadierte man das Fenster unten und hielt die eisernen Querriegel bereit, die dazu dienten, nachts die Tür der Schenke von innen zu versperren. Die Festung war fertig. Die Barrikade war der Wall, die Schenke der Turm. Mit den noch übrigen Steinen verstopfte man den Einschnitt. Da die Verteidiger einer Barrikade stets die Pflicht haben, Munition zu sparen, und die Belagerer es wissen, betätigen diese eine Art aufreizender Saumseligkeit, setzen sich verfrüht dem Feuer aus, aber mehr zum Schein als wirklich, und machen es sich bequem. Die Vorbereitung des Angriffs erfolgt immer mit einer gewissen methodischen Langsamkeit, dann aber entlädt sich der Blitz.

Diese Langsamkeit gestattete Enjolras, alles zu besichtigen und zu vervollkommnen. Er fühlte, daß, wenn solche Männer sterben, ihr Tod ein Meisterwerk sein mußte. So sagte er zu Marius: »Wir sind die beiden Anführer. Ich werde drinnen die letzten Befehle erteilen. Du bleibe draußen und beobachte!«

Marius ging an seinen Posten auf den Kamm der Barrikade. Enjolras ließ die Tür der Küche, die nun Ambulanz war, vernageln. »Keine Unannehmlichkeiten für die Verwundeten«, sagte er. Er gab in dem unteren Saal seine letzten Weisungen mit knapper, jedoch ganz ruhiger Stimme. Feuilly hörte zu und antwortete im Namen aller.

»Im ersten Stock haltet die Hacken bereit, um die Treppe entzweizuhauen. Sind sie das?«

»Ja«, sagte Feuilly.

»Wieviel?«

»Zwei Hacken und eine Keule.«

»Gut. Von uns sind sechsundzwanzig Kämpfer auf den Beinen. Wieviel Gewehre sind da?«

»Vierunddreißig.«

»Acht zuviel. Haltet die acht Gewehre geladen wie die anderen, damit wir sie zur Hand haben! In die Gürtel Heckenmesser und Terzerole. Zwanzig Mann auf die Barrikade. Sechs lauern an den Mansardenluken und am Fenster des ersten Stocks, um durch die Schießscharten zwischen den Steinen auf die Angreifer zu feuern. Nicht ein einziger Arbeiter darf müßig sein. Jetzt gleich, wenn zum Angriff getrommelt wird, sollen die zwanzig hier unten in die Barrikade stürmen. Die zuerst kommen, werden die besten Plätze haben.«

Nach diesen Anordnungen wandte er sich an Javert und sagte zu ihm: »Dich vergesse ich nicht.« Und während er eine Pistole auf den Tisch legte, fügte er hinzu: »Der zuletzt von hier geht, schießt diesem Spion eine Kugel in den Kopf.«

»Hier?« fragte eine Stimme.

»Nein, diese Leiche soll nicht mit den unseren vermischt werden. Man kann auf die kleine Barrikade in der Ruelle Mondétour hinüberklettern. Sie ist nur vier Fuß hoch. Der Mann ist gut geknebelt. Dorthin wird er gebracht und dort gerichtet.«

In diesem Moment war ein Mann unbewegter als Enjolras: Javert.

Jean Valjean erschien. Aus der Schar der Aufständischen war er bisher nicht herausgetreten. Er schritt nach vorn und fragte Enjolras: »Sind Sie der Befehlshaber?«

»Ja.«

»Sie haben sich vorhin bei mir bedankt.«

»Im Namen der Republik. Die Barrikade hat zwei Retter, Marius Pontmercy und Sie.«

»Meinen Sie, daß ich Anspruch auf eine Belohnung habe?«

»Gewiß.«

»Dann bitte ich darum.«

»Um welche Belohnung?«

»Daß ich selbst diesem Mann den Schädel zerschmettern kann.«

Javert hob den Kopf, sah Jean Valjean, zuckte unmerklich zusammen und sagte: »Das ist nur gerecht.«

Enjolras war dabei, seinen Karabiner wieder zu laden. Er ließ den Blick um sich schweifen. »Hat niemand etwas dagegen?« Und er drehte sich zu Jean Valjean um. »Nehmen Sie sich den Spitzel.«

Jean Valjean bemächtigte sich Javerts und setzte sich an das Ende des Tisches. Er ergriff die Pistole, und ein schwaches Knakken verriet, daß er sie gespannt hatte.

Fast in derselben Sekunde hörte man Hörner blasen. »Überfall!« schrie Marius von der Barrikade herunter.

Javert begann zu lachen, geräuschlos, wie das seine Art war, sah die Aufständischen fest an und sagte zu ihnen: »Euch geht es nicht besser als mir.«

»Alle hinaus!« rief Enjolras. Die Aufständischen stoben in einem Tumult durcheinander, und als sie losstürzten, rief ihnen Javert die Worte nach: »Auf baldiges Wiedersehen!«

XIX

Jean Valjean rächt sich

Als Jean Valjean mit Javert allein war, band er den Strick auf, der den Gefangenen um die Leibesmitte fesselte und dessen

Knoten unter dem Tisch war. Dann gab er ihm ein Zeichen, er solle aufstehen. Javert gehorchte mit einem unsagbaren Lächeln, in dem sich die Überlegenheit der geketteten Autorität verdichtete.

Jean Valjean faßte Javert an der Schlinge, wie man ein Zugtier am Brustriemen faßt, zog ihn hinter sich her und verließ die Schenke langsam, denn Javert konnte, an den Beinen umschnürt, nur sehr kleine Schritte machen. Jean Valjean hatte die Pistole in der Faust. Sie durchquerten so das innere Viereck der Barrikade. Die Aufständischen, ganz mit dem nahenden Angriff beschäftigt, wandten ihnen den Rücken zu.

Nur Marius, der abseits stand, an der äußersten Linken des Steindamms, sah sie vorbeikommen. Diese Gruppe des armen Sünders und des Henkers war von dem Grabeslicht erleuchtet, das seine Seele umfing.

Jean Valjean ließ den geknebelten Javert die kleine Schanze an der Ruelle Mondétour ersteigen, nicht ohne Mühe, aber ohne einen einzigen Augenblick seinen Griff zu lockern.

Als sie dieses Steingewirr überklettert hatten, befanden sie sich allein in dem Gäßchen. Niemand sah sie mehr. Die Krümmung der Häuser verbarg sie den Aufständischen. Wenige Schritte von ihnen entfernt lagen die aus der Barrikade geborgenen Leichname, schrecklich gehäuft. Man unterschied ein fahles Antlitz, gelöstes Haar, eine durchschossene Hand und einen halbnackten Frauenbusen. Es war Eponine. Javert betrachtete mit einem Seitenblick die Tote und sagte mit gedämpfter Stimme, unerschütterlich ruhig: »Mir scheint, das Mädchen kenne ich.« Dann wandte er sich Jean Valjean wieder zu.

Jean Valjean schob die Pistole unter seinen Arm und heftete auf Javert einen Blick, der nicht der Worte bedurfte, um ihn wissen zu lassen: Javert, ich bin es.

Javert rief: »Nun räche dich!«

Jean Valjean holte aus seiner Hosentasche ein Messer und klappte es auf. »Also Messerstecher!« rief Javert. »Du hast recht! Das paßt mehr zu dir.«

Jean Valjean zerschnitt die Schlinge, die Javert um den Hals trug, dann die Stricke um seine Handgelenke, dann, indem er sich bückte, die Schnur um seine Fußknöchel. Hiernach reckte er sich wieder gerade und sagte: »Sie sind frei.«

Javert zu überraschen war nicht leicht. Aber sosehr er sich beherrschte, einer Erregung konnte er sich nicht entziehen. Er verharrte unbeweglich, den Mund offen.

Jean Valjean fuhr fort: »Ich glaube nicht, daß ich von hier wegkomme. Sollte es dennoch geschehen: Ich wohne unter dem Namen Fauchelevent in der Rue de l'Homme-Armé Nummer sieben.«

Javert verzerrte wie ein Tiger die Lippen, so daß sein Mundwinkel sich entblößte, und murmelte zwischen den Zähnen: »Nimm dich in acht!«

»Gehen Sie!« sagte Jean Valjean.

»Fauchelevent hast du gesagt, Rue de l'Homme-Armé?« fragte Javert.

»Nummer sieben.«

»Nummer sieben«, wiederholte Javert leise. Er knöpfte seinen Überrock zu, straffte seine Schultern militärisch, machte eine halbe Wendung, kreuzte die Arme, wobei er sein Kinn an eine seiner Hände lehnte, und begann in der Richtung der Markthallen zu gehen. Jean Valjean folgte ihm mit den Augen. Nach wenigen Schritten drehte Javert sich um und rief Jean Valjean zu: »Sie langweilen mich. Töten Sie mich lieber!«

Es fiel Javert selbst nicht auf, daß er Jean Valjean nicht mehr duzte.

»Gehen Sie!« sagte Jean Valjean.

Javert ging mit langsamen Schritten. Im nächsten Moment bog er um die Ecke der Rue des Prêcheurs.

Als Javert verschwunden war, entlud Jean Valjean die Pistole in die Luft. Dann begab er sich in die Barrikade zurück und sagte: »Erledigt.«

Währenddessen hatte Marius, der mehr draußen als drinnen zu tun hatte, den geknebelten Spion im dunklen Hintergrund des Saales im Erdgeschoß nicht genauer gemustert. Als er ihn bei Tageslicht über die Barrikade klettern sah, auf dem Weg zum Tod, erkannte er ihn. Eine plötzliche Erinnerung fuhr ihm durch den Kopf. Er gedachte des Inspektors in der Rue de Pontoise und der beiden Terzerole, die er ihm eingehändigt und deren er, Marius, sich in der Barrikade bedient hatte, und er entsann sich nicht nur des Gesichtes, auch des Namens. Aber das zog ihm nebelhaft durch den Kopf, wirr wie alle seine Ideen. Nicht seine Erinnerung bestätigend, sondern zweifelnd legte er sich die Frage vor: Ist das nicht der Polizeiinspektor, der mir gesagt hat, er heiße Javert?

Vielleicht war noch Zeit, sich für diesen Mann einzusetzen. Aber zuerst mußte er ermitteln, ob es wirklich Javert war. Marius rief Enjolras an, der sich am anderen Ende der Barrikade aufgestellt hatte: »Enjolras!«

»Was?«

»Wie heißt der Mann dort?«

»Wer?«

»Der Polizeibeamte. Kennst du seinen Namen?«

»Gewiß. Er hat ihn uns gesagt.«

»Wie heißt er?«

»Javert.«

Marius fuhr auf. In diesem Moment erscholl der Pistolenschuß. Jean Valjean erschien wieder und sagte: »Erledigt.« Eine düstere Kälte drang Marius ins Herz.

XX

Die Toten haben recht und die Lebenden nicht unrecht

Der Todeskampf der Barrikade sollte anheben. Alles trug zur tragischen Majestät dieser letzten Minuten bei: tausendfaches geheimnisvolles Getöse in der Luft, der Atem der bewaffneten Massen, die in Straßen, die man nicht sah, in Bewegung kamen, der abwechselnde Galopp der Reiterei, das dumpfe Beben des Bodens unter der vorrückenden Artillerie, Rottenfeuer und Kanonaden, die sich im Labyrinth von Paris kreuzten, der Rauch der Schlacht, der vergoldet über die Dächer stieg, irgendwelche ferne, unbestimmt furchtbare Schreie, überall aufflackernde Drohung, das Sturmgeläut von Saint-Merry, das jetzt wie ein Schluchzen klang, die Milde der Jahreszeit, der Glanz des von Sonne und Wolken erfüllten Himmels, die Schönheit des Tages und das lastende Schweigen der Häuser. Denn seit dem Vortag waren die beiden Häuserreihen der Rue de la Chanvrerie zwei Mauern geworden, unheimliche Mauern. Türen, Fenster und Fensterläden waren zugesperrt.

Wenn in jener, von der unsrigen sich so sehr unterscheidenden Zeit die Stunde gekommen war, da das Volk einem unerträglichen Zustand, einer aufgezwungenen Charte oder einem beschränkten Wahlrecht ein Ende machen wollte, wenn der allgemeine Zorn in der Luft hing, wenn die Stadt der Empörung ihrer Pflastersteine zustimmte, wenn der Aufstand das Bürgertum lächeln ließ, weil er ihm seine Losung ins Ohr flüsterte, dann war der Einwohner, vom Aufruhr überzeugt, gewissermaßen der Bundesgenosse des Kämpfers. Das Haus verbrüderte sich mit der improvisierten Festung, und die stützte sich auf das Haus. Wenn aber die Situation nicht herangereift war, wenn dem Aufstand nicht voll zugestimmt wurde, wenn die Masse die Bewegung nicht billigte, war es um die Kämpfer geschehen. Die Stadt verwandelte sich in eine Wüste rings um den Aufruhr, die Seelen erstarrten zu Eis, die Zufluchtsorte waren versperrt, und die Straße half der Armee, die Barrikade zu erobern.

Ein Volk läßt sich nicht überrumpeln und geht nicht schneller, als es will. Wehe dem, der versucht, es zum Handeln zu zwingen! Das läßt sich kein Volk gefallen. Dann überläßt es den Aufstand sich selbst. Die Aufständischen werden Pestkranke. Ein Haus ist eine steile Böschung, eine Tür eine Verweigerung, eine Fassade eine Mauer. Diese Mauer hat Augen und Ohren und will nicht. Sie könnte sich auftun und dich retten. Nein. Diese Mauer ist ein Richter. Sie sieht dich an und verurteilt dich. Wie düster diese verschlossenen Häuser sind! Sie wirken tot, sie sind lebendig. Das Leben, das in ihnen gleichsam unterbrochen scheint, dauert darin fort. Niemand ist seit vierundzwanzig Stunden ausgegangen, und es fehlt auch niemand. Im Inneren dieses Felsens geht man hin und her, legt sich zu Bett, steht auf. Man ist hier unter sich. Hier wird gegessen und getrunken, Blut und Wasser geschwitzt! Die Furcht entschuldigt diese fürchterliche Ungastlichkeit; sie ist ein mildernder Umstand, mit Bestürzung verbunden. Bisweilen wird sogar, und das ist schon vorgekommen, aus der Furcht Leidenschaft. Der Schrecken kann sich in Raserei verwandeln, wie die Vorsicht in Wut. Daher das so tiefgründige Wort »Die wütenden Gemäßigten«. Aus dem Lodern des äußersten Entsetzens geht wie ein unheimlicher Dampf der Zorn hervor. »Was wollen die Leute da? Nie sind sie zufrieden. Sie bringen friedliebende Menschen in Gefahr. Als ob es nicht schon genug Revolutionen gegeben hätte! Was wollen sie hier? Sollen sie sehen, wie sie davonkommen. Um so schlimmer für sie. Das ist ihre Schuld. Sie bekommen nur, was sie verdienen. Uns geht das nichts an. Unsere arme Straße, wie sie von Kugeln durchsiebt wird! Die Taugenichtse! Macht ja nicht die Tür auf.« Und das Haus nimmt das Aussehen eines Grabes an. Der Aufständische ringt vor dieser Tür mit dem Tode. Er sieht die Kartätschenkugeln heranfliegen, die blanken Säbel kommen. Wenn er ruft, weiß er, daß er gehört wird, doch niemand öffnet. Da sind Mauern, die ihn schützen könnten, da sind Menschen, die ihn retten könnten, und die Mauern haben Ohren von Fleisch und Blut und die Menschen ein Herz aus Stein.

Wen soll man anklagen?

Niemand und jedermann.

Die unvollkommenen Zeiten, in denen wir leben.

Stets verwandelt sich die Utopie auf eigene Rechnung und Gefahr in Aufstand, der philosophische in bewaffneten Protest und Minerva in Pallas. Die Utopie, die die Geduld verliert und Aufruhr wird, weiß, was sie erwartet. Fast immer kommt sie zu früh. Dann fügt sie sich und nimmt stoisch die Katastrophe statt des Triumphes hin. Sie tut ihren Dienst, ohne sich zu beklagen, entschuldigt sogar jene, die sie verleugnen, und in ihrer Großmut billigt sie, daß sie im Stich gelassen wird. Sie ist unbeugsam vor dem Hindernis und milde gegenüber dem Undank.

Ist es übrigens Undank?

Vom Standpunkt des Menschengeschlechts aus, ja.

Vom Standpunkt des einzelnen aus, nein.

Der Fortschritt ist der Weg des Menschen. Das allgemeine Leben der Menschheit heißt Fortschritt. Der gemeinsame Schritt der Menschheit heißt Fortschritt. Der Fortschritt marschiert. Er macht die große menschliche und irdische Reise zum Himmlischen und Göttlichen. Er legt Marschpausen ein, in denen er die Nachzügler sammelt. Er rastet und denkt dabei im Angesicht irgendeines herrlichen Kanaan nach, das sich plötzlich an seinem Horizont zeigt. Er hat seine Nächte, in denen er schläft; und in schmerzliche Angst versetzt es den Denker, wenn er das Dunkel über der menschlichen Seele sieht und in der Finsternis nach dem eingeschlafenen Fortschritt tastet, ohne daß er ihn wecken kann.

»Gott ist vielleicht tot«, sagte eines Tages zum Schreiber dieser Zeilen Gérard de Nerval. Dabei verwechselte er den Fortschritt mit Gott und hielt die unterbrochene Bewegung für den Tod des Seins.

Wer die Hoffnung aufgibt, hat unrecht. Der Fortschritt erwacht unfehlbar, und er ist sogar im Schlaf weitermarschiert, denn er ist gewachsen. Wenn man ihn wieder auf den Beinen sieht, findet man ihn größer. Immer ruhig zu sein hängt weder vom Fortschritt noch vom Strom ab. Errichtet keinen Damm in ihm, werft keinen Fels hinein; das Hindernis läßt das Wasser aufschäumen und die Menschheit aufbrausen. Daher Aufruhr, aber danach läßt sich das zurückgelegte Stück Weges ermessen. Bis daß die Ordnung, ein anderes Wort für Weltfriede, hergestellt ist, bis daß Harmonie und Einheit herrschen, hat der Fortschritt als Entwicklungsstufen die Revolutionen.

Was ist also der Fortschritt? Wir haben es soeben gesagt. Das fortdauernde Leben der Völker.

Nun geschieht es zuweilen, daß sich das vorübergehende Leben der einzelnen dem ewigen Leben der Menschheit widersetzt.

Erkennen wir es ohne Bitternis an. Der einzelne sucht den eigenen Vorteil, kann ihn sich ohne Pflichtvergessenheit ausbedingen und wahren. Die Gegenwart hat ihr entschuldbares Maß an Egoismus. Das vorübergehende Leben hat sein Recht und ist nicht verpflichtet, sich ständig für die Zukunft aufzuopfern. Die Generation, die gegenwärtig auf der Erde lebt, muß die Dauer ihres Verweilens durchaus nicht für die Generationen abkürzen, deren Zeit später anbricht, obwohl sie ihresgleichen sind. Ich bin da, murmelt dieser Bewußte, der »alle« heißt. Ich bin jung und verliebt, ich bin alt und will mich ausruhen, ich bin Familienvater, ich arbeite, ich habe Erfolg, ich mache gute Geschäfte, ich besitze Mietshäuser, ich habe Geld beim Staat, ich bin glücklich, ich habe Frau und Kinder, all das liebe ich, ich möchte leben, laßt mich in Ruhe! Daher wird zu gewissen Zeiten der hochherzigen Vorhut der Menschheit mit großer Kälte begegnet.

Zugegeben, die Utopie verläßt ihre strahlende Sphäre, wenn sie Krieg führt. Sie, die Wahrheit von morgen, entleiht ihr Verfahren, die Schlacht, bei der Lüge von gestern. Sie, die Zukunft, handelt wie die Vergangenheit. Sie, der reine Gedanke, wird tätlich. Ihren Heroismus schmälert sie durch Gewalttätigkeit, wofür sie sich mit Recht verantworten muß, und für gelegentliche Gewalt als Ausweg, was den Grundsätzen widerspricht, wird sie schicksalhaft bestraft. Die Aufstand gewordene Utopie kämpft mit dem alten Militärstrafgesetzbuch in der Faust. Sie erschießt Spione, sie exekutiert Verräter, sie stößt lebendige Geschöpfe in die unbekannte Finsternis. Sie bedient sich des Todes, eine ernste Sache. Offenbar glaubt die Utopie nicht mehr an die Ausstrahlung, an ihre unwiderstehliche und unvergängliche Kraft. Sie greift zum Schwert. Nun besitzt aber jedes Schwert zwei Schneiden; wer mit der einen Wunden schlägt, verletzt sich an der anderen.

Nach diesem streng sachlichen Vorbehalt können wir nicht umhin, die ruhmreichen Kämpfer für die Zukunft, die Bekenner der Utopie zu bewundern, mögen sie nun erfolgreich sein oder nicht. Selbst wenn sie scheitern, sind sie verehrungswürdig, und vielleicht zeigen sie im Mißerfolg noch mehr Größe. Der Sieg, so er dem Fortschritt entspricht, ist des Beifalls der Völker würdig; doch eine heldenhafte Niederlage verdient ihre Ergriffenheit. Das eine ist großartig, das andere erhaben. Für uns, die wir das Martyrium dem Erfolg vorziehen, ist John Brown größer als Washington und Pisacane größer als Garibaldi.

Einer muß doch für die Besiegten sein.

Zu diesen großen Männern, die es mit der Zukunft versuchen, ist man ungerecht, wenn sie scheitern.

Die Revolutionäre werden beschuldigt, Schrecken zu verbreiten. Jede Barrikade scheint ein Anschlag. Ihre Theorien werden beanstandet, ihr Ziel wird verdächtigt, ihr Hintergedanke gefürchtet und ihr Gewissen angeprangert. Es wird ihnen vorgeworfen, daß sie gegen die bestehenden sozialen Verhältnisse einen Haufen aus Elend, Schmerzen, Ungerechtigkeiten, Beschwerden und Verzweiflung aufschütten, auftürmen und daß sie aus den Niederungen höllische Blöcke stemmen, um sich damit Schießscharten zu bauen und dahinter zu kämpfen. Man ruft ihnen zu: Ihr reißt das Pflaster der Hölle auf! Sie könnten antworten: Dafür ist unsere Barrikade aus guten Vorsätzen errichtet.

Am besten ist freilich die friedliche Lösung. Mit einem Wort, beim Anblick des Pflastersteins denkt man an den Bären. Die

Gesellschaft regt sich über einen guten Willen auf. Aber es hängt von der Gesellschaft ab, ob sie sich selbst rettet, und wir appellieren an ihre eigene Gutwilligkeit. Kein gewaltsames Heilmittel ist notwendig. Wir fordern sie auf, das Übel im guten zu erforschen, zu erkennen und alsdann zu heilen.

Wie dem auch sei, sogar und vor allem gefallen, sind diese Männer erhaben. Den Blick auf Frankreich geheftet, kämpfen sie an allen Ecken der Welt mit der zwingenden Logik des Ideals für das große Werk. Sie geben ihr Leben als reine Gabe für den Fortschritt hin. Sie erfüllen den Willen der Vorsehung. Sie vollziehen eine religiöse Handlung. Zur festgesetzten Zeit und ebenso uneigennützig wie ein Schauspieler, der bei seinem Stichwort auftritt, gehorchen sie dem göttlichen Szenarium, treten sie ab. Und den aussichtslosen Kampf und das stoische Sterben nehmen sie hin, um jene großartige Bewegung der Menschheit, die unwiderstehlich am 14. Juli 1789 begonnen hat, zu ihren herrlichen und letzten allgemeinen Folgen zu führen. Diese Soldaten sind Priester. Die Französische Revolution ist ein Heldengedicht Gottes.

Übrigens gibt es, und dies muß den bereits in einem anderen Kapitel festgestellten Unterschieden hinzugefügt werden, Aufstände, die Zustimmung finden und Revolutionen heißen. Abgelehnte Revolutionen heißen dagegen Aufruhre. Ein Aufstand, der ausbricht, ist eine Idee, die vom Volk geprüft wird. Wenn das Volk seine Zustimmung verweigert, ist die Idee ein Versager, der Aufstand ein Krawall.

Bei jeder Aufforderung, und sooft es die Utopie verlangt, in den Krieg ziehen, das mögen die Völker nicht. Nationen haben nicht stets und zu jeder Stunde das Temperament von Helden und Märtyrern.

Sie sind positiv. Der Aufstand ist ihnen von vornherein zuwider, weil er erstens als Ergebnis oft eine Katastrophe zeitigt und zweitens als Ausgangspunkt stets eine Abstraktion hat.

Denn, und dies ist schön, wer sich aufopfert, opfert sich immer für und nur für das Ideal auf. Ein Aufstand ist Begeisterung. Die Begeisterung kann Zorn werden, deshalb wird zu den Waffen gegriffen. Aber jeder Aufstand, der eine Regierung oder eine Staatsform aufs Korn nimmt, will höher hinaus. So zum Beispiel war das, wir beharren darauf, was die Führer des Aufstandes von

1832 und insonderheit die jugendlichen Schwärmer in der Rue de la Chanvrerie bekämpften, eben nicht Louis-Philippe. Die meisten ließen, wenn sie freimütig plauderten, den Eigenschaften dieses Königs, der zwischen der Monarchie und der Revolution vermittelte, Gerechtigkeit widerfahren. Keiner haßte ihn. Aber sie griffen in Louis-Philippe die jüngere Linie des Rechts von Gottes Gnaden an, wie sie dessen ältere Linie in Karl X. angegriffen hatten; und mit dem Königtum in Frankreich wollten sie den Übergriff des Menschen auf den Menschen und des Privilegs auf das Recht in der ganzen Welt abschaffen. Paris ohne König hat den Erdkreis ohne Despoten zur Folge. So dachten sie. Ihr Ziel war zweifellos fern, vielleicht verschwommen und nur mit äußerstem Kraftaufwand zu erreichen, doch es war groß.

Das ist so. Und man opfert sich für diese Visionen, die für die Opfermütigen eigentlich immer Illusionen sind, aber Illusionen, von denen die Menschheit zutiefst überzeugt ist. Der Aufständische schmückt den Aufstand aus und beschönigt ihn. Er stürzt sich in diese tragischen Dinge und berauscht sich an dem, was er tun will. Wer weiß? Vielleicht ist ihm Erfolg beschieden. Man ist in der Minderzahl, hat eine ganze Armee gegen sich; aber man verteidigt das Recht, das Naturgesetz, die Herrschaft eines jeden einzelnen über sich selbst, auf die nicht verzichtet werden kann, die Gerechtigkeit, die Wahrheit, und zur Not stirbt man wie die dreihundert Spartaner. Nicht an Don Quijote, sondern an Leonidas wird gedacht. Und auf dem einmal eingeschlagenen Weg geht man weiter, weicht nicht mehr zurück, stürzt blindlings vor, hat als Hoffnung einen überwältigenden Sieg, die zu Ende geführte Revolution, den wieder auf freien Fuß gesetzten Fortschritt, die bereicherte Menschheit, die allgemeine Befreiung; und schlimmstenfalls die Thermopylen.

Die Waffengänge für den Fortschritt mißlingen oft, und wir haben soeben gesagt, warum. Die Menge sträubt sich gegen die Begeisterung der Paladine. Die schwerfälligen Massen, die eben wegen ihrer Trägheit schwach sind, fürchten die Wagnisse; und Wagnis ist mit dem Ideal verbunden.

Übrigens, das soll nicht vergessen werden, sind die Interessen vorhanden. Sie stehen dem Ideal und dem Sentimentalen nicht allzu freundlich gegenüber. Bisweilen lähmt der Magen das Herz.

Größe und Schönheit Frankreichs bestehen darin, daß es weniger Fett als die übrigen Völker ansetzt. Frankreich gürtet sich leichter mit einem Strick. Als erstes wach, schläft es als letztes ein. Es geht vorwärts. Es ist auf der Suche.

Das liegt an seiner künstlerischen Veranlagung.

Das Ideal ist nichts anderes als der Höhepunkt der Logik, wie das Schöne nichts anderes als der Gipfel des Wahren ist. Die künstlerischen Völker sind auch die unbeirrbaren Völker. Die Schönheit lieben heißt das Licht wollen. Deshalb wurde die Fakkel Europas, das heißt der Zivilisation, zunächst von Griechenland getragen. Griechenland übergab sie Italien, und Italien reichte sie an Frankreich weiter. Göttliche Völker, die Licht spenden! *Vitae lampada tradunt.*

Wunderbarerweise ist die Dichtung eines Volkes Bestandteil seines Forschritts. Der Stand der Kultur wird an dem Maß von Phantasie gemessen. Nur muß ein kulturförderndes Volk ein männliches Volk bleiben. Korinth ja, Sybaris nein. Wer verweichlicht, entartet. Man darf weder Dilettant noch Virtuose, sondern muß Künstler sein. Auf dem Gebiet der Kultur darf nicht verfeinert, sondern muß geläutert werden. Unter dieser Bedingung wird der Menschheit das Modell des Ideals gegeben.

Das heutige Ideal sucht sein Vorbild in der Kunst und sein Mittel in der Wissenschaft. Durch die Wissenschaft wird die erhabene Vision der Dichter verwirklicht: das soziale Schöne. Der Garten Eden wird mit A + B noch einmal geschaffen. Bei dem Stand, den die Zivilisation erreicht hat, ist das Genaue ein notwendiger Bestandteil des Herrlichen, und das Instrument der Wissenschaft dient nicht nur dem künstlerischen Gefühl, sondern ergänzt es auch. Der Traum muß rechnen. Die Kunst, der Eroberer, muß sich auf die Wissenschaft, den Fußsoldaten, stützen können. Die Gediegenheit der Ausrüstung zählt. Der moderne Geist ist der Genius Griechenlands mit dem Genius Indiens als Reittier, Alexander auf dem Elefanten.

Die im Dogma versteinerten oder durch den Gewinn verdorbenen Völker sind unfähig, die Zivilisation anzuführen. Der Kniefall vor dem Götzen oder dem Taler schwächt den Muskel, der marschiert, und den Willen, der vorangeht. Das Aufgehen in Tempeldienst oder Handel vermindert die Ausstrahlung eines Volkes, verkleinert seinen Horizont, senkt sein Niveau und nimmt ihm jenes menschliche und zugleich göttliche Wissen um das allgemeine Ziel, das die Nationen zu Verkündern macht. Babylon hat kein Ideal. Karthago hat kein Ideal. Athen und Rom haben und bewahren sich, selbst die tiefe Nacht der Jahrhunderte hindurch, den Glorienschein der Zivilisation.

Das Volk Frankreichs ist auf eine Stufe zu stellen mit den Völkern Griechenlands und Italiens. Es ist athenisch durch das Schöne und römisch durch das Große. Zudem ist es gut. Es bringt sich dar. Mehr als die übrigen Völker ist es bereit zu Hingabe und Opfer. Nur wechselt diese Stimmung. Und das ist die große Gefahr für diejenigen, die laufen, wenn Frankreich bloß gehen will, oder gehen, wenn es stehenbleiben will. Frankreich hat seine Rückfälle in den Materialismus, und in gewissen Augenblicken haben die Gedanken, die das erhabene Hirn verstopfen, nichts mehr an sich, was an französische Größe gemahnt, sind eher einem Staate Missouri oder Südkarolina angemessen. Was ist da zu machen? Die Riesin gefällt sich als Zwergin. Das über die Maßen große Frankreich hat Lust, klein zu sein. Das ist alles.

Dagegen läßt sich nichts einwenden. Völker wie Sterne dürfen sich verfinstern. Und alles ist gut, wenn nur das Licht wiederkehrt und die Finsternis nicht in Nacht übergeht. Morgenröte und Auferstehung sind Synonyme. Das Wiedererscheinen des Lichtes ist der Fortdauer des Ich gleichzusetzen.

Stellen wir diese Tatsachen in aller Ruhe fest. In dem Tod auf der Barrikade oder dem Grab in der Verbannung bietet sich der Aufopferung ein annehmbarer Ausweg. Der richtige Name der Aufopferung ist Uneigennützigkeit. Sollen sich also die Aufgegebenen aufgeben, die Verbannten verbannen lassen, und beschränken wir uns darauf, die großen Völker anzuflehen, daß sie nicht zu weit zurückgehen, wenn sie zurückgehen! Unter dem Vorwand, zur Vernunft zurückzukehren, darf nicht zu tief hinabgestiegen werden.

Die Materie existiert, der Augenblick existiert, die Interessen existieren, der Bauch existiert; doch der Bauch darf nicht die einzige Weisheit sein. Das vorübergehende Leben hat sein Recht, wir lassen das gelten, aber das fortdauernde Leben hat auch eins. Ach, der Aufstieg ist kein Hindernis für den Fall. Dies läßt sich in der Geschichte öfter beobachten, als einem lieb ist. Eine erlauchte Nation kostet vom Ideal, dann beißt sie in den Schlamm, findet den gut; und wird sie gefragt, wie es kommt, daß sie Sokrates für Falstaff aufgibt, antwortet sie: Weil ich Staatsmänner mag.

Noch ein Wort, bevor wir in das Getümmel zurückkehren.

Eine Schlacht, wie wir sie gerade schildern, ist nichts anderes als eine krampfhafte Bewegung zum Ideal. Der behinderte Fortschritt kränkelt und bekommt solche tragischen Anfälle von Fallsucht. Dieser Krankheit des Fortschritts, dem Bürgerkrieg, mußten wir auf unserem Weg begegnen. Akt und zugleich Zwischenspiel, ist das einer der schicksalhaften Abschnitte in diesem Drama, dessen Hauptperson ein von der Gesellschaft Verdammter ist und dessen wahrer Titel »Der Fortschritt« lautet.

Der Fortschritt!

Dieser Schrei, den wir oft ausstoßen, ist unser ganzes Denken; und da die Idee, die er einschließt, noch mehr als eine Probe zu bestehen hat, dürfen wir vielleicht an der Stelle, an der wir uns im Drama befinden, wenn schon nicht den Schleier über ihm lüften, so doch wenigstens sein Licht klar durchscheinen lassen.

Welches auch immer die Unterbrechungen, Einreden und Schwächen dieses Buches sein mögen, es beschreibt von einem Ende zum anderen, in seiner Gesamtheit und in seinen Einzelheiten den Weg des Bösen zum Guten, des Ungerechten zum Gerechten, des Falschen zum Wahren, der Nacht zum Tag, der Begierde zum Gewissen, der Fäulnis zum Leben; der Roheit zur Pflicht, der Hölle zum Himmel, des Nichts zu Gott. Der Ausgangspunkt ist das Irdische, das Ziel die Seele. Die Hydra am Anfang, der Engel am Ende.

XXI
Die Helden

Plötzlich trommelten die Trommler zum Angriff. Es brach los wie ein Orkan. Am Abend zuvor, in der Dunkelheit, hatte man sich der Barrikade in aller Stille genähert wie eine Schlange. Jetzt, am hellen Tag, in dieser ausgeweiteten Straße, war eine Überraschung ganz unmöglich. Die Streitmacht hatte sich demaskiert, die Kanone hatte ihr Gebrüll begonnen, die Armee sprang gegen die Barrikade vor. Die Wut hatte sich in Geschicklichkeit verwandelt. Eine starke Kolonne der Linieninfanterie, in gleichen Abständen von Nationalgarde und Munizipalgarde zu Fuß durchschnitten und auf diese Massen gestützt, die man hörte, ohne sie zu sehen, schwenkte im Laufschritt in die Straße ein, unter Trommelwirbel und Hornsignalen, die Bajonette gefällt, Pioniere voran, und stieß, ohne sich durch den Geschoßhagel stören zu lassen, direkt gegen die Barrikade mit der Wucht eines ehernen Balkens, der eine Mauer rammt.

Die Mauer hielt stand. Die Rebellen feuerten ungestüm. Auf der erkletterten Barrikade züngelte ein Bündel von Blitzen empor. Der Angriff war so rasend, daß sie einen Moment von Angreifern überschwemmt wurde. Jedoch sie schüttelte die Soldaten ab wie der Löwe die Hunde, und sie bedeckte sich mit Belagerern nur wie die Felsenküste mit Schaum, um sich im nächsten Augenblick steil, schwarz und drohend wieder zu zeigen.

Die Kolonne, zum Weichen gezwungen, blieb in der Straße massiert, ungeschützt, aber schrecklich, und antwortete der Schanze mit furchtbarem Musketenfeuer. Wer ein Feuerwerk gesehen hat, erinnert sich an die Garbe aus gekreuzten Flammenbündeln, die man Bukett nennt. Man denke sich dieses Bukett nicht mehr senkrecht, sondern waagerecht, mit einer Gewehrkugel, einem Rehposten oder einer Kartätschenkugel an der Spitze jedes Feuerstrahls und in den Trauben der Schloßen den Tod ausstreuend, darunter die Barrikade.

Auf beiden Seiten dieselbe angespannte Bereitschaft. Diese Tapferkeit war fast barbarisch und verband sich mit einer heroischen Wildheit, die mit der Aufopferung des eigenen Ichs begann. Es war die Zeit, da sich ein Nationalgardist wie ein Zuave schlug. Die Truppe wollte zum Ende kommen, der Aufstand sich wehren. Das Bestehen des Todeskampfes in voller Jugend und Gesundheit macht die Unerschrockenheit zu wahnwitziger Raserei. Jeder wuchs in diesem Gefecht durch das Bewußtsein der letzten Stunde über sich hinaus. Die Straße war mit Leichen bestreut.

Zuäußerst standen auf der Barrikade hier Enjolras, dort Marius. Enjolras, der die ganze Barrikade überschaute, sparte sich auf und schützte sich. Drei Soldaten, die nacheinander unter seiner Schießscharte fielen, hatten ihn nicht einmal gesehen. Marius kämpfte ungedeckt. Er gab einen Zielpunkt ab. Mehr als bis zur

Mitte des Leibes ragte er aus der Schanze hervor. Das größte Wunder ist ein Geiziger, der über die Stränge haut. Kein Mensch ist im Handeln erschreckender als ein Träumer. Marius war furchtbar und in seine Gedanken vertieft. Er durchlebte die Schlacht wie ein Schlummernder. Er glich einem Gespenst, das eine Flinte handhabt.

Die Patronen der Belagerten erschöpften sich, nicht ihre Spottlust. In dem Taumel des Grabes, der sie mit sich riß, lachten sie. Courfeyrac war barhäuptig. »Was hast du denn mit deinem Hut gemacht?« fragte ihn Bossuet.

Courfeyrac erwiderte: »Sie haben ihn mir mit ihren Kanonen heruntergeschossen.«

Oder sie sagten sich Worte des Hochmuts. »Begreift man«, rief Feuilly bitter, »diese Leute« — und er nannte ihre Namen, bekannte und sogar berühmte Namen, einige von der alten Armee —, »die versprochen hatten, zu uns zu stoßen, und gelobt hatten, uns zu helfen, die sich auf Ehre verpflichtet haben, die unsere Generale sind und uns verlassen.«

Combeferre beschränkte sich darauf, mit ernstem Lächeln zu entgegnen: »Mancher beobachtet das Gesetz der Ehre, wie man die Sterne beobachtet, sehr von weitem.«

Das Innere der Barrikade war von verbrauchten Patronen so überschüttet, daß es aussah, als läge Schnee. Die Angreifer hatten die Zahl für sich, die Aufständischen hatten ihre Position. Sie standen oben auf einer Mauer, und aus nächster Nähe zerschmetterten sie die Soldaten, die zwischen Toten und Verwundeten strauchelten und sich in die Hindernisse der Böschung verwickelten. Diese Barrikade, so wie sie gebaut war und tadellos abgestützt, bot wirklich eine Stellung, in der eine Handvoll Männer eine Legion in Schach halten konnte. Indessen marschierte die Angriffskolonne, mit stets neuem Nachschub und im Kugelregen anwachsend, unerbittlich vor, und jetzt drückte die Armee, nach und nach, Schritt für Schritt, aber mit Sicherheit, auf die Barrikade wie die Schraube auf die Presse.

Die Angriffe folgten rasch. Das Grauen wurde immer größer. So brach auf diesem Steinhaufen in der Rue de la Chanvrerie ein Kampf aus, würdig einer trojanischen Mauer. Diese blassen, zerlumpten, entkräfteten Männer, die seit vierundzwanzig Stunden nicht gegessen, nicht geschlafen hatten, die nur noch wenige

Schüsse abgeben konnten, die ihre der Patronen entleerten Taschen durchsuchten, waren fast alle verwundet. Kopf oder Arm mit schmutzigen Leinenfetzen verbunden, mit Löchern in ihren Kleidern, aus denen Blut floß, kaum bewaffnet mit schlechten Gewehren und alten, schartigen Säbeln – sie wurden Titanen. Die Barrikade wurde zehnmal geentert, berannt, erklettert und nie erobert.

Um einen Begriff von dem Ringen zu bekommen, müßte man sich einen Haufen von schrecklichem Mut vorstellen, der in Brand gesteckt worden ist, und man müßte sich die Feuersbrunst ansehen. Das war schon kein Kampf mehr, das war das Innere eines Schmelzofens. Die Münder stießen Flammen aus, die Gesichter verzerrten sich unglaublich, menschlicher Ausdruck verweigerte sich, die Kämpfer loderten, und fürchterlich war es anzuschauen, wie in dem roten Qualm die Feuergeister des Getümmels hin und her eilten. Wir verzichten darauf, die aufeinanderfolgenden und gleichzeitigen Szenen dieses grandiosen Gemetzels zu schildern. Allein das Epos darf zwölftausend Verse mit einer Schlacht füllen.

Es war wie die Hölle des Brahmanismus, wie im schrecklichsten der siebzehn Abgründe, den der Weda den Wald der Schwerter nennt.

Man schlug sich Leib an Leib, Fuß bei Fuß, mit Pistolenschüssen, mit Säbelhieben, mit Fausthieben, von fern, von nahe, von oben und unten, von überall, vom Dach des Hauses, von den Fenstern der Schenke, von den Luken des Kellers, in den einige sich hatten gleiten lassen. Sie waren eins gegen sechzig. Die halbzerstörte Fassade vom »Korinth« war abscheulich. Das von Kartätschenladungen tätowierte Fenster hatte Scheiben und Rahmen verloren und war nur noch ein unförmiges Loch, in tumultuarischer Eile mit Pflastersteinen gestopft. Bossuet wurde getötet. Feuilly wurde getötet. Courfeyrac wurde getötet. Joly wurde getötet. Combeferre, von drei Bajonettstichen in die Brust durchbohrt, als er gerade einen verwundeten Soldaten aufhob, hatte nur noch Zeit, zum Himmel emporzublicken; dann verschied er.

Marius, der immer noch kämpfte, war von Wunden, besonders am Kopf, so übersät, daß sein Antlitz im Blut verschwand und in ein rotes Tuch gehüllt schien. Enjolras allein war nicht getroffen. Hatte er keine Waffe mehr, so streckte er die Hand nach rechts oder links aus, und ein Aufständischer gab ihm irgendeine Waffe in die Faust. Er hatte nur noch einen Stumpf von vier Degen; einen mehr als Franz I. bei Marignano.

Homer singt: »Drauf den Axylos erschlug der Rufer im Streit Diomedes, / Teuthras' Sohn; er wohnt in der schöngebauten Arisbe, / ... Aber Euryalos nahm des Opheltios Waffen und Dresos', / drauf den Aisepos ereilt' er und Pedasos, die mit der Naïs / Abarbarea einst der edle Bukolion zeugte; / ... und den Pidytes bezwang, den Perkosier, stürmend Odysseus / mit erzblinkender Lanz und Teukros den Held Areataon, / Nestors mutiger Sohn Antilochos warf den Ableros / hin und den Elatos hin der Völkerfürst Agamemnon; / dieser bewohnt an des Stroms Satnioeis grünenden Ufern / Pedasos' luftige Stadt; den Phylakos traf, da er hinfloh, / Leïtos, und Eurypylos nahm des Melanthios Rüstung.« In unseren alten Heldengedichten greift Esplandian mit brennendem Holz den riesigen Markgrafen Swantibor an, der sich verteidigt, indem er den Ritter mit Türmen steinigt, die er entwurzelt. Unsere alten Wandfresken zeigen die beiden Herzöge von der Bretagne und von Bourbon, bewaffnet, mit Wappenschildern, kriegsmäßig gerüstet, zu Pferde, wie sie aufeinander losgehen, die Streitaxt in der Hand, mit Masken, Schuhen und Handschuhen von Eisen, der eine mit Hermelindecke, der andere azurblau drapiert; Bretagne mit seinem Löwen zwischen den Zacken seiner Krone, Bourbon mit einer Sturmhaube, die die Form einer mächtigen vergitterten Lilie hat. Aber um prachtvoll zu sein, ist es nicht nötig, wie Yvon den herzoglichen Spitzhelm zu tragen, wie Esplandian eine lebende Flamme in der Faust zu halten oder wie Phyleus, des Polydamas Vater, eine gute Rüstung, ein Geschenk des Völkerfürsten Euphetes, aus Ephyre mitgebracht zu haben. Es genügt, sein Leben für eine Überzeugung oder zur Bewährung von Treue herzugeben.

Der naive kleine Soldat, der gestern noch Bauer in der Beauce oder in Limousin gewesen ist, der, das Seitengewehr umgeschnallt, im Luxembourgpark den Kindermädchen nachschleicht, der bleiche junge Student, der über ein anatomisches Präparat oder ein Buch gebeugt ist, ein blonder Jüngling, der sich mit der Schere den Bart stutzt, nehmt sie beide, blast ihnen einen Hauch von Pflicht ein, konfrontiert sie an der Straßenkreuzung Boucherat oder in der Sackgasse Planche-Mibray und laßt den einen für seine Fahne und den anderen für sein Ideal kämpfen und beide in dem Glauben, sie kämpfen für das Vaterland: Der Kampf wird ungeheuer sein.

Und der Schatten, den auf dem großen epischen Schlachtfeld der hadernden Menschheit dieser Infanterist und dieser Mediziner werfen werden, die handgemein geworden sind, wird so groß sein wie der Schatten, den Megaryon, der König des von Tigern wimmelnden Landes Lykien, wirft, wenn er Leib an Leib den gewaltigen Ajax, den göttergleichen, umschlingt.

XXII

Fuß bei Fuß

Als von den lebenden Anführern nur noch Enjolras und Marius da waren, die an den äußersten Enden der Barrikade standen, gab das Zentrum nach, in dem Courfeyrac, Joly, Bossuet, Feuilly und Combeferre sich so lange behauptet hatten. Die Kanone hatte, ohne eine durchschreitbare Bresche zu schlagen, die Mitte der Schanze ziemlich breit ausgerandet. Dort war der Gipfel der Mauer unter der Kugel verschwunden und eingestürzt, und die Trümmer, die teils innen, teils außen fielen, hatten nach und nach, indem sie sich häuften, auf beiden Seiten des Steindamms zwei Hänge gebildet, den einen innen, den anderen draußen. Der zweite bot für das Betreten der Barrikade eine geneigte Fläche dar.

Ein letzter Angriff wurde versucht, und dieser Angriff glückte. Die Masse unter den stachligen Bajonetten, im Laufschritt vorgetrieben, kam unwiderstehlich heran, und die dichte Front der Sturmkolonne erschien im Rauch oben auf der steilen Mauerwand. Diesmal war es aus. Die Gruppe der Rebellen, die das Zentrum verteidigte, zog sich in Verwirrung zurück.

Nun erwachte die dunkle Liebe zum Leben bei einigen. Sie wollten vor diesem Wald von Gewehren, die auf sie anlegten, nicht mehr sterben. In dieser Minute heult der Instinkt der Selbsterhaltung auf, und im Menschen erscheint wieder das Tier. Sie waren mit dem Rücken gegen das hohe sechsstöckige Haus im Hintergrund der Redoute gedrängt. Dieses Haus konnte die Rettung sein. Es war von oben bis unten verbarrikadiert und gewissermaßen vermauert. Bevor die Linieninfanterie drinnen in der Schanze war, hätte sich eine Tür öffnen und schließen können. Die Dauer eines Blitzes genügte, und für diese Verzweifelten war diese Haustür, plötzlich halb geöffnet und sofort wieder zugeschlagen, das Leben. Dahinter waren Straßen, die Möglichkeit der Flucht, der freie Raum. Sie hämmerten mit den Kolben und stampften mit den Füßen gegen die Tür, riefen, schrien, flehten mit gefalteten Händen. Niemand machte auf. Von der Luke im dritten Geschoß des Hauses sah der Kopf des Toten sie an.

Aber Enjolras und Marius und sieben oder acht, die sich um sie gesammelt hatten, waren hingesprungen, um ihnen Hilfe zu verschaffen. Enjolras hatte den Soldaten zugerufen: »Nicht weiter!« Und da ein Sergeant nicht gehorchte, hatte Enjolras ihn getötet. Er stand jetzt in dem kleinen inneren Hof der Schanze, an das Haus vom »Korinth« gelehnt, in einer Hand den Säbel, in der anderen den Karabiner, und hielt die Tür der Schenke offen, von der er die Angreifer abwehrte. Er schrie den Verzweifelten zu: »Eine einzige Tür ist auf, die hier.« Er schützte sie mit seinem Körper, trat für sich allein einem Bataillon gegenüber und ließ sie hinter sich durch.

Alle hasteten hinein. Enjolras führte mit seinem Karabiner, dessen er sich jetzt wie eines Spazierstocks bediente, das aus, was die Fechter die gedeckte Rose nennen, schlug die Bajonette um sich herum nieder und ging als letzter in die Schenke. Es gab einen schaurigen Augenblick: Die Soldaten wollten den Eingang erzwingen, die Aufrührer ihn sperren. Die Tür wurde mit solcher Gewalt zugeschleudert, daß, als sie sich in die Zapfen des Rahmens wieder einfügte, an ihrer Verkleidung die abgeschnittenen fünf Finger eines Soldaten, der sich dran gekrampft hatte, klebten.

Marius war draußen geblieben. Ein Schuß hatte ihm das Schlüsselbein gebrochen. Er fühlte, daß er ohnmächtig umsank. In diesem Moment spürte er, ohne die Augenlider noch heben zu können, die Berührung einer muskulösen Hand, die ihn packte, und die Bewußtlosigkeit, in der er sich verlor, ließ ihm kaum Zeit für den mit einer letzten Erinnerung an Cosette vermengten Gedanken: Ich bin gefangen. Ich werde füsiliert werden.

Enjolras hatte, als er Marius unter den Flüchtlingen der

Schenke nicht sah, denselben Gedanken. Aber jetzt konnte sich ein jeder nur mit seinem eigenen Tod befassen. Enjolras stieß die Eisenstange der Tür zurecht, verriegelte sie, drehte die Schlüssel im Schloß und Vorhängeschloß zweimal herum, indes man wütend von draußen dagegenhieb, die Soldaten mit den Kolben ihrer Gewehre, die Pioniere mit ihren Äxten. Die Angreifer hatten sich an der Tür geschart. Nun wurde die Schenke belagert.

Die Soldaten waren voll Zorn über den Tod des Artilleriesergeanten. Auch war, was noch unheilvoller war, in den wenigen Stunden vor dem Angriff bei ihnen verbreitet worden, daß die Aufständischen die Gefangenen verstümmelten und daß in der Schenke der Leichnam eines Soldaten ohne Kopf liege. Diese Art von fatalen Gerüchten begleitet gewöhnlich die Bürgerkriege, und eine solche Falschmeldung hat später die Katastrophe in der Rue Transnonain verursacht.

Als die Tür verbarrikadiert war, sagte Enjolras zu den Kameraden: »Wir wollen unser Leben teuer verkaufen.« Dann näherte er sich dem Tisch, auf dem Mabeuf und Gavroche hingestreckt lagen. Man sah unter dem schwarzen Tuch zwei gerade, starre Gestalten, die eine groß, die andere klein, und die beiden Gesichter zeichneten sich unbestimmt unter den kalten Falten des Schweißtuches ab. Eine Hand hing über das Bahrtuch hinaus, auf den Boden herab. Es war die des Greises. Enjolras beugte sich und küßte diese verehrungswürdige Hand, so wie er gestern die Stirn geküßt hatte. Es waren die beiden einzigen Küsse, die er in seinem Leben gab.

Um uns kurz zu fassen, die Barrikade hatte gekämpft wie ein Tor von Theben, die Schenke kämpfte wie ein Haus in Saragossa. Der Widerstand ist voll rauhen Trotzes. Keine Schonung für Gefangene. Kein Parlamentieren. Man will sterben, wenn man nur töten kann. Als Suchet sagte: »Kapituliert!«, antwortete Palafox: »Nach dem Krieg mit den Kanonen den Krieg bis aufs Messer.« Nichts fehlte bei der Erstürmung der Schenke von Hucheloup: nicht die Pflastersteine, die von Fenster und Dach auf die Belagerer regneten und durch grauenhafte Zermalmungen die Soldaten erbitterten, nicht die Schüsse aus Kellern und Mansarden, nicht die Wut des Angriffs und der Ingrimm der Verteidigung, nicht, als die Tür nachgab, der entfesselte Wahnsinn der Vernichtung. Die Angreifer, die sich in die Schenke stürzten, über das Getäfel der zerhackten und auf die Erde geworfenen Tür stolpernd, fanden keinen Rebellen mehr vor. Die in einer Spirale gewundene Treppe lag mit Äxten zertrümmert inmitten des Saales im Erdgeschoß, einige Verwundete veratmeten hier, alles, was nicht getötet worden war, befand sich im ersten Stock, und durch das Loch in der Decke, das Zugang zur Treppe gewesen war, schlug ein erschreckendes Feuer. Die jungen Männer in ihrem furchtbaren Todeskampf hatten ihre letzten Patronen verschossen. Als sie kein Pulver und keine Kugeln mehr aufbieten konnten, nahm jeder zwei der von Enjolras zurückgestellten Flaschen in die Hand, und mit diesen beängstigend gebrechlichen Keulen wehrten sie die Einkletternden ab. Es waren Flaschen voll Scheidewasser. Der Belagerte nutzt alle Waffen. Das Griechische Feuer hat Archimedes nicht entehrt, das siedende Pech Bayard nicht geschändet. Der ganze Krieg ist Entsetzen und läßt keine Wahl. Die Musketensalven der Belagerer waren, obgleich gehemmt und von unten nach oben, mörderisch. Der Rand des Loches in der Decke war bald von Köpfen Toter umgeben, aus denen lange rote Blutsträhnen troffen. Das Getöse war unbeschreiblich. Ein heißer Rauch, der nicht abziehen konnte, legte fast Nacht über diesen Kampf. Es ermangelt der Worte, um diese Stufe des Grauens zu schildern. In dem jetzt höllischen Ringen gab es keine Menschen mehr. Es standen nicht mehr Giganten gegen Riesen. Das glich eher Milton und Dante als Homer. Dämonen griffen an, Gespenster leisteten Widerstand.

Es war der ungeheuerliche Heroismus.

XXIII

Der nüchterne Orest und der trunkene Pylades

Endlich brachen, sich auf die Schultern tretend, an dem Gerippe der Treppe sich nachhelfend, an den Mauern hochkriechend, an die Decke sich klammernd und am Rand der Falltür selbst die letzten, die noch überlebt hatten, zerfetzend, etwa zwanzig Belagerer, Soldaten, Nationalgardisten, Polizeisoldaten durcheinander, meist bei diesem fürchterlichen Aufstieg durch Gesichtswunden entstellt, blind durch das Blut, rasend, zu Wilden geworden, in den Saal des ersten Stockes ein. Nur noch ein Mann war dort aufrecht, Enjolras. Ohne Patronen, ohne Degen hatte er nur noch den Lauf seines Karabiners in der Hand, dessen Schaft er an den Schädeln der Eindringenden zerschmettert hatte. Das Billard hatte er zwischen sich und die Angreifer gerückt. Er war bis in den Winkel des Saales zurückgewichen, und hier war er, mit stolzem Auge, erhobenem Kopf, diesen Stumpf einer Waffe in der Faust, noch beunruhigend genug, daß sich um ihn ein freier Raum bildete. Ein Schrei erhob sich: »Er ist der Führer. Er hat den Artilleristen getötet. Wo er steht, steht er gut und soll er bleiben. Wir werden ihn sofort erschießen.«

»Erschießt mich«, sagte Enjolras. Und er schleuderte den Stumpf seines Karabiners weg, kreuzte die Arme und bot seine Brust dar.

Die Kühnheit, in guter Haltung zu sterben, erregt die Menschen immer. Sobald Enjolras die Arme gekreuzt hatte und das Ende hinnahm, hörte die Betäubung des Kampfes im Saal auf, und plötzlich beschwichtigte sich das Chaos in grabesdüsterer Feierlichkeit. Es schien, als laste die drohende, unbewegliche Majestät von Enjolras auf diesem Gewühl, und nur durch die Autorität seines ruhigen Blickes bezwang dieser junge Mensch, der allein keine Wunde hatte, stolz, blutbefleckt, reizvoll, gleichgültig wie ein Unversehrbarer, diese finstere Horde, ihn mit Respekt zu töten. Seine Schönheit, die nun sein Stolz noch vermehrte, war ein Glanz, und als könne er ebensowenig ermüden wie verwundet werden, war er nach den erschreckenden vierundzwanzig Stunden, die soeben verronnen waren, strahlend und rosig. Von ihm redete vielleicht der Zeuge, der später vor dem Kriegsgericht erklärte: »Einen der Aufrührer hörte ich Apollo nennen.« Ein Nationalgardist, der auf Enjolras zielte, senkte seine Waffe und sagte: »Mir scheint, ich soll eine Blume erschießen.«

Zwölf Mann gruppierten sich in dem Winkel gegenüber Enjolras und richteten stumm ihre Gewehre. Dann schrie ein Sergeant: »Legt an!«

Ein Offizier griff ein. »Warten!« Er fragte Enjolras: »Soll man Ihnen die Augen verbinden?«

»Nein.«

»Haben Sie den Artilleriesergeanten getötet?«

»Ja.«

Seit wenigen Minuten war Grantaire wach. Er schlief seit dem Vortag im Obersaal der Schenke, auf einem Stuhl sitzend, über einem Tisch zusammengefallen. Er erneuerte in all seiner Kraft den alten Ausdruck: Er hat sich totgetrunken. Der gräßliche Trank aus Absinth, Stout und Schnaps hatte ihn in bleiernen Schlaf versenkt. Da sein Tisch klein und für die Barrikade ohne Wert war, hatte man ihm ihn gelassen. Er hockte in immer derselben Positur, die Brust auf den Tisch gesenkt, den Kopf seitlich auf den Armen, umringt von Gläsern, Schoppen und Flaschen. Er schlief den todesähnlichen Schlummer des Bären im Winter und den des gesättigten Blutegels. Nichts hatte ihn aufgeweckt, weder die Gewehrsalven und die Kanonenkugeln noch das Kartätschenfeuer, das durch das Fensterkreuz in den Saal, in dem er saß, hineinfegte, noch der unglaubliche Lärm des Ansturms. Nur ab und zu antwortete er der Kanone mit einem Schnarchen. Er schien zu erharren, daß eine Flintenkugel ihn von der Mühe aufzuwachen befreite. Mehrere Leichen lagen noch um ihn, und zunächst unterschied seine Verfassung sich in nichts von dem tiefen Schlaf der Gestorbenen.

Nicht das Geräusch weckt einen Betrunkenen, sondern die Stille. Diese Merkwürdigkeit wurde mehr als einmal beobachtet. Daß alles um ihn zusammenkrachte, vergrößerte noch die Dumpfheit Grantaires; das wüste Gepolter wiegte ihn ein. Das Stocken des Tumults um Enjolras war für diesen bleiernen Schlaf eine Erschütterung. Es wirkte, als ob ein Wagen im Galopp jählings hielt. Die Schlummernden werden davon wach. Grantaire fuhr hoch, spreizte die Arme, rieb sich die Augen, sah um sich, gähnte und begriff.

Ein Rausch, der verfliegt, ist wie ein zerrissener Vorhang. Man sieht im ganzen und mit einem einzigen Blick alles, was er verbarg. Alles bietet sich unversehens dem Gedächtnis dar; und der Trunkene, der nichts von dem weiß, was in den letzten vierundzwanzig Stunden vorgefallen ist, hat noch nicht einmal die Augen ganz offen, da weiß er schon Bescheid. Die Gedanken kehren ihm plötzlich in aller Schärfe zurück; der Dunst der Trunkenheit wird zerstreut; das Hirn ist wieder im Bann der klaren Wirklichkeit. Die Soldaten hatten, da sie auf Enjolras starrten, Grantaire, der einsam in einer Ecke saß, hinter dem Billard, bisher nicht bemerkt. Schon schickte der Sergeant sich an, den Befehl: »Legt an!« zu wiederholen, als eine starke Stimme neben ihnen schrie: »Es lebe die Republik! Ich gehöre dazu.«

Grantaire war aufgestanden. Das unermeßliche Leuchten des Kampfes, den er versäumt hatte und bei dem er nicht gewesen war, erschien in den schimmernden Augen des verwandelten Säufers. Er rief nochmals: »Es lebe die Republik!«, durchquerte festen Schrittes den Saal und trat aufrecht neben Enjolras vor die Gewehre. »Erschießt zwei auf einmal!« sagte er. Und sanft wandte er sich Enjolras zu. »Erlaubst du?« Enjolras drückte ihm lächelnd die Hand.

Dieses Lächeln war noch nicht geschwunden, als die Schüsse krachten. Von acht Kugeln durchbohrt, blieb Enjolras an die Mauer gelehnt, als wäre er an sie genagelt, nur daß er den Kopf neigte. Grantaire brach zermalmt vor seinen Füßen nieder.

Wenige Minuten später beseitigten die Soldaten die letzten Aufständischen, die bis in das Dachgeschoß des Hauses geflohen waren. Sie feuerten durch ein Holzgatter in den Speicher. Man schlug sich unter den Dachsparren. Man warf die Leichen durch die Fenster und auch einige Lebende. Zwei Füsiliere, die den zerstückelten Omnibus aufzustellen versuchten, wurden von zwei aus den Mansarden abgegebenen Karabinerschüssen getötet. Ein Mann in einer Bluse wurde durch einen Bajonettstich in den Bauch vom Omnibus herabgestürzt und verröchelte an der Erde. Ein Soldat und ein Aufständischer rutschten zusammen über die Ziegel des schrägen Daches, wollten einander nicht loslassen und fielen, indem sie sich in wilder Umarmung würgten. Derselbe Kampf im Keller. Schreie, Schüsse, unheimliches Stampfen. Dann Schweigen. Die Barrikade war genommen. Die Soldaten begannen die Nachbarhäuser zu durchstöbern und die Flüchtigen zu verfolgen.

XXIV

Gefangen

Marius war ein Gefangener. Der Gefangene von Jean Valjean. Die Hand, die ihn, als er fiel, von hinten anrührte und zufaßte, als er das Bewußtsein verlor, war Jean Valjeans Hand. An dem

Kampf hatte sich dieser nur insofern beteiligt, als er sein Leben einsetzte. Ohne ihn hätte in der letzten Phase des Todesringens niemand an die Verwundeten gedacht. Dank ihm, der in dem Gemetzel allgegenwärtig wie eine Vorsehung war, wurden die Fallenden aufgehoben, in den unteren Saal geschafft und verbunden. In den Pausen besserte er die Barrikade aus. Aber nichts tat er, was einem Schuß geglichen hätte, einem Angriff oder auch nur einer persönlichen Verteidigung. Er schwieg und half. Übrigens hatte er kaum einige Hautabschürfungen. Die Kugeln hatten ihn nicht gewollt. Wenn die Idee des Selbstmordes bei dem mitspielte, was er geträumt hatte, als er in dieses Grab kam, so war ihm dies mißlungen. Aber wir zweifeln, daß er den Selbstmord erwog, der eine irreligiöse Handlung ist.

In den dichten Wolken des Kampfes schien Jean Valjean Marius nicht zu sehen. Dabei ließ er ihn jedoch nicht aus den Augen. Als ein Schuß Marius umwarf, stürzte Jean Valjean mit der Geschmeidigkeit eines Tigers auf ihn zu, packte ihn wie eine Beute und trug ihn fort. Der Wirbel des Ansturms war in diesem Augenblick heftig auf Enjolras und auf die Tür der Schenke konzentriert, und niemand beobachtete, daß Jean Valjean, den ohnmächtigen Marius im Arm, den des Pflasters beraubten Boden der Barrikade überschritt und hinter der Ecke des Hauses vom »Korinth« verschwand. Die Ecke, die wie ein Kap in die Straße vorsprang, war ein Schutz vor Kugeln und Kartätschen und auch vor Spähern, ein Platz von wenigen Quadratfuß. Manchmal gibt es bei Feuersbrünsten eine Stube, die nicht brennt, und in den wütendsten Meeren, jenseits eines Vorgebirges oder im Grunde einer Sackgasse von Klippen, einen kleinen, ruhigen Winkel. In dieser Vertiefung des inneren Trapezes der Barrikade war Eponine vom Tode dahingerafft worden. Hier blieb Jean Valjean stehen, ließ Marius herabgleiten, lehnte sich an das Gemäuer und blickte um sich.

Die Situation war furchtbar. Für den Moment, für zwei bis drei Minuten etwa, war dieser Mauerrand für ihn eine Deckung, aber wie wollte er aus diesem Morden herauskommen? Er erinnerte sich der Angst, die er vor acht Jahren in der Rue Polonceau erlitten hatte, und wie er damals der Gefahr hatte entschlüpfen können. Das war einst schwierig, jetzt war es unmöglich. Er hatte das unversöhnliche, stumme, sechsstöckige Haus vor sich, das nur von dem toten, aus seinem Fenster hinausgebeugten Mann bewohnt schien. Zur Rechten lag die ziemlich niedrige Barrikade, die die Petite-Truanderie abschloß. Dieses Hindernis zu nehmen schien leicht. Aber er gewahrte über dem Kamm des Steindammes eine Reihe von Bajonettspitzen. Das war die Truppe der Linieninfanterie, die jenseits dieser Barrikade aufgestellt war und beobachtete. Offenbar hieß der Übergang über die Barrikade einem Rottenfeuer entgegenlaufen, und der Kopf eines jeden, der wagte, die hohe Pflastermauer zu überschreiten, war die Zielscheibe für sechzig Gewehrschüsse. Zur Linken hatte er das Schlachtfeld. Der Tod war hinter dem Mauerwinkel.

Was tun? Nur ein Vogel fand hier einen Weg ins Freie. Und er mußte sich unverzüglich entscheiden, einen Ausweg ersinnen, zu einem Entschluß gelangen. Einige Schritte von hier wurde gekämpft. Zum Glück tobten sie alle an demselben Punkt, an der Tür der Schenke. Aber wenn nur ein einziger Soldat sich einfallen ließ, um das Haus herumzugehen oder es in der Flanke anzugreifen, war alles zu Ende.

Jean Valjean sah das Haus gegenüber an, die Barrikade neben sich und dann die Straße, mit der ungestümen Erregung äußerster Ratlosigkeit, verstört, als wolle er mit den Augen eine Grube graben. Da er so angestrengt hinsah, gewann etwas, was in dieser Todesnot sich kaum erraten ließ, Umrisse und versinnlichte sich ihm zu Füßen, als könne das Geheimnis des Blickes den ersehnten Gegenstand hervorzaubern. Er bemerkte wenige Schritt weit, unter dem kleinen, von draußen so unbarmherzig bewachten und umlauerten Steindamm, unter Schutt, der es halb versteckte, ein flach in der Höhe des Pflasters aufgelegtes Eisengitter. Dieses aus starken Querstäben geschmiedete Gitter maß etwa zwei Quadratfuß. Die Umrahmung durch Pflastersteine, in der es sonst befestigt war, war zerrüttet, als sei es vom Kitt gelöst. Durch die Querstangen hindurch sah man eine dunkle Öffnung, die einem Kaninchenschacht oder der Röhre eines Brunnens glich. Jean Valjean eilte darauf zu. Sein altes Wissen um Fluchten erhellte sein Hirn. Die Pflastersteine forttragen, das Gitter anheben, den leblosen Marius wie einen Leichnam sich auf die Schultern laden, mit dieser Bürde auf dem Rücken in die wenig tiefe Schlucht hinabsteigen, mit Ellbogen und Knie sich anstemmen, auf seinen Kopf die schwere Eisentür wieder fallen lassen, auf die von neuem die wankenden Steine nachrollten, auf einer Platte drei Meter unter dem Boden Fuß fassen: Das alles tat er wie im Fieber mit der Kraft eines Riesen und der Schnelligkeit eines Adlers in kaum drei Minuten.

Jean Valjean sah sich mit dem noch immer bewußtlosen Marius in einer Art langen unterirdischen Korridors. Völliger Friede umgab ihn, völliges Schweigen, Nacht. Der Eindruck, den er ehedem gehabt hatte, als er von der Straße in das Kloster kam, kehrte in ihm wieder. Nur trug er heute nicht mehr Cosette, sondern Marius. Kaum hörte er über sich ein unbestimmtes Gemurmel, den schrecklichen Tumult um die erstürmte Schenke.

ZWEITES BUCH
Der Darm des Leviathan

I

Die vom Meer ausgelaugte Erde

Paris schüttet jährlich fünfundzwanzig Millionen ins Wasser. Und das ist die reine Wahrheit. Wie und auf welche Weise? Tag und Nacht. Zu welchem Zweck? Ohne jeden Zweck. Mit was für einer Absicht? Ohne Absicht. Um was zu bewerkstelligen? Um nichts zu bewerkstelligen. Mittels was für eines Organs? Durch seinen Darm. Was ist sein Darm? Das ist seine Kloake.

Fünfundzwanzig Millionen ist die niedrigste der angenäherten Zahlen, die die Berechnungen der Fachleute ergeben.

Nachdem die Wissenschaft lange suchte, weiß sie heute, daß der ergiebigste und wirksamste Dünger der menschliche ist. Die Chinesen, zu unserer Schande sei es gesagt, wußten das vor uns. Kein chinesischer Bauer, Eckeberg berichtet das, geht in die Stadt, ohne an den beiden Enden seines Tragholzes zwei Eimer voll von dem mitzubringen, was wir Unrat nennen. Dank dem menschlichen Dünger ist der Acker in China noch so jung wie zur Zeit Abrahams. Der chinesische Weizen bringt das bis zu Hundertzwanzigfache des Saatguts. Kein Guano läßt sich an Fruchtbarkeit mit dem Abfall einer Hauptstadt vergleichen. Eine Großstadt ist der größte Mistkäfer. Die Stadt für die Düngung der Ebene zu benutzen wäre ein voller Erfolg. Wenn unser Gold Mist ist, so ist unser Mist wiederum Gold.

Was wird mit dem Mistgold gemacht? Es wird in den Abgrund gefegt.

Mit erheblichen Kosten werden Kauffahrteiflotten losgeschickt, daß sie von der südlichen Halbkugel den Kot der Sturmvögel und Pinguine holen, und der unübersehbare Reichtum, den man zur Hand hat, wird ins Meer eingeleitet und vergeudet. Der Erde zurückgegeben, anstatt ins Wasser geschüttet zu werden, genügte der menschliche und tierische Dünger, die Welt zu ernähren.

Die Kehrichthaufen an den Prellsteinen, die Abfuhrwagen, die nachts durch die Straßen rumpeln, die scheußlichen Tonnen der städtischen Müllabfuhr, der stinkende, unterirdisch abfließende Schlamm, den das Pflaster verbirgt, wißt ihr, was das ist? Das ist die blühende Wiese, grünes Gras, das ist Quendel, Thymian und Salbei, das ist Wild und Vieh, das ist das zufriedene Brüllen der großen Ochsen am Abend, das ist duftendes Heu, goldgelbes Getreide und Brot auf eurem Tisch, das ist heißes Blut in euren Adern, ist Gesundheit, Freude und Leben. So will es die geheimnisvolle Schöpfung, die auf Erden Transformation und im Himmel Transfiguration ist.

Gebt das wieder in den großen Schmelztiegel. Euer Überfluß wird da herausquellen. Die Ernährung der Felder schafft Nahrung für die Menschen.

Es steht bei euch, diesen Reichtum zu verschleudern und mich obendrein noch lächerlich zu finden. Aber das ist dann das Meisterstück eurer Unwissenheit.

Die Statistik hat berechnet, daß Frankreich allein jedes Jahr durch die Mündungen seiner Flüsse dem Atlantik eine halbe Milliarde zahlt. Prägt euch das ein: Mit den fünfhundert Millionen ließe sich ein Viertel der Ausgaben des Staatshaushalts bestreiten. Der Mensch ist so tüchtig, daß er sich der fünfhundert Millionen lieber in die Gosse entledigt. Hier tropfenweise, dort in Strömen, speien unsere Kanalisationen die Substanz des Volkes selbst in die Wasserläufe, schwemmen sie unsere Flüsse in den Ozean davon. Jeder Schluckauf unserer Kloaken kostet uns tausend Francs. Dazu zwei Ergebnisse: die ausgelaugte Erde und das verpestete Wasser. Der Hunger, der aus der Furche sprießt, und die Krankheit, die aus dem Gewässer kommt.

Es ist zum Beispiel allgemein bekannt, daß die Themse zur Stunde London vergiftet. Was Paris betrifft, so mußten in jüngster Zeit die meisten Kanalmündungen stromabwärts hinter die letzte Brücke verlegt werden.

Ein doppeltes Röhrennetz mit Ventilen und Einlaßschleusen, das ansaugt und drückt, ein primitives Entwässerungssystem, unkompliziert wie die menschliche Lunge, das bereits in mehreren Gemeinden Englands benutzt wird, genügte, um in unsere Städte das reine Wasser von den Feldern und auf unsere Felder das fruchtbare Wasser aus den Städten zu leiten, und dieses mühelose Hin und Her, das einfachste von der Welt, würde die fünfhundert hinausgeworfenen Millionen bei uns belassen. An anderes wird gedacht.

Das gegenwärtige Verfahren bewirkt das Schlechte und will das Gute. Die Absicht ist löblich, das Ergebnis kläglich. Man bildet sich ein, die Stadt zu säubern, und läßt die Bevölkerung dahinsiechen. Eine Kloake ist ein Mißverständnis. Wenn erst einmal die Abwasserbeseitigung mit ihrer zweifachen Aufgabe, nämlich zurückzugeben, was sie nimmt, überall an die Stelle der Kloake, der einfachen Auswaschung des Bodens, getreten ist, dann verzehnfacht sich – dies wurde anhand der Daten einer zeitgemäßen Volkswirtschaft ermittelt – der Ertrag des Bodens, und das Problem des Elends wird spürbar gemildert. Schafft dazu das Schmarotzertum ab, und es ist gelöst.

Inzwischen verschwindet der gesellschaftliche Reichtum im Fluß, läuft wie aus einem lecken Faß aus. »Auslaufen« ist das treffende Wort. Europa richtet sich auf diese Weise durch Ermüdung zugrunde.

Für Frankreich haben wir eben die Zahl angegeben. Da nun Paris ein Fünfundzwanzigstel der französischen Gesamtbevölkerung in sich schließt und der Pariser Guano am ergiebigsten ist, kommen wir noch nicht an die volle Wahrheit heran, wenn wir den Verlustanteil von Paris an der halben Milliarde, die Frankreich jedes Jahr zurückweist, mit fünfundzwanzig Millionen berechnen. In Fürsorge und Freude angelegt, würden die fünfundzwanzig Millionen den Glanz von Paris verdoppeln. Die Stadt gibt sie für Kloaken aus. So kann man sagen, daß die großartige Verschwendung in Paris, seine wunderbaren Feste, seine Folie-Beaujon, seine Schwelgereien, das Gold, das es mit vollen Händen um sich wirft, seine Pracht, sein Aufwand, seine Herrlichkeit – daß all das in seiner Kanalisation steckt.

Auf diese Weise läßt man in der Blindheit einer schlechten Volkswirtschaft den Wohlstand aller in den Abgründen dahinschwinden. In Saint-Cloud sollten Netze für den gesellschaftlichen Reichtum hängen.

Ökonomisch gesehen, kann die Sache so zusammengefaßt werden: Paris – ein Faß ohne Boden.

Paris, die Modellstadt, das Vorbild für die richtig angelegten Hauptstädte, von der jedes Volk eine Kopie haben möchte, die Metropole des Ideals, die erhabene Heimstatt der Anregung, des Anstoßes und des Versuchs, der Mittelpunkt und das Domizil des Geistes, die Stadt, die wie eine Nation ist, der Bienenstock der Zukunft, die wunderbare Mischung aus Babylon und Korinth, würde unter dem Gesichtspunkt, auf den wir soeben hingewiesen haben, einen Bauern aus der chinesischen Provinz Fukien mit den Achseln zucken lassen.

Ahmt Paris nach, und ihr richtet euch zugrunde! Außerdem ahmt Paris, besonders bei dieser uralten und unsinnigen Vergeudung, selber nach.

Solche erstaunlichen Eseleien sind nicht neu. Das ist keineswegs jugendliche Dummheit. Die Alten handelten wie die Modernen. »Die Kloaken Roms«, sagte Liebig, »haben den ganzen Wohlstand des römischen Bauern aufgesogen.« Als das Land um Rom durch die römische Kanalisation zugrunde gerichtet war, erschöpfte Rom den Boden Italiens, und als es Italien in seine Kloake gesteckt hatte, schüttete es Sizilien hinein, danach Sardinien und zuletzt Afrika. Die Kanalisation in Rom hat die Welt verschlungen. Diese Kloake erbot sich, die Stadt und die Welt verschwinden zu lassen. *Urbi et orbi.* Ewige Stadt, unergründliche Kloake.

Für diese wie für andere Dinge geht Rom mit gutem Beispiel voran, und ihm folgt Paris mit dem ganzen Unverstand, der geistreichen Städten eigen ist.

Für die Erfordernisse des Vorgangs, über den wir uns soeben ausgelassen haben, verfügt Paris unter sich über ein zweites Paris, ein Paris der Kanäle. Auch dieses besitzt seine Straßen, seine Kreuzungen, seine Plätze, seine Sackgassen, seine Verkehrsadern und seinen Verkehr. Doch der ist Schlamm, dem die menschliche Gestalt abgeht.

Denn niemandem darf man schmeicheln, nicht einmal einem großen Volk. Da, wo es alles gibt, findet sich Schmach neben Erhabenheit; und wenn Paris Athen, die Stadt des Lichts, in sich schließt, Tyros, die Stadt der Macht, Sparta, die Stadt der Tugend, und Ninive, die Stadt der Wunder, so enthält es auch Lutetia, die Stadt des Schmutzes.

Übrigens trägt auch der den Stempel seiner Macht, und der titanische Pfuhl von Paris strebt unter den Bauwerken jenes seltsame Ideal an, nach dem in der Menschheit einige Männer wie Machiavelli, Bacon und Mirabeau gestrebt haben: das großartig Gemeine.

Der Untergrund von Paris, könnte das Auge durch seine Oberfläche dringen, würde den Anblick einer riesenhaften Buschkoralle bieten. Ein Schwamm besitzt kaum mehr Öffnungen und Gänge als die sechs Meilen im Umkreis messende Erdscholle, auf der die uralte große Stadt ruht. Abgesehen von den Katakomben, die einen gesonderten Keller ergeben, abgesehen von dem unentwirrbaren Gitterwerk der Gasleitungen und ganz zu schweigen von dem weitverzweigten Röhrensystem für die Quellwasserverteilung auf die Straßenbrunnen, bilden die Kanäle für sich allein auf beiden Ufern ein gewaltiges, geheimnisvolles Netz, ein Labyrinth, dessen Faden sein Gefälle ist.

Hier zeigt sich im feuchten Nebel die Ratte, mit der Paris niedergekommen zu sein scheint.

II

Die alte Geschichte der Kloake

Könnte Paris wie ein Deckel abgenommen werden, so zeichnete das unterirdische Kanalnetz, aus der Vogelperspektive gesehen, auf beiden Ufern eine Art dicken Ast, der dem Fluß aufgepfropft ist. Auf dem rechten Ufer gibt der Ringkanal den Stamm für diesen Ast ab, die Nebenkanäle sind die Zweige und die Stichleitungen die Ruten.

Das Bild ist unvollständig und nur zur Hälfte genau, denn der rechte Winkel, der bei solchen unterirdischen Verzweigungen üblich ist, kommt in der Pflanzenwelt sehr selten vor.

Einen deutlicheren Begriff von dem seltsamen geometrischen Plan bekommt man, wenn man sich flach auf einem dunklen Untergrund irgendein wunderliches, wirr verschlungenes orientalisches Alphabet denkt, dessen mißgestaltete Buchstaben in sichtlichem Durcheinander und wie aufs Geratewohl sowohl an ihren Ecken als auch mit ihren Enden zusammengeschweißt sind.

Die Pfuhle und Kloaken spielten eine große Rolle im Mittelalter, im oströmischen Kaiserreich und im alten Orient. Die Pest kam aus ihnen hervor, die Despoten starben in ihnen. Mit nahezu heiligem Schrecken betrachteten die Massen jene Betten der Fäulnis, die ungeheuerlichen Wiegen des Todes. Die Ungeziefergrube in Benares ist nicht minder schwindelerregend als die Löwengrube in Babylon. Tiglatpilesar schwor, wie die rabbinischen Schriften behaupten, beim Pfuhl von Ninive. Aus der Kloake von Münster ließ Johann von Leiden seinen falschen Mond aufgehen, und aus der Schlammgrube von Kekhscheb dessen orientalischer Doppelgänger Mokannâ, der verschleierte Prophet aus Chorassan, seine falsche Sonne.

Die Geschichte der Menschen spiegelt sich in der Geschichte der Kloaken wider. Die Gemonien erzählten von Rom. Die alte fürchterliche Kloake von Paris war Grab, war Zufluchtsort. Das Verbrechen, der Verstand, der soziale Protest, die Gewissensfreiheit, die Gesinnung, der Diebstahl, alles, was die menschlichen Gesetze verfolgen oder verfolgt haben, verbarg sich in diesem Loch – die Maillotins im vierzehnten Jahrhundert, die Paletotmarder im fünfzehnten, die Hugenotten im sechzehnten, Morins Illuminés im siebzehnten und die Fußbrenner im achtzehnten. Vor hundert Jahren kam der nächtliche Dolchstich aus ihm, der Dieb in Gefahr schlüpfte hinein. Der Wald hatte die Höhle, Paris die Kloake. Die Truanderie, diese gallische *picareria*, nahm die Kloake als Zweigstelle des Mirakelhofs an und kehrte abends, verschmitzt und grausam, unter das Gewölbe der Kanalmündung Maubuée wie in einen Alkoven heim.

Es verstand sich von selbst, daß der Abzugsgraben des Chemin-Vert oder der gewölbte Kanal Hurepoix die nächtliche Bleibe derer war, die als Arbeitsstätte bei Tage die Sackgasse Vide-Gousset oder die Rue Coupe-Gorge hatten. Dort wimmelt es von Erinnerungen. Alle möglichen Gespenster spuken in den langen, einsamen Gängen. Überall Fäulnis und giftige Ausdünstung. Hier und da ein Kellerloch, aus dem heraus Villon mit Rabelais plaudert.

Die Kloake ist im alten Paris der Sammelplatz aller zweckloser Mühen und Versuche. Die Volkswirtschaft sieht in ihr Abfall, die Soziologie einen Rückstand.

Die Kloake ist das Gewissen der Stadt. Alles läuft hier zusammen und ist konfrontiert mit allem. An diesem fahlen Ort gibt es Finsternis, doch keine Geheimnisse mehr. Jedes Ding zeigt seine wahre oder zumindest endgültige Form. Für den Kehrichthaufen spricht, daß er nicht lügt. Die Natürlichkeit hat sich hierher geflüchtet. Die Maske des Basilio findet sich hier, aber man sieht die Pappe und die Bindfäden und das Innere wie das Äußere, und sie wird durch einen ehrlichen Schlamm deutlicher. Scapins Halbmaske liegt neben ihr. Alle Unreinheit der Zivilisation, einmal außer Betrieb, fällt in diese Grube der Wahrheit, in die unaufhaltsam alles hinabgleitet, sie wird von ihr verschlungen, aber auch zur Schau gestellt. Dieses Durcheinander ist ein Bekenntnis. Da, wo kein falscher Schein, kein Verstecken mehr möglich ist, zieht der Unrat sein Hemd aus – völlige Entblößung, Zusammenbruch der Illusionen und des Wahns, nur noch das, was ist, erscheint unheilvoll als das, was endet. Wirklichkeit und Verschwinden. Dort gesteht ein Flaschenboden die Trunksucht ein, berichtet ein Korbhenkel von der Dienerschaft. Da wird der Apfelgriebs, der schöngeistige Ansichten hatte, wieder ein Apfelgriebs. Der Avers vom Doppelsou setzt freiweg Grünspan an, der Speichel des Kaiphas begegnet dem Erbrochenen von Falstaff, der Louisdor, der aus der Spielhölle kommt, stößt gegen den Nagel, an dem das Strickende des Selbstmörders hängt. Eingehüllt in den Flitter, der die vorige Fastnacht in der Oper tanzte, treibt eine fahle Leibesfrucht dahin, und ein Barett, das die Menschen verurteilte, sielt sich neben einer Fäulnis, die Margotons Rock war. Das ist mehr als Verbrüderung, das ist Duzen. Alles, was sich aufputzte, wird besudelt. Der letzte Schleier ist zerrissen. Eine Kloake ist eine Zynikerin. Sie sagt alles.

Die Aufrichtigkeit des Unrats gefällt uns, sie beruhigt das Gemüt. Wer seine Zeit auf Erden damit zugebracht hat, das Schauspiel des vornehmen Getues zu ertragen, das die Staatsräson, der Eid, die politische Weisheit, die menschliche Gerechtigkeit, die professionelle Rechtschaffenheit, die harten Verhältnisse und die unbestechlichen Talare aufführen, den erleichtert es, wenn er eine Kloake betritt und den Schlamm sieht, der alldem entspricht.

Gleichzeitig belehrt das. Wir sagten es gerade, die Geschichte geht durch die Kloake. Zwischen den Pflastersteinen hindurch sickern die Bartholomäusnächte tropfenweise in sie ein. Die großen öffentlichen Meuchelmorde, die politischen und religiösen Gemetzel fließen durch diesen unterirdischen Kanal der Zivilisation und führen ihre Leichen mit sich. Das Auge des Träumers schaut hier alle Mörder der Vergangenheit. In dem scheußlichen Halbdunkel knien sie, mit einem Fetzen ihres Leichentuchs als Schürze, und säubern ihr grausiges Werk. Ludwig XI. ist hier mit Tristan, Franz I. mit Duprat, Karl IX. mit seiner Mutter, Richelieu mit Ludwig XIII., Louvois, Le Tellier, Hébert und Maillard sind hier, kratzen an den Steinen herum und mühen sich, die Spuren ihrer Taten zu verwischen. Unter den Gewölben ist der Besen dieser Gespenster zu hören. Hier atmet man den ungeheuren Gestank der sozialen Umwälzungen ein. In den Winkeln schillert es rötlich. Dort fließt ein schreckliches Wasser, blutige Hände wurden in ihm gewaschen.

Der Beobachter der Gesellschaft muß in diese Schattenwelt eindringen. Sie gehört zu seinem Laboratorium. Die Philosophie ist das Mikroskop des Gedankens. Alles will vor ihr fliehen, doch nichts entgeht ihr. Ausweichen ist zwecklos, denn von welcher Seite zeigt man sich dabei? Von der Seite der Schande. Die Philosophie verfolgt mit ihrem redlichen Blick das Böse und erlaubt ihm nicht, sich in das Nichts zu flüchten. Im Auslöschen der Dinge, die verschwinden, in der Herabsetzung der Dinge, die vergehen, erkennt sie alles wieder. Sie rekonstruiert das Purpurgewand nach dem Lumpen und das Weib nach dem Putz. Mit der Kloake schafft sie die Stadt noch einmal, mit dem Schmutz läßt sie die Sitten und Gebräuche noch einmal erstehen. Aus der Scherbe schließt sie auf die Amphora oder die Kruke. Am Abdruck eines Fingernagels auf einem Pergament erkennt sie den Unterschied, der die Juden aus der Judengasse von den Gettojuden trennt. Sie findet im Bleibenden das Gewesene wieder, das Gute, das Böse, das Falsche, das Wahre, den Blutfleck aus dem Palast, den Tintenklecks aus der Diebeshöhle, den Tropfen Unschlitt aus dem Bordell, die durchstandenen Prüfungen, die Anfechtungen, denen willig nachgegeben wurde, die ausgespienen Gelage, die gedemütigte Würde der Menschen, die Spur der Schande in den Seelen, durch deren Roheit ermöglicht, und die vom Ellbogen der Messalina ausgebeulten Jacken der römischen Lastträger.

III

Bruneseau

Die Pariser Kanalisation des Mittelalters war von Sagen umwoben. Im sechzehnten Jahrhundert versuchte Heinrich II. eine Erkundung, sie schlug fehl. Vor noch nicht einmal hundert Jahren war die Kloake, Mercier bestätigt das, sich selbst überlassen und wurde, was sie werden durfte.

So war dieses alte Paris Beute der Streitereien, des Wankelmuts und des Zögerns. Lange Zeit war es recht einfältig. Später zeigte 89, wie der Geist in die Städte fährt. Aber in der guten alten Zeit besaß die Hauptstadt wenig Verstand; sie konnte weder geistig noch materiell ihre Angelegenheiten regeln und den Unrat nicht besser beseitigen als die Mißbräuche. Alles war Hindernis, nichts verstand sich von selbst. Beispielsweise widersetzte sich die Kanalisation jeder Erfassung in einem Plan. Im Kanalnetz fand man sich nicht zurecht, und in der Stadt konnte man sich nicht verständigen. Oben das Unverständliche, unten das Unentwirrbare. Unter der Sprachverwirrung war der Wirrwarr der Keller. Dädalus verdoppelte Babel.

Bisweilen lief die Pariser Kanalisation über, als ob dieser verkannte Nil plötzlich rasend geworden wäre. Es kam, schändliche Tatsache, zu Überschwemmungen aus dem Kanal. Mitunter verdaute der Magen der Zivilisation schlecht, die Kloake floß der Stadt in die Kehle zurück, und Paris hatte den Nachgeschmack seines Kots. Diese Ähnlichkeit des Kanals mit dem Gewissensbiß hatte ihr Gutes. Das waren Warnungen, die indes sehr schlecht verstanden wurden. Die Stadt entrüstete sich, daß ihr Schlamm so dreist war, und fand es nicht gut, daß der Unrat zurückkam. Kehrt ihn besser hinab!

An die Überschwemmung von 1802 können sich die heute achtzigjährigen Pariser noch gut erinnern. Von der Place des Victoires mit dem Standbild Ludwigs XIV. breitete sich der Schlamm nach vier Seiten aus. Er floß aus den beiden Gullys auf den Champs-Élysées in die Rue Saint-Honoré, aus dem Kanal Saint-Florentin in die Rue Saint-Florentin, aus dem Kanal der Sonnerie in die Rue Pierre-à-Poisson, aus dem Kanal des Chemin-Vert in die Rue Popincourt und aus dem Kanal der Rue de

Lappe in die Rue de la Roquette. In der Gosse der Rue des Champs-Élysées stand er bis zu fünfunddreißig Zentimeter hoch, und im Süden drang er durch die Mündungsstelle in der Seine, die ihre Aufgabe in umgekehrter Richtung erfüllte, in die Rue Mazarine, in die Rue de l'Échaudé und in die Rue des Marais ein. Nach einhundertundneun Meter kam er genau ein paar Schritte vor dem Haus, das Racine bewohnt hatte, zum Stehen und achtete also im siebzehnten Jahrhundert den Dichter mehr als den König. Der Schlamm stand in der Rue Saint-Pierre am höchsten, drei Fuß über den Steinplatten für die Traufrinnen, und seine größte Ausdehnung erreichte er in der Rue Saint-Sabin, wo er sich in einer Länge von zweihundertachtunddreißig Meter ausbreitete.

Noch zu Beginn dieses Jahrhunderts war die Pariser Kanalisation ein geheimnisvoller Ort. Schmutz kann nie in gutem Ruf stehen, aber hier ging der schlechte bis zum Schrecken. Paris ahnte dunkel, daß es einen schrecklichen Keller unter sich hatte. Über ihn wurde wie über diesen ungeheuerlichen Sumpf Thebens gesprochen, in dem es von fünfzehn Fuß langen Tausendfüßlern wimmelte und der dem Behemoth als Badewanne hätte dienen können. Die Kanalarbeiter mit ihren großen Stiefeln wagten sich nie über gewisse bekannte Punkte hinaus. Die Zeit war noch nicht fern, da die Karren der Straßenkehrer, von denen herab sich Sainte-Foix mit dem Marquis de Créqui verbrüderte, ganz einfach in den Kanal entleert wurden. Die Reinigung überließ man den Regengüssen, die mehr verstopften als spülten. Rom beließ seiner Kloake noch etwas Poesie und nannte sie Gemonien. Paris beschimpfte die seine und nannte sie Stinkloch. Wissenschaft und Aberglaube stimmten im Abscheu überein. Das Stinkloch widerte die Hygiene nicht weniger an als die Sage. Der Popanz war aus dem stinkenden Bogen des Kanals Mouffetard gekrochen. Die Leichen der Marmousets waren in den Kanal der Barillerie geworfen worden. Fagon hatte das furchtbare bösartige Fieber von 1685 auf die breite Spalte im Kanal für den Marais geschoben, die bis 1833 in der Rue Saint-Louis klaffte, beinahe gegenüber dem Aushängeschild vom »Messager galant«. Die Kanalöffnung in der Rue de la Mortellerie war berüchtigt wegen der Seuchen, die aus ihr kamen. Mit ihrem Eisengitter, dessen Spitzen eine Zahnreihe vortäuschten, ähnelte sie in jener unseligen

Straße einem Drachenmaul, das den Hauch der Hölle auf die Menschen blies. Die Phantasie des Volkes schmückte den düsteren Ausguß von Paris mit irgendeiner scheußlichen Beimischung von Unendlichem aus. Die Kloake war bodenlos, war das Barathron. Diese aussätzigen Regionen zu erforschen fiel nicht einmal der Polizei ein. Wer hätte gewagt, in dieses Unbekannte einzudringen, dieses Dunkel auszuloten, in diesem Abgrund auf Entdeckungsreise zu gehen? Das war fürchterlich. Doch einer erbot sich dazu. Die Kloake erhielt ihren Christoph Kolumbus.

1805 kam eines Tages bei einem der seltenen kurzen Besuche, die der Kaiser Paris abstattete, der Innenminister, irgendein Decrès oder Crétet, zur kleinen Morgenaufwartung des Gebieters. Im Carrousel war das Schleifen der Säbel all der erstaunlichen Soldaten der großen Republik und des großen Kaiserreichs zu hören. Vor der Tür Napoleons drängten sich die Helden. Es waren Männer vom Rhein, von der Schelde, von der Etsch und vom Nil, Gefährten von Joubert, Desaix, Marceau, Hoche und Kléber, Luftschiffer von Fleurus, Grenadiere von Mainz, Pontoniere aus Genua, Husaren, die die Pyramiden betrachtet hatten, Artilleristen, die die Strapazen mit Junot geteilt hatten, und Kürassiere, die die im Zuidersee ankernde Flotte gestürmt hatten. Die einen waren Bonaparte auf die Brücke von Lodi gefolgt, die anderen hatten Murat in die Sappe vor Mantua begleitet. Andere wieder hatten Lannes im Hohlweg von Montebello überholt. Im Hof der Tuilerien durch einen Beritt oder Zug vertreten, war die ganze Armee von damals da und bewachte den Schlummer Napoleons. Und das war die herrliche Zeit, in der die Große Armee Marengo hinter und Austerlitz vor sich hatte. »Sire«, sagte der Innenminister zu Napoleon, »ich habe gestern den unerschrokkensten Mann Ihres Kaiserreichs gesehen.« — »Wer ist der Mann?« fragte barsch der Kaiser. »Und was hat er getan?« — »Er will erst etwas tun, Sire.« — »Was?« — »Die Kanalisation von Paris besichtigen.«

Den Mann gab es, und er hieß Bruneseau.

IV

Unbekannte Einzelheiten

Die Besichtigung fand statt. Es war ein fürchterlicher Feldzug, eine nächtliche Schlacht gegen die Pest und das Ersticken. Gleichzeitig war es eine Entdeckungsreise. Einer von den Überlebenden dieser Erkundung, ein gescheiter, damals sehr junger Arbeiter, erzählte noch vor einigen Jahren die merkwürdigen Einzelheiten, die Bruneseau in seinem Bericht an den Polizeipräfekten als des Behördenstils nicht würdig weglassen zu müssen meinte. Die Entlüftungsverfahren steckten zu jener Zeit in den allerersten Anfängen. Kaum hatte Bruneseau die ersten Verbindungen des unterirdischen Netzes hinter sich, als sich acht von zwanzig Arbeitern weigerten weiterzugehen. Das Unternehmen war schwierig. Die Besichtigung zog die Reinigung nach sich. Es mußte also gereinigt und zugleich vermessen werden: Die Wassereinläufe waren zu vermerken, die Gitter und Gullys zu zählen, die Abzweigungen genau zu beschreiben, die Strömungen an den Wasserscheiden anzugeben, die jeweiligen Abgrenzungen der verschiedenen Abflußgebiete festzustellen und die kleinen, dem Sammler aufgepfropften Kanäle zu untersuchen. Der Bogenstich eines jeden Ganges und die Breite sowohl am Gewölbefuß als auch in Höhe der Kanalsohle mußten ausgemessen und schließlich im rechten Winkel zu jedem Wassereinlauf die Ordinaten vom Nivellieren der Kanalsohle oder des Straßenuntergrunds bestimmt werden. Mühsam kamen sie voran. Nicht selten tauchten die Einstiegsleitern drei Fuß tief in den Schlamm ein. Die Laternen waren in den giftigen Ausdünstungen kurz vor dem Verlöschen. Hin und wieder wurde ein ohnmächtiger Kanalarbeiter weggetragen. An gewissen Stellen – Abgrund. Der Boden hatte nachgegeben, das Gemäuer aus Quadersteinen war eingefallen, der Kanal hatte sich in einen Sickerschacht verwandelt. Es war kein fester Grund mehr zu finden. Ein Mann verschwand plötzlich, mit Mühe und Not zog man ihn wieder heraus. In den hinlänglich sanierten Strecken wurde auf Anraten Fourcroys in bestimmten Abständen mit Harz getränktes Werg in großen Käfigen angezündet. Die Mauer war stellenweise mit häßlichen Schwämmen bedeckt, die an Geschwülste gemahnten. Der Stein selbst schien krank in diesem unerträglichen Milieu.

Bei seiner Erkundung arbeitete sich Bruneseau stromabwärts vor. An der Wasserscheide der beiden Abwasserleitungen vom Grand-Hurleur entzifferte er auf einem vorspringenden Stein die Jahreszahl 1550. Der Stein bezeichnete den Punkt, an dem Philibert Delorme stehengeblieben war. Heinrich II. hatte ihn beauftragt, das unterirdische Straßennetz von Paris zu besichtigen. Der Stein war die Spur des sechzehnten Jahrhunderts in der Kloake. Im Kanal des Ponceau und in dem der Rue Vieille-du-Temple, die zwischen 1600 und 1650 überwölbt worden waren, erkannte Bruneseau die Arbeit des siebzehnten und im Westabschnitt des Sammelkanals, der 1740 ausgeschachtet und überwölbt worden war, die Arbeit des achtzehnten Jahrhunderts. Diese beiden Wölbungen, namentlich die aus dem Jahre 1740, waren rissiger und verfallener als das Mauerwerk des Ringkanals, der von 1412 stammte, aus einer Zeit also, da der Quellwasserbach von Ménilmontant für Paris die Bedeutung einer Hauptkloake erlangte, eine Beförderung, die der eines Bauern entspricht, welcher erster Kammerdiener beim König wird. Ein armer Tropf, der sich in Lebel verwandelt.

Hier und da, besonders aber unter dem Justizpalast, glaubte man Höhlungen von ehemaligen Verliesen zu erkennen, die in den Kanal selbst eingearbeitet waren. Scheußliche *In pace.* Ein Halseisen hing in einer der Zellen. Sie wurden alle zugemauert. Einige Funde waren wirklich seltsam, unter anderem das Gerippe eines Orang-Utans, der 1800 aus dem Jardin des Plantes entwichen war. Sein Verschwinden hing wahrscheinlich mit dem berüchtigten und unwiderlegbaren Erscheinen des Teufels in der Rue des Bernardins im letzten Jahr des achtzehnten Jahrhunderts zusammen. Der arme Teufel war schließlich im Kanal ertrunken.

In dem langen gewölbten Gang, der in die Arche-Marion einmündet, erregten die tadellos erhaltene Kiepe eines Lumpensammlers die Bewunderung der Kenner. Überall war der Schlamm, mit dem die Kanalarbeiter inzwischen unerschrocken umgingen, reich an kostbaren Gegenständen, Gold- und Silberschmuck, Juwelen und Münzen. Hätte ein Riese die Kloake durch ein Sieb gegossen, hätte er darin den Reichtum der Jahrhunderte gefunden. An der Wasserscheide der beiden Abzweigungen in die Rue du Temple und die Rue Sainte-Avoye wurde eine eigenartige kupferne Schaumünze der Hugenotten aufgelesen, die auf der einen Seite ein Schwein mit einem Kardinalshut und auf der anderen einen Wolf mit der Tiara auf dem Kopf erkennen ließ.

Zum erstaunlichsten Fund kam es am Einstieg in den Hauptkanal. Den Einstieg verschloß früher ein Gitter, von dem nur noch die Angeln vorhanden waren. An einer von ihnen hing ein formloser und verdreckter Fetzen, der dort, wohl beim Vorbeischwimmen aufgehalten, im Dunkel flatterte und vollends zerfetzt wurde. Bruneseau hielt seine Laterne näher heran und untersuchte den Lappen. Er war von feinstem Batist, und eine der weniger zernagten Ecken zeigte eine gestickte heraldische Krone über den sieben Buchstaben LAVBESP. Die Krone war eine Marquiskrone, und die sieben Buchstaben bedeuteten Laubespine. Was man vor Augen hatte, war ein Stück von Marats Leichentuch. Marat hatte in seiner Jugend eine Liebschaft gehabt, zu der Zeit, da er als Stallarzt zum Personal des Grafen von Artois gehörte. Von jener historisch belegten Liebschaft mit einer vornehmen Dame war ihm dieses Bettuch geblieben. Überbleibsel oder Erinnerung. Da es bei seinem Tode das einzige, etwas feinere Linnen war, das er zu Hause hatte, wurde er darin eingehüllt. Alte Weiber wickelten den tragischen Freund des Volkes für die Grablegung in diese Windel, die der Wollust gedient hatte.

Bruneseau ging weiter. Der Lumpen wurde gelassen, wo er war. Niemand machte ihm den Garaus. War es Verachtung oder Ehrfurcht? Marat verdiente beides. Zudem sprach das Schicksal so deutlich daraus, daß man Bedenken trug, daran zu rühren. Den Dingen des Grabes muß der Platz gelassen werden, den sie wählen. Mit einem Wort, die Reliquie war ungewöhnlich. Eine Marquise hatte darin geschlafen. Marat war darin verwest. Sie ging durch das Pantheon, um bei den Ratten im Kanal zu landen. Der Alkovenfetzen, von dem Watteau einst frohgemut alle Falten nachgezeichnet hätte, war schließlich des starren Blicks eines Dante würdig geworden.

Die Besichtigung des gesamten unterirdischen Straßennetzes für den Pariser Unrat dauerte sieben Jahre, von 1805 bis 1812.

Während Bruneseau sich vorarbeitete, ordnete er beachtliche Bauvorhaben an, leitete und vollendete sie. 1808 senkte er die Sohle des Ponceaukanals ab. Überall baute er das Vorhandene aus, trieb 1809 den Kanal unter der Rue Saint-Denis bis zur Fontaine des Innocents vor, 1810 die Kanäle unter der Rue Froidmanteau und der Salpêtrière, 1811 die unter der Rue Neuve-des-Petits-Pères, der Rue du Mail, der Rue de l'Écharpe und unter der Place Royale, 1812 die unter der Rue de la Paix und der Chaussée d'Antin. Gleichzeitig ließ er das ganze Netz entlüften und sanieren. Schon im zweiten Jahr hatte Bruneseau seinen Schwiegersohn Nargaud hinzugezogen.

So reinigte zu Beginn dieses Jahrhunderts die alte Gesellschaft ihren doppelten Boden und putzte ihre Kloake. Das wurde immerhin ins reine gebracht.

Verschlungen, zerklüftet, das Pflaster aufgerissen, ausgehöhlt, von Schlammlöchern unterbrochen, hin und her geworfen von bizarren Krümmungen, auf- und absteigend ohne Logik, stinkend, wild, grausam, in Dunkelheit getaucht, mit Narben auf ihren Quadersteinen und Hiebwunden an ihren Mauern, entsetzlich — so war, rückblickend gesehen, die uralte Kloake von Paris.

Verzweigungen in alle Richtungen, sich überschneidende Gräben, Gabelungen, Kreuzungen, Sterne wie in den Sappen, Blinddärme, Sackgassen, salpeterhaltige Gewölbe, verpestete Senkgruben, Flechten an den Wänden, von den Decken herabfallende Tropfen und Finsternis. Nichts kam dem Grauen in dem alten gruftartigen Abfluß, dem babylonischen Verdauungsapparat, der Höhle, der Grube, dem von Straßen durchbrochenen Abgrund, dem riesenhaften Maulwurfshaufen gleich, wo die Phantasie im Dunkel und im Unrat, der Glanz gewesen war, jenen ungeheuren blinden Maulwurf, die Vergangenheit, umherschweifen sieht. Dies war, wir wiederholen es, die Kloake von einst.

V

Gegenwärtiger Fortschritt

Heute ist der Kanal reinlich, kühl, gerade und vorschriftsmäßig. Er verwirklicht nahezu das Ideal von dem, was in England unter dem Wort *respectable* verstanden wird. Schicklich und etwas grau, wirkt er wie mit dem Lineal gezogen, fast möchte man sagen, wie aus dem Ei gepellt. Er ähnelt einem Lieferanten, der Staatsrat geworden ist. In ihm herrscht beinahe klare Sicht. Der Schlamm beträgt sich hier wohlanständig. Auf den ersten Blick könnte man ihn für einen jener unterirdischen Gänge halten, die ehedem so alltäglich und die in der guten alten Zeit, »in der das Volk seine Könige liebte«, den fliehenden Monarchen und Fürsten so nützlich waren. Der heutige Kanal ist ein schöner Kanal. Der reine Stil herrscht in ihm vor. Aus der Dichtung vertrieben, hat sich der klassische geradlinige Alexandriner anscheinend in die Architektur geflüchtet und spricht aus all den Steinen der langen, finsteren und weißlichen Wölbung. Jeder Auslauf ist eine Arkade. Die Rue de Rivoli macht Schule bis in die Kloake hinein. Wenn übrigens die geometrische Linie irgendwo angebracht ist, so bestimmt in dem Kotgraben einer Großstadt. Dort muß sich alles dem kürzesten Weg unterordnen. Der Kanal hat heute eine gewisse offizielle Seite bekommen. Selbst die Polizeiberichte, deren Gegenstand er bisweilen ist, verweigern ihm nicht mehr den Respekt. Die Wörter, mit denen er in der Verwaltungssprache bezeichnet wird, klingen vornehm und würdevoll. Was Darm hieß, wird Galerie genannt. Was Loch hieß, wird Einsteigschacht genannt. Villon würde seine ehemalige Notunterkunft nicht mehr wiedererkennen. Schon immer haben die Nager dieses Kellersystem bevölkert, jetzt vermehren sie sich mehr denn je. Hin und wieder wagt es eine Ratte, ein alter Graubart, den Kopf aus dem Fenster des Kanals zu stecken und die Pariser zu mustern. Doch selbst dieses Ungeziefer wird zutraulicher, ist zufrieden mit seinem unterirdischen Palast. Die Kloake hat nichts mehr von ihrer ursprünglichen Wildheit an sich. Der Regen, der den Kanal von früher verdreckte, spült den Kanal von heute. Traut ihm dennoch nicht allzusehr. Die giftigen Ausdünstungen sind in ihm noch beheimatet. Er ist eher scheinheilig als unbescholten. Die Polizeipräfektur und der Gesundheitsausschuß haben sich vergeblich bemüht. Allen Entlüftungsverfahren zum Trotz geht von ihm ein vager, verdächtiger Geruch aus, wie von Tartüff nach der Beichte.

Doch wir geben zu, daß im ganzen genommen der Kanal der Zivilisation huldigt, wenn er den Unrat hinunterspült, und unter diesem Gesichtspunkt stellt Tartüffs Gewissen einen Fortschritt gegenüber dem Augiasstall dar. Damit steht fest, daß die Pariser Kanalisation verbessert worden ist.

Das ist mehr als ein Fortschritt, das ist eine Transmutation. Zwischen dem alten und dem heutigen Kanal liegt eine Revolution. Wer hat sie gemacht? Der Mann, den alle Welt vergißt und den wir genannt haben, Bruneseau.

VI

Künftiger Fortschritt

Die Vergrößerung der Pariser Kanalisation war keine Kleinigkeit. Die vergangenen zehn Jahrhunderte haben an ihr gearbeitet, ohne sie vollenden zu können, ebensowenig wie sie Paris vollenden konnten. Die Kloake bekommt tatsächlich alle Folgen des sich ausdehnenden Paris zu spüren. In der Erde wächst eine Art geheimnisvoller Polyp mit tausend Fühlern gleichzeitig mit der Stadt über ihm. Sooft die Stadt eine Straße durchbricht, streckt die Kloake einen Arm aus. Die alte Monarchie hatte nur 23 300 Meter Kanal angelegt. So weit war Paris am 1. Januar 1806. Seit jener Zeit, über die wir gleich noch einmal sprechen wollen, wurde das Werk zweckdienlich und tatkräftig wiederaufgenommen und fortgesetzt. Napoleon baute – diese Zahlen sind merkwürdig – 4 804 Meter, Ludwig XVIII. 5 709, Karl X. 10 836, Louis-Philippe 89 020, die Republik von 1848 23 381 und das gegenwärtige Regime 70 500. Im Augenblick ergibt das eine Kanalstrecke von insgesamt 226 610 Meter oder sechzig Meilen. Ungeheure Eingeweide von Paris. Dunkle, ständig in Arbeit befindliche Verzweigung. Unbekannter und riesenhafter Bau.

Wie man sieht, hat sich das unterirdische Labyrinth seit Beginn des Jahrhunderts bis heute mehr als verzehnfacht. Nur schwerlich läßt sich ermessen, welcher Ausdauer und Anstrengungen es bedurfte, die Kloake in den Stand der bedingten Vollkommenheit zu versetzen, in dem sie sich jetzt befindet. Mit Mühe und Not hatten die alte königliche Stadtverwaltung und in den letzten zehn Jahren des achtzehnten Jahrhunderts das revolutionäre Stadthaus die fünf Meilen Kanal niedergebracht, die vor 1806 bestanden. Alle möglichen Hindernisse hemmten dieses Unternehmen; die einen ergaben sich aus der Bodenbeschaffenheit, die anderen aus den Vorurteilen der arbeitenden Pariser selbst. Paris ist auf einer Ablagerung erbaut, die sich seltsamerweise hartnäckig der Spitzhacke, dem Schlamm, dem Senkblei und der Bearbeitung durch den Menschen widersetzt. Nichts ist schwerer zu durchbohren und zu durchdringen als die geologische Formation, über der das wunderbare historische Gebilde namens Paris liegt. Sobald in irgendeiner Form die Arbeit aufgenommen wird und sie sich in diese Alluvialbildung vorwagt, stößt sie auf Hindernisse sonder Zahl. Da sind fließender Letten, sprudelnde Quellen, harter Fels, weicher und tiefer Schlamm, den die Fachwelt Modder nennt. In den Kalkschichten kommt die Hacke mühselig voran. Zwischen sehr dünnen Tonlagen und Schieferpacken finden sich Austernschalen aus präadamitischen Meeren. Bisweilen bringt plötzlich ein Bach ein angefangenes Gewölbe zum Einsturz und ergießt sich über die Arbeiter. Oder ein Mergelstrom bricht sich Bahn und zerknickt mit der Raserei eines Wasserfalls die dicksten Stützbalken wie Glas. Als jüngst der Sammelkanal in La Vilette unter dem Kanal Saint-Martin durchgeführt werden mußte, ohne daß die Schiffahrt unterbrochen und der Kanal trockengelegt wurde, hatte sich ein Riß im Kanalbett gebildet. Das Wasser strömte jäh in die unterirdische Baustelle ein, die Entwässerungspumpen waren machtlos dagegen. Ein Taucher mußte den Riß suchen, der in der Einfahrt zum großen Hafenbecken war, und er wurde nicht ohne Mühe abgedichtet. Andernorts, nahe der Seine und auch ziemlich weit weg vom Fluß, wie beispielsweise in Belleville in der Grande-Rue und der Passage Lunière, stößt man auf grundlose Sandböden, in denen ein Mensch zusehends versinken kann. Dazu kommen das Ersticken an den giftigen Ausdünstungen, das Verschüttetwerden durch die Erdrutsche, die plötzlichen Einstürze. Dazu kommt der Typhus, mit dem sich die Arbeiter langsam infizieren. Nachdem in unseren Tagen der Bauleiter Monnot die Galerie von Clichy mit Bankett für eine Hauptwasserleitung aus dem Kanal de l'Ourcq vorgetrieben hatte, eine als Grabeneinschnitt in zehn Meter Tiefe ausgeführte Arbeit, nachdem er trotz der Erdrutsche nach Aushub von Faulschlamm und mittels Abstützungen die Bièvre vom Boulevard de l'Hôpital bis zur Seine überdeckt hatte, nachdem er, sagen wir, die Kanalstrecke von der

Barrière Blanche zum Chemin d'Aubervilliers in vier Monaten rund um die Uhr in einer Tiefe von elf Meter gebaut hatte, um Paris von den vom Montmartre herabstürzenden Wassermassen zu befreien und die neun Hektar große Riesenpfütze, die nahe der Barrière des Martyrs stand, abfließen zu lassen, nachdem er, was bisher einmalig war, einen Kanal in der Rue Barre-du-Bec ohne Graben sechs Meter unter der Erdoberfläche ausgeführt hatte, starb er. Nachdem der Ingenieur Duleau dreitausend Meter Kanal überall in der Stadt, von der Rue Traversière-Saint-Antoine bis zur Rue de Lourcine überwölbt hatte, nachdem er die Ecke Rue Censier-Rue Mouffetard durch die Abzweigung aus der Rue de l'Arbalète von den Regenfluten entlastet hatte, nachdem er den Abzugskanal Saint-Georges auf Bruchstein- und Betongründung in Treibsand niedergebracht hatte, nachdem er die fürchterliche Absenkung der Kanalsohle in der Abzweigung Notre-Dame-de-Nazareth geleitet hatte, starb er. Die Zeitungen berichteten nicht über diese tapferen Taten, die dennoch nützlicher sind als das einfältige Gemetzel auf den Schlachtfeldern.

Die Pariser Kanalisation war 1832 bei weitem nicht das, was sie heute ist. Bruneseau hatte den Anstoß gegeben, aber noch mußte die Cholera hinzukommen, um die umfassende Rekonstruktion zu veranlassen, die seitdem stattgefunden hat. Erstaunlich ist, daß beispielsweise 1821 ein Teil des Ringkanals, wie in Venedig Großer Kanal genannt, in der Rue des Gourdes unter freiem Himmel seinen fauligen Gestank verbreitete. Erst 1823 fand die Stadt Paris in ihrem Säckel die zweihundertsechsundsechzigtausendachtzig Francs und sechs Centimes, die für die Abdeckung dieser Schande erforderlich waren. Die drei Kläranlagen am Combat, an der Cunette und in Saint-Mandé mit ihren Ausmündungen, Maschinen, Sickergruben und Klärleitungen stammen gar erst aus dem Jahr 1836. Die Eingeweide von Paris wurden, wie wir bereits sagten, im letzten Vierteljahrhundert erneuert und mehr als verzehnfacht.

Vor dreißig Jahren, zur Zeit des Aufstands vom 5. und 6. Juni, war es noch an vielen Stellen nahezu die alte Kloake. Eine Vielzahl von Straßen, heute gewölbt, waren damals zerfurchte Fahrdämme. An den abschüssigen Stellen, in die die Abdachungen einer Straße oder eine Kreuzung übergingen, sah man sehr häufig breite, viereckige Gitter mit dicken Eisenstangen, die, von den

Schritten der Menge blankgewetzt, den Fuhrwerken gefährlich wurden und die Pferde stürzen ließen. Die Behördensprache des Straßenbauamts belegte die abschüssigen Stellen und Gitter mit dem ausdrucksvollen Namen »Cassis«, was an *casser* – zerbrechen – erinnert. 1832 zeigte die alte gotische Kloake noch schamlos ihr Maul in einer Reihe von Straßen wie der Rue de l'Étoile, der Rue Saint-Louis, der Rue du Temple, der Rue Vieille-du-Temple, der Rue Notre-Dame-de-Nazareth, der Rue Folie-Méricourt, dem Quai aux Fleurs, der Rue du Petit-Musc, der Rue de Normandie, der Rue Pont-aux-Biches, der Rue des Marais in der Vorstadt Saint-Martin, der Rue Notre-Dame-des-Victoires in der Vorstadt Montmartre, der Rue Grange-Batelière in der Nähe der Champs-Élysées, der Rue Jacob oder der Rue de Tournon. Es waren ungeheure Spalten aus Wölbstein, bisweilen mit Prellsteinen eingefaßt und von eindrucksvoller Unverfrorenheit.

1806 hatte Paris noch fast so viele Kanäle, wie im Mai 1663 festgestellt worden war: 5 328 Klafter. Nach Bruneseau waren es am 1. Januar 1832 40 300 Meter. Von 1806 bis 1831 wurde das Netz jährlich im Durchschnitt um 750 Meter erweitert. Seitdem baute man jedes Jahr 8 000 und sogar 10 000 Meter Galerie mit einem Mauerwerk aus gebrochenem Material, das mit angemachtem Wasserkalk verbunden und auf Betongründung errichtet wurde. Mit zweihundert Francs je Meter stellen die sechzig Meilen Kanal im gegenwärtigen Paris einen Wert von achtzig Millionen Francs dar.

Außer dem wirtschaftlichen Fortschritt, auf den wir anfangs hingewiesen haben, ergeben sich schwerwiegende Probleme der allgemeinen Hygiene aus der Kanalisation von Paris.

Paris befindet sich zwischen zwei Schichten, dem Grundwasser und der Luftschicht. Das Grundwasser in ziemlich großer Tiefe, aber bereits durch zwei Bohrungen angezapft, liefert der grüne Sandstein zwischen der Kreide und dem Jurakalk. Die Sandsteinschicht kann man sich als eine Scheibe mit einem Radius von fünfundzwanzig Meilen vorstellen. Eine Menge Flüsse und Bäche sickern ein. Wird ein Glas mit Wasser aus dem Brunnen von Grenelle gefüllt, trinkt man daraus Wasser aus der Seine, der Marne, der Yonne, der Oise, der Aisne, dem Cher, der Vienne und der Loire. Das Grundwasser ist sauber, es kommt zunächst vom Himmel, dann aus der Erde. Die Luftschicht ist ungesund, sie kommt aus dem Kanal. Alle giftigen Ausdünstungen der Kloake verbinden sich mit dem Atem der Stadt, deshalb riecht er so schlecht. Die Luft, die über einem Dunghaufen entnommen wird, dies wurde wissenschaftlich festgestellt, ist reiner als die Luft über Paris. Zu gegebener Zeit, wenn der Fortschritt hilft, die Technik weiterentwickelt und man zur Einsicht gelangt ist, wird das Grundwasser dazu benutzt werden, die Luftschicht zu reinigen, das heißt den Kanal zu spülen. Und darunter verstehen wir, den Schlamm der Erde zurückzuerstatten, den Mist wieder in den Boden und den Dünger wieder auf die Felder zu bringen. Aufgrund dieser einfachen Tatsache wird in jeder sozialen Gemeinschaft das Elend gemindert und die Gesundheit verbessert werden. Gegenwärtig verbreiten sich die Krankheiten in Paris im Umkreis von fünfzig Meilen um den Louvre herum, die Nabe jenes pestilenzialischen Rades.

Man könnte sagen, die Kloake sei seit zehn Jahrhunderten die Krankheit von Paris. Der Kanal ist das Übel, das die Stadt im Blut hat. Der Instinkt des Volks täuschte sich darin nie. Der Beruf des Kanalarbeiters war früher fast ebenso gefährlich und dem Volk fast ebenso zuwider wie das Gewerbe des Abdeckers, das Grauen erweckte und so lange dem Henker überlassen wurde. Nur ein hoher Lohn konnte einen Maurer bewegen, in dieser stinkenden Sappe zu verschwinden. Die Leiter des Brunnengräbers hatte Bedenken, darin einzutauchen. Es hieß sprichwörtlich: »Wer in die Kloake hinabsteigt, fährt in die Grube.« Und alle möglichen gräßlichen Sagen, wir sagten es bereits, machten den kolossalen Ausguß nur noch schreckenerregender. Ein fürchterlicher Pfuhl, der die Spur von den Revolutionen des Erdballs wie von den Revolutionen der Menschen aufweist und in dem Reste aller Umwälzungen, von der Muschelschale der Sintflut bis zu Marats Fetzen, zu finden sind.

Drittes Buch
Schlamm und Seele

I

Überraschungen in der Kloake

Jean Valjean befand sich in der Kloake von Paris. Auch hierdurch ähnelt Paris dem Meer. Wie im Ozean kann der Taucher darin verschwinden.

Der Gegensatz war unerhört. In ihrer Mitte hatte Jean Valjean die Stadt verlassen, und in einem Augenblick, in der Zeit, die man braucht, einen Deckel anzuheben und wieder zu verschließen, war er vom hellen Tag zu gänzlichem Dunkel übergegangen, vom Mittag zur Mitternacht, vom Getöse zur Stille, vom Wirbel der Gewitter zur Starrheit des Grabes und durch einen Umschlag, der noch phantastischer war als der in der Rue Polonceau, von der äußersten Gefahr zu voller Sicherheit.

Jäher Sturz in einen Keller; Verschollenheit im unterirdischen Gefängnis von Paris; Wanderung aus jener Straße, in der überall der Tod war, in dieses Grab, in dem das Leben war: Seltsam mußte das auf ihn wirken. Einige Sekunden war er wie betäubt. Er lauschte in Betroffenheit. Die Fußangel hatte zu seinem Heil jäh unter ihm geklafft. Die Güte des Himmels hatte ihn gleichsam durch Verrat überrumpelt. Wunderbare Hinterhalte der Vorsehung!

Aber der Verwundete bewegte sich nicht, und Jean Valjean wußte nicht, ob das, was er in diese Grube schleppte, ein Lebender oder ein Toter war. Seine erste Empfindung war Blindheit. Plötzlich sah er nichts mehr. Es schien ihm auch, als höre er nichts mehr. Das wilde Toben des Mordens, das wenige Schritte über ihm entbrannt war, drang zu ihm dank der Dichte der Erde, die ihn davon trennte, nur noch vermindert und undeutlich und wie Lärm in die Tiefe. Er fühlte, daß er festen Halt unter den Füßen hatte. Das war alles; jedoch es genügte. Er streckte einen

Arm aus, dann den anderen, betastete zu beiden Seiten die Mauer und spürte die Enge des Ganges. Er glitt weiter und spürte, daß der Stein naß war. Er trat mit einem Fuß vor, behutsam, da er ein Loch befürchtete, eine Senkgrube, irgendeinen Abgrund. Er überzeugte sich, daß die steinerne Fläche sich verlängerte. Eine stinkende Luft ließ ihn die Örtlichkeit erkennen.

Rasch hatte er die Blindheit überwunden. Ein wenig Licht fiel von da, von wo er gleitend gekommen war, und sein Blick hatte sich an diesen Keller gewöhnt. Er begann irgend etwas zu unterscheiden. Der Gang, in den er sich verkrochen hatte, kein anderes Wort drückt die Situation besser aus, war hinter ihm vermauert. Es war eine jener Sackgassen, die die Fachsprache Abzweigungen nennt. Vor ihm war eine andere düstere Mauer. Die Helligkeit des Kellerbodens erstarb zehn oder zwölf Schritte von dem Punkt, an dem Jean Valjean war, und warf kaum ein fahles Licht auf einige Meter der feuchten Wand des Kanals. Darüber hinaus war der Schatten undurchdringlich. Sich dort vorzuwagen schien grauenhaft, und der Eintritt glich einem Versinken. Und dennoch konnte und mußte man sich durch diese Nebelmauer zwängen. Es bedurfte sogar der Eile. Jean Valjean bedachte, daß das Gitter, das er zwischen den Pflastersteinen bemerkt hatte, auch von den Soldaten gesehen werden könne und alles von diesem Zufall abhänge. Auch sie konnten in den Schacht absteigen und ihn durchsuchen. Keine Minute war zu verlieren. Er hatte Marius auf den Boden niedergelegt, er zog ihn hoch, nahm ihn auf seine Schultern und ging vorwärts. Entschlossen wandte er sich dem Dunkel zu.

In Wirklichkeit waren sie weniger gerettet, als Jean Valjean glaubte. Vielleicht erwarteten ihn andere und nicht minder große Gefahren. Nach dem blitzenden Unwetter des Kampfes die Höhle der Miasmen und der Menschenfallen, nach dem Chaos die Kloake. Jean Valjean war aus einem Höllenring in den nächsten getaumelt.

Nach fünfzig Schritten mußte er anhalten. Eine Frage nötigte sich ihm auf. Der Gang endete in einen anderen Arm, auf den er in der Quere stieß. Zwei Wege boten sich ihm hier. Welchen sollte er einschlagen? Sollte er den links wählen oder den rechts? Wie konnte er in diesem schwarzen Labyrinth die Richtung ermitteln? Dieses Labyrinth hatte einen Faden: daß es sich nach der Seine zu neigte. Sich demgemäß orientieren hieß zum Fluß gelangen.

Jean Valjean begriff es sofort. Er sagte sich, vielleicht sei er im Kanal der Markthallen. Wählte er den Weg links und folgte er dem Gefälle, so erreichte er in noch nicht einer Viertelstunde eine Mündung des Kanalsystems in die Seine, zwischen dem Pont-au-Change und dem Pont-Neuf. Er würde also am lichten Tag auf der meistbevölkerten Brücke von Paris erscheinen. Vielleicht stieg er an irgendeinem Gully neben einer Straßenecke heraus. Mit Verblüffung sahen die Passanten zwei blutige Männer unter ihren Füßen aus der Erde emporklettern. Die Polizisten liefen hinzu; die Mannschaft des nächsten Wachlokals schritt bewaffnet ein. Sie würden gefaßt werden, bevor sie ganz droben wären. Besser, er ließ sich von dem unterirdischen Wirrsal verschlingen, vertraute sich dieser Schwärze an und überließ den Ausgang dem Schicksal.

Er strebte wieder den Abhang hinauf und ging nach rechts. An einer Biegung der Galerie verschwand der ferne Lichtschein aus dem Kellerloch; die dunkle Wand stürzte von neuem über ihm zusammen, und wieder erblindete er. Dennoch ging er vorwärts und so schnell, wie er konnte. Die Arme von Marius waren um seinen Hals gebreitet, und die Füße des Ohnmächtigen schlotterten hinter ihm. Er hielt die beiden Arme mit einer Hand und berührte mit der anderen die Mauer. Die Wange von Marius streifte die seine und klebte an ihr mit verharschendem Blut. Er fühlte, wie über ihn laue Blutstropfen rannen, die von Marius kamen und ihm bis unter die Kleider sickerten. Indes bewies eine feuchte Wärme an seinem Ohr, dem der Mund des Verwundeten nahe war, daß dieser noch atmete, noch lebte. Der Gang, in dem Jean Valjean jetzt stapfte, war weniger eng als zuvor. Jean Valjean mühte sich. Der Regen vom Vortag war noch nicht abgeflossen und hatte einen Gießbach in der Mitte des Kanalbodens hinterlassen, und er mußte sich gegen die Mauer pressen, um nicht mit den Füßen in das Wasser zu geraten. So ging er in der Finsternis. Er war wie ein Nachtgeschöpf, das im Unsichtbaren wankte, unter der Erde verirrt im Geäder des Schattens.

Allmählich jedoch, ob ferne Kellerlöcher ein wenig verschwommenes Licht in diesen dicken Nebel entsandten oder die Augen sich dem Dunkel angepaßt hatten, vermochte er, wenn auch schwach, zu sehen, und er begann sich unklar bald der Mauer, über die seine Hand strich, bald des Gewölbes, unter dem er wandelte, bewußt zu werden. Die Pupille weitet sich in der Nacht und fängt schließlich ein wenig Tageslicht ein, wie sich die Seele im Unglück weitet und letzten Endes zu Gott findet.

Seine Schritte durch diese Korridore richtig zu lenken ist schwer. Das Kanalisationsnetz ist ein Abbild des Straßennetzes über ihm. Das Paris von damals hatte zweitausendzweihundert Straßen. Man denke sich darunter den Wald dunkler Äste, den das Kanalsystem darstellt. So wie es in jener Zeit existierte, hätte es, wenn man alle seine Strecken hintereinanderlegte, eine Länge von elf Meilen gehabt. Das Netz von heute umfaßt dank der besonderen Tatkraft der letzten drei Jahrzehnte nicht weniger als sechzig Meilen.

Jean Valjean täuschte sich zu Anfang. Er glaubte unter der Rue Saint-Denis zu sein und war es leider nicht. Unter der Rue Saint-Denis zieht sich ein alter steinerner Kanal hin, der auf Ludwig XIII. zurückgeht und gerade in den Sammelkanal führt, den sogenannten Großen Kanal, mit einer einzigen Krümmung nach rechts, in der Höhe des alten Mirakelhofs, der Freistatt der Gauner und Bettler, und einer einzigen Abzweigung, dem Kanal Saint-Martin, dessen vier Arme sich in Kreuzform schneiden. Aber der Darm der Petite-Truanderie, dessen Eingang unweit der Schenke »Korinth« lag, war nie mit der Unterkellerung der Rue Saint-Denis verbunden. Er endete am Montmartrekanal, und in ihn hatte Jean Valjean sich begeben. Hier hatte er im Übermaß Gelegenheit, sich zu verirren. Der Montmartrekanal ist einer der gewundensten des alten Netzes. Zum Glück war Jean Valjean über den Kanal der Hallen hinweg, dessen geometrischer Plan eine Menge verhakter Bramstengen zeigt. Aber vor sich hatte er mehr als eine Begegnung, die ratlos machen konnte, und mehr als eine Straßenecke – denn Straßen sind es –, die im Dunkel sich wie ein Fragezeichen ausnehmen. Zuerst links den ausgedehnten Kanal der Plâtrière, der, eine Art von chinesischem Brettchenspiel, sein wirres Chaos von T und Z unter das Hauptpostamt und die Getreidehalle bis zur Seine vorstößt, an der er mit einem Y abschließt. Zweitens rechts den krummen Korridor der Rue du Cadran mit seinen drei Zähnen, die ebenso viele Sackgassen sind. Drittens links die Abzweigung am Mail, die sich fast am Eingang durch eine Art Gabel verwickelt und im Zickzack am großen Ableitungskanal des Louvre endet, in jeder erdenklichen Weise zerschnitten und verästelt. Und zuletzt rechts die Sackgasse unter der Rue des Jeûneurs, ohne kleine Nebenkanäle hier und da zu zählen, ehe man am Ringkanal ist, der allein zu einem fernen, aber dafür sicheren Ausgang bringen konnte.

Hätte Jean Valjean einen Begriff von alledem gehabt, so hätte er, nur durch Betasten der Mauer, rasch bemerkt, daß er nicht in der unterirdischen Galerie der Rue Saint-Denis war. Statt der alten Quadern, der alten Architektur, die hoffärtig und königlich bis in den Kanal war, mit Bettung und Unterschichten von Granit und Mörtel von fettem Kalk, der achthundert Francs das Klafter kostete, hätte er mit seiner Hand die billige Modernität gefühlt, den sparsamen Ersatz, den im hydraulischen Mörtelbad angemachten Mühlkalkstein auf einer Lage von gegossenem Beton, der zweihundert Francs das Meter kostet, die bourgeoise Mauerei mit wohlfeilem Material. Aber das ahnte er nicht.

Er tappte weiter, in Angst, aber ruhig, ohne etwas zu sehen oder zu wissen, vom Zufall, der auch die Vorsehung ist, verschlungen. Zugegeben sei, daß ihn nach und nach etwas Grauen beschlich. Der Schatten, der ihn einhüllte, verdunkelte seinen Geist. Er war von einem Rätsel umfangen. Diese Wasserstadt der Kloake ist furchtbar; sie durchkreuzt sich selbst, so daß es den Suchenden schwindelt. Es ist unheimlich, in diesem Paris der Finsternis gefangen zu sein. Jean Valjean mußte seinen Weg finden und fast erfinden, ohne daß er ihn sah. In diesem unbekannten Revier konnte jeder Schritt, zu dem er sich entschloß, der letzte sein. Wie kam er hier heraus, und glückte es ihm noch zur rechten Zeit? Ließ sich dieser kolossale unterirdische Schwamm mit den steinernen Poren durchdringen, durchbohren? Geriet man im Dunkel auf einen unerwarteten Knoten? Blieb man im Unentwirrbaren, Undurchquerbaren stecken? Würde Marius an einem Blutsturz sterben und er vor Hunger? War ihrer beider Los, hier ins Verderben zu gehen, daß nur Skelette in einem Winkel dieser Nacht von ihnen blieben? Er wußte es nicht. Er fragte sich all das und konnte nicht antworten. Die Eingeweide von Paris sind abgründig. Wie der Prophet war er im Bauch des Walfisches.

Plötzlich erlebte er etwas Überraschendes. In dem Moment, in dem er sich dessen nicht versah, und ohne daß er davon abließ, geradeaus zu schreiten, gewahrte er, daß er nicht mehr stieg. Das Wasser des Baches plätscherte ihm gegen die Fersen, statt daß es ihm die Fußspitzen näßte. Der Kanal senkte sich nun. Weshalb? Sollte er jählings an der Seine stehen? Die Gefahr war groß, aber die Gefahr, wenn er zurückwich, noch größer. Er ging beharrlich vorwärts.

Nicht auf die Seine ging er zu. Der scharfgewölbte Buckel, den der Boden von Paris am rechten Ufer macht, läßt einen seiner Hänge in die Seine, den anderen in den Großen Kanal abfallen. Der Kamm dieses Buckels, der die Wasserscheide bestimmt, zeichnet eine sehr launische Linie. Der Gipfelpunkt, die Stelle, an der die Abflüsse sich teilen, liegt im Kanal Saint-Avoye jenseits der Rue Michel-le-Comte, im Louvrekanal nahe den Boulevards, im Montmartrekanal nahe den Hallen.

An diesem Gipfelpunkt war Jean Valjean angelangt. Er bewegte sich in der Richtung auf den Ringkanal, in der guten Richtung. Jedoch ahnte er das nicht.

Sooft er einer Abzweigung begegnete, tastete er an ihren Ekken herum, und erwies sich die Öffnung, die sich ihm darbot, minder breit als der Korridor, in dem er sich befand, so ging er nicht hinein und setzte seinen Weg fort, da er zutreffend urteilte, jeder schmalere Weg müsse in eine Sackgasse enden und ihn von seinem Ziel, dem Ausgang, entfernen. Er vermied so die vielfache Falle, die ihm in der Dunkelheit von jenen vier Labyrinthen her drohte.

Er erkannte mit einemmal, daß er den Bezirk des durch die Meuterei zu Stein gewordenen Paris verließ, in dem die Barrikaden den Verkehr getötet hatten, und daß er wieder in die Unterwelt des lebenden, normalen Paris eintrat. Plötzlich war über seinem Kopf etwas wie Donnergedröhn, fern, aber dauernd. Es war das Rollen der Wagen.

Er ging seit wohl einer halben Stunde, wenigstens nach seiner eigenen Berechnung, und hatte noch nicht an Rast gedacht. Nur hatte er die Hand, die Marius trug, gewechselt. Die Finsternis war tiefer als je, aber diese Tiefe beruhigte ihn. Plötzlich sah er seinen Schatten vor sich, ausgeschnitten aus einer schwachen, kaum wahrnehmbaren Röte, die auf den Kanalboden zu seinen

Füßen und das Gewölbe über seinem Kopf ein ungewisses purpurnes Licht warf und rechts und links von ihm über die klebrigen Wände des Korridors flackerte. Verblüfft drehte er sich um. In dem Teil des Wandelgangs, der hinter ihm lag, in einer Entfernung, die ihn unermeßlich dünkte, flammte, mit Streifen von dichtem Dunkel, eine Art schauerlichen Sternes, der ihn anzusehen schien. Es war das düstere Gestirn der Polizei, das im Kanal aufging. Hinter diesem Stern regten sich undeutlich acht oder neun schwarze Gestalten, aufrecht, unfaßbar, erschreckend.

II

Erklärung

Am sechsten Juni war eine Razzia in den Kanälen angeordnet worden. Man fürchtete, sie könnten den Besiegten als Zuflucht dienen, und der Präfekt Gisquet mußte das verborgene Paris durchsuchen, indes der General Bugeaud das öffentliche Paris säuberte. Eine doppelte und in sich zusammenhängende Operation der Staatsmacht, die von der Armee oben und von der Polizei unten vertreten war. Drei Rotten von Polizeibeamten und Kanalarbeitern forschten das unterirdische Straßennetz von Paris aus, die erste das rechte, die zweite das linke Ufer, die dritte die Innenstadt. Die Polizisten waren mit Karabinern, Totschlägern, Degen und Dolchen bewaffnet.

Was in diesem Moment Jean Valjean bestrahlte, war die Stocklaterne der Ronde des rechten Ufers. Sie hatte die gekrümmte Galerie und die drei Sackgassen unter der Rue du Cadran besichtigt. Während ihre Laterne in der Tiefe dieser Sackgassen wanderte, hatte Jean Valjean auf seinem Weg den Zugang zur Galerie erreicht. Er hatte erkannt, daß er enger war als der Hauptgang, und war in ihn nicht vorgedrungen. Schon war er darüber hinaus. Die Polizisten hatten, als sie die Galerie unter der Rue du Cadran verließen, geglaubt, ein Geräusch von Schritten in der Richtung auf den Ringkanal zu hören. Wirklich waren das die Schritte von Jean Valjean. Der Sergeant, der die Ronde führte, hatte seine Laterne erhoben, und der Trupp spähte in den Nebel auf die Seite, von wo das Geräusch herüberkam.

Es war für Jean Valjean eine schlimme Minute. Wenn auch er

die Laterne gut sah, die Laterne sah ihn schlecht. Sie war das Licht und er das Dunkel. Er war sehr fern und hob sich von der Schwärze der Umgebung nicht ab. Er drückte sich wieder an die Mauer und blieb stehen. Im übrigen war ihm nicht bewußt, was sich da hinter ihm bewegte. Schlaflosigkeit, Nahrungsmangel und Aufregung hatten auch in ihm einen visionären Zustand erzeugt. Er sah eine Flamme und um diese Flamme Larven. Was war das? Er begriff es nicht.

Jean Valjean rührte sich nicht, das Geräusch war verstummt. Die Männer der Ronde horchten und hörten nichts, sie schauten und sahen nichts. Sie berieten sich. Damals war an diesem Punkt des Montmartrekanals an einer Straßenkreuzung eine sogenannte Dienststation. Sie ist später wegen des kleinen Sees aufgegeben worden, den bei schweren Unwettern der Gießbach des Regenwassers in ihrem Inneren bildete. Die Ronde konnte sich an dieser Straßenkreuzung zusammenrotten.

Jean Valjean sah, wie die Gespenster sich zu einem Kreis zusammenschlossen. Die Hundsköpfe näherten sich und flüsterten. Das Resultat dieser Beratung von Wachhunden war, daß man sich geirrt habe, daß kein Geräusch zu hören gewesen war. Niemand sei da, es lohne sich nicht, den Ringkanal abzugehen, das sei verlorene Zeit; man müsse sich vielmehr beeilen, in die Gegend von Saint-Merry zu kommen. Wenn irgend etwas sich tun und irgendein »Matrosenhut« sich aufspüren lasse, dann in diesem Viertel. Von Zeit zu Zeit nageln die Parteien neue Sohlen an ihre alten Schimpfworte. Im Jahre 1832 war das Wort »Matrosenhut« ein Mittelding zwischen »Jakobiner«, das ausgetreten war wie abgenutzte Schuhe, und »Demagoge«, einer fast ungebräuchlichen und seitdem so bewährten Bezeichnung.

Der Sergeant befahl, schräg nach links zum Hang der Seine zu gehen. Hätten sie den Einfall gehabt, sich in zwei Züge zu teilen und sich nach beiden Richtungen zu wenden, so hätten sie Jean Valjean festgenommen. Um ein Haar war es soweit. Offenbar untersagten die Verfügungen der Präfektur, die die Möglichkeit eines Kampfes und einer großen Zahl von Aufrührern berücksichtigten, der Ronde, sich zu zersplittern. Die Ronde marschierte ab und ließ Jean Valjean zurück. Von diesem ganzen Manöver nahm Jean Valjean nur die Verdunkelung der Laterne auf, die plötzlich schwenkte.

Bevor er ging, entlud der Sergeant, um das Polizeigewissen zu entlasten, seinen Karabiner nach der Seite hin, die man aufgab, nach Jean Valjean hin. Dahinrollend krachte der Schuß und schwang sich von Echo zu Echo durch den unterirdischen Raum wie eine Blähung in diesem riesigen Darm. Gips, der in den Bach fiel und wenige Schritte von Jean Valjean im Wasser aufklatschte, bewies ihm, daß die Kugel das Gewölbe oberhalb seines Kopfes getroffen hatte.

Gemessene, langsame Schritte hallten noch einige Zeit über den Boden, durch immer größere Entfernung nach und nach gedämpft. Bald war die Gruppe der schwarzen Gestalten verschwunden. Ein Schimmer zuckte und schwamm dahin. Er warf auf das Gewölbe einen rötlichen Bogen, der kleiner wurde und erlosch.

Wiederum tiefe Stille und völliges Dunkel. Blindheit und Taubheit herrschten in dieser Finsternis. Und Jean Valjean, der noch an seinen Platz gebannt war, blieb lange an die Mauer gelehnt, mit angespanntem Ohr und erweiterter Pupille, und sah der Gespensterpatrouille nach, die sich in ein Nichts auflöste.

III

Der beschattete Mann

Der Polizei jener Zeit muß man die Gerechtigkeit widerfahren lassen, daß sie sogar in der bedrängtesten Lage der öffentlichen Angelegenheiten unerschütterlich ihre Aufsichtspflicht auf den Straßen erfüllte. Ein Aufruhr war in ihren Augen keineswegs ein Vorwand, den Übeltätern freie Hand zu lassen und die Gesellschaft aus dem Grunde zu vernachlässigen, daß die Regierung in Gefahr war. Der übliche Dienst wurde vorschriftsmäßig neben dem außergewöhnlichen Dienst versehen und dadurch nicht beeinträchtigt. Mitten in einem unberechenbaren politischen Ereignis, unter dem Druck einer möglichen Revolution, ohne sich von dem Aufstand und der Barrikade stören zu lassen, »beschattete« ein Polizist einen Dieb.

Genau dies ereignete sich am Nachmittag des 6. Juni am Seine-Ufer, auf der Böschung der rechten Seite, ein kleines Stück über den Pont des Invalides hinaus.

Heute gibt es dort keine Böschung mehr. Der Anblick der Stätten ist ein anderer geworden.

Auf der Böschung beobachteten sich anscheinend zwei Männer, die ein gewisser Abstand voneinander trennte, und der eine wich dem anderen aus. Der Vorangehende versuchte wegzulaufen, der Nachkommende versuchte sich ihm zu nähern.

Das war wie eine Schachpartie, die wortlos von weitem gespielt wurde. Weder der eine noch der andere schienen sich zu beeilen, und beide gingen langsam, als befürchtete jeder von ihnen, durch zuviel Eile die Schritte seines Gegenspielers zu beschleunigen. Man hätte meinen mögen, eine Begierde folge ganz unabsichtlich einer Beute. Die Beute war hinterhältig und auf der Hut.

Das Größenverhältnis zwischen dem gehetzten Marder und der Dogge als Treiber stimmte. Der zu entkommen suchte, war ziemlich schmächtig und sah kümmerlich aus. Der ihn fassen wollte, ein hochgewachsener Kerl, zeigte ein strenges Äußeres, und mit ihm schien nicht gut Kirschen essen.

Der erstere fühlte sich als der Schwächere und ging dem anderen aus dem Wege. Aber er mied ihn äußerst wütend, und ein Beobachter hätte in seinen Augen die argwöhnische Feindseligkeit des Fliehenden wahrgenommen und die ganze Drohung, die in der Furcht enthalten ist.

Die Uferböschung war menschenleer, nirgendwo ein Fußgänger, nicht einmal ein Schiffer oder einer von den Arbeitern, die sonst die hier und da festgemachten Lastkähne löschten.

Ungehindert waren die beiden Männer nur vom Kai gegenüber zu sehen, und wer sie auf diese Entfernung hin hätte betrachten können, dem hätte sich der vorangehende als ein struppiges, zerlumptes und hinterhältiges, unruhiges und unter einer zerfetzten Bluse schlotterndes Wesen gezeigt und der andere als eine mustergültige Amtsperson, die den Rock der Obrigkeit bis zum Kinn zugeknöpft trug. Der Leser würde die beiden wohl erkennen, sähe er sie mehr aus der Nähe.

Was beabsichtigte der letztere? Wahrscheinlich wollte er den ersteren wärmer kleiden.

Wenn ein vom Staat eingekleideter Mann einen anderen in Lumpen verfolgt, so nur, um aus ihm ebenfalls einen vom Staat eingekleideten Mann zu machen. Das ganze Problem ist lediglich die Farbe. In Blau gekleidet zu sein ist rühmlich, in Rot gekleidet zu sein dagegen ärgerlich. Auch unten gibt es ein Purpurgewand. Vermutlich wollte sich der erstere eine Unannehmlichkeit und einen Purpur dieser Art ersparen.

Wenn der andere ihn vorangehen ließ und nicht gleich festnahm, so allem Anschein nach in der Hoffnung, daß er ihn zu irgendeinem bedeutsamen Treffpunkt führte und er einen noch besseren Fang machen konnte. Diese schwierige Tätigkeit heißt »beschatten«.

Eine solche Vermutung lag sehr nahe, weil der zugeknöpfte Mann, als er von der Böschung aus eine Droschke leer auf dem Kai vorbeifahren sah, dem Kutscher winkte. Der Kutscher verstand, erkannte offenbar, mit wem er es zu tun hatte, kehrte um und begann oben auf dem Kai den beiden Männern im Schritt zu folgen, was von dem verdächtigen und abgerissenen Kerl, der vorausging, nicht bemerkt wurde.

Die Droschke rollte an den Bäumen auf den Champs-Élysées vorbei. Über der Brüstung war nur der Oberkörper des Kutschers mit der Peitsche in der Hand zu sehen.

Eine vertrauliche Weisung für die Polizeibeamten lautet: »Jederzeit hat eine Mietskutsche für alle Fälle in der Nähe zu sein.«

Während jener seinerseits mit untadeliger Strategie zu Werke ging, näherten sich die beiden einer Rampe zum Kai, die es damals den aus Passy kommenden Droschkenkutschern ermöglichte, an den Fluß hinunterzufahren und ihre Pferde zu tränken. Diese Rampe ist inzwischen beseitigt worden, weil sie das Auge störte. Die Pferde krepieren vor Durst, doch dem Blick wird geschmeichelt.

Wahrscheinlich wollte der Mann in der Bluse die Rampe hinaufgehen, um auf den Champs-Élysées zu entwischen, wo es Bäume, aber auch viele Polizisten gab und der andere leichtes Spiel haben würde.

Diese Stelle des Kais ist gar nicht sehr weit entfernt von dem Haus, das 1824 Oberst Brack von Moret nach Paris gebracht hat, das sogenannte Haus Franz' I. Ganz in der Nähe befindet sich ein Wachlokal.

Zur großen Überraschung seines Beobachters ging der verfolgte Mann keineswegs die Rampe der Tränke hinauf. Den Kai entlang lief er auf der Böschung weiter geradeaus. Seine Lage wurde sichtlich ernst. Was blieb ihm noch, wenn er sich nicht in die Seine stürzen wollte?

Kein Hilfsmittel mehr, um auf den Kai zu kommen. Keine Rampe und keine Treppe. Und man war der Stelle ganz nahe, wo die Seine kurz vor der Jenabrücke eine Biegung beschreibt und die Böschung, immer schmaler werdend, in einer winzigen Landzunge endet, unter dem Wasser verschwindet. Zwischen der zu seiner Rechten senkrecht ansteigenden Mauer, dem Fluß links und vor sich und der Obrigkeit auf den Fersen war er dort unabwendbar eingekreist.

Ein sechs bis sieben Fuß hoher Schutthaufen, der von irgendeinem Abbruch stammte, entzog freilich das Ende der Böschung den Blicken. Aber hoffte der Mann wirklich, daß er sich hinter diesem Trümmerberg, um den man nur herumzugehen brauchte, verstecken konnte? Der Ausweg wäre kindisch gewesen. Bestimmt dachte er nicht daran. Die Einfalt der Diebe geht nicht soweit.

Der Schutthaufen bildete am Rande des Wassers eine Art Anhöhe, die sich bis zur Kaimauer vorschob.

Der Verfolgte kam zu dem kleinen Hügel und ging um ihn herum, so daß er aus des anderen Gesichtskreis verschwand.

Dieser sah nicht und wurde auch nicht gesehen. Er nutzte das, um jede Verstellung fallenzulassen und um sehr rasch auszuschreiten. In wenigen Augenblicken war er beim Schutthaufen und bog um ihn herum. Dort blieb er verblüfft stehen. Der Mann, den er jagte, war nicht mehr da, hatte sich gleichsam in Nichts aufgelöst.

Die Böschung maß vom Schutthaufen an kaum mehr als dreißig Schritt, dann verlor sie sich unter dem Wasser, das gegen die Kaimauer plätscherte. Der Flüchtige hätte sich weder in die Seine stürzen noch zum Kai hinaufklettern können, ohne von dem, der ihn verfolgte, bemerkt zu werden. Was war aus ihm geworden?

Der Mann im zugeknöpften Überrock ging bis zum äußersten Ende der Böschung und verharrte dort einen Augenblick nachdenklich, ballte krampfhaft die Fäuste, und seine Blicke schweiften umher. Plötzlich schlug er sich vor die Stirn. Er hatte an der Stelle, wo die Erde aufhörte und das Wasser begann, ein breites und niedriges, oben abgerundetes Eisengitter erblickt, das mit einem großen Schloß und drei massiven Angeln versehen war. Dieses Gitter, eine Art Tür im Sockel des Kais, öffnete sich sowohl zum Fluß als auch zur Böschung hin. Ein schwärzliches Rinnsal kam darunter hervor und ergoß sich in die Seine. Hinter den schweren, rostigen Stäben war so etwas wie ein gewölbter dunkler Gang zu erkennen.

Der Mann kreuzte die Arme und betrachtete das Gitter mit besorgter Miene.

Der Blick genügte nicht, und so versuchte er es aufzustoßen. Er rüttelte daran, es gab nicht nach. Vermutlich war es eben noch geöffnet worden, obwohl er – eigenartig bei einem so verrosteten Gitter – kein Geräusch vernommen hatte. Aber es war auch außer allem Zweifel, daß es wieder zugeschlossen worden war. Das bedeutete, daß der, vor dem sich diese Pforte geöffnet hatte, keinen Dietrich, sondern einen Schlüssel besaß.

Dies stand sogleich für den Mann fest, der sich bemühte, das Gitter zu lockern, und nötigte ihm das empörte Epiphonem ab: »Das ist stark! Ein Schlüssel von der Regierung!«

Doch er beruhigte sich sofort wieder, und die fast ironisch betonten Ausrufe »Sieh an! Sieh an! Sieh an! Sieh an!« drückten eine ganze innere Gedankenwelt aus.

Nach diesen Worten hoffte er auf irgend etwas, daß der Mann wieder herauskam oder andere hineingingen, und stellte sich hinter dem Schutthaufen mit der geduldigen Wut des Vorstehhundes auf die Lauer.

Die Droschke, die sich ganz nach seinem Verhalten richtete, hatte über ihm neben der Brüstung gehalten. Der Kutscher sah eine lange Wartezeit voraus und hängte seinen Pferden den Sack mit dem unten angefeuchteten Hafer vor, der den Parisern so bekannt ist und in den die Regierungen, das sei nebenbei bemerkt, sie manchmal stecken. Die wenigen Fußgänger auf der Jenabrücke drehten sich um, bevor sie weitergingen, um einen Augenblick lang die beiden reglosen Erscheinungen in der Landschaft, den Mann auf der Böschung und die Droschke auf dem Kai, zu betrachten.

IV

Auch er trägt sein Kreuz

Jean Valjean setzte seinen Weg fort. Er ging pausenlos, aber immer mühsamer. Die Höhe dieser Gewölbe ist verschieden. Im Durchschnitt beträgt sie fünf Fuß sechs Zoll, was auf die Größe eines Mannes berechnet ist. Jean Valjean war gezwungen, sich zu bücken, damit Marius nicht gegen die Decke stieß. Er mußte sich alle paar Augenblicke beugen, dann sich wieder aufrichten und immerzu die Mauer betasten. Die Feuchtigkeit der Steine und die Klebrigkeit des Bodens machten sie zu schlechten Stützen für die Hand wie für den Fuß. Er strauchelte in dem häßlichen Dunghaufen der Stadt. Das seltene Licht durch Luftlöcher fiel nur in sehr langen Zwischenräumen ein und war so fahl, daß die helle Sonne sich wie Mondschein ausnahm. Alles andere war Nebel, Fäulnis, Schatten und Schwärze. Jean Valjean hatte Hunger und Durst. Durst zumal; wie das Meer ist dieser Ort voll Wasser, und man kann nicht trinken. Seine erstaunliche und dank einem Leben in Entsagung und Nüchternheit durch das Alter wenig verringerte Kraft begann nachzulassen. Müdigkeit wandelte ihn an, und weil er ermattete, wuchs für ihn das Gewicht seiner Bürde. Marius, der vielleicht tot war, wog, was entseelte Körper wiegen. Jean Valjean hielt ihn so, daß die Brust nicht gequetscht wurde und tunlichst frei atmen konnte. Er fühlte zwischen seinen Beinen die rasch gleitenden Ratten. Eine biß ihn in ihrer Angst. Mitunter spürte er durch die Hohlziegel der Kanalöffnung einen Hauch frischer Luft, der ihn wieder belebte.

Es war wohl drei Uhr nachmittags, als er an den Ringkanal kam. Zuerst wunderte er sich über diese jähe Verbreiterung. Plötzlich befand er sich in einer Galerie, deren beide Mauern seine ausgestreckten Hände nicht fassen konnten, und unter einem Gewölbe, das sein Kopf nicht berührte. Der Große Kanal ist acht Fuß breit und sieben hoch.

Da, wo der Montmartrekanal und der Große Kanal sich vereinigen, stoßen zwei andere unterirdische Galerien, die der Rue de Provence und die des Schlachthauses, zusammen. Bei geringerem Scharfsinn hätte Jean Valjean zwischen diesen vier Straßen gezaudert. Er nahm die breiteste, den Ringkanal. Aber hier fragte er sich wieder: Hinab oder hinauf? Er dachte, daß die Situation eine Entscheidung dringend fordere und daß er auf jede Gefahr hin nun die Seine erreichen müsse. Mit anderen Worten: hinab. Er wandte sich nach links.

Zu seinem Glück. Denn es wäre ein Irrtum, anzunehmen, der Ringkanal habe zwei Ausgänge, den einen nach Bercy, den anderen nach Passy, und sei, wie sein Name sagt, auf dem rechten Ufer der unterirdische Ring um Paris. Der Große Kanal, der, daran sei erinnert, nichts anderes ist als der alte Bach Ménilmontant, endet, wenn man in ihm hinaufgeht, in einer Sackgasse, das heißt an seinem ehemaligen Ausgangspunkt, der seine Quelle war, am Fuß der Butte Ménilmontant. Er hat keine direkte Verbindung zu der Abzweigung, die die Pariser Abwässer vom Popincourt-Viertel ab aufnimmt und sich durch den Amelotkanal oberhalb der vormaligen Insel Louviers in die Seine ergießt. Diese Abzweigung, die den Hauptkanal ergänzt, ist von ihm selbst unter der Rue Ménilmontant durch ein Massiv getrennt, das die Wasserscheide talauf- und talabwärts bildet. Wäre Jean Valjean die Galerie hinaufgegangen, so wäre er nach unendlichen Anstrengungen, von Müdigkeit erschöpft, in der Finsternis an eine Mauer gekommen. Er wäre verloren gewesen.

Ginge er ein Stück zurück, böge er in den Gang der Filles-du-Calvaire ein, vorausgesetzt, er entschied sich ohne Säumen unter der Kreuzung Boucherat für den Saint-Louis-Gang und dann links für den Saint-Gilles-Arm, hätte er sich darauf nach rechts gewandt und die Saint-Sébastien-Galerie gemieden, hätte er notfalls den Amelotkanal und von da, sofern er sich in der Art F unter der Bastille nicht verirrte, den Ausgang zur Seine am Arsenal erreichen können. Doch dafür mußte man die ungeheure Buschkoralle der Kloake in all ihren Verzweigungen und Durchbrüchen gründlich kennen. Er aber, wir möchten das betonen, wußte nichts von diesem erschreckenden Straßennetz, in dem er dahinwanderte; und hätte ihn jenand gefragt, wo er sei, so hätte er geantwortet: In der Nacht.

Sein Instinkt half ihm. Abwärts zu gehen war die einzige Rettung für ihn. Die beiden Gänge, die sich klauenförmig unter der Rue Laffitte und der Rue Saint-Georges verzweigen, und den langen, von der Chaussée d'Antin abgehenden Gang ließ er rechts liegen.

Ein wenig jenseits eines Zuflusses, der vielleicht die Abzweigung der Madeleine war, machte er halt. Er war sehr entkräftet. Ein ziemlich breites Loch, vermutlich der Ausblick auf die Rue d'Anjou, sandte ein fast klares Licht. Mit sachten Bewegungen wie sie ein Bruder für seinen verwundeten Bruder haben würde, ließ Jean Valjean Marius auf das Bankett des Kanals nieder. Das blutige Antlitz von Marius war vom weißen Schein des Kellerlochs so beleuchtet, als liege er im Grab. Er hielt die Augen geschlossen, seine Haarsträhnen hafteten an seinen Schläfen wie ein getrockneter Pinsel an roter Farbe, die Hände hingen tot herab, seine Glieder waren kalt, die Mundwinkel von erstarrtem Blut beschmiert. Ein Blutgerinnsel hatte sich im Knoten seiner Krawatte angehäuft. Der Hemdrand saß an den Wunden fest, das Tuch des Rockes scheuerte die Risse im lebendigen Fleisch. Mit den Fingerspitzen schob Jean Valjean die Kleider beiseite; er legte ihm die Hand auf die Brust. Noch schlug das Herz. Jean Valjean zerfetzte das Hemd, verband die Wunden, so gut er konnte, und stillte das fließende Blut. Dann neigte er sich in diesem Zwielicht über Marius, der noch immer bewußtlos und fast ohne Atem war, und sah ihn mit leidenschaftlichem Haß an.

Als er Marius' Rock zur Seite schob, hatte er in seinen Taschen zwei Dinge gefunden, das seit dem Vortag vergessene Brot und die Brieftasche von Marius. Er aß das Brot und öffnete die Brieftasche. Auf dem ersten Blatt fand er die vier von Marius geschriebenen Zeilen: »Mein Name ist Marius Pontmercy. Man bringe meine Leiche zu meinem Großvater, Herrn Gillenormand, Rue des Filles-du-Calvaire Nr. 6, im Marais.«

Jean Valjean las die vier Zeilen, grübelte einen Moment und sagte leise vor sich hin: »Rue des Filles-du-Calvaire Nummer sechs, Herr Gillenormand.« Er steckte die Brieftasche wieder in den Rock von Marius. Er hatte gegessen und war ausgeruht. Wieder nahm er Marius auf den Rücken, legte sorgsam den Kopf an seine rechte Schulter und begann von neuem, den Kanal abwärts zu gehen. Der Große Kanal folgt dem Talweg von Ménilmontant, hat eine Länge von fast zwei Meilen und ist auf einem beträchtlichen Teil der Strecke gepflastert.

Jean Valjean kannte nicht die Namen der Straßen von Paris, die ihm gesagt hätten, unter welcher Zone von Paris er jetzt ging und welche Reise er schon gemacht hatte. Nur die wachsende

Blässe der Lichtpfützen, an denen er ab und zu vorüberkam, zeigte ihm an, daß die Sonne sich vom Pflaster zurückzog und der Tag sich bald neigte. Und daraus, daß die Wagengeräusche über seinem Kopf nicht mehr ständig zu hören waren, sondern oft und dann gänzlich aussetzten, schloß er, daß er, statt noch unter dem Zentrum von Paris zu sein, sich irgendwelcher einsamen Gegend näherte, in der Nachbarschaft der äußeren Boulevards oder der abgelegensten Kais. Wo weniger Häuser und Straßen sind, hat die Kanalmauer weniger Kellerlöcher. Das Dunkel um Jean Valjean verdichtete sich. Aber er ging weiter und tastete sich durch den Schatten. Und plötzlich wurde der Schatten furchtbar.

V

Für den Triebsand wie für die Frau gibt es Kunstgriffe, die gemein sind

Er fühlte, daß er in Wasser trat und daß unter seinen Füßen nicht mehr Pflaster war, sondern Schlamm. An manchen Küsten der Bretagne oder Schottlands geschieht es bisweilen, daß ein Mann, ein Reisender oder ein Fischer, der bei Ebbe fern vom Ufer über den Strand geht, plötzlich bemerkt, daß er seit Minuten nur mit einiger Mühe ausschreitet. Der Strand ist unter seinen Füßen wie Pech. Die Sohle hängt sich an; das ist nicht mehr Sand, es ist Leim. Das Gestade ist völlig trocken, aber bei jedem Schritt, sobald man den Fuß hebt, füllt sich die Spur, die er hinterläßt, mit Wasser. Dem Auge ist keine Veränderung sichtbar geworden. Der unermeßliche Strand ist glatt und still, der Sand bietet überall dasselbe Bild, nichts unterscheidet den festen Boden von dem, der es nicht mehr ist. Die kleine fröhliche Wolke der Meerflöhe springt wie zuvor stürmisch über die Füße des Wanderers. Der Mann geht seinen Weg weiter, drängt zum Land, versucht sich der Küste zu nähern. Er ist nicht unruhig.

Unruhig worüber? Es ist ihm nur, als nehme die Schwere seiner Füße bei jedem Schritt zu. Plötzlich versinkt er um zwei bis drei Zoll. Sicher ist er nicht auf dem richtigen Weg; er hält ein, um sich zu vergewissern. Da sieht er auf seine Füße. Seine Füße sind verschwunden. Der Sand bedeckt sie. Er zieht seine Füße aus dem Sand, er will umkehren, er dreht sich rückwärts und sinkt noch tiefer. Der Sand geht ihm bis zum Knöchel; er reißt sich los und wirft sich nach links, der Sand geht ihm bis zur Mitte des Beines; er wirft sich nach rechts, der Sand geht ihm bis an die Kniekehle. Dann erkennt er mit unsäglichem Schreck, daß er sich in Schwemmsand verirrt hat und unter ihm der beängstigende Bereich ist, worin der Mensch nicht schreiten und der Fisch nicht schwimmen kann. Er entledigt sich seiner Last, wenn er eine hat, erleichtert sich wie ein Schiff in Seenot. Er hat schon keine Zeit dazu; der Sand ist ihm über die Knie gestiegen.

Er schreit, er schwingt seinen Hut oder sein Taschentuch; der Sand überwältigt ihn mehr und mehr. Wenn der Strand öde, wenn das Land zu fern, die Sandbank zu verrufen ist, wenn nicht in der Nähe ein Held lebt, ist es aus, sein Schicksal ist, im Triebsand zu versinken. Er ist zu dem entsetzlichen, langen Begräbnis verdammt, das ihm unfehlbar zuteil wird, unerbittlich, das sich weder verzögern noch beschleunigen läßt, das Stunden dauert und nicht endet. Es faßt einen im Stehen, frei, in voller Gesundheit, es zerrt an den Füßen, es zieht bei jeder Gegenwehr, jedem Schrei, den man ausstößt, etwas tiefer hinab. Es scheint, als strafe es für Widerstand durch verdoppelt heftige Umklammerung. Als lasse es den Menschen langsam wieder von der Erde aufgesogen werden, und dabei könne er in Muße den Horizont, die Bäume, die grünen Felder, den Rauch der Dörfer in der Ebene, die Segel der Schiffe auf dem Meer, die flatternden und singenden Vögel, die Sonne, den Himmel beschauen. Das Versinken im Triebsand ist das Grab, das sich in Flut verwandelt und aus dem Schoß der Erde zu dem Lebenden sich emporwälzt. Jede Minute ist eine gnadenlose Totengräberin. Der Unglückliche versucht zu sitzen, zu liegen, zu kriechen. Alle Bewegungen, die er macht, scharren ihn ein. Er bäumt sich auf, er sinkt. Er fühlt, daß er verschlungen wird. Er heult, fleht, brüllt den Wolken zu, windet die Arme, verzweifelt. Nun ist er bis zum Bauche im Sand. Der Sand bedeckt seine Brust, er ist nur noch eine Büste. Er hebt die Hände, wehklagt mit Seufzern der Wut, krallt seine Nägel in den Sand, will vor dieser Asche fliehen, strafft die Ellbogen, um dieser weichen Hülle zu entrinnen, schluchzt frenetisch: Der Sand steigt. Der Sand reicht bis an die Schultern, der Sand reicht bis an den Hals;

das Antlitz allein ist noch sichtbar. Der Mund schreit, der Sand verstopft ihn; Schweigen. Die Augen blicken noch, der Sand schließt sie; Nacht. Dann wird die Stirn niedriger, ein wenig Haar zittert über dem Sand; eine Hand ragt heraus, durchlöchert die Oberfläche der Düne, erbebt fahrig und verschwindet. Düsteres Auslöschen eines Menschen.

Manchmal versinkt der Reiter mit dem Pferd, manchmal der Kärrner mit dem Karren; alles geht in dem Flugsand unter. Es ist ein Schiffbruch, anderswo als im Wasser. Es ist die Erde, die den Menschen ertränkt. Die vom Ozean durchdrungene Erde wird zur Falle. Sie täuscht eine Ebene vor und öffnet sich wie eine Woge. So verräterisch ist der Abgrund.

Dieses unheilvolle Abenteuer, das sich immer an diesem oder jenem Meeresstrand ereignen konnte, war vor dreißig Jahren im Kanal von Paris denkbar. Vor den bedeutenden Arbeiten, die 1833 begannen, waren in der unterirdischen Stadt plötzliche Einstürze möglich. Das Wasser sickerte in einzelnen besonders leicht zerbröckelnden Gebieten durch. Der Kanalboden, ob von Stein wie in den alten Leitungen oder von hydraulischem Kalk auf Beton wie in den neuen Galerien, gab, da er keine Stütze mehr hatte, nach. Eine Falte in einem solchen Boden ist ein Spalt, ist ein Zusammenbruch. Über eine gewisse Länge hin fiel der Boden ein.

Dieser Spalt, der in einer Schlucht von Kot klaffte, wurde in der Fachsprache der französischen Techniker *fontis* genannt. Was ist das? Es ist der Flugsand des Meeresstrandes, den man plötzlich unter der Erde findet, die Düne des Mont-Saint-Michel in einem Kanal. Der aufgeweichte Boden schmilzt gleichsam. Alle seine Moleküle sind in dieser flüssigen Umwelt in Schwebe, sind weder Erde noch Wasser. Bisweilen begibt sich das in sehr großer Tiefe. Nichts ist furchtbarer als eine solche Begegnung. Überwiegt das Wasser, ist der Tod ein rasches Verschlungenwerden, überwiegt die Erde, das langsame Versinken.

Kann man sich einen solchen Tod vorstellen? Wenn es im Triebsand einer Düne am Meer schrecklich ist, wie ist es in einer Kloake? Statt reiner Luft, statt vollen Lichtes mitten am Tag, statt des hellen Horizontes, der weiten Geräusche, der freien Wolken, aus denen Regen herabfällt, der von fern gesichteten Boote, der Hoffnung in jeder Gestalt, der Menschen, die vorüberkommen können, der bis zum letzten Moment möglichen Hilfe, statt alles dessen Taubheit, Blindheit, ein schwarzes Gewölbe, das Innere eines schon vorbereiteten Grabes, das Sterben im Morast unter einem Deckel. Nach und nach das Ersticken im Unrat; ein steinernes Kotbehältnis, in dem der Tod durch Abwürgung der Atmungsorgane eine Klaue öffnet und das Opfer an der Kehle packt; Verröcheln im Gestank, Schlamm statt der Düne, Schwefelwasserstoff statt des Sturms, Schmutz statt des Ozeans. Ein Rufen, ein Zähneknirschen, ein krampfhaftes Zucken und Zappeln im Todeskampf, inmitten dieser ungeheuren Stadt, die nichts davon weiß und die man über dem Kopf hat.

Nicht schildern läßt sich diese schauerliche Art zu sterben. Manchmal gleicht der Tod seine Grausamkeit durch eine schreckliche Würde aus. Auf dem Scheiterhaufen, beim Schiffbruch kann man groß sein, in der Flamme wie im Wellenschaum eine stolze Haltung bewahren. Man verwandelt sich in der Vernichtung. Hier aber nicht. Der Tod ist schmutzig. So vermag er nur zu demütigen. Die letzten schwankenden Visionen sind gemein. Kot ist ein Synonym für Schmach und bedeutet Niedrigkeit, Häßlichkeit, Infamie. In einem Faß Malvasier sterben wie Clarence, meinetwegen; in der Grube des Kanalräumers wie d'Escoubleau, gräßlich. Sich darin gegen den Tod zu wehren, ein Greuel. Während man erliegt, patscht man im Dreck herum. Es ist die Finsternis der Hölle und doch soviel Schlamm, wie nur das Sumpfloch ihn hat. Der Sterbende weiß nicht, ob er ein Gespenst werden wird oder eine Kröte. An allen anderen Orten ist das Grab unheimlich, hier ist es scheußlich.

Die Tiefe der Spalte, ihre Länge und ihre Dichtigkeit wechselten, je nach der mehr oder weniger schlechten Beschaffenheit des Untergrundes. Bisweilen war ein Spalt drei oder vier Fuß tief, bisweilen acht oder zehn, manchmal auch bodenlos. Hier war der Schlamm nahezu fest, dort nahezu flüssig. In der Spalte Lunière hätte ein Mensch einen Tag gebraucht, um zu verschwinden, wohingegen er vom Sumpfloch Phélippeaux in fünf Minuten verschlungen worden wäre. Der Schlamm trägt mehr oder minder, je nach seiner größeren oder geringeren Dichtigkeit. Ein Kind entflieht, wo ein Mann verloren ist. Die erste Bedingung für ihn, wenn er sich retten will, ist, daß er jede Last von sich tut. Mit dem Abwerfen des Beutels, in dem sein Handwerksgerät war, seiner Kiepe oder seiner Bütte begann jeder Kloakenräumer, der fühlte, daß der Boden unter ihm nachgab.

Die Spalte konnte verschiedene Ursachen haben: Lockerheit der Erdschicht; einen Erdrutsch in einer Tiefe von mehr als Manneshöhe; die heftigen sommerlichen Wolkenbrüche; die unaufhörlichen Niederschläge des Winters; das lange, feine Regengeriesel. Manchmal legte sich der Druck der Häuser ringsum gegen einen mergeligen oder sandigen Boden auf die unterirdischen Galerien, so daß sie schief wurden, oder es traf sich, daß der Kanalboden unter dieser zermalmenden Wucht platzte. Auf diese Weise hat das Absacken des Pantheons vor einem Jahrhundert einen Teil der Keller des Berges der heiligen Genoveva verstopft. Wenn ein Kanal unter der Last der Häuser brach, verriet sich bei gewissen Gelegenheiten die Unordnung oben auf der Straße durch Sprünge im Pflaster, die den Zähnen einer Säge glichen. Dieser Riß entwickelte sich in Schlangenlinien in der ganzen Länge des geborstenen Gewölbes, und nun, da das Übel sichtbar war, konnte die Ausbesserung rasch erfolgen. Oft auch war kein äußerer Schaden das Zeichen der Verwüstung im Innern. Dann wehe den Kanalarbeitern! Betraten sie den eingestürzten Kanal ohne Vorsichtsmaßnahmen, konnte sie darin das Verderben ereilen. Die alten Listen erwähnen einige Namen von Männern, die so in Spalten begraben worden sind, unter anderem den des Kanalräumers Blaise Poutrain, der in dem eingestürzten Gewölbe unter der Rue Carême-Prenant versank. Blaise Poutrain war der Bruder von Nicolas Poutrain, dem letzten Totengräber auf dem Friedhof »Beinhaus der Unschuldigen« im Jahre 1785, zu der Zeit also, in der jener Friedhof zu bestehen aufhörte.

Den jungen und feschen Vicomte d’Escoubleau haben wir eben genannt. Er war einer von den Helden bei der Belagerung von Lérida, wo in Seidenstrümpfen, mit den Geigen voran, Sturm gelaufen wurde. Eines Nachts bei seiner Kusine, der Herzogin von Sourdis, überrascht, ertrank d’Escoubleau in einem Schlammloch im Beautreilliskanals, in den er sich geflüchtet hatte, um dem Herzog zu entwischen. Als Frau von Sourdis von diesem Tod berichtet wurde, verlangte sie nach ihrem Flakon und vergaß über dem Einatmen der Riechsalze zu weinen. In einem solchen Fall hält keine Liebe stand; die Kloake erstickt sie. Hero würde sich weigern, den Leichnam Leanders zu waschen. Thisbe würde sich die Nase vor Pyramus zuhalten und pfui! sagen.

VI

Der Spalt

Jean Valjean befand sich vor einem Spalt, wie sie damals im Untergrund der Champs-Élysées häufig waren.

Der Tiefbau wurde nur schwer mit diesem Boden fertig, und für die unterirdischen Bauwerke erwies er sich als wenig tragend wegen seiner außerordentlichen Fließfähigkeit. Diese übertrifft sogar die Inkonsistenz der Sandböden im Saint-Georges-Viertel, die allein mit einer Bruchsteingründung auf Beton bezwungen werden konnten, und der gasverpesteten Lehmschichten im Quartier des Martyrs, die so dünnflüssig waren, daß sich eine Durchörterung unter der Martyrs-Galerie nur mittels eines gußeisernen Rohres bewerkstelligen ließ. Als man 1836 unter dem Stadtbezirk von Saint-Honoré, um ihn neu zu bauen, den steinernen Kanal zerstörte, in dem Jean Valjean sich jetzt befand, war der Flugsand, der bis zur Seine den Untergrund der Champs-Élysées bildet, ein Hindernis. Die Arbeiten dauerten daher fast sechs Monate, unter heftigem Einspruch der Anrainer, vor allem der wohlhabenden Anrainer mit den vornehmen Privathäusern. Sie waren mehr als schwierig; sie waren gefährlich. Allerdings regnete es viereinhalb Monate, und dreimal hatte die Seine Hochwasser.

Der Spalt, auf den Jean Valjean stieß, war auf den Regenguß des Vortags zurückzuführen. Ein Nachgeben des durch den Sand darunter schlecht gestützten Pflasters hatte das Regenwasser stocken lassen. Die Einsickerung hatte den Bruch bewirkt. Der Kanalboden war aus den Fugen gewichen und in dem Schlamm versunken. In welcher Länge? Unmöglich, das zu bestimmen. Das Dunkel war hier schwärzer als irgendwo: ein Kotloch in einer nächtlichen Höhle.

Jean Valjean spürte den Abrutsch der Steinmauer unter sich. Er drang in den Morast ein. Das Wasser an der Oberfläche bedeckte Schlamm. Er mußte hindurch. Umkehr schien ausgeschlossen. Marius war schon fast entseelt, Jean Valjean erschöpft.

Und wohin anders sollte er gehen? Jean Valjean schritt vorwärts. Übrigens schien das Schlammloch bei den ersten Schritten nicht sehr tief. Aber je weiter er kam, desto tiefer tauchte sein Fuß. Bald hatte er Schlamm bis an die Waden, und darüber stand er im Wasser. Er ging und hob auf beiden Armen Marius, so hoch er nur konnte. Der Schlamm kam ihm jetzt bis zu den Kniekehlen und das Wasser bis zum Gürtel. Schon konnte er nicht mehr zurück. Er versank immer mehr. Der Schlamm, der das Gewicht eines Mannes aushielt, konnte offenbar zwei nicht tragen. Marius und Jean Valjean hätten jeder einzeln die Gefahr zu überwinden vermocht. Jean Valjean schritt weiter, beladen mit dem Sterbenden, der vielleicht ein Toter war.

Das Wasser reichte ihm bis zu den Achseln. Er fühlte seinen Untergang. Kaum konnte er sich in dem Abgrund von Schlamm, der ihn zäh umspülte, bewegen. Die Dichtigkeit, die ihm Halt gab, hemmte ihn auch. Noch immer hob er Marius mit unerhörtem Kraftaufwand, marschierte er voran; jedoch er sank. Er hatte nur noch den Kopf außer Wasser und seine beiden Arme, die Marius trugen. Auf alten Gemälden der Sintflut ist eine Mutter zu sehen, die das mit ihrem Kind tut.

Wieder sank er, er legte den Kopf nach hinten, um dem Wasser zu entrinnen und atmen zu können. Wie eine im Dunkel schwimmende Maske nahm er sich in dieser Finsternis aus. Undeutlich erblickte er das schlotternde Haupt und das fahle Antlitz von Marius über sich. Mit verzweifelter Anstrengung warf er den Fuß vor. Er berührte etwas Festes, einen Punkt, der ihm als Stütze diente. Es war Zeit.

Er straffte sich, wand sich und klammerte sich mit einer Art von Wut an diesen Haltepunkt. Für ihn war dies die erste Stufe einer Treppe des Wiederaufstiegs zum Leben. Hier begann der andere Abhang des Kanals, dessen Boden, ohne zu brechen, nachgegeben und sich wie ein Brett aus einem einzigen Stück unter dem Wasser gekrümmt hatte. Eine sorgfältig ausgebaute Pflasterung kann sich mit dieser Dauerhaftigkeit wölben. Diese Strecke des Kanalbodens, zum Teil überschwemmt, aber fest, bildete eine wahre Rampe. Wer sich zu ihr hinüberschwang, war gerettet. Jean Valjean stieg die geneigte Wand hinan und kam auf die andere Seite des Schlammlochs.

Als er aus dem Wasser herauskam, stieß er an einen Steinblock und fiel auf die Knie. Er fand, daß das die rechte Stellung für ihn war, und verharrte so einige Zeit, die Seele in ein Gebet zu Gott versunken. Er richtete sich halb auf, erschauernd, eiskalt, verpestet, gebückt unter dem Sterbenden, den er schleppte, triefend vor Schlamm, die Seele von einem seltsamen Licht erfüllt.

VII

Bisweilen strandet man, wenn man glaubt, gelandet zu sein

Nochmals trat er seinen Weg an. Hatte er auch sein Leben in dem Spalt nicht gelassen, so schien er doch seine Kraft dort gelassen zu haben. Dieser letzte Kampf hatte sie aufgebraucht. Seine Müdigkeit war jetzt so groß, daß er alle drei oder vier Schritte Atem holen mußte und sich an die Mauer lehnte. Einmal war er genötigt, sich auf das Bankett zu setzen, um Marius anders zu fassen, und er glaubte, er könne nicht weiter. Aber wenn seine physische Kraft erschöpft war, die Kraft seines Willens war es nicht. Er erhob sich wieder.

Er ging verzweiflungsvoll, fast schnell, machte etwa hundert Schritte, ohne aufzusehen, fast ohne zu atmen, und plötzlich rannte er gegen eine Wand an. Er war an einer Krümmung des Kanals und hatte, als er, das Gesicht nach unten, die Beuge berührte, die Mauer getroffen. Er blickte um sich und bemerkte am Ende des Ganges, dort hinten vor sich, fern, sehr fern, einen Lichtschein. Diesmal war es nicht das schreckliche Licht; es war das gute weiße Licht. Es war der Tag. Jean Valjean sah den Ausgang.

Ein Verdammter, der inmitten der Glut plötzlich den Ausgang der Hölle sähe, würde empfinden, was Jean Valjean empfand. Aufgewühlt flöge die Seele des Verdammten mit dem Stumpf ihrer verbrannten Flügel dem strahlenden Tor entgegen. Jean Valjean schüttelte die Ermüdung ab; er fühlte das Gewicht von Marius nicht mehr; er hatte seine stählernen Gelenke wieder. Er lief eher, als daß er marschierte. Je näher er kam, desto schärfer zeichnete sich der Ausgang vor ihm ab. Es war ein gerundeter Bogen, weniger hoch als das Gewölbe, das nach und nach schrumpfte, und weniger breit als die Galerie, die, indes das Gewölbe sich senkte, sich zusammenzog. Der Tunnel endete wie das Innere eines Trichters, eine fehlerhafte Verengung, den kleinen Türen der Gefängnisse nachgeahmt, logisch in einem Kerker, unlogisch in einem Kanal. Die Anlage ist später verbessert worden.

Jean Valjean stand vor dem Ausgang. Er hielt an. Wohl war es der Ausgang, aber er konnte nicht hindurch. Der Bogen war mit einem starken Gitter versperrt, und augenscheinlich haftete das Gitter, das sich selten in seinen oxydierten Angeln drehte, an seiner steinernen Umkleidung durch ein dickes Schloß, das, rot von Rost, einem großen Ziegel glich. Man sah das Schlüsselloch und den plumpen Riegel, der tief in die eiserne Schließplatte gesenkt war. Das Schloß war sichtlich doppelt verschlossen. Es war eines der Bastillenschlösser, die man im alten Paris verschwenderisch anbrachte. Jenseits des Gitters die Luft des hellen Tages, der Fluß, das Steilufer, das sehr schmal war, aber hinreichte, um es zu erklettern, die fernen Kais, Paris, der Abgrund, in dem man verschwinden konnte, der weite Horizont, die Freiheit. Man erkannte zur Rechten, flußabwärts, die Jenabrücke und zur Linken, flußaufwärts, die Brücke der Invaliden. Die Gegend war günstig, die Nacht zu erharren und zu entwischen. Es war eine der einsamsten Örtlichkeiten von Paris, das Ufer gegenüber Gros-Caillou. Die Mücken flogen durch die Stäbe des Gitters ein und aus. Es mochte halb neun Uhr abends sein. Das Licht wurde schwächer.

Jean Valjean legte Marius an der Mauer nieder, auf dem trokkenen Teil des Kanalbodens, dann ging er zu dem Gitter und packte mit beiden Fäusten krampfhaft die Eisenstäbe. Er rüttelte wie rasend, das Gitter wankte nicht. Jean Valjean ergriff die Stäbe, einen nach dem anderen, in der Hoffnung, den am wenigsten festen losreißen und als Hebel benutzen zu können, um die Tür zu lockern oder das Schloß zu zerbrechen. Keiner der Stäbe bewegte sich. Die Zähne eines Tigers konnten in ihren Höhlen nicht fester sitzen. Heben, Anziehen war nicht möglich. Das Hindernis war unbesiegbar. Kein Mittel, die Tür zu öffnen.

Sollte er hier enden? Was konnte er tun? Was sollte werden? Umzukehren, die erschreckende Reise, die er schon bewältigt hatte, von neuem beginnen: Es ging über seine Kraft. Im übrigen, wie sollte er nochmals das Schlammloch überqueren, das er nur durch ein Wunder bezwungen hatte? Und nach dem Schlammloch, war da nicht noch jene Ronde der Polizei, der er kaum ein zweites Mal entkam? Und wohin? Welche Richtung sollte er einschlagen? Dem Hang nachgehen hieß nicht in der Zielrichtung gehen. Wenn er zu einem anderen Ausgang gelangte, fand er auch ihn vielleicht durch einen Spund oder ein Gitter verrammelt. Alle Ausgänge waren zweifellos ähnlich zugesperrt. Ein Zufall hatte das Gitter, durch das er eingetreten war, vom Kitt gelöst, aber alle anderen Kanalöffnungen waren verschlossen. Nur der Ausbruch in einen Kerker war ihm geglückt.

Es war vorbei. Alles, was Jean Valjean getan hatte, schien zwecklos. Gott wollte es nicht.

Sie waren im düsteren, unermeßlichen Netz des Todes gefangen, und Jean Valjean fühlte über diese schwarzen, in der Finsternis zitternden Fäden die entsetzliche Spinne laufen. Er wandte dem Gitter den Rücken und fiel auf die Steine, mehr zu Boden geschmettert als sitzend, neben den noch immer reglosen Marius. Sein Kopf beugte sich zwischen seine Knie nieder. Kein Ausgang. Es war der letzte Tropfen, der die Angst zum Überströmen brachte.

Wessen gedachte er in dieser tiefen Trostlosigkeit? Er dachte weder an sich noch an Marius. Er dachte an Cosette.

VIII

Der zerfetzte Rockschoß

In dieser Vernichtung spürte er eine Hand auf seiner Schulter, und eine Stimme sagte leise zu ihm: »Halbpart!«

War da jemand in diesem Schattendunkel? Nichts ähnelt so wie die Verzweiflung dem Traum. Jean Valjean glaubte zu träumen. Er hatte keine Schritte gehört. Konnte das sein? Er sah auf. Ein Mann stand vor ihm. Der Mann hatte eine Bluse an. Er war barfuß. Seine Schuhe trug er in der linken Hand. Er hatte sie wohl ausgezogen, um zu Jean Valjean gelangen zu können, ohne daß seine Schritte vernehmbar waren. Jean Valjean zauderte nicht eine Minute. Diese Begegnung hatte er nicht erwartet, den Mann kannte er. Der Mann war Thénardier.

Obschon sozusagen jählings geweckt, gewann Jean Valjean,

der gegen Überraschungen gefeit und des Krieges gegen Überfälle, die schnelle Abwehr heischen, kundig war, alsbald die Geistesgegenwart wieder. Schlimmer konnte die Situation für ihn nicht werden. Über einen gewissen Grad der Not hinaus ist nur ein Decrescendo möglich, und sogar Thénardier konnte die Schwärze dieser Nacht nicht mehr steigern.

Ein Moment gespannter Stille. Thénardier führte die rechte Hand als Augenschirm an die Stirn, dann zog er blinzelnd die Brauen zusammen, was mit einem leichten Verkneifen der Lippen die genaue Aufmerksamkeit eines Menschen verrät, der einen anderen zu erkennen sucht. Er hatte keinen Erfolg damit. Nicht nur, daß Jean Valjean vom Licht abgewandt war, er wurde durch seine Entstellung durch Schlamm und Blut unerkennbar, und wäre es auch am hellen Mittag gewesen. Im Gegensatz hierzu war Thénardiers Gesicht von dem Schein durch das Gitter, von der fahlen, aber scharfen Helligkeit des Tunnels für die Augen Jean Valjeans sofort greifbar. Diese Ungleichheit der Bedingungen genügte, um Jean Valjean in dem geheimnisvollen Duell, das zwischen zwei Männern und in ihrer Lage nun anheben sollte, einigen Vorteil zu sichern. Es begegneten sich der verhüllte Jean Valjean und der entlarvte Thénardier. Daß dieser ihn nicht erkannte, wurde sich Jean Valjean ohne Verzögerung bewußt.

Kurz betrachteten sie sich im Zwielicht, als mäßen sie sich. Thénardier brach zuerst das Schweigen: »Wie willst du da hinauskommen?«

Jean Valjean antwortete nicht. Thénardier sagte weiter: »Unmöglich, die Tür mit dem Dietrich zu knacken. Aber du mußt doch hinaus.«

»Jawohl«, sagte Jean Valjean.

»Na, dann halbpart!«

»Was meinst du damit?«

»Du hast den Menschen kaltgemacht, gut. Ich habe den Schlüssel.« Thénardier wies mit dem Finger auf Marius. »Ich kenne dich nicht«, fuhr er fort, »aber ich will dir helfen. Du bist ja einer von uns.« Jean Valjean begann zu verstehen. Thénardier hielt ihn für einen Mörder.

»Horch mal, Kamerad«, sagte Thénardier, »du hast den Menschen doch nicht kaltgemacht, ohne nachzusehen, was er in der

Tasche hatte. Gib mir die Hälfte ab! Ich schließe die Tür auf.« Und er holte aus seiner durchlöcherten Bluse einen großen Schlüssel und fügte hinzu: »Willst du den Schlüssel sehen, mit dem du türmen kannst? Da.«

Jean Valjean war so fassungslos, daß er nicht glauben wollte, was er sah. Fürchterlich zeigte sich die Vorsehung, und der gute Engel entstieg in Gestalt Thénardiers der Erde.

Thénardier steckte die Hand in eine breite, unter seiner Bluse verborgene Tasche, zog ein Seil heraus und reichte es Jean Valjean. »Hier«, sagte er, »den Strick geb ich dir obendrein.«

»Wozu einen Strick?«

»Du mußt auch einen Stein haben, aber den findest du draußen. Da liegt eine Masse Schutt.«

»Wozu einen Stein?«

»Dummkopf, du wirst den Stoffel in den Fluß schmeißen, dafür mußt du einen Strick und einen Stein haben, sonst schwimmt das auf dem Wasser.«

Jean Valjean nahm mechanisch das Seil. Thénardier schnalzte mit den Fingern, als käme ihm plötzlich eine Idee. »Ach, Kamerad, wie hast du aus dem Loch da rausgefunden? Ich habe mich nicht hineingetraut. Puh! Wohlriechen tust du nicht.« Nach einer Pause fügte er hinzu: »Ich frage dich, aber du hast recht, wenn du mir nicht antwortest. So lernt man für die verflixte Viertelstunde vor dem Untersuchungsrichter. Und wenn man gar nicht redet, riskiert man nicht, zu laut zu reden. Egal, du darfst nicht glauben, weil ich dein Gesicht nicht sehe und deinen Namen nicht weiß, wüßte ich nicht, wer du bist und was du willst. Kennen wir! Du hast den Herrn ein bißchen beschädigt; jetzt möchtest du ihn irgendwohin verstauen. Dazu soll dir der Fluß verhelfen, der große Hehler. Ich werde dich herausreißen. Einem Ganoven beizuspringen, das ist mein Fall.«

Obzwar er das Schweigen Jean Valjeans billigte, war er deutlich bemüht, ihn zum Reden zu bringen. Er faßte ihn bei der Schulter, um vielleicht sein Profil zu sehen, und rief, jedoch ohne über die Lautstärke, die er seiner Stimme verlieh, hinauszugehen: »Sag mal, ein schöner Idiot bist du, warum hast du den Menschen denn nicht in das Loch geworfen?«

Jean Valjean schwieg noch immer. Thénardier zupfte den Lumpen, der ihm als Krawatte diente, daß er noch höher kam als sein Adamsapfel, und vervollständigte mit dieser Geste das Bild, das er von dem überlegenen Gebaren eines ernsten Mannes hatte. »Na, mag sein, daß du dich klug benommen hast. Die Arbeiter hätten wohl, wenn sie morgen kämen, in dem Loch nachzugraben, den vergessenen Hampelmann gefunden, und dann hätten die Schnüffler, Faden um Faden, die Spur ausgeforscht und hätten zuletzt dich ertappt. Es ist einer in den Kanal gestiegen. Wer? Wo ist er rausgekommen? Hat man ihn rauskommen sehn? Die Polizei hat Grips. Der Kanal quatscht, verpfeift einen. So ein Fund ist eine Seltenheit, da müssen sie hinterher sein. Wenig Leute arbeiten mit dem Kanal, während der Fluß allen gehört. Der Fluß ist die eigentliche Totengrube. Und nach einem Monat wird der Mann bei Saint-Cloud herausgefischt. Was ist da viel los? Ein Kadaver, wenn schon! Wer hat den Menschen getötet? Paris. Und die Justiz meldet so was nicht einmal. Du hast richtig gehandelt.«

Je geschwätziger Thénardier war, desto erstorbener Jean Valjean. Wieder schüttelte Thénardier ihm die Schulter. »Jetzt zu unserem Geschäft. Wir wollen teilen. Du hast meinen Schlüssel gesehen, zeig mir dein Geld!«

Thénardier benahm sich scheu, raubtierhaft, verdächtig, ein wenig drohend und dennoch freundschaftlich. Etwas war sonderbar: daß sein Benehmen der Klarheit entbehrte. Ihm schien unbehaglich zumute zu sein. Indes er Offenheit heuchelte, flüsterte er. Von Zeit zu Zeit hielt er den Finger an den Mund und raunte: »Pst!« Es war schwer zu erraten, warum. Niemand war da als sie beide. Jean Valjean dachte, vielleicht seien in irgendeinem nicht fernen Winkel andere Banditen verborgen und Thénardier wünsche nicht, mit ihnen zu teilen.

»Kommen wir also zum Schluß!« sagte er. »Wieviel hatte der Stoffel in den Taschen?«

Jean Valjean griff in die seinen. Das düstere Leben des Zwanges zum Selbstschutz, das sein Los war, gebot ihm, stets Geld bei sich zu haben. Diesmal war er ohne Barschaft. Als er am Abend zuvor seine Nationalgardistenuniform anzog, hatte er, in Gedanken versunken, es verabsäumt, seine Brieftasche einzustecken. Er hatte nur etwas Kleingeld in seiner Weste. Das belief sich auf etwa dreißig Francs. Er stülpte seine vom Schlamm besudelte Westentasche um und breitete auf dem Bankett des Kanals einen

Louisdor, zwei Fünffrancstücke und fünf oder sechs Doppelsous aus.

Thénardier verzog mit einer bezeichnenden Verdrehung seines Halses die Unterlippe. »Du hast bei dem Mord nicht viel einkassiert«, sagte er. Er betastete aufs vertraulichste die Taschen von Jean Valjean und von Marius. Jean Valjean, dessen Bestreben vor allem war, sich vom Licht abzuwenden, ließ ihn gewähren. Als er den Rock von Marius in der Hand hatte, gelang es Thénardier mit der Geschicklichkeit eines Artisten, ohne daß Jean Valjean es beobachtete, einen Fetzen Tuch abzureißen, den er unter seiner Bluse verbarg. Er dachte wohl, dieses Stück Stoff könne ihm später von Nutzen sein, den Ermordeten und den Mörder zu erkennen. Er fand im übrigen nichts außer den dreißig Francs. »Wirklich«, sagte er, »ihr beide im Huckepack habt nicht mehr!« Und das »halbpart« vergessend, strich er alles ein. Er zauderte ein wenig vor den Doppelsous und sann nach. Dann nahm er auch sie und murrte: »Gleichviel! Als Mord ist das zu wohlfeil!«

Wieder holte er unter seiner Bluse den Schlüssel hervor. »Jetzt, Freund, mußt du raus. Es ist hier wie auf dem Jahrmarkt, am Ausgang wird gezahlt. Du hast bezahlt, so geh!« Er lachte. Hatte er, wenn er einem Unbekannten mit dem Schlüssel half und einen anderen durch die Tür entweichen ließ, die reine, selbstlose Absicht, einen Mörder zu retten? Man durfte es bezweifeln.

Thénardier stand Jean Valjean bei, als dieser Marius wieder auf seine Schulter nahm, dann schritt er auf den Spitzen seiner nackten Füße dem Gitter zu. Er winkte Jean Valjean, ihm zu folgen, spähte hinaus, legte den Finger an den Mund und schien einige Sekunden nachzusinnen. Dann steckte er den Schlüssel in das Loch. Der Riegel glitt zur Seite, die Tür drehte sich, ohne Krachen, ohne Knirschen, sehr sacht. Augenscheinlich öffneten sich dieses Gitter und diese Angeln, sorgfältig geölt, häufiger, als man gedacht hätte. Diese Sachtheit war unheimlich; man merkte daran das verstohlene Gehen und Kommen, das stille Hin und Her der Nachtmenschen, die Wolfstritte des Verbrechens. Der Kanal hatte sichtlich Gemeinschaft mit einer dunklen Bande. Dieses verschwiegene Gitter war mit ihnen im Komplott.

Thénardier öffnete die Tür nur so weit, daß sie Jean Valjean durchließ, schloß das Gitter wieder, drehte den Schlüssel zweimal im Schloß um und tauchte in der Finsternis unter, ohne mehr Geräusch zu verursachen, als ein Atemhauch hinterläßt. Anscheinend lief er auf den samtenen Pranken des Tigers. Im nächsten Moment hatte das Unsichtbare ihn verschluckt. Jean Valjean sah sich draußen.

IX

Marius macht den Eindruck eines Toten auf jemanden, der etwas davon versteht

Am Ufer ließ er Marius niedergleiten. Sie waren draußen. Die Fäulnis, das Dunkel, das Grauen lagen hinter ihm. Der gesunde, reine, lebende, helle Äther, den er in Freiheit einatmen konnte, umflutete ihn. Überall um ihn Schweigen, aber das reizvolle Schweigen der Sonne, die inmitten des blauen Himmels untergegangen ist. Die Dämmerung war angebrochen; die Nacht kam, die große Befreierin, die Freundin all derer, die eines Schattenmantels bedürfen, um eine Angst loszuwerden.

Der Himmel bot sich von allen Seiten wie grenzenlose Beruhigung dar. Die Flußwellen näherten sich Jean Valjeans Füßen leise wie ein Kuß. Man hörte von den Nestern den lustigen Dialog der Vögel, die sich unter den Rüstern der Champs-Élysées gute Nacht sagten. Ein paar Sterne, die schwach das blasse Blau des Zenits durchstachen und allein den Schwärmenden sichtbar waren, schimmerten im Unermeßlichen als kleine, kaum wahrnehmbare Glanzpunkte. Der Abend entfaltete über dem Kopf von Jean Valjean alle Süßigkeit des Unendlichen. Es war die ungewisse, köstliche Stunde, die weder Ja noch Nein ist. Schon war Nacht genug, daß man sich auf einige Entfernung darin verlieren konnte, und noch Tag genug, um sich aus der Nähe zu erkennen.

Jean Valjean war mehrere Sekunden von all dieser erhabenen zärtlichen Heiterkeit ohne Widerstand besiegt. Es gibt solche Augenblicke des Vergessens. Das Leid verzichtet darauf, den Unglücklichen zu quälen. Alle Gedanken verflüchtigen sich. Friede bedeckt den Träumer wie eine Nacht; und unter der strahlenden

Dämmerung ahmt die Seele den erleuchteten Himmel nach und besternt sich. Jean Valjean konnte nicht anders, er mußte den weiten, hellen Schatten über sich betrachten. Gedankenvoll badete er im majestätischen Schweigen des ewigen Himmels, in der Ekstase des Gebets. Dann neigte er sich, als ob er sich seiner Pflicht erinnere, zu Marius, schöpfte mit hohler Hand Wasser und sprengte ihm sanft einige Tropfen ins Antlitz. Die Lider von Marius hoben sich nicht; jedoch sein halboffener Mund atmete.

Wieder wollte Jean Valjean mit der Hand in den Fluß tauchen, da fühlte er plötzlich Beklommenheit, wie man sie hat, wenn jemand, ohne daß man ihn sieht, hinter einem steht. Er wandte sich um.

Wie vorhin war tatsächlich jemand hinter ihm. Ein hochgewachsener Mann in langem Überrock, die Arme gekreuzt, mit einem Totschläger in der Faust, dessen Bleiknauf man sah, stand wenige Schritte hinter Jean Valjean, der sich über Marius bückte. Er war mit Hilfe des Schattens wie eine Erscheinung. Ein schlichter Mensch hätte sich wegen der Dämmerung gefürchtet, ein argwöhnischer wegen des Totschlägers.

Jean Valjean erkannte sofort Javert. Kein anderer als Javert hatte Thénardier gehetzt. Nach seiner unverhofften Befreiung aus der Haft in der Barrikade war Javert in die Polizeipräfektur gegangen, hatte dem Präsidenten in Person in einer kurzen Audienz mündlich Bericht erstattet und dann sofort seinen Dienst wiederaufgenommen. Ihm oblag nach jenem bei ihm gefundenen Befehl das Amt, die Böschung des rechten Ufers an den Champs-Élysées zu überwachen, das seit einiger Zeit die Polizei beschäftigte. Dort hatte er Thénardier gesehen und war ihm gefolgt. Das übrige ist bekannt. Auch daß er das Gitter so bereitwillig vor Jean Valjean öffnete, war ein Trick Thénardiers. Thénardier fühlte, daß Javert noch da war. Ein Mann, der belauert wird, hat eine unbeirrbare Witterung. Diesem Spürhund mußte man einen Knochen vorwerfen. Ein Mörder, was für ein Jagdglück! Etwas muß stets geopfert werden. Wenn Thénardier Jean Valjean statt seiner hinausbeförderte, verschaffte er der Polizei eine Beute, setzte sie von seiner Fährte ab, erreichte, daß er über einem interessanten Abenteuer vergessen wurde, und belohnte Javert für seine Geduld, was einem Spion immer schmeichelt. Für sich selbst heimste er dreißig Francs ein und gedachte, indem er ihn so ablenkte, zu entrinnen.

Jean Valjean war nicht an der ersten, nun aber an der zweiten Klippe gestrandet. Diese beiden Begegnungen, so schnell hintereinander, mit Thénardier, dann mit Javert, waren ein rauhes Erlebnis. Javert erkannte Jean Valjean nicht, der sich nicht mehr glich. Er kreuzte nach wie vor die Arme, sicherte mit unauffälliger Bewegung seinen Totschläger in seiner Faust und sagte mit knapper, ruhiger Stimme: »Wer sind Sie?«

»Ich.«

»Wer, Sie?«

»Jean Valjean.«

Javert nahm seinen Totschläger zwischen die Zähne, beugte die Kniekehlen, dann seinen Rumpf, legte seine beiden mächtigen Hände auf die Schultern Jean Valjeans, die in sie eingespannt wurden wie in Schraubstöcke, prüfte ihn und erkannte ihn. Fast berührten sich ihre Gesichter. Javerts Blick war schrecklich.

Jean Valjean regte sich in der Umarmung Javerts nicht, wie ein Löwe, der die Klaue eines Luchses an sich duldet. »Inspektor Javert«, sagte er, »Sie haben mich. Im übrigen sehe ich mich seit heute morgen als Ihren Gefangenen an. Ich habe Ihnen meine Adresse nicht gegeben, weil ich Ihnen zu entkommen suchte. Nehmen Sie mich mit! Aber erfüllen Sie mir eine Bitte!«

Javert schien nicht zu hören. Er starrte Jean Valjean an. Seine Kinnfalte verschob seine Lippen der Nase zu, was ein Zeichen unwirschen Nachdenkens war. Endlich ließ er Jean Valjean los, reckte sich, faßte den Totschläger noch fester, und wie im Traum murmelte er mehr die Frage, als daß er sie aussprach: »Was tun Sie da? Und was ist das für ein Mensch?« Er blieb dabei, Jean Valjean nicht wie bisher zu duzen.

Jean Valjean antwortete, und der Klang seiner Stimme schien Javert zu empören: »Gerade über ihn wollte ich mit Ihnen reden. Verfügen Sie über mich, wie es Ihnen gefallen wird; aber helfen Sie mir, ihn nach Hause zu tragen. Nur darum bitte ich Sie!«

Javerts Gesicht zog sich zusammen, wie ihm das jedesmal widerfuhr, wenn man glaubte, er sei einer Konzession fähig. Indes sagte er nicht nein. Er beugte sich nochmals, zog aus seiner Tasche ein Schnupftuch, das er in das Wasser tauchte, und wischte die blutige Stirn von Marius ab. »Der Mann war auf der Barrikade«, sagte er halblaut, wie im Selbstgespräch. »Er wurde Marius genannt.«

Der Spion von erstem Rang hatte alles beobachtet, auf alles gelauscht und alles in sich aufgenommen, da er wähnte, er müsse sterben. Er spitzelte sogar im Todeskampf, und noch als er an der untersten Stufe des Grabes stand, hatte er sich im Geist Notizen gemacht. Er ergriff die Hand von Marius und suchte nach seinem Puls.

»Er ist verwundet«, sagte Jean Valjean.

»Er ist tot«, erwiderte Javert.

Jean Valjean antwortete: »Nein, noch nicht.«

»Sie haben ihn also von der Barrikade hergebracht?« fragte Javert. Er war zweifellos sehr in Gedanken, wenn er sich bei dieser beunruhigenden Rettung durch den Kanal nicht aufhielt und nicht einmal das Schweigen Jean Valjeans nach seiner Frage bemerkte.

Jean Valjean seinerseits schien nur an eines zu denken. »Er wohnt«, sagte er, »im Marais, Rue des Filles-du-Calvaire, bei seinem Großvater ... Den Namen weiß ich nicht mehr.«

Jean Valjean durchsuchte den Rock von Marius, holte die Brieftasche heraus, nahm das Blatt, das Marius bekritzelt hatte, und reichte es Javert. Noch hing in der Luft so viel Helligkeit, daß man lesen konnte. Außerdem hatte Javert in seinen Augen das phosphoreszierende Glimmen der Katzen und der Nachtvögel. Er entzifferte die wenigen von Marius geschriebenen Zeilen und brummte: »Gillenormand, Rue des Filles-du-Calvaire Nummer 6.« Dann rief er: »Kutscher!« Eine Droschke wartete wie üblich darauf, daß die Polizei sie brauchte. Javert behielt die Brieftasche von Marius.

Einen Moment später stand der Wagen, der über die Rampe der Tränke hinabfuhr, an der Böschung. Marius wurde auf die rückwärtige Bank gelegt, und Javert setzte sich neben Jean Valjean auf die Vorderbank. Als die Tür geschlossen war, entfernte sich die Droschke rasch über die Boulevards in Richtung der Bastille.

Sie verließen die Kais und kamen in die Straßen. Der Kutscher, eine schwarze Silhouette auf seinem Sitz, peitschte die mageren Pferde. Eisiges Schweigen in der Droschke. Marius schien, reglos, mit dem Rumpf an die hintere Ecke gelehnt, den Kopf auf die Brust gesenkt, mit baumelnden Armen und starren Beinen, nur noch eines Sarges zu bedürfen. Jean Valjean war wie aus Schatten, Javert wie aus Stein. Und in diesem nachtdunklen Wagen, dessen Inneres, sooft er an einer Laterne vorbeiglitt, sich wie unter einem Blitz fahl und bleich auftat, vereinigte der düstere Zufall, als konfrontiere er sie, die drei tragischen Unbeweglichkeiten: den Leichnam, das Gespenst und die Statue.

X

Rückkehr des verlorenen Sohnes

Bei jedem Gerüttel auf dem Pflaster fiel ein Blutstropfen aus dem Haar von Marius. Es war tiefe Nacht, als die Droschke vor der Nummer sechs der Rue des Filles-du-Calvaire anlangte. Javert stieg als erster aus, prüfte mit einem Blick die Zahl über dem Torweg, hob den schmiedeeisernen Klöppel, den nach alter Mode die Bilder eines Bockes und eines Satyrs schmückten, die sich zankten, und schlug kräftig an. Der Torflügel öffnete sich halb. Javert stieß ihn auf. Der Portier zeigte sich halb, gähnend, nicht ganz wach, in der Hand eine Kerze.

Alles schlief im Hause. Man geht im Marais früh zu Bett, besonders in den Tagen eines Aufstandes. Dieses gute alte Viertel, durch die Revolution erschreckt, flüchtet in den Schlaf, wie die Kinder, wenn sie den Nachtkobold heranschlürfen hören, schnell ihren Kopf unter der Decke verstecken.

Indessen zogen Jean Valjean und der Kutscher Marius aus der Droschke. Jean Valjean hielt ihn unter den Achseln und der Kutscher unter den Kniekehlen. Während Jean Valjean ihn so trug, schob er ihm die Hand unter die Kleider, die breite Risse hatten, befühlte ihm die Brust und überzeugte sich, daß das Herz noch pochte. Es schlug sogar etwas weniger schwach, als hätte das Rumpeln des Wagens eine gewisse Wiederaufnahme des Lebens gefördert.

Javert forschte den Portier in dem Ton aus, der sich für die Regierung ziemt und zumal gegenüber dem Hausmeister eines Aufwieglers: »Heißt da jemand Gillenormand?«

»Wohnt hier. Was soll er?«

»Sein Sohn wird zurückgebracht.«

»Sein Sohn?« fragte der Portier verblüfft.

»Er ist tot.«

Jean Valjean, der zerlumpt und befleckt Javert nachfolgte und den der Portier mit einem Schauder ansah, winkte ihm zu, das sei nicht so. Der Portier schien weder die Worte von Javert noch das stumme Zeichen von Jean Valjean zu verstehen.

»Er ist auf die Barrikade gegangen«, fuhr Javert fort, »und jetzt ist er hier.«

»Auf die Barrikade!« rief der Portier.

»Er hat sich töten lassen. Wecken Sie den Vater!« Der Portier rührte sich nicht.

»Na los!« drängte Javert. »Morgen wird hier ein Begräbnis sein.«

Für Javert waren die gewöhnlichen Zwischenfälle der Straße kategorisch in Klassen eingeteilt, was der Beginn der Voraussicht und der Überwachung ist, und jede Möglichkeit hatte ihr Fach. Die Ereignisse, mit denen zu rechnen war, lagen in Schubladen, denen sie bei Gelegenheit in veränderlicher Zahl entnommen wurden. Auf der Straße gab es Lärm, Aufruhr, Karneval und Begräbnis.

Der Portier beschränkte sich darauf, Basque zu wecken, dieser weckte Nicolette, und Nicolette weckte die Tante Gillenormand. Den Großvater ließ man schlafen, in der Erwägung, er werde die Sache noch früh genug hören.

Man schaffte Marius in den ersten Stock, ohne daß jemand in den anderen Räumen des Hauses etwas merkte, und legte ihn im Vorzimmer von Herrn Gillenormand auf ein altes Kanapee. Und indes Basque einen Arzt holte und Nicolette die Wäscheschränke öffnete, spürte Jean Valjean, daß Javert ihm auf die Schulter klopfte. Er begriff und stieg die Treppe hinunter. Ihm folgte Javerts Schritt.

In angstvoller Schläfrigkeit sah der Portier sie gehen, wie er sie vorhin ankommen sah.

Sie stiegen wieder in die Droschke, der Kutscher kletterte auf seinen Sitz. »Inspektor Javert«, sagte Jean Valjean, »gewähren Sie mir noch eine Bitte!«

»Welche?« fragte Javert barsch.

»Erlauben Sie, daß ich einen Moment meine Wohnung betrete! Dann können Sie mit mir machen, was Sie wollen.«

Javert schwieg einige Augenblicke, das Kinn an den Kragen seines Überrocks gezwängt, dann ließ er die vordere Scheibe herunter. »Kutscher«, sagte er, »Rue de l'Homme-Armé Nummer sieben.«

XI

Erschütterung im Absoluten

Während der ganzen Fahrt, die nun begann, brachten sie die Zähne nicht auseinander. Was bezweckte Jean Valjean? Zu Ende zu führen, was er eingeleitet hatte; Cosette zu benachrichtigen, ihr zu sagen, wo Marius war, ihr vielleicht durch sonst einen Hinweis zu nützen und, wenn er konnte, gewisse letzte Maßnahmen zu treffen. Für ihn persönlich war es aus. Javert hatte ihn verhaftet, und er widersetzte sich nicht. Ein anderer hätte wohl in dieser Situation dumpf an den Strick gedacht, den Thénardier ihm gegeben hatte, und an die Eisenstangen der ersten Zelle, in die er geschafft werden sollte. Aber seit der Begegnung mit dem Bischof empfand Jean Valjean vor jedem Attentat, und sei es gegen ihn selbst, ein tiefes Zögern um der Religion willen. Der Selbstmord, diese mysteriöse Gewalttat gegen das Unbekannte, die in gewissem Sinne den Tod der Seele bedeuten kann, war für Jean Valjean unmöglich.

Am Eingang der Rue de l'Homme-Armé hielt die Droschke, da die Straße zu eng war, als daß Wagen hätten hineinfahren können. Javert und Jean Valjean stiegen aus. Der Kutscher erklärte in Demut dem Herrn Inspektor, daß der Wollplüsch seines Wagens vom Blut des Ermordeten und dem Schmutz des Mörders ganz besudelt seien. So hatte er es aufgefaßt. Er forderte eine Entschädigung. Zugleich zog er aus seiner Tasche ein Dienstbuch und bat den Herrn Inspektor um die Güte, ihm darin eine Bescheinigung auszustellen.

Javert schob das Büchelchen, das ihm der Kutscher reichte, zurück und fragte: »Wieviel brauchst du, Warten und Fahrt eingerechnet?«

»Es sind siebeneinhalb Stunden«, antwortete der Kutscher, »und mein Plüsch war ganz neu. Achtzig Francs, Herr Inspektor.«

Javert holte vier Napoleons aus seiner Tasche und verabschiedete den Kutscher. Jean Valjean glaubte, es sei Javerts Absicht, ihn zu Fuß in eines der nächsten Wachlokale zu bringen, bei den Karmelitern oder bei den Archiven. Sie traten in die Straße ein. Wie zumeist war sie menschenleer. Javert folgte Jean Valjean. Sie kamen zur Nummer sieben. Jean Valjean klopfte. Die Tür öffnete sich. »Gut«, sagte Javert, »gehen Sie hinauf!« Mit seltsamem Ausdruck und als sei es eine Anstrengung für ihn, so zu sprechen, fügte er hinzu: »Ich warte hier auf Sie.«

Jean Valjean blickte Javert an. Diese Handlungsweise war mit den Gewohnheiten Javerts wenig vereinbar. Indes, wenn Javert ihm jetzt ein anmaßendes Vertrauen entgegenbrachte, das Vertrauen der Katze, die der Maus Freiheit auf einem Raum so lang wie ihre Krallen bewilligt, so konnte das Jean Valjean, der bereit war, sich auszuliefern und zum Schluß zu kommen, nicht sehr überraschen. Er stieß die Tür auf, betrat das Haus, rief dem Portier, der zu Bett lag und von dort aus die Schnur gezogen hatte, zu: »Ich bin es.« Dann erstieg er die Treppe.

Im ersten Stock machte er eine Pause. Alle Leidenswege haben Stationen. Das Fenster am Treppenabsatz, ein Schiebefenster, war offen. Wie in vielen alten Häusern empfing die Treppe Licht von der Straße, auf die man sah. Die Straßenlaterne genau gegenüber beschien, wenn auch schwach, die Stufen, was eine sparsame Beleuchtung war.

Jean Valjean beugte, um zu atmen oder mechanisch, den Kopf zum Fenster hinaus. Er sah auf die Straße. Sie ist kurz, und die Laterne erleuchtete sie völlig. Jean Valjean war überrumpelt und wie geblendet. Niemand war mehr da. Javert hatte sich entfernt.

XII

Der Großvater

Basque und der Portier hatten Marius in den Salon getragen. Noch immer war er reglos auf dem Kanapee hingestreckt, auf das man ihn bei der Ankunft gelegt hatte. Der herbeigeholte Arzt war eilends gekommen. Die Tante Gillenormand war aufgestanden. Sie lief verstört hin und her, faltete die Hände und vermochte nur zu jammern: »Ist so was möglich!« Manchmal setzte sie hinzu: »Es wird alles voll Blut werden!« Als das erste Grauen vorüber war, brach eine gewisse, der Situation gemäße Philosophie in ihrem Geiste durch und gab sich in dem Ausruf kund: »So mußte das enden!« Sie ging nicht so weit, zu versichern: »Ich hatte es ja gesagt!«, was in solchen Fällen üblich ist.

Auf Anordnung des Arztes war ein Gurtbett neben dem Kanapee aufgeschlagen worden. Der Arzt untersuchte Marius, und nachdem er sich vergewissert hatte, daß der Puls weiterschlug, daß der Verwundete in der Brust keine tiefere Wunde hatte und das Blut in den Mundwinkeln aus der Nasengrube kam, ließ er ihn platt auf das Bett legen, ohne Kissen, den Kopf in der gleichen Höhe wie den Körper und sogar etwas niedriger, die Brust nackt, um die Atmung zu erleichtern. Als Fräulein Gillenormand sah, daß Marius ausgezogen wurde, zog sie sich zurück. Sie begann in ihrem Zimmer einen Rosenkranz zu beten.

Der Rumpf zeigte keine innere Verletzung. Eine durch die Brieftasche aufgefangene Kugel war abgeirrt und hatte, um die Rippen herumspringend, einen häßlichen Riß hinterlassen, der aber flach und deshalb ungefährlich war. Der lange Weg unter der Erde hatte die Ausrenkung des versehrten Schlüsselbeines vollständig gemacht, und das erzeugte eine ernste Komplikation. Die Arme waren von Säbelhieben getroffen. Kein Hiebmal entstellte das Gesicht; aber der Kopf war wie zerhackt. Was wurde mit diesen Kopfwunden? Blieben sie an der behaarten Lederhaut haften? Oder hatten sie den Schädel geritzt? Noch ließ es sich nicht sagen.

Ein schwerwiegendes Symptom war, daß sie die Ohnmacht bewirkt hatten, und nicht immer erwacht man aus einer solchen Ohnmacht. Auch der Blutsturz hatte den Verwundeten erschöpft. Der Unterleib vom Gürtel ab war durch die Barrikade geschützt worden.

Basque und Nicolette zerrissen Wäsche und verfertigten Binden. Nicolette nähte sie, Basque rollte sie. Da es an zerzupfter Leinwand fehlte, hatte der Arzt das Blut aus den Wunden provisorisch mit Wattebäuschen gestillt. Neben dem Bett brannten drei Kerzen auf einem Tisch, auf dem das Besteck des Chirurgen ausgebreitet war. Der Arzt wusch Marius mit kaltem Wasser Gesicht und Haare. Ein voller Eimer war sogleich rot. Der Portier leuchtete, sein Talglicht in der Hand.

Der Arzt schien traurig nachzudenken. Ab und zu schüttelte

er den Kopf, als beantworte er eine Frage, die er innerlich an sich richtete. Ein schlechtes Zeichen für den Kranken, diese geheimnisvollen Dialoge des Arztes mit sich selbst. Als er gerade das Antlitz des Verwundeten abwischte und die noch immer geschlossenen Augenlider mit dem Finger sacht berührte, öffnete sich im Hintergrund eine Tür, und ein langes, bleiches Gesicht erschien. Es war der Großvater.

Seit zwei Tagen hatte der Aufstand Herrn Gillenormand heftig erregt, empört und mit Sorge erfüllt. Er hatte in der vorigen Nacht nicht schlafen können und den ganzen Tag über Fieber gehabt. Am Abend hatte er sich früh zu Bett gelegt mit dem Auftrag, alles im Haus zu verriegeln, und war vor Müdigkeit eingeschlummert. Die Greise haben einen leichten Schlaf. Das Zimmer von Herrn Gillenormand grenzte an den Salon, und so behutsam man war, das Geräusch hatte ihn geweckt. Da er den Lichtspalt unter seiner Tür sah, hatte er sich aus seinem Bett erhoben und sich näher getastet. Er stand auf der Schwelle, eine Hand am Türschloß der halbgeöffneten Tür, den Kopf ein wenig vorgeneigt und wacklig, den Leib in einen weißen Schlafrock gehüllt, der starr war und faltenlos wie ein Leichentuch, und staunte. Er sah wie ein Gespenst aus, das in ein Grab blickt.

Er bemerkte das Bett und auf der Matratze den blutenden jungen Mann, bleich wie Wachs, die Augen geschlossen, den Mund offen, mit blassen Lippen, nackt bis zum Gürtel, überall von roten Wunden zerschlitzt, unbeweglich, in grellem Licht. Vom Kopf bis zu den Füßen erschauerte der Greis, wie nur verknöcherte Glieder erschauern können. Seine Augen, deren Hornhaut wegen seines hohen Alters gelb war, wurden von einer Art gläserner Spiegelung verschleiert. Sein Gesicht bekam in Sekunden die erdfarbenen Falten, wie sie der Kopf eines Gerippes hat, seine Arme hingen herab, als wäre eine Feder in ihnen gebrochen. Seine Bestürzung verriet sich im Spreizen der Finger seiner alten, zitternden Hände. Seine Knie knickten ein, ließen zwischen den Rändern des Schlafrocks seine armen nackten Beine mit den borstigen weißen Haaren sehen. »Marius!« murmelte er.

»Herr!« sagte Basque, »man hat den Herrn nach Hause gebracht. Er ist auf die Barrikade gegangen und . . .«

»Er ist tot!« rief der Greis mit schrecklicher Stimme. »Ah, der Brigant!« Dann aber straffte eine düstere Verwandlung diesen

Hundertjährigen, als wäre er ein junger Mensch. »Mein Herr«, sagte er, »Sie sind der Arzt. Zuerst sagen Sie mir etwas! Er ist tot, nicht wahr?«

Der Arzt bewahrte in äußerster Unruhe Schweigen. Herr Gillenormand rang unter furchtbarem Gelächter die Hände. »Er ist tot! Er ist tot! Er hat sich auf der Barrikade töten lassen, im Haß auf mich! Gegen mich hat er das getan! Ah, der Blutsäufer! So kommt er zu mir heim. Unglück meines Lebens, er ist tot!«

Er ging zu einem Fenster, öffnete es weit, als ob er erstickte, stand vor dem Dunkel und sprach in die nächtliche Straße hinaus: »Durchbohrt, niedergesäbelt, erwürgt, ausgerottet, zerhackt, in Stücke gehauen! Seht ihn euch an, den Landstreicher! Er wußte, daß ich auf ihn wartete, daß ich sein Zimmer hatte herrichten lassen, daß ich über das Kopfende meines Bettes sein Bild aus der Zeit hatte hängen lassen, als er ein kleines Kind war. Er wußte, daß er nur zurückzukehren brauchte, daß ich seit Jahren nach ihm rief, daß ich abends am Kamin saß, die Hände auf den Knien, ohne zu wissen, was ich tun sollte, und daß ich schon ganz schwachsinnig davon war. Du wußtest es, du brauchtest nur einzutreten und zu sagen: Ich bin's, und dann wärst du Herr im Hause, und ich würde dir gehorchen, und du würdest, was du wolltest, mit deinem Großvater anfangen, dem alten Narren. Du wußtest es und sagtest: Nein, er ist ein Royalist, ich gehe nicht hin! Und du bist auf die Barrikade gegangen und hast dich aus Bosheit töten lassen, als Rache für meine Worte über den Herzog von Berry. Das ist infam! Wünsche Ihnen wohl zu ruhen! Er ist tot. Das ist mein Erwachen.«

Der Arzt, der nach zwei Seiten hin unruhig zu werden begann, ging auf einen Moment von Marius fort, hinüber zu Herrn Gillenormand, und nahm seinen Arm. Der Greis wandte sich um, sah ihn mit Augen an, die vergrößert und blutunterlaufen schienen, und sagte gelassen: »Mein Herr, ich danke Ihnen. Ich bin gefaßt, ich bin ein Mann. Ich habe den Tod Ludwigs XVI. gesehen; ich weiß die Geschehnisse zu ertragen. Aber etwas ist schrecklich: zu denken, daß Ihre Zeitungen an all diesem Unheil schuld sind. Sie schlagen sich mit Federfuchsern herum, Schwätzern, Advokaten, Rednern, Tribunen, Diskussionen, Fortschritt, Aufklärung, Menschenrechten, Pressefreiheit, und so werden einem die Kinder ins Haus gebracht! Ach Marius, es ist ein Fluch! Daß sie ihn getötet haben, daß er vor mir gestorben ist! Eine Barrikade! Ah, der Bandit! Doktor, Sie wohnen in dem Viertel, glaube ich. Oh, ich kenne Sie gut. Ich sehe Sie von meinem Fenster aus in Ihrer Kutsche vorüberfahren. Sie dürfen nicht meinen, ich redete im Zorn. Man hat keinen Zorn auf einen Toten. Das wäre stupid. Ich habe ihn erzogen. Ich war schon alt, als er noch ganz klein war. Er spielte in den Tuilerien mit seiner kleinen Schippe und seinem Stühlchen, und damit die Aufseher ihn nicht schalten, verstopfte ich mit meinem Spazierstock jedesmal die Löcher in der Erde, die er mit seiner Schippe grub. Eines Tages hat er gerufen: Nieder mit Ludwig XVIII.! Und ist gegangen. Ich bin nicht schuld daran. Er war ganz rosig und ganz blond. Seine Mutter ist gestorben. Haben Sie bemerkt, daß alle kleinen Kinder blond sind? Wie kommt das? Er ist der Sohn eines Briganten von der Loire, aber die Kinder sind schuldlos an den Verbrechen ihrer Väter. Ich erinnere mich, wie er so groß war. Er konnte das D nicht aussprechen. Er schwatzte so süß und so dunkel wie ein Vogel. Ich weiß noch, wie man einmal vor dem farnesischen Herakles das Kind umringte, so schön war es. Er hatte einen Kopf wie auf den Gemälden. Ich polterte, ich drohte ihm mit meinem Stock, aber er wußte, daß es zum Spaß war. Morgens, wenn er in meine Stube trat, keifte ich, aber mir ging die Sonne auf. Man kann sich gegen diese Knirpse nicht wehren. Sie nehmen einen, sie halten einen, sie lassen einen nicht mehr los. Die Wahrheit ist, daß kein Kind so herzig war wie dieses. Was sagt ihr jetzt zu euren Lafayettes, euren Benjamin Constants und euren Tirecuir de Corselles'? Sie haben ihn mir getötet. Das kann nicht sein.«

Er näherte sich dem noch immer fahlen und unbeweglichen Marius, zu dem der Arzt zurückgegangen war, und wieder rang er die Hände. Die weißen Lippen des Greises bebten und formten, wie in einem Röcheln gehaucht, fast undeutliche und unhörbare Worte: »Ah, herzloser Bursche! Klubist! Verbrecher! Septembermörder!« Leise Vorwürfe eines Sterbenden für einen Toten.

Allmählich verketteten, da die innere Erregung sich Luft machen muß, seine Worte sich wieder, aber der Greis schien keine Kraft mehr zu haben. So hohl und erloschen klang seine Stimme, als käme sie von jenseits eines Abgrundes. »Nun, auch ich werde bald tot sein. Und dabei gibt es in Paris kein Frauenzimmer, das nicht selig gewesen wäre, diesen Unglücklichen zú beglücken! Der Schlingel, statt sich zu amüsieren und sein Leben zu genießen, geht er hin und kämpft und läßt sich wie ein Vieh niederkartätschen! Und für wen? Wofür? Für die Republik! Statt daß er in der Chaumière tanzt, wie es die Pflicht junger Menschen ist. Da lohnt es sich, zwanzigjährig zu sein. Die Republik, eine schöne, verdammte Dummheit! Arme Mütter, macht nur immer hübsche Jungen! Der hier ist tot. Das gibt zwei Leichenzüge unter dem Torweg. So hast du dich um General Lamarques schöner Augen willen zurichten lassen! Was hatte er dir getan, dieser General Lamarque? Ein Säbelheld! Ein Schwätzer! Sich für einen Toten umbringen zu lassen! Wenn man da nicht verrückt werden soll! Begreifen Sie das, zwanzig Jahre? Und ohne den Kopf umzudrehen und nachzudenken, ob er nichts zurückließ! Jetzt sind die armen Alten gezwungen, allein zu sterben. Krepiere in deinem Winkel, du Eule! Um so besser, ich habe es erhofft, das wird mich glatt töten. Ich bin zu alt, ich bin hundert Jahre alt, hunderttausend Jahre, seit langem habe ich das Recht, tot zu sein. Dieser Schlag hat es geschafft. Es ist aus, welches Glück! Wozu lassen Sie ihn Ammoniak und den ganzen Haufen von Drogen riechen? Verlorene Mühe, Sie Dummkopf von einem Arzt! Er ist tot, ganz tot. Ich kenne mich aus, ich bin auch tot. Er hat keine halbe Arbeit getan. Ja, die Zeit ist infam, und so denke ich von ihr, ihren Ideen, ihren Systemen, ihren großen Gelehrten, ihren Orakeln, ihren Doktoren, ihren Taugenichtsen von Schriftstellern, ihren Lumpen von Philosophen und von allen Revolutionen, die seit sechzig Jahren die Scharen von Raben über den Tuilerien aufscheuchen! Und da du kein Erbarmen hattest, als du dich töten ließest, werde ich nicht einmal über deinen Tod weinen, hörst du, Mörder!«

Da öffnete Marius langsam die Lider, und sein durch lethargisches Staunen noch verschleierter Blick heftete sich auf Herrn Gillenormand. »Marius!« rief der Greis. »Marius, mein kleiner Marius! Mein Kind! Mein geliebter Sohn! Du schlägst die Augen auf, du siehst mich an, du lebst, Dank!« Und ohnmächtig fiel er um.

Viertes Buch
Javert aus der Bahn geschleudert

Schleppenden Schrittes hatte sich Javert von der Rue de l'Homme-Armé entfernt. Er ging mit gesenktem Kopf, zum erstenmal in seinem Leben, und, auch zum erstenmal, die Hände auf dem Rücken. Bisher hatte er von den beiden Haltungen Napoleons nur die angenommen, die Entschlossenheit ausdrückt, die gekreuzten Arme über der Brust. Diejenige, die Unsicherheit ausdrückt, die Vereinigung der Hände hinter dem Rücken, war ihm nicht bekannt. Jetzt war das anders geworden. Sein ganzes Wesen, langsam und düster, war von Angst geprägt.

Er verschwand in stille Straßen. Und doch folgte er einer Richtung. Auf dem kürzesten Weg ging er bis zur Seine, erreichte den Quai des Ormes, ging ihn entlang, schritt über die Grève hinaus und blieb unweit des Wachlokals an der Place du Châtelet, im Winkel der Brücke von Notre-Dame, stehen. Die Seine bildet dort, zwischen der Brücke von Notre-Dame und dem Pont-au-Change einerseits und dem Quai de la Mégisserie und dem Quai aux Fleurs andererseits, eine Art quadratischen Sees, den eine Stromschnelle durchquert. Diese Stelle der Seine wird von den Schiffern gefürchtet. Nichts ist gefährlicher als diese Stromschnelle, die damals durch die Pfähle der heute zerstörten Brükkenmühle eingeengt und voller Wirbel war. Die beiden einander so nahen Brücken vermehren die Gefahr. In furchtbarer Hast schießt die Seine unter ihren Bogen hindurch. Sie rollt lange, schreckliche Falten heran. Das Wasser schwillt und staut sich. Es drängt gegen die Brückenpfeiler, als reiße es mit dicken, flüssigen Stricken daran. Die Menschen, die hineinfallen, erscheinen nicht wieder. Die besten Schwimmer ertrinken dort.

Javert stützte beide Ellbogen auf das Geländer, sein Kinn auf seine Hände, und indes seine Nägel sich, ohne daß er es wußte, in seinen dichten Backenbart krampften, grübelte er. Etwas

Neues, ein Umschwung, eine Katastrophe war in ihm geschehen, und er hatte Grund, über sich nachzusinnen. Javert litt grauenhaft. Seit mehreren Stunden hatte er aufgehört, einfach zu sein. Er war verwirrt. Dieses in seiner Blindheit so klare Hirn hatte seine Durchsichtigkeit verloren. Dieser Kristall war getrübt. Javert fühlte, wie sich in seinem Gewissen die Pflicht in zwei Teile zerlegte, und er konnte sich nicht darüber hinwegtäuschen. Als er am Ufer der Seine Jean Valjean so unvermutet getroffen hatte, war in ihm etwas von dem Wolf gewesen, der seine Beute wieder packt, und von dem Hund, der seinem Herrn wieder begegnet.

Er sah zwei Wege vor sich, die beide gerade waren; aber er sah zwei. Und das erschreckte ihn, der in seinem Leben nur einen einzigen geraden Weg gekannt hatte. Und, quälende Angst, die beiden Wege waren entgegengesetzt! Die eine dieser geraden Linien schloß die andere aus. Welcher Weg war der richtige?

Seine Situation war beispiellos. Sein Leben einem Missetäter zu danken; diese Schuld hinzunehmen und zu entlohnen; auf gleichem Fuß mit einem rückfälligen Verbrecher zu sein und dessen Dienst mit einem anderen zu vergelten; sich von ihm sagen zu lassen: Geh! und ihm hinwieder zuzurufen: Sei frei!; persönlichen Motiven die Pflicht zu opfern, diese allgemeine Bindung, und auch in diesen persönlichen Motiven etwas Allgemeines und vielleicht Höheres zu spüren; die Gesellschaft zu verraten, um seinem Gewissen treu sein zu können: Es schmetterte ihn nieder. Und er empfand, daß alle diese wahnwitzigen Konflikte Wirklichkeit wurden und gehäuft auf ihm lasteten.

Über eines hatte er gestaunt: daß Jean Valjean ihn begnadigte. Und eines ließ ihn zu Stein erstarren: daß er Jean Valjean begnadigt hatte. Was war mit ihm? Er suchte sich und fand sich nicht mehr. Was sollte er tun? Jean Valjean ausliefern war schlecht; ihm die Freiheit zu lassen ebenso schlecht. Tat er das erste, so stürzte der Mensch, der die Staatsautorität verkörperte, tiefer hinab als der Mensch aus dem Bagno. Tat er das zweite, so überwand ein Sträfling das Gesetz und trat es mit den Füßen. Aber wie auch immer: Er, Javert, war entehrt. Und wozu er sich auch entschloß, es war der erniedrigende Zusammenbruch. Das Schicksal hält gewisse extreme Situationen bereit, über die hinaus das Leben nur noch ein Abgrund ist. Javert befand sich in einer solchen extremen Lage.

Ihn ängstigte von jeher der Zwang zu denken. Die Wucht dieser widerspruchsvollen Erregungen nötigte ihn dazu. Das Denken war ungewohnt und besonders schmerzhaft für ihn. Stets ist im Denken eine innere Rebellion, und sie in sich zu fühlen brachte ihn auf.

Das Nachdenken über ein beliebiges Thema außerhalb des engen Kreises seiner Dienstobliegenheiten wäre für ihn in jedem Fall zwecklos und ermüdend gewesen. Doch das Nachdenken über den Tag, der sich neigte, war ihm eine Qual. Nach einer Erschütterung wie der heutigen mußte er jedoch in sein Gewissen schauen und sich über sich selbst Rechenschaft geben. Daß er so gehandelt hatte, flößte ihm Grauen ein. Er, Javert, hatte gegen alle Polizeisatzungen, gegen die gesamte gesellschaftliche und juristische Organisation, gegen alle Paragraphen des Gesetzbuches es für gut erachtet, einen Verhafteten freizulassen. Es hatte ihm so gepaßt. Er hatte seine eigenen Angelegenheiten den öffentlichen unterschoben. War das nicht unglaublich? Sooft er sich mit dieser unsagbaren Tat auseinandersetzte, zitterte er vom Scheitel bis zur Sohle. Wie sollte er sich entscheiden? Eine einzige Lösung blieb ihm: rasch in die Rue de l'Homme-Armé zurückzukehren und Jean Valjean dingfest zu machen. Kein Zweifel, daß er das tun mußte. Er konnte es nicht.

Etwas versperrte ihm nach dieser Seite hin den Weg. Was? Gibt es auf der Welt noch anderes als Gerichtshöfe, Vollstrekkungsurteile, Polizei und Staatshoheit? Javert war außer sich. Ein geheiligter, der Gerechtigkeit entzogener Sträfling! Und Javert dafür verantwortlich! Daß Javert und Jean Valjean, der Mann, der das Amt hatte zu strafen, und der Mann, den die Strafe züchtigen sollte, daß diese beiden Männer, die Gegenstand des Gesetzes waren, sich nun beide über das Gesetz stellten, war das nicht schrecklich? Wie denn! Derartige Ungeheuerlichkeiten ereigneten sich, und niemand sollte sie sühnen? Jean Valjean, stärker als die ganze soziale Ordnung, wurde frei, und er, Javert, aß weiter das Brot der Regierung. Seine Träumerei wurde ihm nach und nach zur Folter.

Wenn er so grübelte, hätte er sich auch wegen des Aufrührers, den er in die Rue des Filles-du-Calvaire zurückgebracht hatte, bezichtigen können, aber an ihn dachte er nicht. Die geringere Verfehlung schwand in der größeren. Im übrigen war dieser Aufrührer offenbar ein Toter, und nach dem Gesetz erlischt die Ahndung durch den Tod. Jean Valjean war die Bürde auf seiner Seele. Jean Valjean war unfaßbar für ihn. Alle Axiome, die sein Leben lang ihm Halt gewesen waren, vor diesem Mann zerbrökkelten sie. Die Großmut Jean Valjeans gegen ihn schlug ihn zu Boden. Andere Begebnisse, an die er sich erinnerte und die er als Lügen und Ausgeburten des Irrsinns eingeschätzt hatte, wurden jetzt zu voller Wirklichkeit. Herr Madeleine erschien hinter Jean Valjean, und die beiden Figuren legten sich übereinander, daß sie zu einer einzigen wurden, die verehrungswürdig war. Javert spürte, daß etwas Gräßliches in seine Seele eindrang, die Bewunderung für einen Sträfling. War Achtung vor einem Galeerensträfling überhaupt möglich? Ihm schauderte davor, und er konnte sich dem nicht entziehen. Umsonst kämpfte er dagegen an, er mußte sich vor dem Richterstuhl in seinem Inneren zu der Erhabenheit, die von diesem Menschen des Elends ausging, bekennen. Das war widerwärtig.

Ein wohltätiger Verbrecher, ein mitfühlender, milder, hilfsbereiter, großmütiger Sträfling, der Böses mit Gutem vergalt, der dem Haß mit Verzeihung begegnete, der das Mitleid der Rache vorzog, der eher zugrunde ging, als daß er seinen Feind zugrunde richtete, der den rettete, der ihn schlug, der auf der Höhe der Tugend kniete und mehr Engel als Mensch war! Javert mußte sich eingestehen, daß dieses Monstrum existierte. Das konnte nicht so weitergehen.

Gewiß, und wir möchten das betonen, hatte er sich nicht widerstandslos diesem Ungeheuer ergeben, diesem ehrlosen Engel, diesem häßlichen Helden, über den er fast ebenso empört wie verblüfft war. Zwanzigmal, als er Jean Valjean im Wagen gegenübersaß, hatte der Tiger des Gesetzes in ihm gebrüllt. Zwanzigmal hatte ihn die Versuchung angewandelt, sich über Jean Valjean zu werfen, ihn zu packen und zu zerreißen, das heißt zu arretieren. Was war einfacher als das? Er brauchte nur dem ersten Posten, an dem sie vorbeifuhren, zuzuschreien: »Der da ist ein rückfälliger Verbrecher; er ist der Polizeiaufsicht entsprungen!« Die Gendarmen konnte er rufen und ihnen erklären: »Der Mann gehört euch!« und dann gehen, den Verdammten ihnen überlassen, sich um das übrige nicht kümmern und sich in nichts mehr einmischen. Der Mensch war auf ewig Gefangener des Gesetzes;

das Gesetz würde mit ihm nach Belieben verfahren. Was war gerechter? Das alles hatte sich Javert gesagt. Er hatte sich darüber hinwegsetzen, handeln, den Mann festnehmen wollen, und dann hatte er es wie jetzt nicht vermocht. Sooft er seine zuckende Hand dem Kragen Jean Valjeans näherte, war sie wie von einem enormen Gewicht beschwert zurückgesunken, und tief in seinem Geist hatte er eine Stimme vernommen, eine seltsame Stimme, die ihn höhnte: Gut, liefere deinen Retter aus! Dann laß dir die Schüssel des Pontius Pilatus bringen und wasche dir die Klauen!

Darauf sann er wieder über sich selbst nach, und neben dem größer gewordenen Jean Valjean sah er sich, den herabgewürdigten Javert. Ein Sträfling war sein Wohltäter!

Aber warum auch hatte er dem Mann gestattet, ihm das Leben zu schenken? Er hatte in jener Barrikade das Recht, getötet zu werden. Von diesem Recht hatte er Gebrauch machen müssen. Die übrigen Aufständischen gegen Jean Valjean zu Hilfe rufen, sich gewaltsam erschießen lassen war immerhin noch besser!

Er hatte die Sicherheit eingebüßt und erschien sich entwurzelt. Die Waffe des Gesetzes war in seiner Hand nur noch ein Stumpf. Er erlag Gewissensbedenken, die er nie gekannt hatte. Eine Offenbarung des Gefühls vollzog sich in ihm, die durchaus verschieden war von der Norm des Gesetzes, seinem bisherigen Maßstab. Weiterhin ehrlich zu bleiben genügte nicht mehr. Eine Menge überraschender Wertungen erhob sich und unterjochte ihn. Eine ganz neue Welt zeigte sich seiner Seele, der Empfang und die Erwiderung von Wohltaten, die Hingabe, das Erbarmen, die Vergewaltigung der Strenge durch das Mitleid, die Duldung von Personen, keine endgültige Verdammung, keine Vernichtung mehr, die Möglichkeit einer Träne im Auge des Gesetzes, eine Gerechtigkeit vor Gott, die das Gegenteil der Gerechtigkeit vor den Menschen ist. In der Finsternis bemerkte er mit Furcht den Anbruch einer Sittlichkeit, deren Sonne er nicht kannte. Es schauderte ihn vor ihr, sie blendete ihn. Die Eule mußte wie ein Adler schauen.

Er sagte sich, daß es doch wahr sei. Es gab Ausnahmen, die Obrigkeit konnte aus der Fassung gebracht werden und die Vorschrift angesichts eines Tatbestandes versagen, nicht alles war vom Wortlaut des Gesetzbuches erfaßt worden, das Unvorhergesehene verschaffte sich Gehorsam, die Tugend eines Sträflings konnte der Tugend eines Beamten eine Falle stellen, das Ungeheuerliche göttlich sein, das Schicksal hielt solche Hinterhalte bereit. Und verzweifelt bedachte er, daß er selber vor einer Überrumpelung nicht sicher gewesen sei. Er war zu der Bestätigung gezwungen, daß die Güte existierte. Dieser Sträfling war gut gewesen und nun auch er selbst. Er fand sich verdorben und feig und verabscheute sich.

Javerts Ideal war es, nicht menschlich, groß oder erhaben, sondern untadelig zu sein. Nun aber hatte er gefehlt.

Wie war es dazu gekommen? Wie hatte all das geschehen können? Er hätte es sich selber nicht zu sagen vermocht. Seinen Kopf nahm er in beide Hände, doch vergeblich, er fand keine Erklärung dafür.

Allerdings hatte er stets beabsichtigt, Jean Valjean dem Gesetz zu überantworten, dessen Gefangener Jean Valjean und dessen Sklave er, Javert, war. Während er ihn in seiner Gewalt hatte, dachte er keinen einzigen Augenblick daran, ihn laufenzulassen. Gewissermaßen ohne sein Wissen hatte seine Hand sich geöffnet und ihn losgelassen.

Alle möglichen neuartigen, rätselhaften Dinge tauchten vor seinen Augen auf. Er stellte sich Fragen und gab sich Antworten, und seine Antworten erschreckten ihn. Er fragte sich: Was tat dieser Sträfling, dieser Verzweifelte, den ich verfolgt, dem ich sogar hart zugesetzt habe und der mich in der Hand hatte und der sich rächen konnte, sich rächen mußte wegen seines Grolls und zugleich um seiner Sicherheit willen, als er mir das Leben schenkte, als er mich begnadigte? Seine Pflicht? Nein. Etwas mehr. Und ich, als ich ihn meinerseits begnadigte, was tat ich da? Meine Pflicht? Nein. Etwas mehr. Es gibt also etwas mehr als die Pflicht? Hier geriet er außer Fassung. Seine Waage kam aus dem Gleichgewicht. Die eine Waagschale sank in den Abgrund, die andere hob sich bis zum Himmel empor. Und Javert entsetzte sich nicht weniger vor der oben als vor der unten. Ohne im geringsten das zu sein, was gemeinhin Voltairianer, Philosoph oder Ungläubiger heißt, empfand er im Gegenteil instinktiv Achtung vor der etablierten Kirche und kannte sie nur als einen erhabenen Teil des gesellschaftlichen Ganzen. Die Ordnung war sein Dogma. Sie genügte ihm. Seit ersten Mannesjahren, von seinem Eintritt bei der Polizei an, hatte er sie als seine Religion betrachtet. Er war, und wir gebrauchen hier die Wörter ohne den leisesten Spott und in ihrer ernstesten Bedeutung, Spion, wie man Priester ist. Er hatte einen Vorgesetzten, den Präfekten Gisquet. Er hatte noch nie an den anderen Vorgesetzten gedacht: Gott. Dieser neue Chef, Gott, er spürte ihn, wo er ihn nicht vermutet hatte, und war durch ihn verwirrt, ratlos über seine unerwartete Anwesenheit. Er wußte nicht, was er mit diesem Vorgesetzten machen sollte, er, dem geläufig war, daß der Untergebene sich immer bücken muß, daß er weder den Gehorsam verweigern noch tadeln, noch angreifen darf, und daß gegenüber einem Vorgesetzten, über den er sich allzusehr wundert, der Untergebene keine andere Hilfe hat als den Abschied. Jedoch wie sollte er Gott seine Demission senden?

Wie dem auch sei, eine Tatsache, und darauf kam er immer wieder zurück, beherrschte für ihn alles andere, nämlich daß er soeben einen entsetzlichen Rechtsbruch begangen hatte. Er hatte bei einem rückfälligen Verbrecher, der sich der Polizeiaufsicht entzogen hatte, beide Augen zugedrückt. Er hatte einen Galeerensträfling freigelassen. Er hatte den Gesetzen einen Mann gestohlen, der ihnen gehörte. Das alles hatte er getan. Er verstand sich nicht mehr. Er war sich seiner selbst nicht sicher. Sogar die Gründe für seine Tat waren ihm entfallen, ihm schwindelte nur davon. Bis jetzt hatte er in diesem blinden Glauben gelebt, den die düstere Redlichkeit hervorbringt. Diesen Glauben verlor er, diese Redlichkeit ließ ihn im Stich. Alles, woran er geglaubt hatte, löste sich auf. Wahrheiten, gegen die er sich sperrte, verfolgten ihn unerbittlich. Künftig mußte er ein anderer Mensch sein. Er litt unter den eigenartigen Schmerzen eines Gewissens, dem plötzlich der Star gestochen worden ist. Er sah, was zu sehen ihm zuwider war. Er fühlte sich leer, unnütz, von seinem vergangenen Leben losgerissen, entlassen, aufgelöst. Die Obrigkeit war in ihm tot. Er hatte keinen Daseinsgrund mehr. Es war schrecklich, erschüttert zu sein.

Granit sein und zweifeln! Das aus einem Stück in der Form des Gesetzes gegossene Standbild der Züchtigung sein und mit einemmal entdecken, daß man in seiner Brust von Bronze etwas Absurdes und Ungehorsames hat, das fast einem Herzen ähnelt! So weit gehen, Gutes mit Gutem zu vergelten, obwohl man sich bis zum heutigen Tag gesagt hat, daß dieses Gute das Böse sei!

Wachhund sein und lecken! Eis sein und schmelzen! Zange sein und eine Hand werden! Plötzlich Finger verspüren, die sich öffnen! Loslassen, wie entsetzlich! Geschoß sein, seine Bahn nicht mehr kennen und zurückweichen!

Sich dies eingestehen müssen: Die Unfehlbarkeit ist nicht unfehlbar, dem Dogma kann ein Irrtum unterlaufen, alles ist nicht gesagt, wenn ein Gesetzbuch gesprochen hat, die Gesellschaft ist nicht vollkommen, die Obrigkeit bleibt vom Wankelmut nicht verschont, ein Wandel im Unwandelbaren ist möglich, die Richter sind Menschen, das Gesetz kann sich täuschen, die Gerichte können sich irren! Einen Riß in der unermeßlichen blauen Scheibe des Firmaments sehen!

Was in Javert vorging, war das Fampoux eines unbeirrbaren Gewissens, eine vom Wege abgebrachte Seele, die Niederlage einer Redlichkeit, die, unwiderstehlich auf eine gerade Linie gebracht, an Gott zerbrach. Es war schon seltsam, daß der Heizer der Ordnung, der Lokführer der Obrigkeit auf dem blinden Eisenroß, das seiner Schiene folgte, durch einen Stoß des Lichtes aus dem Sattel gehoben werden, daß das im Besitz Unstörbare, das Gerade, das Tadellose, das Geometrische, das Passive, das Vollkommene wanken konnte, daß es auch für die Lokomotive einen Weg nach Damaskus gab!

Gott, stets im Menschen und als das wahre Gewissen aufsässig gegen das falsche Gewissen, der nicht verlöschende Funke, der Befehl an den Sonnenstrahl, sich der Sonne zu erinnern, das Gebot für die Seele, die absolute Wahrheit zu erkennen, wenn sie dem imaginären Absoluten gegenübersteht, die Menschlichkeit, die nicht verlorengeht, das unstatthafte menschliche Herz, diese herrliche Erscheinung, das vielleicht schönste unserer innerlichen Wunder – begriff das Javert? Durchschaute er das? War er sich dessen bewußt? Offenbar nicht. Doch unter dem Druck des Unverständlichen, Unumstößlichen spürte er, wie ihm fast der Schädel zersprang.

Er war weniger der Verklärte als das Opfer dieses Wunders. Außer sich, erlitt er es. In alldem erblickte er nur eine ungeheure Behinderung seines Lebens. Ihm war, als könnte er hinfort nie mehr frei atmen. Er war es nicht gewohnt, Unbekanntes über seinem Kopf zu haben.

Bisher war alles, was er über sich gehabt hatte, für seinen Blick eine glatte, einfache, durchsichtige Fläche gewesen. Da gab es nichts Unbekanntes, nichts Dunkles, nichts, was nicht bestimmt war, zugeordnet, logisch aneinandergereiht, klar, wahr, abgegrenzt, begrenzt und abgeschlossen. Für alles war Vorsorge getroffen. Die Obrigkeit war wie eine Ebene ohne Hang und ohne daß einem vor ihr schwindelte. Unbekanntes hatte Javert immer nur unten geschaut. Das Unregelmäßige, das Unvermutete, das sich ungeordnet auftuende Chaos, das mögliche Hinabgleiten in einen Abgrund, das war Sache der unteren Schichten, der Aufrührer, der Bösen, der Elenden. Jetzt beugte sich Javert zurück, und er war bestürzt über diese unerhörte Erscheinung: ein Abgrund oben. Vollkommen wehrlos, geriet er völlig aus der Fassung. Worauf war noch Verlaß? Alles, wovon man überzeugt war, brach zusammen!

Wie! Die schwache Stelle der Gesellschaft konnte von einem hochherzigen Elenden herausgefunden werden! Wie! Ein ehrlicher Gesetzesdiener konnte sich mit einemmal zwischen zwei Verbrechen gefangen sehen, dem Verbrechen, einen Mann entkommen zu lassen, und dem Verbrechen, ihn zu verhaften! Nicht alles war in der Dienstvorschrift bestimmt, die der Staat dem Beamten gegeben hatte! Es konnte Sackgassen in der Pflicht geben! Wie! All das war wirklich! Konnte sich tatsächlich ein von den Strafen gebeugter ehemaliger Bandit wieder aufrichten und schließlich recht haben? War das glaubhaft? Gab es doch Fälle, in denen das Gesetz sich vor dem verklärten Verbrechen zurückziehen und Entschuldigungen stammeln mußte?

Ja, dem war so! Und Javert sah es! Und Javert war betroffen! Und er durfte es nicht nur nicht leugnen, sondern hatte auch noch daran teil. Das waren Gegebenheiten. Es war wirklich eine Schande, daß ein Sachverhalt ein solches Mißverhältnis annehmen konnte.

Wenn die Tatsachen ihre Pflicht erfüllten, würden sie sich damit begnügen, das Gesetz zu beweisen. Die Tatsachen schickt Gott. Stieg jetzt die Anarchie von droben auf die Erde herab?

Die Angst und die optische Täuschung bei der Betroffenheit ließen so alles zurücktreten, was seinen Eindruck hätte abschwächen und berichtigen können, und in seinen Augen waren nunmehr die Gesellschaft, die Menschheit und die Welt in einem einfachen und häßlichen Plan zusammengefaßt. Trümmer und Chaos wurden das Strafrecht, der Urteilsspruch, die Kraft, die der Gesetzgebung gebührt, die Beschlüsse der höchsten Instanzen, die richterliche Würde, die Regierung, Vorbeugung und Unterdrückung, die offizielle Weisheit, die Unfehlbarkeit des Gesetzes, das Autoritätsprinzip, alle Dogmen, auf denen die politische und die bürgerliche Sicherheit beruhten, die Allmacht der Justiz, die Logik, deren Quell das Gesetzbuch ist, das soziale Absolute, die öffentliche Wahrheit.

Er selbst, Javert, der lauernde Scherge der Ordnung, die Unbestechlichkeit im Solde der Polizei, der Wachhund der Gesellschaft, war besiegt und zermalmt. Und auf den Ruinen stand ein Mann, die grüne Mütze auf dem Kopf und um die Stirn die Aureole der Heiligkeit. Zu einer solchen Umwälzung war es gekommen; das war die gräßliche Vision, die vor seiner Seele aufschwebte.

Ließ sich das ertragen? Nein. Er war in größter Zerrüttung. Nur zwei Mittel, um ihr zu entrinnen, gab es für ihn. Das eine war, stracks zu Jean Valjean zurückzugehen und den Menschen aus dem Bagno wieder in den Kerker zu schicken. Das andere . . .

Javert trat vom Geländer zurück, und nun, den Kopf hoch, wandte er sich mit festem Schritt dem Wachlokal zu, auf das an der Ecke der Place du Châtelet eine Laterne wies. Dort sah er durch die Scheibe einen Polizisten und ging hinein. Schon an der Art, wie sie die Tür der Revierstube aufstoßen, erkennen sich gegenseitig die Beamten der Sicherheitsbehörde. Javert nannte seinen Namen, zeigte dem Sergeanten seine Karte und setzte sich an den Tisch des Diensthabenden, auf dem eine Talgkerze brannte. Ein bleiernes Tintenfaß stand da, und eine Feder und Papier für etwaige Protokolle und die Instruktionszettel für die Nachtronden lagen bereit. Dieser Tisch, den ein Strohsessel ergänzt, ist eine Einrichtung, die sich in allen Polizeilokalen findet. Sie ist unabänderlich mit einer Schale von Buchsbaum voller Sägespäne und einem Kästchen voller Rotsiegeloblaten geschmückt. Hier ist die untere Etage des offiziellen Stils. In ihr beginnt die Staatsliteratur.

Javert nahm die Feder und ein Blatt und schrieb:

»Einige Beobachtungen im Interesse des Dienstes.

Erstens: Ich bitte den Herrn Präfekten, einen Blick hierauf zu werfen.

Zweitens: Die Häftlinge, die vom Untersuchungsrichter kommen, ziehen ihre Schuhe aus und bleiben bloßfüßig auf der Diele stehen, während man ihre Taschen nachkontrolliert. Mehrere husten, wenn sie in das Gefängnis zurückgeführt werden. Das verursacht Ausgaben für Krankenpflege.

Drittens: Das Beobachtungssystem ist gut, mit Ablösung der Polizeibeamten von Station zu Station, aber bei wichtigen Anlässen dürfen zwei Beamte wenigstens sich nicht aus den Augen verlieren, da, wenn aus irgendeinem Grund einer von ihnen im Dienst erschlafft, der andere ihn überwacht und ergänzt.

Viertens: Man fragt sich, warum die Sonderhausordnung der Madelonnettes den Gefangenen die Benutzung eines Stuhles verbietet, selbst wenn sie dafür zahlen.

Fünftens: In den Madelonnettes sind nur zwei Eisenstangen vor der Kantine, was der Wirtin erlaubt, die Häftlinge ihre Hand greifen zu lassen.

Sechstens: Die sogenannten Beller, die Häftlinge, die die anderen in den Sprechraum rufen, lassen sich von einem Gefangenen zwei Sous zahlen, damit sie den Namen deutlich rufen. Das ist Diebstahl.

Siebentens: Für einen geknüpften Faden zieht man den Gefangenen in der Weberwerkstatt zehn Sous ab. Das ist ein Mißbrauch des Unternehmers, denn die Leinwand ist darum nicht minder gut.

Achtens: Es ist ein Ärgernis, daß die Besucher der Force durch den Hof der kleinen Kinder gehen müssen, um sich in den Sprechraum der ›Heiligen Maria der Ägypterin‹ zu begeben.

Neuntens: Es ist sicher, daß man täglich Gendarmen im Hof der Präfektur über Befragungen Verdächtiger durch die Gerichtspersonen erzählen hört. Daß ein Gendarm, der unantastbar sein sollte, wiederholt, was er im Kabinett des Untersuchungsrichters gehört hat, ist ein schwerer Mißstand.

Zehntens: Frau Henry ist eine ehrbare Frau. Ihre Kantine ist sehr sauber. Aber es ist von Übel, daß eine Frau den Schalter der Stockstube des engeren Gewahrsams verwaltet. Das ist der Conciergerie einer großen Zivilisation unwürdig.«

Javert schrieb diese Zeilen mit seiner ruhigsten und korrektesten Handschrift, wobei er kein Komma vergaß, und ließ das Papier unter der Feder knirschen. Zuletzt zeichnete er es: »Javert, Polizeiinspektor erster Klasse im Wachlokal der Place du Châtelet *7. Juni 1832, gegen ein Uhr morgens.*«

Javert trocknete die frische Tinte auf dem Zettel, faltete ihn wie einen Brief, versiegelte ihn, schrieb auf den Rücken: »Notiz für die Behörde«, ließ ihn auf dem Tisch liegen und ging hinaus. Die verglaste und vergitterte Tür fiel hinter ihm zu.

Von neuem schritt er quer über die Place du Châtelet, erreichte wieder den Kai und kam mit der Genauigkeit eines Automaten an denselben Punkt zurück, den er eine Viertelstunde vorher verlassen hatte. Wieder lehnte er sich an das Geländer und stand auf derselben Steinplatte, in derselben Haltung. Es schien, als hätte er sich nicht vom Platz gerührt.

Um ihn war völlige Dunkelheit. Es war der grabesdüstere Moment gleich nach Mitternacht. Eine Wolkendecke verbarg die Sterne. Der Himmel war nur dichte Finsternis. Die Häuser der Cité hatten kein einziges Licht mehr. Niemand ging vorüber. Alles, was man von Straßen und Kais bemerkte, war verödet. Notre-Dame und die Türme des Justizpalastes schienen nur schwebende nächtliche Umrisse. Eine Laterne glomm rötlich am Kairand. Die Silhouetten der Brücken verzerrten sich im Nebel, eine hinter der anderen. Der Fluß war durch die Niederschläge angewachsen.

Die Stelle, an der Javert sich befand, war, wie man sich erinnert, gerade über der Stromschnelle der Seine, senkrecht über der furchtbaren Spirale ihrer Wirbel, die sich wie eine Schraube ohne Ende zusammenpreßt und wieder lockert. Javert beugte den Kopf hinunter und schaute. Alles war schwarz. Er konnte nichts unterscheiden. Er hörte den Fluß lärmend schäumen; aber er sah ihn nicht. Manchmal erschien in dieser schwindelnden Tiefe ein schwacher Schimmer und schlängelte sich ungewiß. Das Wasser ist auch in undurchdringlicher Nacht mächtig, Licht von irgendwoher zu erraffen und es in einen Schlangenleib zu verwandeln. Das Licht zerrann, und nichts war mehr erkennbar. Die Unermeßlichkeit schien aufgetan. Nicht Wasser hatte man unter sich, sondern Abgrund. Die Kaimauer, abschüssig, verschwommen, mit Dunst vermengt und sofort weggewischt, glich einer Böschung, die ins Unendliche hinabragte.

Man sah nichts, aber man fühlte die feindliche Kälte des Wassers und den faden Geruch der nassen Steine. Ein wilder Hauch stieg vom Abgrund auf. Die mehr zu erratende als wahrnehmbare Hochflut, das tragische Flüstern der Wellen, die dunkle Riesenhaftigkeit der Brückenbogen, der Sturz, den in dieser düsteren Leere die Phantasie überdachte, all dieser Schatten war von Grauen umwittert.

Javert blieb einige Minuten reglos und blickte auf die Öffnung in der Finsternis. Er betrachtete das Unsichtbare mit einer Starrheit, die den Anschein geistiger Sammlung hatte. Das Wasser brauste. Plötzlich nahm er seinen Hut ab und legte ihn auf den Kairand. Im nächsten Moment erschien eine hohe schwarze Gestalt, die ein verspäteter Passant von fern für ein Gespenst hätte halten können, aufrecht über dem Geländer, beugte sich zur Seine hinab, richtete sich wieder auf und fiel steil in die Finsternis. Ein dumpfes Klatschen war zu hören. Und nur der Schatten kannte das Geheimnis der krampfhaften Bewegungen, unter denen die schwarze Gestalt sich vom Wasser aufsaugen ließ.

FÜNFTES BUCH
Enkel und Ahnherr

I

Wo man den Baum mit dem Zinkpflaster wiedersieht

Einige Zeit nach diesen Geschehnissen hatte Boulatruelle eine heftige Aufregung durchzumachen. Er ist der Straßenarbeiter von Montfermeil, der in finsteren Szenen dieses Buches im Hintergrund zu sehen war. Boulatruelle beschäftigte sich mit trüben und sehr verschiedenen Dingen. Er zerklopfte Steine und schädigte die Reisenden auf der Chaussee. Da er mit Erde zu tun hatte und ein Dieb war, hatte er einen Traum von Schätzen, die im Wald von Montfermeil vergraben seien. Eines Tages hoffte er Geld im Erdreich unter einem Baum zu finden. Bis dahin suchte er gern in den Taschen der Passanten.

Nichtsdestoweniger war er einstweilen vorsichtig. Er war eben noch mit heiler Haut davongekommen. Wie man weiß, hatte ihn die Polizei in der Höhle des Jondrette mit den anderen Banditen ausgehoben. Nutzen eines Lasters: Daß er ein Trunkenbold war, hatte ihn gerettet. Man hatte nie erhellen können, ob er als Räuber oder Ausgeraubter dort gewesen war. Ein Befehl zur Einstellung des Verfahrens, der mit seinem am Abend des Überfalls deutlich ermittelten Rauschzustand begründet war, hatte ihn in Freiheit gesetzt. Er hatte sich getummelt, in den Wald zurück zu können, an seinen Weg von Gagny nach Lagny, und dort unter obrigkeitlicher Überwachung auf Staatskosten Steine zu schichten. Da hockte er kleinlaut, nachdenklich, ein wenig abgekühlt in seiner Lust am Diebstahl, die ihm beinahe Verderben gebracht hätte. Aber um so zärtlicher hing er am Wein, seinem Retter.

Mit der starken Erregung, der er bald nach seiner Wiederkehr unter das Grasdach seiner Straßenarbeiterhütte verfiel, ging es so zu. Eines Morgens, als sich Boulatruelle wie gewöhnlich an seine

Arbeit oder vielleicht auf den Anstand begab, etwas vor Tagesanbruch, bemerkte er zwischen den Zweigen einen Mann. Er sah nur seinen Rücken, aber der Nacken war ihm, wie ihm auf die Entfernung und im Dämmerlicht schien, nicht ganz unbekannt. Boulatruelle hatte, wenn er auch soff, ein korrektes, waches Gedächtnis, was eine unentbehrliche Verteidigungswaffe für jeden ist, mit dem die gesetzliche Ordnung ein Hühnchen zu rupfen hat. Wo, zum Teufel, habe ich einen Mann wie den schon gesehen? fragte er sich. Aber er konnte sich darauf nichts antworten, außer, daß er jemandem ähnelte, dessen Spur noch wirr in seinem Geist war.

Boulatruelle befaßte sich im übrigen nicht nur mit der Identität, die ihm nicht klar wurde, sondern auch mit anderen Vergleichen und Berechnungen. Der Mann war nicht aus der Gegend. Er war hierhergereist. Zu Fuß augenscheinlich. Kein öffentlicher Wagen fährt in diesen Stunden durch Montfermeil. Er war die Nacht hindurch marschiert. Woher kam er? Von nicht weit her. Denn er hatte weder Ranzen noch Bündel. Von Paris zweifellos. Wozu war er in diesem Wald? Warum war er um diese Zeit hier? Was wollte er hier?

Boulatruelle dachte an den Schatz. Als er noch tiefer in seinem Gedächtnis nachforschte, erinnerte er sich unbestimmt, daß ihn schon einmal vor Jahren ebenso ein Mann alarmiert hatte, der kein anderer als dieser sein mochte. Während er nachsann, hatte er unter dem Gewicht seines Nachsinnens den Kopf gesenkt, in einer natürlichen, aber ungeschickten Geste. Als er wieder aufsah, war nichts mehr da. Der Mann war im Wald und in der Dämmerung wie ausgelöscht verschwunden. Zum Teufel, sagte sich Boulatruelle, ich erwische ihn noch. Ich werde entdecken, in welchem Kirchspiel dieser Mensch daheim ist. Dieser Kunde von Patron-Minette weiß warum, und das finde ich heraus. In meinem Wald gibt es kein Geheimnis, in das ich nicht hineinrede.

Er nahm seine Hacke, die sehr spitz war. »Damit«, brummte er, »kann man schon in der Erde stochern hinter so einem Kerl.« Und wie man einen Faden mit einem anderen verknüpft, paßte er, so gut er konnte, seinen Schritt dem Pfad an, dem der Mann gefolgt sein mußte, und hinkte durch das Buschholz. Nach kaum hundert Schritten half ihm der Tag, der zu dämmern begann. In den Sand hier und da eingedrückte Sohlen, niedergetretene Grashalme, zerstampftes Heidekraut, junge geknickte Zweige im Gesträuch, die sich mit anmutiger Langsamkeit wieder aufrichteten wie die Arme einer hübschen Frau, die erwachend sich dehnt, zeigten ihm eine Art von Fährte an. Er ging ihr nach, dann verlor er sie. Die Zeit verstrich. Er drang noch mehr in den Wald ein und gelangte zu einer Anhöhe. Ein morgendlicher Jäger, der auf einem Steig in der Ferne vorbeikam und ein lustiges Lied pfiff, gab ihm die Idee ein, auf einen Baum zu klettern. Wenn auch alt, war er behend. Es stand dort eine Buche von kraftvollem Wuchs, würdig eines Schäfers Tityrus und eines Boulatruelle. Er stieg auf die Buche, so hoch er konnte.

Die Idee war gut. Als er die Einsamkeit nach der Gegend hin, in der der Wald völlig verhakt und wild ist, durchforschte, bemerkte Boulatruelle plötzlich einen Mann. Kaum hatte er ihn bemerkt, da verlor er ihn aus dem Gesichtskreis. Der Mann trat oder vielmehr glitt in eine ziemlich entfernte Lichtung hinaus, die von großen Bäumen verdeckt war. Aber Boulatruelle war sie wohlbekannt, weil er darin neben einem umfänglichen Haufen von Mühlsteinen einen kranken Kastanienbaum gewahrt hatte, dessen Wunde ein der Rinde aufgenageltes Stück Zink verband. Es ist die Lichtung, die einmal Blarugrund hieß. Der für irgendeinen Zweck zusammengetragene Steinhaufen, den man vor dreißig Jahren dort sah, liegt zweifellos noch heute da. Nichts ist so langlebig wie ein Steinhaufen, es sei denn ein Bretterzaun. Sie sind provisorisch, und wie sehr rechtfertigt das ihre Dauer!

Mit dem Schwung der Freude ließ sich Boulatruelle von dem Baum eher herabfallen, als daß er hinunterkletterte. Das Lager war gefunden; es galt, des Tieres habhaft zu werden. Da war vermutlich der berühmte Schatz, den er erträumt hatte. Es war keine Kleinigkeit, zu dieser Lichtung zu kommen. Über die vielbegangenen Pfade mit ihrem tausendfachen neckischen Zickzack bedurfte man einer guten Viertelstunde. Eine ehrliche halbe Stunde brauchte man in gerader Linie durch das Dickicht, das da besonders gedrängt, sehr dornig und sehr bedrohlich ist. Boulatruelle tat unrecht, daß er dies nicht begriff. Er glaubte an die gerade Linie, eine optische Illusion, die viele Menschen hereinlegt. Das Dickicht, so stachlig es auch sein mochte, schien ihm der rechte Weg. »Gehen wir durch die Rue de Rivoli der Wölfe«, sagte er.

Boulatruelle, der es gewohnt war, Umwege zu machen, beging diesmal den Fehler, geradeaus zu gehen. Entschlossen stürzte er sich in das Handgemenge mit dem Gestrüpp. Stechpalmen machten ihm zu schaffen, Brennesseln, Hagedorn, Heckenrosen und Disteln und sehr jähzorniges Dorngebüsch. Er wurde weidlich zerkratzt. Unten in der Schlucht fand er Wasser, durch das er hindurch mußte. Endlich kam er auf die Lichtung Blaru, nach vierzig Minuten, schwitzend, durchnäßt, außer Atem, geschunden und wütend. Niemand in der Lichtung. Boulatruelle lief zu dem Steinhaufen. Er war an seinem Platz; man hatte ihn nicht weggetragen. Der Mann hatte sich im Wald verflüchtigt. Er war entronnen. Wohin, nach welcher Seite? In welches Dickicht? Unmöglich, es zu erraten. Und, was Boulatruelle das Herz zerriß, hinter dem Steinhaufen, vor dem Baum mit der Zinkeinlage, war die Erde ganz frisch aufgegraben. Eine vergessene oder dagelassene Hacke und ein Loch. Das Loch war leer. »Dieb!« schrie Boulatruelle und wies mit beiden Fäusten nach dem Horizont.

II

Marius, aus dem Bürgerkrieg gekommen, bereitet sich auf den häuslichen Krieg vor

Marius war lange weder tot noch lebendig. Während einiger Wochen hatte er ein von geistigen Störungen begleitetes Fieber, und es zeigten sich recht ernste Symptome einer Gehirnerkrankung, mehr durch die von den Wunden am Kopf ausgehenden Erregungen als durch die Wunden selbst verursacht. Ganze Nächte hindurch wiederholte er den Namen Cosettes mit der unheimlichen Geschwätzigkeit des Fiebers und dem düsteren Eigensinn des Todeskampfes. Die Breite gewisser Verletzungen war eine beträchtliche Gefahr, da der Eiter aus solchen Wunden immer zurücktreten und daher unter gewissen atmosphärischen Einflüssen den Kranken töten konnte. Bei jeder klimatischen Änderung, beim geringsten Unwetter war der Arzt besorgt. »Vor allem darf sich der Verwundete nicht aufregen«, sagte er oft. Die Behandlung der Wunden war kompliziert und schwierig, da zu jener

Zeit die Befestigung von Verbandzeug und Wäsche durch das Englischpflaster noch nicht erdacht war. Nicolette wandte für zerzupfte Leinwand ein Bettuch auf, »so groß wie eine Zimmerdecke«, sagte sie. Nicht ohne Mühe wurde man durch Waschungen mit Chlorür und Höllenstein des Wundbrandes Herr. Solange Gefahr bestand, war Herr Gillenormand, der fassungslos neben dem Kopfkissen seines Enkels saß, wie Marius weder tot noch lebendig. Jeden Tag, mitunter zweimal täglich, kam ein weißhaariger, nach dem Signalement, das der Portier gab, sehr gut angezogener Herr, sich nach dem Patienten zu erkundigen, und lieferte für die Verbände ein großes Paket voll Leinwandfasern ab.

Endlich, am siebenten September, auf den Tag vier Monate nach der schmerzlichen Nacht, in der Marius sterbend zu seinem Großvater gebracht worden war, erklärte der Arzt, er verbürge sich für ihn. Die Genesung nahte. Aber Marius mußte noch über zwei Monate auf einem Liegestuhl ausgestreckt bleiben, wegen der durch den Bruch des Schlüsselbeins möglichen Zwischenfälle. Es gibt immer so etwas wie eine letzte Wunde, die sich nicht schließen will und die zum großen Verdruß des Kranken das Verbinden in die Länge zieht.

Im übrigen retteten die lange Krankheit und die lange Genesung ihn vor gerichtlicher Ahndung. In Frankreich gibt es keinen Zorn, auch keinen des Staates, der sechs Monate überdauert. Bei dem Zustand der Gesellschaft sind Aufstände so sehr ein allgemeines Verschulden, daß ein gewisser Hang, die Augen zuzudrücken, ihnen folgt. Nicht verschwiegen sei, daß die unsagbare Verordnung Gisquets, die den Ärzten befahl, die Verwundeten zu denunzieren, die öffentliche Meinung und nicht nur sie, sondern den König als ersten empört hatte und daß diese Empörung ein Schutz für die Verwundeten war. Und mit Ausnahme derer, die man im Kampf abgefaßt hatte, wagten die Kriegsgerichte keinen Rebellen zu behelligen. Man ließ also Marius in Frieden.

Herr Gillenormand machte zuerst alle Ängste durch und dann alle Ekstasen. Nur schwer konnte man ihn hindern, alle Nächte bei dem Verwundeten zu wachen. Er ließ seinen großen Sessel neben dem Bett von Marius aufstellen. Er forderte, seine Tochter müsse die schönste Wäsche des Hauses nehmen, um Kompressen und Binden daraus zu verfertigen. Fräulein Gillenormand fand als gescheite ältere Person ein Mittel, die schöne Wäsche zu schonen und dabei den Großvater glauben zu lassen, sie gehorche ihm. Herr Gillenormand erlaubte es nicht, daß man ihm auseinandersetzte, für Leinwandfasern sei Batist nicht so gut wie grobes Leinen und neue Leinwand nicht wie getragene. Er war bei jedem Verbandwechsel zugegen, während Fräulein Gillenormand schamhaft floh. Wenn man wildes Fleisch mit der Schere abschnitt, stöhnte er: »O weh, o weh!« Es war rührend, zu sehen, wie er mit seinem sachten, greisenhaften Zittern dem Verwundeten eine Tasse Krankentee reichte. Er überschüttete den Arzt mit Fragen und merkte nicht, daß er immer wieder dasselbe zu fragen begann.

An dem Tag, an dem ihm der Arzt verkündete, Marius sei außer Gefahr, war er wie übergeschnappt. Er gab seinem Portier eine Extravergütung von drei Louisdor. Als er abends wieder in sein Zimmer ging, tanzte er eine Gavotte, ahmte mit Daumen und Zeigefinger Kastagnettengeklapper nach und sang:

»Im Farn kam Jeanne zur Welt,
Der Schäferinnen Nest;
Ach, wie ihr kecker Unterrock
    Mich lockt!

Du, Amor, wohnst in ihr;
Hast ihre Augen dir
Zum Köcher unverfroren
    Erkoren!

Mehr als Diana lieb
Ich Jeanne, und sing das Lied
Auf der Bretonin Brust,
    So fest.«

Dann kniete er sich auf einen Stuhl, und Basque, der ihn durch die halboffene Tür beobachtete, war der Ansicht, er bete. Bis jetzt hatte er nicht an Gott geglaubt.

Bei jeder neuen Phase der Besserung freute sich der Alte unbändig. Er verübte mechanisch viele törichte Streiche und stieg die Treppen hinauf und hinab, ohne zu wissen, warum. Eine Nachbarin, nebenbei eine hübsche Frau, war verblüfft, als sie eines Morgens ein großes Bukett empfing. Herr Gillenormand sandte es ihr. Der Gatte machte ihr eine Eifersuchtsszene. Herr Gillenormand wollte Nicolette auf seine Knie niederziehen. Er nannte Marius den Herrn Baron. Er schrie: »Es lebe die Republik!«

Immerzu fragte er den Arzt: »Es ist doch keine Gefahr mehr?« Er betrachtete Marius mit Großmutteraugen. Wenn der Kranke gelabt wurde, fraß er ihn vor Zärtlichkeit. Er kannte sich selbst nicht mehr; er zählte sich nicht mehr und behandelte Marius als Gebieter des Hauses. Es war Entsagung in seiner Fröhlichkeit; er war der Enkel seines Enkels. In der Freude, die ihn erfüllte, war er das verehrungswürdigste Kind. Aus Furcht, den Genesenden zu ermüden oder zu behelligen, setzte er sich hinter ihn, um ihm zuzulächeln. Er war zufrieden, vergnügt, entzückt, charmant und jugendlich. Das weiße Haar fügte dem heiteren Leuchten auf seinem Gesicht eine milde Majestät hinzu. Wenn sich Anmut mit Runzeln verbindet, wird sie anbetungswürdig. Irgendeine Morgenröte liegt über dem aufgeblühten Alter.

Marius hatte, indem er sich verbinden und pflegen ließ, eine einzige fixe Idee: Cosette. Seit Fieber und Irrereden von ihm gewichen waren, sprach er ihren Namen nicht mehr aus, und es konnte scheinen, als denke er nicht mehr an sie. Er schwieg, weil seine Seele bei ihr war. Er wußte nichts von Cosettes Schicksal seither. Die ganze Affäre in der Rue de la Chanvrerie war eine Wolke in seiner Erinnerung. Fast unfaßbare Schatten huschten durch seinen Geist, Eponine, Gavroche, Mabeuf, die Thénardiers, all seine Freunde, düster im Rauch der Barrikade verschwimmend. Das seltsame Auftauchen des Herrn Fauchelevent in diesem blutigen Abenteuer wirkte auf ihn wie ein Rätsel in einem Sturm. Er verstand sein eigenes Leben nicht; er wußte nicht, wie und durch wen er gerettet worden war, und niemand um ihn herum wußte es. Man hatte ihm nur sagen können, daß er nachts in einer Droschke in die Rue des Filles-du-Calvaire gebracht worden war. Vergangenheit, Gegenwart, Zukunft, alles war in ihm nur noch Nebeldunst undeutlicher Gedanken, aber in diesem Nebel erschien ihm ein unbeweglicher Punkt, von klaren Linien umrandet, etwas, das groß für ihn war, ein Entschluß, ein Wille: Cosette wiederzufinden. Für ihn war der Gedanke an das Leben nichts anderes als der Gedanke an Cosette. Er hatte in seinem Herzen verfügt, daß er das eine ohne das andere nicht annehmen würde, und er war fest entschlossen, von jedermann, der ihn zu leben zwingen wollte, von seinem Großvater, vom Schicksal, von der Hölle seinen verschwundenen Garten Eden zurückzufordern.

Über die Hindernisse machte er sich keine Illusionen.

An dieser Stelle sei eine Einzelheit hervorgehoben: Alle Bemühungen und alle Liebeswerbungen seines Großvaters hatten ihn nicht gewonnen. Anfangs war er nicht in alle ihre Geheimnisse eingeweiht, hernach mißtraute er ihnen, wohl noch im Fieber phantasierend, wie etwas Seltsamem und Neuem, das ihn zähmen sollte. Er blieb kühl. Ganz umsonst verschwendete der Großvater sein armes greises Lächeln. Marius sagte sich, das gehe solange gut, wie er, Marius schwieg und sich alles gefallen ließ, doch er argwöhnte, wenn die Rede auf Cosette komme, werde das wahre Gesicht des Alten sich demaskieren. Dann würde es hart auf hart gehen, der Familienstreit wieder ausbrechen, die Meinungen würden aufeinanderprallen, alle Sarkasmen und alle Einwände zugleich laut werden, Fauchelevent, Coupelevent, das Vermögen, die Armut, das Elend, der Stein am Hals, die Zukunft. Erbitterter Widerstand, Schlußfolgerung, Weigerung, und so trotzte er im voraus. Je mehr er sich zudem kräftigte, erneuerten sich seine Anklagen von früher. Die alten Geschwüre in seinem Gedächtnis brachen wieder auf, er dachte wieder an die Vergangenheit. Wieder trennte der Oberst Pontmercy ihn von Herrn Gillenormand. Er sagte sich, er habe keine wahre Herzlichkeit von dem zu erhoffen, der so ungerecht und so hart gegen seinen Vater gewesen war. Und mit der Gesundheit kehrte Bitterkeit gegen den Großvater in ihn zurück. Der Greis litt leise darunter.

Ohne es im übrigen zu bekunden, merkte Herr Gillenormand, daß Marius seit der Wiedererlangung des Bewußtseins kein einziges Mal zu ihm gesagt hatte: »Mein Vater.« Er sagte nicht: »Mein Herr«, gewiß. Aber er vermied durch eine bestimmte Art, seine Sätze zu formen, sowohl die eine als die andere Wortwahl. Eine Krise war offenbar zu erwarten.

Wie stets in einem solchen Fall plänkelte Marius vor der Schlacht, um das Kampffeld zu erproben. Das Terrain abtasten ist die Bezeichnung hierfür. Eines Morgens traf es sich, daß Herr

Gillenormand, dem ein politisches Blatt in die Hände geraten war, geringschätzig über den Konvent sprach und eine royalistische Wendung über Danton, Saint-Just und Robespierre daranhängte. »Die Männer von 93 waren Kolosse«, sagte Marius streng. Der Greis schwieg und gab an diesem Tage keine Silbe mehr von sich. Marius, der immer den unversöhnlichen Großvater seiner ersten Jahre vor sich sah, glaubte, hinter diesem Schweigen ziehe sich ein tiefer Zorn zusammen. Er prophezeite sich einen bösen Streit und verstärkte in den geheimen Winkeln seiner Gedanken seine Vorbereitungen auf das Gefecht. Er beschloß, weigere sich der Alte, sich das Verbandzeug abzureißen, den nochmaligen Bruch des Schlüsselbeins zu erzwingen, alles, was von seinen Wunden verblieben war, zu entblößen und jede Nahrung fortzustoßen. Seine Wunden waren seine Munition. Cosette haben oder sterben. Mit der listigen Geduld der Kranken erharrte er den günstigen Augenblick. Dieser Augenblick kam.

III

Marius greift an

Eines Tages beugte sich Herr Gillenormand, indes seine Tochter Fläschchen und Tassen auf dem Marmor der Kommode ordnete, über Marius und sagte in zärtlichstem Ton zu ihm: »Siehst du, mein kleiner Marius, an deiner Stelle würde ich eher Fleisch als Fisch essen. Gebackene Seezunge, das ist großartig für einen Rekonvaleszenten, aber auf die Beine hilft man dem Kranken mit einem guten Kotelett.«

Marius, der fast alle seine Kraft wiedererlangt hatte, sammelte sie, setzte sich aufrecht, stützte seine gekrampften Fäuste auf die Tücher seines Bettes, schaute seinem Großvater mitten ins Gesicht, nahm eine erschreckend ernste Miene an und sagte: »Das bringt mich darauf, Ihnen etwas mitzuteilen.«

»Was denn?«

»Daß ich heiraten will.«

»Hab ich geahnt«, sagte der Großvater und brach in Gelächter aus.

»Wieso geahnt?«

»Ja, geahnt und vorgesehen. Du wirst es kriegen, dein Mädel.«

Verblüfft, geblendet und durch die Plötzlichkeit der Antwort überrascht, zitterte Marius an allen Gliedern.

Herr Gillenormand fuhr fort: »Ja, du sollst es haben, dein hübsches, dein schönes kleines Mädel. Sie kommt jeden Tag in Gestalt eines alten Herrn und fragt nach dir. Seit du verwundet bist, weint sie immerzu um dich und zupft Leinwand. Ich habe Nachricht über sie. Sie wohnt in der Rue de l'Homme-Armé Nummer sieben. Ach, nun sind wir soweit. Ach, du willst sie. Gut, du sollst sie haben. Das überrascht dich. Du hattest da so ein kleines Manöver ausgeheckt und dir gesagt: Ich werde ihm das ungeniert zu verstehen geben, diesem Großvater, dieser Mumie aus der Régence und dem Directoire, diesem gewesenen schönen Mann, diesem Dorant, der Geront geworden ist. Auch er hat seine Tändeleien und Liebeleien gehabt und seine Grisetten und seine Cosetten. Er hat mit den Flügeln um sich geschlagen; er hat das Brot des Frühlings gegessen. Er wird sich erinnern müssen. Wir werden sehen. Du packst den Maikäfer an den Hörnern. Gut. Ich biete dir ein Kotelett an, und du erwiderst mir: Nebenbei, ich will heiraten. Das nennt man Übergang. Ach, du hattest mit einer Zänkerei gerechnet. Du wußtest nicht, daß ich nur ein alter Feigling bin. Was sagst du dazu? Du ärgerst dich. Daß dein Großvater noch dümmer ist als du, hattest du nicht gedacht. Die Rede ist hin, die du mir halten wolltest. Herr Advokat, das ist verdrießlich. Na, wüte, soviel du magst! Ich tue, was du willst, das schneidet dir das Wort ab, du Narr! Hör zu! Ich habe nachgefragt, auch ich bin ein Heimtücker. Sie ist reizend, sie ist vernünftig; das mit dem Lancier ist nicht wahr; sie zupft in einem fort Leinwand, sie ist ein Juwel. Sie vergöttert dich. Wärest du gestorben, wären wir drei gewesen; ihre Bahre hätte die meine begleitet. Ich wollte sie schon, sobald es dir besser ging, ganz einfach an dein Bett zaubern, aber nur in Romanen führt man so frank und frei junge Mädchen in das Schlafzimmer junger Männer, die für sie ein Interesse haben. Das schickt sich nicht. Was hätte die Tante gesagt? Du warst drei Viertel der Zeit ganz nackt, mein Junge. Frage Nicolette, die dich nicht eine Minute verlassen hat, ob eine Frau hier herumsitzen konnte. Und was hätte der Arzt gesagt? So was heilt kein Fieber, ein hübsches Mädchen. Also gut, also Schluß, abgemacht, nimm sie! So grausam bin ich. Siehst du, ich habe gespürt, daß du mich nicht liebst; ich habe mir gesagt: Wie könnte ich es nur anstellen, damit der Lümmel mich liebt? Ich habe mir gesagt: Halt, ich habe da meine kleine Cosette an der Hand; ich werde sie ihm geben, dann wird er mich ein wenig liebhaben müssen oder mir sagen, warum nicht. Ach, du dachtest, der Alte würde rasen und poltern, nein! Brüllen und in all diese Morgenröte mit dem Stock dreinhauen. Mitnichten. Cosette, gut. Liebe, gut. Mehr verlange ich nicht. Mein Herr, machen Sie sich die Mühe zu heiraten! Sei glücklich, mein geliebtes Kind!« Und der Greis brach in Schluchzen aus. Er nahm den Kopf von Marius und preßte ihn gegen seine alte Brust, und beide begannen zu weinen. Das ist eine der Formen des höchsten Glücks.

»Mein Vater!« rief Marius.

»Also du liebst mich?« fragte der Greis. Ein unbeschreiblicher Augenblick. Sie erstickten einander und konnten nicht sprechen. Endlich stotterte der Greis: »Jetzt ist's heraus. Mein Vater! hat er gesagt.«

Marius löste seinen Kopf aus der Umarmung des Großvaters und sagte leise: »Und nun, da ich mich wohl fühle, scheint mir, darf ich sie sehen.«

»Auch dafür ist gesorgt, morgen wirst du sie sehen.«

»Weshalb nicht heute, mein Vater?«

»Also heute. Meinetwegen. Du hast zweimal zu mir gesagt: Mein Vater! Das ist schon besser so. Ich werde mich darum kümmern. Sie wird herkommen. Für alles ist Vorsorge getroffen, sage ich dir. Darüber gibt es auch ein Gedicht. Es ist der Schluß der Elegie ›Der junge Kranke‹ von André Chénier, dem Opfer der Ver . . ., der Kolosse von 93.«

Herr Gillenormand glaubte ein leichtes Stirnrunzeln von Marius zu bemerken. In Wahrheit hörte der Genesende nicht mehr zu. Er war im Himmel der Ekstase und dachte viel mehr an Cosette als an 1793. Der Großvater, der erbebte, weil er André Chénier so ungeschickt zitiert hatte, fuhr hastig fort: »Opfer ist nicht der richtige Ausdruck. Die Wahrheit ist, daß den großen revolutionären Genies, die unleugbar nicht bösartig waren, die Helden waren, verdammt!, André Chénier ein bißchen unbequem war und daß sie ihn auf die Guillo . . . Also die großen Männer haben am siebenten Thermidor zum Besten der öffentlichen Wohlfahrt André Chénier gebeten, er möge freundlichst von dannen gehen.«

Von seiner eigenen Phrase gewürgt, fand Herr Gillenormand nicht weiter. Er konnte sie weder beenden noch widerrufen, indes seine Tochter das Kissen hinter Marius glättete. Von so vielen Erregungen ganz durcheinander, eilte der Greis, so schnell sein Alter es ihm erlaubte, aus dem Schlafzimmer und stieß die Tür hinter sich zu. Purpurrot, keuchend, schäumend, die Augen aus dem Kopfe quellend, sah er sich dem redlichen Basque gegenüber, der im Flur die Schuhe wichste. Er packte Basque am Kragen und schrie ihm zornig ins Gesicht: »Bei den hunderttausend Rosten des höllischen Feuers, ermordet haben ihn die Briganten!«

»Wen, Herr?«

»André Chénier!«

»Ja, Herr«, sagte Basque bestürzt.

IV

Fräulein Gillenormand findet es schließlich nicht mehr schlimm, daß Herr Fauchelevent etwas unter dem Arm trug, als er eintrat

Cosette und Marius sahen sich wieder. Wir geben es auf, das Zusammentreffen zu schildern. Es gibt Dinge, die man nicht beschreiben soll, die Sonne gehört dazu. Die ganze Familie, Basque und Nicolette einbegriffen, war im Zimmer von Marius vereinigt, als Cosette es betrat. Sie erschien auf der Schwelle, und für den Kranken war es, als umgebe ein Glanz sie. Gerade in diesem Augenblick wollte der Großvater sich schneuzen. Er hielt ein, die Nase im Taschentuch, und sah darüber hinweg auf Cosette. »Zum Anbeten!« rief er. Dann schneuzte er sich geräuschvoll.

Cosette war berauscht, entzückt, verängstigt, im Himmel. Sie war so scheu, wie man es im Glück sein kann. Sie stammelte, die Wangen bald bleich, bald gerötet; sie wollte sich Marius in die Arme werfen und wagte es nicht. Es beschämte sie, so vor aller Welt zu lieben. Die Menschen kennen kein Erbarmen mit den glücklich Liebenden. Sie verweilen, wenn diese nichts weiter begehren, als allein zu sein. Sie bedürfen doch überhaupt keiner Leute.

Mit Cosette, hinter ihr, war ein weißhaariger Mann eingetreten. Er war ernst, und dennoch lächelte er, ein ungewisses, schmerzliches Lächeln. Es war Herr Fauchelevent: es war Jean Valjean in schwarzem, neuem Rock und weißer Krawatte. Der Portier erkannte mitnichten in diesem korrekten Bourgeois, der wohl der Notar war, den erschreckenden Leichenträger wieder, der in der Nacht des siebenten Juni gespenstisch an seiner Tür aufgetaucht war, in Lumpen, schlammbedeckt, gräßlich, verstört, das Antlitz von Blut und Schmutz verdeckt, im Arm den ohnmächtigen Marius. Aber sein Portiersinstinkt war erwacht. Als Herr Fauchelevent mit Cosette ankam, konnte er sich nicht enthalten, vertraulich seiner Gattin zuzuraunen: »Ich weiß nicht, warum mir immer so ist, als hätte ich das Gesicht schon gesehen.«

Im Zimmer von Marius stand Herr Fauchelevent abseits, nahe der Tür. Unter dem Arm hatte er ein in Papier gehülltes Paket, das einem Oktavband glich. Das Papier war grünlich und schien verschimmelt. »Hat der Herr auch sonst Bücher unter dem Arm?« fragte Fräulein Gillenormand, die Bücher nicht liebte, mit leiser Stimme Nicolette.

»Nun«, antwortete im selben Ton Herr Gillenormand, der die Frau gehört hatte, »er ist ein Gelehrter. Kann er dafür? Auch Herr Boulard, ein Bekannter von mir, ging nie ohne ein Buch aus und hatte immer so einen Schmöker in der Herzgegend.« Er grüßte und sagte laut: »Herr Tranchelevent ...« Der Vater Gillenormand tat das nicht mit Willen, aber die Unachtsamkeit für Personennamen war bei ihm eine aristokratische Gewohnheit. »Herr Tranchelevent, ich habe die Ehre, Sie für meinen Enkel, den Baron Pontmercy, um die Hand des Fräuleins zu bitten.«

»Herr Tranchelevent« verneigte sich. »Abgemacht«, sagte der Großvater. Er wandte sich zu Marius und Cosette, streckte die Arme aus, segnete sie und rief: »Jetzt dürft ihr euch vergöttern, wie ihr Lust habt.«

Das ließen sie sich nicht zweimal sagen. Um so schlimmer! Das Gezwitscher begann. Sie sprachen leise miteinander, Marius auf die Lehne seines Liegestuhls gestützt, Cosette neben ihm stehend. »O Gott«, flüsterte Cosette, »ich sehe Sie wieder. Du bist es! Sie sind es! Wie konnten Sie sich so in den Straßenkampf begeben? Wozu? Es war furchtbar. Vier Monate war ich tot. Hatte ich das verdient? Ich verzeihe Ihnen, aber Sie dürfen es nie wieder tun. Vorhin, als man mich herbat, glaubte ich noch, ich werde sterben, aber das war vor Freude. Ich war so traurig. Ich habe mir nicht die Zeit genommen, mich anzukleiden, ich muß gräßlich aussehen. Was werden Ihre Verwandten zu meinem zerknitterten Kragen sagen? Aber sprechen Sie doch! Sie lassen mich ganz allein sprechen. Wir wohnen noch immer in der Rue de l'Homme-Armé. Ihre Schulter war, scheint's, schrecklich zugerichtet. Man konnte mit der Faust hineinfahren, hat man mir gesagt. Und man hat wohl Fleisch mit der Schere herausgeschnitten. Das muß ja furchtbar gewesen sein. Ich habe geweint, ich habe keine Augen mehr. Seltsam, daß man so leiden kann. Ihr Großvater sieht sehr gut aus. Quälen Sie sich nicht, stemmen Sie den Ellbogen nicht auf, nehmen Sie sich in acht, Sie werden sich weh tun. Oh, wie glücklich bin ich! So ist es zu Ende, das Unglück. Ich bin vor Freude dumm. So viel wollte ich Ihnen sagen und weiß nicht mehr was. Lieben Sie mich noch immer? In der Rue de l'Homme-Armé ist kein Garten. Die ganze Zeit habe ich Leinwand gezupft. Sehen Sie, daran sind Sie schuld, ich habe eine Schwiele am Finger.«

»Engel!« sagte Marius.

»Engel« ist das einzige Wort in der Sprache, das sich nicht abnutzt. Kein anderes Wort könnte dem unbarmherzigen Gebrauch widerstehen, den die Liebenden von ihm machen.

Aber wegen der Anwesenden unterbrachen sie das Zwiegespräch und faßten sich nur sanft an den Händen.

Herr Gillenormand rief allen, die im Zimmer waren, zu: »Redet doch laut, schlagt Lärm in den Kulissen! Ein wenig Rhabarber, zum Teufel!, damit die Kinder schwatzen können, wie's ihnen Spaß macht.« Er näherte sich Marius und Cosette und sagte leise zu ihnen: »Duzt euch! Tut euch keinen Zwang an!«

Verblüfft erlebte die Tante Gillenormand diesen Einbruch von Licht in ihre überalterte Häuslichkeit. Ihr Staunen war frei von Anfeindung. Es war nicht der entrüstete, neidische Blick einer Eule zu zwei Ringeltauben hin. Es war der stumpfe Blick eines armen, harmlosen Geschöpfes von siebenundfünfzig Jahren. Es war das verfehlte Leben, das den Triumph der Liebe sah.

»Fräulein Gillenormand die Ältere«, rief ihr Vater sie an, »ich hatte dir gesagt, soweit werde ich kommen.« Er schwieg einen Moment und fügte hinzu: »Beschaue dir das Glück der anderen!« Dann wandte er sich an Cosette: »Ach, ist sie hübsch! Ist sie hübsch! Ein Greuze! Das wirst du nun für dich allein haben, du Schlingel! Ah, du Schuft! Du bist fein heraus! Du bist glücklich! Hätte ich nicht fünfzehn Jahre zuviel, würden wir mit dem Degen darum kämpfen, wer sie kriegen soll. Ich bin in Sie verliebt, mein Fräulein. Ganz einfach. Das ist Ihr Recht. Ach, die reizende kleine Hochzeit, die das geben wird! Unsere Pfarrkirche ist Saint-Denis vom Heiligen Sakrament, aber ich werde einen Dispens haben, damit ihr in Saint-Paul heiraten könnt. Die Kirche ist besser. Von den Jesuiten gebaut. Das ist zierlicher. Gegenüber dem Brunnen des Kardinals Birago. Das Meisterwerk der jesuitischen Baukunst ist in Namur und heißt Saint-Loup. Dorthin müßt ihr fahren, wenn ihr verheiratet seid. Es ist die Reise wert. Mein Fräulein, ich bin aufs höchste für Sie eingenommen. Die Mädchen sollen heiraten, dafür sind sie da. Da ist eine gewisse heilige Katharina, die möchte ich immer mit gelöstem Haar sehen. Jungfrau zu bleiben ist schön, aber kalt. Die Bibel sagt: Vermehret euch! Um das Volk zu retten, ist Jeanne d'Arc vonnöten. Aber um das Volk zu machen, der Storch. Also heiratet, ihr Schönen! Ich sehe wirklich nicht ein, wozu die alten Jungfrauen da sind. Ich weiß, daß sie eine Seitenkapelle in der Kirche haben und sich in die Marienkongregation zurückziehen. Aber, zum Donnerwetter, ein hübscher Ehemann, ein braver Bursche, und nach einem Jahr ein dicker blonder Bengel, der vergnügt die Muttermilch schlürft und Fettfalten an den Hinterbacken hat und der Mama die Brust mit seinen kleinen rosigen Pfoten betatscht und lacht wie die Morgenröte, da ist doch mehr dran, als wenn eine bei der Vesper die Kerze hält und ›Turris eburnea‹ singt!«

Er hüpfte auf seinen neunzigjährigen Fersen eine Pirouette und redete weiter, beschwingt wie von einer Sprungfeder:

»So sagst du Lebewohl, Alcipp, den Träumereien
und wirst in Kürze schon, wie man versichert, freien.

Übrigens«, fragte er Marius, »hattest du nicht einen guten Freund?«

»Ja, Courfeyrac.«

»Was ist mit ihm?«

»Er ist tot.«

»Gut so.« Er setzte sich zu ihnen, ließ Cosette sich niedersetzen und nahm ihre vier Hände in seine runzligen Hände. »Sie ist süß, das Liebchen! Ein Meisterwerk, diese Cosette! Ein kleines Mädchen und eine große Dame. Sie wird nur Baronin sein, und das ist eine Standesminderung; sie ist die geborene Marquise. Hat die Wimpern. Kinder, hämmert euch das gut in euer Köpfchen, daß ihr das Richtige getroffen habt. Liebt euch, bis ihr davon dumm werdet. Die Liebe ist die Dummheit der Menschen und der Geist Gottes. Vergöttert euch! Nur«, fügte er plötzlich verfinstert hinzu, »welches Unglück! Jetzt denke ich daran! Mehr als die Hälfte meines Vermögens ist in Leibrente angelegt. Solange ich lebe, geht das noch, aber nach meinem Tod, in ungefähr zwanzig Jahren, meine armen Kinder, werdet ihr nicht einen Sou haben. Ihre schönen weißen Hände, Frau Baronin, werden dem Teufel die Ehre erweisen, ihn am Schwanz zu ziehen.«

Da hörte man eine ernste, gelassene Stimme sagen: »Fräulein Euphrasie Fauchelevent hat sechshunderttausend Francs.« Es war die Stimme von Jean Valjean. Noch hatte er kein Wort gesprochen; niemand schien auch nur zu wissen, daß er da war. Regungslos stand er hinter den Glücklichen.

»Wer ist dieses Fräulein Euphrasie?« Der Großvater wurde unruhig.

»Das bin ich«, erwiderte Cosette.

»Sechshunderttausend Francs«, wiederholte Herr Gillenormand.

»Abgerechnet etwa vierzehntausend oder fünfzehntausend Francs«, sagte Jean Valjean. Und er legte das Paket, das die Tante für ein Buch gehalten hatte, auf den Tisch. Er selbst öffnete das Paket, ein Bündel Banknoten. Man blätterte sie auf und zählte. Es waren fünfhundert Tausendfrancsscheine und hundertachtundsechzig Scheine zu fünfhundert Francs. Im ganzen fünfhundertvierundachtzigtausend Francs.

»Ein gutes Buch«, sagte Herr Gillenormand.

»Fünfhundertvierundachtzigtausend Francs!« murmelte die Tante.

»Damit ist viel geregelt, nicht wahr, Fräulein Gillenormand die Ältere?« fuhr der Großvater fort.

»Dieser verfluchte Kerl, der Marius, hat da im Traumbaum eine Grisette, die Millionärin ist, aus dem Nest genommen. Man sei auf der Hut vor der Liebelei junger Leute! Studenten finden Studentinnen mit sechshunderttausend Francs. Das hübsche Kind arbeitet besser als Rothschild.«

»Fünfhundertvierundachtzigtausend Francs!« wiederholte Fräulein Gillenormand. »So gut wie sechshunderttausend.«

Marius und Cosette blickten sich die ganze Zeit über an. Sie achteten kaum auf das, was um sie vorging.

V

Hinterlegt euer Geld eher in diesem oder jenem Wald als bei diesem oder jenem Notar

Ohne daß es lang und breit erklärt werden muß, hat der Leser zweifellos begriffen, daß Jean Valjean nach dem Fall Champmathieu, als er nach seinem ersten Ausbruch für ein paar Tage frei war, das Geld, das er als Herr Madeleine in Montreuil-sur-Mer erworben hatte, rechtzeitig bei Laffitte in Paris abheben konnte und daß er es, da er befürchtete, wieder gefaßt zu werden, was ihm tatsächlich kurz darauf widerfuhr, im Wald von Montfermeil, im sogenannten Blarugrund, vergraben hatte. Die Summe, sechshundertdreißigtausend Francs in Banknoten, beanspruchte wenig Platz und paßte in eine Schachtel. Um diese vor Feuchtigkeit zu schützen, hatte er sie lediglich in einen eichenen Kasten voller Hobelspäne von Kastanienholz gepackt. In denselben Kasten hatte er seinen anderen Schatz gelegt, die Leuchter vom Bischof. Als er aus Montreuil-sur-Mer entwich, hatte er sie mitgenommen. Der Mann, den eines Abends Boulatruelle ein erstes Mal erblickte, war Jean Valjean. Später, immer, wenn Jean Valjean Geld brauchte, holte er es sich von der Lichtung im Blarugrund. Daher die kurzen Reisen, über die wir gesprochen haben. Irgendwo in der Heide hatte er eine Hacke, in einem nur ihm allein bekannten Versteck. Als er Marius genesen sah, als er spürte, daß der Augenblick gekommen war, da dieses Geld nützlich werden konnte, hatte er es geholt, und Boulatruelle hatte ihn wieder im Wald entdeckt, doch diesmal am Morgen und nicht am Abend. Boulatruelle erbte die Hacke.

Die tatsächliche Summe betrug fünfhundertvierundachtzigtausendfünfhundert Francs. Jean Valjean behielt die fünfhundert Francs für sich. Für später, dachte er.

Was von den sechshundertdreißigtausend bei Laffitte abgehobenen Francs fehlte, war in zehn Jahren ausgegeben worden, von 1823 bis 1833. Die fünf Jahre Aufenthalt im Kloster hatten nur fünftausend Francs gekostet.

Jean Valjean stellte die beiden Silberleuchter auf den Kamin, und dort glänzten sie zum großen Erstaunen der Toussaint.

Im übrigen wußte Jean Valjean, daß er von Javert befreit war. Man hatte ihm erzählt, und der »Moniteur« hatte die Tatsache bestätigt, daß ein Polizeiinspektor Javert ertrunken unter einem Boot von Waschfrauen zwischen dem Pont-au-Change und dem Pont-Neuf gefunden worden war. Dieser Mann, der im übrigen untadelhaft gewesen war und die Wertschätzung seiner Vorgesetzten genoß, hatte eine Schrift hinterlassen, die an einen Anfall von Irrsinn und an Selbstmord glauben ließ. Eigentlich mußte er schon verrückt gewesen sein, dachte Jean Valjean, als er mir die Freiheit schenkte.

VI

Die beiden Alten tun alles, jeder auf seine Art, um Cosette glücklich zu machen

Alles wurde für die Hochzeit vorbereitet. Der konsultierte Arzt erklärte, daß sie im Februar gefeiert werden könne. Es war Dezember. Ein paar wundervolle Wochen des vollkommenen Glücks vergingen.

Der Großvater war selig. Ganze Viertelstunden lang betrachtete er wohlgefällig Cosette. »Ein erstaunlich hübsches Mädchen!« rief er. »Und sie sieht so sanft und so gütig aus! Dagegen läßt sich nichts einwenden, sie ist das bezauberndste Mädchen, das ich je in meinem Leben gesehen habe. Später wird sie noch Tugenden mit Veilchenduft entwickeln. Das ist eine Anmut, was? Mit einem solchen Geschöpf kann man nur vornehm leben. Marius, mein Junge, du bist Baron, du bist reich, laß die Rechtsverdreherei sein, ich flehe dich an.«

Cosette und Marius waren plötzlich aus dem Grab ins Paradies gekommen. Der Übergang war nicht sehr schonend, und sie wären betäubt gewesen, wären sie nicht geblendet worden.

»Verstehst du etwas davon?« fragte Marius Cosette.

»Nein«, antwortete Cosette, »doch mir scheint, der liebe Gott gibt acht auf uns.«

Jean Valjean machte alles, ebnete alles, brachte alles in Einklang, erleichterte alles. Er hatte es mit Cosettes Glück ebenso eilig wie Cosette selbst, war ebenso geschäftig und scheinbar voller Freude wie sie.

Als ehemaliger Bürgermeister verstand er es, ein schwieriges Problem zu lösen, von dem er allein wußte, das der Personalien Cosettes. Hätte er ihre Herkunft unumwunden angegeben, so hätte das die Heirat verhindern können. Er half Cosette aus allen Schwierigkeiten. Er beschaffte ihr eine Familie von Toten, so daß er sicher war, keinem Einspruch zu begegnen. Cosette war die letzte aus einer erloschenen Familie. Sie war nicht seine Tochter, sondern die eines anderen Fauchelevent. Zwei Brüder Fauchelevent waren Gärtner im Kloster Petit-Picpus gewesen. Man besuchte dieses Kloster. Es waren beste Auskünfte und respektvolle Zeugnisse im Überfluß zu erhalten. Die guten Nonnen, wenig tauglich und wenig geneigt, Fragen der Vaterschaft zu erforschen, und ohne Arg, hatten nie recht gewußt, von welchem der beiden Fauchelevent die kleine Cosette die Tochter war. Sie sagten, was man wollte, und sagten es mit Eifer. Eine Zeugenurkunde wurde abgefaßt. Cosette wurde vor dem Gesetz Fräulein Euphrasie Fauchelevent. Sie wurde zur Vollwaise erklärt. Jean Valjean ließ sich unter dem Namen Fauchelevent als Vormund Cosettes bezeichnen, mit Herrn Gillenormand als stellvertretendem Vormund.

Die fünfhundertvierundachtzigtausend Francs waren das Vermächtnis einer toten Person, die unbekannt zu bleiben wünschte, zugunsten von Cosette. Das Vermächtnis hatte zuerst fünfhundertvierundneunzigtausend Francs betragen; aber zehntausend Francs waren für die Erziehung von Fräulein Euphrasie ausgegeben worden, davon fünftausend Francs dem Kloster selbst gezahlt. Die einem Dritten überantwortete Summe sollte Cosette bei ihrer Volljährigkeit oder bei ihrer Heirat eingehändigt werden. Alles zusammen klang sehr vernünftig, wie man feststellen kann, vor allem mit einem Zuschuß von über einer halben Million. Es gab zwar hier und da ein paar Merkwürdigkeiten, doch die wurden übersehen. Einen der Betroffenen machte die Liebe blind, die anderen wurden es durch die sechshunderttausend Francs.

Cosette erfuhr, daß sie nicht die Tochter des alten Mannes war, den sie so lange Vater genannt hatte. Er war nur ein Verwandter, ein anderer Fauchelevent war in Wirklichkeit ihr Vater. Zu jeder anderen Zeit wäre sie untröstlich gewesen. So war es nur ein wenig Schatten, eine Verdüsterung, und so viel Freude durchströmte sie, daß diese Wolke rasch vorüberzog. Sie hatte Marius. Der junge Mann kam, der gute Alte trat zurück. Das Leben ist so. Auch war Cosette seit vielen Jahren gewohnt, Rätsel um sich zu sehen. Ihre geheimnisvolle Kindheit befähigte sie zum Verzichten.

Nach wie vor sagte sie zu Jean Valjean »Vater«. Begeistert war sie von dem alten Gillenormand, der sie mit Huldigungen und Geschenken überhäufte. Indes Jean Valjean für Cosette eine normale gesellschaftliche Stellung aufbaute und eine unangreifbare Personalakte, überwachte Herr Gillenormand die Gaben für die Braut. Nichts amüsierte ihn so, wie schenken zu dürfen. Er hatte Cosette ein Kleid von geklöppelten Spitzen aus Binche in Belgien geschenkt, das von seiner eigenen Großmutter herrührte. »Diese Moden sind wieder im Schwang«, sagte er, »die antiken Sachen machen Furore, die jungen Frauen jetzt in meinen Altersjahren kleiden sich wie die alten in meiner Kindheit.«

Er plünderte die ansehnlichen Kommoden, mit geschweiftem Bauch und Koromandellack verziert, die seit Jahren nicht geöffnet worden waren. »Nehmen wir den alten Witwen von Stand die Beichte ab«, sagte er, »sehen wir, was sie im Wanst haben.« Lärmend verletzte er tiefe Schubladen voller Toiletten aller seiner Frauen, aller seiner Mätressen und aller seiner Ahnfrauen. Pekingseide, Damast, Chinaseide für Möbel, bemalte moirierte Stoffe, Kleider aus hellem Gros de Tours, indische Taschentücher mit waschbarer Goldstickerei, leichte doppelseitige Wollstoffe in ganzen Stücken, Spitzen aus Genua und Alençon, Schmuck von alter Goldschmiedearbeit, elfenbeinerne Bonbonkästchen, mit Schlachtszenen von mikroskopischer Winzigkeit geschmückt, Nippes, Bänder, mit alledem beschenkte er Cosette. Verwundert, in zitternder Liebe zu Marius und verwirrt von

Dankbarkeit für Herrn Gillenormand, erträumte Cosette eine grenzenlose Seligkeit in Satin und Samt. Die Brautgeschenke schienen ihr von Seraphim getragen. Ihre Seele entschwebte auf Flügeln aus Mechelner Spitzen in den Azur.

Der Trunkenheit der Verliebten kam, wir sagten es bereits, allein die Verzückung des Großvaters gleich. Es war, als ertönten Fanfaren in der Rue des Filles-du-Calvaire. Jeder Tag begann mit einer neuen Spende von Kleinkunst, die der Großvater Cosette darbrachte. Aller mögliche Putz breitete sich in Pracht um sie aus.

Eines Tages sagte Marius, der gern ernsthaft in seinem Glück plauderte, bei irgendeiner Gelegenheit: »Die Männer der Revolution sind so groß, daß sie schon den Nimbus der Jahrhunderte tragen, wie Cato und Phokion, und jeder von ihnen weckt eine uralte Erinnerung.«

»Alter Moiré!« rief der Greis. »Danke, Marius. Genau das habe ich gesucht.«

Und am nächsten Morgen kam ein herrliches altes, teefarbenes Moirékleid zu Cosettes Brautgeschenken hinzu. Der Großvater gewann diesem Putz eine Weisheit ab.

»Die Liebe, schön und gut, aber das ist nicht alles. Es braucht Unnützes im Glück. Das Glück ist nur das Notwendige. Versüßt es mir mit allem Überfluß! Ein Palast und sein Herzchen. Sein Herzchen und der Louvre. Sein Herzchen und die großen Wasserspiele in Versailles. Gebt mir meine Schäferin und versucht eine Herzogin aus ihr zu machen! Bringt mir Phyllis mit Kornblumen bekränzt und setzt ihr hunderttausend Livres Rente aus! Spielt mir eine unabsehbare Schäferszene unter einem Säulengang von Marmor vor! Ich genehmige die Schäferszene und auch die Zauberwelt aus Marmor und Gold. Glück ohne Zutaten gleicht trockenem Brot. Man ißt, aber speist nicht. Ich will Überflüssiges, Unnützes, Übertriebenes, das, was zuviel ist und zu nichts dient. Ich kann mich erinnern, daß ich am Straßburger Münster eine Uhr gesehen habe. Sie war hoch wie ein dreistöckiges Haus und zeigte die Zeit an, hatte vielmehr die Güte, die Zeit anzuzeigen, sah aber nicht so aus, als ob sie dafür erschaffen wäre. Wenn es Mittag oder Mitternacht, die Stunde der Sonne oder die Stunde der Liebe, geschlagen hatte, kurz, nach jedem Stundenschlag zeigte sie einem den Mond und die Sterne, die

Erde und das Meer, die Vögel und die Fische, Phöbus und Phöbe und eine Menge Dinge, die aus einer Nische hervorkamen, und die zwölf Apostel und Kaiser Karl V. und Eponina und Sabinus und obendrein einen Haufen vergoldeter Kerlchen, die Trompete bliesen. Und dazu noch die hinreißenden Glockenspiele, die sie bei jeder Gelegenheit ertönen ließ, ohne daß einer wußte warum. Wiegt ein erbärmliches, schmuckloses Zifferblatt, das nur die Stunden angibt, das auf? Ich bin einer Meinung mit der großen Straßburger Turmuhr und ziehe sie der Schwarzwälder Kuckucksuhr vor.«

Herr Gillenormand schwärmte zumal von der Hochzeit, und alle Schätze des achtzehnten Jahrhunderts flossen kunterbunt durcheinander in seine Dithyramben ein. »Ihr kennt nicht die Kunst der Feste. Ihr versteht nicht, euch einen Freudentag zu machen«, rief er. »Euer neunzehntes Jahrhundert ist schlapp. Die Maßlosigkeit fehlt ihm. Es kennt nicht den Reichen, es kennt nicht den Vornehmen. In jeder Hinsicht ist es kahl geschoren. Euer dritter Stand ist langweilig, farb-, geruch- und formlos. Wovon träumen eure Bürgerinnen, wenn sie eine Bindung eingehen, wie sie sagen? Von einem hübschen, in kühlen Farben gehaltenen Boudoir, von Palisander und Kattun. Platz da! Platz da! Herr Knicker heiratet Fräulein Pfennigfuchser. Prunk und Pracht! Man hat einen Louisdor mit einem Fünffrancstück zusammengetan. Das ist die Zeit. In das Land noch hinter den Sarmaten möchte ich verschwinden. Ach, schon 1787, an dem Tage, an dem ich sah, wie der Herzog von Rohan, Prinz von Léon, Herzog von Chabot, Herzog von Montbazon, Marquis de Soubise, Vicomte de Thouars und Pair von Frankreich, im Rippenbrecher nach Longchamps kutschierte, da habe ich vorausgesagt, daß alles verloren sei! Das hat seine Früchte getragen. In diesem Jahrhundert werden Geschäfte gemacht, wird an der Börse spekuliert, Geld verdient und geknausert. Das Äußere wirkt gepflegt und glänzend. Man ist geschniegelt und gebügelt, gewaschen, geseift, gescheuert, rasiert, gekämmt, gewichst, poliert, eingerieben, gestriegelt, von außen sauber, untadelig, blank wie ein Kiesel, taktvoll, schmuck und hat gleichzeitig, so wahr ich lebe, in der Tiefe des Gewissens Misthaufen und Kloaken, daß es eine Kuhmagd umwirft, die sich in die Finger schneuzt. Ich bewillige dieser Zeit den Wahlspruch: unanständige Reinlichkeit. Marius, sei nicht böse und laß mich sprechen! Ich rede nicht schlecht über das Volk, du merkst ja, mir läuft der Mund über von deinem Volk, aber billige es, daß ich dem Bürgertum etwas Prügel verabreiche. Ich gehöre dazu. Wer von Herzen liebt, schlägt tüchtig zu. Und damit sage ich es ganz offen, heute verheiratet man sich, doch man versteht nicht mehr, sich zu verheiraten. Ach, es ist wahr, ich vermisse die Anmut der alten Bräuche. Alles vermisse ich von ihnen. Die Eleganz, den Adel, die ritterlichen und artigen Manieren, den ergötzlichen Aufwand, den jeder trieb, die Musik, die zur Hochzeit gehörte, Harmonie oben, Getrommel unten, die Tänze, die fröhlichen Gesichter bei Tisch, die geistvollen, galanten Reden, die Lieder, die Feuerwerksraketen, das freimütige Lachen, den Teufel und seine Großmutter, die großen Schleifen. Ich vermisse das Strumpfband der Braut. Das Strumpfband der Braut ist dem Venusgürtel verwandt. Worum dreht sich der Trojanische Krieg? Potz Blitz, um Helenas Strumpfband. Warum schlägt man sich, warum zerdrischt der göttliche Diomedes diesen großen ehernen Helm mit zehn Zacken auf dem Kopf des Meriones, warum gingen Achilles und Hektor mit ihren Spießen aufeinander los? Weil Helena von Paris ihr Strumpfband rauben ließ. Mit Cosettes Strumpfband würde Homer die ›Ilias‹ schreiben. Er würde in sein Epos einen alten Schwätzer wie mich aufnehmen und ihn Nestor nennen. Meine Freunde, früher, in jener freundlichen Zeit wurde mit Sachkenntnis geheiratet. Man schloß einen guten Vertrag und hielt danach Tafel. Sobald Cujas hinaus war, kam Gamache herein. Ei ja doch, der Magen verlangt, was ihm zusteht, und will auch seine Hochzeit haben. Man soupierte gut und hatte bei Tisch eine schöne Nachbarin ohne Brusttuch, die ihren Busen nur mit Maßen verhüllte! Oh, die breiten lachenden Münder, und wie lustig es in jener Zeit zuging! Die Jugend war ein Blumenstrauß. Jeder Jüngling endigte in einem Fliederzweig oder Rosenstrauß. Auch als Krieger war man Schäfer; und wer zufällig Rittmeister bei den Dragonern war, fand Mittel und Wege, sich Florian zu nennen. Man legte Wert darauf, hübsch zu sein, ging bestickt und in Purpur einher. Ein Bürger sah wie eine Blume aus, ein Marquis wie ein Juwel. Es gab keine Hosenstege und keine Stiefel. Man war piekfein herausgeputzt, in goldbraunen Moiré gekleidet und flatterte hin und her. Man war artig und kokett, was nicht hinderte, den Degen an der Seite zu tragen. Der Kolibri mit Schnabel und Krallen. Das war die Zeit der ›Indes galantes‹. Eine Seite des Jahrhunderts war bedenklich, die andere großartig, und potztausend!, das Leben wurde genossen. Heute tut man sich wichtig. Der Bürger ist geizig, die Bürgersfrau prüde. Euer Jahrhundert ist unglücklich. Die Grazien würden wegen ihrer großen Dekolletés vertrieben. Ach, die Schönheit wird wie etwas Häßliches verborgen. Seit der Revolution zieht alles lange Hosen an, sogar die Tänzerinnen. Eine Schmierenkomödiantin muß ernst wirken, eure Rigaudons sind doktrinär. Würdevoll wird das Kinn in der Halsbinde getragen. Das Ideal eines zwanzigjährigen Schlingels, der heiratet, ist es, Herrn Royer-Collard zu ähneln. Und wißt ihr, worauf diese Würde hinausläuft? Auf Erbärmlichkeit. Merkt euch dies: Freude ist nicht nur lustig, sie ist auch groß. Seid fröhlich verliebt, zum Teufel! Verheiratet euch also, wenn ihr schon heiratet, mit dem Fieber und der Betäubung und dem Spektakel und dem Tohuwabohu des Glücks! Ernst sei es in der Kirche; aber sobald die Messe vorüber ist, müßte ein Traum um die Vermählten wirbeln. Eine Hochzeit muß königlich und schimärisch sein. Ihre Zeremonie muß sich von der Kathedrale in Reims bis zur Pagode von Chanteloup hinziehen. Eine lumpige Hochzeit ist abscheulich. Seid wenigstens an dem Tag im Olymp! Seid Götter! Ah, man könnte wie Sylphiden sein, Götter des Übermuts, des Lachens, mit silbernen Schilden, und man ist Spießervolk. Meine Freunde, jeder Neuvermählte sollte der Fürst Aldobrandini sein. Nützt diese einzige Minute des Lebens, um mit Schwänen und Adlern in den Feuerhimmel zu fliegen, auch wenn ihr morgen in das Bürgertum der Frösche zurückfallt! Seid beim Hymenäum nicht sparsam, stutzt ihm seinen Glanz nicht! Knausert nicht um Heller an dem Tag, wo ihr strahlt! Die Hochzeit ist nicht der Hausstand. Oh, könnte ich sie nach meiner Laune einrichten, dann wäre sie ein galantes Fest. Geigen würde man in den Bäumen singen hören. Mein Programm hat die Farben Himmelblau und Silber. Ich würde die ländlichen Gottheiten daruntermischen, Dryaden und Nereïden zusammenrufen. Die Hochzeit der Amphitryte, eine rosige Wolke, gut frisierte, splitternackte Nymphen, ein Akademiker bietet der Göttin Vierzeiler dar, Meerungeheuer sind einem Wagen vorgespannt.

›Es schritt Triton voran, und solche Töne rauschten
aus seiner Muschel, daß in Wonne alle lauschten.‹

Das ist ein Festprogramm, wie es sein sollte, oder ich kenne mich nicht aus, hol's der Teufel!«

Indes der Großvater in vollem lyrischem Erguß sein eigener Zuhörer war, betrachteten sich Cosette und Marius ungehemmt. Die Tante Gillenormand blickte mit ihrer durch nichts zu erschütternden Sanftmut um sich. Sie hatte seit fünf bis sechs Monaten eine Reihe von Aufregungen gehabt: Marius wieder daheim, blutend über die Schwelle geschafft, Marius von einer Barrikade hergetragen, Marius tot, dann lebend, Marius ausgesöhnt, Marius mit einem armen Mädchen verlobt, Marius mit einer Millionärin verlobt. Die sechshunderttausend Francs waren ihre letzte Überraschung gewesen. Dann hatte die Gleichgültigkeit einer ersten Kommunikantin sich ihrer wieder bemächtigt. Sie ging regelmäßig zur Messe, haspelte ihren Rosenkranz ab, las ihre Kirchenagende, flüsterte ihr Ave in einem Winkel des Hauses, während in einem anderen geflüstert wurde: »Ich liebe dich!«, und ungewiß wie zwei Schatten sah sie Marius und Cosette. Der Schatten war sie.

In einem bestimmten Zustand der untätigen Askese beteiligt sich die abgestumpfte Seele nicht an dem, was man den Lebensvorgang nennen könnte, und mit Ausnahme der Erdbeben und Katastrophen ist sie keinem der menschlichen Eindrücke zugänglich, weder den heiteren noch den peinlichen. »Diese Frömmigkeit«, pflegte Vater Gillenormand zu seiner Tochter zu sagen, »gleicht dem Schnupfen. Du riechst nichts vom Leben, nimmst weder den schlechten noch den guten Geruch wahr.«

Die sechshunderttausend Francs hatten auch das Schwanken der alten Jungfer besiegt. Ihr Vater pflegte sie so niedrig einzuschätzen, daß er sie nach ihrer Zustimmung zur Heirat von Marius nicht gefragt hatte. Er hatte ungestüm gehandelt, nach seiner Art, da er, der Despot, der nun Sklave geworden war, nur dem einen Gedanken nachhing, Marius zu befriedigen. An die Existenz der Tante hatte er nicht gedacht und noch weniger an eine Meinung von ihr, und trotz ihrer Schafnatur fühlte sie sich gekränkt. Innerlich entrüstet und nach außen unempfindlich, hatte sie sich gesagt: Mein Vater löst die Heiratsfrage ohne mich; ich werde die Erbschaftsfrage ohne ihn lösen. Sie war reich, in der Tat, und ihr Vater war es nicht. Sie hatte sich also ihre Entscheidung darüber vorbehalten. Wahrscheinlich hätte sie, wenn es eine arme Ehe gewesen wäre, sie arm gelassen. Um so schlimmer für meinen Herrn Neffen! Wenn er eine Bettlerin heiratet, soll er ein Bettler sein. Aber die halbe Million von Cosette gefiel der Tante und änderte ihre Einstellung zu diesem Liebespaar. Sechshunderttausend Francs sind nicht zu verachten, und gewiß konnte sie nicht umhin, ihr Vermögen den jungen Leuten zu überweisen, da sie seiner nicht mehr bedurften.

Es wurde vereinbart, das Paar werde bei dem Großvater wohnen. Herr Gillenormand wollte ihnen durchaus sein Zimmer geben, das schönste des Hauses. »Das wird mich verjüngen«, erklärte er, »ein alter Plan von mir. Ich hatte immer so eine Idee, eine Hochzeit in meinem Zimmer.« Er möblierte dieses Zimmer mit einem Haufen von altem galantem Krimskrams. Er ließ es mit einem Deckengemälde verzieren und mit einem seltenen Stoff bespannen, von dem er viele Ellen hatte und der, wie er glaubte, aus Utrecht war, auf satiniertem goldgelbem Grund ein Blumenmuster von samtenen Aurikeln. »Mit diesem Stoff«, sagte er, »war das Bett der Herzogin von Anville in La Roche-Guyon drapiert.« Auf den Kamin setzte er eine Meißner Figur mit einem Muff am nackten Bauch. Die Bibliothek von Herrn Gillenormand wurde das Anwaltskabinett, das Marius benötigte; ein Kabinett, das ja nach der Justizbehörde für Advokaten erforderlich war.

VII

Die Eindrücke des Traumes vermischen sich mit dem Glück

Die Liebenden sahen sich täglich. Cosette kam mit Herrn Fauchelevent. »Es ist die umgekehrte Welt«, sagte Fräulein Gillenormand, »daß die Künftige im Haus erscheint, um sich den Hof machen zu lassen.« Aber durch die Genesung von Marius war das so eingeführt, und die Sessel der Rue des Filles-du-Calvaire waren für zärtliche Stunden besser als die Strohstühle der Rue de l'Homme-Armé, und so saß sie dort wie angewurzelt. Marius und Fauchelevent sahen sich, doch sprachen sie nicht miteinander. Sie schienen sich dahin geeinigt zu haben. Jedes junge Mädchen bedarf eines Tugendwächters oder einer Tugendwächterin. Cosette hätte ohne Herrn Fauchelevent Marius nicht besuchen können. Für ihn war Herr Fauchelevent die Bedingung Cosettes. Er nahm sie an. Wenn sie in allgemeinen, unscharfen Gedankengängen politische Fragen aufs Tapet brachten, im Hinblick auf die Gesamtbesserung des Loses aller, gelang es ihnen, über Ja und Nein hinauszukommen. Einmal waren sie über den Unterricht, den Marius gratis und obligatorisch wollte, vielfältig, allen großzügig zugeteilt wie Luft und Sonne, mit einem Wort, für das ganze Volk atembar, desselben Sinnes und plauderten fast. Marius bemerkte bei dieser Gelegenheit, daß Herr Fauchelevent gut sprach und sogar mit den Kennzeichen gehobener Bildung. Dennoch fehlte ihm irgend etwas. Er war weniger als ein Gesellschaftsmensch und dennoch mehr.

Insgeheim und im Grunde seiner Gedanken umgab Marius Herrn Fauchelevent, der ihn mit schlichtem Wohlwollen und kühl behandelte, mit zahllosen stummen Fragen. Mitunter zweifelte er an seinen eigenen Erinnerungen. In seinem Gedächtnis war ein Loch, eine schwarze Stelle, ein von vier Wochen des Todeskampfes gehöhlter Abgrund. Viele Dinge hatten sich darin verloren. Er war schon so weit, daß er sich fragte, ob er wirklich Herrn Fauchelevent, einen so ernsten und ruhigen Mann, auf der Barrikade gesehen habe.

Es war nicht die einzige Betäubung, die in seinem Geist die Gestalten der Vergangenheit, erscheinend und entschwindend, hinterlassen hatten. Er war nicht frei von all den quälenden Gedanken der Erinnerung, die uns, selbst wenn wir glücklich und zufrieden sind, zwingen, melancholisch zurückzuschauen. Wer sich nicht nach verblaßten Horizonten umsieht, kann weder denken noch lieben. Manchmal legte Marius sein Antlitz in seine Hände, und diese Vergangenheit jagte, stürmisch und schattengleich, durch die Dämmerung seines Hirnes. Er sah Mabeuf fallen, er hörte Gavroche im Kartätschenhagel singen, er fühlte unter seiner Lippe die Kälte der Stirn von Eponine, Enjolras, Courfeyrac, Jean Prouvaire, Combeferre, Bossuet, Grantaire, alle seine Freunde stiegen vor ihm auf, und dann zerstreuten sie sich. Waren diese geliebten, schmerzensreichen, kraftvollen, reizenden oder tragischen Wesen Traumgebilde? Hatten sie in Wahrheit gelebt? Der Aufruhr hatte über alles seinen Rauch dahingewälzt. Das große Fieber hat große Träume. Er befragte sich, er betastete sich. Ihm schwindelte von allen diesen in ein Nichts verwandelten Wirklichkeiten. Wo waren sie? War wirklich alles tot? Ein Sturz in die Finsternis hatte alles hinabgerissen außer ihm. Es schien entrückt wie durch einen Theatervorhang. Auch im Leben senken sich Vorhänge. Gott geht zum nächsten Akt über.

Und er selbst, war er der gleiche? Er, der Arme, war reich. Er, der Verlassene, hatte eine Familie. Er, der Hoffnungslose, heiratete Cosette. Es schien ihm, als habe er ein Grab durchschritten, als sei er schwarz hineingegangen und weiß herausgetreten. Und in diesem Grab waren die anderen geblieben. Manchmal umkreisten ihn alle diese Vergangenheitsmenschen, versammelt und gegenwärtig, und verdunkelten seine Seele. Dann dachte er an Cosette und wurde wieder heiter. Aber weniger als dieses Glück hätte die Katastrophe in ihm nicht auszulöschen vermocht.

Herr Fauchelevent hatte unter diesen Entschwundenen beinahe seinen Platz. Marius zögerte zu glauben, der Fauchelevent der Barrikade sei derselbe wie dieser Fauchelevent von Fleisch und Blut, der so ernst neben Cosette saß. Der erste war vermutlich ein Spuk, wie ihn die Stunden seines Deliriums gebracht und wieder genommen hatten. Im übrigen waren beide, Herr Fauchelevent und Marius, von schroffem Charakter, keine Frage war zwischen ihnen möglich, nie hätte er sie erwogen. Auf diese bezeichnende Einzelheit haben wir bereits hingewiesen.

Es kommt gar nicht so selten vor, daß zwei Männer ein Geheimnis miteinander haben und in stillschweigendem Übereinkommen mit keinem Wort dieses Thema berühren. Nur einmal wagte sich Marius vor. Er erwähnte in ihrer Unterhaltung die Rue de la Chanvrerie. Herrn Fauchelevent sich zuwendend, fragte er: »Die Straße kennen Sie doch gut?«

»Welche Straße?«

»Die Rue de la Chanvrerie.«

»Der Name der Straße ist mir fremd«, antwortete Herr Fauchelevent in natürlichem Ton.

Die Antwort, die auf den Namen der Straße und nicht auf die Straße selbst Bezug hatte, schien Marius schlüssiger, als sie war.

Ich habe offenbar geträumt, dachte er. Ich hatte eine Halluzination. Es war jemand, der ihm ähnelte. Herr Fauchelevent war es nicht.

VIII

Zwei Männer, die nicht wiederzufinden sind

So groß die Wonne auch war, Marius vergaß keineswegs darüber andere Sorgen. Während die Hochzeit vorbereitet wurde, ließ er einstweilen schwierige und gewissenhafte Nachforschungen anstellen. Zwiefache Dankesschuld lag auf ihm; die eine für seinen Vater, die andere für ihn selbst. Die erste betraf Thénardier, die zweite den Unbekannten, der ihn, Marius, bei Herrn Gillenormand abgeliefert hatte. Er war bestrebt, die beiden Männer zu finden. Denn er wollte nicht heiraten, glücklich sein und sie vergessen, da er fürchtete, diese unerledigte Verpflichtung werde sein hinfort so lichtes Leben überschatten. Er konnte unmöglich mit dieser Zahlung im Rückstand bleiben und wünschte, bevor er fröhlich in die Zukunft schritt, mit der Vergangenheit quitt zu sein.

Daß Thénardier ein Verbrecher war, änderte nichts an der Rettung des Obersten Pontmercy durch ihn. Thénardier war für jedermann ein Bandit, nur nicht für Marius, der von der wahren Begebenheit in der Schlacht bei Waterloo nichts wußte. Der Umstand, daß sein Vater Thénardier das Leben verdankte, ohne ihm Dank zu schulden, war ihm unbekannt.

Keiner der Agenten, deren Marius sich bediente, kam auf Thénardiers Spur. Er schien gänzlich verschollen. Die Thénardier war während der gerichtlichen Untersuchung im Gefängnis verstorben. Thénardier und seine Tochter Azelma, die allein von der beklagenswerten Gruppe zurückblieben, waren im Dunkel untergetaucht. Der Abgrund des sozialen Unbekannten hatte sich stillschweigend über jenen Wesen geschlossen. An der Oberfläche waren nicht einmal mehr dieses Erzittern, dieses Beben, diese dunklen konzentrischen Kreise zu sehen, die davon künden, daß da etwas hineingefallen und Vorsicht geboten ist.

Da die Thénardier tot, Boulatruelle außer Verfolgung gesetzt, Claquesous verschwunden war und die Hauptangeklagten dem Kerker entflohen waren, hatte der Prozeß wegen des Überfalls im Hause Gorbeau ein vorzeitiges Ende erreicht. Die Affäre war unaufgeklärt. Das Schwurgericht hatte sich mit zwei Subalternen begnügen müssen, Panchaud, genannt Printanier, genannt Bigrenaille, und Demi-Liard, genannt Zwei Milliarden, die kontradiktorisch zu zehn Jahren Galeere verurteilt worden waren. Das Urteil gegen ihre entwischten und nicht zur Strecke gebrachten Spießgesellen hatte auf lebenslängliche Zwangsarbeit gelautet. Thénardier, der Rädelsführer, war, ebenso in Abwesenheit, zum Tode verurteilt worden. Dieser Richterspruch war das einzige, was von Thénardier blieb, und er warf auf den vergessenen Namen sein düsteres Licht wie eine Kerze, die neben einem Sarg steht. Im übrigen wurde Thénardier durch die Angst, wieder gefaßt zu werden, in die letzten Tiefen hinabgedrängt, und noch größere Finsternis deckte diesen Mann.

Die Suche nach dem anderen, dem unbekannten Retter von Marius, hatte zuerst ein gewisses Ergebnis gehabt, dann versagte sie plötzlich. Es gelang, die Droschke festzustellen, die am Abend des sechsten Juni Marius in die Rue des Filles-du-Calvaire befördert hatte. Der Kutscher erklärte, am sechsten Juni habe er auf Befehl eines Polizeibeamten von drei Uhr nachmittags bis zur Nacht am Kai der Champs-Élysées, oberhalb des Ausgangs des Großen Kanals, gewartet. Gegen neun Uhr abends habe sich das Gitter nach dem Ufer der Seine geöffnet. Ein Mann sei herausgestiegen, der auf seinen Schultern einen anderen Mann, einen Toten, wie es schien, getragen habe. Der Beamte, der den Punkt beobachtete, habe den lebenden Mann verhaftet und sich des toten Mannes bemächtigt. Auf Befehl des Beamten habe er, der Kutscher, »die ganze Gesellschaft« in seine Droschke aufgenommen. Zuerst sei man in die Rue des Filles-du-Calvaire gefahren und habe den toten Mann dort niedergelegt. Der Tote sei Herr Marius, er, der Kutscher, erkenne ihn mit Bestimmtheit, obwohl er diesmal lebendig sei. Dann sei man wieder in seinen Wagen gestiegen, er habe seine Pferde gepeitscht. Einige Schritte vor dem Tor der Archive habe man ihm zugerufen, er solle halten. Auf der Straße habe man bezahlt und ihn verlassen. Der Beamte habe den anderen Mann mitgenommen. Mehr wisse er nicht. Die Nacht sei schwarz gewesen.

Marius konnte sich an nichts erinnern. Er entsann sich nur, daß ihn eine kräftige Hand aufgefangen hatte, als er rücklings in die Barrikade stürzte. Danach verschwand alles für ihn. Zu Bewußtsein war er erst wieder bei Herrn Gillenormand gekommen.

Er verlor sich in Mutmaßungen. An seiner eigenen Identität konnte er nicht zweifeln. Wie kam es, daß ihn, der in der Rue de la Chanvrerie gefallen war, der Polizeibeamte am Ufer der Seine, nahe dem Pont des Invalides, aufgehoben hatte? Irgend jemand hatte ihn vom Markthallenviertel nach den Champs-Élysées getragen. Und wie? Durch den Kanal. Eine unerhörte Aufopferung. Irgend jemand? Wer? Der Mann, den Marius suchte. Über diesen Mann, seinen Retter, war nichts zu ermitteln. Keine Spur; nicht das geringste Indiz.

Marius dehnte, wenn er auch nach dieser Seite hin zu großer Vorsicht gezwungen war, seine Erkundungen bis zur Polizeipräfektur aus. Aber auch von dort erzielten die Nachforschungen keinerlei Aufklärung. Die Präfektur wußte weniger als der Droschkenkutscher. Man hatte keine Kenntnis von einer am sechsten Juni am Gittertor des Großen Kanals bewirkten Verhaftung. Kein Beamter hatte über einen solchen Vorfall berichtet, den man auf der Präfektur für eine Fabel hielt. Man schrieb die Erfindung dieser Fabel dem Kutscher zu. Ein auf Trinkgeld erpichter Kutscher ist zu allem fähig, sogar zu dichterischer Phantasie. Der Tatbestand war dennoch gesichert, und Marius konnte nicht daran zweifeln, es sei denn, er zweifelte seine eigene Identität an.

Alles war für Marius nach wie vor rätselhaft. Was war aus dem geheimnisvollen Unbekannten geworden, den der Kutscher mit dem ohnmächtigen Marius auf dem Rücken aus dem Gittertor des Großen Kanals hatte treten sehen und der nach der Rettung eines Aufrührers in flagranti ertappt und verhaftet worden war? Was war aus dem Beamten selber geworden? Warum schwieg dieser Beamte? Hatte der Mann ihm entkommen können? Hatte er ihn bestochen? Warum gab der Mann ihm, Marius, der ihm alles verdankte, kein Lebenszeichen? Die Uneigennützigkeit war nicht weniger erstaunlich als die Aufopferung. Warum ließ er sich nicht sehen? Fühlte er sich über eine Belohnung erhaben? Aber niemand ist über die Dankbarkeit erhaben. War er tot? Was für ein Mensch war er? Was für ein Gesicht hatte er gehabt? Niemand vermochte es zu sagen. Der Kutscher antwortete: »Die Nacht war sehr schwarz.« Basque und Nicolette hatten, verdutzt wie sie waren, nur ihren blutbefleckten jungen Herrn betrachtet. Einzig der Portier, dessen Kerze die tragische Ankunft von Marius beleuchtet hatte, gab ein Signalement des Mannes. »Er sah gräßlich aus«, bezeugte er. In der Hoffnung, es werde für die Fahndung vielleicht von Wert sein, ließ Marius die blutigen Kleider aufbewahren, in denen er zu seinem Großvater zurückgebracht worden war. Als man sie nochmals prüfte, bemerkte man, daß ein Rockschoß in sonderbarer Weise zerrissen war und ein Stück fehlte.

Eines Abends sprach Marius vor Cosette und Jean Valjean über das ganze seltsame Abenteuer, über die zahllosen Erkundigungen, die er eingezogen hatte, und die Zwecklosigkeit seiner bisherigen Bemühungen. Er geriet in Ungeduld, als er die kalte Miene von Herrn Fauchelevent sah. Mit einem Ungestüm, in dem fast Zorn mittönte, rief er: »Ja, der Mann, wer er auch sei, hat großartig gehandelt. Wissen Sie, was er getan hat, mein Herr? Wie ein Erzengel hat er eingegriffen. Er mußte sich mitten in den Kampf stürzen, mich bergen, den Kanal öffnen, mich hinabschleppen, mich tragen. Über anderthalb Meilen mußte er in schrecklichen unterirdischen Galerien wandern, gekrümmt, gebeugt, in der Finsternis, in der Kloake, über anderthalb Meilen mit einer Leiche auf dem Rücken! Und in welcher Absicht? Nur in der Absicht, die Leiche zu retten. Und die Leiche war ich. Er hat sich gesagt: Vielleicht ist noch ein bißchen Leben in ihm. Ich werde meine Existenz für dieses elende Fünkchen aufs Spiel setzen. Und nicht nur einmal, zwanzigmal hat er das getan. Und jeder Schritt war gefährlich, und noch als er dem Kanal entstieg, ist er verhaftet worden. Wissen Sie, daß dieser Mann all das getan hat, ohne daß er eine Belohnung erwartete? Wer war ich? Ein Aufständischer, ein Besiegter. Oh, wenn die sechshunderttausend Francs von Cosette mir gehörten ...«

»Sie gehören Ihnen«, unterbrach ihn Jean Valjean.

»Also«, fuhr Marius fort, »ich würde sie hergeben, um den Mann zu finden.« Jean Valjean schwieg.

SECHSTES BUCH
Die schlaflose Nacht

I

Am 16. Februar 1833

Die Nacht vom 16. zum 17. Februar 1833 war eine gesegnete Nacht. Über ihrem Dunkel stand der Himmel offen. Es war die Hochzeitsnacht von Marius und Cosette.

Wunderbar war der Tag gewesen.

Es war nicht das vom Großvater erträumte, rauschende Fest geworden, keine Feerie mit einem reizenden Durcheinander von Cherubim und Amoretten zu Häupten des Brautpaares, keine Vermählung, wert, daß ein Supraport von ihr gemalt wird, doch es war angenehm und heiter gewesen.

Die mit einer Heirat verbundenen Bräuche waren damals anders als jetzt. Frankreich hatte von England noch nicht die letzte Feinheit entliehen, seine Frau zu stehlen, nach dem Verlassen der Kirche zu flüchten, sich aus Scham über sein Glück zu verstecken und das Benehmen eines Bankrotteurs mit den Entzükkungen des Hohenliedes zu vereinigen. Noch wußte man nicht, wie keusch, zart und dezent es ist, sein Paradies auf die holprigen Räder einer Postkutsche zu verlegen, sein Geheimnis durch Peitschengeknall zu stören, für das Brautbett ein Herbergsbett zu wählen und in dem banalen Alkoven, zu soundsoviel die Nacht, die heiligste Erinnerung des Lebens zurückzulassen, vermischt mit dem Tête-à-tête des Postkutschenschaffners und der Herbergskellnerin.

In der zweiten Hälfte des neunzehnten Jahrhunderts, in der wir stehen, genügen der Bürgermeister und seine Schärpe, der Priester und sein Meßgewand, das Gesetz und Gott nicht mehr. Man muß sie durch den Postillon von Lonjumeau ergänzen: blaue Jacke mit roten Aufschlägen und klingelnden Knöpfen, ein Blechschild am Arm, Hosen von grünem Leder, Flüche auf die normannischen Gäule mit dem geflochtenen Schweif, falsche Tressen, gewichster Hut, dickes, gepudertes Haar, riesige Peitsche und große Stiefel. Frankreich treibt die Eleganz noch nicht so weit, daß es wie die englische Nobility alte Pantoffeln und Schuhe auf die Postkutsche mit dem Brautpaar niederhageln läßt – zum Gedenken an Churchill, inzwischen als Marlborough oder Malbrouck bekannt, über den am Tage seiner Vermählung eine zornige Tante herfiel, die ihm Glück brachte. Die Schuhe und Pantoffeln gehören noch nicht zu unseren Hochzeitsbräuchen. Aber Geduld, der gute Geschmack breitet sich weiter aus, wir kommen auch noch dahin.

Im Jahre 1833 beging man die Hochzeit nicht im Trab. Damals dachte man sich, sie sei ein intimes gesellschaftliches Fest und ein patriarchalisches Bankett verderbe eine häusliche Feier nicht. Sogar eine überschwengliche Heiterkeit, wenn sie nur anständig sei, schade dem Glück mitnichten. Es sei eine ehrwürdige und gute Sitte, daß die Verschmelzung zweier Schicksale, aus der eine Familie erwachsen werde, im Hause beginne und die geheime Stätte der Ehe nunmehr das Brautgemach sei. Und man war so schamlos, sich zu Hause zu vermählen.

So wurde die Hochzeit nach dieser jetzt hinfälligen Mode bei Herrn Gillenormand gefeiert. Wie immer entstanden durch das Aufgebot, die Unterfertigung der Akten, den Bürgermeister, die Kirche Weiterungen. Vor dem sechzehnten Februar wurde man nicht fertig. Es war der Faschingsdienstag. Zögern und Gewissensbedenken besonders der Tante Gillenormand. »Fastnacht«, rief der Großvater, »desto besser! Es gibt ein Sprichwort: Hochzeit am Dienstag im Karneval, brav werden die Kinderchen all. Meinetwegen der sechzehnte! Willst du aufschieben, Marius?«

»Nein, fürwahr nicht!« antwortete der Verliebte.

»Heiraten wir!« sagte der Großvater.

Die Hochzeit fand also, ungeachtet des lustigen Getümmels auf den Straßen, am sechzehnten statt. Es regnete an dem Tag, aber immer ist am Himmel ein blaues Fleckchen im Dienste des Glücks, das Liebespaare sehen, auch wenn der Rest der Schöpfung unter einen Schirm kriecht.

Am Abend zuvor hatte Jean Valjean die fünfhundertvierundachtzigtausend Francs Marius im Beisein von Herrn Gillenormand übergeben. Die Ehe wurde nach der Ordnung der Gütergemeinschaft geschlossen, die amtlichen Protokolle waren einfach. Die Toussaint war nun für Jean Valjean überflüssig. Cosette hatte sie geerbt und zum Rang einer Zofe erhoben. Ein schönes Zimmer im Hause Gillenormand war eigens für Jean Valjean möbliert worden, und so unwiderstehlich hatte Cosette zu ihm gesagt: »Vater, ich bitte Sie darum«, daß sie ihm die Zusage fast abgenötigt hatte, darin zu wohnen.

Wenige Tage vor dem für die Heirat anberaumten Termin war ihm ein Unfall zugestoßen. Er hatte sich den Daumen der rechten Hand ein wenig gequetscht. Es war nicht ernst; und er hatte nicht erlaubt, daß jemand sich darum kümmerte, ihn verband oder seine Verletzung auch nur ansehe, sogar Cosette nicht. Doch hatte der Schaden ihn gezwungen, sich um die Hand ein Tuch zu wickeln und den Arm in einer Binde zu tragen, und das hatte ihn an der Unterzeichnung der Heiratsakte gehindert. Herr Gillenormand war als stellvertretender Vormund Cosettes für ihn eingesprungen.

Wir wollen den Leser weder aufs Rathaus noch in die Kirche führen. Zwei Verliebten folgt man nicht dahin, und für gewöhnlich wird dem Drama der Rücken gekehrt, sobald es sich ein Brautbukett in sein Knopfloch steckt. Es sei lediglich auf einen Zwischenfall hingewiesen, der, von den Hochzeitsgästen nicht weiter beachtet, sich auf der Fahrt von der Rue des Filles-du-Calvaire zu der Kirche Saint-Paul ereignete.

Der nördlichste Teil der Rue Saint-Louis wurde damals neu gepflastert. Von der Rue du Parc-Royal ab war sie gesperrt. Es war für die Hochzeitskutschen nicht möglich, direkt nach Saint-Paul zu fahren. Sie mußten den Plan ändern, und am einfachsten war ein Bogen über den Boulevard. Einer der Geladenen wandte ein, es sei Faschingsdienstag, es werde ein Wagengewirr geben. »Warum?« fragte Herr Gillenormand. »Durch die Masken«, meinte der Gast. »Das ist ja wunderbar«, sagte der Großvater. »Also über den Boulevard. Die jungen Leute heiraten; sie werden den Ernst des Lebens kennenlernen. So ein bißchen Maskerade ist die beste Vorbereitung.«

Man fuhr über den Boulevard. Im ersten Viersitzer saßen Cosette und die Tante Gillenormand, Herr Gillenormand und Jean Valjean. Marius, nach dem Brauch noch von der Braut getrennt, saß im zweiten. Der Hochzeitszug reihte sich, als er aus der Rue des Filles-du-Calvaire kam, in die lange Prozession der Wagen ein, die von der Madeleine zur Bastille und von der Bastille zur Madeleine eine endlose Kette bildete.

Auf dem Boulevard wimmelte es von Masken. Wenn es auch mit Pausen regnete, Paillasse, Pantalon und Gille harrten aus. In der fröhlichen Laune dieses Winters hatte Paris sich als Venedig vermummt. Heute erlebt man solche Fastnacht nicht mehr. Wie alles auf dieser Erde ist der Karneval weitverbreitet, und so gibt es keinen mehr.

Die Seitenalleen waren gedrängt voll von Passanten und die Fenster von Neugierigen. Die Terrassen, die die Säulengänge der Theater krönten, strotzten von Zuschauern. Außer den Masken beschaute man den Zug, der für den Faschingsdienstag so typisch ist wie für Longchamps, Wagen jeder Art, Stadtwagen, Kremser, Halbkutschen, Einspänner, die in Ordnung vorrückten, durch die polizeilichen Vorschriften streng zusammengehalten und wie in starren Geleisen sich aufreihend. Wer in einem solchen Wagen fährt, ist Zuschauer und gleichzeitig Gegenstand der Schau. Polizei hielt an den Seitenstreifen des Boulevards die beiden unendlichen Parallelströme aufrecht, die sich in entgegengesetzter Richtung fortbewegten. Sie überwachte, damit nichts ihre doppelten Fluten hemmte, diese beiden Wagenbäche, von denen einer talwärts verlief, nach der Chausee d'Antin, der andere bergauf, der Vorstadt Saint-Antoine zu. Die mit Wappen geschmückten Kutschen der Pairs von Frankreich und der Botschafter nahmen die Mitte der Straße ein und hatten freie Zufahrt und Abfahrt. Einzelne prachtvolle und lustige Aufzüge, vor allem der Faschingsochse, hatten dasselbe Privileg. In diese Heiterkeit von Paris knallte England mit seiner Peitsche: Die Postkutsche von Lord Seymour, mit einem volkstümlichen Spitznamen geneckt, fuhr lärmend vorüber.

In der Doppelreihe, an der entlang Polizeisoldaten wie Hirtenhunde galoppierten, zeigten ehrbare Halbberlinen ohne Vordersitz, mit Großtanten und Großmüttern vollgestopft, an den Wagenschlägen Scharen frischer, verkleideter Kinder, siebenjähriger Pierrots, sechsjähriger Pierretten, reizende kleine Geschöpfe. Sie fühlten, daß sie offiziellen Anteil an dem Volksvergnügen hatten; sie waren von der Würde ihrer Harlekinade durchdrungen und gravitätisch wie öffentliche Beamte. Von Zeit zu Zeit gab es irgendwo in der Prozession der Gefährte eine Stockung. Die eine oder die andere der beiden Kolonnen stand, bis sich der Knoten löste. Schon ein Wagen, der nicht weiterkonnte, lähmte die ganze Kette. Dann setzte sich alles wieder in Gang.

Die Hochzeitskutschen fuhren nach der Bastille zu, entlang der rechten Seite des Boulevards. Auf der Höhe der Rue du Pont-aux-Choux mußten sie halten. Fast im selben Augenblick hielt auf der gegenüberliegenden Seite die andere Reihe, deren Ziel die Madeleine war. An diesem Punkt querte diese Kolonne ein Maskenwagen.

Diese Wagen oder vielmehr diese Karren sind den Parisern wohlbekannt. Wenn sie an einem Faschingsdienstag oder einem Aschermittwoch fehlen, würde man an Bosheit glauben und sagen: Dahinter steckt etwas. Wahrscheinlich kommt ein Regierungswechsel. Eine Anhäufung von Cassandern, Harlekinen und Colombinen, die über den Weg rumpelte, alle erdenklichen Grotesken vom Türken bis zum Wilden, Herkulesse, die Marquisen trugen, Fischweiber, die Rabelais sich die Ohren zustopfen ließen, wie Aristophanes vor den Mänaden die Augen niederschlug, Flachsperücken, rosa Trikots, Geckenhüte, Zerrbrillen, dreieckige Spaßmacherhüte, von Schmetterlingen gefoppt, Geschrei zu den Fußgängern hinab, in die Hüften gestemmte Fäuste, kühne Posen, nackte Schultern, maskierte Gesichter, Unverschämtheit ohne Maulkorb: ein Chaos der Dreistigkeit, von einem Kutscher mit Blumen im Haar spazierengefahren – das ist die ganze Einrichtung.

Griechenland brauchte den Thespiskarren, Frankreich braucht Vadés Droschke.

Alles kann parodiert werden, sogar die Parodie. Die Saturnalien, diese Fratze der antiken Schönheit, kommen, immer mehr übertreibend, bei der Fastnacht an. Und das einst mit Reben bekränzte, von Sonne überflutete Bacchanal, das marmorne Brüste in göttlicher Halbnacktheit zeigte, ist heute unter den feuchten Fetzen des Nordens aufgeweicht, und die Bacchanten werden »Bettscheißer« genannt.

Der Brauch der Maskenwagen stammt aus den ältesten Zeiten der Monarchie. Ludwigs XI. Rechnungsberichte bewilligen dem Palastvogt »zwanzig tourische Sous für drei Maskenzugwagen auf den Straßen«. Heute lassen die geräuschvollen Ansammlungen von Großstadtgeschöpfen sich meist auf einem alten »Kuk-kuck« gondeln, einem Torwagen, dessen Oberdeck sie besetzen, oder sie drücken mit ihrer tumultuarischen Masse einen Mietslandauer, dessen Verdeck heruntergelassen ist. Sie sind zwanzig in einem Wagen für sechs Personen. Auf dem Sitz kauern sie, auf dem Klappsitz, auf den Backen des Verdecks, auf der Deichsel und rittlings noch auf den Laternen des Wagens. Sie stehen, liegen, sitzen, die Knie angewinkelt, mit baumelnden Beinen. Die Frauen hocken auf den Knien ihrer Galane. Schon von weitem ist über dem Gewimmel der Köpfe ihre tolle Pyramide zu sehen. Diese Fuhren bilden jubelnde Gebirge inmitten des Gewühls. Mit Argot angereichert, kommen Collé, Panard und Piron von ihnen her. Der Katechismus der Marktweiber wird von oben herab auf das Volk gespien. Die durch ihre Ladung maßlos gewordene Droschke nimmt sich wie ein Eroberer aus. Lärmendes Getöse vorn, Tohuwabohu hinten. Hier wird geschrien, getobt, geheult und schallend gelacht, hier krümmt man sich vor Glück. Die Ausgelassenheit brüllt, beißender Spott blitzt auf, Frohsinn stellt sich mit herrschender Gebärde zur Schau, und zwei Schindmähren ziehen die zur Apotheose aufgeblühte Farce. Das ist der Triumphwagen des Gelächters.

Ein zu schamloses Lachen, um freimütig zu sein. Und tatsächlich ist dieses Lachen verdächtig, denn es erfüllt eine Aufgabe. Es soll den Parisern den Karneval beweisen.

Die pöbelhaften Kutschen, in denen man eine gewisse Finsternis ahnt, stimmen den Philosophen nachdenklich. Etwas von der Regierung ist darin. Dort erkennt man klar eine geheimnisvolle Beziehung zwischen den Männern des öffentlichen Lebens und den Dirnen.

Freilich ist es traurig, daß aufgehäufte Schändlichkeiten eine rückhaltlose Heiterkeit auslösen, daß ein Volk von Schimpf und Schande angelockt wird, daß das der Prostitution als Karyatide dienende Spionieren den Pöbel belustigt und ihm zugleich Trotz bietet, daß die Menge den ungeheuerlichen, tobenden Haufen in Flitter und Lumpen, halb Unrat, halb Licht, der da kläfft und singt, auf den vier Rädern einer Droschke gern vorbeifahren sieht, daß die Glorie aus aller Schmach beifällig beklatscht wird und es kein Fest für die Massen gibt, wenn nicht mitten unter ihnen die Polizei solche zwanzigköpfigen Freudenhydren herumführt. Aber was soll man tun! Diese bebänderten und mit Blumen geschmückten Schmutzkübel werden vom öffentlichen Gelächter beschimpft und begnadigt. Das Lachen aller ist mitschuldig an der allgemeinen Verderbnis. Gewisse sittenwidrige Feste zersetzen das Volk und machen Pöbel aus ihm. Und Pöbel wie Tyrannen brauchen Possenreißer. Der König hat Roquelaure, das Volk Paillasse. Paris ist die große närrische Stadt, wenn es nicht gerade die große erhabene Stadt ist. Der Karneval gehört hier mit zur Politik. Paris, gestehen wir es ruhig ein, läßt sich gern von der Niedertracht lächerlich machen. Es verlangt von seinen Herren — wenn es welche hat — nur eins: Sie sollen ihm die Gemeinheit beschönigen. Rom war in der gleichen Stimmung. Es mochte Nero, und der war eine titanische Maske im Kostüm eines Holzausladers.

Eine dieser unförmigen Trauben maskierter Weiber und Männer, von einer großen Kalesche geschleppt, stand also auf der linken Seite des Boulevards, während der Hochzeitszug rechts warten mußte. Von einem zum anderen Rand der Straße sah der Maskenwagen die Kutsche mit der Braut.

»Eine Hochzeit«, sagte eine der Masken.

»Eine falsche Hochzeit«, erwiderte der nächste. »Wir sind die wahre.«

Und zu entfernt, mit der Hochzeitsgesellschaft krakeelen zu können, auch weil sie fürchteten, die Polizei werde einschreiten, blickten sie anderswohin. Die ganze Maskenkarosse hatte gleich darauf viel zu tun; die Menge begann höhnisch hinaufzuschreien, wodurch sie bei einem solchen Anlaß ihre Zärtlichkeit für die Masken verrät. Und die beiden Larven, die eben über die Hochzeit redeten, mußten in die Front ihrer Bande eintreten und hatte nicht genug Wurfgeschosse aus dem Repertoire der Markthallen, um auf die enormen Maulsalven des Volkes zu erwidern. Zwischen den Masken und der Menge kam es zu einem fürchterlichen Schlagabtausch mit Metaphern.

Inzwischen hatten auch zwei andere Masken desselben Wagens, ein Spanier mit maßlos langer Nase, einem ältlichen Gesicht und riesigem schwarzem Schnurrbart und ein mageres, ganz jugendliches Fischweib mit einer Samtmaske, die Hochzeit bemerkt und führten, indes ihre Genossen und die Passanten sich beschimpften, einen leisen Dialog. Ihr Gespräch wurde von dem Spektakel überdeckt und verlor sich darin. Die Regenschauer hatten den weit offenen Wagen durchnäßt; der Februarwind ist nicht warm. Indes das Fischweib, dessen Brust nackt war, dem Spanier antwortete, fröstelte es, es lachte und hustete. Der Dialog der beiden lautete:

»Sag mal!«

»Was denn, Papa?«

»Siehst du den Alten? In der ersten Hochzeitskutsche drüben?«

»Der den Arm in der schwarzen Schleife trägt?«

»Ja, sicher kenne ich ihn.«

»Ah!«

»Soll mir einer den Hals abschneiden, wenn ich den nicht schon gesehen habe. Kannst du, wenn du dich bückst, die Braut sehen?«

»Nein.«

»Und den Mann?«

»In der Kutsche ist kein Ehemann.«

»Bah!«

»Sonst müßte es der zweite Alte sein.«

»Bück dich doch mal richtig, damit du die Braut siehst!«

»Ich kann nicht.«

»Egal, den mit der Pfote in der Schleife kenne ich.«

»Was hast du davon?«

»Man weiß nie. Manchmal.«

»Ich pfeife auf die Alten.«

»Ich kenne ihn!«

»Dann kennst du ihn eben.«

»Zum Teufel, wieso ist der bei der Hochzeit?«

»Wir sind ja auch dabei.«

»Woher mag sie kommen?«

»Weiß ich?«

»Hör mal!«

»Was?«

»Du mußt was tun.«

»Was?«

»Klettere doch von unserem Wagen und geh der Hochzeit nach.«

»Warum?«

»Um auszubaldowern, wohin sie fährt und wer's ist. Los, runter und lauf, meine Fee, du bist ja jung.«

»Ich will nicht vom Wagen weg.«

»Wieso?«

»Weil ich bezahlt bin.«

»Verdammt.«

»Ich bin Fischweib auf Kosten der Präfektur.«

»Das stimmt.«

»Wenn ich den Wagen verlasse, arretiert mich der erste Polizeiinspektor, der mich sieht. Du weißt schon.«

»Ja, weiß ich.«

»Heute hat mich die Regierung gekauft.«

»Egal. Der Alte ärgert mich.«

»Die Alten ärgern dich. Taufrisch bist du doch auch nicht mehr.«

»Er sitzt im ersten Wagen.«

»Na und?«

»In der Kutsche bei der Braut. Also ist er der Vater.«

»Was geht mich das an?«

»Ich sage dir, er ist der Vater.«

»Es gibt nicht nur diesen Vater.«

»Hör zu!«

»Was?«

»Ich kann nur maskiert auf die Straße gehn. Hier bin ich geborgen, man weiß nicht, wer ich bin. Aber morgen, Aschermittwoch, gibt's keine Masken mehr. Ich kann hopp genommen werden. Ich muß in meinem Loch verschwinden. Du bist frei.«

»Nicht allzusehr.«

»Immerhin mehr als ich.«

»Na und, was weiter?«

»Du mußt versuchen auszubaldowern, wohin die Hochzeit fährt.«

»Das weiß ich ja.«

»Wohin denn?«

»Ins ›Blaue Zifferblatt‹.«

»Erstens liegt das Lokal nicht auf der Seite.«

»Na, dann in die ›Weinneige‹.«

»Oder anderswohin.«

»Sie ist frei. Hochzeiten sind frei.«

»So doch nicht. Ich sage dir, daß du für mich heraustüfteln mußt, was das für eine Hochzeit ist, wozu der Alte gehört und wo sie wohnt.«

»Komisch. Sehr bequem, acht Tage später eine Hochzeit wiederzufinden, die am Fastnachtsdienstag durch Paris gefahren ist. Eine Nadel im Heu. Geht denn das überhaupt?«

»Macht nichts, wir müssen es versuchen, Azelma.«

Beiderseits des Boulevards nahmen die Wagenreihen ihre entgegengesetzte Bewegung wieder auf, und dem Maskenkarren entschwand die Hochzeitskutsche.

II

Jean Valjean trägt ständig seinen Arm in der Binde

Wem ist es vergönnt, daß sein Traum in Erfüllung geht? Dafür müssen im Himmel Wahlen abgehalten werden, und wir alle kandidieren ohne unser Wissen. Die Engel stimmen ab. Cosette und Marius waren erwählt worden.

Im Rathaus und in der Kirche leuchtete Cosette in ihrem Brautgewand. Die Toussaint hatte sie mit Hilfe von Nicolette angekleidet. Sie trug über einem Unterrock von weißem Taft ihr Kleid aus Spitzen von Binche, einen Schleier von englischen Spitzen, ein kostbares Perlenhalsband, einen Kranz von Orangenblüten. All das war weiß, und in dieser Weiße erstrahlte sie. Eine köstliche Reinheit verbreitete und verklärte sich in Licht. Man hätte meinen mögen, eine Jungfrau sei im Begriff, Göttin zu werden.

Das schöne Haar von Marius glänzte und duftete. Hier und da sah man unter dem dichten Gelock bleiche Furchen, die Narben der auf der Barrikade empfangenen Wunden.

Der Großvater, stolz, mit erhobenem Kopf, vereinte mehr als je in seiner Toilette und seinen Manieren alle Eleganz der Zeit von Barras. Er führte Cosette, als Vertreter von Jean Valjean, der, weil sein Arm noch in der Binde lag, der Neuvermählten seine Hand nicht geben konnte. In schwarzem Rock folgte er lächelnd nach.

»Herr Fauchelevent«, sagte der Großvater zu ihm, »das ist ein schöner Tag. Ich stimme für das Ende der Betrübnis und des Kummers. Nie wieder Traurigkeit! Ich dekretiere die Freude. Das Unglück hat kein Daseinsrecht. Die Existenz Unglücklicher beschämt in Wahrheit das Himmelsblau. Das Unglück, das Böse, kommt nicht vom Menschen, der im Grunde gut ist. Alles menschliche Elend hat zum Hauptort die höllische Zentralregierung, die Tuilerien des Teufels. Da rede ich ja schon allerlei demagogische Sachen. Ich habe keine politische Meinung mehr. Alle Menschen sollen reich, mithin froh sein, auf diesen Wunsch beschränke ich mich.«

Nach sämtlichen Zeremonien, nachdem sie vor dem Bürgermeister und vor dem Priester alle möglichen Jas gesprochen, im Standesamtsregister und in der Sakristei unterschrieben, ihre Ringe getauscht, Ellbogen an Ellbogen unter dem weißschimmernden Baldachin im Dampf des Weihrauchkessels gekniet hatten, schritten sie, sich an der Hand haltend, von allen bewundert und beneidet, Marius in Schwarz, sie in Weiß, von dem Schweizer mit den Oberstenepauletten geleitet, der mit seiner Hellebarde auf die Fliesen pochte, zwischen dem Spalier eines staunenden Publikums unter das Kirchenportal, dessen beide Flügel geöffnet waren. Sie schickten sich an, den Wagen wieder zu besteigen, und alles war vorüber. Noch vermochte Cosette es nicht zu glauben. Sie sah Marius an, sie sah in die Menge, sie sah zum Himmel empor. Es war, als habe sie Angst vor dem Erwachen. Durch ihre staunende, unruhige Miene wurde sie noch bezaubernder.

Zur Heimkehr bestiegen sie miteinander denselben Wagen, Marius neben Cosette. Herr Gillenormand und Jean Valjean saßen ihnen gegenüber. Die Tante Gillenormand war um ein Feld zurückgewichen und saß im zweiten Wagen. »Meine Kinder«, sagte der Großvater, »jetzt seid ihr Herr Baron und Frau Baronin mit dreißigtausend Francs Rente.« Und Cosette schmiegte sich an Marius, liebkoste ihm das Ohr mit himmlischem Geflüster: »Es ist also wahr. Ich heiße Marius. Ich bin Madame Du.«

Die beiden Wesen strahlten. Sie hatten den blendendsten, unwiderbringlichen und unvergleichlichen Augenblick des Lebens, den Kreuzungspunkt der Jugend und der Freude erreicht. Jean Prouvaires Vers verwirklichend, zählten sie zusammen keine vierzig Jahre. Es war die von allem Unreinen befreite Hochzeit, und die beiden Kinder glichen zwei Lilien. Sie sahen einander nicht an, sie betrachteten sich. Cosette erblickte Marius in einer Glorie. Marius erblickte Cosette auf einem Altar. Und auf diesem Altar und in dieser Glorie, wo sich beider Apotheosen vereinigten, war in der Tiefe, hinter einer Wolke für Cosette und in einem Lodern für Marius, die ideale, die wirkliche Sache, das Stelldichein von Kuß und Traum, das Ruhekissen im Brautgemach.

Alle Pein, die sie ausgestanden hatten, kehrte als Taumel der Verzückung zu ihnen zurück. Ihnen war, als machten der Kummer, die schlaflosen Nächte, die Tränen, die Ängste, die Schrecknisse, die Verzweiflung, Liebkosungen und Lichtstrahlen geworden, die zauberhafte nahende Stunde nur noch zauberhafter und als habe der Trübsinn seine Dienerinnen geschickt, die nun die Freude ankleideten. Gelitten zu haben, wie gut das ist! Ihr Unglück setzte ihrem Glück eine Strahlenkrone auf. Der lange Todeskampf ihrer Liebe endigte in einer Himmelfahrt.

In beider Seelen war derselbe Rausch, von Lust betont in Marius, von Scham betont in Cosette. Sie flüsterten sich zu: »Wir wollen unseren kleinen Garten in der Rue Plumet wiedersehen.« Die Falten von Cosettes Kleid waren über Marius gebreitet.

Ein solcher Tag ist eine unsägliche Mischung aus Traum und Gewißheit. Man besitzt und vermutet. Noch hat man Zeit vor sich, um zu erahnen. Mittags an Mitternacht zu denken ist an diesem Tag ein unbeschreibliches Gefühl. Die Wonnen in beider Herzen strömten auf die Menge über und stimmten auch die Vorübergehenden fröhlich.

Man hielt in der Rue Saint-Antoine vor Saint-Paul, und durch die Scheibe des Wagens sah man die Orangenblüten in Cosettes Haar zittern.

Dann fuhren sie in die Rue des Filles-du-Calvaire, in ihr Heim. Triumphierend und strahlend erstieg Marius neben Cosette die Treppe, über die er sterbend hinaufgetragen worden war. Die Armen, die, vor der Tür geschart, sich die Spenden aus ihren Geldtaschen aneigneten, segneten sie. Überall waren Blumen. Das Haus duftete nicht weniger als die Kirche, nach dem Weihrauch die Rosen. Sie glaubten Gesang in der Unendlichkeit zu vernehmen und hatten Gott im Herzen. Das Schicksal zeigte sich ihnen als ein Sternenzelt. Über ihren Köpfen sahen sie das Licht einer aufgehenden Sonne. Plötzlich schlug die Uhr. Marius betrachtete den reizenden nackten Arm Cosettes und die rosige Anmut, die er durch die Spitzen ihres Mieders undeutlich wahrnahm, und Cosette, die seinen Blick auffing, errötete bis ins Weiße der Augen.

Viele der alten Freunde der Familie Gillenormand waren eingeladen. Man drängte sich um Cosette und nannte sie Frau Baronin.

Der Offizier Théodule Gillenormand, jetzt Hauptmann, war von Chartres, seiner Garnison, herübergekommen, als Gast bei der Hochzeit seines Vetters Pontmercy. Cosette erkannte ihn nicht. Und er, gewohnt, von den Frauen hübsch gefunden zu werden, erinnerte sich an Cosette nicht mehr als an eine andere. Wie recht hatte ich, an die Geschichte mit dem Lancier nicht zu glauben, sagte sich der alte Gillenormand.

Cosette war nie zärtlicher zu Jean Valjean gewesen. Sie war sich eins mit Vater Gillenormand. Während er die Freude zu Aphorismen und Maximen erhöhte, verströmte sie Liebe und Güte wie einen Wohlgeruch. Das Glück will jedermann glücklich wissen. Sie sprach zu Jean Valjean mit einem Stimmklang, wie sie ihn als kleines Mädchen gehabt hatte, und ihr Lächeln war eine Liebkosung.

Eine Bankettafel war im Speisesaal gedeckt. Volle Beleuchtung *al giorno* ist unerläßlich für die Szenerie eines Freudenfestes. Nebel und Dunkelheit werden von Glücklichen nicht hingenommen. Sie willigen nicht ein, traurig zu sein. Die Nacht ja, doch keine Finsternis. Wenn keine Sonne da ist, muß man sich eine schaffen.

Der Speisesaal war ein Schmelzofen der Fröhlichkeit. In der Mitte über dem weißen, glänzenden Tisch ein venezianischer Lüster mit flachen Kristallstäbchen und allerlei bunten Vögeln, blau, violett, rot, grün, die zwischen den Kerzen nisteten; um den Lüster Girandolen, rings reflektierende Wandleuchter mit dreifachen oder fünffachen Armen, Spiegel, Kristall, Glasgerät, Geschirr, Porzellan, Fayence, Töpfereien, Goldschmiedearbeit, Silber, alles funkelte und blinkte. Die Lücken zwischen den Kandelabern waren von Buketts ausgefüllt, so daß da, wo kein Licht war, eine Blume war. Leise spielten im Vorzimmer drei Geigen und eine Flöte Quartette von Haydn.

Jean Valjean saß im Salon auf einem Stuhl hinter der Tür, deren Flügel, wenn er zufiel, ihn fast verbarg. Kurz bevor man sich an die Tafel setzte, kam Cosette, wie in plötzlicher Eingebung, auf ihn zu, ihm eine große Reverenz zu machen, indem sie mit beiden Händen ihr Brautgewand spreizte, und mit zärtlich-schelmischem Blick fragte sie ihn: »Vater, sind Sie zufrieden?«

»Ja«, sagte Jean Valjean, »ich bin es.«

»So lachen Sie doch!«

Und Jean Valjean lachte.

Wenige Minuten später verkündete Basque, es sei angerichtet. Die Gäste gingen unter Vorantritt von Herrn Gillenormand, der Cosette seinen Arm gab, in den Speisesaal hinüber und verteilten sich in der ihnen bedeuteten Anordnung auf die Plätze. Zwei große Sessel standen rechts und links der Neuvermählten, der erste für Herrn Gillenormand, der zweite für Jean Valjean. Herr Gillenormand ließ sich nieder. Der andere Sessel blieb leer. Man suchte mit den Augen Herrn Fauchelevent. Er war nicht mehr da. Herr Gillenormand fragte Basque: »Weißt du, wo Herr Fauchelevent ist?«

»Herr«, antwortete Basque, »allerdings. Herr Fauchelevent hat mir gesagt, ich solle dem Herrn bestellen, seine kranke Hand schmerze ihn ein wenig und er könne nicht mit dem Herrn Baron und der Frau Baronin speisen. Er bitte um Entschuldigung, er komme morgen früh. Eben ist er fort.«

Daß der Sessel leer war, dämpfte einen Augenblick die gehobene Stimmung der Hochzeitsgesellschaft. Jedoch wenn auch Herr Fauchelevent fehlte, Herr Gillenormand war da, und der Großvater strahlte für beide. Er bestätigte, Herr Fauchelevent tue gut daran, wenn er sich bald zu Bett lege, weil er leidend sei, aber das sei ja nur ein »Wehweh«. Diese Erklärung genügte. Und was ist ein dunkler Winkel in einer solchen Überschwemmung mit Freude? Cosette und Marius durchlebten einen jener egoistischen und gesegneten Augenblicke, in denen man nur noch das Glück wahrnehmen kann. Auch hatte Herr Gillenormand eine Idee. »Der Sessel ist leer. Komm her, Marius! Deine Tante wird, obwohl sie ein Recht auf dich hat, es dir erlauben. Dieser Sessel ist für dich. Das ist gestattet, und das ist nett so. Fortunatus neben Fortunata.« Beifallsklatschen der ganzen Tafel. Marius nahm bei Cosette den Platz von Jean Valjean ein, und so wurde Cosette, die zuerst über die Abwesenheit ihres Vaters trauerte, nach und nach zufrieden. Von dem Augenblick an, da Marius an seine Stelle trat, hätte Cosette nicht einmal Gott nachgetrauert. Sie setzte ihren kleinen Fuß in dem weißen Satinschuh auf den Fuß von Marius.

Der Sessel war besetzt und Herr Fauchelevent verschwunden, nichts fehlte. Und fünf Minuten später lachte die gesamte Tafelrunde, von einem Ende zum anderen, mit der ganzen Begeisterung des Vergessens.

Beim Nachtisch stand Herr Gillenormand auf, ein Glas Champagner in der Hand, halbvoll, damit er wegen des Zitterns seiner zweiundneunzig Jahre nichts verschüttete, und brachte den Toast auf die Neuvermählten aus. »Zwei Predigten«, rief er, »werdet ihr nicht entrinnen. Heute vormittag hattet ihr die Predigt des Pfarrers, jetzt werdet ihr die des Großvaters haben. Hört auf mich, ich will euch beraten! Betet euch an! Ich werde euch nicht viel vorjammern, ich beginne gleich mit dem Schluß: Seid glücklich! In der Schöpfung ist nichts so weise wie die Turteltauben. Die Philosophen sagen: Mäßigt euch in euren Freuden! Ich sage: Laßt ihnen die Zügel schießen, euren Freuden! Seid verliebt wie die Teufel, seid liebestoll! Die Philosophen faseln. Ich möchte ihnen ihre Philosophie in die Gurgel hinunterjagen. Kann es im Leben zuviel Duft geben und zuviele offene Rosenknospen, zuviele singende Nachtigallen, zuviele grüne Blätter, zuviel Morgenrot? Kann man sich zuviel lieben? Kann man zuviel Gefallen aneinander finden? Nimm dich in acht, Estelle, du bist zu hübsch! Nimm dich in acht, Némorin, du siehst zu gut aus! Eine schöne Dummheit! Kann man sich zu sehr betören, zu sehr umschmeicheln, zu sehr bezaubern? Kann man zu lebendig, zu glücklich sein? Mäßigt euch in euren Freuden! Alles Flausen! Nieder mit den Philosophen! Weisheit ist Jubel. Jauchzet, jauchzen wir! Sind wir glücklich, weil wir gut sind, oder sind wir gut, weil wir glücklich sind? Heißt der Sancy so, weil er Harlay de Sancy gehörte oder weil er hundertundsechs Karat wiegt? Ich weiß es nicht. Das Leben steckt voller solcher Probleme. Hauptsache ist, man hat den Sancy und das Glück. Seien wir glücklich ohne Spitzfindigkeiten! Gehorchen wir blindlings der Sonne! Was ist die Sonne? Sie ist die Liebe. Wer Liebe sagt, spricht von der Frau. Ach, sie ist allmächtig, die Frau. So fragt doch Marius, diesen Demagogen, ob er nicht der Sklave dieser kleinen Tyrannin Cosette ist! Und wie gern, der Feigling. Dagegen kann kein Robespierre an: Die Frau regiert. Ich bin königstreu nur noch ihr, der Herrscherin. Was ist Adam? Er ist Evas Reich. Kein 89 für Eva! Es gab das von einer Lilie überragte königliche Zepter, es gab das kaiserliche Zepter mit dem Erdball, es gab das eiserne Zepter Karls des Großen und das goldene Ludwigs des Großen. Die Revolution hat sie zwischen ihrem Daumen und ihrem Zeigefinger geknickt wie Strohhalme zu zwei Hellern – aus. Zerbrochen liegen sie am Boden. Es gibt kein Zepter mehr. Aber macht mir Revolutionen gegen das kleine gestickte Taschentuch, das nach Patschuli riecht!

Das möchte ich sehen. Probiert! Warum hat es Bestand? Weil es Putz ist. Ach, ihr seid neunzehntes Jahrhundert! Nun, wir waren achtzehntes Jahrhundert und ebenso dumm wie ihr. Denkt nicht, daß ihr die Welt groß geändert habt, weil die Cholerine, die wir kannten, heute Cholera morbus heißt und eure Bourrée der Tanz Cachucha ist! Im Grunde muß man auch künftig die Frauen lieben. Ich fordere euch heraus, bei euch wird es nicht anders sein. Diese Teufelinnen sind unsere Engel. Ja, die Liebe, die Frau, der Kuß, das ist ein magischer Zirkel, aus dem ihr nicht herauskönnt, und ich wäre glücklich, wäre ich noch drin. Wer von euch sah in der Unendlichkeit, alles unter sich besänftigend und die See wie eine Frau anblickend, den Planeten Venus aufgehen, die große Kokette des Abgrunds, die Célimène des Ozeans? Der Ozean ist ein rauher Alceste. Nun denn, er murrt umsonst, Venus erscheint, und er muß lächeln. Die Bestie unterwirft sich. So sind wir alle. Zorn, Sturm, Donnerschläge, Schaum bis zu den Wolken. Eine Frau betritt die Bühne, ein Stern geht auf – in den Staub mit euch! Marius schlug sich vor einem halben Jahr, heute heiratet er. Das ist gut so. Ja, Marius, ja, Cosette, ihr habt recht. Seid dreist füreinander da, tut schön miteinander, laßt uns vor Wut platzen, weil wir es euch nicht nachmachen können, vergöttert euch! Nehmt in eure beiden Schnäbel alle Hälmchen der Glückseligkeit, die es auf Erden gibt, und baut euch damit ein Nest fürs Leben. Bei Gott, lieben und geliebt werden, was gibt es Schöneres, wenn man jung ist? Bildet euch nicht ein, daß ihr das erfunden hättet. Auch ich habe geträumt, in den Wolken geschwebt und geschmachtet. Auch ich hatte eine Mondscheinseele. Die Liebe ist ein sechstausend Jahre altes Kind. Die Liebe hat das Recht auf einen langen weißen Bart. Neben Kupido ist Methusalem ein Gassenjunge. Seit sechzig Jahrhunderten helfen sich Mann und Frau aus der Verlegenheit, indem sie lieben. Der Teufel, der ein Schalk ist, fing damit an, den Menschen zu hassen. Der Mann, der noch pfiffiger ist, fing damit an, die Frau zu lieben. Auf die Art hat er sich mehr Gutes erwiesen, als ihm der Teufel Böses antun konnte. Diese List wurde schon im Paradies entdeckt. Meine Freunde, die Erfindung ist alt und wiederum funkelnagelneu. Nutzt sie! Seid Daphnis und Chloe, bis ihr Philemon und Baucis werdet! Macht es so, daß euch, wenn ihr beieinander seid, nichts fehlt, daß Cosette für Marius die Sonne und Marius für Cosette die Welt ist. Cosette, schönes Wetter sei das Lächeln Ihres Gatten! Marius, Regen seien die Tränen deiner Frau! Und nie soll es in eurer Ehe regnen. In der Lotterie habt ihr auf die richtige Zahl gesetzt, auf die eheliche Liebe. Ihr habt das Große Los gezogen, bewahrt es gut auf, haltet es unter Verschluß, verschwendet es nicht, betet euch an und pfeift auf den Rest! Glaubt meinen Worten! Aus ihnen spricht der gesunde Menschenverstand. Gesunder Menschenverstand kann nicht lügen. Seid eure Religion!

Jeder betet Gott auf seine Weise an. Potztausend! Die beste Art und Weise, wie man Gott anbetet, ist, seine Frau zu lieben. Ich liebe dich! Das ist mein Katechismus. Wer liebt, ist rechtgläubig. Heinrichs IV. Lieblingsfluch stellt die Heiligkeit zwischen Schlemmerei und Rausch. *Ventre-saint-gris* – besoffener heiliger Bauch! Ich hänge nicht dem Glauben dieses Fluches an. Die Frau ist dabei vergessen worden. Das verwundert mich an Heinrichs IV. Fluch. Meine Freunde, es lebe die Frau! Ich bin alt, wie man sagt. Erstaunlich daran ist bloß, daß ich spüre, wie ich wieder jung werde. Ich möchte den Musetten in den Wäldern lauschen. Diese Kinder, denen es geglückt ist, schön und zufrieden zu sein, steigen mir zu Kopfe. Ich würde mich glatt verheiraten, wenn mich jemand wollte. Unmöglich kann uns Gott für etwas anderes erschaffen haben, als leidenschaftlich zu lieben, Süßholz zu raspeln, sich herauszuputzen, Taube, Hahn zu sein, mit seinem Herzchen von früh bis spät zu schnäbeln, sich in seinem kleinen Frauchen wie in einem Spiegel zu betrachten, stolz zu sein, zu frohlocken, den großen Herrn zu spielen. Das ist der

Sinn des Lebens. Das dachten wir, mit Verlaub, seinerzeit, als wir junge Leute waren. Ei der Daus! Was gab es doch zauberhafte Frauen, hübsche Dingelchen und Backfische zu jener Zeit! Was habe ich unter ihnen gewütet! So liebt euch denn! Wenn man sich nicht liebt, wüßte ich wirklich nicht, wozu es Frühling wird; und ich würde den lieben Gott bitten, daß er all die schönen Dinge verwahrt, die er uns zeigt, daß er uns die Blumen, die Vögel und die hübschen Mädchen wieder wegnimmt und in seine Büchse steckt. Meine Kinder, empfangt den Segen des guten alten Mannes!«

Der Abend war lebhaft und heiter auf das souveräne Behagen des Großvaters abgestimmt. Auf jeden übte diese fast hundertjährige Herzlichkeit ihren Einfluß aus. Man tanzte ein wenig, man lachte viel. Es war eine harmlose Hochzeit. »Bonhomme Jadis« hätte dazu eingeladen werden können. Und eigentlich war er ja auch in der Person von Vater Gillenormand anwesend.

Auf den Sturm folgte Stille. Die Neuvermählten verschwanden. Bald nach Mitternacht wurde das Haus Gillenormand zum Tempel.

Hier halten wir inne. An der Schwelle der Hochzeitsnächte steht ein Engel, lächelnd, einen Finger am Mund. Die Seele vertieft sich in Kontemplation vor diesem Heiligtum, in dem das Fest der Liebe begangen wird.

Es muß ein Leuchten über solchen Häusern sein. Die Freude, die sie einschließen, muß durch die Mauersteine als Licht entweichen und verschwommene Strahlen in die Finsternis senden. Es ist unmöglich, daß die heilige und schicksalhafte Feier nicht in die Unendlichkeit ausstrahlt. Die Liebe ist der erhabene Schmelztiegel, in dem sich die Vereinigung von Mann und Frau vollzieht. Das ungeteilte, das dreifache, das endgültige Wesen, die menschliche Dreifaltigkeit geht aus ihr hervor. Die Geburt zweier Seelen in einer muß für das Dunkel erregend sein. Der Liebende ist Priester, die entzückte Jungfrau erbebt. Etwas von dieser Freude gelangt zu Gott. Da, wo wirklich Hochzeit gehalten wird, das heißt, wo es Liebe gibt, ist das Ideal mit im Spiel. Ein Hochzeitslager bringt in die Finsternis einen Streifen Morgenrot hinein. Wenn es dem menschlichen Auge gegeben wäre, die fürchterlichen und bezaubernden Visionen des überirdischen Lebens zu schauen, würde es wahrscheinlich die Gestalten der

Nacht wahrnehmen, die geflügelten Unbekannten, die blauen Wanderer des Unsichtbaren. Es würde eine Menge dunkler Köpfe sich rings um das leuchtende Haus herabneigen sehen, wie sie, zufrieden und segnend, sich einander die jungfräuliche Gattin zeigen und wie sich, neben leichtem Erschrecken, auf ihren göttlichen Gesichtern die menschliche Glückseligkeit widerspiegelt. Wenn in der seligen Stunde das von Wollust geblendete Paar, das sich allein wähnt, lauschte, würde es in seinem Zimmer ein leises Flügelschlagen vernehmen. Mit dem vollkommenen Glück solidarisieren sich die Engel. Der kleine dunkle Alkoven hat als Zimmerdecke den ganzen Himmel. Wenn zwei durch die Liebe geheiligte Münder sich nähern, um zu zeugen, ist es ausgeschlossen, daß über diesem unsäglichen Kuß nichts im unermeßlichen Geheimnis der Sterne erbebt.

Diese Glückseligkeiten sind die wahren. Keine Freude außer diesen Freuden. Die Liebe ist die einzige Verzückung. Alles übrige weint.

Zu lieben oder geliebt zu haben genügt. Danach verlangt nichts mehr! In den geheimnisvollen Wendungen des Lebens ist keine weitere Perle mehr zu finden. Lieben heißt Erfüllung.

III

Der Unzertrennliche

Was war mit Jean Valjean geschehen? Sogleich nachdem er, von Cosette artig gebeten, gelacht hatte, war er, ohne daß jemand ihn beachtete, gegangen. Unbemerkt kam er in den Vorraum hinaus. Es war derselbe Saal, den er acht Monate zuvor betreten hatte, geschwärzt von Schlamm, Blut und Pulver, um dem Großvater den Enkel zu bringen. Das alte Getäfel war mit Girlanden von Blättern und Blumen dekoriert. Die Musiker saßen auf dem Kanapee, auf das Marius damals gelegt worden war. Basque, in schwarzem Frack, kurzen Hosen, weißen Strümpfen und weißen Handschuhen, umkränzte jede Schüssel, die serviert wurde, mit Rosen. Jean Valjean hatte ihm seinen Arm in der Binde gezeigt, ihm aufgetragen, seine Abwesenheit zu erklären, und sich entfernt.

Die Fenster des Speisesaals gingen auf die Straße. Jean Valjean stand einige Minuten unbeweglich in der Dunkelheit unter diesen strahlenden Fenstern. Er lauschte. Der verworrene Lärm des Banketts drang bis zu ihm. Er hörte die selbstbewußte, feierliche Beredsamkeit des Großvaters, die Geigen, das Klirren der Teller und der Gläser, das schallende Gelächter, und aus allen diesen Geräuschen hörte er die sanfte, fröhliche Stimme Cosettes heraus.

Er verließ die Rue des Filles-du-Calvaire und begab sich nach der Rue de l'Homme-Armé zurück. Er nahm seinen Weg durch die Rue Saint-Louis, die Rue Culture-Sainte-Catherine und an den Karmelitern vorbei. Es dauerte etwas länger, aber hier pflegte er seit drei Monaten, um die Überfüllung und den Schmutz der Rue Vieille-du-Temple zu vermeiden, alle Tage mit Cosette von der Rue de l'Homme-Armé zur Rue des Filles-du-Calvaire zu gehen. Dieser Weg, den Cosette gegangen war, schloß für ihn jeden anderen aus.

Er betrat Nummer sieben, zündete seine Kerze an und stieg in seine Wohnung hinauf. Sie war leer. Auch die Toussaint war nicht mehr da.

Jean Valjeans Schritt hallte lauter als sonst durch die Zimmer. Alle Schränke waren offen. Er sah sich in der Stube Cosettes. Das Bett war ohne Tücher. Das Zwillichkissen, ohne Überzug und Spitzen, war auf die am Fuß der Matratzen zusammengefalteten Decken gelegt. Niemand sollte auf diesem Leinen mehr schlafen. All der kleine weibliche Hausrat, an dem Cosette hing, war fort; nichts blieb als die großen Möbel und die vier Wände. Auch das Bett der Toussaint war kahl. Ein einziges Bett war hergerichtet und schien jemanden zu erwarten, das von Jean Valjean.

Er betrachtete die Wände, schloß einige Schranktüren und ging von einem Zimmer ins andere. Dann war er wieder in dem seinen und stellte seine Kerze auf einen Tisch. Er hatte die Binde von seinem Arm abgestreift und bediente sich der rechten Hand, als schmerze sie ihn nicht. Er näherte sich seinem Bett, und seine Augen hafteten aus Zufall oder Absicht an dem »Unzertrennlichen«, auf den Cosette eifersüchtig gewesen war, dem kleinen Koffer, der ihn nie verließ. Am vierten Juni, als er in die Rue de l'Homme-Armé kam, hatte er ihn auf ein Tischchen neben dem Kopfende seines Bettes gestellt.

Er ging erregt auf dieses Tischchen zu, griff nach einem Schlüssel in seiner Tasche und öffnete den Koffer.

Langsam holte er die Kleider hervor, in denen vor zehn Jahren Cosette von Montfermeil geschieden war. Zuerst das schwarze Kleidchen, dann das schwarze Halstuch, dann die guten, derben Kinderschuhe, die Cosette beinahe noch hätte gebrauchen können, so klein war ihr Fuß, dann das dicke Barchentjäckchen, den Trikotunterrock, die Schürze, die Wollstrümpfe. Diese Strümpfe, an denen sich die Form eines kleinen Beines noch zierlich abzeichnete, waren nicht länger als Jean Valjeans Hand. All dies war von schwarzer Farbe. Er hatte diese Kleider für sie nach Montfermeil gebracht. Was er aus dem Koffer herausnahm, legte er auf das Bett. Er dachte nach. Er erinnerte sich. Es war im Winter, ein sehr kalter Dezember; halbnackt in ihren Lumpen, klapperte sie mit den Zähnen, rot staken ihre armen kleinen Füße in Holzschuhen. Er, Jean Valjean, hatte sie diese Lumpen ausziehen und dieses dunkle Gewand anziehen lassen. Die Mutter in ihrem Grab hätte es befriedigen müssen, daß ihre Tochter Trauer um sie trug und zu sehen, daß sie eingekleidet war und es warm hatte. Er dachte an den Wald von Montfermeil. Gemeinsam hatten sie ihn durchwandert, Cosette und er. Er dachte an das Wetter damals, die entlaubten Bäume, den Wald ohne Vögel, den Himmel ohne Sonne. Einerlei, es war bezaubernd gewesen.

Er legte all die kleinen Habseligkeiten auf das Bett, das Halstuch zum Unterrock, die Strümpfe neben die Schuhe, das Jäckchen neben das Kleid, und betrachtete sie nacheinander. So klein war Cosette, sie hatte ihre große Puppe im Arm, sie hatte ihren Louisdor in die Tasche der Schürze gesteckt, sie lachte, und beide schritten sie, sich an der Hand haltend, dahin, nur er war für sie auf der Welt.

Da fiel sein ehrwürdiger weißer Kopf auf das Bett, das stoische alte Herz brach, sein Antlitz versank in den Kleidern Cosettes, und ein Schluchzen erschütterte ihn.

IV
Immortale Jecur

Der alte, fürchterliche Kampf, von dem wir bereits mehrere Phasen erlebten, hob erneut an.

Jakob rang mit dem Engel nur eine Nacht lang. Ach, wie oft haben wir Jean Valjean in der Finsternis verzweifelt mit seinem Gewissen kämpfen sehen!

Ein unerhörtes Ringen! In bestimmten Augenblicken gleitet der Fuß aus, in anderen wieder bricht der Boden ein. Wie oft hatte dieses leidenschaftlich nach dem Guten trachtende Gewissen ihn umschlungen und überwältigt! Wie oft hatte die Wahrheit ihn hart bedrängt! Wie oft hatte er, vom Licht niedergeworfen, um Gnade gefleht! Wie oft hatte dieses erbarmungslose Licht, das der Bischof in und über ihm angezündet hatte, ihn gewaltsam geblendet, wenn er blind zu sein wünschte! Wie oft hatte er sich im Kampf wieder aufgerichtet, war er an den Felsen geschmiedet gewesen, hatte er sich auf den Sophismus gestützt, war er durch den Staub geschleift worden, bald sein Gewissen bezwingend, bald von ihm zu Fall gebracht! Wie oft hatte ihm nach einem Zweifel, nach einer hinterlistigen und scheinbar richtigen Beweisführung des Egoismus der Ruf seines erzürnten Gewissens in den Ohren gegellt: Ein Bein gestellt! Elender! Wie oft hatte sein widerspenstiges Denken zuckend unter der klar sich zeigenden Pflicht aufgeschrien! Empörung gegen Gott. Todesschweiß. Aus wie vielen verborgenen Wunden blutete er! Wie war er in seinem jämmerlichen Dasein geschunden worden! Wie oft hatte er sich blutend, verletzt, gebrochen, erleuchtet, mit Verzweiflung im Herzen und Heiterkeit in der Seele wieder erhoben! Besiegt fühlte er sich als Sieger. Und nachdem ihn sein Gewissen zerrissen, gemartert und zerbrochen hatte, stand es, fürchterlich, strahlend, über ihm und sagte ruhig: Jetzt ziehe hin in Frieden!

Aber was für ein trostloser Friede nach einem so schaurigen Ringen!

Gleichwohl ahnte er in dieser Nacht, daß der letzte Kampf ihm bevorstand. Eine Frage erhob sich quälend.

Nicht alle Vorherbestimmungen entwickeln sich geradlinig vor dem Auserwählten. Manche haben Sackgassen, Blinddärme, finstere Biegungen, beunruhigende Kreuzungen, von denen mehrere Wege ausgehen. Jean Valjean hielt jetzt an der gefährlichsten jener Kreuzungen.

Er war am letzten Scheideweg von Gut und Böse angelangt, hatte diesen geheimnisvollen Schnittpunkt vor Augen. Abermals standen ihm, wie ihm das bereits bei anderen schmerzlichen Schicksalswenden widerfahren war, zwei Wege offen. Der eine war verlockend, der andere fürchterlich. Welchen sollte er einschlagen?

Der fürchterliche wurde von dem rätselhaften Zeigefinger gewiesen, den wir alle immer dann wahrnehmen, wenn wir unverwandt ins Dunkel sehen.

Wieder einmal hatte Jean Valjean die Wahl zwischen dem schrecklichen Port und der lächelnden Falle. Stimmte es also doch? Die Seele kann gesunden, das Schicksal nicht. Gräßlich! Ein unheilbares Geschick!

Die Frage, die sich erhob, war folgende: Wie sollte sich Jean Valjean gegenüber dem Glück von Cosette und Marius verhalten? Dieses Glück hatte er gewollt, hatte er geschaffen. Er hatte es sich selber ins Herz getrieben, und während er es nun bedachte, mochte er wohl die Genugtuung empfinden, wie sie ein Waffenschmied verspüren muß, der sich ein Messer, von seinem Blut dampfend, aus der Brust zieht und sein Zeichen daran erkennt.

Cosette hatte Marius, Marius besaß Cosette. Sie hatten alles, sogar Reichtum. Und das war sein Werk.

Doch was sollte er, Jean Valjean, mit diesem Glück anfangen, jetzt, da es vorhanden, da es da war? Sollte er sich diesem Glück aufdrängen, es als sein eigenes betrachten? Zweifellos gehörte Cosette einem anderen; doch behielt er, Jean Valjean, von Cosette alles, was er von ihr behalten konnte? Blieb er derselbe Vater, fast unbeachtet, aber geachtet, der er bis dahin gewesen war? Sollte er sich ruhig in Cosettes Haus einführen, stillschweigend seine Vergangenheit mit dieser Zukunft vereinen? Durfte er sich dort zeigen, als hätte er ein Recht darauf, und sich unentdeckt in dem lichtvollen Heim einnisten? Sollte er die Unschuldigen anlächeln und ihre Hände in seine beiden unglückseligen Hände nehmen? Sollte er seine Füße, die den entehrenden Schatten des

Gesetzes hinter sich herschleppten, auf die friedevollen Feuerböcke im Salon Gillenormand legen? Durfte er sich mit Cosette und Marius auf Gedeih und Verderb verbinden? Würde er das Dunkel über seinem Haupt und die Wolke über ihren Köpfen nicht noch verdichten? Sollte er sein Unglück als Dritteil ihren beiden Glückseligkeiten zugesellen, weiter schweigen? Sollte er, mit einem Wort, neben diesen beiden glücklichen Geschöpfen der unheimliche Stumme des Schicksals sein?

Man muß das Verhängnis und die Begegnungen mit ihm gewohnt sein, daß man es wagt, die Augen aufzuschlagen, wenn sich gewisse Fragen in ihrer gräßlichen Nacktheit zeigen. Das Gute oder das Böse steht hinter diesem gestrengen Fragezeichen. Was willst du tun? fragt die Sphinx.

An Prüfungen war Jean Valjean gewöhnt. Er schaute die Sphinx fest an und untersuchte das unerbittliche Problem von allen seinen Seiten.

Cosette, das zauberhafte Geschöpf, war das Floß dieses Schiffbrüchigen. Was sollte er tun? Sich anklammern oder loslassen? Wenn er sich anklammerte, entging er dem Unheil, stieg er wieder zur Sonne empor, ließ er von seinen Kleidern und aus seinem Haar das bittere Wasser rinnen, war er gerettet, lebte er. Sollte er loslassen? Dann tat sich der Abgrund auf.

So beriet er sich schmerzlich, besser gesagt, kämpfte er mit seinem Verstand. Er stritt in seinem Innern bald gegen seinen Willen, bald gegen seine Überzeugung.

Für Jean Valjean war es ein Glück, daß er weinen konnte. Das erleuchtete ihn vielleicht. Dennoch war der Anfang grausam. Ein Sturm, noch verheerender als der, der ihn einst nach Arras getrieben hatte, tobte in ihm. Durch die Gegenwart erschien ihm die Vergangenheit wieder. Er verglich und brach in Schluchzen aus. Als die Schleuse einmal geöffnet war, strömten die Tränen, brach er zusammen.

Er fühlte sich gefangen.

Ach, in diesem tödlichen Kampf zwischen unserem Egoismus und unserer Pflicht, wenn wir so Schritt für Schritt vor unserem Ideal zurückweichen, verstört, erbittert und außer uns sind, daß wir nachgeben, wenn wir unsere Stellung zäh verteidigen, auf ein mögliches Entkommen hoffen und einen Ausweg suchen – was für ein unverhofftes und verhängnisvolles Hindernis ist dann hinter uns der Sockel der Mauer! Spüren, wie das heilige Dunkel hindert! Das unerbittliche Unsichtbare, was für ein quälender Gedanke!

Mit dem Gewissen ist kein Fertigwerden. Finde dich darein, Brutus! Finde dich darein, Cato! Es ist bodenlos, denn es ist Gott. In diesen Brunnen wirft man die Arbeit seines Lebens, sein Glück, seinen Reichtum, seinen Erfolg, seine Freiheit oder sein Vaterland, sein Wohlergehen, seine Ruhe, seine Freude. Wieder und wieder! Leert den Kelch! Neigt den Krug. Zu guter Letzt muß noch das Herz hinterher. Irgendwo im Dunst der alten Hölle steht ein Kübel dafür.

Ist es nicht verzeihlich, wenn man sich da schließlich weigert? Kann das Unersättliche noch Anspruch darauf erheben? Übersteigen die Galeerenstrafen ohne Ende nicht die Kraft des Menschen? Wer also dürfte Sisyphos und Jean Valjean tadeln, daß sie sagen: Es ist genug! Die Fügsamkeit der Materie wird durch die Reibung begrenzt. Hat die Fügsamkeit der Seele keine Grenzen? Kann, wenn das Perpetuum mobile schon unmöglich ist, lebenslängliche Aufopferung verlangt werden?

Der erste Schritt ist nichts, der letzte fällt einem schwer. Was war der Fall Champmathieu gegenüber Cosettes Heirat und deren Folgen? Was war die Rückkehr ins Bagno gegenüber dem Eingehen ins Nichts?

Oh, du erste Stufe hinab, wie düster bist du! Oh, du zweite Stufe, wie finster bist du! Wie soll man diesmal den Blick nicht abwenden?

Das Martyrium ist eine Läuterung, eine ätzende Läuterung. Es ist eine heiligende Folter. Anfangs kann man ihr zustimmen. Man setzt sich auf den rotglühenden Eisenthron, drückt sich die rotglühende Eisenkrone in die Stirn, nimmt den rotglühenden Reichsapfel aus Eisen entgegen, ergreift das rotglühende Eisenzepter. Doch es bleibt noch, sich den Flammenmantel um die Schultern legen zu lassen. Und kommt da nicht ein Augenblick, in dem sich das elende Fleisch empört und man der Marter entsagt?

Endlich fand Jean Valjean zur Ruhe der Ermattung. Er wog ab, er überlegte, er bedachte die Alternativen der geheimnisvollen Waage aus Licht und Dunkel. Diesen beiden holdseligen Kindern sein Bagno aufzwingen oder selber seinen unabänderlichen

Untergang vollenden. Auf der einen Seite die Opferung Cosettes, auf der anderen seine eigene.

Zu welcher Lösung kam er? Welchen Entschluß faßte er? Welche endgültige Antwort gab er in seinem Innern dem unbestechlichen Schicksal, das ihn ins Verhör nahm? Welche Tür beschloß er aufzustoßen? Welche Seite in seinem Leben schloß er ab, verurteilte er? Welche Wahl traf er zwischen all den unerforschlichen Abstürzen, die ihn umgaben? Welches Extrem nahm er an? Welchem von diesen Abgründen nickte er zu?

Seine schwindelerregende Grübelei dauerte die ganze Nacht.

Bis der Morgen graute, lag er in der gleichen Haltung zusammengebrochen auf diesem Bett, niedergestreckt, zermalmt von der Ungeheuerlichkeit des Schicksals, die Fäuste verkrampft, die Arme ausgebreitet gleich einem, der vom Kreuz losgerissen und mit dem Gesicht auf die Erde geworfen wurde. Zwölf Stunden, die zwölf Stunden einer langen, eisigen Winternacht, verharrte er so, ohne den Kopf zu heben, ohne ein Wort zu sprechen. Er war erstarrt wie ein Leichnam, während sein Geist sich am Boden wälzte und aufflog, bald wie die Hydra, bald wie der Adler. Wie er so reglos dalag, erweckte er den Eindruck eines Toten. Plötzlich erzitterte er krampfhaft, und sein Mund, auf Cosettes Kleider gepreßt, küßte sie. Da sah man, daß er lebte.

Wer ist man? Jean Valjean war doch allein und niemand bei ihm.

Das Man, das in der Finsternis ist.

Siebentes Buch
Der letzte Tropfen im Kelch

I

Siebenter Ring und achter Himmel

Am Tag nach der Hochzeit leben die Neuvermählten zurückgezogen. Auf die Sammlung der Glücklichen wird Rücksicht genommen. Und auch ein wenig auf ihren langen Schlummer. Das Getöse der Besuche und Glückwünsche beginnt erst später. Am siebzehnten Februar, etwas nach Mittag, war Basque, Wischtuch und Staubwedel unter dem Arm, damit beschäftigt, das Vorzimmer zu reinigen, da hörte er, wie sacht an die Tür geklopft wurde. Es war nicht geläutet worden, aus einer Diskretion, die sich an einem solchen Tag empfiehlt. Basque öffnete und sah Herrn Fauchelevent vor sich. Er geleitete ihn in den Salon, der noch als Schlachtfeld der gestrigen Freuden ganz durcheinander war. »Meiner Seel«, sagte Basque, »es ist spät, wir haben lange geruht.«

»Ist Ihr Herr auf?« fragte Jean Valjean.

»Was macht der Arm, mein Herr?« fragte Basque.

»Schon besser. Ist Ihr Herr auf?«

»Welcher? Der alte oder der junge?«

»Herr Pontmercy.«

»Der Herr Baron?« erwiderte Basque und straffte sich. Man ist Baron vor allem für seine Bedienten. Etwas davon fällt für sie ab. Sie werden von dem Titel, wie ein Philosoph das nennen würde, bespritzt, und das schmeichelt ihnen. Marius, als kämpfender Republikaner erwiesen, war jetzt wider Willen Baron. Der Titel hatte in der Familie eine kleine Umwälzung veranlaßt. Jetzt hielt Herr Gillenormand darauf, und Marius entzog sich ihm. Aber der Oberst Pontmercy hatte geschrieben: »Mein Sohn wird meinen Titel tragen.« Marius gehorchte. Zudem war Cosette, in der die Frau zu erwachen begann, entzückt, Baronin zu werden.

»Der Herr Baron?« wiederholte Basque. »Ich werde nachsehen. Ich werde ihm sagen, daß Herr Fauchelevent da ist.«

»Nein, sagen Sie ihm nicht, daß ich es bin. Sagen Sie ihm, daß jemand ihn privat zu sprechen wünscht, und sagen Sie ihm keinen Namen! Ich will ihn überraschen.«

»Ah!« erwiderte Basque und ging. Jean Valjean blieb allein.

Der Salon befand sich, wie wir schon sagten, in erheblicher Unordnung. Es war, als sei noch undeutlich das Stimmengewirr der Hochzeitsgäste zu vernehmen. Noch lagen auf dem Parkett alle Arten von Blumen, die aus Girlanden und Frisuren gefallen waren. Die bis zum Stumpf heruntergebrannten Kerzen hingen an den Kristallüstern wie wächserne Stalaktite. Nicht ein Möbel stand an seinem Platz. In den Ecken schienen drei oder vier Sessel, einander genähert und Cercle bildend, ein Geplauder fortzusetzen. Das Ganze bot einen lieblichen Anblick. Es liegt immer eine gewisse Anmut über einem zu Ende gegangenen Fest. Dieses war froh gewesen. Auf den verschobenen Stühlen, zwischen den verwelkenden Blumen, unter den erloschenen Lichtern ist der Freude gedacht worden. Die Sonne hatte den Lüsterglanz abgelöst und überflutete hell den Salon.

Einige Minuten verrannen. Jean Valjean rührte sich nicht von der Stelle, an der Basque ihn verlassen hatte. Er war sehr bleich. Seine Augen waren hohl und infolge der Schlaflosigkeit so tief eingesunken, daß sie fast verschwanden. Sein schwarzer Rock hatte die müden Falten eines übernächtigen Kleidungsstücks. Die Ellbogen waren von den Daunen weiß, die dem Tuch anhaften, wenn es sich an Wäsche gerieben hat. Jean Valjean blickte auf das Fenster zu seinen Füßen, das die Sonne auf das Parkett zeichnete.

An der Tür wurde ein Geräusch hörbar, er sah hin. Marius trat ein, den Kopf erhoben, mit lachendem Mund, einen Lichtschein im Gesicht, mit heiterer Stirn und triumphierenden Augen. Geschlafen hatte auch er nicht. »Sie sind es, Vater!« rief er, als er Jean Valjean bemerkte. »Dieser dumme Basque tat so geheimnisvoll. Aber Sie kommen zu früh. Es ist erst halb eins. Cosette schläft.«

Das Wort »Vater«, wie Marius es zu Fauchelevent sagte, bedeutete: höchstes Glück. Immer war Fremdheit, Kühle und Zwang zwischen ihnen gewesen. Eis, das brechen oder schmelzen mußte. Marius war so im Rausch, daß diese Fremdheit schwand, das Eis zerging und Herr Fauchelevent für ihn wie für Cosette der Vater wurde.

Er fuhr fort mit Überschwang, der diesem göttlichen Paroxysmus der Freude eignet: »Wie glücklich bin ich, Sie zu sehen! Wüßten Sie, wie Sie mir gestern gefehlt haben! Guten Tag, Vater! Was ist mit Ihrer Hand? Besser, nicht wahr?« Und voll Genugtuung über die gute Antwort, die er sich selbst gab, redete er weiter: »Wir beide haben so herzlich von Ihnen gesprochen. Cosette liebt Sie so. Sie werden nicht vergessen, daß Sie hier Ihr Zimmer haben. Wir wollen die Rue de l'Homme-Armé nicht mehr. Wir wollen sie gar nicht. Wie konnten Sie in einer solchen Straße wohnen, die krank ist, mürrisch und häßlich, die an einem Ende eine Barriere hat, in der man friert, die niemand betreten möchte? Sie werden sich hier einrichten. Und schon heute. Oder Sie bekommen es mit Cosette zu tun. Sie wird uns alle an der Nase herumführen, das verrate ich Ihnen. Sie haben Ihr Zimmer gesehen, es liegt ganz nahe dem unseren, nach den Gärten zu. Man hat das Türschloß reparieren lassen, das Bett ist gemacht, es ist bereit, Sie brauchen sich nur einzufinden. Cosette hat neben Ihr Bett einen großen alten Lehnsessel mit Plüschbezug gestellt und zu ihm gesagt: Halte ihm deine Arme hin! In jedem Frühling findet sich in dem Akaziengesträuch gegenüber Ihrem Fenster eine Nachtigall ein. In zwei Monaten ist sie bei Ihnen. Links von Ihnen liegt ihr Nest und rechts das unsere. Nachts wird sie singen, und am Tag wird Cosette sprechen. Ihr Zimmer hat volles Mittagslicht. Cosette wird Ihre Bücher darin ordnen, Ihre Reise des Kapitäns Cook und die andere, die von Vancouver, alles, was Sie schätzen. Ich glaube, da ist auch ein kleiner Koffer, der Ihnen von Wert ist, ich habe eine Ehrenecke für ihn reserviert. Meinen Großvater haben Sie erobert, er mag Sie, wir werden zusammen leben. Können Sie Whist spielen? Mein Großvater wird von Ihnen entzückt sein, wenn Sie Whistspieler sind. Sie werden an den Tagen, an denen ich im Justizpalast bin, mit Cosette spazierengehen, Sie werden ihr den Arm reichen, Sie wissen, wie einst im Luxembourg. Wir sind durchaus entschlossen, sehr glücklich zu sein. Und Sie werden an unserem Glück teilhaben, hören Sie, Vater. Ach ja, frühstücken Sie mit uns?«

»Mein Herr«, erwiderte Jean Valjean, »ich habe Ihnen etwas zu sagen. Ich bin ein ehemaliger Galeerensträfling.«

Die Grenze der wahrnehmbaren hohen Töne kann sowohl für den Geist wie für das Ohr überschritten werden. Die Worte »Ich bin ein ehemaliger Galeerensträfling«, die über die Lippen des Herrn Fauchelevent kamen, drangen zum Ohr von Marius. Aber sie gingen über das Mögliche hinaus. Marius vernahm sie nicht. Es schien ihm, als habe man irgend etwas zu ihm gesagt; aber er wußte nicht, was. Sein Mund blieb offen. Da bemerkte er, wie furchtbar dieser Mann aussah. In seiner Verblendung befangen, hatte er bis jetzt diese schreckliche Blässe nicht gewahrt.

Jean Valjean knüpfte die schwarze Binde auf, die seinen rechten Arm hielt, streifte das um seine Hand gewickelte Leinen ab, entblößte seinen Daumen und zeigte ihn Marius. »Ich habe nichts an der Hand«, sagte er. Marius betrachtete den Daumen.

»Ich hatte nie etwas daran«, erklärte Jean Valjean nochmals. In der Tat war keine Spur einer Wunde zu sehen.

»Ich hätte bei Ihrer Hochzeit nie anwesend sein dürfen«, fuhr Jean Valjean fort. »Ich habe mich ferngehalten, soweit ich konnte. Diese Wunde habe ich vorgetäuscht, um eine Fälschung zu vermeiden, um nicht die Eheakten dem Nichtigkeitseinwand auszusetzen, um nicht zur Unterschrift genötigt zu sein.«

Marius stammelte: »Was soll das heißen?«

»Es soll heißen«, antwortete Jean Valjean, »daß ich auf den Galeeren war.«

»Sie machen mich wahnsinnig!« rief Marius außer sich.

»Herr Pontmercy«, sagte Jean Valjean, »ich war neunzehn Jahre auf den Galeeren. Wegen Diebstahls. Dann wurde ich zu lebenslänglicher Zwangsarbeit verurteilt. Wegen Diebstahls im Rückfall. Jetzt bin ich des Bannbruchs, der Flucht aus der Polizeiaufsicht schuldig.«

Umsonst wich Marius der Wahrheit aus, weigerte er sich, die offenbare Tatsache anzuerkennen; er mußte sich ergeben. Er begann zu begreifen, und wie das stets in einem derartigen Falle geschieht, er begriff noch darüber hinaus. Er schauderte, von einem Blitz in der Seele getroffen; ein häßlicher Gedanke, von dem er erbebte, durchzuckte seinen Geist. Er ahnte für sich selbst grauenhaftes künftiges Schicksal.

»Sagen Sie alles, sagen Sie alles!« rief er. »Sie sind Cosettes

Vater?« Und er trat mit einer Bewegung unsäglichen Abscheus zwei Schritte zurück.

Jean Valjean richtete so hoheitsvoll den Kopf auf, daß er bis zur Decke zu wachsen schien. »Sie müssen mir glauben, mein Herr, und obwohl der Eid von unsereins vor Gericht ungültig ist ...« Er schwieg, dann fügte er mit einer überlegenen, düsteren Autorität, indem er langsam und wuchtig jede Silbe unterstrich, hinzu: »Sie werden mir glauben. Ich der Vater Cosettes! Ich schwöre bei Gott, nein. Herr Baron Pontmercy, ich bin ein Bauer aus Faverolles. Ich habe mir den Lebensunterhalt durch Ausputzen von Bäumen verdient. Ich heiße nicht Fauchelevent, ich heiße Jean Valjean. Für Cosette bin ich nichts. Beruhigen Sie sich!«

Marius stammelte: »Wer beweist mir ...?«

»Ich. Da ich es Ihnen sage.«

Marius sah den Menschen an. Er war traurig und gelassen. Keine Lüge schien mit dieser Gelassenheit vereinbar. Was so eisig war, mußte auch aufrichtig sein. Man spürte die Wahrheit in dieser Grabeskälte. »Ich glaube Ihnen«, sagte Marius.

Jean Valjean neigte den Kopf, als nähme er davon Kenntnis, und fuhr fort: »Was bin ich für Cosette? Ein Passant. Vor zehn Jahren wußte ich nichts von ihr. Ich liebe sie, das ist wahr. Ein Kind, das man als Kleines gesehen hat, wenn man schon selbst alt ist, liebt man. Wenn man alt ist, fühlt man sich als Großvater aller kleinen Kinder. Sie können, denke ich, voraussetzen, daß ich etwas habe, was einem Herzen ähnelt. Sie war Waise. Ohne Vater und Mutter. Sie brauchte mich. Darum habe ich sie zu lieben begonnen. So schwach sind die Kinder, daß der erste beste, sogar ein Mann wie ich, ihr Schützer zu sein vermag. Ich habe diese Pflicht an Cosette erfüllt. Ich glaube nicht, daß man so Geringes eine gute Tat nennen kann; aber wenn es eine gute Tat ist, so bedenken Sie, daß ich sie getan habe. Erwägen Sie diesen mildernden Umstand! Heute geht Cosette aus meinem Leben. Unser beider Wege trennen sich. Hinfort kann ich nichts mehr für sie tun. Sie ist Frau Pontmercy. Die Vorsehung, die über ihr waltet, ist eine andere, und sie gewinnt bei dem Wechsel. Alles ist gut. Von den sechshunderttausend Francs sprechen Sie nicht, aber ich will Ihnen zuvorkommen: Sie sind ein Depot. Wie ist es in meine Hände gelangt? Gleichwohl, ich gebe es zurück. Man kann mir nichts mehr abfordern. Ich vervollständige die Wiedererstattung, indem ich meinen wahren Namen nenne. Auch das geht nur mich an. Ich möchte, daß Sie wissen, wer ich bin.« Und Jean Valjean sah ihm gerade ins Gesicht.

Nur stürmische, unzusammenhängende Empfindungen waren in Marius. Gewisse Schicksalsstürme türmen solche Wellen in unserer Seele auf.

Diese Augenblicke der Verwirrung, in denen sich in uns alles auflöst, haben wir alle schon durchgemacht. Wir reden das erste beste daher, und das ist nicht immer genau das, was gesagt werden sollte. Es gibt plötzliche Enthüllungen, die man nicht ertragen kann und die wie ein verderblicher Wein berauschen. So sehr verblüffte ihn die neue Situation, der er sich gegenübersah, daß er zu diesem Manne sprach, als grolle er ihm wegen seines Geständnisses. »Aber warum sagen Sie mir das alles? Was zwingt Sie dazu? Sie konnten Ihr Geheimnis für sich behalten. Sie sind weder angezeigt noch verfolgt, noch gehetzt worden. Sie haben einen Grund, freiwillig mit einer solchen Enthüllung hervorzutreten. Kommen wir zu Ende! Da ist noch etwas anderes. Mit welcher Absicht beichten Sie mir das alles? Zu welchem Zweck?«

»Zu welchem Zweck?« erwiderte Jean Valjean so leise und so dumpf, daß man fast annehmen konnte, er sprach mehr zu sich selbst als zu Marius. »In der Tat, aus welchem Grund hat dieser Sträfling eben gesagt: ›Ich bin ein Galeerensträfling‹? Nun ja! Der Grund ist seltsam. Aus Ehrlichkeit. Sehen Sie, das Ärgerliche ist, daß ich einen Faden im Herzen habe, an dem ich hänge. Vor allem wenn man alt ist, sind diese Fäden haltbar. Das ganze Leben ringsum vergeht, sie halten. Hätte ich den Faden zerreißen, den Knoten lösen oder zerhauen, weit fortgehen können, wäre ich gerettet gewesen. Ich brauchte nur aufzubrechen. In der Rue du Bouloi hält die Schnellpost. Ihr seid glücklich, ich gehe meiner Wege. Ich habe versucht den Faden zu zerreißen, ich habe daran gezerrt, er hat gehalten, sich als stärker erwiesen, ich habe mir bloß das Herz dabei herausgerissen. Da habe ich mir gesagt: Ich kann nirgendwo leben als hier. Ich muß bleiben. Nun ja, Sie haben recht, ich bin ein Dummkopf, warum nicht ganz aufrichtig bleiben? Sie bieten mir ein Zimmer im Haus an, Frau Pontmercy mag mich sehr, sie sagt zu diesem Sessel: Halte ihm deine Arme hin! Ihr Großvater hat mich herzlich gern, ich bin ihm recht, wir werden alle zusammen wohnen, gemeinsame Mahlzeiten, ich werde Cosette — Verzeihung, Frau Pontmercy, das ist die Gewohnheit — den Arm reichen, wir werden nur ein Dach haben, nur einen Tisch, nur ein Feuer, im Winter den gleichen Platz am Kamin, im Sommer den gleichen Spaziergang, das ist die Freude, ist das Glück, ist alles. Wir werden im engsten Familienkreis leben. Im engsten Familienkreis!«

Bei diesem Wort bot Jean Valjean einen schreckenerregenden Anblick. Er kreuzte die Arme, betrachtete den Fußboden zu seinen Füßen, als wollte er dort einen Abgrund aufreißen, und seine Stimme schallte plötzlich: »Im engsten Familienkreis! Nein. Ich gehöre zu keiner Familie, nicht zu Ihrer. Ich gehöre nicht zur Familie der Menschen. In den Häusern, wo man unter sich ist, bin ich zuviel. Es gibt Familien, aber nicht für mich. Ich bringe Unglück, ich bleibe draußen. Habe ich Vater und Mutter gehabt? Fast zweifle ich daran. An dem Tag, an dem ich dieses Kind vermählt habe, war es zu Ende. Ich habe Cosette glücklich gesehen. Sie war bei dem Mann, den sie liebt, und da war ein guter Greis, ein engelschönes Paar, alle Freuden in diesem Haus, und es war gut so, und ich habe mir gesagt: Tritt nicht ein. Ich konnte lügen, das ist wahr, euch alle täuschen, Herr Fauchelevent bleiben. Solange es für sie war, konnte ich auch lügen. Aber jetzt wäre es für mich, und da darf ich es nicht. Es genügte zu schweigen, das ist wahr, und alles ginge so weiter. Sie fragen mich, was mich zu reden zwingt. Eine seltsame Macht, mein Gewissen. Es wäre ja bequem gewesen, zu schweigen. Ich habe die Nacht über dem Versuch durchwacht, mir das einzureden. Sie verhören mich, und was ich Ihnen sage, ist so ungeheuerlich, daß Sie dazu befugt sind. Ja, die ganze Nacht über habe ich mich rechtfertigen wollen; ich habe getan, was ich konnte. Aber zwei Dinge sind mir nicht gelungen. Weder den Faden zu zerreißen, der mein Herz hier fesselt, noch einen zum Verstummen zu bringen, der leise zu mir spricht, wenn ich allein bin. Deshalb bin ich heute vormittag gekommen, um Ihnen alles zu gestehen. Alles oder beinahe alles. Es wäre noch Überflüssiges zu sagen, aber das betrifft nur mich. Ich behalte es für mich. Das Wesentliche wissen Sie. Ich habe mein Geheimnis genommen und es Ihnen gebracht. Und ich habe mein Geheimnis vor Ihren Augen enthüllt. Das war kein leichter Entschluß. Die ganze Nacht habe ich mit mir gerungen. Ach, Sie glauben, ich hätte nicht bedacht, daß das kein Fall Champmathieu sei, daß ich, wenn ich meinen Namen verhehlte, niemandem etwas zu leide tat, daß den Namen Fauchelevent mir Fauchelevent selbst aus Dankbarkeit für einen Dienst, den ich ihm erwies, gegeben hatte, daß ich ihn weitertragen durfte, daß ich in dem Zimmer, das Sie mir anbieten, glücklich wäre, daß ich nicht stören würde und in meinem kleinen Stübchen hausen könnte. Sie hätten Cosette, und ich wüßte mich im selben Hause wie sie. Jeder hätte seinen Teil vom Glück bekommen. Weiterhin Herr Fauchelevent sein, dann wäre alles in Ordnung. Ja, mit Ausnahme meiner Seele. Alles freute sich um mich herum, der Grund meiner Seele bliebe traurig. Es ist nicht genug, glücklich zu sein, man muß auch damit einverstanden sein. So wäre ich Herr Fauchelevent geblieben, aber ich hätte meine wahren Züge verloren. Als finsteres Rätsel wäre ich neben Ihnen einhergegangen. Ohne Sie zu warnen, hätte ich das Bagno an Ihrem Herd angesiedelt. Ich hätte mich an Ihren Tisch gesetzt und nie vergessen, daß Sie mich fortjagen würden, ahnten Sie, wer ich bin. Ich hätte mich von Dienern bedienen lassen, die, wenn sie Bescheid wüßten, sagen würden: Wie abscheulich! Ich hätte Sie mit meinem Ellbogen angestoßen, was Sie sich zu Recht verbitten könnten, ich hätte Ihnen Ihren Händedruck abgegaunert! In Ihrem Haus wäre dem ehrwürdigen und dem entehrten weißen Haar Achtung erwiesen worden. In den trautesten Stunden, wenn sich die Herzen aller rückhaltlos voreinander offenbaren, wenn wir alle vier beisammen gesessen hätten, Ihr Großvater, Sie beide und ich, wäre ein Unbekannter unter Ihnen gewesen! Ich hätte Seite an Seite mit Ihnen gelebt, einzig und allein darauf bedacht, Ihnen nie mein Geheimnis zu entdecken. So hätte ich, ein Toter, mich Ihnen, den Lebenden, aufgezwungen. Cosette hätte ich lebenslänglich an mich gefesselt. Sie, Cosette und ich, wir wären drei zu lebenslänglicher Galeerenstrafe Verurteilte gewesen! Graust es Ihnen nicht? Ich bin nur der beladenste der Menschen, ich wäre der widernatürlichste geworden. Und alle Tage hätte ich mich dieses Verbrechens schuldig gemacht. Und alle Tage hätte ich diese Lüge getan! Mein Nachtgesicht hätte ich immer getragen, mein Brandmal. Ich hätte Ihnen Ihren Anteil davon alle Tage abgegeben! Alle Tage! Ihnen, meinen

Vielgeliebten, Ihnen, meinen Kindern, Ihnen, die von aller Schuld rein sind! Ist stumm bleiben etwa nichts, schweigen einfach? Nein, das ist es nicht. Es gibt ein Schweigen, das lügt. Und meine Lüge, meinen Betrug, meine Unwürdigkeit, meine Feigheit, meinen Verrat, mein Verbrechen, ich hätte sie Tropfen um Tropfen in mich getrunken, ausgespien und wieder getrunken. Um Mitternacht hätte ich aufgehört, und mittags hätte ich wieder begonnen, mein ›Guten Tag‹ hätte gelogen, mein ›Guten Abend‹ hätte gelogen, und dann wäre ich eingeschlafen. Ich hätte es, wenn ich bei Ihnen saß, hinuntergeschluckt, ich hätte Cosette angeschaut und das Lächeln des Engels mit dem Lächeln des Verdammten erwidert, ich wäre ein niederträchtiger Schurke gewesen. Warum? Um glücklich zu sein. Darf ich glücklich sein? Ich stehe außerhalb des menschlichen Daseins, mein Herr.«

Jean Valjean hielt inne. Marius hatte zugehört. Solche Verkettungen von Gedanken und Herzensängsten darf man nicht unterbrechen. Jean Valjean senkte erneut die Stimme, aber sie klang nicht mehr dumpf, sie klang unheilvoll.

»Sie fragen, warum ich rede? Ich bin weder angezeigt noch verfolgt, noch gehetzt worden, wie Sie sagen. Doch, ich bin angezeigt worden! Doch, ich werde verfolgt! Doch, ich werde gehetzt! Von wem? Von mir. Ich verlege mir selbst den Weg, schleppe mich mühsam dahin, stoße mich herum, verhafte mich, vollziehe selbst das Urteil gegen mich, denn wer sich selbst in der Hand hält, kann nicht entwischen.«

Und er packte seinen Rock mit festem Griff. »Sehen Sie sich doch diese Faust an!« fuhr er fort. »Finden Sie nicht, daß sie den Kragen so hält, als wollte sie ihn nicht mehr loslassen? Nun gut, das Gewissen ist noch eine ganz andere Faust! Wer glücklich werden will, darf nie die Pflicht begreifen, mein Herr; denn sobald man sie begriffen hat, ist sie unerbittlich. Fast scheint es, daß sie einen bestraft, weil man sie begriffen hat. Doch nein, sie zeigt sich erkenntlich, denn sie steckt einen in eine Hölle, in der man Gott an seiner Seite ahnt. Man reißt sich nicht gleich die Eingeweide heraus, wenn man Frieden mit sich selber macht.«

Und in bitterem Ton setzte er hinzu: »Herr Pontmercy, das hat zwar weder Sinn noch Verstand, aber ich bin ein ehrlicher Mann. Wenn ich mich in Ihren Augen herabsetze, erhöhe ich mich in meinen. Das ist mir schon einmal zugestoßen, aber damals war es nicht so schmerzlich, war es eine Kleinigkeit. Ja, ein ehrlicher Mann. Ich wäre es nicht, hätten Sie durch mein Verschulden weiterhin eine hohe Meinung von mir. Jetzt, wo Sie auf mich herabblicken, bin ich es. Mein Verhängnis ist es, daß ich immer nur ein gestohlenes Ansehen genießen kann. Das demütigt mich innerlich und drückt mich nieder. Damit ich mich selber achte, muß man mich verachten. Dann richte ich mich wieder auf. Ich bin ein Galeerensträfling, der seinem Gewissen gehorcht. Ich weiß wohl, daß das zwei ganz verschiedene Dinge sind. Aber was soll ich tun? Dem ist so. Ich bin mir selbst gegenüber Verpflichtungen eingegangen, und ich halte sie. Es gibt Begegnungen, die uns binden, Zufälle, die uns Pflichten auferlegen. Sehen Sie, Herr Pontmercy, mir ist so allerlei in meinem Leben passiert.«

Jean Valjean machte abermals eine Pause. Er schluckte mühsam seinen Speichel hinunter, als ob seine Worte einen bitteren Nachgeschmack hätten, und fuhr dann fort: »Wenn man einen solchen Abscheu gegen sich empfindet, darf man ihn den anderen nicht verheimlichen. Man hat nicht das Recht, sie mit seiner Pest anzustecken, sie in seinen Abgrund gleiten zu lassen, ohne daß sie es gewahr werden. Man hat nicht das Recht, seinen roten Sträflingskittel über sie zu breiten, darf nicht hinterhältig das Glück anderer mit seinem Elend belasten. Sich Gesunden zu nähern und sie im Dunkeln mit seinem unsichtbaren Geschwür zu berühren ist abstoßend. Fauchelevent hat mir umsonst seinen Namen geliehen, ich habe nicht das Recht, ihn zu benutzen. Er konnte ihn mir geben, annehmen konnte ich ihn nicht. Ein Name ist ein Ich. Sehen Sie, mein Herr, ich habe ein wenig nachgedacht und ein wenig gelesen, obwohl ich ein Bauer bin, und ich lege mir Rechenschaft ab. Sie merken, daß ich mich angemessen ausdrücke. Ich habe mir selbst eine Erziehung angedeihen lassen. Nun ja, einen Namen zu unterschlagen und sich darunter zu verstecken ist unredlich. Buchstaben lassen sich ja stehlen wie eine Geldbörse oder eine Uhr. Eine gefälschte Unterschrift aus Fleisch und Blut, ein lebender Dietrich sein, sich bei ehrlichen Leuten einschleichen, nie mehr offen blicken, immer nur schielen, in seinem Innersten ehrlos sein, nein! Nein und nochmals nein! Es ist besser, zu leiden, zu bluten, zu weinen, sich zu zerfleischen, sich nachts vor Angst zu krümmen, sich bis aufs Blut zu quälen. Deshalb erzähle ich Ihnen das alles. Freiwillig, wie Sie sagen.« Er atmete schwer und warf die letzten Worte hin: »Einst habe ich, um zu leben, ein Brot gestohlen. Heute will ich nicht, um zu leben, einen Namen stehlen.«

»Um zu leben!« unterbrach Marius. »Sie brauchen diesen Namen nicht, um zu leben?«

»Ich weiß, was Sie sagen wollen«, entgegnete Jean Valjean, indem er mehrmals aufblickte und den Kopf wieder senkte. Eine Stille hub an. Beide schwiegen, jeder in abgründige Gedanken vertieft. Marius hatte sich an einen Tisch gesetzt und stützte seinen Mundwinkel auf einen seiner Finger, den er zurückbog. Jean Valjean ging hin und her. Er blieb vor einem Spiegel stehen und regte sich nicht. Dann sagte er, als antwortete er auf einen inneren Einspruch, wobei er in diesen Spiegel schaute, ohne sich darin zu sehen: »Aber jetzt bin ich erleichtert.«

Er schritt wieder durch den Salon bis zu dessen Ecke. Als er sich umdrehte, bemerkte er, daß Marius ihn beobachtete. In einem Ton, der sich nur andeuten läßt, sagte er zu ihm: »Ich schleppe das Bein ein wenig nach, Sie verstehen jetzt, warum.«

Er wandte sich Marius ganz zu. »Und nun, mein Herr, stellen Sie sich vor: Ich habe nichts gesagt, ich bin Fauchelevent geblieben, ich habe meinen Platz bei Ihnen eingenommen, ich zähle zu den Ihren, ich wohne in meinem Zimmer, ich komme morgens in Pantoffeln zum Frühstück, abends besuchen wir alle drei das Theater, ich begleite Frau Pontmercy in die Tuilerien und nach der Place Royale, wir sind beisammen. Sie glauben, ich sei ein Mensch wie Sie. Eines schönen Tages, ich bin da, Sie sind da, wir plaudern, wir lachen, plötzlich hören Sie eine Stimme den Namen Jean Valjean schreien, und die fürchterliche Hand der Polizei greift aus dem Schatten und zerrt mir jäh die Maske herunter.«

Wieder schwieg er. Marius war, zusammenfahrend, aufgestanden. »Was meinen Sie dazu?« fragte Jean Valjean.

Daß Marius stumm blieb, war die Antwort. »Sie sehen«, sagte Jean Valjean, »daß ich recht hatte, nicht zu schweigen. Leben Sie glücklich, mein Herr, leben Sie im Himmel, seien Sie der Engel eines Engels, leben Sie in der Sonne, seien Sie zufrieden damit und sorgen Sie sich nicht, wenn sich ein armer Verdammter die

Brust öffnet, um seine Pflicht zu tun! Sie haben einen Unglücklichen vor sich.«

Langsam schritt Marius durch den Salon, und als er Jean Valjean nahe war, reichte er ihm die Hand. Aber er mußte die Hand des anderen ergreifen, die sich ihm nicht darbot. Jean Valjean ließ es geschehen, und es schien Marius, als umfasse er eine Marmorhand.

»Mein Großvater hat Freunde«, sagte Marius. »Ich werde Ihre Begnadigung erwirken.«

»Sie nützt mir nicht«, erwiderte Jean Valjean. »Man hält mich für tot, das genügt. Die Toten sind der Überwachung entzogen. Man ist der Ansicht, daß sie in Ruhe verfaulen. Der Tod ist dasselbe wie Begnadigung.« Er befreite seine Hand, die Marius hielt, und sagte mit unerbittlichem Ernst: »Meine Pflicht zu erfüllen, das ist der Freund, der mir hilft, und ich bedarf nur einer Gnade, der Gnade vor meinem Gewissen.«

In diesem Moment wurde die Tür am entgegengesetzten Ende des Salons leise aufgemacht, und in der halben Öffnung erschien der Kopf von Cosette. Man erblickte nur ihr sanftes Gesicht, ihr Haar war ganz gelöst, ihre Lider waren noch geschwollen vom Schlaf. Sie flatterte wie ein Vogel, der aus seinem Nest heraus will, und schaute zuerst ihren Gatten, dann Jean Valjean an. Lachend rief sie ihnen zu, und es war das Lächeln einer Rose: »Wetten wir, daß ihr von Politik sprecht! Wie dumm das von euch ist, statt daß ihr mit mir zusammen wäret!«

Jean Valjean zitterte. »Cosette«, stammelte Marius. Und er hielt inne. Es war, als ständen zwei Schuldige vor ihr.

Cosette sah beide noch immer strahlend an. In ihren Augen war so etwas wie ein Ausblick auf das Paradies. »Ich ertappe euch in flagranti«, scherzte sie. »Ich habe eben durch die Tür meinen Vater Fauchelevent sagen hören: Das Gewissen ... seine Pflicht erfüllen. Das ist Politik. Ich mag das nicht. Man soll nicht schon tags darauf wieder von Politik sprechen. Das ist unpassend.«

»Du irrst, Cosette«, antwortete Marius. »Wir sprechen von Geschäften. Wir sprechen von der besten Anlage für deine sechshunderttausend Francs ...«

»Das stimmt so nicht«, unterbrach Cosette. »Ich komme zu euch. Wollt ihr mich hier?«

Entschlossen stieß sie die Tür auf und trat in den Salon ein. Sie war mit einem weiten, weißen Morgenrock bekleidet, der mit tausend Falten und lockeren Ärmeln vom Hals ab bis zu ihren Füßen fiel. Auf dem Goldgrund alter gotischer Bilder sind solche zauberhaften Engelsgewänder zu sehen.

Sie betrachtete sich in einem großen Spiegel, dann rief sie in einem Ausbruch höchster Ekstase: »Es waren einmal ein König und eine Königin. Ach, wie froh bin ich!« Dann verbeugte sie sich tief vor Marius und Jean Valjean. »Ich lasse mich«, sagte sie, »in einen Sessel bei euch nieder, in einer halben Stunde wird gefrühstückt. Ihr teilt mir mit, was ihr wollt. Ich weiß ja, daß die Männer miteinander reden müssen; ich werde sehr vernünftig sein.«

Marius faßte nach ihrem Arm und sagte verliebt zu ihr: »Wir sprechen von Geschäften.«

»Übrigens«, erwiderte Cosette, »ich habe mein Fenster geöffnet, da sind eine Menge Spatzen in den Garten gekommen. Vögel, und keine Masken. Heute ist Aschermittwoch, aber nicht für die Vögel.«

»Ich sage dir, daß wir von Geschäften sprechen. Geh, meine kleine Cosette, laß uns einen Moment allein! Wir sprechen von Ziffern. Es würde dich langweilen.«

»Du hast heute morgen eine reizende Halsbinde angelegt, Marius. Sie sind sehr eitel, erlauchter Herr. Nein, es wird mich nicht langweilen.«

»Ich versichere dir, es langweilt dich.«

»Nein, da ihr es seid. Ich werde euch nicht verstehen, aber euch zuhören. Wenn man geliebte Stimmen hört, braucht man die Worte, die sie sprechen, nicht zu verstehen. Hier bei euch zu sein ist alles, was ich möchte. Ich bleibe hier, bah!«

»Du bist meine geliebte Cosette! Unmöglich.«

»Unmöglich?«

»Ja.«

»Gut«, erwiderte Cosette. »Ich hätte dir Nachrichten gebracht. Ich hätte dir gesagt, daß der Großvater noch schläft, daß deine Tante in der Messe ist, daß der Kamin im Zimmer meines Vaters Fauchelevent raucht, daß Nicolette den Kaminfeger bestellt hat, daß die Toussaint und Nicolette sich schon gestritten haben, daß Nicolette über das Stottern der Toussaint spottet. Nun, du wirst nichts erfahren. Ach, unmöglich? Auch ich, mein Herr, werde sagen: Unmöglich! Wer wird der Hereingefallene sein? Ich bitte dich, mein kleiner Marius, laß mich hier bei euch!«

»Ich schwöre dir, daß wir allein sein müssen.«

»So, bin ich denn irgend jemand?«

Jean Valjean sprach kein Wort. Cosette wandte sich an ihn. »Zuerst, Vater, Sie. Ich will, daß Sie mich umarmen! Was stehen Sie stumm da, statt für mich Partei zu nehmen? Wer hat mir einen solchen Vater geschenkt? Sie sehen, daß ich in der Ehe sehr unglücklich bin. Mein Gatte schlägt mich. Also, küssen Sie mich rasch!«

Jean Valjean näherte sich. Cosette drehte sich Marius zu. »Ihnen schneide ich eine Fratze.« Dann bot sie Jean Valjean ihre Stirn. Er trat einen Schritt vor. Cosette wich zurück. »Vater, Sie sind blaß. Tut Ihr Arm Ihnen weh?«

»Er ist geheilt«, sagte Jean Valjean.

»Haben Sie schlecht geschlafen?«

»Nein.«

»Sind Sie traurig?«

»Nein.«

»Küssen Sie mich. Wenn Sie wohlauf sind, wenn Sie gut schlafen, wenn Sie zufrieden sind, werde ich Sie nicht schelten.« Und wieder hielt sie ihm ihre Stirn hin. Jean Valjean drückte einen Kuß auf diese Stirn, über der ein himmlischer Abglanz lag.

»Lächeln Sie!«

Jean Valjean gehorchte. Es war ein gespenstisches Lächeln. »Jetzt verteidigen Sie mich gegen meinen Gatten!«

»Cosette!« rief Marius.

»Werden Sie böse, Vater! Sagen Sie ihm, daß ich bleiben soll! Vor mir kann er reden. Also du findest mich dumm? Erstaunlich, was du sagst! Geschäfte, die Anlage des Geldes bei einer Bank, äußerst wichtig! Männer spielen um nichts die Geheimnisvollen! Ich will bleiben. Ich bin heute morgen sehr hübsch. Sieh mich an, Marius!« Und mit anbetungswürdigem Achselzucken und köstlichem Schmollen blickte sie auf ihn. Es ging wie ein Leuchten zwischen beiden hin und her. Daß noch jemand da war, was tat ihnen das?

»Ich liebe dich!« sagte Marius.

»Ich bete dich an!« sagte Cosette. Und unwiderstehlich zueinandergetrieben, sanken sie sich in die Arme. »Jetzt«, sagte Cosette und glättete, mit einem Triumph um ihren kleinen Mund, eine Falte ihres Morgenrocks, »bleibe ich.«

»Nein«, antwortete Marius in flehendem Ton. »Wir müssen etwas zu Ende verhandeln.«

»Noch immer nicht?«

Marius legte allen Ernst in seine Stimme: »Ich versichere dir, Cosette, es ist nicht möglich.«

»Ach, Sie reden mit Ihrer Männerstimme, mein Herr. Gut. Ich gehe. Sie, Vater, haben mich nicht unterstützt. Mein Herr Gatte, mein Herr Papa, ihr seid Tyrannen. Ich werde es dem Großvater sagen. Wenn ihr glaubt, daß ich zurückkommen und euch Plattheiten erzählen werde, dann täuscht ihr euch. Ich bin stolz. Jetzt kommt ihr zu mir! Ihr werdet sehen, daß ihr euch ohne mich langweilen werdet. Ich gehe, fertig.« Und sie ging.

Zwei Sekunden später blickte sie noch einmal herein, wieder zeigte ihr frisches, gerötetes Gesicht sich zwischen den Türflügeln, und sie rief: »Ich habe einen großen Zorn!« Die Tür schloß sich, und es wurde von neuem finster.

Ein verirrter Sonnenstrahl hatte, nichts ahnend, plötzlich die Nacht durchquert. Marius vergewisserte sich, daß sie gegangen war. »Arme Cosette!« murmelte er. »Wenn sie hören wird ...«

Jean Valjean erschauerte an allen Gliedern. Verstört sah er Marius an. »Cosette, ja, Sie werden es Cosette sagen. Richtig. Ich hatte nicht daran gedacht. Man hat Kraft für die eine Sache, für die andere fehlt sie schon wieder. Mein Herr, ich beschwöre Sie, ich flehe Sie an, geben Sie mir Ihr heiligstes Ehrenwort, sagen Sie nichts! Genügt es nicht, daß Sie es wissen? Von selbst konnte ich es sagen, ohne gezwungen zu sein. Ich hätte es der ganzen Welt sagen können, das war mir einerlei. Aber sie weiß nichts und darf nichts wissen; es würde sie erschrecken. Ein Sträfling, wie? Man müßte es ihr erklären, ihr sagen: Das ist ein Mann, der auf den Galeeren war. Eines Tages hat sie die Sträflingskette gesehen, als die Transportwagen an ihr vorüberächzten. Oh, mein Gott!« Er sank in einen Sessel und verbarg sein Antlitz in den Händen. Man vernahm keinen Laut, aber das Beben seiner Schultern ließ erkennen, daß er weinte. Stille Tränen, schreckliche Tränen.

Ein krampfhaftes Schluchzen erschütterte ihn; er bog sich im Sessel zurück, um zu atmen, ließ seine Arme hängen und wies

Marius sein von Tränen überströmtes Gesicht. Marius hörte ihn flüstern, so leise, daß seine Stimme aus der Tiefe des Abgrundes aufzusteigen schien: »Oh, ich möchte sterben!«

»Seien Sie ruhig«, sagte Marius, »ich werde Ihr Geheimnis für mich behalten.« Und vielleicht weniger gerührt, als er hätte sein sollen, indes seit einer Stunde gezwungen, sich mit einem unerwarteten Schrecknis vertraut zu machen, fand sich Marius, da nach und nach ein Sträfling vor seinen Augen sich dem Bild des Herrn Fauchelevent unterschob, allmählich mit der düsteren Wirklichkeit ab. Die natürliche Entwicklung der Lage brachte ihn dazu, den Leerraum festzustellen, der sich zwischen ihm und diesem Mann auszudehnen begann. »Ich muß Ihnen«, fügte er hinzu, »noch ein Wort zu dem Depot sagen, das Sie so treu und so ehrlich übergeben haben. Sie haben rechtschaffen gehandelt. Es gebührt sich, daß Ihnen eine Belobigung zugebilligt wird. Bestimmen Sie selbst die Summe, sie wird Ihnen ausgezahlt werden. Fürchten Sie nicht, sie zu hoch zu bemessen.«

»Ich danke Ihnen, mein Herr«, erwiderte Jean Valjean mild. Er dachte einen Augenblick nach, strich mechanisch mit dem Zeigefinger über den Nagel seines Daumens, dann sagte er, seine Stimme verstärkend: »Es ist nun alles so ungefähr erledigt. Noch eins ...«

»Was?«

Jean Valjean stammelte leise, fast ohne Atem: »Jetzt, wo Sie wissen, glauben Sie, der Sie der Herr sind, daß ich Cosette nicht mehr sehen darf?«

»Ich glaube, es wäre besser«, antwortete Marius kalt.

»Ich werde sie nicht mehr sehen«, murmelte Jean Valjean. Und er schritt zur Tür. Er legte die Hand auf das Türschloß, der Riegel gab nach, die Tür klaffte. Jean Valjean öffnete sie weit genug, daß er hindurchkonnte, blieb eine Sekunde unbeweglich, dann schob er die Tür wieder zu und näherte sich Marius noch einmal. Er war nicht mehr bleich, er war todesfahl. Er hatte keine Tränen mehr in den Augen, sondern eine tragische Flamme. Seine Stimme war wieder seltsam ruhig geworden.

»Wenn Sie wollen«, sagte er, »werde ich Sie besuchen. Ich muß Ihnen erklären, daß ich mich danach sehne. Hätte es mich nicht gedrängt, Cosette zu sehen, hätte ich Ihnen nicht gebeichtet, ich hätte Paris verlassen. Aber da ich an dem Ort bleiben wollte, an dem Cosette ist, und sie auch künftig sehen will, muß ich Ihnen alles bekennen. Sie folgen mir, nicht wahr? Sie verstehen das wohl. Neun Jahre lang hatte ich sie um mich. Wir haben zuerst in der Baracke am Boulevard gewohnt, dann im Kloster, dann beim Luxembourgpark. Dort haben Sie sie zum erstenmal gesehen. Sie erinnern sich an ihren blauen Plüschhut. Wir haben dann im Invalidenviertel gewohnt, wo ein Gitter war und ein Garten, in der Rue Plumet. Ich wohnte in einem Hinterhof, von wo ich ihr Piano hörte. Das war mein Leben. Wir haben uns nie verlassen. Das dauerte neun Jahre und einige Monate. Ich war wie ihr Vater, und sie war mein Kind. Ich weiß nicht, ob Sie mich verstehen, Herr Pontmercy, aber jetzt fortgehen, sie nicht mehr sehen, nicht mehr mit ihr sprechen, nichts mehr haben, das wäre schwer. Wenn Sie es mir nicht verweigern, werde ich ab und zu kommen, sie zu sehen. Ich würde nicht oft kommen. Ich würde nicht lange bleiben. Sie könnten anordnen, daß sie mich in dem kleinen Saal unten empfängt. Im Erdgeschoß. Ich würde durch die Hintertür eintreten, die für das Dienstpersonal, aber das könnte sie vielleicht verwundern. Besser, glaube ich, trete ich durch die Tür ein, die für alle da ist. Wahrhaftig, mein Herr, ich möchte Cosette noch ein wenig sehen. So selten, wie es Ihnen beliebt. Denken Sie sich an meine Stelle, ich habe sonst nichts mehr. Und man muß auch vorsichtig sein. Käme ich gar nicht, so würde das schlecht wirken, man würde es sonderbar finden. Ich kann ja abends kommen, vor Anbruch der Nacht.«

»Sie werden jeden Abend kommen«, sagte Marius, »und Cosette wird Sie erwarten.«

»Sie sind gut, mein Herr«, sagte Jean Valjean.

Marius grüßte Jean Valjean. Das Glück geleitete die Verzweiflung bis an die Tür, und die beiden Männer trennten sich.

II

Dunkel, das eine Enthüllung enthalten kann

Marius war völlig aufgewühlt. Die Abneigung, die er gegen den Mann in der Nähe Cosettes immer empfunden hatte, wurde ihm nun erklärlich. Um diese Person war ein Rätsel gewesen, von dem sein Instinkt ihn benachrichtigt hatte. Dieses Rätsel, es war die schmachvolle Schande: das Bagno. In Herrn Fauchelevent verbarg sich der Sträfling Jean Valjean. Ein solches Geheimnis urplötzlich mitten in seinem Glück zu entdecken wirkt wie ein Skorpion in einem Turteltaubennest. War sein und Cosettes Glück hinfort zu dieser Nachbarschaft verdammt? War sie eine unwiderrufliche Tatsache? War die Duldung dieses Mannes ein Teil der vollzogenen Ehe? Ließ sich nichts mehr dagegen tun? Hatte Marius auch den Sträfling geheiratet?

Wenn einen auch Licht und Freude umgeben, wenn man auch die große purpurne Stunde des Lebens auskostet, die glückliche Liebe, solche Erschütterungen ließen selbst den Erzengel in seiner Verzückung, den Halbgott in seinem Glanz erzittern.

Wie es stets bei solchen Änderungen des Blickpunktes geschieht, fragte Marius sich, ob er nicht sich selbst einen Vorwurf machen müsse. Hatte es ihm an Voraussicht, an Klugheit gefehlt? Hatte er sich unwillkürlich betäubt? Ein wenig vielleicht. Hatte er, ohne hinreichend an die Aufhellung der Umwelt zu denken, sich auf dieses Liebesabenteuer eingelassen, das zu seiner Ehe mit Cosette führte? Anhand einer Reihe aufeinanderfolgender Feststellungen, die wir selbst über uns selber treffen und durch die das Leben uns allmählich bessert, hatte er den schimärischen und visionären Hang seines Wesens beobachtet, die innere Verdüsterung, die seinem Charakter wie vielen anhaftete, die in der Raserei der Leidenschaft und des Schmerzes, wenn die Temperatur der Seele umschlägt, sich wie eine Wolke ausbreitet und den ganzen Menschen überwältigt, so daß er nur noch ein von Nebel verdunkeltes Gewissen ist. Mehr als einmal haben wir schon auf diese bezeichnende Komponente in der Persönlichkeit von Marius hingewiesen. Er erinnerte sich, daß er in seiner ersten Liebestollheit in der Rue Plumet, während jener fünf oder sechs ekstatischen Wochen mit Cosette, nicht einmal über das Drama in der Höhle Gorbeau gesprochen hatte, bei dem das Opfer mit so seltsamer Beharrlichkeit während des Kampfes schwieg und dann entschlüpfte. Wie kam es, daß er zu Cosette nichts von alledem erwähnt hatte? Und dennoch war, was dort geschah, ihnen so nahe und so schrecklich gewesen. Weshalb hatte er ihr die Thénardiers überhaupt nicht genannt, besonders an dem Tag, an dem er Eponine begegnet war? Es wurde ihm jetzt fast schwer, zu begreifen, daß er damals stumm blieb. Aber er gab sich darüber Rechenschaft. Er dachte an seine Kopflosigkeit, seine Berauschtheit von Cosette, als die Liebe ihn verzehrte, ihrer beider Entrückung in das Ideal. Und vielleicht hatte sich auch in diesem gewaltsamen und bezaubernden seelischen Zustand als kaum merkliche Vernunftregung ein unbestimmter, dumpfer Drang eingemischt, das furchtbare Abenteuer, dessen Berührung er ängstlich mied, zu vertuschen und aus seinem Gedächtnis zu tilgen. Denn er wollte keine Rolle darin spielen, er wollte sich ihm entziehen und konnte weder Erzähler noch Zeuge des Verbrechens sein, ohne Anklage zu erheben. Übrigens waren diese Wochen wie ein Blitz vergangen; er und Cosette hatten nur Zeit gehabt, sich zu lieben. Und wenn er alles erwog, alles umdrehte, alles nachprüfte, fragte er sich, ob, hätte er Cosette von dem Hinterhalt im Hause Gorbeau berichtet, hätte er ihr ohne Rücksicht auf die Folgen die Thénardiers genannt, hätte er überdies entdeckt, daß Jean Valjean ein Sträfling war, das für ihn, Marius, die Sache geändert haben würde. Oder für Cosette? Hätte er sich von ihr entfernt? Hätte er sie weniger angebetet? Hätte er die Ehe mit ihr etwa nicht geschlossen? Nein. Hätte das etwas an dem geändert, was geschehen war? Nein. Also hatte er nichts zu bedauern, sich nichts vorzuwerfen. Alles war gut. Es gibt einen Gott für die Trunkenen, die man Verliebte nennt. Blind war Marius den Weg gegangen, den er als Sehender gewählt hätte. Die Liebe hatte ihm die Augen verbunden, um ihn wohin zu führen? Ins Paradies. Jedoch an das Paradies, das er so gefunden hatte, grenzte nun die Hölle.

Marius' alte Abneigung gegen diesen Mann, gegen diesen Fauchelevent, der Jean Valjean geworden war, verband sich jetzt mit Abscheu. In seinem Abscheu war einiges Mitleid und sogar eine gewisse Überraschung. Dieser Dieb, dieser rückfällige Dieb hatte sich eines Depots entäußert. Und was für eines Depots? Sechshunderttausend Francs. Er allein war in das Geheimnis dieses Depots eingeweiht. Er konnte alles behalten, er hatte alles abgegeben. Und von selbst hatte er seine Situation enthüllt. Nichts zwang ihn dazu. Wenn man wußte, wer er war, so war dies durch ihn geschehen. In seinem Geständnis war mehr als die Hinnahme der Demütigung, es bedeutete Hinnahme der Gefahr. Für einen Verurteilten ist eine Maske nicht eine Maske, sie ist eine nützliche Tarnung für ihn. Er hatte auf diese Tarnung verzichtet. Ein falscher Name ist eine Sicherheit; er hatte diesen falschen Namen verworfen. Er, der Galeerensträfling, konnte auf immer in einer ehrbaren Familie verschwinden. Er hatte dieser Versuchung widerstanden. Und aus welchem Motiv? Aus Gewissensqual. Er hatte es selber im unwiderstehlichen Tonfall der Wahrheit erklärt. Wer auch dieser Jean Valjean sein mochte, ein erwachendes Gewissen war er unzweifelhaft. Eine mysteriöse Erneuerung hatte in ihm begonnen, und allem Anschein nach wurde dieser Mann seit langem von seiner Reue beherrscht. Solche Anwandlungen des Sehnens nach dem Gerechten und Guten sind gemeinen Naturen nicht eigen. Erwachen des Gewissens ist Seelengröße.

Jean Valjean war aufrichtig. Diese sichtbare, erfaßbare, unwiderlegliche, auch durch den Schmerz, den sie ihm bereitete, offenkundige Aufrichtigkeit machte die Nachforschungen entbehrlich und gab allem, was er sagte, Gewicht. Hier war für Marius die Lage seltsam umgekehrt. Was ging von Herrn Fauchelevent aus? Mißtrauen. Was von Jean Valjean? Vertrauen.

Nachdenklich zog Marius die geheimnisvolle Bilanz dieses Jean Valjean. Er zählte die Aktiva, die Passiva zusammen und versuchte abzurechnen. Aber all das war wie bei einem Gewitter. Marius, der sich um eine klare Vorstellung von diesem Mann bemühte und Jean Valjean gewissermaßen bis auf den Grund seines Denkens verfolgte, verlor und fand ihn in einem schicksalhaften Nebel wieder.

Das ehrlich zurückgegebene Depot, das redliche Geständnis, das war gut. Das wirkte wie ein Aufreißen der Wolke, doch dann wurde sie wieder schwarz. So verworren die Erinnerungen von Marius auch waren, auf einiges konnte er sich schemenhaft besinnen.

Was hatte es nun wirklich mit dem Abenteuer in der Spelunke der Jondrettes auf sich? Warum war der Mann beim Eintreffen der Polizei geflohen, anstatt sich zu beschweren? Hierauf fand Marius die Antwort. Weil der Mann ein Vorbestrafter war und sich der Polizeiaufsicht entzogen hatte.

Eine andere Frage: Warum war dieser Mann zur Barrikade gekommen? Denn jetzt sah Marius das deutlich vor sich. Wie sympathetische Tinte im Feuer war es durch diese Erregungen wieder erschienen. Der Mann stand auf der Barrikade. Er kämpfte nicht. Was wollte er dort? Vor dieser Frage richtete sich ein Gespenst in die Höhe und gab Antwort: Javert. Marius vergegenwärtigte sich in dieser Stunde die unheilvolle Vision, wie Jean Valjean den geknebelten Javert aus der Barrikade hinausschaffte, und er hörte noch hinter der Ecke der kleinen Rue Mondétour den gräßlichen Pistolenschuß. Vermutlich waltete Haß zwischen dem Spitzel und dem Galeerensträfling. Der eine störte den anderen. Jean Valjean war auf die Barrikade gegangen, um sich zu rächen. Er war spät gekommen. Wahrscheinlich wußte er, daß Javert gefangen war. Die korsische Vendetta ist in die Unterwelt hier und da eingedrungen und dort Gesetz geworden. Sie ist so selbstverständlich, daß sie nicht einmal die schon wieder halb dem Guten zugewandten Seelen verwundert. Jene Herzen sind so. Ein reuiger Verbrecher kann sich vor Diebstahl hüten, aber der Begierde nach Rache erliegen. Jean Valjean hatte Javert getötet. Zumindest schien dem so.

Eine letzte Frage — aber auf sie gab es keine Erwiderung. Marius fühlte ihren Druck wie den einer Zange. Wie konnte sich die Existenz von Jean Valjean so lange Seite an Seite neben der Cosettes bewegt haben? Was war das für ein dunkles Spiel der Vorsehung, das dieses Kind mit jenem Manne zusammengebracht hatte? Wurden auch droben Ketten für zwei geschmiedet, und gefiel es Gott, den Engel mit dem Dämon zu paaren? So können ein Verbrecher und eine Unschuld in dem geheimnisvollen Bagno des Elends Stubengenossen sein? In dem Zug der Verdammnis, den man menschliches Schicksal nennt, können sich zwei Stirnen nebeneinander heben, die eine naiv, die andere schrecklich drohend, die eine im göttlichen Weiß des Frühscheins gebadet, die andere für immer gebleicht durch das Flammen eines ewigen Blitzes? Was hatte diese unerklärliche Verbindung zustande bringen können? Wie, infolge welches Wunders, konnte eine Gemeinschaft zwischen dieser himmlischen Kleinen und diesem alten Verdammten entstehen? Was hatte das Lamm an den Wolf fesseln und, noch unbegreiflicher, den Wolf an das Lamm binden können? Denn der Wolf liebte das Lamm, das wilde Geschöpf betete das schwache an. Seit neun Jahren schon hatte das Ungetüm den Engel betreut. Kindheit und Jugend Cosettes, ihr Hervortreten ins Tageslicht, ihr jungfräuliches Wachstum zum Leben waren von der Hingabe dieses mißgestalten Wesens geschützt worden. Hier lösten sich die Fragen gleichsam in unzählige Rätsel auf, Abgründe taten sich auf in der Tiefe der Abgründe, und Marius vermochte sich nicht mehr ohne Schwindel zu Jean Valjean hinüberzuneigen. Was war mit diesem geheimnisvollen Menschen?

Die alten Symbole der Schöpfungsgeschichte sind zeitlos. In der menschlichen Gesellschaft, wie sie besteht, gibt es bis zu dem Tage, da ein helleres Licht sie verändern wird, immer zwei Menschen, den höherstehenden und den unterlegenen. Der dem Guten entspricht, ist Abel. Der dem Bösen entspricht, ist Kain. Wer war dieser liebevolle Kain? Wer war dieser Bandit, der sich fromm in die Anbetung einer Jungfrau versenkte, sie in seine Obhut nahm, sie großzog, sie behütete, ihre Würde achtete und sie mit Reinheit umgab, er, der Unreine? Wer war diese Schurkenseele, die diese Unschuld so sehr verehrte, daß sie auf ihr keinen Makel hinterlassen hatte? Wer war dieser Jean Valjean, der Cosette heranbildete? Wer mochte diese Gestalt der Finsternis sein, deren einzige Sorge es war, einen aufgehenden Stern vor jedem Dunkel und jeder Wolke zu bewahren? Das war Jean Valjeans Geheimnis. Das war auch das Geheimnis Gottes.

Vor diesem zwiefachen Geheimnis schreckte Marius zurück. Das eine beruhigte ihn gewissermaßen über das andere. Gott war in diesem Abenteuer ebenso sichtbar wie Jean Valjean. Gott hat seine Werkzeuge. Er bedient sich ihrer, wie er will, und muß sich dafür vor dem Menschen nicht verantworten. Wissen wir, wie Gott etwas beginnt? Jean Valjean hatte an Cosette gearbeitet. Ein wenig hatte er diese Seele geformt. Das ließ sich nicht bestreiten. Und weiter? Der Arbeiter war scheußlich, doch das Werk prächtig. Gott vollbringt seine Wunder, wie es ihm beliebt. Er hatte diese zauberhafte Cosette erschaffen, und er hatte Jean Valjean dazu benutzt. Es hatte ihm gefallen, sich diesen seltsamen Mitarbeiter auszusuchen. Was für eine Rechenschaft haben wir von ihm zu fordern? Hilft der Mist etwa zum erstenmal dem Frühling, die Rose hervorzubringen?

Marius gab sich diese Antworten und fand sie gut. In allen Punkten, die eben von uns erwähnt wurden, hatte er nicht gewagt, Jean Valjean zu bedrängen. Sich selbst gestand er nicht ein, daß er es nicht wagte. Er betete Cosette an, er besaß Cosette, Cosette war herrlich rein. Das genügte ihm. Was wollte er aufhellen? Cosette war ein Stern. Hat das Licht es nötig, erhellt zu werden? Er hatte alles; was konnte er noch begehren? Alles, war das nicht genug? Jean Valjeans persönliche Angelegenheiten gingen ihn nichts an. Und während er sich über das verhängnisvolle Dunkel dieses Mannes beugte, klammerte er sich an die feierliche Erklärung des Elenden: »Für Cosette bin ich nichts. Vor zehn Jahren wußte ich nichts von ihr.«

Jean Valjean war ein Vorübergehender. Er hatte es selber gesagt. Nun gut, er ging vorüber. Wer auch immer er sein mochte, seine Rolle hatte er ausgespielt. Künftig erfüllte Marius die Aufgaben der Vorsehung für Cosette. Cosette hatte im Azur wieder zu ihresgleichen gefunden, zu ihrem Geliebten, ihrem Gatten, ihrem himmlischen Mann. Auffliegend ließ Cosette, beflügelt und verklärt, Jean Valjean, ihre leere und häßliche Puppe, auf Erden zurück.

Worum auch die Gedanken von Marius kreisten, er kam immer wieder auf einen gewissen Abscheu gegen Jean Valjean zurück. Einen wohl heiligen Abscheu, denn er spürte, wir haben soeben darauf hingewiesen, in diesem Mann ein *quid divinum*. Doch man konnte es drehen und wenden, wie man wollte, eins ließ sich nicht aus der Welt schaffen: Er war ein Sträfling, das heißt das Wesen, für das in der gesellschaftlichen Rangordnung kein Platz mehr ist, weil es unterhalb der letzten Stufe steht. Nach dem letzten Menschen kommt der Sträfling. Der Sträfling gehört gewissermaßen nicht mehr zu den Lebenden. Das Gesetz hat ihm das ganze Maß an Menschlichkeit aberkannt, das es einem Menschen wegnehmen kann. In den Strafrechtsfragen hielt es Marius, obwohl Demokrat, noch mit dem unerbittlichen System, und er hatte von denen, die das Gesetz trifft, alle Vorstellungen des Gesetzes. Er stand noch nicht, unter uns gesagt, auf der Höhe allen Fortschritts. Er war noch nicht so weit, daß er zwischen dem, was der Mensch geschrieben hat, und dem, was von Gott geschrieben ist, zwischen dem Gesetz und dem Recht unterschied. Er hatte das Recht, das sich der Mensch herausnimmt, über das Unwiderrufliche und nicht Wiedergutzumachende zu bestimmen, nicht geprüft und abgewogen. Er empörte sich nicht über das Wort »Sühne«. Er fand lediglich, daß gewisse Gesetzesübertretungen mit ewigen Strafen geahndet werden müßten, und er nahm als zivilisatorisches Verfahren die Verdammung durch die Gesellschaft hin. Erst später sollte er weitergehen, denn seinem Wesen nach war er gütig, und im Grunde genommen wirkte verborgen der Fortschritt in ihm.

In dieser Gedankenwelt erschien ihm Jean Valjean mißgestalt und abstoßend. Er war der Ausgestoßene, der Sträfling. Dieses Wort klang ihm wie ein Posaunenstoß des Jüngsten Gerichts. Und nachdem er lange Jean Valjean betrachtet hatte, wandte er sich ab. *Vade retro.*

Marius, das muß erkannt und sogar betont werden, hatte, als er Jean Valjean so eingehend ausfragte, daß dieser zu ihm sagte: »Sie verhören mich«, gleichwohl zwei, drei entscheidende Fragen nicht gestellt. Nicht etwa, daß sie ihm nicht eingefallen wären, sondern weil er sich vor ihnen fürchtete. Die Spelunke der Jondrettes? Die Barrikade? Javert? Wer weiß, wo die Enthüllungen aufgehört hätten? Jean Valjean schien nicht der Mann, der auswich, und wer weiß, ob Marius, nachdem er ihm zugesetzt, nicht gewünscht hätte, ihn zurückzuhalten? Ist es uns allen in gewissen aussichtslosen Lagen nicht schon widerfahren, daß wir uns, nachdem wir eine Frage gestellt haben, die Ohren verstopfen, um nicht die Antwort hören zu müssen? Zumal, wenn wir lieben, sind wir so feige. Es ist nicht klug, die unheilvollen Umstände bis zum letzten zu erforschen, vor allem nicht, wenn die von unserem eigenen Leben untrennbare Seite schicksalhaft damit verbunden ist. Verzweifelte Erklärungen von Jean Valjean, irgendein entsetzliches Licht konnten daraus hervorgehen, und wer weiß, ob dieser häßliche Schein nicht auf Cosette gefallen wäre? Wer weiß, ob nicht so etwas wie ein höllischer Schimmer auf der Stirn dieses Engels zurückgeblieben wäre? Die Unannehmlichkeit bei einem Blitz ist noch immer der Donnerschlag. Das Verhängnis kennt solche gegenseitige Verantwortlichkeit, bei der selbst die Unschuld dem düsteren Gesetz der abfärbenden Widerspiegelungen zufolge vom Verbrechen durchdrungen wird. Die reinsten Gestalten können für immer den Widerschein einer gräßlichen Nachbarschaft bewahren. Ob zu Recht oder Unrecht, Marius fürchtete sich. Schon wußte er zuviel. Er suchte sich eher zu betäuben als Klarheit zu verschaffen. Verzweifelt trug er Cosette in seinen Armen fort und verschloß die Augen vor Jean Valjean.

Dieser Mann war Nacht, lebende und schreckliche Nacht. Wie konnte man es wagen, ihm auf den Grund zu gehen? Es ist entsetzlich, das Dunkel zu befragen. Wer weiß, was es antwortet? Die Morgenröte könnte sich für alle Zeiten verfinstern.

In solch einer geistigen Verfassung war es für Marius ein peinigender Gedanke, daß dieser Mensch hinfort Cosette irgendwie nahe sein sollte. Er tadelte sich jetzt, daß er die furchtbaren Fragen nicht gestellt hatte, daß er vor ihnen, vor einer unversöhnlichen, dauernden Entscheidung zurückgewichen war. Er schien sich zu gut, zu sanft, zu schlaff. Diese Schlaffheit hatte ihn zu einem unbesonnenen Zugeständnis verleitet. Er hatte sich rühren lassen, und das war nicht recht von ihm. Er hätte Jean Valjean einfach verstoßen müssen, Jean Valjean war ein Schadenfeuer; er mußte es ausbrennen lassen, damit es sich in sein Haus nicht einfraß. Er grollte sich selbst, er grollte dem Wirbelsturm der Empfindungen, der ihn betäubt, geblendet, überrannt hatte. Er war mit sich selber unzufrieden.

Was sollte er tun? Die Besuche Jean Valjeans waren ihm tief zuwider. Was wollte der Mann bei ihm? Was sollte das? Hier schweifte er ab, er wollte nicht tiefer schürfen, nicht tiefer eindringen. Es widerstrebte ihm, sich selber zu ergründen. Er hatte ihm eine Zusage gegeben, er hatte sich überreden lassen. Jean Valjean war im Besitz seines Versprechens. Sogar einem Sträfling und gerade einem Sträfling muß man Wort halten. Aber seine erste Pflicht war die gegen Cosette. Alles in allem erfüllte ihn ein Widerwille, mächtiger als irgend etwas sonst. Verstört wälzte Marius all diese Gedanken in seinem Geist hin und her, sprang von einem zum anderen über und war durch alle beunruhigt. Daher eine tiefe Verwirrung. Es wurde ihm nicht leicht, Cosette darüber hinwegzutäuschen, aber Liebe ist ein Talent, und so gelang es Marius. Übrigens stellte er Cosette scheinbar absichtslos Fragen. Sie war rein, wie eine Taube weiß ist, und vermutete nichts Arges. Er sprach mit ihr über ihre Kindheit, über ihre Jugend, und er überzeugte sich mehr und mehr, daß alles, was ein Mann an Güte, Väterlichkeit und Achtung aufbringen konnte, dieser Sträfling für Cosette aufgebracht hatte. Alles, was Marius geahnt und gemutmaßt hatte, war Wirklichkeit. Die unheimliche Brennessel hatte diese Lilie geliebt und beschützt.

ACHTES BUCH
Abenddämmerung

I

Das Zimmer zu ebener Erde

Tags darauf, als die Nacht herabsank, klopfte Jean Valjean an die Toreinfahrt im Hause Gillenormand. Basque empfing ihn. Basque war pünktlich im Hof, wie auf Befehl. Manchmal sagte man zu einem Bedienten: »Passen Sie auf, bis der und der Herr kommt!«

Noch bevor Jean Valjean sich ihm näherte, richtete Basque das Wort an ihn: »Der Herr Baron hat mich geheißen, den Herrn zu fragen, ob er in den ersten Stock hinaufgehen oder unten bleiben will.«

»Ich bleibe unten«, erwiderte Jean Valjean.

Basque öffnete, im übrigen durchaus respektvoll, die Tür des unteren Saales und sagte: »Ich werde den Herrn der Frau Baronin melden.«

Das Zimmer, das Jean Valjean betrat, war ein gewölbter, feuchter Raum im Erdgeschoß, der mitunter als Vorratskammer diente, nach der Straße zu, mit roten Fliesen ausgelegt und durch ein Fenster mit Eisenstäben schlecht beleuchtet. Es zählte nicht zu denen, die Abstäuber, Lappen und Besen behelligen. Der Staub konnte sich ruhig dort ablagern. Die Jagd auf die Spinnen wurde vernachlässigt. Ein Leintuch, prahlerisch aufgehängt, schmutzig, mit toten Fliegen geschmückt, blähte sich an der Fensterscheibe. Der Saal, klein und niedrig, war in einer Ecke mit einer Menge leerer Flaschen angefüllt. Die Mauer, die mit gelbem Ocker getüncht war, schuppte sich in breiten Flächen vom Mörtelverputz. Im Hintergrund sah man einen schwarzbemalten Holzkamin mit schmalem Brett. Ein Feuer brannte darin, ein Beweis, daß man mit der Antwort Jean Valjeans: »Ich bleibe unten« gerechnet hatte.

Zwei Sessel waren in die beiden Ecken vor dem Kamin geschoben. Zwischen den Sesseln war statt eines Teppichs ein alter Bettvorleger ausgestreckt, der mehr Schnur als Wolle zeigte. Das Zimmer bekam durch das Kaminfeuer und die Dämmerung vom Fenster her Licht.

Jean Valjean war müde. Seit mehreren Tagen aß und schlief er nicht. Er ließ sich in einen Sessel fallen. Basque kehrte zurück, stellte eine brennende Kerze auf den Kamin und empfahl sich. Jean Valjean, den Kopf gebeugt, das Kinn auf der Brust, sah weder Basque noch die Kerze.

Plötzlich fuhr er empor. Cosette stand hinter ihm. Er hatte sie nicht eintreten sehen, aber gefühlt, daß sie eintrat. Er wandte sich um und betrachtete sie. Sie war zum Anbeten schön. Aber was er mit diesem tiefen Blick betrachtete, war nicht ihre Schönheit, sondern ihre Seele. »Ach, Vater«, rief Cosette, »ich wußte wohl, daß Sie seltsam sind, aber nie hätte ich das von Ihnen gedacht. So eine Idee! Marius sagte mir, Sie wünschten, daß ich Sie hier empfange.«

»Ja, es ist mein Wunsch.«

»Die Antwort habe ich erwartet. Gut. Ich teile Ihnen mit, daß ich Ihnen eine Szene machen werde. Fangen wir mit dem Anfang an! Vater, küssen Sie mich!« Und sie hielt ihm ihre Wange hin. Jean Valjean blieb unbeweglich.

»Sie rühren sich nicht. Das stelle ich fest. So benimmt sich ein Schuldiger. Aber gleichviel, ich verzeihe Ihnen. Jesus Christus hat gesagt: Reichet die andere Wange! Hier ist sie.« Und sie hielt die andere Wange hin. Jean Valjean bewegte sich nicht. Es schien, als wären seine Füße an den Boden genagelt.

»Nun wird es Ernst«, sagte Cosette. »Was habe ich Ihnen getan? Ich bin erzürnt. Sie müssen mich versöhnen. Sie speisen mit uns.«

»Ich habe gegessen.«

»Das ist nicht wahr. Ich werde Sie von Herrn Gillenormand ausschimpfen lassen. Die Großväter sind dazu da, die Väter zu schelten. Also kommen Sie mit mir in den Salon, und zwar sofort!«

»Ich kann nicht.«

Cosette wurde ein wenig unsicher. Sie ließ ab zu befehlen und begann zu fragen. »Aber warum? Und um mich zu sehen, wählen Sie das häßlichste Zimmer des Hauses. Es ist doch greulich hier.«

»Du weißt...« Jean Valjean verbesserte sich. »Sie wissen, gnädige Frau, daß ich ein Sonderling bin, ich habe meine Grillen.«

Cosette schlug ihre kleinen Hände gegeneinander. »Gnädige Frau! Sie wissen! Wieder etwas Neues? Was hat das für einen Sinn?«

Jean Valjean blickte sie mit dem starren, schmerzlichen Lächeln an, in das er sich bisweilen rettete. »Sie wollten gnädige Frau sein, Sie sind es.«

»Nicht für Sie, Vater.«

»Nennen Sie mich nicht mehr Vater!«

»Wie?«

»Nennen Sie mich Herr Jean. Oder Jean, wenn Sie wollen.«

»Sie sind nicht mehr mein Vater? Ich bin nicht mehr Cosette? Herr Jean? Was soll das bedeuten? Das sind ja wahre Revolutionen! Was ist denn geschehen? Sehen Sie mir mal ins Gesicht! Und Sie wollen nicht bei uns wohnen? Sie wollen mein Zimmer nicht? Was habe ich Ihnen denn getan? Da ist doch irgend etwas.«

»Nichts.«

»Na, und?«

»Alles wie gewöhnlich.«

»Warum ändern Sie Ihren Namen?«

»Auch Sie haben den Ihren geändert.« Er lächelte wieder und fügte hinzu: »Da Sie Frau Pontmercy sind, darf ich doch Herr Jean sein.«

»Ich verstehe das alles nicht. Das ist doch eine Dummheit. Ich werde meinen Mann um die Erlaubnis bitten, daß Sie hier Herr Jean sind. Hoffentlich wird er nicht einwilligen. Sie bereiten mir viel Kummer. Man hat Grillen, aber man erspart seiner kleinen Cosette Verdruß. Was Sie da tun, ist schlecht. Sie haben kein Recht, böse zu sein, da Sie gut sind.«

Er antwortete nicht. Eifrig faßte sie seine beiden Hände, und indem sie mit einer unwiderstehlichen Geste sie zu ihrem Gesicht hob, preßte sie sie zärtlich an ihren Hals, unter ihrem Kinn. »Oh«, sagte sie, »seien Sie gut!« Und sie fuhr fort: »Gut nenne ich: artig sein, hier wohnen, unsere netten kleinen Spaziergänge wieder aufnehmen, es gibt hier Vögel wie in der Rue Plumet, das Loch in der Rue de l'Homme-Armé verlassen, keine Silbenrätsel zu raten aufgeben, sich wie alle anderen Leute betragen, nachmittags mit uns essen, mit uns frühstücken, mein Vater sein.«

Er machte seine Hände frei. »Sie brauchen keinen Vater mehr, Sie haben einen Gatten.«

Cosette erhitzte sich. »Ich brauche keinen Vater mehr! Das ist doch vollkommener Unsinn, da weiß man wirklich nicht, was man sagen soll.«

»Wäre die Toussaint hier«, erwiderte Jean Valjean wie jemand, der sich auf Autoritäten berufen will und nach einem Strohhalm greift, »sie würde als erste bestätigen, daß ich immer meine Eigenheiten gehabt habe. Das ist nichts Neues. Immer habe ich meinen dunklen Winkel geliebt.«

»Aber hier ist es kalt. Das Licht ist mäßig. Es ist abscheulich, daß Sie Herr Jean sein wollen. Ich leide es nicht, daß Sie mich siezen.«

»Vorhin, als ich kam«, antwortete Jean Valjean, »habe ich in der Rue Saint-Louis bei einem Kunsttischler ein Möbelstück gesehen. Wäre ich eine hübsche Frau, würde ich es mir leisten. Ein schöner Toilettentisch im heutigen Geschmack. Was man Rosenholz nennt, glaube ich. Inkrustiert. Ein großer Spiegel. Es sind Schubladen daran. Sehr hübsch.«

»Huh? Schlimmer Bär!« erwiderte Cosette. Und mit höchster Anmut fauchte sie, die Zähne fletschend und die Lippen auseinanderziehend, gegen Jean Valjean. Sie war eine Grazie, die eine Katze kopiert. »Ich bin wütend«, sagte sie. »Seit gestern reizen mich alle zur Wut. Ich ärgere mich viel. Ich verstehe nicht. Sie verteidigen mich nicht gegen Marius. Marius unterstützt mich nicht gegen Sie. Ich bin ganz allein. Ich richte ein Zimmer nett her. Wenn ich den lieben Gott hätte hineinstellen können, hätte ich es getan. Ich bleibe mit meinem Zimmer sitzen. Mein Mieter hält mir nicht Wort. Ich bestelle bei Nicolette ein gutes kleines Diner. Man mag Ihr Diner nicht, gnädige Frau. Und mein Vater Fauchelevent will, daß ich ihn Herr Jean nenne und daß ich ihn in einem scheußlichen, alten, häßlichen, verschimmelten Keller empfange, wo die Mauern einen Bart haben, wo es statt Kristall leere Flaschen gibt und statt der Vorhänge Spinnweben. Sie sind sonderbar, das ist Ihre Art, aber einem jungen Ehepaar gewährt man einen Waffenstillstand. Sie hätten nicht sofort wieder loslegen sollen. Sie werden also in Ihrer gräßlichen Rue de l'Homme-Armé zufrieden sein. Über die war ich verzweifelt! Was haben Sie gegen mich? Sie machen mir viel Kummer. Pfui!« Und plötzlich ernst, sah sie Jean Valjean fest an. »Sie neiden mir also«, setzte sie traurig hinzu, »mein Glück?«

Bisweilen durchschaut die Unbefangenheit ohne ihr Wissen.

Die Frage, für Cosette einfach, war tief für Jean Valjean. Cosette wollte kratzen; sie zerfleischte. Jean Valjean erbleichte. Einen Moment antwortete er nicht, dann murmelte er in unsagbarem Ton wie im Selbstgespräch: »Das Glück dieses Mädchens war der Zweck meines Lebens. Jetzt wird Gott gestatten, daß ich gehe. Cosette, du bist glücklich. Meine Zeit ist um.«

»Ah, Sie haben du zu mir gesagt!« rief Cosette. Und sie warf sich ihm an den Hals.

Verstört umschlang Jean Valjean sie. Er hielt sie an seiner Brust, und es schien, als nehme er sie wieder an sich. »Danke, Vater«, sagte Cosette.

Der Ausbruch wurde für Jean Valjean beängstigend. Sanft entwand er sich den Armen Cosettes. Er griff nach seinem Hut. »Nun?« fragte Cosette.

Jean Valjean erwiderte: »Ich verlasse Sie, gnädige Frau, man erwartet Sie.« Und von der Schwelle der Tür fügte er hinzu: »Ich habe Sie geduzt. Sagen Sie Ihrem Gatten, daß das nicht wieder vorkommen wird. Verzeihen Sie mir!« Jean Valjean ging und ließ Cosette, durch dieses rätselhafte Lebewohl überrascht, zurück.

II

Weitere Schritte rückwärts

Am nächsten Tag kam Jean Valjean zur selben Stunde. Cosette stellte keine Fragen an ihn, staunte nicht mehr, rief nicht mehr, es sei ihr kalt, sprach nicht mehr von dem Salon. Sie vermied Vater sowohl wie Herr Jean zu sagen. Sie ließ sich siezen und gnädige Frau nennen. Nur zeigte sie eine um einen gewissen Grad herabgestimmte Heiterkeit. Sie wäre traurig gewesen, wenn sie je die Fähigkeit dazu besessen hätte. Wahrscheinlich hatte sie mit Marius eine jener Unterhaltungen gepflogen, in denen der geliebte

Mann sagt, was er will, nichts erklärt und der geliebten Frau dennoch Genugtuung gibt. Die Neugier der Verliebten geht nicht sehr weit über ihre Liebe hinaus.

Der Saal im Erdgeschoß hatte ein wenig Toilette gemacht. Basque hatte die Flaschen beseitigt und Nicolette die Spinnen.

An allen folgenden Tagen erschien Jean Valjean zur gleichen Stunde wieder. Er kam jeden Tag, da er nicht die Kraft hatte, die Worte von Marius anders als buchstäblich aufzufassen. Marius richtete sich so ein, daß er in der Zeit von Jean Valjeans Anwesenheit fern war. Das Haus gewöhnte sich an das veränderte Betragen des Herrn Fauchelevent. Die Toussaint half dabei. »Der Herr war immer so«, äußerte sie oft. Der Großvater tat den Spruch: »Er ist ein Original.« Und damit war alles gesagt. Übrigens ist man mit neunzig Jahren keines freundschaftlichen Verkehrs mehr fähig. Alles ist übersichtlich geordnet; ein Eindringling wird lästig. Es ist kein Platz mehr da, alles nur noch Gewohnheit. Herr Fauchelevent, Herr Tranchelevent: Der Herzenswunsch des Großvaters Gillenormand war: »dieses Herrn« enthoben zu sein. »Nichts ist so alltäglich wie diese Sonderlinge. Sie machen die verrücktesten Sachen. Ohne irgendeinen Zweck. Der Marquis von Canaples war ärger. Er kaufte ein Palais, um im Speicher zu wohnen. Närrische Einfälle haben solche Leute.«

Niemand ahnte die erschreckende Kehrseite. Wer hätte übrigens auch so etwas erraten können? In Indien gibt es Sümpfe, deren Wasser seltsam, rätselhaft anmutet. Es erzittert ohne den leisesten Wind und ist da bewegt, wo es ruhig sein sollte. An der Oberfläche ist dieses grundlose Aufwallen zu sehen, die Hydra, die sich in der Tiefe wälzt, sieht man nicht.

Viele Menschen haben so ein ungeheuerliches Geheimnis, ein Übel, das sie nähren, einen Drachen, der sie zerfrißt, eine Verzweiflung, die ihre Nacht erfüllt. Ein solcher Mensch gleicht den anderen, geht und kommt. Man weiß nicht, daß in ihm ein gräßlicher Schmerz haust, ein Parasit mit tausend Zähnen, der in diesem Elenden lebt und ihn tötet. Man weiß nicht, daß dieser Mensch ein Abgrund ist. Er ist still, doch tief. Hin und wieder trübt sich ohne erkennbare Ursache seine Oberfläche. Eine geheimnisvolle Falte bildet sich, verschwindet, erscheint wieder. Eine Luftblase steigt auf und platzt. Das ist nichts Besonderes, und doch ist es schrecklich. Das ist der Atem des unbekannten Tieres.

Bestimmte seltsame Gepflogenheiten — eintreffen, wenn andere aufbrechen, sich bescheiden im Hintergrund halten, wo sich andere zur Schau stellen, bei allen Gelegenheiten bedacht auf das, was man den mausfarbenen Mantel der Unauffälligen nennen könnte, den einsamen Weg suchen, die menschenleere Straße bevorzugen, sich an Gesprächen nicht beteiligen, die Menge und die Feste meiden, scheinbar in guten Verhältnissen und doch armselig leben, seinen Schlüssel, so reich man auch ist, in der Tasche und seine Kerze beim Portier haben, durch die Hintertür eintreten, die Geheimtreppe hinaufgehen —, all diese nichtssagenden Eigenheiten, Falten, Luftblasen, die leicht gekräuselte Oberfläche, kommen oft aus einer fürchterlichen Tiefe.

Mehrere Wochen vergingen so. Nach und nach bemächtigte sich Cosettes ein neues Leben: die Beziehungen, die die Ehe schafft, die Besuche, die Sorgen der Häuslichkeit, die Vergnügungen, diese großen Angelegenheiten. Cosettes Vergnügungen waren nicht kostspielig; sie hatten nur den einen Inhalt, mit Marius zusammen zu sein. Mit ihm auszugehen, bei ihm zu bleiben war ihre wichtigste Beschäftigung. Es war für beide immer eine neue Freude, allein, Arm in Arm, unterwegs zu sein, der Sonne entgegen, inmitten der Straße, ohne sich vor den Menschen zu verbergen. Cosette mußte sich mit einer Mißlichkeit abfinden. Die Toussaint verstand sich nicht mit Nicolette; die Gemeinschaft der beiden alten Jungfern war unmöglich, und so schied sie aus. Der Großvater war gesund. Marius plädierte dann und wann in einem Prozeß. Die Tante Gillenormand führte still nahe den Neuvermählten die Nebenexistenz, die ihr genügte. Jean Valjean kam alle Tage. Daß das Duzen durch Siezen ersetzt, daß die Begrüßung »Gnädige Frau!« und »Herr Jean!« nun üblich war, ließ Cosette ihn mit anderen Augen betrachten. Seine Absicht, sich ihr zu entfremden, gelang ihm. Sie war immer lustiger und immer weniger zärtlich. Sie liebte ihn nach wie vor, und er spürte es. Eines Tages sagte sie plötzlich zu ihm: »Sie waren mein Vater, Sie sind es nicht mehr, Sie waren mein Onkel, Sie sind es nicht mehr. Sie waren Herr Fauchelevent, Sie sind Herr Jean. Wer sind Sie denn? Das alles gefällt mir nicht. Wenn ich nicht wüßte, daß Sie so gut sind, hätte ich Angst vor Ihnen.«

Er wohnte weiter in der Rue de l'Homme-Armé, da er sich nicht entschließen konnte, sich aus dem Viertel, in dem er Cosette wußte, zu entfernen. Zuerst blieb er nur wenige Minuten bei Cosette. Dann wurden seine Besuche allmählich weniger kurz. Es schien, als nutze er aus, daß die Tage sich verlängerten. Er kam früher und ging später. Eines Tages entschlüpfte Cosette das Wort »Vater«. Ein Freudenstrahl erhellte das alte, düstere Antlitz von Jean Valjean. Er verbesserte sie: »Sagen Sie Jean!«

»Ach richtig«, erwiderte sie laut lachend. »Herr Jean.«

»Gut so«, sagte er. Und er wandte sich um, damit sie nicht sah, wie er sich die Tränen abwischte.

III

Sie erinnern sich an den Garten in der Rue Plumet

Dies war das letzte Mal. Nach diesem letzten Lichtschimmer kam es zu gänzlichem Erlöschen. Keine Vertraulichkeit mehr, kein »Guten Tag!« mit einem Kuß, nie mehr die gefühlvolle Anrede: »Mein Vater!« Wie er es begehrt hatte, und durch eigene Mitschuld, sah er sich nacheinander aus allem, was ihn beglückte, verjagt, und ihm widerfuhr das Elend, daß er, nachdem er Cosette an einem Tag völlig verloren hatte, dann alles von ihr einzeln nochmals verlieren mußte.

Das Auge stellte sich langsam auf die Kellerbeleuchtung um. Im Grunde war es für ihn genug, wenn er täglich einmal die Erscheinung Cosettes erlebte. Sein Dasein konzentrierte sich auf diese Stunde. Er nahm bei ihr Platz, er blickte sie schweigend an, oder er sprach zu ihr von einstigen Jahren, von ihrer Kindheit, vom Kloster, von ihren damaligen kleinen Freundinnen.

Es war der Nachmittag eines der ersten Apriltage, schon warm und noch frisch, der Moment, in dem die Sonne heiter glänzt. Die Gärten vor den Fenstern von Marius und Cosette waren in der Unruhe des Erwachens. Der Hagedorn begann zu sprossen, auf den alten Mauern breiteten sich die Levkojen wie Geschmeide aus, die rosigen Blüten des Löwenmauls klemmten sich in die Spalten der Steine, im Gras war ein reizendes Aufschießen von Maßliebchen und Butterblumen, die weißen

Schmetterlinge des Jahres tanzten in ersten Flügen, der Wind, der Spielmann der ewigen Hochzeit, probte in den Bäumen die ersten Noten der großen Symphonie des Morgenrots, die alte Dichter den Lenz nannten. Marius sagte zu Cosette: »Wir wollten doch in unseren Garten in der Rue Plumet gehen, um ihn wiederzusehen. So komm! Wir dürfen nicht undankbar sein«, und sie flatterten wie zwei Schwalben dem Frühling zu.

Der Garten in der Rue Plumet schien ihnen der junge Tag. Sie hatten den Frühling ihrer Liebe schon gleichsam hinter sich. Das Haus in der Rue Plumet war verpachtet und gehörte Cosette noch. Sie gingen in den Garten und ins Haus. Sie fanden sich dort wieder, sie vergaßen sich darin. Abends, um die gewohnte Stunde, kam Jean Valjean in die Rue des Filles-du-Calvaire. »Die gnädige Frau ist mit dem Herrn ausgegangen und noch nicht zurück«, sagte Basque. Still setzte er sich und wartete eine Stunde. Cosette kam nicht heim. Er senkte den Kopf und ging.

Cosette war von der Gartenpartie so berauscht und so froh, einen ganzen Tag, wie sie sagte, in ihrer Vergangenheit gelebt zu haben, daß sie am nächsten Tag von nichts sonst sprach. Sie achtete nicht darauf, daß sie Jean Valjean nicht gesehen hatte. »Wie haben Sie den Weg gemacht?« fragte er sie.

»Zu Fuß.«

»Und wie sind Sie zurückgekehrt?«

»In einer Droschke.«

Seit einiger Zeit merkte Jean Valjean, wie beengt das Leben des jungen Paares war. Das betrübte ihn. Die Art, wie Marius wirtschaftete, war streng, und das für Jean Valjean in des Wortes wahrstem Sinne. Er hatte den Mut zu einer Frage: »Warum haben Sie nicht einen eigenen Wagen? Eine hübsche zweisitzige Kutsche würde Sie nur fünfhundert Francs monatlich kosten. Sie sind reich.«

»Ich weiß nicht«, erwiderte Cosette.

»Das ist wie mit der Toussaint«, sagte Jean Valjean, »sie ist fort. Sie haben keinen Ersatz für sie. Warum?«

»Mit Nicolette kommen wir aus.«

»Aber Sie müßten eine Zofe haben.«

»Habe ich nicht Marius?«

»Sie sollten ein Haus für sich haben, Bediente für sich, einen Wagen, eine Loge im Theater. Für Sie ist nichts zu schön.

Warum nehmen Sie nicht wahr, daß Sie reich sind? Der Reichtum ergänzt das Glück.« Cosette antwortete nicht.

Die Besuche Jean Valjeans wurden nicht kürzer. Im Gegenteil. Wenn das Herz entgleitet, macht man auf dem Hang nicht halt. Wenn Jean Valjean seine Anwesenheit verlängern und über die Zeit hinwegtäuschen wollte, rühmte er Marius. Er lobte seine Schönheit, seinen edlen Sinn, seine Tapferkeit, seinen Geist, seine Beredsamkeit, seine Güte. Cosette überbot ihn. Jean Valjean fing wieder an. Sie wurden dessen nicht müde. Marius, das Thema war unerschöpflich. So brachte Jean Valjean es fertig, lange zu bleiben. Cosette zu sehen, bei ihr zu vergessen war so trostvoll für ihn. Es war wie Balsam auf seine Wunde. Mehrmals mußte Basque seine Bestellung wiederholen: »Herr Gillenormand schickt mich, ich soll die Frau Baronin erinnern, daß angerichtet ist.« An diesen Tagen ging Jean Valjean grübelnd nach Hause.

War also doch etwas Wahres an jenem Vergleich mit der Puppe, den Marius angestellt hatte? War Jean Valjean tatsächlich eine Puppe, die sich verrannte und die ihren Schmetterling besuchte?

Eines Tages blieb er länger als gewöhnlich. Am nächsten Tag fiel ihm auf, daß im Kamin kein Feuer brannte. Ach, dachte er, kein Feuer! Und er gab sich selbst die Erklärung: Ganz einfach. Wir sind im Arpil. Die Kälte hat aufgehört.

»Gott, ist das kalt hier!« rief Cosette, als sie eintrat.

»Aber nein«, erwiderte Jean Valjean.

»Dann haben Sie Basque gesagt, daß er nicht mehr heizen soll?«

»Ja, wir haben schon bald Mai.«

»Aber geheizt wird bis in den Juni. In dem Keller hier braucht man das ganze Jahr Feuer.«

»Ich dachte, das Heizen sei nicht mehr nötig.«

»Wieder so eine Idee von Ihnen!« sagte Cosette.

Am nächsten Abend brannte Feuer. Jedoch die beiden Sessel standen am anderen Ende des Saales, nahe der Tür. Was soll das? dachte Jean Valjean. Er holte die Sessel und setzte sie an ihren früheren Platz neben dem Kamin. Indes machte es ihn sicherer, daß das Feuer wieder angezündet war. Er ließ das Geplauder noch länger als sonst dauern. Als er aufstand, um zu gehen, besann sich Cosette: »Gestern hat mein Mann etwas Komisches gesagt.«

»Was denn?«

»Er hat gesagt: Cosette, wir haben dreißigtausend Francs Rente, siebenundzwanzig hast du, drei ich von meinem Großvater. Ich habe geantwortet: Das macht dreißig. Er hat gefragt: Könntest du dich entschließen, von den dreitausend zu leben? Ich habe geantwortet: Ja, von nichts. Wenn ich nur mit dir zusammen lebe. Und dann habe ich gefragt: Wozu sagst du mir das? Er hat geantwortet: Um zu wissen.«

Jean Valjean konnte kein Wort entgegnen. Cosette erwartete vielleicht von ihm irgendeine Aufklärung. In finsterem Schweigen hörte er sie an. Dann kehrte er in die Rue de l'Homme-Armé zurück. Er war so tief in Gedanken, daß er sich im Tor irrte und statt in sein eigenes Haus in das Nachbarhaus eintrat. Erst als er fast zwei Stockwerke hinaufgestiegen war, bemerkte er seinen Irrtum und stieg wieder abwärts.

Sein Geist quälte sich mit Vermutungen. Offenbar zweifelte Marius den Ursprung der sechshunderttausend Francs an. Er fürchtete, sie hätten eine unreine Quelle. Er mochte sogar entdeckt haben, daß dieses Geld von ihm, Jean Valjean, kam. Er zauderte vor dem Aufwand dieses verdächtigen Vermögens, es widerstrebte ihm, es als seinen persönlichen Besitz zu verbrauchen. Lieber blieb er mit Cosette arm, als daß er einen trüben Reichtum genoß. Unklar begann Jean Valjean zu fühlen, daß man ihm die Tür wies.

Am folgenden Tag gab es ihm, als er in den unteren Saal hineinging, einen Stoß. Die Sessel waren verschwunden. Nicht einmal ein Stuhl stand mehr da.

»Nun«, rief Cosette, als sie eintrat, »keine Sessel? Wo sind denn die Sessel?«

»Sie sind fort«, erwiderte Jean Valjean.

»Das ist stark.«

»Ich habe Basque gesagt«, stammelte Jean Valjean, »er solle sie hinausnehmen.«

»Und der Grund?«

»Ich bleibe heute nur ein paar Minuten.«

»Wenn Sie nur kurz dableiben, ist das doch kein Grund zu stehen.«

»Ich glaube, daß Basque die Sessel für den Salon brauchte.«

»Warum?«

»Sie haben sicher heute abend Gäste.«

»Kein Mensch ist bei uns.«

Jean Valjean konnte kein Wort mehr sagen. Cosette zuckte die Achseln. »Die Sessel wegnehmen lassen! Neulich ließen Sie das Feuer löschen. Wie sonderbar Sie sind!«

»Leben Sie wohl«, murmelte Jean Valjean. Er sagte nicht: Lebe wohl, Cosette. Aber er hatte nicht die Kraft zu sagen: Leben Sie wohl, gnädige Frau. Niedergeschmettert ging er. Diesmal hatte er begriffen.

Am nächsten Tag kam er nicht. Cosette wurde sich dessen erst im Verlauf des Abends bewußt. »Ach«, sagte sie, »Herr Jean ist heute nicht gekommen.« Sie spürte in der Herzgrube eine schwache Beklommenheit, aber wieder achtete sie kaum darauf, gleich wurde sie von Marius durch einen Kuß abgelenkt.

Tags darauf erschien Jean Valjean wieder nicht. Cosette fragte nicht danach; sie verlebte ihren Abend und schlief nachts wie sonst und dachte erst, als sie erwachte, an ihn. Sie war so glücklich. Schnell schickte sie Nicolette zu Herrn Jean, um zu erkunden, ob er krank sei und warum er sich gestern nicht habe sehen lassen. Nicolette brachte Bescheid von Herrn Jean. Er war nicht krank. Er hatte zu tun. Er werde bald kommen, sobald er könnte. Im übrigen werde er eine kleine Reise machen. Die gnädige Frau solle sich daran erinnern, daß er ab und zu reise. Man solle sich nicht beunruhigen und nicht an ihn denken.

Als Nicolette bei Herrn Jean eintrat, hatte sie die eigenen Worte ihrer Herrin wiederholt. Die Gnädige wünsche zu wissen, warum Herr Jean gestern abend nicht gekommen sei. »Zwei Tage bin ich nicht gekommen«, sagte Jean Valjean, mild wie stets.

Aber diese Vorhaltung glitt an Nicolette ab, und sie unterließ es, sie Cosette zu bestellen.

VI
Anziehung und Verlöschen

In den letzten Frühlingsmonaten und den ersten Sommermonaten des Jahres 1833 bemerkten die dünngesäten Passanten des Marais, die Ladeninhaber, die Müßiggänger, die auf den Schwellen standen, einen Greis in sauberer schwarzer Kleidung, der Tag für Tag zur selben Stunde, bei Anbruch der Nacht, aus der Rue de l'Homme-Armé, auf der Seite der Rue Sainte-Croix-de-la-Bretonnerie, kam. Er ging am Karmeliterkloster vorbei, erreichte die Rue Culture-Sainte-Catherine, wandte sich an der Rue de l'Echarpe nach links und betrat die Rue Saint-Louis.

Hier ging er mit schleppenden Schritten, ohne um sich zu schauen, ohne etwas zu hören, und immer starrte er auf denselben Punkt, der für ihn von einem Stern erhellt schien, die Ecke der Rue des Filles-du-Calvaire. Je mehr er sich dieser Ecke näherte, desto mehr leuchteten seine Augen. Eine Art von Freude durchschimmerte sie wie ein inneres Morgenrot; er hatte einen verzauberten, zärtlichen Ausdruck; seine Lippen bewegten sich leicht, als spräche er mit jemandem, den er nicht sah. Mit einem unbestimmbaren Lächeln ging er, so langsam er vermochte, dahin. Es war, als sehne er sich, irgendwo anzukommen, und fürchtete sich vor dem Moment, in dem er ganz nahe sein werde. Als nur noch wenige Häuser zwischen ihm und dieser Straße waren, die ihn anzuziehen schien, wurde sein Schritt so zögernd, daß man bisweilen glauben konnte, er gehe nicht mehr. Das Beben seines Kopfes und die Starrheit seiner Pupille glichen der Magnetnadel, die den Pol sucht. Wie sehr er auch die Frist bis zu seiner Ankunft dehnte, einmal mußte er am Ziel sein. Jetzt war er in der Rue des Filles-du-Calvaire. Zitternd stand er still, in düsterer Scheu sah er um die Ecke des letzten Hauses und spähte in die Straße. Und in diesem tragischen Blick lag etwas wie eine Blendung durch das Unmögliche und der Abglanz eines verschlossenen Paradieses. Dann sickerte eine Träne, die sich im Winkel der Augenlider angesammelt hatte und schwer genug geworden war, um zu fallen, über seine Wange, und manchmal rollte sie bis zu seinem Mund. Der Greis fühlte ihre Bitternis. So blieb er einige Minuten, als wäre er von Stein. Dann ging er denselben Weg im gleichen Schritt zurück, und je mehr er sich entfernte, um so mehr erlosch sein Blick.

Allmählich ließ der Greis davon ab, bis zur Ecke der Rue des Filles-du-Calvaire zu wandern. Auf der Hälfte des Weges verhielt er in der Rue Saint-Louis den Schritt, bald ein wenig weiter, bald ein wenig näher. Eines Tages blieb er an der Ecke der Rue Culture-Sainte-Catherine stehen und betrachtete die Rue des Filles-du-Calvaire von fern. Dann schüttelte er stumm den Kopf, als verweigere er sich etwas, und drehte sich um.

Bald kam er nicht einmal bis zur Rue Saint-Louis. Er gelangte nur noch zur Rue Pavée, schüttelte den Kopf und kehrte zurück. Dann ging er über die Rue des Trois-Pavillons nicht hinaus. Dann nicht über das Karmeliterkloster. Wie ein Pendel war er, das nicht mehr aufgezogen wird und dessen Schwingungen sich verringern, bis es nicht mehr ausschwingt.

Alle Tage betrat er zur selben Stunde die Straße, schritt er dieselbe Strecke ab, jedoch beendete er seinen Weg nicht mehr und verkürzte ihn, vielleicht ohne dessen inne zu werden, unablässig. Von seinem Gesicht war einzig der Gedanke zu lesen: Wozu? Sein Auge war tot; es schimmerte nicht mehr. Auch die Träne war versiegt. Sie sammelte sich nicht mehr im Winkel seiner Lider; dieses Grüblerauge war trocken. Immer war der Kopf des Greises vornübergebeugt. Mitunter bewegte sich sein Kinn. Die Falten seines mageren Halses waren kläglich anzusehen. Hin und wieder, bei schlechtem Wetter, hatte er unter dem Arm einen Schirm, den er nicht öffnete. Die Gevatterinnen im Viertel sagten: »Ein harmloser Irrer.« Die Kinder folgten ihm lachend.

NEUNTES BUCH
Letzter Schatten, letztes Morgenrot

I

Erbarmen für die Unglücklichen, aber Nachsicht für die Glücklichen

Es ist schrecklich, glücklich zu sein! Wie zufrieden man sich damit gibt! Wie fest verwurzelt die Meinung ist, das genüge! Wie schnell man, im Besitz des falschen Lebenszieles, des Glücks, das eigentliche Ziel, die Pflicht, vergißt!

Sprechen wir es dennoch aus, Marius zu beschuldigen wäre unrecht.

Marius, wir haben es bereits erläutert, hatte vor seiner Heirat Herrn Fauchelevent keine Fragen gestellt, und seitdem scheute er sich, Jean Valjean zu fragen. Er bereute die Zusage, zu der er sich hatte hinreißen lassen. Immer wieder sagte er sich, daß er zu Unrecht dieses Zugeständnis an die Verzweiflung gemacht habe. Er begnügte sich damit, Jean Valjean allmählich aus seinem Haus zu entfernen und ihn soweit wie möglich aus Cosettes Gedanken zu verdrängen. Ständig stand er gewissermaßen zwischen Cosette und Jean Valjean, sicher, daß sie es auf diese Weise nicht merken und gar nicht daran denken würde. Jean Valjean geriet mehr als in Vergessenheit, er verschwand.

Marius handelte so, wie es ihm notwendig und gerecht schien. Er glaubte triftige Gründe dafür zu haben, daß er Jean Valjean ohne Härte, aber auch ohne Schwäche fernhielt. Anderes kam noch hinzu, wie wir gleich sehen werden. Durch Zufall war er bei einem Prozeß, in dem er plädierte, einem ehemaligen Kassierer des Hauses Laffitte begegnet. Ohne sie zu suchen, hatte er geheimnisvolle Auskünfte erhalten, denen er allerdings nicht nachgehen konnte, aus Respekt vor diesem Geheimnis, das er zu wahren versprochen hatte, und aus Schonung für die gefährliche Situation, in der sich Jean Valjean befand. Er glaubte, er habe nunmehr eine ernste Pflicht zu erfüllen, die Rückzahlung der sechshunderttausend Francs an jemanden, und diesen wollte er tunlichst diskret ausforschen. Inzwischen verzichtete er darauf, dieses Geld anzurühren.

Cosette wußte nichts hiervon. Allein es wäre hart, auch sie zu verurteilen. Von Marius ging ein allmächtiger Zwang aus, der sie instinktmäßig und fast mechanisch tun ließ, was er wünschte. Sie fühlte, was »Herrn Jean« betraf, einen Willen bei ihm, und sie gehorchte ihm. Ihr Gatte hatte ihr nichts sagen müssen; sie paßte sich seinen Absichten, über die er schwieg, an. Ihr Gehorsam bestand darin, daß sie sich nicht mehr an das erinnerte, was Marius vergaß. Sie brauchte sich nicht einmal anzustrengen. Ohne daß sie selber wußte warum und ohne daß man es ihr verargen konnte, war ihre Seele so sehr mit der ihres Gatten verschmolzen, daß sich das, was sich in seinen Gedanken umschattete, in den ihren verdunkelte.

Gehen wir indes nicht zu weit: Was Jean Valjean betraf, so war dieses Vergessen und dieses Zurücktreten nur oberflächlich. Sie war eher betäubt als vergeßlich. Im Grunde liebte sie den, den sie so lange Vater genannt hatte. Aber ihren Mann liebte sie heftiger. Das hatte ein wenig das Gleichgewicht dieses Herzens gestört, hatte die Waage nach einer Seite ausschlagen lassen.

Es kam vor, daß sie über Jean Valjean sprach und sich wunderte. Dann beschwichtigte Marius sie: »Er ist nicht in Paris, nehme ich an. Sagte er nicht, daß er eine Reise plane?« Ach ja, dachte Cosette. Er hatte die Gewohnheit, so zu verschwinden. Aber nicht auf so lange. Zwei- oder dreimal schickte sie Nicolette in die Rue de l'Homme-Armé, um nachzufragen, ob Herr Jean von seiner Reise zurück sei. Jean Valjean ließ verneinend erwidern.

Cosette verlangte nicht mehr, sie hatte auf Erden nur ein Bedürfnis: Marius. Auch Marius und Cosette hatten übrigens eine Reise angetreten. Sie waren nach Vernon gefahren. Marius hatte Cosette an das Grab seines Vater geführt.

Marius hatte Cosette nach und nach Jean Valjean entzogen. Cosette hatte es sich gefallen lassen.

Übrigens ist, was in gewissen Fällen viel zu hart als Undank der Kinder bezeichnet wird, nicht immer so verwerflich, wie man annimmt. Das ist der Undank der Natur. Die Natur, wir haben es an anderer Stelle schon einmal gesagt, »schaut geradeaus«. Sie teilt die Lebewesen in Ankommende und Abreisende ein. Die Abreisenden sind dem Dunkel zugewandt, die Ankommenden dem Licht. Daher ein Abstand, der für die Alten verhängnisvoll und bei den Jungen unbeabsichtigt ist. Dieser Abstand, zunächst nicht spürbar, wird langsam größer wie bei jeder Absonderung von Zweigen. Ohne sich vom Stamm zu lösen, enfernen sie sich von ihm. Es ist nicht ihre Schuld. Die Jugend geht dahin, wo Freude ist, zu den Festen, zum hellen Licht, zur Liebe. Das Alter nähert sich dem Ende. Man verliert sich nicht aus den Augen, aber es kommt zu keiner innigen Umarmung mehr. Die jungen Leute spüren das Erkalten des Lebens, die alten die Kühle des Grabes. Klagen wir nicht die armen Kinder an!

II

Letztes Flackern der Lampe ohne Öl

Eines Tages stieg Jean Valjean seine Treppe hinab. Auf der Straße ging er drei Schritte. Er setzte sich auf einen Prellstein, denselben, auf dem Gavroche ihn in der Nacht vom fünften zum sechsten Juni, in Nachsinnen versunken, gefunden hatte. Er blieb einige Minuten, dann stieg er wieder hinauf. Es war die letzte Schwingung des Pendels. Am nächsten Tag verließ er sein Haus nicht. Am übernächsten Tag verließ er sein Bett nicht.

Die Portiersfrau, die ihm sein karges Mahl auftischte, etwas Kohl und einige Erdäpfel mit ein bißchen Speck, sah auf seinen irdenen Teller und rief: »Sie haben ja gestern nicht gegessen, armer lieber Herr!«

»Doch«, antwortete Jean Valjean.

»Der Teller ist noch ganz voll.«

»Sehen Sie nach der Wasserkanne! Sie ist leer.«

»Ein Beweis, daß Sie getrunken, aber nicht, daß Sie gegessen haben.«

»Wenn ich aber nur nach Wasser Hunger hatte?«

»Das nennt man Durst, und wenn einer nicht zugleich ißt, nennt man das Fieber.«

»Ich werde morgen essen.«

»Oder am Dreifaltigkeitstag. Warum nicht heute? Spricht man so: Ich werde morgen essen. Meine Schüssel überhaupt nicht anzurühren! Und meine roten Kartoffeln waren doch so gut.«

Jean Valjean faßte die Hände der alten Frau. »Ich gelobe Ihnen zu essen«, sagte er mit seiner wohlwollenden Stimme.

»Ich bin mit Ihnen unzufrieden«, antwortete die Portiersfrau. Jean Valjean sah keine andere menschliche Kreatur als sie. Es gibt in Paris Straßen, durch die niemand geht, und Häuser, die niemand betritt. Er lebte in einer solchen Straße und in einem solchen Haus.

Zu der Zeit, da er noch ausging, hatte er bei einem Kupferschmied für ein paar Sous ein kleines kupfernes Kruzifix gekauft und an einem Nagel seinem Bett gegenüber aufgehängt. Es kann nie schaden, diesen Galgen vor Augen zu haben.

Eine Woche verrann, ohne daß Jean Valjean in seinem Zimmer einen Schritt tat. Er blieb immer im Bett. Die Portiersfrau sagte zu ihrem Gatten: »Der gute Mann da oben steht nicht mehr auf; er ißt nicht mehr; er wird's nicht mehr lange machen. Er hat Kummer. Ich lasse mir nicht ausreden, daß seine Tochter unglücklich verheiratet ist.«

Der Portier erwiderte mit dem Nachdruck ehelicher Überlegenheit: »Wenn er reich ist, soll er einen Arzt haben. Wenn er nicht reich ist, keinen. Wenn er keinen hat, wird er sterben.«

»Und wenn er einen hat?«

»Auch dann wird er sterben«, sagte der Portier.

Seine Frau kratzte mit einem rostigen Messer am Gras herum, das zwischen den Pflastersteinen wuchs, und indem sie es ausriß, brummte sie: »Schade! Ein so reinlicher alter Mann! Weiß wie ein Hähnchen.«

Sie bemerkte am Ende der Straße einen Arzt aus dem Viertel, der vorüberging. Sie übernahm es, ihn zu bitten, er möge hinaufgehen. »Im zweiten Stock«, sagte sie. »Sie brauchen nur einzutreten. Da der gute Mann nicht mehr aufsteht, hängt der Schlüssel an der Tür.«

Der Arzt sah Jean Valjean und fragte ihn aus. Als er wieder herunterkam, erkundigte sich die Portiersfrau: »Nun, Herr Doktor?«

»Ihr Kranker ist sehr krank.«

»Was hat er?«

»Alles und nichts. Der Mann hat, scheint es, eine ihm teure Person verloren. Daran kann man sterben.«

»Was hat er Ihnen gesagt?«

»Er hat mir gesagt, er fühle sich wohl.«

»Kommen Sie wieder, Herr Doktor?«

»Ja«, erwiderte der Arzt. »Besser, es käme ein anderer.«

III

Eine Feder wiegt schwer für den, der den Karren von Fauchelevent anhob

Eines Abends konnte Jean Valjean sich nur mühsam auf dem Ellbogen erheben. Er faßte sich an die Hand und fand seinen Puls nicht mehr. Sein Atem war kurz und stockte manchmal. Er spürte, daß er schwächer war als je. Da zwang er sich, zweifellos unter dem Drang einer letzten Besorgnis, zu einer Gewaltanstrengung. Er setzte sich auf und zog sich an. Er kleidete sich in sein altes Arbeitergewand.

Da er nicht mehr ausging, hatte er darauf zurückgegriffen, und er wählte es gern. Mehrmals mußte er sein Beginnen unterbrechen. Allein in die Ärmel des Wamses zu fahren trieb ihm Schweiß hervor, der ihm über die Stirn rann.

Seit er allein war, hatte er sein Bett in den Flur gestellt, um die verödeten Stuben möglichst wenig zu bewohnen. Er öffnete seinen Koffer, holte die Sachen von Cosette hervor und breitete sie auf seinem Bett aus.

Die silbernen Leuchter des Bischofs standen an ihrem Platz auf dem Kamin. Er nahm aus einer Schublade zwei Wachskerzen und steckte sie in die Leuchter. Dann, obzwar jetzt, im Sommer, noch heller Tag war, zündete er sie an. So sieht man mitunter Wachslichter mitten am Tag in Zimmern brennen, in denen Tote aufgebahrt sind.

Jeder Schritt, den er machte, erschöpfte ihn, und er mußte sich niedersetzen. Es war nicht die sonstige Ermüdung, die Kraft ausgibt, um sie zu erneuern. Es war der ganze Rest von Bewegung, dessen er noch fähig war. Es war das versiegende Leben, das tropfenweise in quälenden Anstrengungen dahinschwindet.

Einer der Stühle, in den er sich fallen ließ, stand vor dem Spiegel, der so sehr Schicksal für ihn und so sehr Vorsehung für Marius bedeutete. In ihm hatte er auf dem Löschblatt die umgekehrte Schrift Cosettes gelesen. Er sah sich in diesem Spiegel und erkannte sich nicht. Er war nun achtzig Jahre alt; vor der Heirat Cosettes hätte man ihm kaum fünfzig Jahre gegeben. Dieses Jahr hatte für dreißig gezählt. Auf seiner Stirn war nicht mehr die Runzel des Alters, es war das mysteriöse Zeichen des Todes. Seine Wangen hingen herab. Die Haut seines Gesichtes hatte jene Farbe, die glauben lassen kann, es sei schon von Erde bedeckt. Seine beiden Mundwinkel senkten sich wie an der Maske, die die Alten über den Gräbern meißelten. Sie blickte mit einer Miene des Vorwurfs ins Leere, wie eine der großen klagenden Gestalten der Tragödie. Jean Valjean befand sich in der letzten Phase der Niedergeschlagenheit, wo der Schmerz nicht mehr abfließt, sondern gleichsam erstarrt ist. Auf der Seele liegt etwas wie ein Blutgerinnsel der Verzweiflung.

Die Nacht war herangenaht. Unter körperlichen Qualen zerrte er einen Tisch und den alten Sessel an den Kamin heran und trug auf den Tisch eine Feder, Tinte und Papier. Dann befiel ihn eine Ohnmacht. Als er das Bewußtsein wiedererlangte, dürstete ihn. Da er den Wasserkrug nicht zu heben vermochte, neigte er ihn, was ihm schwer wurde, seinen Lippen entgegen und trank einen Schluck. Dann wandte er sich dem Bett zu, immer noch sitzend, denn stehen konnte er nicht, und betrachtete das schwarze Kleidchen und alle die zärtlich gehegten Dinge. Solche Betrachtungen dauern Stunden, die wie Minuten erscheinen. Plötzlich schauderte ihn; er fühlte, daß ihn fröstelte. Er stützte sich auf den Tisch, den die Leuchter des Bischofs erhellten, und nahm die Feder.

Da er Feder und Tinte seit geraumer Zeit nicht benutzt hatte, war die Spitze der Feder verbogen, die Tinte ausgetrocknet. Er mußte aufstehen und ein paar Tropfen Wasser zugießen, aber er mußte zwei- oder dreimal innehalten und sich setzen, und er war genötigt, mit dem Rücken der Feder zu schreiben. Ab und zu wischte er sich die Stirn.

Seine Hand zitterte. Langsam schrieb er einige Zeilen nieder: »Cosette, ich segne Dich! Ich möchte es Dir erklären. Dein Gatte hat recht, wenn er mich hat wissen lassen, ich solle gehen. Etwas Falsches ist in dem, was er vermutete, aber recht hatte er. Er ist ein vortrefflicher Mann. Liebe ihn, wenn ich tot sein werde! Herr Pontmercy, lieben Sie stets mein geliebtes Kind! Cosette, man wird diesen Brief finden, das möchte ich Dir sagen; Du wirst die Zahlen lesen, wenn ich noch die Kraft habe, mich zu erinnern. Also höre, all dieses Geld ist Dein Eigentum. Dies ist der Tatbestand. Der weiße Jett kommt aus Norwegen, der schwarze aus England, die Fabrikation von schwarzem Glas aus Deutschland. Der Jett ist leichter, kostbarer, teurer. Man kann in Frankreich Nachahmungen verfertigen wie in Deutschland. Man braucht einen kleinen Amboß von zwei Quadratzoll und eine Spirituslampe, um das Wachs zu erweichen. Früher bereitete man das Wachs aus Harz und Kienruß, und der Preis war vier Francs das Pfund. Mein Gedanke war, es aus Gummilack und Terpentin herzustellen. Es kostete nur noch dreißig Sous und ist weit besser. Die Schnallen werden aus violettem Glas verfertigt, das man mit diesem Wachs auf eine kleine Blattunterlage von Schwarzblech klebt. Das Glas muß violett sein für den Eisenblechschmuck und schwarz für den Goldschmuck. Spanien kauft viel davon. Es ist das Land des Jett . . .«

Hier brach er ab; die Feder entsank seinen Fingern; ein verzweifeltes Schluchzen erschütterte ihn, wie es manchmal aus den Tiefen seines Wesens aufstieg. Er barg seinen Kopf in beide Hände und dachte nach. Oh, schrie es in seinem Inneren (in jammervollen Schreien, die nur Gott hörte), es ist aus. Ich werde sie nicht mehr sehen. Sie war ein Lächeln, das an mir vorüberhuschte. Ich werde in die ewige Nacht eingehen, ohne sie nochmals zu schauen. Oh, eine Minute, einen Augenblick ihre Stimme hören, ihr Kleid berühren, auf sie, diesen Engel, blicken und dann sterben! Sterben ist nichts, furchtbar ist nur, zu sterben, ohne sie zu sehen. Sie würde mir zulächeln, sie würde mir ein Wort sagen. Würde das irgend jemanden beeinträchtigen? Nein, es ist zu Ende. Für immer. Ich bin völlig allein. Mein Gott! Mein Gott! Ich sehe sie nicht mehr.

In diesem Moment wurde an seine Tür geklopft.

IV

Eine dunkle Geschichte, die nichts weiter erreicht, als Licht zu bringen

Am selben Tag oder vielmehr am selben Abend stand Marius vom Tisch auf und zog sich gerade in sein Arbeitszimmer zurück, um Akten zu studieren. Da übergab Basque ihm einen Brief und sagte: »Die Person, die den Brief geschrieben hat, wartet im Vorsaal.« Cosette hatte den Arm des Großvaters genommen und spazierte mit ihm durch den Garten. Ein Brief kann wie ein Mensch ein schlechtes Äußeres haben. Grobes Papier, grobe Faltung genügen schon für den mißfälligen Eindruck, der von manchen Schreiben ausgeht. Der Brief, den Basque gebracht hatte, war von dieser Art. Marius nahm ihn. Der Brief roch nach Tabak. Nichts weckt so bezeichnende Erinnerungen wie der Geruch. Marius erkannte den Tabak wieder. Er sah nach der Anschrift. »An den Herrn Baron Pommerci. In seinem Palais.« Der erkannte Tabak ließ ihn die Schrift erkennen. Die Erleuchtung überraschte ihn wie ein Blitz.

Der Geruch, dieser geheimnisvolle Gedächtnisbefehl, hatte eine ganze Welt in ihm wiederaufleben lassen. Das war das Papier, die Faltung, der fahle Ton der Tinte, das war die wohlbekannte Schrift, und es war vor allem der Tabak. Die Spelunke des Jondrette erschien vor seinen Augen wieder. Seltsamer Streich des Schicksals! Eine der beiden Fährten, die er so sehr gesucht hatte, die , um die er noch unlängst sich so mühte und die er für immer verloren glaubte, hatte sich ihm jetzt von selbst dargeboten. Begierig löste er das Siegel des Briefes, und er las:

»Herr Baron,
wenn das höchste Wehsen mir die Talente gegeben hätte, hätte ich der Baron Thénard sein können, Mitglied des Inschtituts, aber ich bin es nicht. Ich trage allein denselben Namen wie er, glücklich, wenn diese Erinnerung mich Ihrer ekselenten Güte empfiehlt. Die Wohltat, deren Sie mich ehren werden, wird gegenseitig sein. Ich bin im Besitz eines Geheimnisses, welches ein Individium betrift. Dieses Individium betrift Sie. Ich halte das Geheimnis zu Ihrer Verfügung, im Wunsch, die Ehre zu haben,

Ihnen von Nuzen zu sein. Ich werde Ihnen das einfache Mitel geben, um aus Ihrer ehrbaren Familie dieses Individium zu verjagen, welches kein recht darauf hat, da die Frau Baronin von hoher Geburt ist. Das Heiligtum der Tuhgend könnte nicht länger mit dem Verbrechen zusammen wohnen, ohne abzudanken.

Ich erwarte im Vorgemach die Befehle des Herrn Baron. Mit Respekt Thénard.«

Die Unterschrift war keine Fälschung. Sie war nur ein wenig abgekürzt. Im übrigen vollendeten das Kauderwelsch und die Schreibfehler die Enthüllung. Die Herkunft des Schreibens war einwandfrei bestätigt. Kein Zweifel war möglich. Marius war tief erregt. Nach der ersten Verblüffung war er sogar beglückt. Wenn er nun auch den anderen Menschen fand, den er suchte, den Mann, der ihn, Marius, gerettet hatte, blieb ihm kein Wunsch mehr.

Er schloß eine Schublade seines Sekretärs auf, nahm einige Banknoten heraus, steckte sie in seine Tasche, sperrte den Sekretär wieder zu und läutete. Basque schob sich in die halboffene Tür.

»Lassen Sie eintreten!« sagte Marius.

Basque meldete: »Herr Thénard.«

Ein Mann trat ein. Neue Überraschung für Marius. Der Mann, der eintrat, war ihm völlig unbekannt. Er war ältlich, mit dicker Nase, hatte das Kinn in die Krawatte gezwängt und trug eine grüne Brille mit einem doppelten Schirm von grünem Taft über den Augen. Seine grauen Haare waren geglättet und lagen flach auf der Stirn und am Rand der Brauen wie die Perücke englischer Kutscher des High-Life. Er war vom Kopf bis zu den Füßen schwarz gekleidet, in sehr schäbigem, aber reinlichem Schwarz. Ein Bündel von Berlocken, das aus seiner Westentasche heraushing, ließ eine Uhr vermuten. Er hielt einen alten Hut in der Hand. Er ging gekrümmt, und diese Krümmung seines Rückens wurde um so merklicher, als er sich bis zum Boden verneigte.

Vorerst fiel auf, daß die zu weite Kleidung dieser Person, wenn auch sorgfältig zugeknöpft, nicht für sie bestimmt schien.

Hier wird eine kurze Abschweifung notwendig. Damals hauste in Paris in einer alten, finsteren Wohnung in der Rue Beautreillis, nahe dem Arsenal, ein erfindungsreicher Jude, dessen Gewerbe es war, einen Schurken in einen anständigen Menschen zu verwandeln. Nicht auf allzu lange, das hätte dem Schurken lästig werden können. Die Verwandlung geschah auf Sicht, für einen oder zwei Tage, zu einem Tarif von dreißig Sous täglich, mittels eines Kostüms, das, soweit das ging, sich der allgemeinen Ehrbarkeit anglich. Dieser Kostümverleiher hieß »der Verwandler«; die Spitzbuben von Paris hatten ihm diesen Namen gegeben und kannten keinen anderen von ihm. Er hatte eine ziemlich vollständige Garderobe. Die Fetzen, mit denen er die Leute vermummte, waren fast tragbar. Er hatte dafür Spezialitäten und Kategorien. An jedem Nagel seines Magazins hing, verbraucht und zerknittert, eine soziale Gruppe; hier der Anzug eines höheren Gerichtsbeamten, dort der Rock eines Priesters, dort die Kleidung eines Bankiers, in einem Winkel die Uniform eines pensionierten Offiziers, anderswo das Jackett eines Schriftstellers, weiter hinten die Gala eines Staatsmannes. Der Verwandler war der Ausstatter des unermeßlichen Dramas, das die Gaunerei in Paris spielt. Seine Höhle war die Kulisse, aus der sich die Diebe schlichen und in die sich die Betrüger wieder verkrochen. Ein zerlumpter Schuft kam in die Garderobe, zahlte dreißig Sous, und je nach der Rolle, die er an diesem Tage spielen wollte, suchte er sich das Kostüm aus, dessen er bedurfte. Ging er die Treppe hinab, so war er jemand. Am nächsten Tag wurden die Fetzen getreulich wieder abgeliefert, und der Verwandler, der seinen gesamten Fundus den Dieben anvertraute, war nie der Bestohlene. Die Kleider hatten einen Nachteil: Sie »saßen« nicht, da sie nicht für die Träger geschneidert waren. An dem einen klebten sie, um die Glieder eines anderen schlotterten sie, und so paßten sie für niemanden. Jeder Gauner, der den Durchschnittsmaßen nicht entsprach, fühlte in den Kostümen des Verwandlers ein Mißbehagen. Man durfte weder zu fett noch zu mager sein. Der Verwandler rechnete nur mit Menschen gewöhnlichen Formats. Er hatte nach dem ersten besten Schnorrer Maß genommen, der nicht dick und nicht schmal, nicht groß und nicht klein war. Daher die manchmal schwierigen Ummodelungen, mit denen sich die Kunden des Verwandlers abfanden, wie sie es konnten. Wer nicht regelrecht war, hatte eben Pech.

Der Galaanzug des Staatsmannes zum Beispiel, schwarz von oben bis unten und mithin sehr würdig, wäre für Pitt zu weit und für Castelcicala zu eng gewesen. Im Katalog des Verwandlers war er wie folgt beschrieben: »Frackanzug von schwarzem Tuch, Hose von schwarzem Buckskin, Seidenweste, Schuhe und Wäsche.« Am Rande stand: »Ehemaliger Botschafter« und eine Note, die wir ebenfalls abschreiben: »In einer besonderen Schachtel eine adrett gekräuselte Perücke, grüne Brille, Berlokken und zwei kleine Federkiele, einen Zoll lang, mit Baumwolle umwickelt.« All das gebührte sich für den Staatsmann, den ehemaligen Botschafter. Das ganze Kostüm war, sagen wir, entkräftet, die Nähte wurden weiß, ein schlaffes Knopfloch gähnte an einem Ellbogen. Außerdem fehlte dem Frack an der Brust ein Knopf. Aber das ist nur eine Einzelheit; die Hand des Staatsmannes hatte, da sie immer im Rock und vor dem Herzen liegen solle, die Pflicht, die Abwesenheit des Knopfes zu verhehlen. Hätte Marius die okkulten Einrichtungen von Paris gekannt, hätte er sofort in der Hülle des Besuchers, den Basque geleitete, den aus der Kleiderkammer des Verwandlers geliehenen Staatsmann festgestellt.

Die Enttäuschung von Marius, als er einen anderen eintreten sah statt des Erwarteten, schlug in Ungnade für diesen neuen Mann um. Er musterte ihn vom Kopf bis zu den Füßen, indes der Mensch sich endlos verbeugte, und fragte ihn barsch: »Was wollen Sie?«

Der Mensch antwortete mit einem freundlichen Grinsen, das an das zärtliche Lächeln eines Krokodils erinnern mochte. »Es scheint mir unmöglich, daß ich nicht schon die Ehre gehabt haben sollte, den Herrn Baron in Gesellschaft zu sehen. Ich glaube ihm einst in privatem Kreis begegnet zu sein, bei der Fürstin Bagration oder in den Salons Seiner Erlaucht des Vicomte Dambray, Pairs von Frankreich.«

Bei einem Schurkenstreich ist es immer eine gute Taktik, so zu tun, als kenne man den, der einem völlig unbekannt ist. Marius achtete auf die Redeweise dieses Thénard. Er forschte Tonart und Geste des Menschen aus, jedoch seine Enttäuschung wuchs. Das war eine näselnde Aussprache, völlig verschieden von dem bitteren und trockenen Stimmklang, den zu hören er erwartet hatte. Er war ganz verwirrt. »Ich kenne«, sagte er, »weder die Fürstin Bagration noch Herrn Dambray. In meinem Leben habe ich keins der beiden Häuser betreten.«

Die Antwort war schroff. Die Person beharrte, liebenswürdig wie bisher: »Dann werde ich den Herrn bei Chateaubriand gesehen haben. Ich kenne Chateaubriand gut. Er ist sehr leutselig. Minunter hat er zu mir gesagt: Thénard, mein Freund, möchten Sie nicht ein Gläschen mit mir trinken?«

Die Miene von Marius wurde streng und strenger. »Ich hatte nie die Ehre, bei Herrn Chateaubriand empfangen zu werden. Kürzen wir ab! Was wollen Sie?«

Vor der Stimme, die sich verhärtete, verbeugte sich der Mensch noch tiefer. »Herr Baron, geruhen Sie, mir Gehör zu schenken! In Amerika, in einem Land in der Gegend von Panama, liegt ein Dorf La Joya. Es besteht aus einem einzigen Haus. Einem großen viereckigen Haus von drei Stockwerken aus Ziegeln, die an der Sonne getrocknet sind. Jede Seite des Vierecks fünfhundert Fuß lang, jeder Stock um fünf Fuß schmaler als der Stock darunter, so daß eine Terrasse vorgebaut ist, die um das Gebäude herumgeht, in der Mitte ein Innenhof für Vorräte und Munition, keine Fenster, Schießscharten, keine Tür, Leitern, um vom Boden bis zur ersten Terrasse zu steigen, von der ersten zur zweiten, von der zweiten zur dritten, Leitern, um in den Innenhof herunterzusteigen, keine Türen in den Zimmern, Falltüren, keine Treppen in den Zimmern, Leitern. Abends schließt man die Falltüren, man zieht die Leitern weg, man richtet Blunderbüchsen und Karabiner in den Schießscharten. Der Eingang ist verrammelt. Ein Haus am Tag, eine Zitadelle in der Nacht, achthundert Einwohner, das ist das Dorf. Warum soviel Vorsicht? Das Land ist gefährlich, es ist voll von Menschenfressern. Also warum geht unsereins hin? Weil das Land wunderbar ist. Dort findet man Gold.«

»Worauf wollen Sie hinaus?« fiel Marius ein, dessen Enttäuschung Ungeduld geworden war.

»Herr Baron, gerade war ich dabei, es zu sagen. Ich bin ein übermüdeter ehemaliger Diplomat. Die alte Zivilisation hat mich auf den Hund gebracht. Ich will es mit den Wilden probieren.«

»Nämlich?«

»Herr Baron, der Egoismus ist das Gesetz der Welt. Die proletarische Bäuerin, die für Tagelohn arbeitet, dreht sich um, wenn die Eilpost vorbeifährt, die Bäuerin, die Besitz hat und auf ihrem Feld arbeitet, dreht sich nicht um. Der Hund des Armen bellt den Reichen an, der Hund des Reichen bellt den Armen an. Jeder für sich. Der Nutzen ist das Ziel des Menschen. Das Gold ist der Magnet.«

»Und weiter? Kommen Sie zum Schluß!«

»Ich möchte nach La Joya fahren und mich drüben niederlassen. Wir sind drei. Ich habe meine Gemahlin und mein Fräulein Tochter, ein sehr schönes Mädchen. Die Reise ist lang und teuer. Ich brauche etwas Geld.«

»Was geht das mich an?« fragte Marius.

Der Unbekannte streckte den Hals aus der Krawatte heraus, in einer Bewegung, wie sie dem Geier eigentümlich ist, und erwiderte, doppelt süß lächelnd: »Haben Herr Baron meinen Brief nicht gelesen?«

Der Inhalt des Briefes war Marius schon entfallen. Er hatte ihn nicht so sehr gelesen als die Schrift betrachtet. Kaum dachte er noch daran. Seit einer Minute war er von neuem alarmiert. Er hatte sich die Worte gemerkt: meine Gemahlin und mein Fräulein Tochter. Mit den Augen durchbohrte er den Unbekannten. Ein Untersuchungsrichter konnte es nicht eindringlicher tun. Er belauerte ihn fast. Dann beschränkte er sich darauf, zu erwidern: »Äußern Sie sich genauer!«

Der Unbekannte vergrub seine beiden Hände in seinen Taschen, hob, ohne sein Rückgrat zu straffen, seinen Kopf und bespähte seinerseits Marius durch seine Brillengläser. »Gut, Herr Baron. Ich werde mich sehr genau äußern. Ich habe Ihnen ein Geheimnis zu verkaufen.«

»Ein Geheimnis!«

»Ein Geheimnis.«

»Das mich betrifft?«

»Ein wenig.«

»Was ist das für ein Geheimnis?« Marius prüfte den Menschen, indem er ihm zuhörte, immer wachsamer.

»Ich beginne gratis«, sagte der Unbekannte. »Sie werden sehen, wie interessant das ist.«

»Sprechen Sie!«

»Herr Baron, Sie haben einen Dieb und Mörder im Hause.«

Marius zitterte. »Im Hause? Nein!« sagte er.

Der Unbekannte bürstete, ohne sich stören zu lassen, seinen Hut mit dem Ellbogen. »Einen Mörder und Dieb«, entgegnete er. »Herr Baron, ich rede hier nicht von alten Taten, von ungültigen Sachen, die durch Verjährung vor dem Gesetz und durch Reue vor Gott beseitigt werden können. Ich spreche von neuen Verbrechen, Verbrechen von jetzt, über die bis heute die Justiz nichts weiß. Dieser Mann hat sich unter falschem Namen in Ihr Vertrauen eingeschlichen und beinahe in Ihre Familie. Ich werde Ihnen seinen wahren Namen nennen. Und zwar umsonst.«

»Ich höre.«

»Er heißt Jean Valjean.«

»Ich weiß es.«

»Ich werde Ihnen auch, ebenso umsonst, sagen, wer er ist.«

»Sagen Sie es!«

»Er ist ein ehemaliger Sträfling.«

»Ich weiß es.«

»Sie wissen es, seit ich die Ehre hatte, es Ihnen zu sagen.«

»Nein, ich wußte es schon vorher.«

Der kalte Ton von Marius, die zwiefache Antwort: »Ich weiß es«, sein ein Gespräch ablehnender Lakonismus wühlten in dem Unbekannten einen dumpfen Zorn auf. Verstohlen sandte er Marius einen wütenden Blick zu, der schnell erstarb. Aber so rasch er aufflackerte und erlosch, es war einer der Blicke, die man wiedererkennt, wenn man sie einmal gesehen hat, und Marius entging er nicht. Ein gewisses Aufflammen kann nur aus bestimmten Seelen kommen. Das Auge, diese Öffnung zum Denken, erglüht davon. Eine Brille schafft da keine Abhilfe. Legt doch eine Glasscheibe über die Hölle!

Lächelnd erwiderte der Unbekannte: »Ich gestatte mir nicht, den Herrn Baron Lügen zu strafen. In jedem Fall müssen Sie überzeugt sein, daß ich unterrichtet bin. Was ich Ihnen nunmehr mitzuteilen habe, weiß ich allein. Es betrifft das Vermögen der Frau Baronin. Das ist ein großes Geheimnis. Es ist zu verkaufen. Ihnen biete ich es als erstem an. Billig. Zwanzigtausend Francs.«

»Ich kenne dies Geheimnis wie die anderen«, sagte Marius.

Der Mensch hatte offenbar das Bedürfnis, von seiner Forderung ein wenig abzulassen. »Herr Baron, sagen wir zehntausend Francs, und ich rede.«

»Ich sage Ihnen nochmals, daß Sie nicht in der Lage sind, mir etwas zu eröffnen. Ich weiß, was Sie mir mitteilen wollen.«

Wieder zuckte ein Blitz in dem Auge des Menschen auf. »Aber ich muß doch heute zu Abend essen!« rief er. »Ein außerordentliches Geheimnis, sage ich Ihnen. Herr Baron, ich werde reden. Ich rede also. Geben Sie mir zwanzig Francs!«

Marius sah ihn fest an. »Ich kenne Ihr außerordentliches Geheimnis. So wie ich den Namen von Jean Valjean wußte, so weiß ich Ihren Namen.«

»Meinen Namen?«

»Ja.«

»Das ist nicht schwierig, Herr Baron. Ich hatte die Ehre, ihn Ihnen zu schreiben und zu sagen, Thénard.«

»-dier.«

»Wie?«

»Thénardier.«

»Was?« In der Gefahr sträubt sich das Stachelschwein, der Skarabäus stellt sich tot, die Alte Garde schließt sich im Karree zusammen; dieser Mensch begann zu lachen. Dann schnippte er mit einem Finger ein Staubkörnchen vom Ärmel seines Rockes.

Marius fuhr fort: »Sie sind auch der Arbeiter Jondrette, der Schauspieler Fabantou, der Dichter Genflot, der Spanier Don Alvares und die Frau Balizard.«

»Was für ein Weib?«

»Und Sie haben eine Garküche in Montfermeil betrieben.«

»Eine Garküche? Nie.«

»Und ich sage Ihnen, daß Sie Thénardier sind.«

»Ich leugne es.«

»Und daß Sie ein Lump sind.« Und Marius holte eine Banknote aus der Tasche und schleuderte sie ihm ins Gesicht.

»Danke! Verzeihung! Fünfhundert Francs! Herr Baron!« Fassungslos, unter Bücklingen, packte er die Note und prüfte sie. »Fünfhundert Francs!« wiederholte er verdutzt. Und leise stammelte er: »Echt!« Dann rief er plötzlich: »Also gut. Wir wollen es uns bequem machen.« Und mit der Behendigkeit eines Affen warf er seine Haare nach hinten, riß seine Brille weg und zog aus seiner Nase die beiden Federkiele, von denen vorhin die Rede war und die im übrigen auf einer anderen Seite dieses Buches schon einmal erwähnt wurden. Er nahm sein Gesicht ab, wie man seinen Hut abnimmt. In seinen Augen entzündete sich Licht. Die ungleiche, ausgehöhlte, hier und da bucklige, oben häßlich verrunzelte Stirn wurde frei, die Nase scharf wie ein Schnabel; das wilde, listige Profil des Raubmenschen erschien wieder. »Herr Baron sind unfehlbar«, sagte er mit klarer Stimme, aus der alles Näseln verschwunden war, »ich bin Thénardier.« Und er bog seinen krummen Rücken gerade.

Thénardier, denn um keinen anderen handelte es sich, war seltsam überrumpelt. Verwirrt wäre er gewesen, wenn er es hätte sein können. Er hatte Staunen erregen wollen, und nun widerfuhr es ihm selbst. Für diese Demütigung wurde er mit fünfhundert Francs bezahlt. Er nahm sie an; und dennoch war er betäubt. Zum erstenmal sah er diesen Baron Pontmercy, und trotz seiner Verkleidung erkannte der Baron Pontmercy ihn und erkannte ihn gründlich. Und nicht nur, daß dieser Baron über Thénardier Bescheid wußte; er schien auch von Jean Valjean alles zu wissen. Wer war dieser fast bartlose, so eisige und so großzügige junge Mann, der die Namen der Leute kannte, der alle ihre Namen kannte, der ihnen seine Börse auftat, der die Schurken übel behandelte wie ein Richter und ihnen zahlte wie ein betrogener Tölpel?

Zwar war Thénardier Nachbar von Marius gewesen; aber er hatte ihn, wie das häufig in Paris geschieht, nie gesehen. Damals hatte er seine Töchter in Andeutungen von einem sehr armen jungen Mann namens Marius sprechen hören, der im Hause wohnte. Ohne ihn zu kennen, hatte er ihm einen Brief geschrieben. Keine Annäherung zwischen diesem Marius und dem Baron Pontmercy war seinem Geiste möglich. Auf dem Schlachtfeld von Waterloo hatte er nur die beiden letzten Silben des Namens vernommen und stets für sie die berechtigte Verachtung empfunden, die man einem bloßen Dankeswort schuldet.

Im übrigen hatte er durch seine Tochter Azelma, die er auf die Fährte der Neuvermählten vom sechzehnten Februar gesetzt hatte, und durch seine persönliche Spionage vieles erkundet, und in den Tiefen der Hölle war es ihm geglückt, mehr als einen geheimnisvollen Faden zu erhaschen. Er hatte durch seine Rührigkeit entdeckt oder zum mindesten durch Folgerungen erraten, wer der Mann war, den er eines Tages im Großen Kanal angetroffen hatte. Von dem Mann war er leicht zu dem Namen vorgedrungen. Er wußte, daß die Baronin Pontmercy Cosette war. Jedoch in dieser Richtung wollte er diskret sein. Wer war Cosette? Auch er wußte es nicht recht. Er ahnte eine uneheliche Geburt. Die Geschichte der Fantine war ihm stets verdächtig erschienen. Aber wozu davon sprechen? Um sich sein Schweigen bezahlen zu lassen? Er hatte Besseres zu verkaufen; oder er glaubte es. Und hätte er ohne Beweis dem Baron Pontmercy die Enthüllung gemacht: Ihre Frau ist ein Bastard, so hätte das wohl den Stiefel des Gatten auf das Kreuz des Enthüllers gelenkt.

Nach der Meinung Thénardiers hatte die Unterhaltung mit Marius noch gar nicht angefangen. Er hatte zurückweichen, seine Strategie abändern, eine Stellung aufgeben, einschwenken müssen. Aber noch war nichts Wesentliches verloren, und er hatte fünfhundert Francs in der Tasche. Außerdem hatte er etwas Entscheidendes zu sagen, und sogar gegen diesen so gut unterrichteten und so gut bewaffneten Baron Pontmercy fühlte er sich stark. Für Menschen von der Natur Thénardiers ist jedes Zwiegespräch ein Kampf. Wie war seine Situation in dem, der bevorstand? Er wußte nicht, mit wem er sprach, aber er wußte, wovon er sprach. Rasch prüfte er also insgeheim seine Stärken, und nachdem er gesagt hatte: »Ich bin Thénardier«, wartete er.

Marius sann. Endlich hatte er Thénardier gefunden. Der Mensch, den zu ermitteln er so begehrt hatte, war da. Er sollte den Auftrag des Obersten Pontmercy erfüllen können. Es kränkte ihn, daß dieser Held diesem Banditen zu Dank verpflichtet, daß der Wechsel, den sein Vater aus der Tiefe des Grabes auf ihn, Marius, gezogen hatte, bis zu diesem Tag protestiert worden war, und in der schwierigen Lage, in der er sich Thénardier gegenüber befand, gedachte er auch den Obersten für das widrige Schicksal zu rächen, daß ein solcher Schuft ihm das Leben gerettet hatte. Aber er war zufrieden. Endlich würde er den Schatten des Toten von diesem gemeinen Gläubiger, das Gedächtnis seines Vaters aus dem Schuldgefängnis erlösen. Noch etwas anderes oblag ihm: die Quelle von Cosettes Vermögen, wenn er es konnte, aufzuklären. Die Gelegenheit dazu schien sich zu bieten. Vielleicht wußte Thénardier etwas. Vielleicht war es von Nutzen, diesen Menschen weiterreden zu lassen.

Thénardier hatte die »echte« Banknote in seiner Tasche versenkt und sah Marius mit fast zärtlicher Miene an. Marius brach das Schweigen. »Thénardier, ich habe Ihnen Ihren Namen genannt. Soll ich Ihnen jetzt Ihr Geheimnis sagen, das Sie mir mitteilen wollen? Auch ich habe meine Auskünfte. Sie werden sehen, daß ich mehr darüber weiß als Sie. Jean Valjean ist, wie Sie sagten, ein Mörder und ein Dieb, weil er einen reichen Fabrikanten bestohlen und seinen Ruin verursacht hat, Herrn Madeleine. Ein Mörder, weil er den Polizeibeamten Javert getötet hat.«

»Ich verstehe nicht, Herr Baron«, sagte Thénardier.

»Sie werden mich gleich verstehen. Hören Sie zu! In einem Bezirk von Pas-de-Calais lebte gegen 1822 ein Mann, der früher einen Konflikt mit der Justiz gehabt und sich unter dem Namen Madeleine wiederaufgeschwungen und zu Ehren gebracht hatte. Dieser Mann war seitdem im vollen Sinne des Wortes ein Gerechter. Mit einer Industrie, der Herstellung schwarzer Glaswaren, hatte er den Wohlstand einer ganzen Stadt begründet. Auch persönliches Vermögen hatte er erworben, aber in zweiter Linie und sozusagen gelegentlich. Er war der Nährvater der Armen, er stiftete Spitäler, eröffnete Schulen, besuchte die Kranken, steuerte die jungen Mädchen aus, unterstützte die Witwen, adoptierte die Waisen. Er war wie ein Vormund der Beschützer der Gegend. Er hatte sich geweigert, das Kreuz der Legion zu tragen; man hatte ihn zum Bürgermeister ernannt. Ein freigelassener Sträfling kannte das Geheimnis einer gerichtlichen Strafe, die der Mann sich einst zugezogen hatte. Er denunzierte ihn, erreichte seine Verhaftung und mißbrauchte diese, um nach Paris zu kommen und sich von dem Bankier Laffitte – ich weiß das von dem Kassierer selbst – mittels einer gefälschten Unterschrift eine Summe von mehr als einer halben Million, das Depot von Herrn Madeleine, aushändigen zu lassen. Dieser Sträfling, der Herrn Madeleine bestohlen hat, ist Jean Valjean. Auch über den anderen Vorfall kann ich von Ihnen nichts Neues erfahren. Jean Valjean hat den Polizeibeamten Javert durch einen Pistolenschuß getötet. Ich, der ich mit Ihnen spreche, war dabei zugegen.«

Thénardier warf Marius den überlegenen Blick eines Geschlagenen zu, dessen Hand sich des Sieges abermals bemächtigt und der in einer Minute alles verlorene Terrain zurückgewonnen hat. Aber sofort lächelte er wieder. Der Niedrigere darf gegenüber dem, der höher steht, nur schmeichlerisch triumphieren, und so ließ Thénardier sich genügen, zu Marius zu sagen: »Herr Baron, wir sind auf dem Holzweg.« Er unterstrich diesen Satz, indem er sein Berlockenbündel ein ausdrucksvolles Rad beschreiben ließ.

»Was?« versetzte Marius. »Bestreiten Sie das? Das sind Tatsachen.«

»Wahngebilde. Das Vertrauen, mit dem Herr Baron mich beehren, zwingt mich, das zu sagen. Es geht nichts über Wahrheit und Gerechtigkeit. Ich liebe es nicht, wenn Leute ungerecht angeklagt werden. Herr Baron, Jean Valjean hat Herrn Madeleine nicht bestohlen, und Jean Valjean hat Javert nicht getötet.«

»Das ist ja allerhand, wieso?«

»Aus zwei Gründen.«

»Welchen? Reden Sie!«

»Erstens: Er hat Herrn Madeleine nicht bestohlen, weil Jean Valjean selbst Madeleine ist.«

»Was erzählen Sie mir da?«

»Und zweitens: Er hat Javert nicht ermordet, da, der Javert getötet hat, Javert ist.«

»Was wollen Sie damit sagen?«

»Javert hat Selbstmord begangen.«

»Beweisen Sie! Beweisen Sie!« rief Marius außer sich.

Thénardier erwiderte, indem er seine Worte skandierte: »Der — Polizeibeamte — Javert — ist — ertrunken — gefunden — worden — unter — einem — Boot — am Pont-au-Change.«

»So beweisen Sie doch!«

Thénardier zog aus seiner Seitentasche ein breites Kuvert von grauem Papier, das gefaltete Blätter von verschiedener Größe zu enthalten schien. »Ich habe meine Akten«, sagte er gelassen. »Herr Baron, in Ihrem Interesse wollte ich Jean Valjean gründlich kennenlernen. Ich erkläre Ihnen, daß Jean Valjean und Madeleine ein und derselbe sind und daß Javert von niemandem anders ermordet wurde als von Javert, und wenn ich so spreche, habe ich Beweise. Nicht handschriftliche Beweise, die sind verdächtig, die Handschrift ist gefügig, aber gedruckte Beweise.«

Während er redete, zog Thénardier aus dem Kuvert zwei Zeitungsnummern. Sie waren vergilbt, zerknittert und sehr mit Tabak gesättigt. Die eine, in allen Falten brüchig und in viereckige Lappen zerfallen, war älter als die andere. »Zwei Tatsachen, zwei Beweise«, sagte er. Und er reichte Marius die auseinandergebreiteten Blätter.

Diese beiden Zeitungen kennt der Leser. Die ältere, eine Nummer des »Drapeau blanc« vom 25. Juli 1823, legte die Identität von Herrn Madeleine und Jean Valjean dar. Die zweite, eine Ausgabe des »Moniteur« vom 15. Juni 1832, verzeichnete den Selbstmord von Javert, mit dem Zusatz, aus einem mündlichen Bericht Javerts an den Präfekten gehe hervor, daß er, in der Barrikade der Rue de la Chanvrerie gefangen, sein Leben der Großmut eines Aufständischen verdankt habe, der aus vorgehaltener Pistole nicht ihm eine Kugel vor dem Kopf, vielmehr in die Luft schoß.

Marius las. Die Meldungen waren klar, mit sicheren Daten und von unumstößlicher Beweiskraft. Die beiden Zeitungen waren nicht eigens gedruckt worden, um den Erzählungen Thénardiers nachzuhelfen. Die Notiz des »Moniteur« war eine amtliche Verlautbarung der Polizeipräfektur. Marius konnte nicht zweifeln. Die Auskünfte, die der Kassierer ihm gegeben hatte, waren falsch, und er selbst hatte sich geirrt. Jean Valjean war jählings größer geworden; er entrang sich der verfinsternden Wolke, Marius schrie auf; er konnte seine Freude nicht bändigen: »Oh, dann ist dieser Unglückliche ein bewundernswerter Mann. Die gesamte Summe gehört wirklich ihm. Er ist Madeleine, die Vorsehung eines ganzen Landes. Er ist Jean Valjean, der Retter Javerts. Ein Held ist er, ein Heiliger.«

»Er ist kein Heiliger und kein Held«, erwiderte Thénardier. »Er ist ein Mörder und ein Dieb.« Und in dem Ton eines Menschen, der sich als Autorität zu fühlen beginnt, setzte er hinzu: »Beruhigen wir uns!«

Dieb, Mörder, die Worte, die Marius verschwunden glaubte und die nun wiederkehrten, trafen ihn wie eine eiskalte Dusche. »Also doch?« rief er.

»Jawohl«, sagte Thénardier, »Jean Valjean hat Madeleine nicht bestohlen, aber er ist ein Dieb. Er hat Javert nicht getötet, aber er ist ein Mörder.«

»Wollen Sie«, entgegnete Marius, »von dem kläglichen Diebstahl vor vierzig Jahren sprechen, der, wie man gerade aus Ihren Zeitungen sieht, durch ein langes Leben der Reue, der Entsagung, der Tugend gesühnt worden ist?«

»Ich sage Mord und Diebstahl, Herr Baron. Und ich wiederhole, daß ich über neue Sachen spreche. Was ich Ihnen zu enthüllen habe, ist gänzlich unbekannt. Ist unveröffentlicht. Vielleicht werden Sie dadurch die Quelle des Vermögens finden, das

Jean Valjean der Frau Baronin so geschickt angeboten hat. Ich sage: geschickt, denn sich mittels einer solchen Schenkung in ein ehrbares Haus einzuschleichen, dessen Wohlstand man teilen wird, und zugleich seine Untat zu verbergen, die Früchte seines Diebstahls zu genießen, seinen Namen zu vergraben und sich eine Familie zu beschaffen, das ist gerissen genug.«

»Hier könnte ich Sie unterbrechen«, sagte Marius, »aber fahren Sie fort!«

»Herr Baron, ich will Ihnen alles vortragen, wobei ich die Belohnung Ihrer Freigebigkeit überlasse. Dieses Geheimnis ist nur mit massivem Gold aufzuwiegen. Sie werden mich fragen: Warum hast du dich nicht an Jean Valjean gewandt? Aus einem sehr einfachen Grunde. Ich weiß, daß er auf seinen Besitz verzichtet hat, und zwar zu Ihren Gunsten, und das scheint mir eine sehr pfiffige Kombination. Aber er hat keinen Sou mehr, er würde mir seine leeren Hände zeigen, und da ich für meine Reise nach Joya etwas Geld brauche, ziehe ich Sie, der Sie alles haben, ihm vor, der nichts hat. Ich bin ein wenig müde, erlauben Sie, daß ich mir einen Stuhl nehme?«

Marius setzte sich und winkte ihm, auch er solle sich setzen. Thénardier ließ sich auf einen Polsterstuhl nieder, griff zu den beiden Zeitungen, steckte sie wieder in den Umschlag und murmelte, indem er mit seinem Nagel den »Drapeau blanc« zerkratzte: »Das Blatt zu bekommen hat mir Mühe gemacht.« Dann kreuzte er die Beine und lehnte sich zurück, in der Pose von Leuten, die dessen, was sie sagen, sicher sind. Nun trat er der Verhandlung näher und sagte ernst, mit Nachdruck auf jedem Wort: »Herr Baron, am 6. Juni 1832, vor etwa einem Jahr, am Tage des Aufruhrs, ging ein Mann durch den Großen Kanal von Paris, auf der Seite, wo der Kanal in die Seine ausläuft, zwischen der Invaliden- und der Jenabrücke.«

Marius rückte hastig seinen Stuhl an den Thénardiers heran. Thénardier beobachtete diese Bewegung und fuhr mit der Langsamkeit eines Redners fort, der seinen Partner festhält und spürt, wie sein Gegner unter seinen Worten krampfhaft zuckt: »Dieser Mann, den Gründe, die im übrigen der Politik fremd sind, zwangen, sich zu verstecken, hatte in dem Kanal Wohnung genommen, und in seinen Händen war der Schlüssel. Es war, ich wiederhole, am sechsten Juni. Acht Uhr abends konnte es sein. Der

Mann hörte im Kanal ein Geräusch. Sehr überrascht, duckte er sich und lauerte. Es war ein Geräusch von Schritten, jemand marschierte im Dunkel, man kam in seine Gegend. Seltsam, im Kanal war noch ein Mensch außer ihm. Das Gitter am Ausgang war nicht sehr entfernt. Ein wenig Licht, das von dort kam, ermöglichte ihm, den neu hinzugekommenen Kanalbummler zu erkennen und zu sehen, daß er etwas auf dem Rücken trug. Gebückt schritt er vorwärts. Der Mensch war ein ehemaliger Sträfling, und was er auf den Schultern schleppte, eine Leiche. Flagrantes Morddelikt, wenn irgendwann, dann jetzt. Und Diebstahl sowieso; für nichts tötet man nicht. Der Sträfling wollte die Leiche in den Fluß werfen. Aber bevor er das Ausgangsgitter erreichte, war der Sträfling, der von weit her zu dem Kanal kam, an ein schreckliches Schlammloch geraten, das er nicht vermeiden konnte. Hier hätte er, scheint es, die Leiche lassen können. Nur hätten die Kanalräumer, wenn sie in dem Schlammloch buddelten, den Ermordeten gefunden, und das wäre kaum nach dem Wunsch des Mörders gewesen. Er hat sich lieber mit seiner Last durch das Loch durchgearbeitet, und er muß sich fürchterlich angestrengt haben, mehr als er kann man sein Leben nicht aufs Spiel setzen. Wie er da lebendig herausgeklettert ist, weiß ich nicht.«

Marius schob seinen Stuhl noch näher. Thénardier nutzte das aus, um Atem zu schöpfen. »Herr Baron«, begann er wieder, »ein Kanal ist kein Marsfeld. Es fehlt dort an allem und sogar an Platz. Wenn da zwei Menschen sind, müssen sie sich begegnen. Das ist nämlich passiert. Der Kanalsiedler und der Passant waren gezwungen, sich guten Tag zu sagen, wenn auch beide zu ihrem Bedauern. Der Passant sagte zu dem Siedler: Du siehst, was ich auf dem Rücken habe, ich muß hinaus, du hast den Schlüssel, gib ihn mir! Der Sträfling war ein schrecklich starker Mensch. Sich weigern konnte der, der den Schlüssel hatte, nicht. Jedoch er parlamentierte, einzig, um Zeit zu gewinnen. Er beschaute den Toten, aber er konnte nur sehen, daß er jung war, gut gekleidet wie ein Sohn aus reichem Haus und ganz entstellt von Blut. Während er plauderte, gelang es ihm, ohne daß der Mörder es merkte, ein Stück vom Rock des Ermordeten, hinten am Schoß, abzureißen. Als Überführungsbeweis, Sie verstehen, um die Spur wieder aufzustöbern und das Verbrechen dem Verbrecher vorzudemonstrieren. Er steckte das Stück in seine Tasche. Dann öffnete er das Gitter, ließ den Menschen mit seiner Last auf dem Rücken hinaussteigen, schloß das Gitter wieder und flüchtete, da ihm wenig daran lag, in den Fortgang des Abenteuers hineingezogen zu werden. Vor allem wünschte er nicht dabeizusein, wenn der Mörder den Ermordeten in die Seine warf. Nun verstehen Sie wohl. Der Träger der Leiche ist Jean Valjean. Der den Schlüssel hatte, spricht eben mit Ihnen, und das Stück vom Rock . . .«

Thénardier beendete seinen Satz, indem er aus seiner Tasche einen schwarzen, ausgezackten Tuchfetzen holte, ihn zwischen seine Daumen und seine Zeigefinger klemmte und in Augenhöhe vor sich hielt. Dunkle Flecke bedeckten den Stoff. Marius hatte sich erhoben, bleich, mit beengtem Atem. Er starrte auf den schwarzen Tuchfetzen. Wortlos, ohne ihn aus den Augen zu lassen, wich er an die Wand zurück. Mit der rechten Hand tastend, suchte er an der Mauer einen Schlüssel, der zum Schloß eines Wandschränkchens nahe dem Kamin gehörte. Er fand den Schlüssel, öffnete das Schränkchen und griff mit dem Arm hinein, ohne sich umzusehen und ohne daß seine verstörten Augen von dem Fetzen, den Thénardier entfaltet hatte, abließen.

Inzwischen fuhr Thénardier fort: »Herr Baron, ich habe den sichersten Grund zu der Annahme, daß der ermordete junge Mann ein üppig lebender Ausländer war, den Jean Valjean in eine Falle lockte und der eine enorme Summe bei sich hatte.«

»Der junge Mann war ich, hier ist der Rock!« schrie Marius und warf einen alten, blutbesudelten schwarzen Rock auf das Parkett. Dann riß er Thénardier die Beute aus den Händen, kauerte sich auf dem Rock nieder und legte den Fetzen mit dem Tuchrand des zerstückelten Schoßes zusammen. Er paßte genau. Thénardier saß da wie von Stein. Er dachte in seinem Argot: Ich bin platt! Zitternd, verzweifelnd, strahlend erhob sich Marius. Er durchwühlte seine Tasche. Voller Wut ging er auf Thénardier zu. Vor der Stirn des Menschen schwang er seine Faust, die er mit Banknoten von fünfhundert und tausend Francs gefüllt hatte, und fast preßte er sie ihm ins Gesicht. »Sie sind ein infamer Lügner, ein Verleumder, ein Verbrecher. Sie kamen hierher, um diesen Mann anzuklagen. Sie haben ihn gerechtfertigt. Sie wollten sein Verderben; es ist Ihnen nur gelungen, ihn mit einer Glorie zu umkränzen. Sie sind der Dieb, Sie sind der Mörder! Ich habe Sie, Thénardier-Jondrette, in der Spelunke am Boulevard de l'Hôpital gesehen. Ich weiß genug von Ihnen, um Sie dem Bagno zu überantworten oder den Strafkolonien, wenn ich wollte. Da sind tausend Francs, Sie Gauner!« Und er warf ihm eine Tausendfrancsnote hin. »Jondrette-Thénardier, abgefeimter Schurke! Das soll Ihnen eine Lehre sein! Sie Verschacherer von Geheimnissen, Sie Wucherer mit Mysterien, Sie Ratte in der Finsternis, Sie Elender! Nehmen Sie hier fünfhundert Francs und packen Sie sich! Waterloo soll Sie schützen!«

»Waterloo!« murrte Thénardier, indes er die fünfhundert Francs nach den tausend in seiner Tasche vergrub.

»Ja, Mörder, dort retteten Sie das Leben eines Obersten . . .«

»Eines Generals«, sagte Thénardier und sah wieder auf.

»Eines Obersten!« wiederholte Marius ergrimmt. »Für einen General würde ich Ihnen nicht einen Heller geben. Und Sie sind in niederträchtiger Absicht hergekommen. Ich sage Ihnen, alle Verbrechen haben Sie begangen. Fahren Sie ab! Verschwinden Sie! Seien Sie glücklich! Das ist mein Abschiedswunsch. Sie Ungeheuer! Da haben Sie noch dreitausend Francs. Nehmen Sie sie! Sie werden schon morgen nach Amerika reisen, mit Ihrer Tochter, denn Ihre Frau ist tot, Sie abscheulicher Lügner! Ich werde Ihre Abreise überwachen, Bandit, und wenn es soweit ist, werde ich Ihnen zwanzigtausend Francs auszahlen. Lassen Sie sich anderswo hängen!«

»Herr Baron«, erwiderte Thénardier mit Bücklingen bis zum Boden, »ewige Dankbarkeit!« Und Thénardier ging, ohne zu begreifen, verblüfft und beseligt durch diese sanfte Zermalmung unter Säcken von Gold und diesen Blitzstrahl, der als knisternde Banknoten auf seinen Kopf niederzüngelte. Von einem Blitz gelähmt, er war es, doch auch zufrieden; und es hätte ihm sehr leid getan, wehrte ein Blitzableiter das Unwetter von ihm ab.

Kommen wir gleich mit diesem Mann zu Ende! Zwei Tage später reiste er dank Marius unter falschem Namen nach Amerika, samt seiner Tochter Azelma, mit einem auf New York ausgestellten Wechsel über zwanzigtausend Francs versehen. Das sittliche Elend Thénardiers, des gescheiterten Bourgeois, war unheilbar. Er blieb in Amerika, was er in Europa gewesen war. Die Berührung einer guten Tat mit einem bösen Menschen läßt sie oft verkommen und in Schlechtes entarten. Für das Geld von Marius ist Thénardier Negerhändler geworden.

Sobald sich hinter ihm das Tor des Hauses Gillenormand geschlossen hatte, lief Marius in den Garten, in dem Cosette noch spazierenging. »Cosette! Cosette!« rief er. »Komm, komm schnell! Wir haben einen dringenden Weg! Basque, eine Droschke! Cosette, komm! Er hat mir das Leben gerettet! Wir wollen keine Minute verlieren! Lege deinen Schal um!« Cosette glaubte, er sei toll, und gehorchte ihm.

Er atmete nicht, er faßte mit der Hand nach seinem Herzen, um sein ungestümes Pochen zu hemmen. Mit großen Schritten ging er auf und ab, er umarmte Cosette. »Ach, Cosette, ich bin unglücklich!« sagte er. Er war wie besinnungslos. Er begann in Jean Valjean eine hohe, düstere Gestalt zu ahnen. Eine unvergleichliche Tugend offenbarte sich ihm, erhaben und mild, demütig in ihrer Unermeßlichkeit. Der Sträfling verwandelte sich in Christus. Marius war von diesem Wunder geblendet. Es war ihm nicht deutlich, was er da vor sich sah, aber er wußte: Es war Größe.

In einem Augenblick stand die Droschke vor dem Tor. Marius ließ Cosette einsteigen und stürzte ihr nach. »Kutscher«, rief er, »Rue de l'Homme-Armé sieben!« Die Droschke fuhr ab.

»Ach, welches Glück!« sagte Cosette. »Rue de l'Homme-Armé. Ich wagte gar nicht mehr davon zu sprechen. Wir besuchen Herrn Jean.«

»Deinen Vater! Cosette, deinen Vater mehr als jemals. Cosette, ich errate alles. Du hast mir gesagt, du hättest den Brief, den ich dir durch Gavroche zugeschickt hatte, nie empfangen. Er wird ihm in die Hände gefallen sein. Cosette, er ist zur Barrikade gegangen, um mich zu retten. Da es ihm Bedürfnis ist, so nebenher ein Engel zu sein, hat er auch andere gerettet. Er hat Javert gerettet. Er hat mich aus jenem Abgrund geholt, um mich dir zu schenken. Er hat mich in dem grauenhaften Kanal auf seinen Schultern getragen. Ach, ich bin abscheulich undankbar. Cosette, nachdem er für dich Vorsehung war, wurde er es für mich. Denke dir, da war ein schreckliches Schlammgrab, in dem ich und er hundertmal hätten ertrinken können, tief im Kot; er hat mich hinübergebracht. Ich war ohnmächtig, ich sah und hörte nichts, ich konnte nichts von meinem eigenen Erlebnis wissen.

Wir werden ihn zurückgeleiten, ihn mit uns nehmen, ob er will oder nicht; er wird uns nicht mehr verlassen. Wenn er nur daheim ist! Wenn wir ihn nur finden! Ich werde ihn bis zum Ende meiner Tage verehren. Ja, so soll es sein, nicht wahr, Cosette? Ihm wird Gavroche meinen Brief übergeben haben. So erklärt sich alles, Du verstehst.«

Cosette verstand kein Wort. »Du hast recht«, sagte sie. Unterdessen rollte die Kutsche dahin.

V

Nacht, auf die der Tag folgt

Als Jean Valjean an seine Tür klopfen hörte, wandte er sich um. »Herein«, sagte er mit schwacher Stimme. Die Tür öffnete sich. Cosette und Marius erschienen. Cosette eilte in das Zimmer. Marius blieb auf der Schwelle stehen, an den Türpfosten gelehnt. »Cosette!« sagte Jean Valjean und richtete sich auf seinem Stuhl empor, die zitternden Arme ausbreitend, verstört, fahl, düster, unendliche Freude in den Augen.

Cosette sank, vor Erregung atemlos, Jean Valjean an die Brust. »Vater!« sagte sie.

Fassungslos stammelte er: »Cosette! Sie sind es! Du bist es! Oh, mein Gott!« Und von den Armen Cosettes umschlungen, rief er: »Du bist es! Du bist hier! Also verzeihst du mir!«

Marius schlug die Augenlider nieder, um zu verhindern, daß seine Tränen flossen. Er trat einen Schritt vor und flüsterte zwischen seinen Lippen, die er, um ein Schluchzen zu ersticken, zusammenpreßte: »Mein Vater!«

»Und auch Sie verzeihen mir«, sagte Jean Valjean.

Marius konnte keine Worte finden. »Danke«, fügte Jean Valjean hinzu.

Cosette zog ihren Schal herunter und warf ihren Hut auf das Bett. »Die Sachen sind mir lästig«, sagte sie. Dann setzte sie sich auf die Knie des Greises, strich mit einer hinreißend anmutigen Bewegung über seine weißen Haare, zerteilte sie und küßte seine Stirn. Verwirrt ließ Jean Valjean es zu.

Cosette, die nur sehr unklar das alles begriff, verdoppelte ihre Liebkosungen, als wolle sie die Schuld von Marius abzahlen.

»Wie töricht ich war«, stammelte Jean Valjean. »Ich glaubte, ich sähe sie nicht mehr wieder. Denken Sie sich, Herr Pontmercy, in dem Moment, als Sie eintraten, sagte ich mir: Es ist aus. Da liegt ihr Kleidchen; ich bin ein unglücklicher Mensch; ich werde Cosette nicht mehr sehen. So sagte ich, als Sie die Treppe heraufstiegen. War ich dumm! Wie dumm man doch sein kann! Ich rechnete nicht mit dem lieben Gott. Und er sprach zu mir: Du glaubst, man werde dich verlassen, du Narr! Nein. Das wird nicht geschehen. Wohlan, ein armer Alter braucht einen Engel. Und der Engel kam, und ich sah Cosette wieder, meine kleine Cosette. Ach, wie unglücklich war ich.« Er konnte einen Augenblick nicht reden, dann fuhr er fort: »Ich mußte sie wahrhaftig von Zeit zu Zeit ein bißchen sehen. Ein Herz will wie ein Hund einen Knochen zum Abnagen. Aber ich empfand, ich war zuviel auf der Welt. Ich bemühte mich, das zu verstehen: Sie brauchen dich nicht, bleibe in deinem Winkel, man hat nicht das Recht, ewig dazusein. Ah, gütiger Gott, ich sehe sie wieder. Weißt du, Cosette, daß dein Mann sehr schön ist? Du hast einen hübschen gestickten Kragen. Ich habe das Muster gern. Dein Mann hat es ausgesucht, nicht wahr? Und einen Kaschmirschal brauchst du auch. Herr Pontmercy, lassen Sie mich sie duzen! Es dauert nicht mehr lange.«

»Wie böse von Ihnen«, sagte Cosette, »daß Sie uns so gemieden hatten. Wo waren Sie denn? Warum mußten wir vergebens auf Sie warten? Früher sind Sie doch nur auf drei bis vier Tage verreist. Ich habe Nicolette geschickt; immer war die Antwort: Nicht da. Wann sind Sie zurückgekommen? Warum haben Sie uns nicht benachrichtigt? Wissen Sie, daß Sie sehr verändert sind? Ach, der schlimme Vater! Er war krank, und wir wußten es nicht. Da, Marius, fühle seine Hand an, wie kalt sie ist!«

»Also ihr seid hier! Herr Pontmercy, Sie verzeihen mir!« wiederholte Jean Valjean.

Bei dieser erneuten Bitte löste sich im Herzen von Marius das, was in ihm wogte, und er brach in die Worte aus: »Cosette, hörst du? Er will, daß ich ihm verzeihe. Und weißt du, wie er an mir gehandelt hat, Cosette? Er hat mir das Leben gerettet. Er hat mehr getan. Er hat dich mir gegeben. Und nachdem er mich gerettet und dich mir gegeben hatte, was hat er aus sich selbst gemacht? Er hat sich geopfert. Und zu mir, dem Undankbaren, dem Vergeßlichen, dem Unbarmherzigen, dem Schuldigen, zu mir sagt er: Danke! Cosette, und wenn ich mein ganzes Leben zu den Füßen dieses Mannes verbrächte, es wäre zuwenig. Barrikade und Kanal, Höllenglut und Kloake, all das hat er für mich durchschritten und für dich, Cosette! Er hat mich durch alle Tode getragen, die er von mir fernhielt und die er für sich hinnahm. Jeden Mut, jede Tugend, jeden Heroismus und alle Heiligkeit, er hat sie. Cosette, dieser Mann ist kein irdischer Mensch.«

»Still, still!« flüsterte Jean Valjean. »Warum sagen Sie das?«

»Und Sie«, rief Marius mit zorniger Ehrfurcht, »warum haben Sie es nicht gesagt? Es ist auch Ihre Schuld. Sie retten Menschen das Leben und verhehlen es ihnen. Und mehr noch, unter dem Vorwand, Sie entlarvten sich, verleumden Sie sich. Es ist erschreckend.«

»Ich habe die Wahrheit gesagt«, erwiderte Jean Valjean.

»Nein«, entgegnete Marius. »Wahrheit ist volle Wahrheit, und Sie haben sie nicht gesagt. Sie waren Madeleine, warum haben Sie es verschwiegen? Sie haben Javert gerettet, warum haben Sie es verschwiegen? Ich danke Ihnen das Leben, warum haben Sie es verschwiegen?«

»Weil ich so dachte wie Sie. Ich fand, daß Sie recht hätten. Ich mußte gehen. Wenn Sie von dem Weg durch den Kanal gewußt hätten, hätten Sie mich gezwungen, bei Ihnen zu bleiben. Daher mußte ich stumm sein. Hätte ich gesprochen, so hätte das alles durchkreuzt.«

»Was durchkreuzt?« erwiderte Marius. »Glauben Sie, daß Sie hier bleiben werden? Wir nehmen Sie mit. Ach, mein Gott, wenn ich bedenke, daß ich durch einen Zufall das alles erfahren habe! Wir nehmen Sie mit uns. Sie sind ein Teil von uns selbst. Sie sind ihr Vater und meiner. In dieser scheußlichen Wohnung werden Sie keinen Tag länger hausen. Bilden Sie sich nicht ein, daß Sie morgen noch hier sein werden!«

»Morgen«, sagte Jean Valjean, »werde ich nicht hier sein, aber auch nicht bei Ihnen.«

»Was wollen Sie damit sagen?« fragte Marius. »Wir erlauben Ihnen keine Reise mehr. Wir werden Sie nicht mehr verlassen. Sie gehören uns. Wir geben Sie nicht frei.«

»Diesmal«, ergänzte Cosette, »ist es ernst. Wir haben einen Wagen unten stehen. Ich entführe Sie. Wenn es nötig ist, werde ich Gewalt anwenden.« Und lachend tat sie, als wolle sie mit ihren Armen den Greis hochheben. »Ihr Zimmer in unserem Haus ist noch immer bereit«, sagte sie. »Wenn Sie wüßten, wie reizend der Garten jetzt ist! Die Azaleen kommen sehr schön heraus. Die Alleen sind mit Flußsand bestreut. Kleine violette Muscheln liegen an den Rändern. Sie werden von meinen Erdbeeren essen. Ich begieße sie. Und keine gnädige Frau und kein Herr Jean mehr; wir leben in einer Republik, alles duzt sich, nicht wahr, Marius? Das Programm ist umgestellt. Ach, Vater, ich hatte Kummer. Ein Rotkehlchen hatte in einem Mauerloch sein Nest gebaut; eine garstige Katze hat es mir gefressen. Mein armes, zierliches Rotkehlchen, das mit dem Kopf an meinem Fenster erschien und mich ansah. Ich habe darüber geweint. Ich hätte die Katze töten wollen. Aber jetzt weint niemand mehr. Alles lacht, alles ist glücklich. Sie werden mit uns kommen. Wie wird der Großvater zufrieden sein! Sie werden Ihr Beet im Garten haben; Sie werden es bepflanzen, und wir werden sehen, ob Ihre Erdbeeren so schön sind wie meine. Und ich werde alles tun, was Sie mögen, und Sie werden mir gehorsam sein.«

Jean Valjean hörte ihr zu, ohne, was sie sagte, aufzufassen. Er hörte die Musik ihrer Stimme mehr als den Sinn ihrer Worte. Eine der großen Tränen, die die dunklen Perlen der Seele sind, bildete sich langsam in seinem Auge. Er murmelte: »Ein Zeichen von Gottes Güte ist Ihre Anwesenheit.«

»Mein Vater!« sagte Cosette.

Jean Valjean fuhr fort: »Wahr ist, daß es beglückend wäre, miteinander zu leben. Die Bäume bei Ihnen sind voller Vögel. Ich würde mit Cosette spazierengehen. Zu den Leuten gehören, die leben, sich einen guten Tag wünschen und im Garten etwas zurufen, das behagt mir. Schon am Morgen würden wir uns begrüßen. Wir würden jeder einen kleinen Winkel des Gartens bebauen. Sie würde mir von ihren Erdbeeren zu essen geben; ich würde sie meine Rosen pflücken lassen. Das wäre zauberhaft. Nur ...« Er unterbrach sich und endete sanft: »Schade.« Die Träne fiel nicht, sie trat zurück, und Jean Valjean ersetzte sie durch ein Lächeln.

Cosette nahm beide Hände des Greises in die ihren. »Mein Gott!« sagte sie. »Ihre Hände sind nun noch kälter. Sind Sie krank? Haben Sie Schmerzen?«

»Ich? Nein«, antwortete Jean Valjean, »mir geht es sehr gut. Nur ...« Er stockte.

»Nur, wie denn?«

»Ich werde gleich sterben.«

Cosette und Marius erschauerten. »Sterben!« rief Marius.

»Ja, aber das ist nichts«, sagte Jean Valjean. Er atmete auf und lächelte. »Cosette, du hast mit mir gesprochen, sprich weiter. Dein Rotkehlchen ist also tot, sprich, daß ich deine Stimme höre!«

Marius sah den Greis wie versteinert an. Cosette stieß einen schrillen Schrei aus. »Vater, mein Vater! Sie werden leben. Ich will, daß Sie leben, hören Sie!«

Jean Valjean blickte anbetend zu ihr auf. »O ja, verbiete mir zu sterben! Wer weiß? Ich werde dir vielleicht gehorchen. Ich war dabei, zu sterben, als ihr kamt. Das hat mich zurückgehalten; mir schien, ich würde wieder geboren.«

»Sie sind voll Kraft und Leben!« rief Marius. »Denken Sie, so sterbe man? Sie hatten Gram; Sie werden keinen mehr haben. Ich bitte Sie um Verzeihung, bitte Sie kniefällig darum. Sie werden leben, mit uns leben und lange leben. Wir nehmen Sie wieder auf. Wir zwei werden hinfort einen einzigen Gedanken haben: Ihr Glück!«

»Sie sehen«, rief Cosette unter Tränen, »Marius sagt es, Sie werden nicht sterben.«

Jean Valjean lächelte noch immer. »Wenn Sie mich wieder aufnehmen wollten, Herr Pontmercy, würde mich das wandeln? Nein, Gott dachte wie Sie und ich und ändert seine Meinung nicht. Es ist gut, wenn ich gehe. Der Tod ist der beste Abschluß. Gott weiß besser als wir, was wir brauchen. Daß ihr glücklich seid, daß Herr Pontmercy Cosette besitzt, die Jugend den Frühling, daß euch, meine Kinder, Flieder und Nachtigallen umgeben, daß euer Leben leuchtet wie eine besonnte Wiese, daß aller himmlischer Zauber eure Seelen erfüllt und daß jetzt ich, der ich zu nichts mehr tauge, sterbe: Das alles ist sichtlich gut. Wir wollen vernünftig sein, keine Möglichkeit harrt meiner noch; ich fühle, daß es vorbei ist. Vor einer Stunde hatte ich eine Ohnmacht. Und heute nacht habe ich den Wasserkrug da ganz ausgetrunken. Wie gut ist dein Mann, Cosette! Er paßt anders zu dir als ich.«

Von der Tür drang ein Geräusch in das Zimmer. Der Arzt trat ein. »Guten Tag und adieu, Doktor«, sagte Jean Valjean. »Hier sind meine lieben Kinder.«

Marius näherte sich dem Arzt. Er richtete nur zwei Worte an ihn: »Mein Herr?« Aber in der Art der Aussprache lag eine vollständige Frage. Der Arzt antwortete mit einem ausdrucksvollen Blick.

»Wenn das, was geschieht, uns mißfällt«, sagte Jean Valjean, »ist das kein Grund, gegen Gott ungerecht zu sein.« Ein dumpfes Schweigen entstand. Allen war schwer ums Herz. Jean Valjean wandte sich an Cosette. Er betrachtete sie, als wolle er sie sich für alle Ewigkeit zu eigen machen. In der tiefen Umschattung, in die er schon versunken war, konnte er noch immer verzückt träumen, wenn er auf Cosette blickte. Der Abglanz dieses sanften Gesichts erleuchtete sein bleiches Antlitz. Auch das Grab kann blenden.

Der Arzt betastete ihm den Puls. »Sie haben ihm gefehlt!« murmelte er und sah Cosette und Marius an, und dann flüsterte er diesem ins Ohr: »Zu spät.«

Jean Valjean ließ nicht davon ab, Cosette zu betrachten, und heiter prüfte er die Mienen von Marius und dem Arzt. Fast unartikuliert kamen die Worte aus seinem Munde: »Sterben ist nichts; grausam ist nur das Los, nicht zu leben.«

Plötzlich erhob er sich. Eine solche Wiederkehr der Kraft ist manchmal der Vorbote des Todeskampfes. Mit festem Schritt ging er bis zur Mauer, schob Marius und den Arzt, die ihm helfen wollten, zur Seite, hängte das kleine kupferne Kruzifix ab, setzte sich mit der Beweglichkeit des völlig Gesunden, legte das Kruzifix auf den Tisch und sagte laut: »Er ist der große Märtyrer.«

Dann fiel er zusammen; sein Kopf schwankte, als ob die Trunkenheit des Grabes ihn übermannte, und seine Hände, die er auf seine Knie stützte, begannen mit den Nägeln das Tuch seiner Hose zu zerraufen. Cosette hielt ihn an den Schultern und schluchzte. Sie mühte sich ab, um mit ihm zu sprechen, aber es gelang ihr nicht. Unter den traurigen Worten, die sie in den Speichel mischte, der die Tränen begleitet, unterschied man etwa diese: »Vater, verlassen Sie uns nicht! Kann das sein, daß wir uns nur wiederfinden, um einander zu verlieren?«

Es scheint, als verlaufe der Todeskampf wellenförmig. Er kommt und geht, nähert sich dem Grab und wendet sich wieder zum Leben hin. Ein zögerndes Sterben.

Nach diesem halben Zusammenbruch wurde Jean Valjean wieder Herr seines Körpers; er schüttelte seine Stirn, als wolle er die Finsternis von ihr verjagen, und wurde geistig fast wieder klar. Er nahm einen Ärmel von Cosettes Kleid und küßte ihn. »Er erholt sich, Doktor, er erholt sich!« rief Marius.

»Ihr beide seid gut«, sagte Jean Valjean. »Ich will euch gestehen, was mich gegrämt hat. Es hat mich gegrämt, Herr Pontmercy, daß Sie an dieses Geld nicht rühren wollten. Das Geld gehört rechtens Ihrer Frau. Ich möchte euch das erklären, meine Kinder, und gerade darum bin ich zufrieden, euch zu sehen. Der schwarze Jett kommt aus England, der weiße aus Norwegen. Über all das könnt ihr auf dem Papier da nachlesen. Für die Armbänder habe ich eine Technik erfunden, die bei den Schiebern statt des gelöteten Blechs zusammengesetztes verwendet. Das ist hübscher, besser und wohlfeiler. Sie verstehen, wieviel Geld man so gewinnen kann. Das Vermögen Cosettes ist also ganz das ihre. Ich teile Ihnen diese Einzelheiten mit, weil ich möchte, daß Sie sich beruhigen.«

Die Portiersfrau war heraufgekommen und sah durch die angelehnte Tür. Der Arzt schickte sie weg, aber er konnte nicht verhindern, daß die gute Frau in ihrem Eifer dem Sterbenden zurief: »Wünschen Sie einen Priester?«

»Ich habe einen«, antwortete Jean Valjean. Und mit dem Finger schien er auf einen Punkt über seinem Kopf zu weisen, an dem er wohl jemanden sah. Der Bischof war vielleicht bei diesem Kampf zugegen.

Cosette ließ behutsam ein Kissen unter Jean Valjeans Rücken gleiten. »Herr Pontmercy«, sagte er nun, »fürchten Sie nichts, ich beschwöre Sie. Die sechshunderttausend Francs sind Cosettes unbestreitbarer Besitz. Ich hätte mein Leben verloren, wollten Sie sich seiner nicht erfreuen. Wir waren mit der Verfertigung dieser Glaswaren schon sehr weit. Wir durften mit dem Schmuck, der Berliner Artikel genannt wird, konkurrieren. Das schwarze Glas aus Deutschland läßt sich allerdings nicht nachahmen. Ein Gros, das zwölf Dutzend sehr gut geschnittene Perlen enthält, kostet nur drei Francs.«

Wenn ein Mensch, der uns teuer ist, sterben will, schauen wir ihn mit einem Blick an, der sich an ihn klammert, um ihn zurückzuhalten. Stumm vor Angst, ohne zu wissen, was sie dem Tode sagen sollten, verzweifelt und zitternd, standen beide vor ihm. Cosette gab Marius ihre Hand. Zusehends wurde Jean Valjean hinfälliger. Bald hatte er den Horizont der letzten Finsternis erreicht. Sein Atem war unregelmäßig geworden; ein Röcheln durchschnitt ihn. Es wurde ihm schwer, die Lage seines Unterarmes zu ändern; seine Füße hatten jede Regsamkeit eingebüßt, und indes die Mattigkeit seiner Glieder und die Zerrüttung seines Leibes zunahmen, stieg in ihm die Erhabenheit der Seele und entfaltete sich auf seiner Stirn. Schon schimmerte in seinen Augen das Licht der unbekannten Welt. Sein Antlitz erblaßte und lächelte. In ihm war nicht mehr das natürliche Leben, sondern etwas anderes. Sein Atem versiegte, sein Blick wurde immer weiter und größer. Er war ein Leichnam, dem Flügel wuchsen.

Er winkte Cosette, sie solle sich nähern, dann Marius. Es war sichtlich die letzte Minute der Todesstunde. Er begann zu reden, mit so leiser Stimme, daß sie von fernher aufzuschweben schien, als sei schon jetzt eine Scheidewand zwischen ihnen und ihm. »Kommt her zu mir«, sagte er, »beide! Ich liebe euch sehr. Oh, wie gut stirbt es sich so! Auch du liebst mich, Cosette. Ich wußte, daß du stets Freundschaft hegen würdest für mich alten Mann. Wie schön, daß du mir das Kissen untergelegt hast! Du wirst ein wenig um mich weinen, nicht wahr? Nicht zuviel. Ich möchte nicht, daß du wirklichen Kummer spürst; denn ihr sollt fröhlich sein, meine Kinder. Ich habe vergessen, euch zu sagen, daß mit Schnallen ohne Dorn noch mehr zu verdienen war als mit allem anderen. Das Gros, die zwölf Dutzend, kostete mich zehn Francs und verkaufte sich zu sechzig. Das war in der Tat ein guter Erwerb. Sie brauchen sich also über die sechshunderttausend Francs nicht zu wundern, Herr Pontmercy. Es ist ehrlich verdientes Geld. Ihr könnt in aller Ruhe reich sein. Einen Wagen müßt ihr haben. Von Zeit zu Zeit eine Loge in den Theatern, elegante Balltoiletten, Cosette, euren Freunden gute Diners geben und sehr glücklich sein. Vorhin habe ich an Cosette geschrieben. Sie wird meinen Brief finden. Ihr vermache ich die beiden Leuchter, die auf dem Kamin stehen. Sie sind von Silber. Aber für mich sind sie von Gold und Diamanten. Sie verwandeln Talglichter, die man aufsteckt, in geweihte Wachskerzen. Ich weiß nicht, ob der, der sie mir geschenkt hat, da oben mit mir zufrieden ist. Ich habe getan, was ich konnte. Meine Kinder, ihr werdet nicht vergessen, daß ich ein armer Mensch war. Ihr werdet mich in dem ersten besten Erdwinkel begraben, unter einem Stein, damit der Ort sich erkennen läßt. Das ist mein Wille. Kein Name auf dem Stein. Wenn Cosette ab und zu kommen will, wird es mich freuen. Auch Sie, Herr Pontmercy. Ich muß Ihnen beichten, daß ich Sie nicht immer geliebt habe. Dafür bitte ich Sie um Verzeihung. Jetzt seid ihr beide für mich nur noch eins. Ich bin Ihnen sehr dankbar. Ich fühle, daß Cosette durch Sie sehr glücklich werden wird. Wenn Sie wüßten, Herr Pontmercy! Ihre schönen rosigen Wangen waren meine Freude: Wenn sie etwas blaß aussahen, war ich traurig. In der Kommode ist eine Banknote von fünfhundert Francs. Ich habe sie nicht angerührt. Sie ist für die Armen bestimmt. Cosette, siehst du dein Kleidchen da auf dem Bett? Erkennst du es wieder? Und es ist doch erst zehn Jahre her. Wie die Zeit vergeht! Wir waren sehr glücklich. Das ist vorbei. Meine Kinder, weint nicht, ich gehe nicht sehr weit fort. Ich werde euch von da oben sehen. Ihr braucht nur Ausschau zu halten; wenn es Nacht wird, seht ihr mich lächeln. Cosette, erinnerst du dich an Montfermeil? Dir war so bang im Wald. Weißt du noch, wie ich dir den Henkel des Wassereimers abgenommen habe? Da berührte ich das erstemal dein armes Händchen. Es war so kalt! Ach, mein Fräulein, Sie hatten rote Hände in jener Zeit, jetzt sind sie sehr weiß. Erinnerst du dich an die große Puppe? Sie hieß Catherine. Du hast bedauert, daß du sie nicht ins Kloster mitgenommen hast! Wie hast du mich manchmal zum Lachen gebracht, mein süßer Engel! Nach dem Regen hast du in den Gossen immer Strohhalme ausgesetzt und ihnen nachgeschaut. Eines Tages habe ich dir einen Schläger aus Weide und einen Ball mit gelben, blauen und grünen Federn geschenkt. Du hast das vergessen. Ein richtiger kleiner Schalk warst du! Und immer hast du gespielt. Du hängtest dir Kirschen über die Ohren. Das sind so Sachen aus der Vergangenheit. Die Wälder, durch die man mit seinem Kind gezogen ist, die Bäume, unter denen wir spazierengegangen sind, das Kloster, in dem wir uns versteckt haben, die Spiele, das helle Lachen der Kindheit, das gehört dem Dunkel an. Und ich hatte mir eingebildet, mir gehöre das alles. Darin bestand meine ganze Dummheit. Diese Thénardiers waren tückisch. Man muß ihnen verzeihen. Cosette, jetzt ist der Augenblick, wo ich dir den Namen deiner Mutter sagen kann. Sie hieß Fantine. Merke dir den Namen gut: Fantine! Knie nieder, sooft du ihn aussprichst! Sie hat viel gelitten. Und hat dich sehr geliebt. Sie hatte soviel Unglück, wie du Glück hast. Gott verteilt das so. Er ist da oben, er sieht uns alle, und er weiß, was er inmitten all seiner Sterne macht. Ich gehe, meine Kinder. Liebt euch immer sehr! Es gibt nur eines in der Welt: einander zu lieben. Ihr werdet manchmal an den guten Alten denken, der hier gestorben ist. Oh, meine Cosette, es ist nicht meine Schuld, daß ich dich die ganze Zeit über nicht gesehen habe. Es zerriß mir das Herz. Ich bin bis an die Ecke zu deiner Straße gegangen. Auf die Leute, die mich vorbeikommen sahen, muß ich sehr komisch gewirkt haben. Ich war wie ein Narr, einmal bin ich ohne Hut ausgegangen. Meine Kinder, mir wird schwarz vor Augen, ich wollte noch mehr sagen, aber das ist jetzt einerlei. Denkt ein wenig an mich. Ihr seid gesegnete Geschöpfe. Ich weiß nicht, was ich habe, ich sehe Licht. Kommt noch näher! Ich sterbe glücklich. Laßt mich die Hände auf eure teuren, geliebten Köpfe legen!«

Cosette und Marius knieten nieder, außer sich, von Tränen erstickt, und jeder hielt eine von Jean Valjeans Händen. Die verehrungswürdigen Hände bewegten sich nicht mehr. Er hatte den Kopf nach hinten geworfen, das Licht der Leuchter des Bischofs bestrahlte sein weißes Antlitz. Er schaute zum Himmel empor, ließ es zu, daß Cosette und Marius seine Hände mit Küssen bedeckten. Er war tot.

Die Nacht war ohne Sterne und tief die Dunkelheit. Bestimmt stand dort ein riesenhafter Engel mit ausgebreiteten Flügeln und erwartete die Seele.

VI

Verborgen im Gras und vom Regen verwischt

Auf dem Friedhof Père-Lachaise, in der Gegend des Massengrabs, fern dem vornehmen Viertel dieser Gräberstadt, fern der mit Bildhauerphantasie prangenden Grüfte, die vor dem Angesicht der Ewigkeit die häßlichen Moden des Totenkults zur Schau stellen, in einer verlassenen Ecke, an einer alten Mauer, unter einer großen Eibe, an der Winden hochklettern, zwischen Quecken und Moos, steht ein Stein. Er ist so wie die anderen vom Aussatz der Zeit versehrt, von Schimmel, Flechten und Vogelunrat. Das Wasser färbt ihn grün, die Luft schwärzt ihn. Kein Pfad ist nahe, und man geht nicht gern nach dieser Seite, weil das Gras hoch ist und man sofort nasse Füße hat. Wenn etwas Sonne scheint, kommen die Eidechsen. Ringsherum beben die Halme des wilden Hafers. Im Frühling singen die Grasmücken auf einem Baum.

Der Stein ist völlig kahl. Man hat, als man ihn mit dem Meißel bearbeitete, nur an die unentbehrlichste Grabzierde gedacht und war nur besorgt, einen Stein zu wählen, der lang und schmal genug war, um einen Menschen zu decken. Kein Name ist auf der Fläche zu lesen. Nur vor einer Reihe von Jahren hat eine Hand mit einem Bleistift die folgenden vier Zeilen darauf geschrieben, die durch Regen und Staub nach und nach unentzifferbar geworden und heute wahrscheinlich verlöscht sind:

»Er schläft, der immerdar geduldet hat hienieden
und starb, weil ihm zuletzt der Schmerz noch ward
beschieden,
daß er den Engel seines Lebens nicht mehr fand,
so wie es nachtet, wenn des Tages Licht entschwand.«

Anmerkungen

Abolitionisten – seit 1774 Bewegung zur Abschaffung der Sklaverei in Nordamerika. Ihr Anhänger John Brown (1800–1859) bemächtigte sich am 17. 10. 1859 des Unionsarsenals Harper's Ferry, um dadurch das Zeichen zu einer allgemeinen Sklavenbefreiung zu geben. B. wurde gefangengenommen und gehenkt

Achilles – griech. Heros

Adamastor – Riese aus den »Lusiaden« des port. Dichters Camões; erscheint Vasco da Gama und will ihn an der Umsegelung des Kaps der Guten Hoffnung hindern

Adonai – alttestament. Anrede Gottes

Affäre Law – 1716 hatte der schottische Spekulant John Law (1671–1729) von der Regierung die Erlaubnis erhalten, Papiergeld auszugeben, das auf Verlangen in Münze umgetauscht werden sollte. L. gab außerdem Aktien auf überseeische Unternehmen mit riesigen Gewinnversprechungen aus, die reißenden Absatz fanden. Als er seine Versprechungen jedoch nicht rechtzeitig erfüllen konnte, verlor das Publikum das Vertrauen zu seiner Bank und forderte die Einlösung des Papiergeldes und der Aktien in so großem Umfange, daß die Lawsche Bank zusammenbrach. Die Regierung hatte inzwischen ihre Schulden mit Papiergeld beglichen

Agier – frz. Politiker in der Restauration

Agora – Versammlung des Heeres oder Volkes im griech. Altertum. Auch Platz (Markt), auf dem sie tagte

Agrippa d'Aubigné, Theodor – (1550–1630), Dichter und Soldat, Anhänger der Hugenotten. Seine »Satiren« sind eine scharfe Abrechnung mit dem wieder katholisch gewordenen Frankreich

Aiantis – einer der Stämme Attikas

L'Aigle von Meaux – siehe Bossuet

Alcesimarchus, Phaedromus, Diabolus und Argyrippus – verliebte Jünglinge aus verschiedenen Komödien von Plautus; Alcesimarchus aus »Cistellaria«, Phaedromus aus »Curculio«; Diabolus und Argyrippus aus »Asinaria«

Alceste – in der griech. Mythologie Gemahlin des Königs Admetos, für den sie ihr Leben gab. Von Herakles aus dem Hades befreit

Aldus – eine berühmte italienische Buchdruckerfamilie des 16. Jahrhunderts, gab vorzügliche klassische Texte heraus

Alexander der Große – (356–323 v. u. Z.), König von Makedonien

al giorno – (ital.) glänzend beleuchtet

Allegri, Gregorio – (1582–1652), päpstlicher Hofkomponist. Das neunstimmige Miserere wird alljährlich in der Karwoche von dem Chor der Sixtinischen Kapelle gesungen

Ambigutheater – seit 1828 an der Porte Saint-Martin, ein beliebtes Volkstheater, das Melodramen, Vaudevilles usw. spielte

Ambiorix – kelt. Stammesführer; vernichtete im Winter 54/53 v. u. Z. anderthalb röm. Legionen

Amor omnibus idem – (lat.) Die Liebe ist für alle gleich (Vergil)

Amphiaraus – mythischer Seher, mußte am Zug der Sieben gegen Theben teilnehmen, obwohl er dessen unglücklichen Ausgang voraussah

Amphiktyone – Abgeordneter zur Bundesversammlung der alten Griechen

Amphitryte – die griech. Meeresgöttin, Frau des Poseidon (Neptun). Wird oft in einem von Delphinen und Seepferdchen gezogenen Muschelwagen, begleitet von Tritonen und Nereiden, dargestellt

Ancien régime – (frz.) alte Regierungsform; im besonderen die Bourbonenzeit vor der Frz. Revolution

Ancona – mittelital. Stadt, in der 1797 die Franzosen die Republik proklamierten. 1860 ergab sich in A. der Rest des päpstl. Heeres den Italienern

Andujar – Stadt im span. Andalusien, wo der Herzog von Angoulême durch eine Verfügung die Regierungsgewalt an sich reißen wollte, um die Gewaltakte der Royalisten in Spanien zu beenden. Auf die Proteste der Anhänger des span. Absolutismus hin mußte die Verfügung widerrufen werden

Antäus – in der griech. Sage ein Riese, der im Ringkampf nicht bezwungen werden konnte, solange er die Erde berührte

Antinous – ein schöner Jüngling, Liebling Kaiser Hadrians, ertrank 130 im Nil. Hadrian ließ ihm die verschiedensten Ehrungen zuteil werden, u. a. wurde ein Sternbild nach ihm benannt. In der bildenden Kunst wurde Antinous oft als Ideal jugendlicher Schönheit dargestellt

Antonomasie – (griech.) Umschreibung

Apollo von Belvedere – ein Marmorstandbild des Griechen Leochares, das den griech. Gott der Reinheit und des Lichts darstellt. Das Original steht im Vatikan

Apuleius – (125–um 180 u. Z.), röm. Schriftsteller

Arago, Dominique François – (1776–1853), frz. Astronom und Physiker, seit 1830 Direktor der Pariser Sternwarte

Argens, Jean-Baptiste de Boyer, Marquis d' – (1704–1771), frz. Abenteurer und Schriftsteller

Aristogeiton, Harmodios – griech. Verschwörer, die 514 v. u. Z. Hipparch, den Sohn des Peisistratos, ermordeten und seitdem als Freiheitskämpfer verehrt wurden

Aristophanes – (etwa 450–386 v. u. Z.), griech. Lustspieldichter

Arlincourt, Charles Victor Prévot d' – (1789–1856), Beamter unter Napoleon und Ludwig XVIII., bekam nach den Hundert Tagen (s. d.) keine Anstellung mehr und betätigte sich nur noch als Dichter und Romanschriftsteller

Arnault, Antoine Vincent – (1766–1834), frz. Dichter

Arouet – Familienname Voltaires (s. d.)

Artevelde, Jacob van – Führer einer flandr. Volksbewegung 1338

Arthur – Spottname für einen Salonhelden, dem kein Frauenherz widerstehen kann; später auch Bezeichnung für die reichen Liebhaber der Pariser Midinetten

Artikel 14 – mit diesem Artikel konnte der König die Verfassungsurkunde von 1814 außer Kraft setzen

Äsop – griech. Fabeldichter (6. Jh. v. u. Z.)

Assisi, Franz von – (1182–1226), heiliggesprochener Stifter des Franziskanerordens

Aufstand im April 1834 – als Folge des Lyoner Arbeiteraufstandes wurden 150 Mitglieder der »Gesellschaft für Menschenrechte« verhaftet; daraufhin kam es am 13. April 1834 in Paris zu einem Aufstand, der bald niedergeschlagen wurde und bei dem die Soldateska ein furchtbares Blutbad unter den Frauen und Kindern des Hauses Rue Transnonain Nr. 12 anrichtete

Augiasstall – in der griech. Mythologie muß Herakles den Rinderstall des Königs von Elis, Augias, säubern. Er leitete zu diesem Zweck zwei Flüsse um, die den jahrealten Unrat fortspülten

Augustin (Aurelius Augustinus) – (354–430) nordafrikanischer Bischof; einer der Kirchenväter der kath. Kirche

Aulus Gellius – (geb. um 130), röm. Schriftsteller, verfaßte die 20 Bücher umfassenden »Noctes Atticae«

Austerlitz Napoleons – siehe Marengo

Austerlitzbrücke – 1815 wurden die Austerlitzbrücke und der Pont d'Iéna in Pont du Jardin-du-Roi und Pont des Invalides umbenannt, um sie vor Zerstörung durch die Sieger über Napoleon zu bewahren

Avignon, Gemetzel von – blutige Unruhen vom 16. zum 17. Oktober 1791; danach Anschluß A.s an Frankreich

Azincourt – 1415 siegten die Engländer trotz zahlenmäßiger Unterlegenheit über die Franzosen und eroberten dadurch die Normandie

Babeuf, François Noël Gracchus – (1760–1797), frz. Politiker, gehörte in der Frz. Revolution dem linken Flügel der radikal-demokratischen Bewegung an, stellte sich zeitweilig gegen Robespierre, weil er dessen Terror ablehnte und das soziale Reformprogramm der Jakobiner für ungenügend hielt. Unter dem Direktorium organisierte er die »Verschwörung der Gleichen« (1794/95), den ersten weltgeschichtlichen Versuch, die kommunistische Gesellschaft durch den bewaffneten Aufstand und die revolutionäre Diktatur zu errichten. Die Verschwörung wurde verraten, B. durch die bürgerliche Konterrevolution hingerichtet

Bacon, Roger – (1210–1294), engl. Mönch, Philosoph, geriet in Konflikt mit der scholastischen Theologie. Benutzte als erster die Mathematik und das Experiment als Mittel der Erkenntnis. Wurde von der Kirche vierzehn Jahre lang im Kerker gehalten

Bacot, René – zuerst Anhänger des Kaisers, dann Abgeordneter in der »unauffindbaren Kammer«; 1816 nicht wiedergewählt (war zu diesem Zeitpunkt 35 Jahre alt), weil er weder die Autorität als Politiker noch die des Alters besaß, die ihn zum Berater und Führer der Rechten hätte machen können

Bagno – Gefängnisse für Schwerverbrecher in den frz. Hafenstädten; Ende des 17. Jahrhunderts wurde die Galeerenstrafe in schwere körperliche Arbeit im Hafen und in den Arsenalen umgewandelt

Balatro – Gestalt aus den Satiren des Horaz II, 8

Ball Mabille – Mabille, ein Tanzlehrer, gründete 1840 den Ball Mabille. Nach einem bescheidenen Anfang war diesem öffentlichen Ball ein großer Erfolg beschieden; Tummelplatz der Loretten, junger eleganter Frauen mit anrüchigem Lebenswandel

Ballesteros, Francisco López – (1770–1833), span. General, fiel bei Ferdinand VII. in Ungnade, widersetzte sich der Wiederherstellung des Absolutismus und leistete 1823 den frz. Truppen Widerstand

Baour-Lormian, Pierre-François-Louis – (1770–1854), frz. Dichter und Verfasser von Dramen, schrieb Satiren gegen die Romantik, obwohl er als Übersetzer des Ossian (s. d.) mit zu deren Sieg beitrug

Bara, Joseph – (1779–1793), geriet als Husar der republikanischen Armee in einen Hinterhalt der Aufständischen in der Vendée, starb heldenhaft. B. war kein gebürtiger Pariser, sondern stammte aus dem Departement Seine-et-Oise

Barabbas – im Neuen Testament der Verbrecher, den das Volk anstelle von Jesus freizulassen bat

Barathron – (griech.) Abgrund; in Athen eine Grube, in die zum Tode Verurteilte lebendig hinabgestürzt wurden

Barbarossa (Friedrich I. Barbarossa) – deutscher Kaiser von 1152–1190, eroberte im dritten Kreuzzug 1190 in Kleinasien das Reich von Ikonium

Barthélemy-Hadot, Marie-Adélaïde – (1769–1821), schrieb wertlose Melodramen und Romane

Bartholo – der eifersüchtige Vormund der Rosine in Beaumarchais' »Barbier von Sevilla« und »Hochzeit des Figaro«

Bartholomäusnacht – die Ermordung der protestantischen Hugenotten zu Paris in der Nacht zum 24. 8. 1572, die einen neuen Bürgerkrieg auslöste

Baruch – Freund des alttestamentarischen Propheten Jeremias, dem dieser seine Sprüche diktierte

Basilianer – Mönch vom Orden des heiligen Basilius

Bastide, Jausion – siehe Fualdès-Prozeß

Bavoux – siehe Montarlot

Bayard, Pierre Terrail Seigneur de – (1476–1524), genannt »der Ritter ohne Furcht und Tadel«; ließ bei der Verteidigung der Stadt Mézières siedendes Pech auf die Angreifer schütten

Béarner – Beiname Heinrichs IV. von Frankreich

Beaumarchais, Pierre Augustin Caron de – (1732–1799), frz. Dramatiker und Lustspielautor (»Der Barbier von Sevilla«, »Die Hochzeit des Figaro«). Griff den königlichen Absolutismus sowie die Vorrechte des Adels an und verteidigte die Rechte des dritten Standes. Half so der Frz. Revolution den Boden zu bereiten

Beccaria, Cesare Bonesana, Marquis de – (1738–1794), ital. Publizist und Ökonom, veröffentlichte 1764 eine Abhandlung über Verbrechen und Strafen, die in ganz Europa heftig diskutiert wurde und vom Geist der Aufklärung durchdrungen war

Behemoth – (hebr.) Großtier; im biblischen Buch Hiob Name des Nilpferds

Beim Anblick des Pflastersteins denkt man an den Bären – Anspielung auf Lafontaine, Fabeln VIII, 10

Belisar – (505–565), oström. Feldherr; wurde in der Kunst und Literatur als blinder Bettler dargestellt

Bellart, Nicolas de – (1761–1826), während der Restauration Generalstaatsanwalt in Paris

Bem, Joseph – (1794–1850), poln.-ung. General während der poln. Revolution 1830/31, leitete 1848 die Verteidigung des revolutionären Wien, kämpfte anschließend in Siebenbürgen gegen die Österreicher und ihre russ. Hilfstruppen, unterlag aber 1849. Floh in die Türkei, trat zum Islam über und schlug an der Spitze der türk. Truppen den arab. Aufstand gegen die Christen in Aleppo nieder

Ben Lothian – Berg in Südschottland

Benedikt (Benedikt von Nursia) – (etwa 480–550), heiliggesprochener Stifter des Benediktinerordens und des Mutterklosters auf dem Monte Cassino in Italien

Benedikt II. – Papst von 684 bis 685

Bengy-Puy-Vallée, Philippe Jacques – (1743–1823), royalistischer Politiker

Beresina, Leipzig und Fontainebleau – die Etappen des Niedergangs

Napoleons I.: Beim Übergang über die Beresina in Rußland (1812) wurde seine Armee von russ. Truppen zersprengt und völlig vernichtet; in der Völkerschlacht bei Leipzig (1813) erlitt er abermals eine entscheidende Niederlage; in Fontainebleau entsagte Napoleon I. am 6. April 1814 dem frz. Kaiserthron und ging nach Elba

Bernhard (Bernhard von Clairvaux) – (1090–1153), einer der Kirchenväter der kath. Kirche, der »honigfließende Lehrer«. Fanatischer Prediger des zweiten Kreuzzugs (1145) und des Wendenkreuzzugs. Typischer Vertreter der feudalen Kirchenhierarchie

Bernhardiner – Mönchsorden der Zisterzienser, 1098 gegründet, in Frankreich nach dem Kirchenvater Bernhard von Clairvaux Bernhardiner genannt

Abbé Bernis (François-Joachim de Pierrres de Bernis) – (1715–1794), schrieb in seiner Jugend galante Verse, wurde mit 43 Jahren Kardinal, 1769 frz. Botschafter beim Papst

Berquin, Arnaud – (um 1749–1791), frz. Kinderbuchschriftsteller

Berry, Charles Herzog von – (1778–1820), Sohn des späteren Königs Karl X. und Thronfolger, wurde 1820 ermordet

Beugnot, Jacques-Claude, Graf – (1761–1835), verhaftet unter Robespierre, nach dem 9. Thermidor befreit. Unter Napoleon und während der Restauration bekleidete er hohe Ämter, u. a. Marineminister, Staatsminister

Bicêtre – Hospiz, Krankenhaus, Besserungsanstalt und Irrenhaus bei Paris; dort wurden auch die zum Bagno Verurteilten bis zu ihrem Abtransport in die Hafenstädte verwahrt

bini – (lat.) ein Paar

Bischof in partibus – Bischof ohne Diözese (Kirchensprengel); formal befanden sich ihre Sprengel »in partibus infidelium«, in Gebieten der Ungläubigen

Boileau, Nicolas (Boileau-Despréaux) – (1636–1711), unter Ludwig XIV. der unbestrittene Gesetzgeber der Literatur, schrieb nach dem Vorbild des Horaz eine »Dichtkunst« und zahlreiche Verssatiren

Bolívar, Simón – (1783–1830), Führer der südamerikanischen bürgerlich-republikanischen Freiheitsbewegung, Befreier Südamerikas vom span. Joch, seit 1819 Präsident der aus den ehemaligen span. Kolonien gebildeten Gesamtrepublik Südamerika. – Der span. Feldmarschall Pablo Morillo (1778–1837) kämpfte 1814/15 gegen Bolívar

Bonald, Louis Gabriel Ambroise Vicomte de – (1754–1840), berüchtigter Theoretiker der Konterrevolution

»Bonhomme Jadis« – eine Novelle, die von Henri Murger dramatisiert und am 21. April 1852 in der Comédie Française mit großem Erfolg uraufgeführt wurde

Bonze — buddhistischer Priester in Japan, China und Hinterindien; auch als Spottwort gebraucht

Bordeaux, Herzog von — das »Wunderkind«, weil er sieben Monate nach dem Tod seines Vaters, des Herzogs von Berry, 1820 geboren wurde. Als Heinrich V. war er nach der Julirevolution Thronprätendent; starb 1883

Bos cretatus — (lat.) ein mit Kreide bestrichenes Rind

Bossuet, Jacques-Bénigne — (1627—1704), kath. Kanzelredner und Leiter der Kirchenpolitik unter Ludwig XIV., Erzieher des Dauphins (Kronprinzen), seit 1681 Bischof von Meaux (daher »Der Adler — L'aigle — von Meaux«). Gilt als der Vater des Gallikanismus, der die Oberhoheit des Papstes bestritt und die Unabhängigkeit der Kirche vom Papst sowie ihre Unterordnung unter die königliche Gewalt forderte

Botzaris, Markos — (um 1788—1823), griech. Freiheitskämpfer

Boufflers — wahrscheinlich ist die Comtesse de Boufflers-Rouvrel (1724—1800) gemeint, die in Paris einen berühmten Salon hatte und mit Rousseau befreundet war

Bourbe — (frz.) Morast; Spitzname des Pariser Entbindungshospitals »Maternité«

Bournon-Malarme (Charlotte de Bournon, Gräfin de Malarme) — (1753—1820), schrieb zahllose künstlerisch minderwertige Romane, um damit ihr Leben zu fristen. Lebte als royalistische Emigrantin in der Schweiz

Bouvines — 1214 siegte bei B. der mit dem Stauferkönig Friedrich II. verbündete Philipp II. August von Frankreich über die Engländer und Kaiser Otto IV.

Brahmanismus — ind. religiöse Lehre; im Mittelpunkt stehen Seelenwanderungsglaube, Askese und Erlösungssehnsucht

Brandywine — Schlacht im amerik. Unabhängigkeitskrieg 1777; nach tapferem Widerstand mußten sich die amerik. Truppen in der Nacht zurückziehen

Brennus — ein Häuptling der Gallier, die um 390 v. u. Z. Rom einnahmen und plünderten. Als sich die Römer bei den Friedensverhandlungen über falsche Gewichte beschwerten, mit denen das Gold abgewogen wurde, warf Brennus sein Schwert in die Waagschale und sagte: »Vae victis!« (Wehe den Besiegten!). (Vgl. Livius V, 38)

Breul, Jacques de — Verfasser des »Théâtre des Antiquités de la Ville de Paris«; wurde Anfang des 17. Jahrhunderts mehrmals aufgelegt

Broë, Jacques-Nicolas de — (1790—1840), 1817 war B. Vertreter des Staatsanwalts am Gerichtshof der ersten Instanz für das Departement Seine, 1821 plädierte er gegen Paul-Louis Courier (s. d.) wegen dessen »Simple Discours«, und 1822 war er Oberstaatsanwalt am Königlichen Gerichtshof

Brown, John – siehe Abolitionisten

Brugnière de Sorsum – (1773–1823), Übersetzer einiger Tragödien von Shakespeare

18. Brumaire – an diesem Tag, am 9. November 1799, führte General Bonaparte seinen Staatsstreich durch; er jagte durch seine Truppen die Kammern auseinander, setzte das Direktorium ab und ließ sich durch ein Häuflein zusammengetriebener Abgeordneter zum Ersten Konsul wählen. Damit hielt er die unumschänkte staatliche Macht in den Händen

Brune, Guillaume-Marie-Anne – (1763–1815), in der Frz. Revolution Gründer des Clubs der Cordeliers, dem auch Danton angehörte, General der Republik, fiel bei Napoleon I. in Ungnade, wurde von diesem jedoch während der Hundert Tage (s. d.) wieder mit militärischen Aufgaben betraut. Wurde 1815 in Avignon von Bourbonenanhängern ermordet und in die Rhône geworfen

Bruneau, Mothurin – (1784–um 1825), Sohn eines Schusters; ließ sich Prinz von Navarra nennen und gab sich schließlich als der Dauphin Ludwigs XVII. aus. 1818 wurde er wegen Hochstapelei zu fünf Jahren Gefängnis verurteilt

Brutus, Marcus Junius – (85 – 42 v. u. Z.), röm. Republikaner, war an der Ermordung des nach der Alleinherrschaft strebenden Julius Cäsar beteiligt

Buddha – (etwa 557–477 v. u. Z.), Stifter der buddhistischen Religion

Bugeaud de la Piconnerie, Thomas-Robert – (1784–1849), Marschall von Frankreich, Orléanist, Mitglied der Deputiertenkammer während der Julimonarchie (1830–1848); in der Zweiten Republik Deputierter der gesetzgebenden Nationalversammlung

Buonaparté – die ital. Schreibung und Aussprache des Namens soll auf die Herkunft Napoleons hinweisen, der 1769, drei Monate nach der Angliederung Korsikas an Frankreich, dort geboren wurde – in den Augen der bourbonischen Chauvinisten ein Makel

Busiris – in griech. Mythologie ein grausamer König von Ägypten, der alle Fremden am Altar des Zeus schlachtete. Als Herakles auf seinem Zug zu den goldenen Äpfeln der Hesperiden nach Ägypten kam, wurde auch er ergriffen, befreite sich aber und erschlug Busiris samt dessen Sohn

Buzançais – Stadt im Departement Indre

Byron, George Noel Gordon, Lord – (1788–1824), engl. Dichter; nahm am griech. Freiheitskampf teil

Cadenettes — Bezeichnung für Angehörige der Jeunesse dorée nach dem 9. Thermidor, die die Haare in Cadenettes, Hinterhaarzöpfen, geflochten trugen. Konterrevolutionäre

Cäsar, Gajus Julius — (100–44 v. u. Z.), röm. Feldherr und Staatsmann; er schrieb u. a. einen Bericht über den »Gallischen Krieg«, von 58 bis 52 v. u. Z., der zwar alles andere als objektiv, aber wegen seiner klaren Einfachheit und sprachlichen Disziplin heute noch berühmt ist. Lieblingslektüre Napoleons, der den Stil Cäsars in seinen Proklamationen usw. nachzuahmen versuchte

*Cagliostro, Alexander Graf von (*eigentl. *Giuseppe Balsamo)* — (1743–1795), ital. Alchemist, der seinen Ruf durch »Visionen« vergrößerte und in Verbindung zu höchsten Personen am frz. Hof trat

Ça ira — (frz.) so wird's gehen; Anfang eines französischen Revolutionsliedes mit dem Kehrreim: »An die Laterne mit den Aristokraten«

Calas, Jean — (1698–1762), Calvinist, Opfer eines Justizirrtums; wurde 1762 in Toulouse gerädert, weil er seinen Sohn, einen Selbstmörder, getötet haben sollte, um ihn am Übertritt zum Katholizismus zu hindern. Voltaire nahm sich der Familie Calas an und stellte die Ehre des Gerichteten wieder her; schrieb aus diesem Anlaß den »Traité sur la tolérance« (Abhandlung über die Religionsduldung)

Caliban — ein mißgestaltes Ungeheuer, Sohn einer Hexe und des Teufels, das William Shakespeare (1564–1616) in dem Schauspiel »Der Sturm« vorführt

Caligula (»Stiefelchen«) — röm. Kaiser von 37 bis 41, berüchtigt durch seine Verschwendungssucht, Grausamkeit und Niedertracht, wurde schließlich von den um ihr Leben besorgten Aristokraten ermordet

Callot, Jacques — (1592–1635), frz. sozialkritischer, realistischer Zeichner und Kupferstecher; berühmt ist seine Kupferstichfolge »Die Schrecken des Krieges«

Calvin, Johann (eigtl. Jean Caulvin) — (1509–1564), in Frankreich geborener, vorwiegend in Genf wirkender Reformator

Cambacérès, Jean-Jacques Régis de, Herzog von Parma — (1753–1824), frz. Jurist und Staatsmann, zweiter Konsul, trug zur Ausarbeitung des Code civil bei, mußte nach den Hundert Tagen (s. d.) ins Exil, weil er mit Vorbehalt im Konvent für das Todesurteil Ludwigs XVI. gestimmt hatte. 1818 durfte er nach Frankreich zurückkehren

Cambronne, Pierre, Vicomte — (1770–1842), frz. General; befehligte bei Waterloo das letzte Karree der Alten Garde. Auf die Aufforderung, sich zu ergeben, soll er mit einem obszönen Fluch geantwortet haben, nach anderen mit den Worten: »La garde meurt et ne se rend pas.« (Die Garde stirbt und ergibt sich nicht.)

Camisarden — aufständische Hugenotten in den Cevennen 1702–1705

Candide – Held eines gleichnamigen Romans von Voltaire
Canidia – eine Hexe bei Horaz, Satiren I, 8
Cant – (engl.) gewohnheitsmäßig heuchlerisches, scheinheiliges Benehmen
Canuel (eigentlich Carnuel) – siehe Verschwörung vom Seine-Ufer
Capet – hier: Name für Ludwig VXI. in der Frz. Revolution
Caracalla – (176–217), röm. Kaiser, verlieh 212 allen Freigeborenen das röm. Bürgerrecht
Carbonari – (ital.) Köhler; eine ital. Geheimgesellschaft, die seit 1806 bestand und für die Unabhängigkeit Italiens und die Durchführung liberaler Reformen kämpfte
Carême, Marie-Antoine – (1784–1833), berühmter Küchenmeister
Carnot, Lazare-Nicolas Marguerite de – (1753–1823), Mitglied des Konvents, Gegner Robespierres, Leiter des Kriegswesens im Wohlfahrtsausschuß, später Mitglied des Direktoriums, von Napoleon zum Grafen ernannt, wurde von Ludwig XVIII. verbannt. Die angeführte Unterhaltung zwischen den beiden Verrätern der Revolution ist historisch
Caron, Guy-Toussaint-Joseph – (1760–1825), frz. Abbé, der nach den Hundert Tagen das Institut des nobles orphelines (Anstalt für adlige Waisen) in der Feuillantinerinnen-Sackgasse leitete; war Lamennais bereits in England, wohin er nach dem 10. August 1792 emigriert war, begegnet
Carpe horas – (lat.) nütze die Stunden; Anspielung auf das »Carpe diem« (nütze den Tag) des Horaz (Oden I, 11, 8)
Carrel, Armand – (1800–1836), frz. Journalist. 1823 nahm er während des Krieges in Spanien seinen Abschied als Offizier und kämpfte, von seinen liberalen Überzeugungen getrieben, auf seiten der Aufständischen. 1830 gründete er mit Thiers und Mignet den »National« und griff darin die Juli-Monarchie heftig an
Carrier, Jean-Baptiste – (1756–1794), Mitglied des Konvents, verantwortlich für die »Noyades« (Ertränkungen) in Nantes
Cartouche, Louis-Dominique – 1721 hingerichteter Anführer einer Pariser Mörder- und Räuberbande
Cassandern, Harlekinen und Colombinen – Gestalten der alten ital. Komödie
Castelcicala (Castel-Cicala), Fabrice Ruffo, Fürst – (1775–1832), neapolitanischer Diplomat, mehrere Male Gesandter des Königs von Sizilien in Frankreich
Castlereagh, Robert Stewart Marquess of Londonderry – (1769–1822), brit. reaktionärer Staatsmann, vertrat Großbritannien auf dem Wiener Kongreß (1814/15) und setzte eine nachhaltige Schwächung der Macht Frankreichs durch. Frankreich wurde auf

den Gebietsstand von 1789 zurückgeführt und mußte 700 Millionen Francs Kriegsentschädigung zahlen

Cato, Marcus Porcius Uticensis – (95–46 v. u. Z.), röm. Republikaner

castratus ad castra – (lat.) der Eunuch vor dem Lager

Cavaignac, Jacques-Marie, Vicomte de Baragne – (1773–1855), frz. General, diente in der Armee der Republik und des Kaiserreichs

Célimène – eine geistreiche Kokotte; Gestalt aus Molières »Misanthrop«, berühmte Rolle von Fräulein Mars (s. d.)

Cellini, Benvenuto – (1500–1571), florentinischer Goldschmied und Bildhauer der Spätrenaissance, führte mit Feder und Degen ein abenteuerliches Leben, das er in seiner Selbstbiographie (von Goethe übersetzt) prahlerisch erzählt

Cerisoles – ital. Dorf; bei C. schlugen die Franzosen 1544 eine zahlenmäßig überlegene Streitmacht Karls V. in die Flucht

Chappedelaine – siehe Verschwörung vom Seine-Ufer

Charlet, Nicolas Toussaint – (1792–1845), frz. Maler und Lithograph

Charte – siehe Verfassungsurkunde von 1814

Chateaubriand, François-René Vicomte de – (1768–1848), der Führer der reaktionären Richtung in der frz. romantischen Dichtung, entschiedener Anhänger der Bourbonen, unter denen er während der Restauration bis 1824 hohe Staatsämter bekleidete. Nach der Julirevolution schied er aus der Pairskammer aus

Châtelet – der Königliche Gerichtshof im »Châtelet«

Chénier, André – (1762–1794), bedeutender frz. Dichter, gefühlsmäßiger Anhänger der Revolution, griff die Jakobiner an und verherrlichte die Ermordung Marats durch Charlotte Corday. Wurde 1794 hingerichtet

Cherea – ein röm. Tribun, stiftete die Verschwörung gegen den Kaiser Caligula (s. d.) an und brachte ihm die erste tödliche Wunde bei

Cherub des Hesekiel – vgl. Altes Testament, Hesekiel 1, 5–10. Dort heißt es von den Cherubinen: ». . . gestaltet wie vier Tiere, und dieselben waren anzusehen wie Menschen; und ein jegliches hatte vier Angesichter und vier Flügel . . . Ihre Angesichter waren vorn gleich einem Menschen, und zur rechten Seite gleich einem Löwen . . . und zur linken Seite gleich einem Ochsen . . . und hinten gleich einem Adler . . .«

Chérubin – ein frühreifer, verliebter Page aus Beaumarchais' »Hochzeit des Figaro«

Chevreuse Marie de Rohan-Montbazon, Herzogin von – (1600–1679), eine der Führerinnen der Fronde (s. d.), mußte 1632 nach England flüchten

Chodruc-Duclos – (1780–1842), fanatischer Royalist, hatte in der Vendée mitgekämpft. Als Belohnung verlangte er während der Restauration den Titel eines Brigadegenerals, den er nicht bekam. Aus Protest spazierte er täglich, grotesk ausstaffiert und mit sehr langem Haar und Bart, vor dem Palais-Royal auf und ab

Cholerine — die unechte Cholera, Brechdurchfall

Chouan — Bezeichnung für die gegen die Republik kämpfenden Bauern der Bretagne und der Vendée. Benannt nach dem Beinamen Jean Chouan, des Anführers der konterrevolutionären Aufständischen der Vendée, Jean Cottereau (1793—1815)

Christus nos liberavit —(lat.) Christus hat uns erlöst

Cîteaux — Abtei des Benediktinerordens

Clairvaux — Abtei des Zisterzienser-(Bernhardiner-)Ordens

Clarence — Shakespeare läßt in »König Richard III.« Eduard IV. seinen Bruder George Herzog von Clarence erstechen. Der Mörder sagt: »Nehmt das und das, reicht alles noch nicht hin, so tauch ich Euch ins Malvasierfaß draußen«

Claudius — (10 v. u. Z.—54 u. Z.), röm. Kaiser, reformierte das Recht und die Finanzverwaltung, förderte die Wirtschaft der Provinzen

Clausel de Coussergues, Jean-Claude — (1759—1846), ultraroyalistischer frz. Politiker

Clausel de Montals, Claude-Hippolyte — (1769—1857), frz. Geistlicher, 1824—1853 Bischof von Chartres, fanatischer Parteigänger der Ultras

Clauzel (oder Clausel), Bertrand, Graf — (1772—1842), frz. Marschall

Clélia — eine edle Römerin, Heldin des geichnamigen Romans der frz. Schriftstellerin Madeleine de Scudéry (1607—1701)

Clermont-Tonnerre, Gaspard, Herzog von — (1779—1865), Adjutant Joseph Bonapartes, während der Restauration Brigadegeneral und im Ministerium Villèle erst Marine-, dann Kriegsminister

Cloots, Anacharsis (eigentl. *Jean-Baptiste du Val de Grâce)* — (1755—1794), Anhänger Héberts (siehe Hébertist), Mitglied des Konvents, 1794 hingerichtet

Coco-Lacour — ein Schüler Vidocqs (s. d.), seit 1828 Chef der Pariser Sicherheitspolizei

Coligny, Gaspard de — (1519—1572), frz. Admiral, einflußreicher Führer der Hugenotten, war am 24. August 1572 eines der ersten Opfer in der Bartholomäusnacht (s. d.)

Collé, Charles — (1709—1783), frz. Schriftsteller

Collège Mazarin — das Collège des Quatre-Nations (siehe »Vier Nationen«)

Colnet de Revel, Charles-Jean-Auguste Maximilien de — (1768—1832), fanatischer Royalist; während der Restauration Chefredakteur der »Gazette de France«

Commodus — (161—192), röm. Kaiser; größenwahnsinnig und grausam

Conciergerie — Pariser Gefängnis, in der Frz. Revolution das »Vorzimmer zum Schafott«

Condorcet, Antoine Marquis de — (1743—1794), frz. Mathematiker, Politiker und philos. Schriftsteller (Enzyklopädist). Schloß sich der Frz. Revolution an, 1792 Präsident der Nationalversammlung. Forderte in seinem Entwurf einer Nationalerziehung die Unabhängigkeit des Bildungswesens von staatl. und kirchl. Gewalten und die Weiterbildung der Arbeiter und Frauen

Congrio, Pardalisca — in der Komödie »Aulularia« von Plautus ist Congrio einer der öffentlichen Köche; Pardalisca ist eine Sklavin in der Komödie »Casina« des gleichen Autors

»Conservateur« — konservative frz. Zeitschrift von Oktober 1818 bis März 1820

Constant, Benjamin — (1767—1830), Politiker sowie Schriftsteller der frühen romantischen Schule

Constantinus — (327—361), oström. Kaiser, veranlaßte den Schwabenkönig Chnodomar 350 zum Kampf gegen den in Gallien eingedrungenen weström. Kaiser Magnentius. Chnodomar siegte, und Magnentius nahm sich das Leben

»Constitutionnel« — liberale Zeitung, die für die beschränkte Monarchie eintrat

Contra Gracchos Tiberim habemus. Bibere Tiberim, id est seditionem oblivisci — (lat.) Gegen die Gracchen haben wir den Tiber. Den Tiber trinken, das heißt, den Aufruhr vergessen

Cook, James — (1728—1779), engl. Seefahrer, unternahm drei berühmte Weltreisen, beschrieb seine zweite in die Antarktis: »Eine Reise zum Südpol und um die Welt« (1777). 1779 auf Hawaii von Eingeborenen erschlagen

coram publico — (lat.) vor der Öffentlichkeit

Corcelles, Claude Tircuy de — (1768—1843), entschiedener Liberaler und Parteigänger Lafayettes, trat für Presse- und Versammlungsfreiheit ein

Corday, Charlotte — (1768—1793), ermordete im Auftrag der Konterrevolution den frz. Revolutionär Jean-Paul Marat

Corneille, Pierre — (1606—1684), frz. Dramatiker der klassischen Epoche

Cottin, Marie — (1770—1807), frz. Schriftstellerin. Schrieb die empfindsamen Romane »Claire d'Albe« (1799) und »Mathilde« (1805); eine Gestalt des letzteren heißt Malek-Adel

cotton ist king — (engl.) Baumwolle ist König, d. h., die Baumwollerzeugung und Baumwollindustrie beherrschten zeitweilig in Nordamerika die gesamte Wirtschaft

Courier, Paul-Louis — (1772—1825), frz. Schriftsteller, Hellenist und

Pamphletist. Verspottete im »Simple Discours« das Vorhaben, dem eben erst geborenen Herzog von Bordeaux, dem späteren Kronprätendenten Heinrich V., das Schloß Chambord zum Geschenk zu machen, und wurde dafür zu zwei Jahren Gefängnis verurteilt. C. stärkte mit seinen Schriften die liberale Opposition während der Restauration

Courtille — Vorstadt von Paris mit zahlreichen Vergnügungslokalen, dort wurde die Fastnacht gefeiert; zugleich auch Bezeichnung für den Fastnachtsumzug

Coustou — frz. Bildhauerfamilie, vertrat einen barock-manierierten Stil; am berühmtesten sind die Brüder Nicolas (1658—1733) und Guillaume (1677—1746)

Crécy — 1346, im Frühstadium des Hundertjährigen Krieges, Sieg der Engländer über die Franzosen

Credo in Patrem — (lat.) Ich glaube an den Vater (Anfang des christl. Glaubensbekenntnisses)

Cromwell, Oliver — (1599—1658), Feldherr und Führer der engl. bürgerlichen Revolution. Stürzte die Monarchie, ließ 1649 Karl I. hinrichten. Im gleichen Jahr erstickte er den irischen Aufstand; bei der Einnahme der Stadt Drogheda wurden sämtliche Einwohner getötet

Cujas, Jacques de (Jakob Cujacius) — (1522—1590), frz. Rechtsgelehrter

currit rota — (lat.) das Töpferrad dreht sich (Horaz)

Curculio, Ergasilus — Gestalten aus Plautus' Komödien »Curculio« und »Captivi«. Beide Parasiten

Curtillus — Feinschmecker bei Horaz, Satiren II, 8

Cydathenaion — Stadt in Attika (Griechenland), deren Bewohner vorgaben, von Edlen abzustammen

Dacier, Anne Tannegay-Lefèvre — (1654—1720), die Frau André Daciers, genoß wegen ihrer Homer-Übersetzung und anderer sprachwissenschaftlicher Arbeiten großes Ansehen

Dädalus — erfindungsreicher Baumeister der griech. Mythologie. Fertigte u. a. für seinen Sohn Ikarus Flügel aus Federn und Wachs, mit denen dieser der Sonne zu nahe kam und dann ins Meer stürzte. Er baute für den König Minos auf Kreta das Labyrinth

Damasipp — röm. Sammler, der sich durch seine Leidenschaft für Kunstwerke etc. ruinierte und darauf der Philosophie zuwandte; vgl. Horaz, Satiren II,3

Danton, Georges-Jacques — (1759—1794), einer der führenden Köpfe der Frz. Revolution, Organisator der Verteidigungskriege; begann bei der zunehmenden Verschärfung der Klassengegensätze zu schwanken und strebte einen Ausgleich mit der Konterrevolutionären Koalition an. Wurde von Robespierre gestürzt und hingerichtet

Daphnis und Chloe – Titelgestalten aus dem gleichnamigen Hirtenroman von Longos

Dappental – 1804 wurde das D. vom Kanton Waadt an Bonaparte abgetreten, der Wiener Kongreß gab es der Schweiz zurück, trotzdem behielt Frankreich das Gebiet bis 1863. Wurde dann zwischen Frankreich und der Schweiz geteilt

Dautun, Charles – 1814 ermordete D. seinen Bruder Auguste, dessen Kopf in der Seine gefunden wurde. 1815 wurde D. hingerichtet

David, Jacques-Louis – (1748–1825), der bedeutendste Maler der Frz. Revolution, Mitglied der Bergpartei im Konvent, ging später zu Napoleon über und wurde dessen Hofmaler. Seit 1816 lebte er in der Verbannung in Brüssel

David d'Angers, Pierre Jean – (1788–1856), frz. Bildhauer

Decazes et de Glücksberg, Elie, Herzog – (1780–1860), frz. Politiker; 1815 anfänglich ultraroyalistisch eingestellt, trat er unter dem Eindruck des Weißen Terrors für die Anwendung der Verfassung von 1814 ein. Ab November 1819 Vorsitz im Ministerrat, versuchte eine gemäßigte Politik durchzusetzen, mußte aber nach der Ermordung des Herzogs von Berry 1820 den Ultras weichen

Delalot, Charles-François-Louis – (1772–1842), äußerte gegen Ende der Konventszeit leidenschaftlich konterrevolutionäre Überzeugungen, war während der Restauration Redakteur beim »Journal des Débats«; von 1820 bis 1830 mit Unterbrechungen Abgeordneter

Delancre, (de Lancre), Pierre – (gestorben um 1630), Richter in Bordeaux, ließ mehr als fünfhundert »Hexen« innerhalb weniger Monate verbrennen. Sein Buch heißt »Tableau de l'inconstance des mauvais anges et des démons« (Schilderung von der Unbeständigkeit der Hexen und Dämonen), Paris 1613

Delavau, Guy – Mitglied der »Congrégation« seit 1807 (die Mitglieder dieser Vereinigung wurden von der napoleonischen Polizei scharf überwacht); wurde erst 1821 Polizeipräfekt

Delaverderie – siehe Trogoff

Denkmünzen der Bibliothek – Münzen im Werte von 500 000 Goldfranken wurden Ende 1831 im Münzkabinett der Nationalbank gestohlen, ohne daß die Täter ermittelt werden konnten

De profundis – (lat.) Aus der Tiefe (Herr, rufe ich zu dir)

Deo erexit Voltaire – (lat.) Voltaire hat (ein Denkmal) für Gott errichtet

Désaugiers, Marc-Antoine – (1772–1827), berühmter volkstümlicher Liederdichter; wurde der »französische Anakreon« genannt. – Gemeint ist seine Parodie auf Spontinis Oper »Die Vestalin«

Descartes, René – (1596–1650), frz. Philosoph und Mathematiker

Deserre (Serre, Pierre, Comte de) – (1776–1824), frz. Politiker, Justizminister von 1818–1821

Desmoulins, Camille – (1760–1794), revolutionärer Journalist und Politiker, berühmt durch sein Auftreten beim Sturm auf die Bastille. Wurde später wegen seiner Forderung nach Milderung des Terrors aus dem Jakobinerklub ausgeschlossen und mit Danton 1794 hingerichtet

Dessolles, Jean, Marquis – (1767–1828), frz. General; seine gemäßigten Anschauungen brachten ihm 1818 das Ministerium für Auswärtige Angelegenheiten und den Vorsitz im Ministerrat ein

Deutz, Simon – Vertrauter der Herzogin von Berry, verriet das Versteck seiner Wohltäterin, die 1832 in Nantes verhaftet und auf der Festung Blaye interniert wurde

Diana – röm. Göttin der Jagd

Diderot, Denis – (1713–1784), frz. Schriftsteller und Philosoph. Enzyklopädist

»Die beiden Sträflinge« – Theaterstück von Carmouche, Poujol und Boirie

Dilemmen und Syllogismen – zwei Begriffe der Redekunst: Wahl zwischen zwei gleichwertigen Möglichkeiten; Schlußfolgerungen

Diogenes – (412–323 v. u. Z.), der berühmteste kynische Philosoph des griech. Altertums, trieb die praktische Seite der kynischen Philosophie bis zur äußersten Konsequenz, indem er sich bemühte, in völliger Bedürfnislosigkeit zu leben. Es wird eine Anekdote erzählt, nach der Diogenes mit einer brennenden Lampe am Tage umherging und auf die Frage nach dem Zweck antwortete: »Ich suche Menschen.«

Diomedes – griech. Held vor Troja

Dodona – neben Delphi berühmtestes Orakel der griech. Geschichte

Dom Mabillon – (1652–1707), gab 1690 die Episteln Bernhards von Clairvaux (s. d.) in sechs Bänden heraus

Domitian, Titus Flavius – (51–96), röm. Kaiser, unterdrückte den Senat, verwandelte die Herrschaftsform des röm. Kaiserreichs in despotischen Absolutismus nach hellenistischem Vorbild

Dorant, der Geront geworden ist – in Corneilles »Der Lügner« ist Dorant der junge Liebhaber, Geront der engherzige, verknöcherte Vater

Dragonaden – Terrormaßnahmen Ludwigs XIV. gegen die frz. Protestanten (Hugenotten) nach der Aufhebung des Edikts von Nantes (1685) u. a. durch die Einquartierung von Dragonern in ihren Häusern und Ortschaften. Bossuet (s. d.) hat diese Maßnahmen nicht nur durch eine Messe gepriesen, sondern ist wahrscheinlich auch ihr Anreger gewesen

Drakon – athen. Gesetzgeber, nahm um 621 v. u. Z. die erste Aufzeichnung des geltenden Strafrechts vor. War wegen der Strenge seiner Gesetze berüchtigt (drakonische Strenge)

»Drapeau blanc« – (frz.) Weißes Banner; radikalmonarchistische Zeitung

Drauf den Axylos erschlug der Rufer – Zitat aus Homer, Ilias 6, 12–35

Drouet (d'Erlon), Jean-Baptiste – (1765–1844), frz. General unter Napoleon I. und Louis-Philippe

Drouot, Antoine – (1774–1847), folgte Napoleon nach Elba, widersetzte sich anfänglich der beabsichtigten Rückkehr des Kaisers nach Frankreich, übernahm dann aber das Kommando über die Voraustruppen

*Dubarry, Madame (*eigentl. *Marie Jeanne Béau)* – (1743–1793), Geliebte Ludwigs XV. von Frankreich

Ducray-Duminil, François-Guillaume – (1761–1819), schrieb viele moralisierende Erzählungen für die Jugend

Dumouriez, Charles-François – (1739–1823), frz. General, floh 1793 zu den Österreichern

Duprat, Antoine – (1463–1535), ab 1515 Kanzler Franz' I., als Unterhändler beim Konkordat von Bologna trug er dazu bei, die Macht des frz. Adels und Klerus zu brechen; verfolgte unnachsichtig die Reformierten

Dupuytren – siehe Récamier

Ecce Paris, ecce homo – (lat.) Siehe Paris, siehe welch ein Mensch

Edikt von Nantes – siehe Religionskriege

eleusinische Melopöie bei den Panathenäen – den Mysterien von Eleusis folgende Melodiebildung beim Hauptfest der Athener zu Ehren der Athene

Ellevion, François – (1769–1842), berühmter frz. Sänger, der übermäßig hohe Gagen verlangte

Elmire – Gestalt aus Molières Komödien (u. a. »Tartüff«); eine resolute, rechtschaffene Frau

el rey neto – (span.) der rechtmäßige König

Elzevirs (Elzevier) – berühmte holländ. Buchdrucker- und Buchhändlerfamilie im 16./17. Jh., deren Drucke älterer klassischer Werke noch heute begehrt sind

Ennius, Quintus – (239–169) v. u. Z.), röm. Dichter

Enzyklopädie – die »Enzyklopädie der Wissenschaften, Künste und Gewerbe« war nicht nur eine zusammenfassende Darstellung der wissenschaftlichen Kenntnisse um die Mitte des 18. Jahrhunderts, sie übte auch eine scharfe Kritik an der feudalen Gesellschaftsordnung und griff die Religion an. Zu ihren Verfassern gehörten die bedeutendsten Schriftsteller Frankreichs (Enzyklopädisten); herausgegeben wurde sie in der Zeit von 1751 bis 1780 in 28 Bänden von Diderot und d'Alembert

Epikur – (341–271 v. u. Z.), griech. Philosoph

Epimenides – griech. Seher und Sühnepriester, der angeblich 57 Jahre geschlafen hat und so zu einem überlangen Leben gekommen ist

Épingle Noire – Geheimgesellschaft, so benannt nach ihrem Erkennungszeichen, einer schwarzen Nadel. 1817 wurde ihr der Prozeß gemacht, alle Angeklagten wurden freigesprochen

Epiphoneme – in der Redekunst ein in einem prägnanten Satz zusammengefaßter Ausruf, mit dem die Rede schließt

Eponina – Gattin des gallischen Adligen Sabinus (1. Jh. u. Z.), Muster aufopfernder Gattenliebe

Erigona – Tochter eines athenischen Bürgers, der von Hirten erschlagen wurde, als er den Weinbau einführen wollte. E. erhängte sich an der Mordstelle. Dionysos (römisch Bacchus), der griech. Gott des Weines, trieb daraufhin die athenischen Jungfrauen zum Wahnsinn. Zu seiner Versöhnung feierten die Athener alljährlich ein Fest und versetzten Erigona als Sternbild der »Jungfrau« an den Himmel

Erudimini qui judicatis terram – (lat.) Unterrichtet sei, wer die Erde richtet

»Es muß sein . . .« – eine Romanze aus dem Schauerroman »Ambrosio oder Der Mönch« des engl. Schriftstellers Matthew Gregory Lewis (1755–1818)

Escousse, Victor – (1813–1832), frz. Dichter; mit 18 Jahren gelang es ihm, erfolgreich sein erstes Stück aufführen zu lassen, beim zweiten und dritten, das er mit seinem Freund Auguste Lebras geschrieben hatte, blieb ihm der Erfolg versagt; die beiden Freunde wählten den Freitod

Esplandián – Gestalt aus dem span. Ritterroman »Las Sergas del esforzado caballero Esplandián, hijo del excelente rey Amadis de Galia« von García Ordóñez de Montalvo, einer Fortsetzung seines Amadis-Romans

Esquilin – einer der sieben Hügel Roms

Esra – jüdischer Priester, dessen Buch im Alten Testament enthalten ist

Estienne, Robert – (1503–1559), frz. Sprachwissenschaftler und Buchdrucker

Est modus in rebus – (lat.) Es ist ein Maß in den Dingen (Horaz, Satiren I, 106)

Et lux perpetua luceat ei – (lat.) Und das ewige Licht leuchte ihm

Euadne – in der griech. Sage die überaus schöne Frau des Kapaneus; als dieser im Kampf der Sieben gegen Theben gefallen war, stürzte sie sich in den brennenden Scheiterhaufen

»Euryanthe« — Oper von Carl Maria von Weber (1786—1826), uraufgeführt 1823. Der Jägerchor ist Teil des 3. Aktes

Eutrop — röm. Geschichtsschreiber, schrieb um 367 eine Geschichte Roms (»Breviarium historiae Romanae«)

Exelmans, Remy-Joseph-Isidore Graf — (1775—1852), unter Napoleon I. Adjutant Murats (s. d.); war sehr populär wegen seiner öffentlichen Mißbilligung der Erschießung Neys (s. d.). Seit 1830 gehörte er wieder der Pairskammer an

Fabvier — siehe Montarlot

facit indignatio (versum) — (lat.) die Entrüstung bringt (den Vers) hervor (Juvenal)

Fagon, Guy-Crescent — (1638—1708), Arzt und erster frz. Botaniker

Fampoux — Dorf im Departement Pas-de-Calais, wo sich 1844 ein großes Eisenbahnunglück ereignete

Fas — nefas — (lat.) Recht — Unrecht

Faublas und Prudhommes — F. ist der Held des Romans »Die Abenteuer des Chevalier de Faublas« von Louvet de Couvray (1760 bis 1797); P. Bezeichnung für den Spießbürger

Faux saulniers — Salzschmuggler; bis auf die Bretagne und die Landschaft Boulonais mußte in Frankreich die sogenannte »gabelle« (Salzsteuer) entrichtet werden. Die F. s. versorgten sich in o. g. Gebieten mit Salz, schmuggelten es über die Grenzen und brachten es im übrigen Frankreich in Umlauf. Auf einfachen Salzschmuggel stand die Galeerenstrafe, auf bewaffneten Salzschmuggel der Tod. Nach der Frz. Revolution wurde die Bretagne konterrevolutionär

Fesch, Joseph — (1763—1839), Kardinal, führte als höchster frz. Kirchenfürst u. a. die Verhandlungen mit Papst Pius VII. über die Kaiserkrönung Napoleons

Feuillants — Mitglieder des Klubs der Feuillants, der 1789 von den Anhängern der Monarchie als Gegengewicht zum Jakobinerklub gegründet wurde. Löste sich 1792 auf

Fex urbis, lex orbis — (lat.) Der Abschaum der Stadt ist das Gesetz des Erdkreises

»Feydeau« — die Komische Oper befand sich im 18. Jahrhundert im Feydeau-Saal

Fiat lux — (lat.) Es werde Licht

Fieschi, Joseph — verübte 1835 einen Anschlag auf Louis-Philippe

Fievée, Joseph — (1767—1839), frz. Journalist und Schriftsteller, Royalist; sein Roman »Frédéric« (1799) hatte großen Erfolg. Während der Restauration spielte er keine politische Rolle

finis — (lat.) Grenze

Fitz-James, Eduard Herzog von — (1776—1838), einer der reaktionärsten Königsanhänger, trat deshalb auch 1832 unter Louis-Philippe aus der Pairskammer aus

Flaminius, Caïus – (gest. 217 v. u. Z.), röm. Staatsmann, Gegner der Senatsaristokratie, fiel in der Schlacht am Trasimenischen See, in der der Karthager Hannibal die Römer besiegte

Flavius Josephus (37–um 100), jüd. Geschichtsschreiber; sein Hauptwerk sind 20 Bücher »Jüdische Geschichte« (von der Weltschöpfung bis Nero)

Fleuvy de Chaboulon, Pierre, Baron – (1779–1835), Sekretär Napoleons nach dessen Rückkehr von der Insel Elba, verfaßte »Mémoires pour servir à l'histoire de la vie privée, du retour et du règne de Napoléon en 1815«

Florian, Jean-Pierre Claris de – (1755–1794), Absolvent der Artillerieschule von Bapaume, lebte sorglos auf den Schlössern des Herzogs von Penthière, schrieb Theaterstücke, Fabeln und Pastoralen, die der Naturschwärmerei der Zeit entsprachen

Florilegium rabbinicum – (lat.), Auswahl rabbinischer Literatur

Fodit et in fossa thesauros condit opaca, as, nummos, lapides, cadaver, simulacra, nihilque – (lat.) Er grub und barg aus der finsteren Grube die Schätze: Sechser, Groschen, Steine, Kadaver, Totenbildchen und sonst nichts

»Föderierte« – im allgemeinen die Truppen der frz. Republik. Die weiße Fahne war das Abzeichen der Royalisten

Folard, Jean-Charles de – (1669–1752), bekannter frz. Militärschriftsteller, Verfasser des »Commentaire sur Polybe« und des »Traité des colonnes et de l'ordre profond« (1727–1730)

Folie-Beaujon – Haus und Park des überaus erfolgreichen Spekulanten und späteren Hofbankiers Nicolas Beaujon (1708–1796). Der Park wurde in eine öffentliche Anlage verwandelt und bekam ein Theater, einen Konzertsaal, eine Freitanzdiele, eine Berg- und Talbahn und anderes. 1824 wurde der Park aufgeteilt

Foliis ac frondibus – (lat.), unter Blättern und Zweigen

Fonfrède, Henri – (1788–1841), frz. Journalist, eifriger Verteidiger der Juli-Monarchie

Fontenoy – Ort in Belgien, wo 1745 die Franzosen im Österr. Erbfolgekrieg die verbündeten engl. und holländ. Tuppen schlugen

Force – seit 1772 Gefängnis

Forioso – siehe Saqui

Fouché, Joseph – (1759–1820), in der Frz. Revolution Mitglied des Konvents, organisierte den Sturz Robespierres, unter dem Direktorium Polizeiminister. Nach dem 18. Brumaire ging er zu Napoleon über, behielt seine Stellung bei und schuf das berüchtigte Spitzelsystem. Napoleon erhob ihn zum Herzog von Otranto. Nach der Abdankung Napoleons war er kurze Zeit Vorsitzender der provisorischen Regierung, mußte aber nach der Rückkehr der Bourbonen als »Königsmörder« in die Verbannung gehen

»Le Foudre« – (frz.) Der Blitzstrahl; von 1821 bis 1823 antiliberale Zeitung

Fouquier-Tinville, Antoine Quentin – (1746–1795), ab März 1793 öffentlicher Ankläger beim Revolutionstribunal; willfähriges Werkzeug des Wohlfahrtsausschusses, leitete alle großen Prozesse. Hatte den Beinamen »Lieferant der Guillotine«

Fourier, Charles – (1772–1837), frz. utopischer Sozialist, erkannte den anarchischen Charakter der kapitalistischen Wirtschaft, den er durch eine planvolle Arbeit von Arbeitsgenossenschaften (Phalangen) überwinden wollte. Da der Fourierismus den Klassenkampf ablehnte, waren die Fourieristen gezwungen, zur Verwirklichung ihrer Pläne »an die Philanthropie der bürgerlichen Herzen und Geldsäcke zu appellieren« (Manifest der Kommunistischen Partei)

Fourier, Jean-Baptiste-Joseph Baron – (1768–1830), frz. Mathematiker

Foy, Maximilien-Sébastien – (1775–1825), unter Napoleon I. General, überzeugter Republikaner, seit 1819 Deputierter, trat gegen die Verletzung der Verfassung durch die Bourbonen auf und war deshalb sehr volkstümlich

Franz I. – (1494–1547), frz. König von 1515 bis 1547; gleich im ersten Regierungsjahr erfocht F. bei Marignano einen glänzenden Sieg über die Schweizer. Seine Regierung führte zu einer Festigung des Absolutismus; gegen Karl I. von Spanien und nachmaligen Kaiser Karl V. wahrte er die Selbständigkeit Frankreichs; Förderer des Humanismus

Fronde – letzte Erhebung der frz. Feudalherren 1648 gegen den Absolutismus der Zentralgewalt. Endete 1653 mit dem vollen Sieg der absoluten Monarchie

Fualdès-Prozeß – Der Makler Jausion und sein Schwager Bastide wurden 1817 in Aveyron angeklagt, zusammen mit einem Komplizen den ehemaligen kaiserlichen Justizbeamten Fualdès am 20. März 1817 in Rodez erwürgt zu haben. Jausion und Bastide wurden verurteilt und am 3. Juni 1818 hingerichtet

Fueros y fuegos – (span.) Fueros (Sonderrechte und Freiheiten gewisser Bezirke in Spanien) und Feuer

Gaîté – Pariser Volkstheater, spielte hauptsächlich Melodramen, Märchenspiele, aber auch Dramen

Galathea – eine griech. Meernymphe, die von dem verliebten einäugigen Riesen Polyphem verfolgt wird *gallikanisch* – siehe Bossuet

Gamache – Gestalt aus Cervantes' »Don Quijote«

Gans und Savigny – Eduard Gans (1798–1839), Jurist und Rechtsphilosoph, Schüler Hegels und seit 1825 Professor der Rechte an der Berliner Universität, griff die reaktionäre »Historische Rechtsschule« und deren Haupt, Friedrich Karl von Savigny (1779–1861), in verschiedenen Schriften an

Garat, Pierre-Jean – (1764–1823), frz. Sänger von beispielloser Eitelkeit; versuchte im Alter durch extravagante Kleidung Aufsehen zu erregen

Garibaldi, Giuseppe – (1807–1882), ital. Nationalheld, kämpfte seit 1848 für die Einigung Italiens

Garnier, Paul-Aimé – (1820–1846), frz. Dichter; verfaßte eine Parodie auf Hugos Stück »Die Burggrafen«

Gaster, messer Gaster – Gestalt aus Rabelais' »Pantagruel«, verkörpert den Magen; messer Gaster kommt auch in einer Fabel bei Lafontaine vor

»Gazette des Tribunaux« – vor 1823 gab es mehrere Zeitungen, die sich mit Gerichtsberichterstattung befaßten, unter dieser Bezeichnung, und ab 1. November 1825 wieder eine neue

»Gebt unser Väterchen . . .« – ein sentimentales royalistisches Lied auf Ludwig XVIII., der bei der Nachricht von der Rückkehr Napoleons aus Elba nach Gent geflohen war

Gemonien – in Rom wurden die Hingerichteten mit Haken zu dieser Treppe geschleppt, um in den Tiber geworfen zu werden

Georgica – siehe Vergil

Gérard, Etienne-Maurice Graf – (1773–1855), frz. General unter Napoleon I. und Louis-Philippe

Géraud, Edmond – (1775–1831), frz. Journalist; verfaßte ein später veröffentlichtes Tagebuch, das einige Dichtungen enthielt

Géricault – siehe »Medusa«

Geront – der würdige Alte und Vater der alten französischen Komödie; später, z. B. bei Molière, ein harter, geiziger, leichtgläubiger alter Mann

Gesellschaft für Menschenrechte – bürgerlich-demokratisch-republikanische Geheimgesellschaft, soll erst Anfang 1833 aus der aufgelösten »Gesellschaft der Freunde des Volkes« entstanden sein. Zu dieser Zeit hatte sie jedoch in Paris schon mehr als dreitausend Anhänger und in der Provinz zahlreiche Tochtergesellschaften. Besaß großen Einfluß und gründete ihre Politik auf die »Erklärung der Menschenrechte«, die Robespierre 1793 dem Konvent vorgelegt hatte

Gesellschaftsvertrag – in dieser Schrift, die 1762 erschien, vertrat der französische Schriftsteller und Philosoph Jean-Jacques Rousseau

(1712–1778) die Auffassung, die von Natur aus gleichen und freien Menschen hätten in freiem Vertrag ihre Souveränität an den Staat abgetreten (Unterwerfung aller unter alle). Seine Lehre spiegelte die demokratisch-republikanischen Anschauungen der frz. Bauern und Kleinbürger

Giftmörder von Jaffa – General Bonaparte hatte 1799 Jaffa in Syrien erobert, konnte jedoch Akkon nicht nehmen, trat den Rückzug an und hatte dabei viele Ausfälle durch eine Pestepidemie. Seine Gegner verbreiteten später, er hätte zur Beschleunigung des Rückzuges verwundete oder erkrankte Franzosen vergiften lassen

Gil Blas – »Die Geschichte des Gil Blas von Santillana«, ein nach dem Muster spanischer Schelmenbücher angelegter Roman – er galt zeitweilig sogar als Übertragung aus dem Spanischen – des frz. Schriftstellers Alain René Lesage (1668–1747)

Gisquet, Henri – (1782–1866), Polizeipräfekt von Paris unter Louis-Philippe

Golf Juan – bei seiner Landung im Golf Juan, zwischen Antibes und Cannes, erließ Napoleon eine Proklamation an die Truppen und das Volk

Gorgonen – als schlangenhaarige weibliche Ungeheuer gedachte Gestalten der griech. Götterwelt mit schreckeinflößendem Blick

Goujon, Jean – (etwa 1515–1572), frz. Bildhauer, wichtigster Vertreter der frz. Renaissance

Gourgaud, Gaspard – (1783–1852), frz. General, Generaladjutant Napoleons, begleitete diesen nach St. Helena und gab dessen Memoiren mit heraus. Kehrte 1821 nach Frankreich zurück, trat wieder in den aktiven Dienst ein und wurde 1849 in die Gesetzgebende Versammlung gewählt

Gouvion, Laurent, Marquis de Saint-Cyr – (1764–1830), frz. Marschall, 1817–1819 Kriegsminister

Gracchus – Gaius und Tiberius Gracchus (153–121 bzw. 162–133 v. u. Z.), röm. Volkstribunen, die die Interessen der Plebejer und verarmten Bauern gegenüber dem Adel vertraten

graeculus – (lat.) ein Griechlein

Greuze, Jean-Baptiste – (1725–1805), frz. Maler, Begründer des bürgerlichen Genrebildes

Gribeauval, Jean-Baptiste Vauguette de – (1715–1789), frz. General, machte die frz. Artillerie zur besten in ganz Europa

Griechisches Feuer – Archimedes von Syrakus (287–212 v. u. Z.), bedeutender griech. Mathematiker und Physiker des Altertums, gilt u. a. auch als Erfinder des »griechischen Feuers«, das nach Angaben späterer Zeit aus Salpeter, Schwefel und Kohle bestanden haben soll. Es wurde gegen Schiffe abgeschossen und setzte sie in Brand

Grimod de la Reynière, Alexandre-Balthazar-Laurent – (1758–1838), berühmter frz. Feinschmecker

Gros, Antoine Jean, Baron – (1771–1835), frz. Maler, Schule Davids. Berühmt durch seine Gemälde napoleonischer Schlachten

große Schanze an der Moskwa – in der Schlacht bei Borodino (1812) hatte der russ. Feldherr Bagration in aller Eile bei Semenowskoje Schanzen aufwerfen lassen und hielt diese, trotz des zusammengefaßten Feuers der gesamten frz. Artillerie und zahlloser Reiter- und Infanterieangriffe, bis zu seiner tödlichen Verwundung. Erst dann gelang es den Franzosen, die Schanzen zu nehmen, sie hatten jedoch von diesem Sieg keinerlei Vorteil

Guimard, Marie-Madeleine – (1743–1816), berühmte Tänzerin der Pariser Oper

Hanc igitur oblationem – (lat.) Dies sei denn meine Opfergabe

Hébertist – Anhänger von Jacques-René Hébert (1759–1794). H. war in der Frz. Revolution Führer des linken Flügels der Jakobiner und nach dem Tode Marats von großem Einfluß auf den Pariser Gemeinderat (Kommune). Im Gegensatz zu Robespierre war er Materialist und Atheist. 1794 wurden er und seine wichtigsten Anhänger hingerichtet, weil die wachsende Macht der Pariser Kommune die Herrschaft des Konvents bedrohte

Heinrich IV. – Heinrich IV. von Navarra, von 1584 bis 1610 frz. König. Beendete die Religionskämpfe zwischen Katholiken und Hugenotten und ordnete die völlig zerrütteten innenpolitischen Verhältnisse

Hektor – trojanischer Held

Hekuba – Gattin des Trojanerkönigs Priamos

Heliogabalus – (204–222), röm. Kaiser

Hermogenes – Sänger, den Horaz in den Satiren I, 1, 3, 4, 9 verspottet

»Hernani« – die Aufführung dieses romantischen Dramas von Victor Hugo fand am 25. 2. 1830 in der Comédie Française statt und führte zu einem wochenlang andauernden Skandal, der aber mit dem Sieg der romantischen Schule über die klassizistischen Akademiker endete. Man sprach von einer »Wiederholung des Bastille-Sturmes in der Literatur«

Herzogin von Longueville, Anne-Geneviève de Bourbon-Condé – (1619–1679), spielte in der Fronde nach dem Pariser Aufstand (1649) eine bedeutende Rolle. 1653 unterwarf sie sich dem König

Hic jaceo, vixi annos viginti et tres – (lat.) Hier liege ich, gelebt habe ich dreiundzwanzig Jahre

hieratische Sprache – hier: priesterliche Sprache; übertragen von der hieratischen Schrift, in der die ägypt. Priester ihre Aufzeichnungen machten

Hieronymus, Sophronius Eusebius — (um 347—420), lat. Kirchenvater, bedeutender Philologe, Bibelübersetzung (Vulgata)

Hiob seine Scherbe — vgl. Buch Hiob, 2, 8: Und er nahm eine Scherbe und schabte sich und saß in der Asche

Hippokrates — (um 460—377 v. u. Z.), griech. Arzt, Begründer der wissensch. Heilkunde. Der pers. König Artaxerxes soll ihm angeblich große Schätze angeboten haben, um ihn an seinen Hof zu locken

Hoc erat in fatis — (lat.) So war es vom Schicksal beschlossen

Hoche, Lazare — (1768—1797), frz. General in den Revolutionskriegen

Hohelied — das alttestamentarische Hohelied Salomos ist ein hymnischer Lobgesang auf die Schönheit der Geliebten und die Freuden der sinnlichen Liebe

Holofernes — assyrischer Feldherr im alttestamentarischen Buch Judith

homo et vir — (lat.) Mensch und Mann

Homuncio — (lat.) Menschlein

Horaz (Quintus Horatius Flaccus) — (65—8 v. u. Z.), röm. Dichter. Das erwähnte Zitat ist aus den Satiren I, 2, 1 ff: »Ehrbarer Bajaderen Vereine und Bettelpropheten / Quacksalber, Schauspieler, Possenreißer . . .« (Übersetzung von Manfred Simon)

(Merlonius) Horstius (eigentl. Jakob Merlo) — (1597—1644), Kölner Prediger, gab 1641 die Werke Bernhards von Clairvaux (s. d.) heraus

Hundert Tage — die Zeit des wiedererrichteten frz. Kaiserreichs nach der Rückkehr Napoleons von Elba (1. 3. 1815 Landung in Cannes)

Hus, Jan — (um 1369—1415), tschech. Reformator, Kämpfer für tiefgreifende Reform der Kirche und Gesellschaft

Hydra — ein vielköpfiges, schlangenartiges Ungeheuer der griech. Sage, oft auch als Wasserschlange vorgestellt

Hymenäum — (griech.) Hochzeitsgesang

Immortale jecur — (lat.) Die unsterbliche Leber; Anspielung auf Prometheus, dessen Leber vom Adler des Zeus zerfressen wurde und immer wieder nachwuchs

Imparibus meritis pendent tria corpora ramis: Dismas et Gesmas, media est divina potestas. Alta petit Dismas, infelix, infima, Gesmas. Nos et res nostras conservet summa potestas. Hos versus dicas, ne tu furto tua perdas — (lat.) Drei Körper mit ungleichen Verdiensten hängen am Kreuze: Dismas und Gesmas, in der Mitte ist die Gottheit. Dismas trachtet nach dem Himmel, der unselige Gesmas nach der Hölle. Uns und unsere Habe möge die Gottheit behüten. Sage diese Verse, damit du deine Güter nicht durch Diebstahl verlierst (Dismas und Gesmas: die beiden zusammen mit Jesus gekreuzigten Schächer)

Incroyables — (frz.) wörtlich »Unglaubliche«, Modenarren aus der durch ihren Luxus berüchtigten Direktoriumszeit zwischen 1795 und 1799

Indes galantes, Les – Ballettmusik von Jean Philippe Rameau (1683–1764)
Inferi – (lat.) die Unteren
Initium sapientiae – (lat.) Anfang der Weisheit
In pace (requiescat in pace) – (lat.) (Möge er) in Frieden (ruhen); Synonym für Gräber; Kerker in Klöstern, in denen die Schuldigen, die Anstoß erregt hatten, bis zu ihrem Tod verwahrt wurden
Inter pocula – (lat.) Beim Becher (Wein)
Invenerunt parvulum pannis involutum – (lat.) Sie werden finden das Kind in Lumpen gewickelt. Inschrift an dem Pariser »Hospiz für Findelkinder« neben der »Maternité«
Iron-Duke – (engl.) eiserner Herzog, Beiname Wellingtons
Iron-Soldier – (engl.) eiserner Soldat
Isis – ägypt. Göttin. Ihr Kult fand später auch in Griechenland und Rom Verbreitung, wo sie zur »Großen Mutter«, zur Allmutter Natur, wurde. Über ihrem Tempel stehen die Sätze: »Ich bin alles, was da ist, was da war und was da sein wird, und meinen Schleier hat kein Sterblicher aufgehoben.«
Iturbide, Don Agustín – (1783–1824), Kaiser von Mexiko

Jacquerie – Bauernaufstand, der im Mai 1358 in Nordfrankreich spontan ausbrach; nach anfänglichen Erfolgen blutig niedergeschlagen. Die adligen Kriegsgerichte mordeten über zwanzigtausend Bauern
Jacques Bonhomme – Spottname für die aufständischen Bauern
Jakobiner – Mitglieder des Jakobinerklubs, so genannt nach dem Jakobinerkloster in Paris, in dem sie ihre Versammlungen abhielten. Die Jakobiner vertraten in der Frz. Revolution die kleinbürgerlichen und plebejischen Massen in Stadt und Land und waren die entschlossenste und radikalste demokratische Fraktion im Konvent
Jakobiten – die Anhänger Jakobs II. Stuart, der 1688 vom engl. Königsthron gejagt wurde und in Saint-Germain residierte
Janiculum – einer der sieben Hügel Roms
Jansenist – der Jansenismus war eine theologische Richtung der kath. Kirche Frankreichs im 17. und 18. Jh. Sie vertrat eine von der offiziellen kath. Lehre abweichende Auffassung von der Gnadenwahl und wurde deshalb und aus kirchenpolitischen Gründen von den Jesuiten scharf angegriffen. Die Lehre wurde 1713 vom Papst verurteilt, ihre Anhänger wanderten größtenteils nach Holland (Utrecht) aus
Jean-Jacques und Thérèse – die Kinder, die Jean-Jacques Rousseau mit Thérèse Levasseur (1721–1801) hatte, übergab er dem Findelhaus, weil Thérèse sich dem Trunk zu ergeben begann
Jeanne d'Arc – (1412–1431), frz. Bauernmädchen, stellte sich wäh-

rend des Hundertjährigen Krieges an die Spitze der nationalen Bewegung in Frankreich, befreite das von den Engländern besetzte Orleans (daher auch »Jungfrau von Orleans«) und erzwang die Krönung Karls VII. in Reims. Durch Verrat des frz. Hochadels fiel sie in die Hände der Engländer und wurde von ihnen in Rouen als »Hexe« verbrannt

Jéhus Gefährten – konterrevolutionäre Banden, die nach dem 9. Thermidor vor allem in Südfrankreich ihr blutiges Unwesen trieben

Jesaja – (um 757–701 v. u. Z.), alttestamentarischer Prophet

jesuitische Baukunst – gemeint ist der Barockstil

Jo – Priesterin der Hera, wurde von dieser wegen ihres Liebesverhältnisses mit Zeus in eine Kuh verwandelt; die Pissevache (»Kuhpisse«) ist ein Wasserfall im Kanton Wallis (Schweiz), so genannt wegen seines fast weiß aussehenden Wassers

Jordaens, Jakob – (1593–1678), fläm. Maler, malte meist sinnlich-derbe, lebensvolle Gestalten

Jourdan (eigentl. Mathieu Jouve) – (1749-1794), frz. Revolutionär, berüchtigt wegen in der Provence begangener Grausamkeiten (siehe Avignon). Hatte den Beinamen »Coupe-Tête« (etwa: »Kopf ab«)

»(Le) Journal de Paris« – erste Pariser Tageszeitung (1777–1840)

»Junge Kranke« – keine Elegie, sondern »Schäfergedicht« von André Chénier. Schließt mit der Aufforderung des jungen Mädchens an den kranken Schäfer: »Lebe, und bilden wir zusammen eine Familie! Auf daß mein Vater einen Sohn und deine Mutter eine Tochter habe.«

Junges Frankreich – innerhalb der romantischen Schule eine bestimmte Gruppe, die sich weniger durch besondere Anschauungen als vielmehr durch extravagante Kleidung hervortat

9. Juni – die Frz. Republik hatte 1793 einen neuen Kalender, rückwirkend vom 22. September 1792, eingeführt; danach hieß der Juni »Prairial«: Wiesenmonat

Juno von Aegina – ein Standbild der Hera (röm. Juno), das im 6. oder 5. Jh. v. u. Z. auf der griechischen Insel Aegina im dort entwickelten archaischen Stil geschaffen wurde

Juristenadel – die an den »Parlamenten«, den höchsten Gerichtshöfen des vorrevolutionären Frankeichs, amtierenden Richter gehörten zur »noblesse de robe«, dem Juristen- oder Amtsadel. Dieser Adel, der seit Heinrich IV. mit der Stellung verbunden war, erfreute sich zwar aller Privilegien, gehörte jedoch rechtlich zum dritten Stand

Juste milieu – (frz.) richtige Mitte, bes. das unter Louis-Philippe herrschende Regierungssystem

Justinian – (482–565), oström. Kaiser, Schöpfer des Corpus juris civilis, einer umfassenden Gesetzessammlung

Juvenal, Decimus Junius – (etwa 60–nach 127), letzter großer Satiriker Roms; geißelte die Sittenverderbnis der röm. Sklavenhaltergesellschaft

Kaiphas – jüd. Hohepriester z. Z. des Prozesses gegen Jesus

Kallipygos – (griech.) »mit dem schönen Hintern«; röm. Marmorstatue nach griech. Vorbild, ist als Aphrodite K. gedeutet worden

Kanaris, Konstantin – (1790–1877), griech. Seeheld im Freiheitskampf gegen die Türken; Staatsmann

Kapuziner – Angehöriger eines Bettelordens, Zweig des Franziskanerordens, 1527 gestiftet

Karaïben – hier: Menschenfresser

Karl II. – (1600–1685), König von England nach Wiederherstellung der Monarchie 1660. Die Sittenlosigkeit und hemmungslose Vergnügungssucht des engl. Hofes während dieser Zeit ist berüchtigt

Karl VI. – (1380–1422), König von Frankreich, ließ für viel Geld Spielkarten malen

Karl IX. – (1550–1574), seit 1560 König von Frankreich; de facto regierte seine Mutter Katharina von Medici, auch nachdem K. 1563 für mündig erklärt worden war. Katharina von Medici gilt als Anstifterin der Bartholomäusnacht (s. d.)

Karl X. – (1757– 1836), König von Frankreich. Seine absolutistische Politik gab den Anlaß zur Julirevolution von 1830 und führte zu seinem Sturz

Karmeliter – Angehöriger eines 1156 auf dem Berg Karmel gestifteten Mönchsordens, seit 1245 Bettelorden

Kartäuser – kath. Einsiedlerorden, 1084 gegründet

Karthago – von phönizischen Auswanderern auf dem Gebiet des heutigen Tunesien gegründete, im 3. Jh. v. u. Z. reichste und mächtigste Stadt am Mittelmeer

Katastrophe in der Rue Transnonain – Aufstand und Massaker im April 1834

Keepsakes – seit Ende des 18. Jahrhunderts in England und dann auf dem Kontinent modische poetische Almanache mit Stichen, Musikstücken usw.

Kléber, Jean-Baptiste – (1753–1800), frz. General

Kock, Paul de – (1794–1871), frz. Roman- und Theaterschriftsteller; seine mittelmäßigen Werke waren sehr beliebt

König von Rom – der Sohn Napoleons I., der spätere Herzog von Reichstadt (s. d.)

Konklave – Versammlungsraum und Versammlung der Kardinäle zur Papstwahl

Konstantin Pogonatus – der oström. Kaiser Constantinus V. Pogonatus regierte von 668 bis 685; in seinen letzten Lebensjahren beschäftigte er sich viel mit theologischen Streitfragen

Konvent – die oberste regierende Körperschaft Frankreichs seit September 1792, rief die Republik aus, verurteilte den König zum Tode und ließ ihn hinrichten, organisierte die Verteidigung der Frz. Republik gegen die inneren und äußeren Feinde. Er bestand anfangs aus zwei Fraktionen: den Girondisten und den Jakobinern. Nach dem Sturz der Girondisten errichteten im Mai 1793 die Jakobiner ihre revolutionäre Diktatur. Nach dem Sturz der Jakobiner (Juli 1794) verkörperte der Konvent die bürgerliche Konterrevolution. Im Oktober 1795 löste sich der Konvent auf

Korinth ja, Sybaris nein – Korinth, zeitweilig reichste griech. Handelsstadt. Sybaris, altgriech. Kolonialstadt am Golf von Tarent, bekannt wegen seines sprichwörtlichen Reichtums und der Schwelgerei seiner Bewohner

Kościuszko, Tadeusz Andrzej Bonawentura – (1746–1817), poln. Freiheitskämpfer und Nationalheld

Krieg in Spanien – Ludwig XVIII. entsandte 1823 ein frz. Heer unter Führung seines Neffen, des Herzogs von Angoulême, zur Niederwerfung der Revolution nach Spanien

La Barre, Jean François Lefebvre, Chevalier de – (1747–1766), frz. Edelmann; wurde angeklagt, ein Kruzifix verstümmelt und Gotteslästerungen ausgestoßen zu haben. Seine ursprünglich grausamere Bestrafung wurde in Enthauptung und anschließende Verbrennung umgewandelt. Voltaire forderte vergeblich seine Rehabilitation

Lacenaire, Pierre François – (1800–1836), frz. Abenteurer, Deserteur und Mörder; berühmt wegen seines zynischen Auftretens vor Gericht; hinterließ »Mémoires et révélations«, die sehr erfolgreich waren

Laënnec, René – (1781–1826), berühmter frz. Arzt, begründete und entwickelte die Methode des Abhorchens (Auskultation) und erfand das Hörrohr (Stethoskop)

Laensberg, Mathieu – (um 1600), frz. Astrologe, gab alljährlich einen Kalender mit Wettervoraussagen, politischen Weissagungen, Heilrezepten usw. heraus

Laërtius (Diogenes Laërtius) – griech. Schriftsteller, lebte im 3. Jh. und stellte in zehn Büchern eine Biographie der Philosophen zusammen

Lafayette, Gilbert, Marquis de – (1757–1834), frz. Politiker, nahm am Unabhängigkeitskrieg der Vereinigten Staaten 1777 teil, wurde dort General und zeichnete sich mehrfach aus; 1789 nahm er aktiven Anteil an der Frz. Revolution, blieb aber Anhänger der Monarchie und emigrierte deshalb 1792 nach Österreich. 1830 Oberbefehlshaber der Nationalgarde, unterstützte die Thronbesteigung Louis-Philippes. Ende 1830 ging er in die Opposition

La Fayette, Marie-Madeleine de – (1634–1693) schrieb den bedeutendsten Roman der klassischen Epoche, die »Prinzessin von Clèves«

Laffitte, Jacques – (1767–1844), Bankier Napoleons, Ludwigs XVIII. und Louis-Philippes. In der Revolution von 1830 war sein Haus das Hauptquartier der Revolutionäre, durch seinen Einfluß wurde Louis-Philippe, der »Bürgerkönig«, auf den Thron gehoben

Lafon, Pierre – (1775–1846), frz. Schauspieler

Lafontaine, Jean de – (1621–1695), berühmt vor allem durch seine Versnachdichtungen alter Fabeln

Lagrange, Charles – (1804–1857), frz. Revolutionär; hatte großen Anteil am Lyoner Aufstand von 1834

Lamarque, Jean Maximin, Graf – (1770–1832), in der Republik und unter Napoleon General; seit 1828 Deputierter und bedeutendster Redner der Opposition

Lamennais, Félicité Robert de – (1782–1854), frz. Denker und Schriftsteller; wurde berühmt durch den »Essai sur l'indifférence en matière de religion« (1817–1823), in dem er eine ultramontane Stellung bezog. Nach 1834 vertrat L. eine mystische und demokratische Philosophie mit humanitärer Zielsetzung, geißelte den Egoismus der Bourgeoisie und die kath. Kirche, die ihre ursprünglichen Grundsätze aufgegeben hatte

Lamoignon – gemeint ist wahrscheinlich Guillaume de Lamoignon (1617–1677), Präsident des Pariser Parlaments. Er galt als Liebhaber der schönen Künste und war Mäzen zahlreicher Dichter

Lamoignon-Bâville, Nicolas de – (1648–1724), frz. Administrator, verfolgte nach der Widerrufung des Edikts von Nantes die Protestanten im Languedoc besonders grausam und gab durch das brutale Vorgehen seiner Dragoner den Anlaß zum Aufstand der Camisarden (s. d.)

Lamothe, Jeanne de Valois-Saint-Rémy, Gräfin – (1756–1791), spielte eine wichtige Rolle in der Halsbandgeschichte, einem Skandal, der das Ansehen der Königin Marie-Antoinette sehr schädigte. Die Gräfin hatte dem in Ungnade gefallenen Kardinal Rohan empfohlen, der Königin ein Diamantenhalsband zu schenken. Rohan übergab der Gräfin den Schmuck, die ihn nach England verkaufte. Sie wurde nach Aufdeckung des Betruges zu lebenslänglichem Gefängnis verurteilt (1786)

Lancret, Nicolas – (1690–1743), frz. Maler

La Palisse – der Name der Volksliedfigur La Galice wurde von Soldaten durch den des Marschalls La Palisse (gest. 1525) ersetzt

Laplace, Pierre-Simon — (1749—1827), frz. Mathematiker und Astronom

Laurion — Bezirk in Attika, bekannt durch seine Bergwerke

Lavater, Johann Kaspar — (1741—1801), Schweizer Theologe und philosophischer Schriftsteller, schrieb u. a. vielbeachtete »Physiognomische Fragmente zur Beförderung der Menschenkenntnis und Menschenliebe«, in denen er den menschlichen Charakter aus den Gesichtslinien zu deuten suchte; war als Vertreter einer mystischen Religiosität Gegner der Aufklärung und der Frz. Revolution

Lazaristen — Beiname der von St. Vincenz von Paula (s. d.) 1624 gegründeten »Kongregation der Mission«, die sich u. a. der Krankenpflege widmete

Lebeuf, Jean — (1687—1760), frz. Gelehrter und Domherr. Schrieb die 15bändige »Histoire de la Ville et du Diocèse de Paris« (1754)

Leiden, Johann von — (1509—1536), Führer der Wiedertäufer in Münster

Le Nôtre, André — (1613—1700), Schöpfer der strengen klassizistischen Gartenbaukunst. Gestaltete u. a. die Gärten von Versailles und Fontainebleau

Letellier
entweder

Le Tellier, Michel — (1643—1719), frz. Jesuit, letzter Beichtvater Ludwigs XIV., erbitterter Gegner der Jansenisten (s. d.)
oder

Le Tellier, Michel — (1603—1685), frz. Staatsmann, schlug 1639 den Aufstand der »Barfüßer« nieder. Wurde nach Mazarins Tod (1661) Staatsminister und trieb zur Widerrufung des Edikts von Nantes (1685)

Lemaître, Frédérick — (1800—1876), frz. Schauspieler, schuf mit seiner Darstellung des Robert Macaire in der »Räuberherberge« — einem Melodrama von Lacoste und Chaponier — einen weltberühmten Typ: den Gauner als Bourgeois, von Daumier in zahllosen Zeichnungen festgehalten

Lenormand, Marie-Anne-Adélaïde — (1772—1843), frz. Wahrsagerin

Lethe — in der griech. Mythologie ein Quell, aus dem die Seelen der Verstorbenen Vergessenheit tranken

Lobau, Georges Mouton, Graf — (1770—1838), Adjutant Napoleons I., nach dem Rücktritt Lafayettes (s. d.) 1830 Oberkommandierender der Nationalgarde von Paris, schlug den Aufruhr vom 5. Mai nieder

Lodoïska — Frauengestalt aus dem Roman des Franzosen Louvet de Couvray (1760—1797) »Die Abenteuer des Chevaliers de Faublas«; eine schöne Polin, die für ihr Vaterland zur Märtyrerin wird. Ihr romantisches Schicksal diente auch zwei Opern, von Cherubini und von Kreutzer, zum Vorbild

Loizerolles, Jean-Simon Aved de – (1732–1794), Präsident des Pariser Parlaments, ließ sich in der Revolution angeblich an Stelle seines Sohnes hinrichten

López, Carlos Antonio – (1790–1862), Staatspräsident Paraguays mit diktatorischen Vollmachten; befreite das Land aus der wirtschaftlichen Isolation

Lorette – siehe Ball Mabille

Louvois, François Michel Le Tellier, Marquis de – (1641–1691), Sohn des Staatsministers Michel Le Tellier (s. d.), einer der wichtigsten Minister Ludwigs XIV. Reorganisierte die frz. Armee, befürwortete die Verwüstung der Pfalz 1689

Lowe, Sir Hudson – (1769–1849), Gouverneur der Insel St. Helena und »Gefangenenwärter« Napoleons I.

Loyson, Charles – (1791–1820), frz. Dichter

Ludwig XI. – regierte von 1461 bis 1483; er schuf durch seine rücksichtslose Innenpolitik in Frankreich die absolute Zentralgewalt und legte damit den Grund zu Frankreichs späterer Weltmachtstellung. Tristan L'Hermite diente ihm als diplomatischer Bevollmächtigter, Spion und Gerichtsherr

Ludwig XIII. – (1601–1643), König von Frankreich seit 1610; seine Regierungszeit wurde geprägt von Machtkämpfen am Hof, letzten Versuchen des Adels, verlorene Positionen zurückzugewinnen, und der Politik Richelieus (s. d.), die auf eine Stärkung des Absolutismus im Innern und Gebietserweiterung nach außen hinauslief

Ludwig XIV. – (1643–1715), unter seiner Regierung erreichte der Absolutismus in Frankreich seinen Höhepunkt und wurde zum Vorbild für Europa. Die Vormachtstellung Frankreichs geht jedoch gegen 1700 verloren

Ludwig XVI. – (1754–1793), unter seiner Herrschaft erreichte die Krise des frz. Feudalabsolutismus ihren Höhepunkt und führte zur Frz. Revolution. Wurde 1792 abgesetzt, zum Tode verurteilt und 1793 guillotiniert

Ludwig XVII. – Sohn Ludwigs XVI.; er wurde im Temple gefangengehalten und von den aufständischen Vendeern nach der Hinrichtung seines Vaters 1793 zum König ausgerufen. Starb 1795

Lukrez (Titus Lucretius Carus) – (um 98–55 v. u. Z.), röm. Dichter und Philosoph; verherrlichte in dem Lehrgedicht »Von der Natur der Dinge« die materialistische Weltanschauung Demokrits und Epikurs

Lux facta est! – (lat.) Und es ward Licht!

Machiavelli, Niccolò – (1469–1527), ital. Staatsmann und Geschichtsschreiber. Seine Lehre vom absolutistischen Staat drückte zugleich das bürgerliche Interesse an der Einheit des Landes aus

Madelonnettes – Besserungsanstalt für »gefallene Mädchen« in Paris

Magnates mulieres – (lat.) Große Frauen

Maillard, Stanislas Marie – (1763–1794), frz. Revolutionär der ersten Stunde. Versuchte im September 1792 bei den Gefängnismorden die Wut des Volkes zu lenken, indem er einen außerordentlichen Gerichtshof einsetzte

Maillotins – (frz.) Hammermänner; Pariser Aufständische im Jahre 1382. *Paletotmarder* – Nachtschwärmer, die Mäntel stahlen. *Morins Illuminés* – Der Illuminat (von Gott unmittelbar Erleuchteter) Morin gab vor, Gottes Sohn zu sein; versuchte Anhänger um sich zu scharen, wurde 1663 auf dem Scheiterhaufen verbrannt. *Fußbrenner* – Räuber in Frankreich zur Zeit der ersten Revolution; suchten die Überfallenen zur Herausgabe ihres Geldes zu zwingen, indem sie ihnen die Füße verbrannten

Maistre, Joseph de – (1753–1821), Botschafter des Königs von Sardinien am russ. Zarenhof; der radikalste Theoretiker der Konterrevolution. Forderte ein unabhängiges und unfehlbares Papsttum und die Wiederherstellung der absoluten Monarchie

Majo – andalus. Stutzer, der die Nationaltracht trägt, Angehöriger des einfachen Volkes

Malplaquet – Sieg der Truppen des engl. Feldherrn Marlborough und des Prinzen Eugen über ein frz. Heer 1709

Manin, Daniele – (1804–1857), ital. Patriot; stellte sich 1848 an die Spitze der Revolution in Venedig, rief die Republik von San Marco aus, leitete mit Mut und Ausdauer die Verteidigung der Inselstadt gegen die Österreicher. Floh nach Paris, wo er als Sprachlehrer kümmerlich sein Leben fristete. 1868 wurden seine sterblichen Reste feierlich nach Venedig überführt

Mann der »Annalen« – siehe Tacitus

»Manon Lescaut« – Roman von Antoine-François Prévost d'Exiles (genannt Abbé Prévost) (1731)

Mansard, François – (1598–1666) und sein Neffe Jules Mansard (1646–1708), frz. Baumeister; der letztere errichtete unter Ludwig XIV. die großen Prachtbauten, z. B. Marly-le-Roi und Versailles

Manu – altind. Rechtslehrer, unter dessen Namen vermutlich zwischen 200 v. u. Z. und 200 u. Z. ein Dharmaschastra kompiliert wurde. Es enthält Regeln für ein frommes Leben; noch im 19. Jh. wurde danach Recht gesprochen

Marabut – im nordwestl. Afrika Bezeichnung für einen Derwisch

Marat, Jean-Paul – (1744–1793), Arzt und Revolutionär, der »Freund des Volkes«, vertrat die Interessen der armen städtischen Schichten und der Bauern in der Frz. Revolution. Radikaler Anhänger der demokratischen Republik und einer der konsequentesten Führer der Jakobiner. Er wurde 1793 von Charlotte Corday im Auftrag der girondistischen Konterrevolution ermordet

Marceau, François — (1769—1796), General der Frz. Republik, besiegte die aufständische Vendée

Marcel, Etienne — (gest. 1358), Bürgermeister von Paris. Zwang den späteren Karl V., einen ständigen Rat zur Überwachung der Finanzen und Kriegsleistungen einzusetzen, rettete ihm aber das Leben, als die Pariser in das königl. Schloß eindrangen, um gegen das Beiseiteschieben dieses Rats zu protestieren

Marchangy, Louis-Antoine-François — (1782—1826), frz. Justizbeamter und Legitimist

mardi-gras — (frz.) Faschingsdienstag, Fastnacht

Marengo, Austerlitz, Arcole und Jena — die bedeutendsten Siege Napoleons; mit Marengo (1800) eroberte er Italien zurück; in der Dreikaiserschlacht von Austerlitz (1805) zerschlug er die österr.-russ. Allianz; bei Arcole (1796) wurde ein österr. Heer, das Mantua entsetzen sollte, geschlagen und damit die Gefahr der Rückgewinnung Italiens durch Österreich vorläufig abgewehrt; bei Jena erlitt das preuß. Heer 1806 eine vernichtende Niederlage

Maria von Medici — (1573—1642), Frau Heinrichs IV., Erbauerin des Luxembourgpalastes

Mark Aurel — (121—180), röm. Kaiser und stoischer Philosoph, der uneigennützige Menschenliebe forderte

Marlborough, John Churchill, Herzog von — (1650—1722), engl. General

Marly — die Pferdeskulpturen von Guillaume Coustou am Eingang der Champs-Élysées standen ursprünglich in dem unter Ludwig XIV. erbauten Lustschloß Marly-le-Roi und wurden erst nach der Frz. Revolution an ihrem heutigen Standort aufgestellt

Marmousets — Gruppe von Adligen und geistlichen Würdenträgern in der ersten Hälfte des Hundertjährigen Krieges, die sich geschworen hatte, die Ordnung im Staat wiederherzustellen; die Laune des Königs brachte jedoch 1392 die Herzöge von Burgund und Berry an die Macht

Marnix, Philips van — (1539—1598), niederl. Schriftsteller und Diplomat. Entschiedener Kämpfer gegen die span. Herrschaft

Mars (Anne-Françoise Boutet, gen. Mars) — (1779—1841), berühmte Darstellerin der weiblichen Rollen in Molières Komödien. Ihr wurden 1827 von ihrer Kammerfrau und deren Mann Diamanten im Wert von 100 000 Francs gestohlen

Martainville, Alphonse-Louis-Dieudonné – (1776–1830), frz. Journalist und Schriftsteller; feindselig gegen die Revolution, bonapartistisch während des Kaiserreichs, royalistisch während der Revolution. Schrieb mehrere Komödien. 1818 gründete er die antiliberale Zeitung »Le Drapeau blanc«

Masaniello, Thomas Aniello – neapolitanischer Fischer, Führer eines Aufstandes gegen Spanien (erschossen 1647)

Mayeux – eine Schöpfung des Karikaturisten Traviès. Bucklig, trunksüchtig, gottlos, aber patriotisch, sollte M. das Kleinbürgertum verkörpern

»Medusa« – das Schiff lief 1816 mit 400 Passagieren an Bord vor der afrikanischen Küste auf eine Sandbank; 149 versuchten sich auf einem Floß zu retten und trieben 12 Tage lang ohne Trinkwasser auf dem Meer, 19 Überlebende wurden schließlich gerettet. Ein Gemälde von Géricault zeigt den Augenblick der Rettung

Melpomene – Muse der Tragödie

»Memorial von Sankt Helena« – Titel der Lebenserinnerungen Napoleons I., die er auf der Insel St. Helena schrieb

Mercier, Louis-Sébastien – (1740–1814), frz. Schriftsteller, schilderte im zwölfbändigen »Tableau de Paris« das Pariser Volksleben

Merlin (du Douai), Philippe-Antoine, Graf – (1754–1838), frz. Jurist und Staatsmann, unter Napoleon Mitglied des Staatsrats

Meriones – trojanischer Held

merowingische Könige – das fränkische Königsgeschlecht der Merowinger regierte von 448 bis 751

Mesmer, Franz Anton – (1734–1815), Begründer der Lehre vom sogenannten tierischen Magnetismus und seiner Anwendung zu Heilzwecken

»Messager« (eigentl. *»Le Messager des Chambres«)* – frz. Abendzeitung von 1828 bis 1846

Messalina – (gest. 48 u. Z.), dritte Frau des röm. Kaisers Claudius, bekannt für ihre Zügellosigkeit und Herrschsucht

Metternich, Klemenz Wenzel Lothar, Fürst von – (1773–1859), österr. Staatskanzler

Meulen, Adam Frans van der – (1632–1690), niederl. Schlachtenmaler

Millevoye, Charles-Hubert – (1782–1816), frz. Dichter, Vorläufer der Romantik

Milton, John – (1608–1674), engl. Dichter, setzte sich leidenschaftlich für die bürgerliche Revolution ein

»Minerve« – eine von 1818 bis 1820 bestehende, in der Bourgeoisie sehr verbreitete Wochenzeitschrift, vertrat liberal-monarchistische Anschauungen

Miquelets – Teil der Truppe, die von 1808 an zur Bekämpfung span. Guerilleros eingesetzt wurde

Mirabeau, Honoré Gabriel Victor Riquetti de – (1749–1791), schloß sich zu Beginn der Frz. Revolution dem dritten Stand an, trat jedoch nicht für eine demokratische Republik, sondern für die konstitutionelle Monarchie ein. Ließ sich von der Hofpartei bestechen, starb an einer langwierigen Krankheit, bevor seine Verfehlungen bekannt wurden

Mitglied des Instituts . . . – gemeint ist General Bonaparte

Mohammed – (etwa 570–632), Stifter der islam. Religion

*Molière (*eigentl. *Jean-Baptiste Poquelin)* – (1622–1673), der bedeutendste Komödiendichter des frz. Klassizismus. Das Zitat steht in der Posse »Der Leichtsinnige« (L'Etourdi), 4. Akt, 4. Szene

»(De la) Monarchie selon la Charte« – bereits 1816 geschriebene Broschüre

»Moniteur« – seit 1789 die halbamtliche, im Kaiserreich dann die amtliche Zeitung der frz. Regierung

Mons Aventinus – hauptsächlich von Plebejern bewohnter Hügel und Stadtteil Roms

Montarlot, Cugnet de; Fabvier; Bavoux – Montarlot war Militärangehöriger und Mitglied einer Geheimgesellschaft; vor Gericht gestellt, wurde er freigesprochen. Oberst Fabvier zeigte erst 1819 nach einem Urteil Feindseligkeit gegenüber den Bourbonen. Bavoux hielt 1819 Vorlesungen an der juristischen Fakultät, löste damit einen Skandal aus, weshalb er vor Gericht gestellt, aber freigesprochen wurde

Montesquieu, Charles de Secondat, Baron de la Brède et de – (1689–1755), frz. philos. und polit. Schriftsteller

Montrevel, Nicolas-Auguste de la Beaume, Marquis de – (1636 bis 1716), frz. Marschall, riet, um den Aufstand der Camisarden (s. d.) niederzuschlagen, alle Dörfer und Häuser in den Cevennen vollständig zu zerstören

Morillo, Pablo – siehe Bolívar

Mortuus pater filium moriturum expectat – (lat.) Der tote Vater erwartet seinen zum Sterben bestimmten Sohn

Munitionär – Munitionsfabrikant, der durch Kriegsgewinne zu Reichtum gekommen ist

Murat, Joachim – (1767–1815), napoleonischer Marschall, seit 1808 König von Neapel, fiel 1814 von Napoleon ab, verlor jedoch sein Königreich und wurde 1815 bei dem Versuch, es während der Hundert Tage (s. d.) wiederzuerobern, gefangengenommen und erschossen. Im russ. Feldzug kommandierte Murat die Kavallerie

Myrrhinos – Stamm und Gemeinde im südöstlichen Attika

Naigeon, Jacques-André — (1738—1810), Freund und Verleger Diderots, Schriftsteller und Philosoph

Natoire, Charles-Joseph — (1700—1777), frz. Maler

Needham, John Tuberville — (1713—1781), engl. Gelehrter; die Anhänger der Urzeugung beriefen sich auf seine Arbeiten

Nemorin — ein verliebter Schäfer

Nerval, Gérard de — (1808—1855), frz. Schriftsteller, übersetzte Goethes »Faust I«, verfaßte Sonette, Reiseberichte, Erzählungen

Neufchâteau, Nicolas-Louis, Graf François de — (1750—1828), frz. Schriftsteller und Staatsmann, während der Restauration befaßte er sich nur noch mit Landwirtschaft und Literatur

ne varietur — (lat.) damit es keine Änderung gibt

Nemo regulas, seu constitutiones nostras, externis communicabit — (lat.) Niemand soll unsere Regeln und Bestimmungen Fremden zur Kenntnis bringen

Newton, Sir Isaac — (1643—1727), engl. Mathematiker und Physiker, Begründer der klassischen Physik

Ney, Michel — (1769—1815), Marschall von Frankreich unter Napoleon I. und Ludwig XVIII. Ging bei der Rückkehr Napoleons von Elba an der Spitze der königlichen Truppen zu ihm über. Wurde 1815 erschossen

Nil et Ens — (lat.) Das Nichts und das Sein

Nil sub sole novum — (lat.) Nichts Neues unter der Sonne

Nisi Dominus custodierit domum, in vanum vigilant qui custodiunt eam — (lat.) Wenn der Herr (d. h. Gott) nicht das Haus bewacht, hüten die Wächter es vergeblich

Nodier, Charles — (1780—1844), frz. Schriftsteller und Kritiker

Nomentan — Schlemmer bei Horaz, Satiren II, 3, 8

Non licet omnibus adire Corinthum — (lat.) Es ist nicht allen erlaubt, Korinth zu besuchen

non pluribus impar — (lat.) für alle gleich

Nunc te, Bacche, canam! — (lat.) Dir, Bacchus, werden wir jetzt singen!

Obregon de la Ronda, Marcos — gemeint ist der span. Schelmenroman von Vicente Espinel (1551—1624), »Leben und Abenteuer des Escudero Marcos von Obregon«

O'Mahony — siehe Verschwörung vom Seine-Ufer

Onkelos — eine Übersetzung des Pentateuch (die fünf Bücher Mose) ins Westaramäische

Ophelia — Gestalt aus Shakespeares »Hamlet, Prinz von Dänemark«; tritt, wahnsinnig geworden, mit Blumen im Haar auf

»Oriflamme« — monarchistische frz. Zeitung

Origines – (um185–254), griech. Kirchenschriftsteller, entmannte sich selbst

orphische Epopöen – frühgriech. Heldengedichte, fälschlich dem sagenhaften griech. Sänger Orpheus zugeschrieben

Ossa – Gebirgszug in Griechenland nahe dem Olymp und dem Pelion. Der Sage nach türmten die Giganten im Kampf gegen die Götter des Olymps die Ossa auf das Pelion

Ossian – eine Sammlung heroisch-romantischer Gedichte, alten schott. Balladen nachgebildet und einem blinden Sänger, Ossian, in den Mund gelegt. Verfasser war der schott. Dichter James Macpherson (1736–1796), doch galten sie bis 1807 als echte Volkslieder

Owen, Robert – (1771–1858), engl. Textilfabrikant, Förderer sozialer Reformen

Paër, Ferdinando – (1771–1839), ital. Komponist

Paillasse, Pantalon und Gille – Figuren der alten ital. Komödie, etwa dem Hanswurst entsprechend

Palafox (y Melzi), Don José de – (1780–1847), verteidigte Saragossa von Juli 1808 bis Februar 1809 gegen die besten frz. Truppen und übergab die Stadt erst nach dem Verlust von 54 000 Mann

Pamela – Heldin des gleichnamigen Romans von Samuel Richardson (1684–1761), ein Dienstmädchen, das den Verführungskünsten des Haussohnes widersteht und zum Lohn ihrer Tugend schließlich von diesem geheiratet wird

Panard, Charles-François – (1694–1765), frz. Lieder- und Operndichter

Pantolab – witziger Gesellschafter (scurra) bei Horaz, Satiren I, 8, 2

Paphos – Stadt auf Cypern (Kypros), nach der griech. Götterlehre Lieblingsaufenthalt der Liebesgöttin Aphrodite

para bellum – (lat.) (Wenn du Frieden willst), rüste zum Krieg

Parny, Evariste de – (1753–1814), frz. Dichter frivoler Verse

Parthenon – Tempel der Athene zu Athen

Parvulus – (lat.) das kleine Kind

Pascal, Blaise – (1623–1662), frz. Mathematiker und Philosoph; wegen seiner aphoristischen Prägnanz gerühmt

Patriarch von Ferney – gemeint ist Voltaire, der an der frz.-schweiz. Grenze die Herrschaft Ferney gekauft hatte und über die dort lebenden 1200 Menschen eine patriarchalische Herrschaft ausübte

Peisistratos – (6. Jh. v. u. Z.), Tyrann von Athen

Pelayo – König von Asturien; siegte 722 über die Araber und schuf durch die Wahrung der Unabhängigkeit seines Reiches die Voraussetzung für die später beginnende Reconquista (Zurückeroberung der Iberischen Halbinsel)

Pellegrini, Félicien – (1774–1832), ital. Sänger; in Paris debütierte P. erst 1819 am »Théâtre-Italien«

Pépin und Morey – zwei der Hauptverschwörer bei dem Anschlag Fieschis auf Louis-Philippe am 26. Juli 1835

Père Duchesne – Beiname Héberts. Auch Name einer von ihm in der Frz. Revolution herausgegebenen Zeitung der radikalen Linken

Perrault, Charles – (1628–1703), frz. Dichter, wandte sich gegen die sklavische Nachahmung der Antike. Berühmt aber vor allem wegen seiner Märchensammlung »Gänsemütterchens Märchen« (1697). Angespielt wird auf die Stelle in dem Märchen vom »Däumling«, wo der Menschenfresser »frisches Fleisch« riecht

Pétard – (frz.) Knallkapsel, Sprengschuß

Petrarca, Francesco – (1304–1374), ital. Dichter, Bahnbrecher des europäischen Humanismus. Seine Sonette (»An Laura«) wurden Vorbild für die Liebeslyrik

»Petrus von Medina« – Werk eines unbekannten span. Schriftstellers aus dem Jahre 1545 mit halb phantastischen Holzschnitten

Philemon und Baucis – nach Ovids »Metamorphosen« altes Ehepaar, das die in Menschengestalt über die Erde wandernden Götter Jupiter und Merkur beherbergte und dafür die Bitte erfüllt bekam, zu gleicher Zeit sterben zu dürfen. Auch Gestalten in Goethes »Faust« (2. Teil, 5. Akt)

Philinte und Alceste – Gestalten aus Molières »Misanthrop«

Philipp V. – (1293–1322), despotisch regierender König von Frankreich, beendete den unpopulären Krieg gegen Flandern, schloß die Frauen und deren männliche Nachfolger von der königlichen Erbfolge aus

Philitas – (4.–3. Jh. v. u. Z.), hellenist. Dichter, Gelehrter, u. a. Lehrer des Theokrit. Mit seinen kunstvollen Liebeselegien galt er den röm. Elegikern als Vorbild; kommentierte Homer

Phöbe – griech. Mondgöttin. Bei röm. Dichtern Beiname der Göttin der Jagd, Diana

Phöbos – Beiname des griech. Gottes der Musen und des Lichts, Apollo

Phokion – (um 402–318 v. u. Z.), athenischer Feldherr

Phyllis – in antiken Hirtengedichten Name einer Schäferin

Pibroch – Dudelsack, auch Dudelsackmelodie

picardía – abgeleitet vom span. »pícaro« (dt. Schelm)

Piet – Abgeordneter des Departements Sarthe; ab Ende 1815 versammelten sich die Abgeordneten der Rechten bei ihm

*Pigault-Lebrun, (*eigentl. *Charles Antoine Guillaume Pigault de l'Epinoy)* – (1753–1835), Verfasser zahlreicher frivoler Romane und Theaterstücke

Piron, Alexis – (1689–1773), frz. Dichter, Verfasser des Lustspiels »La Métromanie«

Pisacane, Carlo – geb. 1818; ital. Patriot und Pionieroffizier, nahm an mehreren revolutionären Erhebungen in Italien teil, kam bei einem Angriff auf das Königreich Neapel ums Leben

Pitt, William (der Jüngere) – (1759–1806), engl. Staatsmann. War der Kopf aller Koalitionen gegen das revolutionäre und später das napoleonische Frankreich

Place de Grève – Richtstätte von Paris bis 1830; seitdem fanden die Hinrichtungen an der Barrière de Saint-Jacques statt

Plautus, Titus Maccius – (gest. 184 v. u. Z.), röm. Komödiendichter

Please adjust your dress before leaving – (engl.) Bitte bringen Sie Ihre Kleidung in Ordnung, bevor Sie gehen

Pleignier, Carbonneau und Tolleron – Mitglieder der Geheimgesellschaft »Patriotes associés«, wurden beschuldigt, daß sie die Tuilerien sprengen wollten. Wegen des Verbrechens der Majestätsbeleidigung wurden sie zur Strafe der Vater- oder Muttermörder verurteilt; der Prozeß fand allerdings 1816 statt

Plinius, Gajus Secundus (der Ältere) – (um 23–79), röm. Schriftsteller

Plutarch – (um 46–um 125), griech. Schriftsteller

Pluviôse – nach dem Revolutionskalender der »Regenmonat«, nach dem heutigen Kalender vom 20. Januar bis zum 18. Februar

Poitiers – Sieg der Engländer 1356 über den frz. König Johann den Guten, der gefangengenommen wurde

Polignac, Jules-Auguste-Armand-Marie, Fürst von – (1780–1847), frz. klerikal-reaktionärer Politiker, Freund Karls X. von Frankreich. 1829 Ministerpräsident, gab durch den Erlaß der »Juliordonnanzen« den Anstoß zur Revolution von 1830. – Der Ruf »Nieder mit Polignac!« war natürlich 1832 überholt, da P. inzwischen zu lebenslänglicher Festungshaft verurteilt worden war

Pollux, Patroklos, Nisus, Eudamidas, Hephästion, Pechméja – berühmte Freundesgestalten (Kastor und Pollux, Patroklos und Achill, Nisus und Euryalus, Eudamidas, Arétée und Charixane, Hephästion sowie Alexander, Pechméja und der frz. Arzt Dubreuil, der an einer ansteckenden Krankheit litt, an der P. schließlich starb)

Polyphem – bei Homer (9. Gesang der »Odyssee«) menschenfressender einäugiger Riese, dessen Nachstellungen Odysseus nur mit List entgeht

Polytechnische Schule – zu dieser Zeit lediglich Schulen, bei denen das Schwergewicht des Lehrplans auf den mathematisch-naturwissenschaftlichen Fächern und den modernen Sprachen lag

Post corda lapides – (lat.) Nach dem Herzen die Steine

Postillon von Lonjumeau – sangesfreudige, vielumworbene Hauptgestalt aus der gleichnamigen Oper von Adolphe Charles Adam (1803–1856)

Potier, Charles – (1775–1838), frz. Schauspieler, trat damals im »Théâtre des Variétés« auf, wo auch bereits seit zehn Jahren Odry spielte

Prairial – neunter Monat des frz. Revolutionskalenders (20. Mai bis 16. Juni); am 1. P. (20. 5.) 1795 Hungeraufstand der Pariser Volksmassen gegen den konterrevolutionären Thermidorkonvent

Priap – antikes Sinnbild der Fruchtbarkeit, wurde in den römischen Gärten oft als Vogelscheuche aufgestellt

Prinz von Condé (Louis-Henri-Joseph, Prinz von Condé) – bekannt unter dem Namen Herzog von Bourbon; wurde 1830 nach der Julirevolution in seinem Zimmer erhängt aufgefunden

»Prinz-Generalissimus« – gemeint ist der Herzog von Angoulême und dessen Einzug in Bayonne nach Beendigung des Krieges in Spanien

Pritchard, George – (1796–1883), engl. Missionar und Konsul auf Tahiti; mißbrauchte seinen Einfluß auf Königin Pomaré IV., so daß sie die kath. Missionare auswies. 1843 veranlaßte er die Königin, das frz. Protektorat abzuschütteln. Von einem frz. Korvettenkapitän verhaftet, bewirkte er bei der brit. Regierung, eine Entschädigung zu verlangen, die Frankreich bezahlte, was die frz. Opposition für sich zu nutzen wußte

Probalynthe – Gemeindebezirk in Attika

Prudhomme, Louis-Marie – (1752–1830), frz. Politiker und Journalist; gab während der Frz. Revolution die erste demokratische Zeitung, die »Revolution von Paris«, heraus

Prudhomme – Spießbürger

Prusias II. – (192–148 v. u. Z.), König von Bithynien; ehrloser Fürst. Um den Römern zu gefallen, wollte er Hannibal, seinen Gast, ermorden lassen

Prytaneum – Erziehungsanstalt für Söhne von Offizieren und Unteroffizieren in Paris

Psyche – die Gefährtin des griech. Liebesgottes Eros, Sinnbild der menschlichen Seele

Pulcinell – hölzerne Marionette, vorn und hinten bucklig. Auf der Bühne eine komische Figur mit zwei Buckeln, roter Hakennase, auffälligem Kostüm und martialischem Hut; tritt unverschämt, prahlerisch, trunksüchtig und streitlustig auf. Der neapolitanische Pulcinella unterscheidet sich im Äußeren vom frz. P.

Puyraveau, Pierre François Audry de – (1783–1852), frz. Industrieller, Deputierter von Rochefort seit 1822, scharfer Bourbonengegner, nahm tatkräftig an der Revolution von 1830 teil und gehörte unter Louis-Philippe zur demokratischen Opposition

Puységur und Deleuze –
Puységur, Armand Marie, Jacques de Chastenet, Marquis de, (1751–1825), frz. General; befaßte sich mit dem Magnetismus Mesmers (s. d.),
Deleuze, Joseph-Philippe François, (1755–1835), befaßte sich mit Naturkunde und Magnetismus im besonderen und bemühte sich, mit seiner Hilfe die Leiden der Menschen zu lindern

Pydna – in der Schlacht bei P., 168 v. u. Z., besiegten die Römer unter Lucius Aemilius Paullus den König Perseus von Makedonien

Pylades – Gestalt der griech. Sage: Freund und Begleiter des in der Fremde umherirrenden Muttermörders Orestes

Quadrifrons – (lat.) viergesichtig

quasi cursores – (lat.) hier: gleichsam laufend

Quélen, Louis de – (1778–1839), seit 1821 Erzbischof von Paris; reaktionär und gegenüber der liberalen Bewegung feindselig

Quénisset – der Brettschneider Quénisset schoß am 13. September 1841 auf den Herzog von Aumale, einen Sohn Louis-Philippes, ohne ihn zu treffen. Q. hatte als Soldat wegen Rebellion fünf Jahre in Ketten gelegen

quia multum amavit – (lat.) weil er vieles mit seiner Liebe umfaßte

quia nominor leo – (lat.) weil ich Löwe heiße. Anspielung auf eine Fabel des Phädrus, in der Rind, Ziege, Schaf und Löwe auf Jagd gehen und der Löwe die Beute an sich nimmt, »weil ich Löwe heiße«

Qui dormiunt in terrae pulvere . . . – (lat.) Worte der kath. Totenmesse: Die im Staub der Erde schlafen, werden erwachen; einige zum ewigen Leben und andere zu immerwährender Schmach und Schande

Quicherat, Louis-Marie – (1799–1884), frz. Sprachwissenschaftler; gemeint ist wahrscheinlich sein an den Schulen viel benutzter »Traktat über die lateinische Versbildung« (1826)

quid divinum – (lat.) irgend etwas Göttliches

quid obscurum – (lat.) das gewisse Dunkel

quid obscurum, quid divinum – (lat.) irgend etwas Dunkles, Göttliches

Quiroga, Juan Facundo – (1790–1835), argent. Politiker, hatte den Beinamen »Tiger der Llanos«. Sarmiento beschrieb sein Leben in »Facundo o Civilización y barbarie en las pampas argentinas« (1845)

Quis properantem me prehendit pallio? – (lat.) Wer ergreift mich Eilenden am Mantel?

Quod non fecerunt Barbari, fecere Barberini – (lat.) Was die Barbaren nicht gemacht haben (d. h. die Zerstörung der antiken Bauwerke), hat der Barberini-Papst getan

Quot libras in duce? – (lat.) Wie viele Waagen beim Feldherrn? (d. h.: Welche Bedeutung, welche Macht hat der Feldherr?)
»Quotidienne« – Zeitung der bevorrechteten Adelskreise und der hohen Geistlichkeit, berüchtigt durch ihre Übertreibungen

Rabelais, François – (1494–1553), frz. Schriftsteller, verspottet in seinen Romanen vom Riesen Gargantua und dessen Sohn Pantagruel die Welt des untergehenden Mittelalters. Die sprichwörtliche Viertelstunde ist der Augenblick, in dem man die Zeche bezahlen und die Börse lockern muß, im übertragenen Sinn jeder ärgerliche und unangenehme Augenblick
Racine, Jean – (1639–1699), frz. Dramatiker
Radcliffe, Ann(e) – (1764–1823), engl. Romanschriftstellerin, Mitbegründerin der sog. gothic novel (Schauerroman)
Raffael, (Raffaello Santi) – (1483–1520), ital. Maler der Hochrenaissance; von seinen Tafelbildern ist vor allem die Sixtinische Madonna bekannt
Rameaus Neffe – Dialog des frz. Enzyklopädisten Diderot (s. d.); aus dem Nachlaß erschienen 1823, zuvor 1805 bereits von Goethe übersetzt
Ramillies – Sieg der Engländer über die Franzosen 1706 im Spanischen Erbfolgekrieg
Ramponneau (richtig: Ramponeaux), Jean – (1724–1802), Pariser Schankwirt, seine Schenke erfreute sich großer Beliebtheit, besonders bei Bühnendichtern und Schauspielern. Sehr trinkfest, riß er seine Kundschaft mit
Ramus, Petrus (Pierre de la Ramée) – (1515–1572), frz. Philosoph und Philologe. In der Bartholomäusnacht ermordet
Rat der Fünfhundert – nach dem Sieg der Großbourgeoisie über die radikaldemokratischen Elemente in der Frz. Revolution (9. Thermidor, Juli 1794) wurde im August 1795 eine neue Verfassung angenommen, die das Wahlrecht nur den vermögenden Klassen zuerkannte. Es wurden zwei Kammern gewählt, der Rat der Fünfhundert, der die Gesetze vorschlug, und der Rat der Alten, der sie bestätigen mußte. Beide Kammern gemeinsam wählten das fünfköpfige Direktorium
Raux, Cournand, Delille, Malfilâtre – Übersetzer von Vergils »Georgica«. Raux, Esprit – fertigte eine schlechte Übertragung sowie Anmerkungen zu der Delilleschen an (1802). Cournand, Antoine de – (1747–1814), Professor für frz. Literatur am Collège de France. Seine Versübertragung stammt aus dem Jahr 1805. Delille, Jacques – (1738–1813), seine »Georgica«-Übersetzung war berühmt und wurde von Voltaire gelobt. Malfilâtre, Jacques-Claude-Louis Clin-

champ de – (1733–1767), fragmentarische Nachdichtung um 1760. Über die Wunder nach Cäsars Tod vgl. »Georgica« I, Vers 461 ff.

Raynal, Abbé – (1713–1796), frz. Materialist und Mitarbeiter an der »Enzyklopädie«; veröffentlichte atheistische Schriften

Récamier und Dupuytren – frz. Chirurgen. Récamier, Joseph-Claude-Barthélemy – (1774–1852), Professor am Collège de France; kath. und legitimistisch. Anhänger des Vitalismus. Dupuytren, Guillaume – (1777–1835), ab 1820 Arzt Ludwigs XVIII. und Karls X.

Redivivus – (lat.) der Wiedererstandene

Régence – Zeit der Minderjährigkeit Ludwigs XV. von 1715 bis 1723; die Regentschaft wurde von Herzog Philipp II. von Orleans ausgeübt

regia ac poene tyrannica – (lat.) Königliches und beinahe Tyrannisches (d. h.: wie ein König und fast wie ein Tyrann)

Régnier, Mathurin – (1573–1613), frz. Dichter

Reichstadt, Herzog von – der Sohn Napoleons I., zu dessen Gunsten er 1814 und 1815 der Krone entsagt hatte; lebte bis zu seinem Tode 1832 als Herzog von Reichstadt am kaiserlichen Hof in Wien

Religionskriege – die Kriege zwischen den frz. Katholiken und Protestanten (Hugenotten) von 1562 bis 1598. Sie endeten mit der Anerkennung der religiösen und politischen Gleichberechtigung der Protestanten durch das Edikt von Nantes. Höhepunkt der Kriege war die Niedermetzelung Tausender Protestanten in der Bartholomäusnacht 1572

Requiem aeternam dona ei, domine – (lat.) Ewige Ruhe gib ihm, Herr

Requiescat in pace – (lat.) Ruhe in Frieden

Requiescant – (lat.) Mögen sie ruhen

Res angusta – (lat.) hier: mißliche Lage

Restauration – die Epoche der Wiederherstellung der bourbonischen Herrschaft nach der Verbannung Napoleons; die aus der Emigration zurückgekehrten Adligen und die Kirche versuchten rücksichtslos, ihre alten Vorrechte und ihre Ländereien wiederzuerlangen; die Anhänger der Revolution und die Bonapartisten wurden verfolgt, eine Wahlordnung wurde erlassen, die nur den reichsten Steuerzahlern das Wahlrecht zuerkannte

Richelieu, Armand Jean du Plessis, Herzog von – (1585–1642), Kardinal, bedeutender frz. Staatsmann. Seine Politik zielte auf die Stärkung der Machtbefugnisse des Königs gegenüber dem Adel und auf die territoriale Ausdehnung Frankreichs bis zum Rhein und zu den Pyrenäen

Ridet Caesar, Pompeius flebit – (lat.) Cäsar lacht, Pompejus wird weinen. (Cäsar war der Gegenspieler des Pompejus im Bürgerkrieg, Pompejus unterlag 48 v. u. Z. in der Schlacht bei Pharsalos)

Riego (y Núñez), Rafael del – (1785–1823), span. General, kämpfte gegen die napoleonische Herrschaft. Die Cortes beauftragten ihn 1823, gegen das frz. Expeditionskorps zu kämpfen. Wurde als Verwundeter von Bauern ausgeliefert, dann verurteilt und gehenkt

Rigaudon — lebhafter Gesang und Tanz im Zweitakt

Robespierre, Maximilien de — (1758—1794), Vorsitzender des Jakobinerklubs, einer der bedeutendsten Führer der Frz. Revolution. Bezwingender Redner, leitender Kopf des Wohlfahrtsausschusses, führte die Revolution auf ihre höchste Stufe — die revolutionäre demokratische Diktatur der Jakobiner —, genoß größtes Ansehen bei breiten Volksmassen, die ihn den »Unbestechlichen« nannten. Wurde 1794 von der konterrevolutionären Bourgeoisie gestürzt und hingerichtet

Robespierre, Augustin-Bon-Joseph — (1763—1794), der jüngere Bruder des Revolutionsführers, spielte in der Revolution keine selbständige Rolle. Verlangte nach der Hinrichtung seines Bruders Anklageerhebung gegen sich, wurde hingerichtet

Roland läßt sich töten ... — die Liebesgeschichte des Helden Roland und der Königin Angelika von Kathay findet sich nicht im alten »Rolandslied«, sondern in dessen romantischen Fortsetzungen. In den epischen Gedichten »Der verliebte Roland« von Matteo Maria Bojardo (1434—1494) und »Der rasende Roland« von Ludovico Ariost (1474—1533) wird der Liebeswahnsinn Rolands, der von Angelika nicht erhört wird, in Tausenden von Versen geschildert

Roquelaure, Gaston, Herzog von — (1617—1683), frz. Kriegsmann, war berühmt wegen seiner Häßlichkeit und seiner Witze

Rosa, Salvator — (1615—1673), ital. Maler

Rostoptschin, Feodor Wassiljewitsch, Graf — (1763—1826), Generalgouverneur von Moskau. Entwarf den Plan des Brandes von 1812

Rota Romana (Sacra Romana Rota) — oberster Gerichtshof der kath. Kirche für kirchl. Zivil- und Strafprozesse

Rousseau, Jean-Jacques — (1712—1778), philosoph. Schriftsteller, Pädagoge. Als Theoretiker des revolutionären Kleinbürgertums vor der Frz. Revolution vor allem für die Gesellschafts- und Staatstheorie bestimmend

royalistisches Assignat von 1793 — Papiergeld, das von den aufständischen Königsanhängern ausgegeben wurde

Royer-Collard, Pierre Paul — (1763—1845), frz. Philosoph und doktrinärer Politiker

Rubikon — bis 43 v. u. Z. Grenzflüßchen zwischen Italien und der röm. Provinz Gallia. Beim Überschreiten des Rubikon (49 v. u. Z.) soll Cäsar gesagt haben »Alea iacta est« (Der Würfel ist gefallen), was den Beginn des Bürgerkriegs bedeutete

Rue Quincampoix — der Sitz der Lawschen Bank (siehe Affäre Law)

seit 1716; dort wurden die berüchtigten Mississippi-Aktien ausgegeben, die später zum Zusammenbruch des Lawschen Unternehmens führten

Ruisdael, Jacob van – (1628–1682), niederländ. Maler

Ruyter, Michiel – (1607–1676), niederländ. Admiral und Seeheld

Saguet – Inhaberin eines beliebten Restaurants in Paris

Sainte-Foix und Créqui – symbolischer Vergleich des ein abenteuerliches Leben voller Raufereien und Duelle führenden frz. Schriftstellers Germain François Poullain de Sainte-Foix (richtig: Saint-Foix) (1698-1776) mit dem Marschall von Frankreich François, Marquis de Créqui (1624–1687)

Saint-Germain-Viertel – im Faubourg Saint-Germain in Paris hatte der Adel seine Wohnsitze

Saint-Hilaire, Etienne Geoffroy – (1772–1844), frz. Naturphilosoph, Verfechter einer Entwicklungstheorie, Vorläufer Darwins

Saint-Just, Louis-Antoine de – (1767–1794), führender Jakobiner, Freund und enger Mitarbeiter Robespierres, Mitglied des Konvents und des Wohlfahrtsausschusses, hervorragender Redner und revolutionärer Schriftsteller. Glühender Patriot, tat sich vor allem als Kommissar der Revolutionsarmee hervor. Wurde mit Robespierre 1794 nach dem Sieg der Konterrevolution hingerichtet

Saint-Lazare – Frauengefängnis in Paris

Saint-Simon, Claude-Henri, Graf – (1760–1825), utopischer Sozialist, forderte die Errichtung einer Gesellschaft, in der die »produktiven Klassen« (Arbeiter, Fabrikanten, Landwirte) herrschen, erkannte jedoch nicht den Interessengegensatz zwischen Arbeitern und Unternehmern

Salaberry – Abgeordneter der extremen Rechten während der Restauration

Salomo – (um 960–927 v. u. Z.), König des israel. Reiches, legendär wegen seiner Weisheit. Die erwähnte Variante der Weisheit S.s bezieht sich auf das Alte Testament, Prediger Salomo 1, 2: »Es ist alles ganz eitel, sprach der Prediger, es ist alles ganz eitel«

Salpêtrière – Hospital für alte, kranke und geistesgestörte Frauen in Paris

Sand, Karl Ludwig – (1795–1820), ermordete 1819 den reaktionären Schriftsteller von Kotzebue, der als Agent der Heiligen Allianz verhaßt war

Sansculotte – in den ersten Jahren der Frz. Revolution Bezeichnung für die revolutionären Volksmassen, die statt der Kniehosen der Aristokraten lange Hosen (Pantalons) trugen

Santon – mohammedanischer Bettelmönch

Saqui und Forioso – frz. Seiltänzer. Marguerite Antoinette Saqui (1786–1866) trat bei allen öffentlichen Festen im ersten Kaiserreich auf. Eröffnete 1814 zusammen mit ihrem Mann im »Café d'Apollon« das »Schauspiel der Akrobaten«. Forioso (1766–1846) zog sich bereits 1814 zurück

Saturnalien – röm. Fest zur Erinnerung an die Zeiten des Saturnus, als es noch keine Unfreien gab; die Sklaven wurden bei diesem Fest bewirtet und beschenkt

Satyr – Begleiter des griech. Weingottes Dionysos, von boshaft verschlagenem Charakter, meist mit Bocksfüßen dargestellt

Saul-Tavannes, Gaspard de – (1509–1573), frz. Marschall, einer der Drahtzieher der Bartholomäusnacht (s. d.)

Sauval, Henri – (1623–1676), frz. Historiker. Seine Arbeiten wurden 1724 unter dem Titel »Histoire et Recherche des Antiquités de Paris« veröffentlicht

Scabra rubigine – (lat.) von rauhem Rost

*Schinderhannes (*eigentl. *Johann Büchler)* – (1777–1803), Anführer einer Räuberbande, die in den Revolutionswirren am Rhein großen Schrecken verbreitete

Schnupftabaksdose à la Charte – siehe Touquet

Schwertschlucker – vgl. Apulejus, »Der Goldene Esel«

Scipio, P. Cornelius – (um 235–183 v. u. Z.), röm. Feldherr, vertrieb die Karthager aus Spanien, entschied 202 die Schlacht bei Zama (Afrika) für Rom. S. wurde von seinen Gegnern, u. a. Cato d. Ä., des Verfassungsbruchs, der Vetternwirtschaft usw. beschuldigt

Scylla und Charybdis – in der griech. Mythologie Seeungeheuer in der Meerenge von Messina, die die vorbeifahrenden Schiffe verschlangen

Septembermörder – Schimpfname der Reaktion für die Teilnehmer an der Niederschlagung des konterrevolutionären Putschversuches vom September 1792

Seraphim – (Singular: Seraph), sechsflügelige, den Gott Jahwe umschwebende Wesen; später unter die Engel eingeordnet

Sèves, Octave-Joseph-Anthelme de – (1787–1860), diente in der Armee des ersten Kaiserreichs und während der Hundert Tage, ging als Ausbilder nach Ägypten, wo er zum General und Pascha ernannt wurde; hatte den Beinamen Soliman Pascha

Seymour, Lord Henry – (1805–1859), sein Spitzname war »L'Arsouille« (Der Schmutzfink)

Siebenter Ring und achter Himmel – spielt auf Dantes »Göttliche Komödie« an. Die Hölle umfaßt bei Dante außer dem Vorhof neun Ringe, die in Form eines ungeheuren Trichters im Mittelpunkt der Erde zusammenlaufen: In ihnen weilen die Verdammten. Der siebente Höllenring schließt in sich drei kleinere Kreise: Der erste faßt die Gewalttätigen gegen die Nächsten (Räuber, Diebe, Mörder, Tyrannen), der zweite Kreis hält die Gewalttätigen gegen sich selbst (Selbstmörder, Verschwender ihres Gutes), der dritte Kreis bannt die Gewalttätigen gegen Gott (Gotteslästerer, Homosexuelle und Wucherer) (vgl. Inferno, 11. bis 17. Gesang). Das Paradies ist aus neun übereinandergelagerten Himmelssphären aufgebaut. In diesem Stufenreich wohnen die Seligen, die Vollkommensten am höchsten. Im achten Himmel (dem sog. Fixsternhimmel) haben sie schon einen hohen Grad erreicht und sind Gott nahe, aber noch nicht mit ihm vereint (vgl. Paradiso, 25. bis 27. Gesang)

Sic vos non vobis – (lat.) So (habt) ihr (gearbeitet, aber) nicht für euch (Vergil)

Sieyès, Emmanuel-Joseph, Graf – (1748–1836), spielte in der ersten Phase der Frz. Revolution eine bedeutende Rolle, stimmte für den Tod des Königs, war dann Mitglied des Direktoriums, unterstützte den Staatsstreich Bonapartes, im Kaiserreich Baron und Senator. Von 1815 bis 1830 lebte er als »Königsmörder« in der Verbannung

Silanion – (4. Jh. v. u. Z.), griech. Bildhauer, wahrscheinlich ausschließlich Erzgießer, von dem die literarische Überlieferung nur Athletenstandbilder und Bildnisstatuen nennt

Silen – in der griech. Mythologie Walddämonen, die den Dionysos begleiten

Silvae sunt consule dignae – (lat.) Die Wälder sind würdig des Konsuls (Vergil, Hirtengedichte IV, 3)

Sinai – nach der Überlieferung des Alten Testaments empfing Moses auf dem Berg Sinai die Gesetzestafeln (zehn Gebote) für das Volk Israel

Sinite parvulos – (lat.) Lasset die Kindlein . . . (zu mir kommen) (Evangelium des Lukas 18,16)

Sirven, Pierre Paul – (1709–1777), frz. Protestant; wurde angeklagt, seine Tochter (Selbstmord 1762) getötet zu haben. Voltaire gelang es, ihn zu rehabilitieren

Sisyphos – in der griech. Mythologie König von Korinth, der in der Unterwelt dazu verdammt ist, einen immer wieder herabrollenden Felsblock bergauf zu rollen

Si volet usus – (lat.) wenn es der Sprachgebrauch will (Horaz)

Sixtinische Kapelle – die Hauskapelle des Papstes im Vatikan, erbaut 1473 bis 1481, berühmt durch die Fresken Michelangelos

Socinus, Lälius – (1525–1562) und sein Neffe Faustus Socinus (1539–1604), ital. Theologen, die statt der Dreieinigkeit die Einheit Gottes lehrten (Unitarier, Sozinianer)

Solem quis dicere falsum audeat – (lat.) Wer wagt wohl, die Sonne trügerisch zu nennen

Solus cum solo, in loco remoto, non cogitabuntur orare pater noster – (lat.) Allein mit der Erde, an einem entfernten Orte, werden sie, wie man meint, sicher nicht darauf bedacht sein, das Vaterunser zu beten

Soulange-Bodin, Etienne – (1774–1846), schuf den Park von Malmaison, später Begründer des Botanischen Gartens von Fromont

Soult, Nicolas-Jean de – (1769–1851), frz. Marschall unter Napoleon, später verbannt, dann Außen- und Kriegsminister

Spartakus – röm. Sklave und Gladiator thrakischer Abkunft. Führer des bedeutendsten Sklavenaufstandes (74–71 v. u. Z.)

Spinoza, Baruch de – (1632–1677), in den Niederlanden geborener, aus einer portug.-jüd. Familie stammender Philosoph

*Staël, Madame de (*eigentl. *Anna Louise Germaine de Stäel-Holstein)* – (1766–1817), frz. Schriftstellerin. Wegen ihrer aufklärerischen Ideen 1803 von Napoleon verbannt. Trug durch Vermittlung ihrer Kenntnis fremder Literaturen zur Herausbildung der frz. Romantik bei

Staphyla und Planesium – Gestalten aus den Komödien »Aulularia« bzw. »Curculio« von Plautus

Stat crux dum volvitur orbis – (lat.) Das Kreuz steht, während sich die Erde bewegt

Stephanus – einer der Mörder des röm. Kaisers Domitian (96). Vielleicht geschah die Tat aus Freiheitsliebe, nach Sueton waren es Geldverlegenheiten

Strongylion – (Ende 5. Jh. v. u. Z.), griech. Bildhauer; schuf ein Trojanisches Pferd, das auf der Akropolis aufgestellt wurde. Nero besaß von ihm die Statuette einer Amazone, die er besonders schätzte

Suchet, Louis-Gabriel, Herzog von Albuferra – (1770–1826), zeichnete sich in den Revolutionskriegen und unter Napoleon I. als Heerführer aus. Das aufständische Saragossa (Spanien) wurde 1809 von ihm acht Monate lang belagert, bevor er es gegen letzten, verzweifelten Widerstand einnahm

Sulla, Lucius Cornelius – (138–78 v. u. Z.), röm. Patrizier, schärfster Gegner der röm. Volkspartei, stellte als Diktator die Senatsherrschaft in übersteigerter Form wieder her

Swedenborg, Emanuel – (1688–1772), schwed. Mystiker und Naturforscher

Syene, Verbannte von – S., heute Assuan, war wichtiger Stapelplatz des afrik. Handels im äußersten Süden des antiken Ägyptens; Verbannungsort Juvenals (letzteres ist freilich umstritten, es wird auch Schottland angegeben)

Tacitus, Publius Cornelius – (um 55–um 122), röm. Geschichtsschreiber, verfaßte u. a. die »Historiae« und die »Annales«

Talapoin – niederer buddhistischer Priester in Burma und Siam

Talleyrand, Charles-Maurice, Herzog von, Fürst von Benevent – (1754–1838), ursprünglich Bischof (1788), ging bei Ausbruch der Revolution zum dritten Stand über, förderte den Staatsstreich Bonapartes; seit 1797 Außenminister, arbeitete das Konkordat von 1801 aus, später bis 1808 Großkämmerer, 1812 verhandelte er mit den Bourbonen, die ihn 1814 zum Pair und Außenminister machten. Auf dem Wiener Kongreß vertrat er geschickt die Belange Frankreichs. Seit 1824 wieder in der Opposition. 1830 bis 1834 Gesandter in London

Talma, François-Joseph – (1763–1826), berühmter frz. Schauspieler

Tartüff – Gestalt aus Molières gleichnamiger Komödie

Tiglatpilesar – Name mehrerer assyr. Könige; T. I. (um 1115–1077 v. u. Z.) vergrößerte das assyr. Reich beträchtlich; T. III. (745–727 v. u. Z.) schuf Grundlagen des neuassyr. Reiches

telegraphische Gesten – der damals benutzte optische Telegraph übermittelte die Buchstaben durch die verschiedenartige Stellung der beiden Flügel zueinander

Terray, Joseph Marie – (1715–1778), frz. Staatsmann; hatte mit Maupeou und d'Aiguillon von 1770 bis 1774 so etwas wie ein Triumvirat gebildet, war beim Volk wegen seiner drückenden Steuerpolitik äußerst verhaßt

Tertullian – (nach 150–um 222), lat. Kirchenschriftsteller

Thales (von Milet) – (um 600 v. u. Z.), griech. Philosoph

Themis – griech. Göttin der Gerechtigkeit

Theokrit (Theokritos aus Syrakus) – (um 270 v. u. Z.), Begründer der antiken Hirtenpoesie

Théophile de Viau – (1590–1626), frz. Dichter

Theramen – in der Tragödie »Phädra« von Jean Racine berichtet Theramenes dem Theseus vom Tod des jungen Fürsten; sprichwörtlich für eine sehr schöne, aber dem Ort und Augenblick wenig angemessene Rede

Therapontigonus – aufschneiderischer Offizier aus der Komödie »Curculio« des Plautus

Thermidor – elfter Monat des republikanischen Kalenders. Am 9. Thermidor (27. Juli 1794) wurde Robespierre gestürzt, am 7. Thermidor (25. Juli 1794) wurde Chénier hingerichtet

Thermopylen – 480 v. u. Z. verteidigte der Spartanerkönig Leonidas tagelang mit einer kleinen Schar von Kämpfern den Thermopylenpaß bis zum letzten Mann gegen die persische Übermacht

Thesprio – Waffenträger aus der Komödie »Epidicus« des Plautus

Thrasius – Gestalt aus den Satiren des Horaz II, 2

Thrasybulos – (gest. 390 v. u. Z.), athenischer Heerführer während des

Peloponnesischen Krieges (431–404), zeitweilig Führer der demokratischen Partei

Timbraeus Apollo – (lat.) der närrische Apollo

time is money – (engl.) Zeit ist Geld

Timoleon – berühmter Feldherr aus Korinth, der die Karthager 339 v. u. Z. am Crimisus schlug und Syrakus befreite

Tiridates – Name mehrerer parthischer und armenischer Könige im 1. bis 3. Jh. v. u. Z.

Tityrus – vgl. Vergil »Bukolika«, 1. Idylle: »Tityrus, unter dem Dach breitästiger Buche gelagert ...«

Tolbiacum – Zülpich (Nordrhein-Westfalen); dort siegte 496 der fränkische König Chlodwig I. angeblich über die Alemannen

Tolleron – siehe Pleignier

Tor von Theben – gemeint ist das ägyptische Theben, vgl. Altes Testament, Richter 9, 5 ff.: »Es aber war ein starker Turm mitten in der Stadt. Auf den flohen alle Männer und Weiber und alle Bürger der Stadt und schlossen hinter sich zu und stiegen auf das Dach des Turms. Da kam Abimelech zum Turm und stritt dawider und nahte sich zur Tür des Turms, daß er ihn mit Feuer verbrennte.«

Touquet – ehemaliger Gardeoffizier; gab Voltaires ausgewählte Werke erst 1821 heraus. Die »Schnupftabaksdosen à la Charte« brachte T. ebenfalls erst 1820 zum Verkauf, in ihnen war der Text der Charte eingraviert

Tournefort, Jussieu und Linné – Der Naturforscher Joseph Pitton de Tournefort (1656–1708) war ein frz. Botaniker, ebenfalls Bernard de Jussieu (1699–1777). Carl von Linné (1707–1778), schwed. Naturforscher, schuf eine botanische Kunstsprache sowie eine Klassifikation der Pflanzen, Tiere und Mineralien

tragische Schauspiele von 1793 – gemeint sind die Maßnahmen des Konvents gegen die Konterrevolution und das Königshaus, die Hinrichtung Ludwigs XVI. usw.

Trappistenkost – die Trappisten, ein 1664 gegründeter Mönchsorden, hatten eine sehr strenge Regel; u. a. bestand bei der Arbeit und während des Essens Schweigegebot. Ihre Nahrung war ausschließlich vegetarisch

T. F. P. – Abkürzung für *Travaux forcés à perpétuité* (frz., lebenslängliche Zwangsarbeit)

Trenton – berühmte Schlacht im amerik. Unabhängigkeitskrieg (1776), bei der die amerik. Truppen durch einen überraschenden Vorstoß über tausend Hessen gefangennahmen

Trestaillon (eigentl. *Jacques Dupont*) – während des Weißen Terrors führte T. eine royalistische Bande an, die in den Umgegenden von Nîmes und Uzès Schrecken verbreitete

Trimalchio – dünkelhafter, ungebildeter Neureicher aus dem Roman »Satiricon« des röm. Schriftstellers Petronius Arbiter (gest. 66 u. Z.)

Trinquelague, M. de – einflußreicher Abgeordneter der Rechten, der 1816 und 1817 erfolglos als Präsident der Kammer kandidierte

Trogoff, Delaverderie – waren an einer Verschwörung in der Armee beteiligt; die geplante Erhebung wurde durch die Verhaftung der Verschwörer vereitelt. Die Bewegung war in Bonapartisten und Republikaner gespalten

Trophonius – Heros der griech. Mythologie; zur Strafe für einen Brudermord hatte ihn eine Erdspalte verschlungen, aus der heraus er hinfort Orakel verkündete. T. besaß bei Lebadea (Böotien) ein unterirdisches Heiligtum, eine enge, tiefe Höhle, in der die Ratsuchenden Visionen hatten und aus der sie völlig benommen herauskamen

Tu es Petrus et super hanc petram – Du bist Petrus, und auf diesem Felsen (will ich bauen meine Gemeinde) (Evangelium des Matthäus 16, 18)

Tugendbund – eine 1808 gegründete Gesellschaft, die nach der Niederlage durch Napoleon I. offen die sittliche Erneuerung Preußens forderte, im geheimen aber gegen die französische Fremdherrschaft kämpfte. Sie wurde 1809 aufgelöst, bestand aber illegal weiter

Tumult im Juni 1822 – im Juni 1820 hatte es in Paris Arbeiter- und Studentenunruhen wegen des Versuchs der Regierung gegeben, die Verfassung zu ändern. Dabei wurde der Rechtsanwalt Lallemand von Militär erschossen. Am 3. Juni 1821 und 1822 gab es vor der Kirche Saint-Eustache Unruhen, weil der Priester sich weigerte, zur Erinnerung an die Ermordung Lallemands eine Totenmesse zu lesen. Hugo verwechselt hier offensichtlich die Jahreszahlen

Turcaret – Held des gleichnamigen Lustspiels von Alain-René Lesage (1668–1747); ein Lakai, der es trotz seiner Beschränktheit zum Steuerpächter gebracht hat und von einem Edelmann ruiniert wird

Turenne, Henri de La Tour d'Auvergne, Vicomte de – (1611–1675), frz. Feldherr im 30jährigen Krieg und in den anschließenden Kriegen Ludwigs XIV.

Turgot, Anne-Robert-Jacques – (1727–1781), frz. Staatsmann und bedeutender Volkswirtschaftler

Turris eburnea – (lat.) Turm von Elfenbein (Vesperhymne)

Ugolino della Gherardesca – Angehöriger einer Adelsfamilie aus Pisa; wurde vom Senat in Pisa 1288 zum Hungertod im Turm der Gualandi verurteilt. Dante schildert ihn in seiner »Divina Commedia« als Verräter

ultramontan – die Richtung des politischen Katholizismus, die die Oberhoheit des Papstes auf allen Gebieten anerkennt

Ultraroyalist – Anhänger der durch die Frz. Revolution abgesetzten Bourbonen und der absoluten Monarchie
Ultras – in der Restaurationszeit die radikalen Parteigänger der absoluten Monarchie und der Wiederherstellung der adligen Vorrechte, wie sie vor der Frz. Revolution bestanden hatten
Ultravoltairianer – Anhänger Voltaires (s. d.)
Unsittlichkeit der romantischen Schule – die frz. Romantiker galten bis 1824 als gute Katholiken und Anhänger der Monarchie. Erst als sie sich gegen die »Tradition« wandten, gingen Staat und Kirche gegen sie vor: Auger, der Sekretär der Akademie, und Graf Frayssinous, Bischof und Großmeister der Universität, verdammten die Romantik 1824 als staatsfeindlich und ketzerisch
Urbanistinnenkloster – die Urbanistinnen folgten der durch Papst Urban IV. 1263 gemilderten Regel des 1212 gegründeten Ordens der Klarissen
Urbi et orbi – (lat.) der Stadt und dem Erdkreis (Segensspruch des Papstes)
urbis amator; ruris amator – (lat.) Liebhaber der Stadt; Liebhaber des Landes. So bezeichnet Horaz seinen Freund Marius Aristius Fuscus bzw. sich selbst (Quintus Horatius Flaccus)
Urfé, Honoré d' – (1568–1625), frz. Schriftsteller, berühmt durch seinen Schäferroman »Astrée«
Ursulinerin – Angehörige des 1535 gestifteten Ordens der Ursulinerinnen, der sich vor allem der Krankenpflege widmete
Usurpator – gemeint ist Napoleon I., der sich nach Ansicht der Bourbonenanhänger Thron und Kaisertitel angemaßt hatte

Vadé, Jean-Joseph – (1719–1757), frz. Dichter von Vaudevilles, befaßte sich mit Sprache und Sitten der Markthallen
Vade retro – (lat.) Weiche von hinnen (im Evangelium des Markus 8, 33 auch: Hebe dich, [Satan,] von mir)
Vadeboncœur – verkörpert den galanten und tapferen Soldaten des 18. Jh.s
Vair, Guillaume du – (1555–1621), frz. Staatsmann, Redner und Philosoph; hatte zuerst die Liga unterstützt, später den Anspruch Heinrichs IV. auf den frz. Königsthron, wurde dafür mit wichtigen Ämtern belohnt
Vancouver, George – (1757–1798), nahm an der zweiten und dritten Weltreise von Cook (s. d.) teil; von 1791 bis 1795 erforschte er im Auftrage der britischen Regierung den nördlichen Pazifischen Ozean. Diese Reise beschrieb er 1798
Vaubernier, Jeanne – Mätresse Ludwigs XV. nach der Pompadour
Vaublanc, Vincent-Marie Viénot, Comte de – (1756–1845), ultraroya-

listischer Innenminister (1815–1816), stellte die alte Gliederung der Akademie wieder her, dabei wurden elf Mitglieder der Académie française ausgeschlossen. Der König bestimmte neun neue Mitglieder, die Akademie durfte die beiden restlichen wählen

Veda – die Veden sind die ältesten religiösen Schriften Indiens

Vejanus – scheint der Gladiator zu sein, den Horaz in seinen Episteln I,1 erwähnt

Vendée – frz. Landschaft an der atlantischen Küste südlich der Loiremündung, während der Frz. Revolution Zentrum der royalistischen Aufstände (1793) gegen die Republik

Vendémiaire – Weinmonat des republikanischen Kalenders (22. September bis 21. Oktober)

Vendetta – (it.) Blutrache; sie legte den nächsten Verwandten des Ermordeten die Pflicht zur Rache auf. In Korsika bis ins 19. Jh. üblich

Venetiis, in aedibus Manutianis – (lat.) zu Venedig, im Manutianischen Hause

Venus – die röm. Liebesgöttin

Venus von Milo – eigentlich ein Marmorstandbild der griech. Liebesgöttin Aphrodite (röm. Venus), das auf der Insel Melos (Milo) gefunden wurde und aus der hellenistischen Epoche stammt. Steht im Louvre in Paris

Verdets – royalistische Banden in Südfrankreich, denen während des Weißen Terrors (1815) viele Jakobiner und Protestanten zum Opfer fielen

Vereinigung der Volksfreunde – bürgerlich-demokratische Organisation, die unmittelbar nach der Julirevolution 1830 entstand, anfänglich öffentlich tagte, dann jedoch mit der zunehmenden Verfolgung der republikanischen Bewegung eine Geheimgesellschaft wurde. Wurde Ende 1832 durch Gerichtsbeschluß für aufgelöst erklärt und ging in anderen politischen Organisationen auf

Verfassung vom Jahre II – die Verfassung von 1793, von den Jakobinern ausgearbeitet, erklärte Frankreich zur demokratischen Republik, gab jedem Bürger vom 21. Lebensjahr an das Wahlrecht und schützte das bürgerliche Eigentum. Sie gilt als eine der fortschrittlichsten bürgerlich-demokratischen Verfassungen. Sie wurde durch eine Volksabstimmung angenommen, sollte jedoch erst nach Beendigung des Bürgerkrieges in Kraft treten. Nach dem Sturz der Jakobiner am 9. Thermidor annullierte die Großbourgeoisie die Verfassung

Verfassungsurkunde von 1814 – die »Charte«, die Verfassung, die dem frz. Volk 1814 von Ludwig XVIII. aufgezwungen wurde; sie gab dem König das Recht, die Beamten zu ernennen, die Mitglieder der Pairskammer zu berufen usw. Der Wahlzensus für die Deputiertenkammer war so, daß nur die höchsten Steuerzahler das aktive und passive Wahlrecht hatten

Verga – der Spanier Martin Verga stiftete 1425 die Kongregation der Bernhardinerinnen-Benediktinerinnen

Vergil (Publius Vergilius Maro) – (70–19 v. u. Z.), röm. Dichter; die Anspielung »wie V. in der ... Ebene von Philippi träumt« bezieht sich wahrscheinlich auf den ersten Gesang seines »Lehrgedichts vom Landbau« (Georgica), Vers 46, 1. ff., in dem er die Voraussagen und Zeichen für die Schlacht bei Philippi (42 v. u. Z.) nennt, in der die röm. Republikaner vernichtend geschlagen wurden. V. schrieb nach dem Vorbild Theokrits Hirtengedichte

Vergniaud, Pierre-Victurnien – (1753–1793), einer der Führer der Gironde in der Nationalversammlung und im Konvent während der Frz. Revolution

Vermis sum – (lat.) Ich bin ein Wurm

Verres – (1. Jh. v. u. Z.), hoher röm. Beamter in Sizilien, berüchtigt durch seine Erpressungen; Cicero hielt sieben Prozeßreden gegen V.

Verschwörung vom Seine-Ufer – wurde von ultraroyalistischen Offizieren im Sommer 1818 angezettelt, darunter waren *Carnuel, de Chappedelaine* und einige andere. *O'Mahony* wird nirgends erwähnt. Ludwig XVIII. sollte entführt und gezwungen werden, zugunsten des Grafen d'Artois (des späteren Karl X.) abzudanken oder Minister auszutauschen. Decazes (siehe Dessolles) ließ die geschwätzigsten der Verschwörer verhaften, um sie bald wieder freizulassen

Vespertilio – (lat.) Fledermaus

Vestalin – jungfräuliche Priesterin der röm. Göttin Vesta, der Hüterin der heimischen Herdflamme

Vetiver – die Wurzel der Iwarankusa, eines wohlriechenden ind. Grases; wurde als Mottenmittel verwendet

Vidocq, François-Eugène – (1775–1857), frz. Abenteurer und Verbrecher, brach mehrmals aus dem Bagno aus, wurde schließlich Polizeispitzel und war zeitweilig sogar Chef der Pariser Geheimpolizei

»Vier Nationen« – das Sitzungsgebäude des »Institut de France«, in dem die fünf frz. Akademien zusammengefaßt sind. Früher befand sich dort das Collège des Quatre-Nations, eine von Mazarin gegründete Schule zur Erziehung von Kindern aus den eroberten Gebieten

vier Oscars – Oscar, der Sohn des Ossian (s. d.), eine romantische Heldengestalt

Vignemale – der höchste Berg, mit vier Kuppen, in den frz. Pyrenäen; die griech. Göttermutter Rhea Cybele, mit der er in Verbindung gebracht wird, trug auf den Standbildern eine Mauerkrone

Villon, François – (1431–1463), der bedeutendste frz. Dichter des

Spätmittelalters, schildert in kraftvoll-volkstümlichen Gedichten und Balladen sein eigenes Vagabundenleben und die Korruption seiner Zeit

Vincennes – gemeint ist die Waffenfabrik, die dort seit 1757 bestand

Vincenz von Paula (Vincentius a Paulo) – (1576–1660), geriet als junger Priester in die Hände tunesischer Seeräuber und verbrachte lange Jahre in der Sklaverei. Nach seiner Rückkehr widmete er sich vor allem der Seelsorge unter den Galeerensklaven und stiftete den Lazaristenorden

Vitae lampada tradunt – (lat.) Sie reichen die Fackel des Lebens weiter (Lukrez)

Vitellius, Aulus – (15–69 u. Z.), röm. Kaiser, im Jahre 69 von Vespasian geschlagen und bei der Eroberung Roms getötet. Bekannt für Schlemmerei und Völlerei

Volaverunt – (lat.) Sie sind entflogen

*Voltaire (*eigentl. *François-Marie d'Arouet)* – (1694–1778), frz. Philosoph und Schriftsteller; trat in seinen Schriften gegen Leibeigenschaft und Kirche auf, erwartete aber eine Änderung der Gesellschaftsordnung nicht durch eine Revolution und eine demokr. Verfassung, sondern durch einen »aufgeklärten Herrscher«, der in seiner Gewalt lediglich durch eine Verfassung eingeschränkt ist

Vulkan (Vulkanus) – röm. Gott des Feuers und der Schmiede

Washington, George – (1732–1799), nordamerik. General und erster Präsident der Vereinigten Staaten von Amerika

Watteau, Jean-Antoine – (1684-1721), frz. Maler des Rokoko

Weißer Terror – (frz. Terreur blanche), Bezeichnung für die konterrevolutionäre Terrorherrschaft der Thermidorianer nach dem Sturz der Jakobinerdiktatur (1794) und der Ultras in der Restaurationszeit (1814/15)

»Weißes Banner« – siehe »Drapeau blanc«

Wellington, Sir Arthur Wellesley, Herzog von – (1769–1852), engl. Feldherr und konservativer Politiker, besiegte 1815 mit Blücher Napoleon I. bei Waterloo, 1828/30 Premierminister, später mehrmals Minister; bekannt für seine reaktionäre Politik

Werther – in dem Roman »Die Leiden des jungen Werther« von Goethe (1774) wird ein junger Mensch dargestellt, »der sich in schwärmende Träume verliert, sich durch Spekulation untergräbt, bis er zuletzt, durch hinzutretende unglückliche Leidenschaften, besonders eine endlose Liebe, zerrüttet, sich eine Kugel vor den Kopf schießt« (Goethe)

Wohlfahrtsausschuß – unter der Jakobinerherrschaft der Ausschuß des Konvents, in dem die oberste regierende Gewalt vereinigt war.

Die Herrschaft des W. sicherte den inneren und äußeren Bestand Frankreichs gegen die reaktionären Kräfte

Zeit von Barras – das Direktorium von 1795 bis 1799

Zoilos, Mävius, Visé, Pope, Fréron – besserwisserische Dichterlinge. Zoilos (4. Jh. v. u. Z.) übte kleinliche, geschmacklose Kritik an Homer. Mävius (und Bavius), sprichwörtliche röm. Dichterlinge, Verkleinerer des Horaz und des Vergil. Jean Donneau de Visé (1638–1710), frz. Schriftsteller, griff 1663 Molière heftig an, wurde aber später dessen Freund. Alexander Pope (1688–1744), engl. Dichter, versah seine Shakespeare-Ausgabe von 1725 mit »verbessernden« Korrekturen. Der frz. Journalist und Literaturkritiker Elie Fréron (1718–1776) bekämpfte hartnäckig die »Philosophen«. Voltaire verspottete ihn vor allem in der Komödie »L'Ecossaise«. Obwohl F. allzusehr der Vergangenheit verhaftet war, wurde er als hochgebildeter, ironischer Mann sogar von seinen Feinden anerkannt

Inhalt

Fünfter Teil *JEAN VALJEAN*

Erstes Buch *Der Krieg zwischen vier Mauern*

Zweites Buch *Der Darm des Leviathan*